黄栋才◎著

巴蜀老宅

中国工人出版社

图书在版编目（CIP）数据

巴蜀老宅 / 黄栋才著. —北京：中国工人出版社，2017.4
ISBN 978-7-5008-6648-0

Ⅰ.①巴… Ⅱ.①黄… Ⅲ.①长篇小说—中国—当代 Ⅳ.①I247.5

中国版本图书馆CIP数据核字（2017）第073493号

巴蜀老宅

出 版 人 芮宗金
责任编辑 葛忠雨
责任校对 董春娜
责任印制 黄 丽
出版发行 中国工人出版社
地　　址 北京市东城区鼓楼外大街45号 邮编：100120
网　　址 http://www.wp-china.com
电　　话 （010）62005043（总编室） （010）62005039（出版物流部）
（010）62379038（社科文艺分社）
发行热线 （010）62005049 （010）62005042（传真）
经　　销 各地书店
印　　刷 三河市万龙印装有限公司
开　　本 710毫米×1000毫米 1/16
印　　张 26
字　　数 550千字
版　　次 2017年6月第1版 2018年8月第2次印刷
定　　价 48.00元

目录

目录

目录

第一章 老宅惊疑

这是一个有些年头的老宅，三百年不止，五百年不到。

深夜，韩小路打开老宅的门，忽然一阵阴风扑面而来，她的心一怵，身上的汗毛倏地竖了起来。她疑惑，这房里的所有窗户，明明是在她离开时关好的，而且还仔细检查了一遍。只要窗户关好，传说中西山上的阴风是吹不进来的。

只要风不进屋，房间里就不会有这么大的风！

可是，今晚这风明明就是从西山上吹来的哦！如果风真是从窗户吹进来的，那么房间里的窗户又是谁打开的呢？

她在惊疑中走向客厅，透过昏暗的夜色，看见客厅的两扇大窗户真的像两个黑洞似的大开着！透过那黑洞，她看见西山半腰的树林里有一团蓝色的火焰一闪一闪的。她强压着心中的恐惧，伸手去开客厅的电灯开关，可是摸了几次也没摸着。这时她才想起，这孤独的老宅离城遥不可及，那传递光明的电线压根儿就没有牵到这里。

神魂稍微安定的韩小路从手提包里摸出打火机，“啪”的一声没燃，又“啪”的一声还是没燃，再“啪啪啪”三声燃了。

韩小路屏住呼吸，举着悠着火苗的打火机向着一个方向轻轻走去……

这所老宅还得追溯到张献忠剿四川时，其部下的一个表兄看中了这块风水宝地，便跪求将这块宝地恩赐予他。张献忠亲临宝地一看，这宝地三面环山，正面向河，举目眺望，一马平川，尽收眼底。张献忠双手像大鹏展翅，昂首蓝天，“哈哈”大笑！部下一看心中明白，这宝地岂能求得？于是低头退下扫兴地怏怏而去。

不久，在这块宝地上矗立起一座金碧辉煌的别墅。不过这别墅的主人不是张献忠，而是当地的一个名叫奢求的小混混。

就是这个小混混将深藏在西山中避难的一千多个蜀人的命卖给了张献忠。自然，这宝地便是张献忠给奢求的奖赏。那别墅自然也是张献忠出钱修的，作为奖品给了这个小混混。

当然这是传说。

韩小路刚舒了一口气，转过身来一看，又惊讶不已！因为，她看见，刚才明明打开的客厅窗户又关上了！韩小路颤抖着举打火机的手，用打火机的火苗慢慢地把立在墙上的蜡烛点燃，屋子里顿时亮堂起来。

韩小路并非这老宅的主人。她是一个小镇大户人家的千金。所谓大户，不是说她家有多少多少人口，也不是说她家里有多少多少财富，而是说她父亲韩雨是这个小镇的镇长。其实，一个镇长也算不上什么大官，比起那些市长省长中央首长来说简直是再渺小不过了。

说她是大户人家的千金，重要的是指她爷爷的爷爷是清朝末年朝廷的命官，执掌成都府的大印，在四川那简直是呼风唤雨！

韩小路看着悠悠晃动的烛光，心里却在思忖刚才发生的奇事。刚才她进屋时，明明看见客厅的两扇大窗是开着的，要不然西山的风怎么会吹进来？可是在一刹那间怎么又关上了呢？这屋子里除了她自己并无他人呀！

她的恋人何支是这老宅的唯一主人。据何支给她讲，他的父母早已去世，何支本人从小就住在他姨妈家。按理此刻屋子里不会有其他人。要是没其他人那窗户又是谁关上的呢？

韩小路一时陷入迷惑，难道这老宅真如当地人所说？

她想起何支在北京给她老宅钥匙时和她说的一些话。

何支说：“那老宅虽然是祖上留下的产业，但我从来就没住过。我从母亲肚子里生下来就一直住在我姨妈家，是她家将我抚养长大，念了中学又上了大学。要不是后来落实政策时，小镇政府通知我去拿这老宅的钥匙，我压根儿不知道这老宅是我家的产业。”

韩小路问：“老宅既然名正言顺地归了你，那你为什么又不住在里面还住在你姨妈家呢？”

“原因有二，”何支说，“一是我早已把姨妈家当成是自己的家了，一切都习以为惯，我不想孤独地住入那老宅。二是据亲戚和当地人讲，这老宅自我爷爷死后，莫名其妙地在里面死了两个人。因此，老宅被定义为不祥之屋。西山老宅阴风森森，乱象横生，鬼怪出没的传说不胫而走。所以，当地人除了公家以外谁也不愿也不敢住进这老宅。你出于好奇去看一下可以，但千万不要晚上去，更不要在老宅过夜，有些东西不可全信也不可不信。”

韩小路是昨天从北京某大学以毕业前回乡实习写论文的名义回四川小镇的。今天上午，她就瞒着父母去了老宅一趟，见屋里除了一些旧家具和杂物以及书房的那一柜子书以外，几乎没一样值钱的东西。

老宅后院杂草丛生，屋内灰尘满目，蜘蛛网到处可见，一派荒芜之感，但在地上又能隐约可见不知是人还是动物的足迹。她没有过多地想，也没在屋子里久留，便记下了屋内家具的摆放位置，匆匆关好门窗离开了。

今天晚饭后，她对父亲韩雨说：“爸，我要到同学家去耍，晚上可能不回来。”连哪个同学家也没说就风一样飘走了。

看着女儿的背影，母亲信香责怪丈夫韩雨说：“她才回来不到一天，话还没说上两句，你咋个让她走呢？”

韩雨说：“是我让她走的吗？是她自己要走的嘛，都怪你从小惯的，我行我素！”

“我惯的，你就没惯？你没惯咋个不阻拦就让她走？”

“你这人才怪哩，她说走的时候你不也在场吗，你咋屁也不放一个？”

韩小路像白天一样，先查看了一下屋子里的摆设，确认没搬动过后便坐在客厅的沙发上细听一下屋内外有什么动静。

夜深人静时刻，在这个离城镇数公里的孤独老宅，除了听见西山传来的松涛声和山里动物的怪叫声以外，就是远近处猫狗的呻吟。

在这样寂静得可怕的深夜，别说是才二十二岁、涉世未深的小女人韩小路，就是老到的男人，联想到老宅的恐怖传说，也有难以想象的恐惧。

幸好，韩小路是学法律的，对刑侦学也有所涉及，刑侦过程中可能出现的一些怪事奇事险事也有一些心理准备，否则她一个年轻女人也不可能在深夜只身独闯老宅。

她从沙发上站起来向靠里的一间卧室走去。

那间卧室，正是十年前那起命案的现场。

据当年的案卷显示：一个叫袁三娃的小偷，听说无人居住的老宅内藏有黄金，于是在一九八六年三月二十日晚十一时左右，翻过院墙，打开客厅的窗户进到里屋。当他打开手电筒正准备进入里间卧室翻箱倒柜时，手电筒的光却射在两个死人的脸上。

死者为一男一女，脸色青紫，眼球突出，舌头长伸，样子十分可怕。小偷顿时被吓得屁滚尿流，旋即翻出窗外跨墙而逃。

韩小路带着剧烈的心跳，慢慢地走到那卧室门前，屏住呼吸轻轻地把门一推，霎时，她“啊”地发出一声惊叫！

出现在韩小路面前的是一个头发蓬乱，青面獠牙，眼眶凹陷，血口大张，红舌长伸的怪物。这怪物人不像人，鬼不像鬼，动物不像动物，倒像是从千年棺椁里爬出来的骷髅或幽灵！

那怪物伸出长长的毛茸茸的手将韩小路的脖子卡住，狰狞的脸贴向韩小路的额头，喉咙里发出像是从幽深的山洞里传来的空旷而沙哑的呼哧声。

好在韩小路略有心理准备，她只吃了一惊但并未吓倒，她问那怪物道：“你是人还是鬼？”

怪物拖着沙哑的声音说：“我是人也是鬼，但现在是人是鬼并不重要，重要的是你是谁，怎么进来的，来干什么？”

韩小路没立即说话，她在思索该怎么回答。

那怪物又说："你要不老实说，明年的今天就是你的祭日。知道吗，这屋里死过多少人？"

韩小路问："这么说，那些人都是你杀的？你又是谁？"

怪物说："少跟我贫嘴，现在是我问你，快说！"他把卡脖子的手又一紧，韩小路顿觉喉咙提不上气来。

由于专业的需要，韩小路也学过擒拿格斗和射击，再说她在学校学形体时也跟老师学了几招武功。她现在尽力保持冷静，不与对方发生剧烈冲突，完全是为了她所肩负的重任。不到万不得已，她是不会轻易还手的。

她对他说："我是在校大学生，来此地旅游，听说了老宅的神秘传说，进老宅完全是好奇。"

"是谁给的你钥匙？"

"翻窗进来的。"

那怪物一听，倏地勃然大怒！他"哇"的一声长嘶，吼道："你敢骗我？一个女人竟有如此胆量！"

说着，他把她拖到客厅，用力撂倒在沙发上，双膝死劲跪压着她的双腿……

韩小路怎能屈服，她一边拼命挣扎，一边高呼救命。

她也明白，在这偏僻之所，喊救命只是一种徒劳，但出于人的求生本能，在此刻力大无比的男人对自己莫大侮辱和威胁面前，还是不断高呼："救命，救命呀！"

这时，从窗外飞进一个蒙面人来，冲到沙发跟前，一把将那怪物从韩小路身上抓起来扔在地上。

这突然的一袭，怪物猝不及防，但他即刻反应过来，身子在地上打了两个滚便腾空而起，与蒙面人激烈地打斗起来。两者打了十来个回合也不分胜负。

最后，怪物趁蒙面人稍一分心，便飞起一脚踢在蒙面人的下身要命之处。蒙面人"啊"的一声惨叫，倒退两步倒在地上，捂着下身就地打滚。

怪物乘胜追击，冲上去欲置蒙面人于死地，不料蒙面人瞬间翻身而起，伸手扯下怪物的面具，顿时现出了怪物的真面目。可惜还没等韩小路看清怪物的脸，怪物便迅即从蒙面人手里夺回面具仓皇而逃。

蒙面人和韩小路追到里间，又到处查看，根本不见那怪物的身影。蒙面人略一思忖，拽着韩小路回到客厅。

韩小路对这位佐罗式的大侠钦佩不已，她正要向这位救命英雄表示感谢时，蒙面人却猛地跃身翻窗离去。

第二章 小路其人

其实，韩小路不是韩雨的亲生女儿，她是韩雨二十二年前在小镇通往西山的小路上捡到的。

那是一个夏天的傍晚，天空电闪雷鸣，暴风雨横扫小镇方圆几十里。韩雨从西山老宅打着雨伞往回走。暴风雨将他的雨伞吹打掉两次，第二次他在追踪那雨伞时，发现那雨伞滚到一块石头下不动了。他冒着风雨快步走到雨伞前，看见雨伞下面有个被床单包着的婴儿。

那婴儿的全身已被雨水淋透，满是水珠的脸呈现青紫色，张着嘴却哭不出声来。已而立之年膝下还无儿无女的韩雨，捡到一个婴儿别说有多高兴。他顾不了许多，一把抱起婴儿就往家里跑，边跑边感谢上天对他的恩赐。

但他没想到，回到家里，他和老婆信香手忙脚乱地护理婴儿时，发现这小家伙一不动弹二不吭声。

他俩吓坏了。

急中生智的韩雨用手背往婴儿嘴边一放，大声说：“老婆，孩子没死，没死！还有气，快送医院！”

于是，两口子一个抱孩子，一个打雨伞，急急忙忙把孩子送到小镇人民医院。

经医生及时抢救，出生不到一天的女婴终于活了下来。

说来也奇怪，从此，韩小路一路长来一帆风顺，从没得过大病。在取名字的时候，韩雨依据韩家近代阳光雨露的排辈，再加上这可怜的孩子是在雨中的小路上捡到的，便择其字音舍去头上的雨取名叫韩小路。

要说韩小路长得怎样，那真是乖巧得让人喜爱，小学还没毕业，人们就断定：这个瓜子脸、白皮肤、大眼睛、高挑身材的小姑娘将来一定是个才貌双全的大美女！

果不其然，她十八岁那年参加高考，这个中学校花以全县第二名的成绩被北京一所名牌大学录取。

在大学，韩小路的专业是法律，但她却对哲学和心理学情有独钟。她十分崇拜美国心理学家奥尔波特，尤其赞赏他开辟了社会心理学实验领域。在她看来，奥尔波特的社会心理学实验理论对当代年轻人如何发挥个人行为之间的相互作用具有重要的现实意义。

也许基于此，也许因为她在韩家的独女之地位，也许还有暂时不为人知的秘密，使她养成了天不怕地不怕、天马行空、独来独往、我行我素的独特性格。

韩小路在大学也是一个品学兼优美貌如花的女孩，参加过全国大学生专题辩论大赛并取得优秀主辩的成绩。不仅如此，她还是校团委副书记，校形体训练队队长兼教练。大三那年，在她带队参加的全国大学生形体比赛中她被评为最佳美女教练。

韩小路的男朋友何支是她的校友，大她一届，现于北京一家旅游公司任职。他俩相识在她大二那年春天的未名湖畔。

一天傍晚，由于她与一个同学在对奥尔波特实验心理学理论在当今的中国有无实用价值问题上发生严重分歧，心里特郁闷，所以在饭后一个人去湖畔消遣。就在一盏路灯下，她见一青年坐在石凳上看书，那专注的神情使路过的人们无不看他两眼。

韩小路也不例外，但她发现这个人不就是常在图书馆见到的那个“书圣”吗？她还记得他俩在图书馆阅览室轻声地讨论过奥尔波特的理论。虽然就那一次，但他给她的印象特深。他不但思维敏捷、谈吐高雅，而且在一些问题上有独特的见解。那些见解与她有很多相似之处。可见他读的书比她多，所以她在心里称他为“书圣”。

就那一次，她把他深深地埋藏在心里。尽管她还不知道他的名字，也不知道他是学生还是老师，或许还只是个爱看书的社会青年。

“唉，是‘书圣’你呀？”韩小路上前声音不大也不小地问。

他抬起头一看，惊喜地说：“韩小路！怎么是你？不过你把我的名字叫错了。我叫何支，不叫舒胜。”

韩小路一笑，诧异地说：“你又是怎么知道我的名字的，我没告诉过你呀！”

他说：“全校大名鼎鼎的辩论专家，美女形体最佳教练，还用得着你费口舌自我介绍？广播有声，电视有影，谁不知道！怎么啦，看样子心里有事，一个人出来走走？”

韩小路说：“你真是神人。哎，看的啥子书哦，这么专注？”

他把书一亮，说：“喏，你喜欢的，奥尔波特的社会心理学。”

韩小路顿感脸上发热，心跳加速，她红着脸关切地说：“咋不在家看，这里光线多不好，会坏眼睛的。”

他也突感不自在起来，低头轻声说：“我没有家。”

就这样，他们在湖边一边散步一边交谈，走了三个来回，直到整个湖畔再无游人。

通过交谈，她知道他叫何支，也是四川人，自小就住在成都附近的亲戚家，是亲戚将他抚养成人并送他上了大学，现在是该校哲学系大三学生。

何支说："我不清楚我的身世，也不知我的母亲是谁。亲戚只告诉我，我的父母感情不和，长期分居，父亲常年在外漂泊根本不顾家。母亲在生我时难产死了。母亲的姐姐见我可怜才收留了我直到现在。"

"你父亲呢？"韩小路问。

"我的父亲叫何波，在我十七岁那年死了，死在一座庙里。父亲死的前一天夜里，姨妈带我到一座古庙里，在阴暗的灯光下看了一眼弥留之际的父亲。根本就没看清父亲的脸。当时，庙里的一个和尚给了我一个粉红色的木盒子，告诉我说是父亲留给我的祖传珍贵遗物，要我必须妥善保存，并不得在我结婚进洞房前打开。那和尚还再三叮嘱我说，这是父亲的遗嘱必须严格遵守。"

何支最后说："尽管父亲对于我很陌生，也没尽一个父亲的责任，我在心里很抱怨他，但自己毕竟是他的血脉，我还是严格遵守父亲的遗嘱，至今没有打开过那粉红色的木盒子，也不知道里面到底装的什么。"

就这样，书牵线，未名湖做证，韩小路和何支相恋了。

去年何支毕业后，找工作诸多不易不顺，还是韩小路在无意之中，通过她一个北京同学的父亲的关系才进了北京一个旅游公司工作。两人还商定，待韩小路毕业后他们就结婚。

何支还许诺她，要在她实习期间带她到美国一游，听听奥尔波特家乡的人们对奥尔波特社会心理学的评价，而且决定时间就在这个月。要不是她忽然接到紧急任务，此刻她已经与何支一起登上了去美国的航班。

韩小路不知道自己是被捡的。韩雨和信香也没告诉过她也不可能告诉她。在她的眼里和心里，韩雨和信香就是她的亲生父母。所以她十分敬爱他们，每次回来她都要从节约下来的生活费或奖学金里拿出千儿八百的给他们买点儿他们喜欢的东西。就说这次回来吧，她又从奖学金里抠出几百元给母亲信香买了一件适合中年妇女穿的真丝连衣裙，又给父亲韩雨买了一个外国产的电动剃须刀，乐得老两口嘴都合不拢。

自然，韩雨两口子也对韩小路视如己出。自打把她抱进家门起，就将她当亲生女儿来带，甚至比亲生女儿有过之而无不及。尤其是信香，她无时无刻不把韩小路的一切放在心上。女儿的吃穿，女儿的健康，女儿的安危，女儿的喜怒哀乐，女儿的一切的一切。

因此，只要韩小路一回来，父母便巴不得她时刻留在自己的身边，哪里也不要去，更不允许她在外面过夜。

韩小路不知道，父母之所以如此，除了对她的真爱外还有一点就是对她的担心。

他们担心自己不知哪一天，一旦韩小路知道他们不是她的亲生父母，或她的亲生父母找上门来，那将是何等不堪设想的场面？

这种担心，在女儿小的时候不觉得强烈，但随着女儿的长大，如今出落成如花似玉的大学生，且即将走向社会为韩家彰显门庭的时候，这种担心就越发强烈，有时就像一根绷紧的箭弦，一不小心那弦就断了或将待发的箭弹射出去，再也收不回来。

现在，韩小路躺在床上惊魂未定，对昨晚在老宅发生的那场惊险，她在母亲面前只字未提。

今天早晨她从老宅回来后，只看见母亲没看见父亲，她也没问便以在同学家耍得太晚太累为借口上床躺下了。可尽管很困她却怎么也睡不着。

她在床上翻来覆去，脑海里翻腾的全是昨晚老宅的事。那突然出现又忽然消失的青面獠牙的怪物；那紧急关头英雄救美又不图回报的蒙面人；还有那场双方都想置对方于死地的打斗，把她整个年轻而不经世事的心捣腾得一塌糊涂！她怎么能睡得着？

惊吓、迷惑和失眠，使丰盈漂亮的韩小路顿显憔悴。一夜之间，脸瘦了黄了，眼圈大了黑了，整个身子像散了架似的没一点力气，连说话也有气无力。

视女儿为掌上明珠心肝宝贝的信香见女儿如此憔悴，自然急得火烧火燎。她问这问那忙前忙后，最后端来一大碗放有猪油的醪糟荷包蛋，硬逼着韩小路吃下去。

嘿！你别说，那一碗荷包蛋下肚，韩小路顿时精神起来，脸色红润了，黑眼圈散了，笑脸也出来了，心情一好，也就想说话了。

“妈，老爸呢，怎么没见他？”

信香说：“谁知道哦！好像昨晚也没回来，哼，一定又是去……”话没说完，客厅的座机响了。

信香拿起话筒还没说上几句，便急忙对女儿说：“丫头，快，你爸住医院了！”

母女俩急急忙忙赶到小镇人民医院。认识信香的一个女医生说：“韩镇长住在外科病房，马上要做手术，正等你来签字呢！”

信香一听说老公要动手术，吓得全身发抖，拽着女儿韩小路的胳膊就急急忙忙走进韩雨的病房。

韩雨躺在病床上，脸色蜡黄，见母女俩进来便轻轻动了动身子。韩小路走到病床前抚摸着父亲的肩头，关切地问：“爸，你得的什么病，非要动手术不可吗？”

信香也说：“你平时好好的嘛，壮得像牛一样，怎么就突然要动手术呢？”

韩雨看着女儿，上下打量了一下，嘴唇蠕动着，好像要说什么又没说。

一位男医生走进病房，问：“谁是韩雨的家属？”

信香说：“我是他爱人。”

男医生说：“你跟我来。”

在医生办公室，男医生对信香说：“韩雨的下身受伤了，你们是不是打架了？那地方是随便可以踢的吗？看你这个老婆当的！”

信香听得云里雾里，正要做什么解释，男医生说：“快签字吧，手术马上就要进行。”

信香边签字边问：“医生，手术有危险吗？”

男医生说：“任何手术都有风险，除非不做手术。”

信香说：“那就不做手术吧。”

男医生说：“不做手术死得更快！”

“啊？”

见信香吓得大张着嘴，男医生笑着说：“放心，小手术，不会影响你们过夫妻生活的。”

信香的脸刷地红了。

第三章
病房探密

韩镇长住院，惊动了小镇的大小干部和得到过镇长关心与照顾的街坊群众，人们纷纷提着大包小包的水果及各种营养品前来慰问。

由于韩雨手术的部位十分特殊，来的人除了送礼和说些安慰话外，凡涉及手术部位时，对其原因和结果都缄口不谈不问。尤其是女人，更不会在有男人的场合下谈那里的话题。所以，来看的人大多快来快走。

唯独副镇长李琼不一样。

这位三十多岁的女人，用一句风韵犹存、美貌不减来形容并不为过。自从韩雨住院手术后她就基本上没离开过韩雨的病床。有人时她端水送药，跑上跑下比韩雨的老婆信香还周到热情。但无人时她却换了一副面孔，一而再再而三地追问韩雨受伤部位的前因后果。

“你说呀，你那里是不是和其他女人乱搞时被女人的男人发现后打的？”她问。

“给你说过多少次了，是骑自行车不慎碰的嘛！”他答。

“我不信，除非让我看看。”她说。

“不行！”他说。

“嗯，我要看嘛！”她嗔着声音，说着就要去掀他的被子。

但每每在这个时候，不是医生来查床就是护士来换药，她的目的始终未能达到。

这天下午三点刚过，镇党委书记吴奇中带领镇党政工团妇各部门代表共八人前来看望韩镇长。另一位副镇长罗兵也一起同行，但到了病房门口吴奇中发现罗兵不在了，便问身边的人道："罗兵呢？"

身边的人说："刚才进医院大门时还在哩，可能去上厕所了吧！"

病房内因刚送走了一批人，韩雨正想趁此无人时好好歇歇，便对李琼说："你也太辛苦了，回去休息吧！"

信香巴不得她快走，也说："是呀，你的身体再好也是肉做的，你是副镇长，小镇人民的父母官呢，和咱家老韩又非亲非故的，要是你为他累出点啥毛病来，咱可就不好向小镇人民交代了。"

李琼说："嫂子说啥哩，父母官是韩镇长不是我。我是他下级，照顾他是我的责任。再说，吴书记也通知我下午和他们一起来看他，也许他们马上就到了。"正说着，病房的门开了。

见吴书记一行人提着礼物来看老韩，信香有点儿手足无措，不知该咋应付。他可是小镇最大的父母官啊！

病房虽是单间，但空间并不大，设施也很简陋，要坐无凳子，要水无茶杯，给水果嘛又怕人家嫌脏。倒是吴奇中大量，不计较这些，仍然乐呵呵地和韩雨握手问好。

一行人站在书记的后面，随着书记的问好和与韩镇长的交谈，像木偶机器人似的望着韩镇长无声地点头微笑。

相互问候后，李琼见吴书记看她的目光有些诧异，便笑着解释说："我接到你的电话就直接到医院来了。嘿嘿！我也刚到。"

吴奇中没回应，又对床上的韩雨说了些安慰的话，便以要开会为由与韩雨握手告辞。

一行人又像木偶似的照样模仿，与韩雨握手后跟随吴奇中离去。

吴奇中一行人整个探病的时间只有十多分钟，可这十多分钟，对于信香和韩雨来讲比一天还长。

他们走了，信香想这下可该让老韩安静了吧？可不然，罗兵来了。

这罗兵长得高大帅气很受女孩子们钦慕。韩小路的高中同学，现在小镇派出所当民警的吴平对他就很心仪。因此，吴平经常以汇报请示工作为名三天两头去罗兵的办公室。

据说，这罗兵是省公安厅原厅长的儿子，曾就读于某政法大学，毕业前夕在小镇派出所实习。毕业后也不知是他个人的要求还是组织的决定抑或是他父亲的缘故被分配到省公安厅工作。同时，也不知是否上述原因之一或所有原因都有，又被作为下派干部来到小镇任职。

罗兵刚才没随大溜也没去厕所，而是去了医生办公室。他找到韩雨的主治医生仔细地了解了韩雨的病情。

罗兵问：“韩镇长的下身是怎么伤的，重不重？”

主治医生跟罗兵很熟，说话也挺随便，他说：“据韩镇长说是骑自行车摔的。”

罗兵说：“你是医生还是韩镇长是医生？我要你一句真话。”

医生笑笑说：“你怀疑韩镇长与女人有染？”

罗兵说：“非也。我只想了解真相，你知道，我在镇上是分管治安的。”

医生思忖良久，说：“踢的，好像是被人使劲用脚踢的。”

罗兵又问：“这么肯定？”

医生说：“在他的身上还有类似的伤痕，只不过不是要害部位而已。”

罗兵非常感谢医生的协助，说声谢谢便告辞了。

走到门口，医生拽住罗兵说：“你可要保密啊！”

罗兵说：“我对任何人也不说也不问，这总行吧？”

在病房，罗兵站在床前正与韩雨说话，韩小路来了。

罗兵与韩小路四目相对，不禁都感惊叹：罗兵身材高大，浓眉大眼，帅气夺人；韩小路身材苗条，眉清目秀，小鸟依人。美女帅哥如此一见怎不惊叹？

韩雨对罗兵说：“这是我丫头韩小路，”又对韩小路说：“这就是我给你说过的罗兵罗镇长。”

罗兵主动向她握手，说：“早就听说镇长有个才貌双全如花似玉的千金，如今一见果不其然。”

韩小路也道：“早就如雷贯耳，小镇来了个能文能武，高大帅气，年轻有为的镇长新秀，如今一看，真是名不虚传呀！”

罗兵笑道：“是真心话吗？”

韩小路说：“你不会要我把心掏给你看吧？”

罗兵哈哈一笑，说：“那也不必。”

站在一旁的信香见两位年轻人谈笑风生，相当投缘，心里感到十分高兴。触景生意，她不禁想起了女儿还没有男朋友。如果让罗兵和女儿相恋该有多好啊！于是，她破例在病房给客人递吃的，硬是削了一个苹果递在罗兵的手里。

韩小路说：“妈，你怎么在病房给人家递吃的呢，人家吃得下吗？”

罗兵高兴地说：“谁说吃不下？”说着他就对着苹果咬了一大口，“嘎巴嘎巴”地嚼着。

韩雨和信香见罗兵吃得很香很爽的样子，脸上都绽放出会心的微笑。

到了晚上，病房总算清静了。韩小路对母亲信香说：“妈，你回去休息吧，今晚我来陪爸爸。”

信香说：“你一个女儿家不方便。”

韩小路说：“不就是给爸递递水拿拿药嘛，有什么不方便的？放心吧，我会照顾好爸的。”

信香说：“犟丫头，到时看你咋办？”说完她就拿着饭盒走了。

韩小路对父亲韩雨的伤早已心知肚明，只是没说破罢了。但为了慎重起见，她还是想弄个水落石出。

给韩雨洗了脸和脚，又倒水给他吃了药，让他躺好并给他盖好被子，她便坐在他的床前开始和他摆条。

别看韩小路年轻经事少，但在一些问题上她比谁都精明灵活。她先是和爸摆一些学校的趣事，后又摆她的高中同学吴平的工作不错，接着她就谈到她那天晚上碰到一件怪事。

韩雨听到这里，突然问：“啥子怪事呀？”

韩小路说：“爸，你别瞒女儿了，你的伤是在老宅为救女儿受的，你敢说不是？！”

韩雨没回答。但从他惊诧的表情看出，女儿的问话勾起他沉沉的回想——

那天晚上，韩小路从家走后，韩雨就心生疑意。女儿自小就不爱晚上出门，她也从不在同学家过夜，这次才回来不到二十四小时，怎么这么反常呢？

夜深人静，他躺在床上思绪万千。他从床上起来，去拨女儿的手机，那手机却在茶几下面响。这更使他心里不安，哪有出门不带手机的？

情急中他又打电话问她要好的同学吴平，得到的回答是小路不在她那里。他真的急了，连老婆也没敢告诉就出门去找。

他走出小区大门没两步又踅回来问门卫道：“看见我女儿韩小路出去了吗？”

门卫说：“出去多会儿了。”

他又问：“她说去哪里了吗？”

门卫说：“我没问，她也没说。哦对了，她向我借了一个打火机。我还说，你不抽烟要它做啥子哟？她说点蜡烛用。我又说，现在家家都有电灯，还用得着蜡烛照明吗？她说，嘿，你别说，还真有一个房子没通电。韩镇长，小镇真有这样的房子吗？”

听到这里他拔腿就往西山老宅走。与其说是走不如说是跑。

韩雨说完，韩小路已经泪流满面了，她扑在父亲的怀里哭泣着说：“爸爸，女儿对不起您，女儿不懂事让您牵挂使您受伤，女儿不孝啊！”

韩雨的眼睛也湿润了，他抚摸着女儿的头说：“孩子啊，那杂种没伤害你吧？”

韩小路说：“没有，是爸来得及时救了女儿，女儿谢谢爸了。”说着她站起来向韩雨深深地鞠了一躬。

韩雨叫女儿坐在床沿儿上，轻言细语地对她说：“这件事情就让它过去吧，对谁也不要提起，包括你妈。爸知道你是好奇才去老宅的，爸不怪你，但你要吸取教训！你一个女儿家是对付不了那杂种的。”

韩小路问：“你认识那怪物吗？”

“他戴着面具，不认识。”

“你不是把他的面具扯掉了吗？”

“他捡起面具就跑了，我没看清他的脸。反正我告诉你，正如人们传说，那老宅不是吉祥之地，那里曾经死过好几个人。”韩雨说。

一个谜解开了，又一个谜罩上了韩小路的心头。

她在心里想，老宅的那个怪物父亲真的不认识吗？如果不认识，为什么父亲扯下他的面具又让他夺过面具逃走？就是逃走，他也不感到蹊跷和奇怪或决心追查到底！要知道那怪物可是加害女儿的坏人啊！

再说，出现这么大的事，作为镇长不但不追查或报案，反而要女儿保守秘密，让坏人逃之法外，这与他镇长的身份和职责差之千里。

她正要向父亲问点什么，忽然见他烦躁起来，身体不断地蠕动。“爸，你怎么啦？”她问。

“我，我……”他有些说不出口。

她说：“爸，有啥事说嘛！是不是想解手？”

他点点头。

她说：“想解手有什么不好说的？是解大手还是解小手？我来扶你。”说着她就一手掀开盖在他身上的被子。

由于手术，韩雨没穿裤子，他的下身绑着绷带，这一切就在韩小路掀开被子的一瞬间尽收她的眼底。她的脸刷地红了。

韩雨急忙将被子扯来盖上，有些生气地大声斥责女儿道：“你怎么这么鲁莽？你是女人哩，看见多不好！”

韩小路红着脸说：“有什么不好的，难道我不是你的亲生女儿？”

稍顿，韩雨轻声说：“把床下的便盆给我吧，我要小便。”

第四章 风流铸错

韩雨出院后有件心事一直在心头萦绕。女儿韩小路大了，一晃就二十二岁了，要是过去她该当妈自己也该当外公了。尤其那天在医院看见她脸红的那一刹那，他猛然觉得自己失职了，缺失了一个当父亲的责任。

他责怪自己捡了她，养了她，却没很好关心她。她的心思，她的爱情，她的安危，自己全然没放在心上，以致造成在老宅险些失身丧命。

父母关心不够便罢了，老年人和年轻人毕竟有所不同。要是有个和她年龄相当的男朋友关心她爱护她，那结果就不至于此了。

她有男朋友吗？

今天晚上，韩雨打破了多年与老婆分床的惯例，主动睡到信香的床上。信香明知他上了自己的床，却假装不理并打起了呼噜。他用手轻轻地碰了下她的肩，她翻过身去又打起了呼噜。他不禁叹息一声，欲起身下床却被信香拽住了……

完事后，自以为得意的信香抱着韩雨说："我还以为你那里受过伤不行了哩！"

韩雨只笑不语。

见韩雨不说话，信香嗔着声音问："老公，你在想啥嘛，说话呀！"

韩雨说："我在想韩小路。她今年该二十二岁了吧？"

"二十二岁零三个月。"信香说。

"还是当妈的细心，连零头都记得那么清楚。"

"她是我的心肝宝贝，当然记得啦！她的事情我都晓得。"

"那我问你，她最近做了些什么，她有男朋友吗？"

信香顿了一顿，说："这事我还真不知道。"

韩雨说："你不是说她的事你都晓得吗，咋个又不知道了呢？"

信香说："噢，我知道了，你想给她介绍罗兵！那天在医院我就看出来了，他俩挺投缘挺般配的。这小子行，介绍给我女儿要得！"

韩雨说："但不知她在学校有没有男朋友，再说罗兵好像和吴书记的女儿吴平在耍朋友。"

信香说："嗯，这事先得问清楚 。你是父亲，你去问吧！"

可是，小镇的事特多，白天韩雨根本抽不出时间来和女儿谈。再说，韩小路这几天总不在家多留，每天总是以各种借口早出晚归，回来就睡觉，不和父母交谈任何事。

同时，韩雨还从她的目光里觉察到一种从未有过的陌生和疏远感，联想到她那天在医院说的话，韩雨预感不妙。

这天，韩雨下班回来又不见女儿在家，便问信香："丫头呢？"

信香说："又是不吭声就走了。"

韩雨边换衣服边对信香说："你不觉得丫头这次回来很异常吗？"

信香说："嗯，有点。过去她回来总是妈呀爸呀喊个不停，声音也娇滴滴的，整天在家里帮我做事，哪里也不去。可这次不知怎么搞的，整天不沾家。"

韩雨听了老伴的话，像是悟到了什么，问："我说，该不是她已经知道自己的身世了吧？"

信香疑惑地说：“不会吧，没人告诉过她呀！”

韩雨想起什么似的问：“那包你放好了吗？”

“什么包哦？”

“唉，就是当年在医院医生从丫头身上发现的那个红布包啊！”

“是它呀，在。”

他说：“拿来看看。”

她说：“我说在就在，有什么好看的？”说是说，她还是去卧室拿。

信香在卧室翻箱倒柜一阵子，仍未发现那红布包，便垂头丧气地出来对韩雨说：“没找到。”

韩雨顿觉不妙，说：“一定是丫头拿去了！”说着就往门外走。

韩雨刚一出门，信香“啊”的一声说：“想起来了，那红布包我给你了！”

“开什么玩笑，你何时给过我那红布包？”

“就是那次搬家的时候我给你的。”见他不语，她提示说，“一个漂亮的‘迷你’牌化妆盒，红布包就装在里面。”

韩雨终于想起有那么一回事，可是此刻，他不想承认也不敢承认，只说：“让我再想想。”

韩雨当时的确从老婆手里接过一个漂亮的“迷你”牌化妆盒，只是他不知道里面放的是红布包，还以为是未曾用过的化妆品，便顺手放在衣袋里。当天晚上，他和李琼干完那事后，为了讨好，他就把那化妆盒给了李琼，以示爱意。

李琼原是一个偏远山村的小学编外教师，因她的老公在部队因公殉职，组织上一方面为了安慰她，一方面又为了她公婆在小镇无人照顾，吴奇中便把她调来小镇并安排在政府办公室当打字员。

时年二十五六岁的李琼虽然年轻漂亮，但由于痛失老公思虑过度显得些许憔悴。时任小镇副镇长的韩雨对她关怀备至，照顾有加。

不久，韩雨发现她那双在浓密而细长的睫毛下面显得忧郁的眼睛经常亲切而深情地盯在他的脸上，似乎在用心地洞察他的心灵。因此，韩雨通过她的眼神，感觉到她仿佛有一种过剩的生命力洋溢在她的身心并随时准备违反她的意志，突破眼前固有的屏障。

俗话说，没有攻不破的堡垒。

尽管韩雨因曾经的风流铸下了千古之恨，并且这恨至今仍像大山一样压得他常常寝食难安，因此也曾立志永不再犯。但在如此唾手可得的美女面前他又心猿意马了。

他先是和李琼眉来眼去，后来就常常趁无人时在打字室和他的办公室摸摸捏捏，直至在李琼的迫不及待要求下，两个表面光鲜明亮、实质阴暗龌龊的灵魂终于交合在一起。

就在那第一次完事后，韩雨为感谢小他二十岁、让他在奔向天命之年享受到年轻女人丰润肉体的美妙滋味的李琼，便顺手从衣袋里掏出那个“迷你”牌化妆盒送给了她。没想到那化妆盒里装的不是化妆品而是能证明韩小路身世的红布包。

晚上九点过，李琼正准备上床。

自她的公婆上她的女儿家去住后，她一个人晚上没其他安排便早早地上床看电视赏心。忽然她接到韩雨电话，说他有急事马上来找她。李琼一想到韩雨马上就来了，不禁兴奋起来。

韩雨快步如飞地来到李琼的家门口，见门开着一条缝，便推门走了进去。

见客厅无人，他便喊道：“李琼，你在家吗？”没人回答。他再喊，还是如此。他便走到李琼的卧室门前，门也是掩着。他猛地推开门说：“穿上衣服，有急事。”

在客厅，李琼穿着睡衣站在韩雨面前，说：“有啥事就说吧！”

韩雨说：“你还记得吧，几年前我送给你一个化妆盒，‘迷你’牌的。”

“当然记得啦，那是我们第一次，你送给我的纪念品。”她说。

“你把它还给我吧！”他说。

她一听，“哈哈哈”大笑，说：“哪有这个规矩，送出去的东西又要拿回去？”

他说：“那东西是那年搬家时老婆给我保存的，当时我没注意就顺手放在衣袋里。当天晚上，我们那个后，我就当是高级化妆品送给你了。谁知，那里面装的不是化妆品，而是，”他顿了一下，“是我家祖上传下来的纹龙玉镯。那玉镯是我们准备在女儿韩小路结婚时送给她的礼物。现在我老婆急着找我要，你就把它给我吧！”

李琼没说话只在客厅里不断地徘徊，脸上的表情也在不断变化。韩雨着急地说：“你别转了，把我的头都转晕了，你倒是说话呀！快把东西给我吧，老婆还等着呢！”

李琼说：“要是我不给呢？”

韩雨说：“你要喜欢玉镯，我再给你买一只就是了！”

李琼说：“那不一样。你知道那玉镯的价值吗？我去拍卖行问过了，那是明代的和田玉龙纹玉镯，能卖几十万元呢！你买得起吗？”

韩雨一听，眼睛都大了，在心里直怨自己当时顾了风流失了荆州，如今铸成大错。他无奈之下便跪在李琼膝下，连连求情，求她把那玉镯给他。

李琼坚定地说：“不给！你会怎么样？”

韩雨虽嘴硬，但无底气地说：“那就只有鱼死网破了。”

李琼又“哈哈”大笑起来，笑过之后说：“用不着鱼死网破，只要你给我跪下，说‘我这辈子只对李琼一个人好’，我就立马给你。”

堂堂的大镇长岂能受如此大辱？他倏地站起来悻悻离去。李琼望着他的背影邪笑着大声说：“放心吧，那东西不会丢的！”

第五章
西山传说

A县决定将小镇西山作为旅游重点开发区，由小镇党委和政府具体管理实施。

西山处于川西平原西北部，属于龙门山脉的子系山。山不高但植被浓郁，因而湿度很大，常年浓雾不断。上千年来，西山给人一种美丽但不可企及的神秘之感。特别是山顶那三块充满神奇传说的巨石，使大半个山上山下无人居住也无路可走。要不是传说张献忠在山下修了一座宅子，恐怕至今在西山周围也无人烟。

西山被人们传为魔山的理由，自然源于山顶的那三块巨石。

又是传说，盘古在开天辟地之后，发现西山顶上有三个巨魔张着血盆大口吸吮着天上的飞鸟，吞食着大地生灵，整个大地不得安宁。盘古想，天开了，有了阳光雨露，地辟了，有了万物生灵。天地融合，万物生长，生灵愉悦，人类无争无斗，世界多么美好！没想到在西山顶上竟有如此恶魔涂炭生灵！于是盘古从火星上取来三块巨石从天而降，压在恶魔身上。至于那恶魔死还是没死却无从知晓。但西山周围的人总说那恶魔没死，不仅继续吃天上的飞鸟，还在继续吃敢于上山的人。

传说归传说，但传说总给小镇人以现实，这就无从解释了。

不是吗？远的不说，就从张献忠剿四川，西山死了上千人连尸骨都没找到说起，人们知道的就有何波的爷爷从西山顶上的巨石上绊下来摔死；何波的哥哥十二岁那年又被西山的毒蛇咬死；要解放时，韩雨的父亲韩光又在老宅所谓自杀。

要说以上死亡都有前因后果的话，那一九八六年三月二十日发生在西山老宅的两条人命就十分蹊跷了。这桩命案成了长期未破的悬案。命案悬着不打紧，但两条人命的阴魂却和过去的亡灵紧紧缠绕在一起，像幽灵一样在A县，在小镇，在小镇百姓的头上盘旋。所以，A县小镇的一些人听说又要搞西山旅游开发恰如惊弓之鸟！

小镇党政办公会在小镇第一会议室进行。吴奇中主持会议，他说："关于西山开发的问题撂了几年，现在县里指示要我们必须作个决断。今天我们就议议，给县里一个回话吧。"

大家一听，又是西山开发的问题，有的人又老调重弹起来。

大胡子老王说："我还是不赞成开发西山，理由还是那句话，西山是魔山，碰不得。"

吴奇中说："老王呀，你是党的干部，可不要信邪啊！"

老王说："正因为我是党的干部，就要为党和人民着想，尤其要为人民的生命着想。"

列席会议的西山村主任兰仝说："我赞成大胡子的意见，西山不能碰，包括老宅在内一草一木都不能动。大家知道，十年前要不是搞西山开发考察，那省里来的刘江和夏善兰夫妇也不会在老宅被人杀死。西山没人去，老宅无人住，西山老宅好不容易安静了十年没死一个人，要是现在又去开发它，必定要惊动恶魔的子孙后代。下面的话，我不说大家也懂。"

又有一个班子成员说："西山老宅自何钦死后，他的儿子何波常年在外漂泊，老宅无人住，整整安静了二三十年没死过人。正如刚才兰主任所说，唯独八六年说搞旅游开发，那两人在老宅住了几晚上就被杀死。后来开发停了，也就没死人了。兰主任的话是什么意思？就是西山和老宅都不能动！"

参加会议的副镇长罗兵和李琼至今还没发言，罗兵一直在他的小本本上写着什么，而李琼却不断给韩雨递眼色。

又一个列席会议的西山村副主任，把叼在嘴上的烟头取下来往地上一扔说："怪就怪当年张献忠那虾子，剿什么四川，修个锤子老宅，害得那一千多个人冤魂不散，弄得至今让人对西山弹什么？对，弹夫时变。"

有个参会者立即纠正道："老兄，不是弹夫时变，是谈虎色变，亏你还是村副主任。"

那副主任一笑说："嘿嘿，我没说清楚。"

这时，另一个与会者说："我赞成开发西山。我才不相信西山有什么魔！要说魔，那就是十年前杀害俩人的凶手何波。那案子不是至今还悬着吗？我估计呀，何波就藏在西山。现在趁开发西山，把凶手何波抓获归案，岂不是一举两得？"

兰仝立即对那人说："哎，你那意思，我不赞成开发西山，好像是我在窝藏杀人凶手何波似的。我是村主任，堂堂的国家一级，最低一级干部，我会是那样的人吗？"

那人正要反驳，被吴奇中制止了。

韩雨在会上如坐针毡，尽管李琼不断递眼色要他发言，他也假装无动于衷，心静面和，看不出一点紧张。但最后这个与会者的发言却使他浑身一颤，汗毛旋即竖了起来。

还是吴奇中及时解围，说："我看大家也别争了，说凶手藏在西山是自己给自己找事。谁都知道凶手何波死了好多年了，哪来的凶手？我看三个镇长还没说话，就请他们说说吧！"

李琼首先说：“我认为西山村的两个主任说得有一定道理，”她看了眼韩雨，继续说，“抛开西山有没有魔不说，就说小镇人的心理承受能力。上千年人们对西山的恐惧心理，我们不可能在一瞬间使它消失是吧？”

吴奇中问：“你的意见是……”

“听韩镇长的，他是镇长。”李琼说。

罗兵放下手中的笔，轻声细语地说：“大家的意见我都很认真地记在这本本上了，听起来好像都有点道理。但大家是不是忘了一点，我们在座的都是共产党员，党的章程上哪有一条是信魔信鬼的？不错，老百姓有些是信，那是他们科学知识较为浅薄，是我们对他们宣传解释不够的缘故。只要我们宣传到位，老百姓会理解的。我的意见是赞成开发西山。”

罗兵的发言顿时引起与会者交头接耳。

吴奇中问：“韩镇长，你的意见呢？”

韩雨思忖一下说：“我听你的。你是党委书记嘛！”

吴奇中心里明白，韩雨是反对开发西山的。自十年前老宅出事暂停开发以后，开发又说了很多年，县里也催过几次，小镇一直定不下来，就是小镇班子思想不统一，尤其韩雨和李琼一直投反对票。这次要不是县委书记亲自找吴奇中和韩雨谈话，韩雨自然也是坚决反对的。

吴奇中要还没发过言的党委委员也表个态。

甲说：“从改革富民，拓宽富民渠道考虑，我赞成开发西山。”

乙说：“我也赞成。”

吴奇中问那个西山村的副主任说：“你刚才只说了弹夫色变，至于赞不赞成西山开发你还没说哩！”

大家望着那副主任笑。

那副主任把叼在嘴上的烟头又往地下一扔，说：“这几十年我学毛主席他老人家的话很多，但都记不清了，可有两个字我一直没忘，那就是‘同意’。”

与会者更是哄然大笑。

最后，吴奇中说：“现在看来赞成开发西山的是多数，我吴奇中历来尊重大家的意见，大家说行就行，大家说不行就不行，这叫什么，叫民主集中！现在我讲三点：一、遵照县里决定，我们同意开发西山；二、按照县里指示并提名，成立小镇西山开发领导小组，由罗兵副镇长兼任组长；三、解放思想，破除迷信，大力宣传开发西山旅游业是富民强镇之举，号召全镇人民齐心协力，将西山打造成小镇乃至全县全国闻名的旅游胜地。散会！”

走出会议室后，韩雨叫住了罗兵，说：“我爱人请你中午在我家吃顿便饭，你看……”

罗兵见韩雨有些忐忑，便问：“有什么事吗？”

韩雨说：“没事儿，就一顿便饭而已。”

罗兵自然不知，韩雨是醉翁之意。

饭的确是便饭，一盘回锅肉，一盘鱼香肉丝，一盘从街上买的什邡板鸭，一碗番茄鸡蛋汤，两盘下酒的香肠和花生米。摆的酒也是一般的绵竹大曲。

韩雨指着酒柜里的茅台和五粮液，说："本来想拿它招待你的，又怕有贿赂之嫌。所以喝这十来块的绵竹大曲，你我都心不惊肉不跳。"

罗兵说："绵竹大曲好，小剑南春。"

韩小路风风火火地走进家门，见桌子上摆满了酒菜，兴奋地大声喊道："哎哟妈也，今天是啥子日子哦，弄了这么多好吃的？"说着，她就拈了块香肠塞进嘴里。

信香拿着把汤勺从厨房出来对她说："看你，有客人也不先打声招呼，一点儿都不礼貌。"

这时，韩小路才发现沙发上坐着罗兵，便说："啊，原来是罗副大镇长光临呀，失敬，失敬！"

罗兵笑着说："你今天像变了个人似的，变得那么刻薄尖酸，还有点油滑。"

韩小路说："我刻薄吗？爸妈，你看这个人不知好歹，弄这么多好吃的招待他，还说我刻薄，太没良心了吧？"

韩雨说："别贫嘴了，上桌吃饭。"

小方桌一人一方，各就各位。

当韩雨欲打开绵竹大曲时，被韩小路一手夺下，阴着脸说："这酒配他喝吗，他是什么人呀？"

信香见势头不对，忙说："丫头，对客人礼貌点儿！"

韩小路把那瓶绵竹大曲放进酒柜里，顺手取出一瓶五粮液，说："起码得喝这个！人家可是第一次登门，又是副大镇长！"大家这才恍然大悟，笑了起来。

喝酒吃饭中，罗兵说："韩镇长，小路的实习单位我已经给搞定了，就落实在县委党校，明天就可去报到上班。"

韩雨两口子本想通过这顿饭解决女儿在县党校实习和她与罗兵耍朋友的问题，结果一样也没实现。韩小路明确表示，县委党校她不去，要去就去西山开发小组，这个罗兵当场答应。至于耍朋友，她说她不能夺人所爱。

在罗兵的张罗下，西山旅游开发领导小组今天终于正式办公。上午不到八点，成员们已全部到齐。

在办公室，组长罗兵分别对每个人做了介绍。罗兵首先指着一个头发花白，脸上皱纹横溢的老人说："他叫袁一锋，这老头儿刚退休，没事儿干，闷得慌，看他身体还行，我就把他弄来了。"

大家尊重老人，一一向他握手微笑。

罗兵又指着韩小路说："这位是韩镇长的千金，哎，我可不是拍马屁呀，是她自己要来的，而且还自带工资。"

吴平说：“你这不是此地无银三百两吗？”

罗兵说：“信不信由你。”想了一下他又说，“唉，要这么推理，我也是在拍吴书记的马屁喽，因为你也是他的千金呀！”

吴平说：“我可不是爸要我来的，我是组织上安排来的。要我定的话，这破单位我才看不上哩！”

韩小路笑着问：“吴平，你怎么也此地无银呀？”

吴平说：“没有啊！”

韩小路说：“还不承认，你看不上这单位，可你看上了这单位的人，敢说不是？”

吴平的脸刷地红了，伸手就和韩小路“哈哈哈”地笑着戏打起来。

罗兵立刻说：“别逗了，开会吧！”

这时，韩雨领着一个人走进办公室，对罗兵说：“我和吴书记碰了个头，为了工作方便，兰全兰主任到你们小组协助工作，但不坐班，他是西山村的主任嘛！”

大家虽然感到迷惑，但也只好表示欢迎。

第六章 儿时记忆

今天天气晴朗。韩小路亲切地挽着父亲韩雨的手走在小镇去西山的小路上。

五月的天空显出柔和的蔚蓝，坎坷不平的小路上长满了牛羊最爱啃吃的丝毛草。小路的两边，一片嫩黄的麦谷在微风中轻轻荡漾，天上小块的浓云投射下淡淡的影子在麦谷上悄悄移动。远处是一片灰蒙蒙比天低比地高的山峦，那就是西山。

眼看这景色，韩小路不禁想起大作家屠格涅夫在他《猎人笔记》里对初夏光辉的描述。她蓦然在心里问：“韩小路，你是猎人吗？”

韩小路对屠格涅夫的《猎人笔记》有些段落背得滚瓜烂熟，很多精彩的词语她记得十分牢靠。但最牢靠的还是《猎人笔记》的“猎人”二字。她学法律，就是想将来做一个刑侦上的“猎人”！

韩小路前段时间老不沾家，不是有意回避父母，而是去了奶奶陈英家。她独自一人待在爷爷韩光曾经的书房里安安静静地梳理着自己的情绪和思路。

老宅的怪物对她的袭击和侮辱，使她吃惊不小；父亲韩雨突然出现的蒙面一击使她转危为安；蒙面的父亲被那怪物狠踢致伤父亲竟然放他走又让她迷惑不解；女儿遭坏人袭击差点儿丧命，他自己也重伤住院治疗，但他不报警反而缄口不语。所有这一切让她怀疑父亲是否与何波杀人案有关。

如果老宅出现的那个怪物真是何波的话，那么父亲就是有意放走何波，让他逃脱法律的制裁。如果真是如此，那父亲韩雨就有重大的犯罪嫌疑。想到这里，她总是不寒而栗。

但她仅是一种推测。仅用推测定论往往让人走入误区。所以她在爷爷书房里掏出她记载有何波案情的小本本，仔仔细细，反反复复地看了好几遍。除了看见有吴奇中、韩雨和李琼各有一份旁证材料外，再无别的地方涉及父亲韩雨。

她有些欣慰。因为她一直认为，父亲韩雨是一个好人，他不可能干出超出法律规定的坏事来。但事实又让她提心吊胆。作为女儿，她有这个责任，在不违背工作原则的前提下和父亲好好谈谈，再从谈话中把握父亲内心世界的真伪。

于是，她今天早上对韩雨说："爸，今天是星期日，天气这么好，我陪你出去走走好吗？"韩雨一听，自然高兴得不得了。

一对云雀从山那边飞过来，从他们头上掠过落在旁边麦地的麦穗上，东张西望地啄着即将成熟的麦粒。

韩小路指着那云雀说："爸，你看，那鸟在偷吃麦子哩！"

韩雨一听，不禁打了个寒战 。稍顿，他才问："是吗，在哪里？ "

韩小路对父亲这种心不在焉的样子有些反感，她不高兴地说："都飞了！爸，你刚才在想啥吗？"

韩雨支支吾吾，但脸上给人一种想说又不想说的感觉。

是啊，这事他能说吗？

这条小路，对韩雨来说太熟悉不过了，熟悉得他能闭上眼睛从小镇走到老宅。

要是时光能退回的话，韩雨宁可让它退到四十年前。

那个时候，母亲常牵着他的小手从小镇家里出发，走过这条小路，越过老宅前的那条小河，走向那虽然陈旧但还耀眼的老宅。

可是母亲从不让他进老宅，就让他在外面玩。

每每这个时候，一个叫何波的男孩总是从老宅院子里跑出来，牵着他的手往小河边跑。

韩雨记得，那是一个夏天的下午，骄阳似火。何波把他带到小桥上，用手合成一个喇叭状放在小嘴上仰天拖着声音吼道："阿呵——阿呵——阿呵！阿呵——阿呵——阿呵！"

这样吼了两遍，有三个同样大小的女孩不知从什么地方就跑到他俩面前。一个小辫子气喘吁吁地用衣袖抹着鼻涕；一个短头发用双手往上提着裤子；还有一个只看着他俩笑而不语。

多么天真活泼的小伙伴！

通过何波的简单介绍，那个小辫子的女孩叫胡芳；那个短头发的女孩叫梁世容；那个只含笑而不语的女孩叫信香。

当时韩雨感到新奇，问何波："有姓香的吗？"

何波纠正说："不是姓香是信香。"

韩雨说："我问的就是姓香嘛！"

何波说："不给你扯了。你叫她信香就是了。"

韩雨迷茫地摇摇头。

从此，他们五人就经常在小路上跑，在麦地里捉迷藏，在桥头那片林子里捉飞鸟，在小桥上看太阳，站在河堤上往河里扔石头。实在太热了，就下河摸鱼捉蟹打水仗，甚至几个人都把衣服脱得溜光跳进水里洗澡。

有一次，他们五人在河里洗澡时，韩雨发现何波的小眼睛老往信香，就是那个经常笑而不语，大眼睛白皮肤小嘴巴的女孩的肚子下边瞟。瞟了一眼又往自己的肚子下边看，看了又瞟。

这样瞟了几个来回，何波把嘴贴在韩雨耳边悄声说："你发现没有，她们和我们不一样！"

韩雨问："啥子不一样？"

何波说："下边不一样！"

韩雨又问："哪个下边不一样？"

何波急了，说："不给你说了。说了你也不懂！"

何波比韩雨差不多大两岁，自然比韩雨懂得多。

不知不觉，韩小路和父亲韩雨走到了这座桥头，看见桥头那片茂密的丛林。一群小鸟从丛林中飞来，从他们头上飞过。

这时恰似情人的一男一女依偎着身子从林子里出来。韩小路一看像身子触到了电似的一颤，不禁松开了父亲的手。

那是十年前初春的一天，学校组织春游。韩小路和她的同学吴平与同学们一起来到河边玩耍。

吃过自己弄的午饭，吴平就拽着她顺河边往上游走。边走边说着她们班上的男生谁又长得帅谁又学习好，谁又在操场上跑得飞快。

忽然，吴平指着不远处那丛林旁的一男一女说："小路你看，那不是你爸吗？"韩小路顺着吴平的手看过去正是她父亲韩雨。

此时，韩雨牵着一个长发女人的手正对着她俩走来。

韩小路断定那女人绝对不是她妈，于是拖着吴平掉头就跑。刚跑到桥头路口，就看见有几辆摩托车呼啸着警笛声向老宅驶去。

十年后的今天，韩小路又来到这里，又看见了那片丛林，又发现一男一女从林边走来，怎不让她忆起当年难堪的一幕？

韩小路回过头来，见韩雨低着头若有所思的样子。心想他也许也在回忆当年的那一幕吧？但此刻她不想去追究父亲的那一幕，只想知道那一幕以外的事情。

“爸爸，你在想什么呢？”韩小路问。见他低头不应又大声喊道：“爸！”

韩雨一惊抬起头来，问：“你，你吼啥呀？”

韩小路说：“想问你点儿事。看你失魂落魄的样子！”

韩雨说：“问吧，啥子事哦？”

韩小路说：“记得十年前的这个季节，我们学校组织到这里春游，你猜我当时看见了什么？”

韩雨又一惊，把脸一侧，小声说：“猜不到。我又没在这里。”

韩小路一笑说：“我看见好多警察的摩托车驶向老宅，那是怎么回事哦？”

韩雨想了很久才说：“哦，老宅里死了两个人。”

韩小路问：“什么样的人啊？”

“两个从省里来考察西山开发的人。”

“是他杀还是自杀？”

“警察说是他杀。”

“凶手抓住了吗？”

“抓住了，后来又放了。”

她再问：“那凶手是谁？为什么抓了又放了呢？”

韩雨不耐烦了，责备说：“你还有完没完？我怎么知道这些？我又不是警察！”

她严峻地说：“你知道！”见韩雨惊诧不已，便改口说，“你当时是副镇长呀！你不可能不知道。算了。你不想说，我还懒得问呢！”

她又挽着韩雨的胳膊，说：“走，我们到老宅看看去。”

这下真把韩雨惹火了。他把女儿的手猛地掀开，怒目圆睁地大声吼道：“你到底想干啥？想死是吗？你看你这次回来，说是实习，可你都做了些什么？头一天就往老宅跑，差点儿没命。人家罗兵好心联系了单位叫你去实习，你又不去。你妈想让你和罗兵耍朋友谈恋爱你又不干。今天你约我出来说是陪我好好走走，你却东问西问，像个警察查户口一样审我。现在你又提出去那老宅！我给你说过多少次，那老宅是凶宅，千万去不得。可你就是不听，气死我了！这么不听我的话，我倒要问，你到底是不是我的女儿，我又是不是你的父亲？”

韩小路望着他，冷冷地说：“你说呢？”

韩雨一听不吱声了。他十分后悔，不该问最后一句话。

第七章 恰是逢场

在继续追踪老宅悬案前，让我们先把小镇说一说。

小镇不大也不小，不算它管辖的村组，就街道面积而言，不到两平方公里，但人口却接近两万。这是个人口多，房子少；手工作坊多，现代工业少；赶场的人多，买商品的人少的贫困镇。要不是前年修了栋四层楼的镇政府办公楼，全镇见不到一座三层以上的建筑物。老百姓不用说，八成人仍住在青一色的老得千疮百孔的红砖青瓦平房里。

由于小镇处于两县交界处，尽管人穷镇贫，但每逢赶场天街上总是拥挤不通。

今天是阳历五月六日，农历四月初四，是小镇每逢农历一、四、七的赶场天。不到吃早饭的时光，附近甚至很远的人们和小商小贩就陆续像潮水一样涌进小镇。

小镇逢场，不仅吸引了那些想卖东西、想买东西、既不想卖又不想买只是想来凑热闹的人们，同时也吸引了一些不知是好吃懒做还是真有说不清道不明的穷困潦倒只能乞讨为生的流浪者。

你看，在通往西山老宅的路口，就刚坐下一个乞丐。他戴着一顶破旧的草帽，衣衫褴褛，脸上脏得除了那双贼溜似的眼睛几乎分不清嘴鼻在什么位置。他伸着一只似乎残疾的腿，双手捧着一个缺了口的污垢集满了边沿的大斗碗，向着过路的人要钱讨食。

不少人尤其那些打扮得自以为高贵的人，见了他便离他老远不屑一顾地快步离去。除了少数好心的太婆大爷和小孩子外，几乎少有人往他的斗碗里扔钱丢食。

凡是逢场天，小镇派出所的民警除了值班和出警的外，都被分配到小镇的各个角落巡视。虽然阶级斗争已基本结束，改革开放已经快二十年，大范围的敌我矛盾已不复存在，但坏人和不法分子还是有的。他们经常以公开的、半公开的形式和手段与社会和人民为敌。所以作为保护人民、维持社会治安的人民警察责任重大。

吴平来了，她警惕地睁着一双明亮的眼睛，从人群中东瞧西盯地走来。

吴平本不算是漂亮的女人，皮肤不白，但黄黑得很受看；眉毛也不细，但粗犷得很威严；眼睛也不大，但小得又让人感觉很亲近；鼻梁也不高，但矮得恰如其分；嘴唇很大，但大得让男人觉得性感。不管怎么说，她是一个普通的再普通不过的女人。

像她这样的女人在小镇满目皆是。但是由于她身材高挑不瘦不胖再加穿上那身合体的警服，还是被没戴有色眼镜的男人们视为有特点的美女。其实她没啥引人注目的特点，要说有，就是性格粗犷，说话口无遮拦有啥说啥。

吴平巡逻到街头，看见那乞丐在向一个人要钱。那人不给，还说现在是什么时代了还出现叫花子。吴平一看，也觉奇怪。

她在小镇工作不说太长也有一年多，可从来没见过这乞丐。再说，经过几次清理遣送，至少有半年在小镇没见乞丐沿街乞讨了。

那乞丐见警察向他走来，便倏地收回似乎残疾的腿，并伸手把破草帽的边沿往额头下拉，以遮住他那本来就难看的脸。

正在这时，一只手从背后猛地拍在吴平肩上。她吃惊地回过身去，惊喜地喊道："哇，韩小路！老同学打扮得好美好美啊！"

韩小路穿着碎花粉红夏布长袖衫，青蓝色长裤，米黄色的高跟皮鞋，油黑的马尾辫上扎着一朵鲜艳的桃红发结。她这一装束，把本来就苗条的身材勾勒得凹凸有致，再加上漂亮的脸蛋，越发美丽动人。

她问吴平道："都在开发办上班了，还在派出所干呀？"

吴平把韩小路拽到阶沿上背对那乞丐对她说："今天是星期日，又逢场。赶场的人特多，所长就把我像拉夫一样给拉来了。本来我是要和他去成都玩儿的。"

韩小路明知故问，道："哪个他哦？"

吴平说："还有哪个，罗兵呀！"

"哟，镇长加帅哥！你们是怎么搞上的？"韩小路问。

"怎么搞上的？说得多难听啊！想听啊，就让本姑娘给你细细道来。"

"不影响你巡逻吧？"韩小路问。

"不会，我的眼睛神着呢！"

韩小路一笑，说："你就吹吧！"

吴平往四周扫了两眼，回头对韩小路说："刚来时，他还是小镇政府办的一个小秘书，后来连副的都没当就升为办公室主任，再后来就当上了副镇长。这前后不到一年，二十四岁的他就连升三级！在人口不到两万的小镇，可算是一个很大的新闻。像这样的火箭干部，不免让人说七说八，态度各异。有的人说他能干而刮目相看；有的人说他拍马屁高升而摇头摆脑；有的人怕他而点头哈腰；有的人敬他却敬而远之。总之，有的人羡慕他，有的人鄙视他；有的人恨他，有的人喜欢他。不瞒你说，本姑娘就是喜欢他的其中一个。"

"他喜欢你吗？"

"不知道。"吴平说，"为了不枉费我对他的爱的付出，我曾经对他的背景作了求证，主要看他老不老实奸不奸猾！”

“你是怎么求证的？”韩小路问。

“我问他，听说你爸是省公安厅的？他答，是。我又问是带长的吗？他答，是。我高兴地再问是厅长吗？他答，不是。我当时还真有些失落。”

“后来呢？”

她叹了口气说：“后来我接着问，带长字，又不是厅长那是什么长呀？是副厅长吗？他说不是，副堂长。见我有些迷惑，他便补充说就是食堂的副堂长。食堂你知道吗？就是吃饭的地方。我对他的答复半信半疑，但看他那说话的严肃劲儿，又增加了几分可信度。如果他说的是真的，那么我又对他产生了疑义。这个疑义不消除，我对他还是不算了解。”

韩小路说：“他都说了真话了，你还有什么疑义哦？”

吴平说：“按现在官场的潜规则，他这样的背景是不会连升三级的。”

“那你又怎么办？不理他！”

“错。我才不学项羽，我要学刘邦，宜将剩勇追穷寇。于是我继续问，你下派到小镇是组织的决定吗？他说是也不全是。我说怎么理解。他说首先是我要求的，其次是组织研究的，最后是自己决定的。

“他见我低着头不再问了，便大声说，‘怎么不问了？继续问呀！你在大学的成绩好吗？你妈是省上的什么干部？你一年连升三级花了好多钱？你问呀！你不是派出所的警察吗？问是警察的专长。继续问呀，哈哈！’哎呀，搞得我脸红筋胀，要不是他哈哈大笑，我还真下不了台。”

韩小路说：“就这么搞上了？”

吴平说：“不管怎样，我是搞上他了。哎呀！怎么我也说搞呢？多俗！”她的脸刷地红了。

吴平为了转开话题，问：“你爸的伤好些了吗？我本想去看他的，可就是工作走不开。唉，要不晚上我去医院看看他？”

韩小路说：“不用了，都出院几天了。”

吴平说：“出院就好了。你爸呀不仅是个好镇长还是个好爸爸。不说别的就说那天晚上吧，都很晚很晚了，他还打电话问我你在不在我家。我说不在。他可急死了！唉，那天晚上你到哪儿去了？”

见韩小路没吭声，又问：“你爸是那天晚上为了出去找你才摔伤的吧？”

韩小路说：“大概，可能是吧。”

吴平又问：“我听我妈说，好笑人哦！你爸是咋个摔的，怎么会伤到那里？”

韩小路故作生气地打断说：“你也太职业了吧？你才当了几天警察呀！”

吴平故作笑态说：“对不起哈，我问多了。”她思忖一下，又转过话题说，“哎，大美女，都快毕业了，有没有相好的？”

韩小路给她一个绣拳，说：“又来了！”

吴平没注意的是，当她背着乞丐和韩小路摆条时，那乞丐以迅雷不及掩耳的速度从地上站起来旋即消失在人群中。

当吴平忽然想起什么似的回过头去看时，那乞丐早已不知去向。“唉，人呢？”她惊讶地问。

韩小路笑着说：“啥子人啊？”

吴平说：“那个要钱的乞丐呀！”

“早走了。”韩小路说。

“啥时候走的？”

韩小路朝她一笑，说：“你不是说你的眼睛挺神吗，怎么也走神了呢？”

吴平说：“他好像何波噢，特别是那双眼神，小时候我印象特深！”

韩小路说：“不可能吧，何波不是早死了吗？听说他的墓碑还好好地立在柏条河的下游哩！”

吴平说：“难道我看花了眼？”

韩小路说：“也许吧！”

其实，韩小路早就看出那乞丐有问题。她虽然在和吴平摆条，可她的注意力一直在他的身上。

一个小时前，那个乞丐还在小镇的南街街头乞讨。韩小路从他面前走过的时候，他并没向她要钱。可一会儿，副镇长李琼路过的时候，他却端起大碗伸向了她。李琼好像无奈但又有些紧张。她朝四周看了一下，似乎觉得无人注意她，才从身上摸出一把纸币放进他的碗里，又以很快的速度从碗里拿了一样什么东西捏在手里便走。这一幕被站在暗处观察的韩小路看了个清清楚楚。

接着，那乞丐迅速站起来，把草帽往下一拉步入人群。

韩小路在乞丐后面大约五十米的距离紧紧跟着，一直跟到西街口。于是在西街口碰见了老同学吴平。

本来就对乞丐有疑问的韩小路，经吴平这么一点拨，她似乎明白了什么。

“这镇上经常有乞丐来乞讨吗？”韩小路问吴平。

“哪儿哟！都好长时间没有了。今天晓得咋个的哟，莫名其妙地来一个。”

“你怎么知道他的眼睛像何波？你见过何波吗？”韩小路又问。

“不是眼睛是眼神。小时候，不，我上高中那年，我去派出所找我爸，我看见所长邢队桌子上放着一张照片。照片上那人的眼神给我印象很深。那眼神仿佛是从那像夹缝似的眼帘里射出来的寒光，非常恐怖可怕。我问邢队这人是谁？他说这就是在老宅杀死俩成都人的凶手何波。后来听说何波死了，可他那眼神还凶神恶煞地留在我的印象里。”

“你确认刚才那个乞讨者的眼神像何波的眼神吗？”

吴平说：“嗯，像，像极了！”

“这就怪了！”韩小路说。

第八章
后生可畏

星期一上班后，韩雨在办公室忐忑不安，一会儿坐，一会儿起，一会儿站，一会儿走。电话响了无数遍他不接，门口多人招呼他他不应，活像热锅上的蚂蚁。

自从女儿韩小路独闯老宅惊动了何波后，他就预感到事情不妙。虽然那晚他在老宅放了何波一马，但事情却被这一放变得越来越复杂，越来越危险。

他对何波太了解了。他是一个死了一次的人。以他现在的处境假死跟真死有什么两样？那他为什么要这样活着，难道就只为了向我韩雨报仇雪恨吗？昨晚，当他看了李琼带回来何波要约他见面的字条后，他几乎不安到极点，精神也一下陷入崩溃！

这时候李琼进来了。这位一向以英姿飒爽的形象于韩镇长鞍前马后，抬轿子，吹喇叭的贴心人，今天一改往日在韩雨面前眉飞色舞，秋色尽显的惯例，却显得异常落寞和憔悴。

她轻轻地走进来，小声地对韩雨说："吴书记给你办公室打电话你没接，他就把电话打到我那儿了，他说叫你去他办公室。"

韩雨问："有啥子事吗？"

李琼说："听说罗兵要带开发小组的人去西山考察。"

韩雨一惊，说："这小子拿到鸡毛当令箭，得了势了！他还真拿开发西山当回事，说干就干。"

李琼说："县政府的批文都下来了，叫快报方案哩！他不当回事行吗？"

在去书记办公室的路上，韩雨对李琼小声说着什么。李琼频频点头。

韩雨和李琼到了书记办公室，吴奇中不在。韩雨见罗兵和袁一锋坐在沙发上不声不响，面无表情地盯着他，让他着实感到惊诧。

韩雨蓦然想起，吴奇中曾经给他无意识地提过，罗兵想要两个不开工资的人到开发小组协助工作，除了韩小路还有一个就是袁一锋。吴奇中说他同意了。

这袁一锋可是原A县公安局的局长啊！当年何波的案子就是他亲自查办的。

想当年，老宅的凶案发生后，袁一锋第一个想到的凶杀嫌疑人就是老宅户主何波。三日后，县刑警队将漂泊在外的何波一举抓获。在收取证据时，他和吴奇中还有李琼都写了旁证材料，一致指认何波就是这起命案的凶手。但他们没想到，铁板钉钉的案子，却在三个月后黄了。何波以杀人证据不足被释放。

今天，见到这个捉鬼又放鬼的袁一锋，他不禁怒从心头起。但是在此时此刻他忍了。没让怒火迸发的原因恐怕只有他自己知道。

现在当着袁一锋的面，他不仅不发火，反而落落大方，笑逐颜开地招呼道："哎呀！是老首长光临啊？韩某来迟，失敬失敬了！"边说边和袁一锋热情握手。

袁一锋也绽开笑容，说："大镇长真忙啊！连书记的电话也没时间接，还得麻烦李镇长亲自请。"

李琼为他解围说："镇长刚才不在办公室，所以没听见电话也就没接电话。"说话时，吴奇中拿着一份文件匆匆走来。

大家都落座后，吴奇中晃着手中的文件说："根据县里的这个批文，要我们在文件收到后十五天内拿出西山旅游开发的方案，而且要求三个月内必须动工开发。按照文件收到的时间推算，十五天只剩十天了。老韩呀！你是怎么看文件，又是怎么处理文件的？这行政上的文件你光签已阅能行吗？你可是镇长哦！"

韩雨低头不语。

吴奇中见韩雨不吭声，便对罗兵说："他不说就由你说吧！你们准备怎么走下一步？最好说具体点。冠冕堂皇的话少说，最好不说。"

罗兵看了眼袁一锋，说："我们开发小组准备今天就上山……"

"什么，上山？"没等罗兵说完，韩雨就忍不住大声吼起来。他说："几百年上千年没人敢碰的山你罗兵也敢碰？你知道吗，那山峦丛林密布，陡壁峭岩，乱象横生，蛇虫出没，无路可走。你，你们怎么上？"

"怎么上？用脚走着上！"一个清脆的声音从门外传来，跟着韩小路和吴平快步走进办公室。

韩小路继续说："鲁迅在他的《故乡》里写道，世界上本无路，走的人多了便成了路。"她面对韩雨严肃地说："几百年上千年西山无路，就是无人去走。现在就由我们开发小组的人去走吧！"

她面对大家大声地说："我相信事在人为，要不了多久，西山就能走出一条金光闪闪的富民之路！"

"做梦吧！"韩雨对韩小路说，"你以为你是谁？你们开发小组又是谁？你还是块未出熔炉的矿石，一个乳气未消的丫头！你懂什么？千百年来，远的不说，就从唐朝开始，李世民武则天，康熙乾隆都看上过西山而不敢动西山。难道这些真命天子还不如你？你有本事就回你学校去，好好学点儿真本事，不要在这里胡乱说，异想天开，丢尽我韩家的脸。"

可以说，这是韩雨第一次当着大家尤其当着吴奇中的面斥责自己的女儿。情绪之激动，言语之尖酸，声色之俱厉，几乎前所未有。

训斥完了，气放了，口也渴了。他喝了口吴奇中杯子里的水，突感心头一阵隐痛。

韩小路是他的心肝宝贝啊！他这样训她，他的心怎么会不痛？

罗兵说话了。首先他劝韩镇长不要激动。说年纪大了一激动就上火，上火就容易伤肝，肝伤了你说这身体会好吗？其次他说，开发西山是县里镇里的决定，你是镇长，应该说也是你的决定。

最后罗兵说："开发小组上山考察，不是韩小路一个人的决定，而是大家研究定的，符合批文的要求。伟人说，要知道梨子的滋味，就必须亲自尝一尝。引申过来，也就是说，要开发西山就必须知道山里有些啥。知己知彼百战不殆，我想这个道理谁都能懂。"

大概憋不住了，年轻人就有这个气势，吴平说话了，她说："我旗帜鲜明地支持韩小路。我不像有的人，"她瞟了眼罗兵，"说话四平八稳，谁也不想得罪。上山实地考察就是韩小路首先提出来的，有啥子错？没有调查就没有发言权，这是祖宗的明训！我不相信，韩叔，还有我爸和袁伯伯，你们这些老党员会不记得。"

她略一停顿又说："至于西山从古到今无路可走的定论，我解释一下小路刚才说过的一句话：路是人走出来的。西山过去皇帝也喜欢就是不去走，因为他们是所谓的真命天子，他们放不下架子，也没这个胆子，不愿也不敢去走。我们不是真命天子，我们是人！没有任何负担和顾忌。所以我们不但想走愿走而且能打破一切陈规陋习，无所畏惧地大着胆子去走。拿现在的话来说，这是什么？这就是改革，就是解放思想！"

袁一锋突然站起来说："老吴，有纸笔没有？"吴奇中说："灵感来了，想写字？有，我还是你的学生哩。"

当吴奇中把宣纸和毛笔摆在袁一锋面前时，他却说："不写了，'后生可畏'四个字好记。"

吴奇中动手收拾宣纸和笔，却被袁一锋接过去，对吴奇中玩笑似的说："大家都说了这么多，也该你这个一把手决断了，发指示吧！"

吴奇中撂下纸笔说："我还没听见老首长老领导老老师的高见呢！学生岂能武断？"

袁一锋问："真要我说？"

吴奇中说："不是要，是请！"

袁一锋说："那就不客气了。说两句，就两句：第一句，后生说得对。第二句，就按后生说的做。"想了一下他又说，"再补充半句，先生不掉格！"说这话时，他有意地把目光从韩雨和吴奇中的脸上扫过。

吴奇中拍着手说："好，言简意赅，精辟！"他对罗兵说："就按老领导的指示办，上山！"

罗兵和韩小路、吴平还有袁一锋四人高兴地离去。

办公室剩下吴奇中和韩雨及李琼三人。吴奇中把门轻轻一关，转过身来对韩雨厉声说道：“你今天吃了什么枪子儿还是喝了啥子迷魂汤？昏了头了！那些话是你一个党的干部说的吗？西山开发，大势所趋，你阻挡得了吗？在这种场合，你就不能学学李琼，不说话舌头不会烂的。天塌下来，还有我吴奇中顶嘛，你怕啥又急啥？”

韩雨吸了口气，说：“我一见那个袁一锋就是气！想当初他要我们写何波案的材料，我们写了，何波也被抓了，可不久他又把何波放了。捉鬼放鬼他安的是什么心？”

李琼说：“他怎么到开发小组来的，我看他来者不善！”

吴奇中说：“他落魄退休了，老婆也死了，在家闷得慌，想找点儿事做。罗兵给我说要他时，我以为是说笑，就答应了。谁知他还真的来了。来就来吧，反正是搞开发又不是办案子，担心他干啥？再说，何波早死了，案子都沉底了，他还能怎样？”

李琼打断吴奇中的话说：“可何波他……”话到嘴边又被韩雨一个眼色收回去了。

韩雨急忙转移话题说：“让李琼和他们一起上山吧，多一个人比少一个人好。”

吴奇中想了一下，点了点头。

第九章 路辟西山

罗兵一行走到南街口，马上就西拐踏上去西山的小路。韩小路和吴平走到这里，几乎同时想起那个逢场天在这路口看见的那个乞丐，不过吴平想起的是那乞丐残缺的腿和捧着破碗要钱的神情以及那双射出寒光的可怕的眼神。而韩小路想的是他捧着大碗伸向李琼和趁吴平背着他和自己摆条时，他倏地从地上跃起窜入人潮的那一幕。

小路上，罗兵和李琼、袁一锋一边走一边谈，还不断地用手东指西指。

这条小路崎岖而坎坷，宽不到三米。两边除了零星的小树丛和遥远不多的房屋就是一片望不到边际的嫩黄的麦地。这是成都平原初夏最显著的特征。

一行人踏上小路，自然就分门别类。罗兵和袁一锋走在最前面，李琼走在罗兵的右旁略后一步。李琼不是小组成员，但在韩雨建议、吴奇中点头下也随队而行。走在后面的当然是两位镇领导的千金也是他们的掌上明珠吴平和韩小路。

罗兵内着白底条形花衬衫外套藏青色短夹克，蓬松的头发，丰满而红润的面堂。在灿烂的阳光照映下，这小伙子显得朝气勃勃，万般风采。

韩小路看见罗兵高大的身躯，不禁想起她的男朋友何支。但当她正想入非非的时候，却被吴平一声“哎哟”打乱了。

原来，吴平自从踏上这条小路，她的目光就没有离开过前面的罗兵。她看他高昂的头、宽阔的肩、厚实的背和那像伟人在指点江山激扬文字的手！她在想他要是此刻回过身来，只要对自己一笑，用不着表白，她就会不顾一切地冲上去，投入他那坚实的怀抱……

大概因为这种遐想让她的脚刚一向前迈，就被一个凹陷的小坑给扭着了。

其实，罗兵自打从小镇出来，无论韩小路还是吴平，他都没正眼看过。而她俩除了在不远的后面看他高大的身躯、宽宽的背和那东指西指的手臂外，其他什么也看不见。

韩小路在心里说，这罗兵有什么超人的吸引力？就是在那天晚上，在“想唱就来”歌舞厅，吴平和他跳舞时，除了他神情专注、步正身端、舞姿优美外，她也看不出像爸妈说的突出之处！可就是这么一个男人，吴平却把他当成白马王子深深地爱慕着。

这是一片神奇的土地。这是一条古老而沧桑的小路！也许是因为这小镇西边人烟稀少，又有一座充满恐怖传说的老宅；也许那常年阴风不断、鬼哭狼嚎、奇石怪垒又无路可走的西山；也许靠小路两边良田维生的老百姓不让侵占良田；也许还有其他也许，这条延续了大约上千年的坎坷而崎岖的小路从来也没加宽过。因此，人们除了步行最多也就骑自行车小心慢行罢了。所以，韩雨说他在这条小路上骑车摔倒没人不信。

韩小路和吴平走在罗兵他们的后面，相距就那么十来米，却让她俩感到遥远和陌生。

听见叫声，罗兵等人立即惊诧地回头。罗兵快步走来，看见韩小路扶着吴平，便问：“怎么啦？”说着就要去牵吴平的手。韩小路知趣地立即松开扶吴平的手。吴平乘机将上半身倚在罗兵身上。

其实吴平并没有扭着脚，而是由于走路时分心，左脚踩在一个小坑里差点儿绊倒而已。但她在罗兵面前却把左脚伸起，装着很疼的样子。罗兵只好蹲下去给她揉脚。罗兵倒很专业，一双粗壮有力的大手在吴平的脚上却显得格外温柔而细心。

揉了一会儿，吴平高兴地说：“好了。”并笑着对罗兵说，“谢谢你呀，我的罗大镇长！”

韩小路看了低头在笑。

刚走过小桥，兰仝气喘喘地从桥西跑过来对罗兵说：“我接到电话就赶来了，没误事吧？”

罗兵说：“没有。哎，兰主任，你可是西山的地主啊！”

兰仝忙说：“罗镇长是开玩笑还是记错了？我兰仝祖宗三代都是贫农啊！”

吴平捂住嘴笑了一笑，说：“不是罗镇长记错了，而是你听错了，理解错了。你是西山村这个地方的主任，说你是地方之主一点也没错呀！”

兰仝说：“还是吴警官学问深，解释得天也没缝。”

吴平又一笑说：“不是天也没缝，是天衣无缝。”

马上就到老宅了，每个人看上去若无其事，实际上每个人都在想问题，只不过他们想的问题各自不同罢了。

罗兵在想，这老宅究竟有什么秘密，有什么可怕，弄得堂堂的韩镇长也心有余悸。难道韩镇长与这老宅真有什么牵连？

袁一锋在想，十年过去了，这老宅还在。可那两个无辜的死者却一去不复返，烟消云散了。没人为他俩的死喊冤，也没人为他俩被杀雪恨。老宅凶案至今未破，杀死他俩的凶手至今还逍遥法外。天不公啊！

李琼也在想，袁一锋究竟来干啥？是想重操旧业，还是真的闲得无聊？她不会忘记韩雨对她的交代：“好好地观察那老头子。”

唯独韩小路想得特别，做得也特别。当她看见老宅的大门时，她想起那天夜里开门进屋的情景，阴森而恐怖；当她从老宅客厅窗前走过时，她又想起蒙面人在关键时刻飞窗而入和怪物打斗的场面，蹊跷而怪异。于是，她不由自主地在窗前停下步来多看了那窗户两眼，并用手轻轻推了那两扇窗户。但她没注意到，罗兵看那窗户比她看得更加仔细，更加用心。

在李琼的催促下，罗兵一行向西山走去。

离开老宅，大家心里紧绷的弦似乎松了许多。在路过老宅时，大家紧绷着一张脸一言不发。走过了老宅，大家却都活跃起来了。

韩小路说：“老宅现在从外貌上看虽然很破旧，但骨架的风采犹存。料想当年其规模一定不小。我不明白的是，这么好的房子怎么会无人居住。难道仅仅是无电无自来水的缘故吗？既然没人住，为何还让它存在呢？兰主任，你这个西山村的主任可知？”

兰仝说：“老宅的确长期无人居住。但因为它古老又有来头，所以一直保存着。是吧，李镇长？”

李琼说：“也不完全是这样。主要是户主不愿自己住也不让别人住，更不表示放弃。现在政府有政策，像老宅这样有历史渊源而又有户主的房子，政府是不能随便干涉的。”

罗兵说："嗬，历史渊源？说来听听。"

李琼说："说来话长。你想听的话，等有空，你好生地喊本阿姨一声，阿姨就讲给你听。"

罗兵也玩笑说："李镇长不怕折寿呀，我姐都四十岁了，你才多大？"

李琼说："那就叫我姐吧。"

说话间，他们来到了西山脚。

西山看上去十分秀丽，树林茂密郁郁葱葱，尤其山顶上那三块，不，应该说是三座巨石，就像《三国演义》中的蜀魏吴三国一样互相鼎立，虎视眈眈；又相互依靠，不离不弃。还有那西北交界的低处蜿蜒而下的小溪，绕过老宅，直达小河，让人感觉这方风景独好！可是，这么一个让人一看心旷神怡的西山却没有一条上山的路。

韩小路和吴平转了一圈儿回到罗兵面前，吴平说："都找了，没发现有上山的路。"

罗兵说："再找找吧。"

兰仝说："别找了，这里压根儿就没有上山的路！十年前，成都来了几个人，也说上山考察找路。但考了几天，路没考着考走了两条人命。罗镇长，我看还是算了吧。据传说山里真的有……"

正说时，本来阳光灿烂的天空突然阴沉下来。暗淡的云层迅速地堆积成一片厚厚的黑云在他们的头顶上翻滚。那翻滚的速度，让人看了就头晕目眩，心惊胆战。整个西山顿时变成昏天黑地。暴风也迅速大作，飞沙走石，倾尽所有把山上的树林扑打得"呼啦呼啦"的怪吼。

兰仝吓得全身颤抖，哀求李琼赶快收兵回营。李琼为难了，让罗兵决定。罗兵难断，要袁一锋拍板。

实在看不下去的韩小路大声说："不怕邪的就跟我上山！"说着她大步走到罗兵面前，对他说："对不起罗镇长，今天小女子夺权了！"

罗兵还没回过神来，就见她拾起一根枯木枝，从荆棘中打开一条缝自己先钻了进去。一条大蛇从韩小路的脚下窜了出来，吴平"哇"的一声惊叫紧紧把罗兵的胳膊抓住。

这时，袁一锋说话了。这是他此行以来第一次对大家说话。他说："还愣着干啥？跟小路走呀！"说着，他就带头钻进了韩小路打开的草丛。接着罗兵牵着吴平的手和李琼一起也跟了进去。唯有兰仝还站着不动。

李琼伸出头来问兰仝："你走不走？"兰仝说："我还是回去给你们准备午饭吧。"说着就十分狼狈地往回跑。

前面，汗流满面的韩小路艰难地扑打着树枝荆棘草丛。她的脸已经被尖利的枝刺划破了几道口子。殷红的血从口子里浸出来和晶莹的汗水混合在一起恰似朵朵含苞待放的玫瑰。

罗兵跨上前去，一把抢过韩小路手中的枯树枝，说：“你还是把权还给我吧！”说着，他跨前两步，扬起枯树枝有力地扑打着荆棘。

罗兵一行人终于上了山顶。尽管他们各自的手脚和脸都被荆棘划破了皮浸出了血；尽管他们的衣服和鞋袜也破了，头上沾满了刺头和草虫；尽管有的人脚崴了，膝盖也青了，鞋也破了，脚趾也伤了。但他们都忘记了伤痛和疲劳，欢快地登上巨石，面对东方，眺望一马平川，相互挽着手，举臂高呼：“我们胜利了！”

此刻，天上的乌云散了，风也停了，山林也不吼了。太阳又重新发出灿烂的光辉。但他们谁也没发现，就在离他们不远的草丛中，有个人正用一双邪恶的眼睛死死地瞪着他们。

第十章
晴天霹雳

韩小路陷入极度迷茫，从西山回来一路都不说一句话。“小路，听说你爸妈小时候和何支的爸是光屁股朋友，不妨你回去问问，也许他们知道。”李琼在西山顶那座巨石上，在议论寻找老宅主人时无意间说出的这句话，一直在她耳边回响。

过去她弄不明白，爸爸为什么对老宅闭口不谈，以至那天晚上在老宅发生那么大的事他也叫她不要向任何人讲。

韩小路渐渐梳理了一些头绪：老宅—何波—韩雨—何波的儿子何支—老宅凶案。这里面一定有不可告人的秘密和联系。那这秘密是什么呢？联系又是什么呢？咋个才能知道这秘密存在的渊源呢？一连串的问号促使她赶紧往家走。

可是，心越急步子却越慢。从西街十字口与罗兵他们分手，到家只需十来分钟的路程，她竟走了二十分钟还没到家。

当时，韩小路站在巨石上说：“你们看呀！山下河水淙淙，山上树木葱葱，山间溪水长流，山顶无限险峰！这西山真是天然的旅游胜地。”

袁一锋说：“是啊！再看这西山的地理位置，背靠龙门山，左右是平川，离城三十里，成都半日还。”

吴平说：“还真看不出来，袁局不仅会书法还会作诗！”

李琼说：“袁局的诗书在A县大有名气，几乎是家喻户晓。”

韩小路说：“我不喊他袁局，因为他退休了。我喊他袁伯伯。袁伯伯，能收小女子为徒吗？”

袁一锋说：“不敢。还是说西山吧！”

“我真不明白，西山这块聚宝山，你们为什么等到今天才决心开发它？”韩小路问。

“这要问李镇长。”罗兵说。

李琼说：“问我，搞错没有？”

罗兵说：“你不是一直不赞成开发西山吗？”

“冤枉啊！”李琼说。

“我可没冤枉你，是你那天自己说的。”罗兵说。

李琼顿一下，说：“其实那不是我的本意，真正不同意开发西山的不是我。”

韩小路问：“那是谁？”

李琼说：“是……”

罗兵立即打断说：“不去追究了，我们还是议一下如何开发吧。”

于是几个人就七嘴八舌地议论起来。

吴平说：“要想富先修路。首先得修一条从小镇通往西山老宅的大马路。再从老宅修一条通往山顶及左右坳山的小路。只有交通四通八达，财源才会滚滚而来！”

李琼说：“先修路也可以，但必须同时从小镇拉一条高压线到西山。有了电就有了光明，有了光明，西山就很快会风光起来。”

罗兵说：“再在山上的树木稀少处修几个景点，再沿小溪修两处瀑布或水帘、小桥、休息亭什么的。”

李琼又说：“我上次到B县去考察，发现他们县城附近的一些农舍，扯起很多花花绿绿的彩条、灯笼、花篮，人们进进出出好不热闹。一开始，我还以为是那家办什么喜事，一问才说是农民开的农家乐。好新鲜啊！我提议在西山脚开几家农家乐！”她有些得意忘形了。

罗兵说：“开农家乐？生财之道，好！哎，小路，你也出点点子吧！”

韩小路思忖一下，说：“老宅据李镇长说有很深的历史渊源，我们可否以老宅为基础，挖掘素材，修建完善一处纪念馆也好，参观点也好，娱乐坊也好，反正要让来西山旅游的客人除了看风景，还应该有学习思考休闲的场所。”

袁一锋说：“小路这个主意好。利用老宅，让它也老有所为，做点儿好事。这样比新修还可节约不少资金。”

罗兵说：“我看行。老宅先作为开发小组办公室，待西山主体开发得差不多了再进行老宅的改建。可是利用老宅得先征得老宅主人的意见才行哦！李镇长，老宅的主人是谁你知道吗？”

李琼说:“自从何波……死后，不清楚这房子的户主是谁。上次搞人口普查和地产核查时，老宅也没找到户主。不过，后来听书记说，好像是一个叫何什么……对，何支的人把老宅的钥匙拿走了。”

李琼在说的时候，韩小路的脸上掠过一阵阴云。

罗兵又问:“何支就住在老宅?”

李琼说:“没有。其实，老宅自从出事后便常年无人居住也无人出入。”

吴平说:“要用那老宅必须先找到何支。”

罗兵自言自语:“可这何支在哪儿呢?”

李琼突然说:“哎，小路，听说你爸妈小时候和何支的爸是光屁股朋友，不妨你回去问问，也许他们知道。”

韩小路走到家门的楼道口，身上的手机响了。她掏出手机一看，是何支打来的。“这鬼东西，现在才来电活!”她叽咕两句才把手机贴在耳边，说，“喂，是我。你在哪儿哦?什么，你没去美国?没去咋个现在才来电话?忙，忙啥子?你要回四川，什么时候?三天以后?嗯，知道了。不，还是我去找你吧。老宅我去过了，没发生什么问题。真的没有。好，挂了，拜拜!”

接完电话她便大步走进门洞。

还没进门就闻到炒菜的香味。韩小路知道，母亲信香在做晚饭了。

她开门进屋看见母亲正从厨房往饭桌上端菜。母亲见她满脸伤痕，衣衫褴褛，十分惊讶。她放下菜，走到女儿面前关切地问:“咋啦，弄成这样，打架了吗?哎哟，都流血了!”

韩小路没吱声，感到烦，便先去洗手间。

“哗啦哗啦”一阵流水声后，她又出来进了自己的房间。

信香就这么站在饭桌旁疑惑地看着女儿出来又进去。一会儿，韩小路换了套干净的衣服出来了，她问:“妈，爸呢?他还没回来呀!”

信香说:“刚才罗兵来了个电话，说你爸要去陪一个啥子报的记者吃饭，晚饭就不回来吃了。还说吃过晚饭后可能记者要采访他，可能要晚点回来。哼!你爸那点花花肠子骗得了别人骗不了我。过去他总叫李琼打电话给我，后来被我戳穿了。现在又叫罗兵打。罗兵多老实呀!当然对他言听计从了。哎，算了，不说了，吃饭吧。反正这个家有他没他一个样。哎，你还没说呢，你脸上的伤是咋搞的?”

“山上的树枝刮的。”韩小路说。

信香抚摸着她的脸亲切地问:“疼吗?”

“不疼，疼过了。”韩小路冷冷地说。

刚吃了两口饭，韩小路说:“妈，能问你个问题吗?”

“问吧，啥子问题哟?”信香说。

“爸是不是我的亲爸?”她问。

信香一惊，说:“你怎么问这样的问题，你不觉得荒唐吗?”

“我看他不是。”韩小路说。

信香生气了，说：“他要不是你的生父，那你也怀疑我不是你的生母？”

韩小路说：“女儿从来没怀疑过你不是我的亲妈。”

信香说：“那你认为你妈是和别的男人乱搞生的你？”说着就把碗筷“啪”的一声放下，脸顿时垮了下来。

韩小路见母亲生气了，便笑着说：“妈，你多心了。你女儿我一直都认为，我妈是世界上最正派，最纯洁，最善良，最……”

“不要再坠了。再坠，妈就从这四楼坠到楼底了。”信香打断说。

气氛缓和后，韩小路说：“妈，你知道我为啥问那个问题吗？”

信香说：“不知道，为啥？”

于是，韩小路就把今天上午上班后在吴奇中办公室的事情说了一遍。她说：“哪有亲生父亲当着领导和那么多人的面，如此严厉训斥亲生女儿的？何况一点道理都没有！”

信香为女儿抱不平，说：“下次他要再这样，你就跟妈说。妈用千倍的语言去训他，看他还凶不凶？”顿一下她又说，“不过你爸也是关心你。那西山，还有那老宅是去不得的，尤其是女人。”

吃完饭，正准备收碗筷时，韩小路又说：“妈，我还有些问题想问你可以吗？”

信香把手里的碗放下，说：“还有啥子哟，问吧，我不会像你爸那样凶你的。”

“谢谢妈！”韩小路问，‘你认识何钦吗？”

“认识，早死了。”信香说。

“他儿子何波呢？”

信香一诧，说：“知道，但不熟。听说也死了。”她的脸色渐渐暗了下来。

她再问：“听说何波有个儿子叫何支你认识吗？”

“不知道，也不认识。”

她又问：“那胡芳呢？就是何波的老婆何支的妈……”

信香再也忍不住了，生气地大声说：“何何何，胡胡胡！有完没完？我告诉你，什么何，什么胡，什么芳，我统统不认识，也不知道！”

韩小路耐心地说：“妈，你也别生气。女儿问这些，既是情理之外，也是情理之中。你是我的亲生母亲，今天女儿向你坦白，你女儿要的男朋友就是何波的儿子何支。”

“啊！”像晴天霹雳！信香的心震碎了，头震蒙了，眼前金星乱坠，头晕目眩，旋即昏倒在地。

幸好，韩小路及时给急救中心打了电话。救护车五分钟的路程，三分钟就到了。

在医院，医生给信香打了一针，吃了两片药，她醒了。

韩小路问医生：“母亲的病要紧不要紧，住不住院？”

医生说："无大碍，不用住院，回家休息静养就行了。"

韩小路陪母亲回到家，一看时间已凌晨一点。父亲韩雨还没回来。

第十一章 龌龊交易

随着夕阳的渐渐西沉，霞光的颜色也在渐渐改变。开始是深红，眨次眼变成绯红，再眨次眼就变成浅红。当霞光的所有颜色都消失在西山那边以后，大地无声地宣布：黑夜来了。

在黑暗的掩护下，两个幽灵般的黑影从老宅桥头的东西方向飘来，渐渐地靠拢，最后消失在黑色浓重的丛林里。这两个幽灵般的黑影就是何波和韩雨。

韩雨晚上并没有安排什么陪记者吃饭或采访，只是在下班的时候碰见从西山考察回来的罗兵，他便灵机一动，编了个自认为天衣无缝的谎言，委托罗兵打个电话告诉他老婆信香。这种欲盖弥彰的戏法，对韩雨来说既是家常便饭也是小菜一碟。

自从昨天何波伪装乞丐，把要约见韩雨的字条由李琼交给他以后，他的精神紧张到极点，整整一个晚上合不上眼不说，心里的火还越发越大，以致在吴奇中办公室当着那么些人的面，对自己的女儿大发雷霆。好在罗兵他们走后，吴奇中狠狠地向他泼了盆冷水，他才稍微清醒一点儿。

何波当年诈死，韩雨并不知情。要是知情的话，他不会两次一个人悄悄地到何波的墓碑前烧纸点香。也不会挥泪凝视那抔黄土，在心里祈祷儿时的好伙伴一路走好，来生再为伴。

要说韩雨和何波的感情，如果不是后来发生的那件丑得不能再丑的事，他俩比亲兄弟还亲。所以至今想起来，韩雨总感万分愧疚。

何波当初深藏西山，韩雨也不知道。要知道的话，他不会和李琼两人一起去老宅苟合。结果被突然从外地回家的何波抓了一个正着，成了一失足成千古恨的又一个把柄。就是这又一个把柄连同原来的把柄一起，何波将韩雨牢牢地控制在自己的手心里。让韩雨常年陷入说不敢动也不敢，反抗更不敢的泥坑中，以致越陷越深！因为，他要保住他的家，他的女儿，更重要的是他那头顶上璀璨耀眼的光环。

一开始，何波的条件不高也不苛刻。他只要韩雨对他的假死和藏身之地严格保密就行。后来他又提出要李琼做他的所谓联络人，表面上是从中穿针引线、传递消息，实际上是想解他男人的性欲之饥渴，但遭到韩雨的拒绝。

韩雨说，李琼虽然是单身，但她毕竟是烈属，别人是碰不得的。

再后来何波听说又要开发西山，便要韩雨以镇长之权，竭力阻止西山的开发。如果韩雨将他出卖，他就让韩雨在官场上一败涂地，全家死绝。

为了自己，几年来，韩雨对何波提出的这些条件，可以说是身体力行。不仅死死保住何波诈死的秘密，还竭尽所能，用各种理由阻止开发西山。

这样一来，何波也几年不见，一切倒也相安无事。

可自那晚在老宅，韩雨为救女儿与何波异常邂逅开始，他就预感到灾难又要降临了。果不其然，何波的一张约会字条将他毫无选择地推到灾难的前沿。

今天晚上，韩雨在去河边丛林的路上像做贼一样生怕被人发现。尽管他化了装，蒙了面；尽管夜色朦胧，周围寂静无人，他还是胆战心惊地边走边东张西望，瞻前顾后。

在丛林里，两个幽灵各靠着一棵大树，开始了他们龌龊灵魂的对话。

何波首先问："你在我家老宅救的那个女人是谁？"

韩雨说："我也不认识。我是路过窗外听见呼救声才翻窗进屋相救的。我不知道是你。再说她毕竟是个小女人。"

何波说："那丫头长得很漂亮！那天晚上虽然我没看清她的脸，但她的身体我感觉到了。要不是你，那晚我就干成她了！"

韩雨一愣，咬牙切齿地骂道："何波，你真是个十足的流氓，杂种，恶魔！"

何波也忽然愤怒起来，一拳打在韩雨肩上，说："这一拳打的就是你这个朋友妻都要欺的流氓！"

韩雨被打后退，头碰在后面的树上，眼前金星乱飞。

紧接着何波再给韩雨一拳，打在他的脸上，说："这一拳打的就是你这个不要脸的杂种！"

韩雨又后退两步，捂住流血的嘴。他一跑又被何波抓住。何波又是一拳打在他的背上，说："这一拳打的是你们这些自己杀了人，还嫁祸于人，欲置人于死地的真正的恶魔！"

韩雨一听，"扑通"一声跪在何波面前，哀求说："哥，你别打了，饶小弟一把吧！"

何波说："谁是你哥？你哥都被你害死了！"

韩雨说："死了也是我哥呀！哥，我没杀人。真的，那两个人不是我杀的。你放过我吧！看在我们从小在一起的分上，只要你不揭我的底，你要什么我都答应。"

何波一笑，说："那好，我要女人。你能给我吗？"

“你要什么样的女人？”

“就像那晚你救过的那样年轻漂亮的女人！或者就让你的情妇李琼来供我玩儿。”

韩雨迟疑了。

何波说：“怎么，不愿意还是不同意？你不是喊我哥吗？哥几十年被你害得家破人亡，无儿无女。可你倒好，有女儿喊，有大官做，有别墅住，有老婆陪，有情妇搞，真是神仙过的好日子！可我呢？我啥也没有！”

韩雨从地上站起来，抹了把嘴角的血，说：“你骂也骂了，打也打了，找我来难道就是为了女人？究竟有什么事说吧！”

何波说：“西山又要开发，你为什么不阻止？”

韩雨说：“我阻止了好几年，这一次是县里和省里拍的板，我阻止不了。”

“这么说西山开发是非搞不可了？”

“大势所趋，势不可当！我说何波……”

“别叫我何波，何波早死了！”何波打断说。

“可你就是何波呀！我说事情都过去几十年了，你就放手吧！”

“你认为我放得了手吗？大仇未报，我为什么要放手？”

“你在老宅杀死了两个人，你还要报什么仇哦？”

何波说：“那两人不是我杀的，那是你和吴奇中对我的栽赃陷害。这也算一个仇，而且是大仇！还有你当年把我的老婆搞了，而且还怀了你的种……”

韩雨惊讶地说：“胡芳怀了我的孩子？开什么玩笑！”

何波说：“那两年，我一直在外流浪，老婆的屁股我都没摸一下。那孩子不是你的是谁的？”

韩雨顿了一下，问：“那孩子呢？”

何波也顿一下，说：“难产和她妈一起死了。就是你，害得我家破人亡！无儿无女不说，还落得个杀人犯的恶名，身藏深山，过着人不人、鬼不鬼的黑暗生活。你说这仇还不大吗？这大仇不报行吗？”

韩雨沉默了。好一阵才说：“你不是还有个叫何支的儿子吗？”

何波说：“何支不是我的儿子。”

韩雨又一惊，但他不再问了。他害怕再问会激起这个杀人不眨眼的恶魔的愤怒，后果更加不堪设想。

韩雨说：“你要我怎么做？”

何波说：“四条。一是继续阻止开发西山。阻止不了，哪怕延迟动工也好。二是严密监视罗兵等开发小组的人，一旦发现异常，立即向我报告。三是严格保密。不准向任何人包括你的家人透露一丝一毫我还活着的信息。四是不准向任何人提及老宅所发生的任何事情以及这些事情与我有关。”

何波继续说：“只要你按照我说的去做了，我保证不伤害你，也不会伤害你的家人。但是如果你背叛了我，那死的就不光是你！要是我被公安局抓了，我就先把你的丑事说出来，然后再说你是我的同伙，是我的保护伞，到那时候，就是我不杀你，国家的法律也会判你个包庇罪和窝藏罪。谁重谁轻你就好好地去掂量掂量吧！”

月向西移，天空下起了蒙蒙细雨。两个幽灵从树林里一前一后闪出来走向河堤，然后慢慢地各奔东西，消失在夜幕里。

两个幽灵哪里知道，离他俩不远的一棵樟树下，也有一个人。这个人用一双神秘的目光注视着河堤上两人分开离去的背影。

韩雨回家的时候，已经是凌晨两点了。他没想到女儿韩小路还没睡，还坐在沙发上发呆。他为了掩盖自己的狼狈样，急急忙忙往他的卧室走。

“爸，你怎么才回来？”韩小路站起来问。

“哦，陪记者去歌厅唱了几首歌。怎么，你还没睡呀？快去睡吧，都两点了。”

“你还真潇洒啊！可你知不知道，妈差一点儿没命了！”

“啊！怎么回事，你妈呢？”

“幸好医生抢救及时，没事了。我们刚从医院回来，她去睡了。”

“没事就好，没事就好！”说着又往他的卧室走。

韩小路忽然发现他的半边脸有些青肿，嘴角似乎还有血痕，于是问：“爸，你的脸怎么啦？”边说就边走上前去看。

韩雨急忙说：“没啥，碰了一下。”随即跨进卧室，把门“砰”的一声关了。

韩小路在门外再怎么喊，再怎么推，韩雨的门始终不开。

第十二章
三进老宅

今天又是一个逢场天，小镇热闹非凡。到了下午日落西山的时候，赶场的人们陆续离去。在离去的人群中，有一个恰似乞丐又非乞丐的男人诡秘地行进着。

他戴着一顶破草帽，草帽下不时露出一双贼亮的眼睛。就凭那双眼睛，还有那身打扮，韩小路一眼就判断出他就是那天在南街乞讨又消失在西街街头的神秘乞丐。

韩小路是在下班的路上，快出西街口时，偶然与这乞丐擦肩而过的一刹那想起的。当她回过神来再转身找那乞丐时，那乞丐却无影无踪。

自西山考察回来，韩小路心中有些烦躁。她认为何波的案子不是她原先想象的那么简单。她原先以为，只要侦查到何波这个人，再跟踪追击，找到他的藏匿地点，在摸清地点周围的环境以及何波身上带有何种凶器或武器的同时，动用刑警一举将其抓获归案，她的任务就算完成了。她就可以写篇奥尔波特心理学在刑侦过程中的应用思考的论文，返回学校完成她应该完成的所有学业了。

可短短时间的秘密侦查和观察，现在她认为，何波案复杂而诡秘。抓获何波归案容易，判定他有罪却难。如果一个刑警只为抓人，不为破案，这个刑警不是一个合格的刑警。

同时她又认为，在她身边出现的这些人非常怪异，包括罗兵和袁一锋。

罗兵真是单纯在搞西山开发吗？这个问号，在他们那天上山时，在老宅窗前罗兵对老宅窗户的仔细用心，让她感到有些不解。

袁一锋真是退休没事找事吗？这个问题让她更感迷惑。他可是当年侦查何波案的当家人啊！如果他不是存心来干扰对何波案的侦查，至少也起到打草惊蛇，让何波逃之夭夭的可能。

还有那个副镇长李琼，村主任兰仝，以及自己的父亲韩雨，他们的表现让她不生疑也不可能。他们对何波案太过于敏感，表露太过于直白。如果他们不是何波一伙，起码也是粗心大意的好心人。因为，他们不知道何波当年是诈死，何波还活着，何波就在小镇，在老宅，在西山。

唯有值得她不生疑的是小镇党委书记吴奇中。这人老实忠厚，对人万般谦和对自己严格要求。三十多年的革命工作经历，养成了他对党忠心耿耿，对工作认真负责，在官场和群众中享有崇高的声望。唯一让韩小路不解的是，他的年龄并不是很大，身体也还可以，为什么总是深居简出？不是开会很难见到他本人。

通过以上思考，韩小路得出一个初步的判断：罗兵和袁一锋的出现让何波案变得诡秘；李琼和韩雨的表现使何波案变得复杂。诡秘和复杂相加得出一个结论：何波案并不单纯，案子牵涉不仅何波一人而可能多人。而且这些人正在使用一切手段，变着形式和她抢时间争速度，进行各种较量以决雌雄。

再次见到乞丐，让韩小路对以上推论又增添了几分现实的依据，更加感到情势的紧迫。

机遇在向她招手，也在向她挑战。她忽然想起屠格涅夫的《猎人笔记》，瞄准猎物不射击的猎手不是勇敢的猎手；发现猎物不追击的猎手不是好猎人。于是，一个新的大胆而充满智慧的计划在她的心里形成。

农历四月的夏天，小麦和菜子陆续黄了。望不到边沿的绿色的庄稼地在阳光的照射下变成了一块一块的金黄。这是富饶的成都平原夏收前最耀眼的风景，也是蜀人收获最得意的季节。

日头从西山忽然坠落下去，山峦很快变得暗淡起来。但很快又从山顶和天色的交界处射出一缕霞光，把整个西山山顶染成血红。那血红的颜色像幽灵似的在山顶，在那三座巨石间窥视、徘徊、扫荡……

在一片金黄的中间，在通往西山的小路上，在赶完场回家的稀疏的行人中，走着一个肌肤洁白，瓜子脸形，眼睛明亮，脸色红润，梳长辫子，打桃红结，上穿碎花棉布衫，下着青色直筒裤，脚踩平底布鞋，胳膊上挂着一个小提兜的农村姑娘。

她的前胸微微凸起，不大不小的臀部在杨柳细腰的下面轻轻而富有弹性地摆动着，使和她一起行走的人，尤其是妇女，见了她都会想起自己也曾有过这般美妙的青春。

她就是韩小路。

韩小路过了小桥，天色便渐渐暗淡起来。周围的同行人已消失殆尽，只剩她一个人向西山老宅方向而去。

她走到离老宅不远之处却忽然闪身钻入草丛。霎时，一人多高的茂密的草丛把她从头到脚遮得个严严实实。在草丛里，她的目光从草丛的缝隙中射出去，像扫描机又像转动的探照灯光一样专注地扫视着老宅周围的一切。至于草丛中昆虫的叮咬，荆棘的划扯，甚至脚下冷体爬行动物的造访她都全然不顾！

到了晚上，月亮挂上枝头，老宅安然入睡时，她也没发现有什么异常，更没发现有人出入老宅，连一只猫狗的跑动也没看见。

这时她才来到老宅门前。为了慎重起见，她又仔细地动用视觉和听觉，在确定一切安然无事的情况下，她才掏出钥匙打开了老宅的门。

这是韩小路第三次独闯虎穴，也是第三次用何支给她的钥匙打开老宅这道大门。

为了此行，她费尽口舌向罗兵请了十天假。她的理由是学校通知她即刻回校有要事要办。她认为这个理由天衣无缝，合情合理，爸妈又求之不得坚决支持。所以，就是有诸葛亮智商的人，也算不出她编造理由的蛛丝马迹。

至于她为什么要这么冒险，这源于那神秘乞丐的再次出现和突然消失，以及她对这场与对手初次较量的结果。

结果表明，在这场较量中，何波无疑是公开的对手。但与何波联手对抗的人她却不能认定。这人要么是罗兵，要么是袁一锋，要么是李琼或者是自己的父亲韩雨。甚至还有可能是她的说去美国又没去，反而又要回四川的男朋友何支。弄不好还可能是以上全部。

至于她的同学吴平和她的母亲信香，她有充分的理由断定不是她们。如果说她有忽略的话，那就是镇党委书记吴奇中。但是她又即刻否决。因为许多事实证明，吴奇中是个根红苗正的老党员老干部，是小镇人十分敬重的好领导。至于那个西山村的村主任兰仝，她还没对他有多大的怀疑。为了尽快摸清何波这个核心对手的一切，她作出了孤身奋战、再入虎穴的决定。

这样的决定，完全是在敌我阵线不明的情况下作出的唯一选择。

借着朦胧的夜色，韩小路小心翼翼地推开了老宅的门。

俗话说有备无患。这一次韩小路汲取了第一次由于放心导致第二次粗心所带来的危险。这第三次进老宅她做好了充分的准备。

首先，她装扮成村姑。头上的小辫子和身上的花布衣服以及脚上的平底布鞋是她从未显示过的。其次，在她胳膊上挂着农村人上街赶场常用的竹编提兜。兜里用旧毛巾盖着的是：一包女人用的卫生用品，一把手电筒，和一把不到万不得已才动用的匕首。最后，她不打算来去匆匆，也不会长期逗留。因此在兜里还放了两包压缩饼干和两瓶矿泉水。当然在她贴身的衣袋里，还有一部特供刑侦警察用的微型相机。

韩小路轻轻地走向客厅，又轻轻地将所带的东西放在沙发上，然后又轻轻地到后院的茅坑撒了泡尿，再轻轻地回到客厅取出手电筒。

这次因为带了手电筒，所以没带打火机。打火机的火不经风雨，风一吹，火就灭了。还有，她认为墙上那蜡烛的光太显眼，只有手电筒较为隐蔽，它可以在人的两腿或衣服下发出光芒。

一切准备完毕，她便将手电筒遮在衣摆下，然后摁亮。她跟着那手电筒的光开始小心谨慎地对整个老宅的房间进行逐一查看。

她先查看三间卧室。在手电光的照耀下，外面两间除了两张单人床和一个开着门的空荡的衣柜外几乎没有一样扯眼的家具。

可能是长时间地放电，手电筒的光渐渐暗淡下来。当她来到里间即上次那怪物出现又消失的卧室门口，也是十年前的凶杀现场时，她的心突然狂跳起来。紧接着那青面獠牙的怪物和那一男一女死者的恐怖惨状在她的眼前像幻灯片似的反复闪现。

韩小路强压着精神的极度紧张和心脏的强烈跳动，借着微弱的手电光推开里间卧室的门。没想到，当韩小路推开卧室门的一刹那，随着一阵阴风，一颗血淋淋的人头突然从门框上掉了下来……

第十三章 采访风波

五月十八日，是个吉祥如意的日子。

“我要发”，这是改革开放后的中国人常思念的三个字，也是中国人梦寐以求的三个字。小镇人也一样，也在想方设法，绞尽脑汁寻求发达致富之路。

旅游业在全国各地的蓬勃兴起，让小镇人茅塞顿开。人家有这样山那样山，难道小镇就没有山吗？有呀！不仅有，还是一座有千万年神秘传说的奇山！

今天，天空阳光灿烂，万里无云，美丽富饶的成都平原一派繁忙的夏收景象。

上午八点，一辆车门上印着采访车的红色面包从成都北门出发，沿着成绵大件公路风驰电掣般地行驶。

两个小时后，面包车驶入被传为“万年魔咒禁锢，千年迷信笼罩，百年死亡恐吓”，改革开放十多年仍“顿步不前，旧貌不改”的小镇。但今天是个吉祥的日子。小镇人听说省报记者要光临，便早早地打扫卫生，清洗街面，还在醒目位置贴上了标语，摆上了花草，尽显欣欣向荣的气象。

“其实，这小镇并非传说的那么可怜可悲嘛！你看，全镇风景秀丽，充满古香古色；道路整齐，街面干净；宣传栏比比皆是，正气氛围十分浓厚。完全是个美丽可爱的小镇啊！”

这是平生第一次来小镇采访的省报主编Z，带着他的美女记者从采访车上下来时说的一段由感而发的话。

但他哪里知道，这样的宣传氛围是小镇人在吴奇中书记带领下，冲破了重重阻碍而得之的。不容易啊！

在小镇办公室，党委书记吴奇中首先接受采访。

五十五岁的吴奇中，说话谦和，面带微笑，给人一种既是父亲又是朋友之感。

当记者问道，小镇过去为什么对西山开发总是长议不决时，吴奇中言简意赅，给了四个字：“思想保守。”

“那为什么今天又决心开发并立即付诸行动呢？”

他笑着说："思想解放了嘛！"

记者又问："你们采取哪些方法和措施解放思想呢？"

他还是笑着说："一是开会，二是宣传，三是行动。"

"请书记介绍一下你们是怎么行动的吧！"

吴奇中这个老实巴交的党的基层干部，却放弃这个宣传自己，扬名百姓的大好机遇，仍然笑着说："这个得问罗兵罗副镇长。他是开发小组的负责人，一切具体的实施计划和步骤都是他在领头搞，我其实过问很少。"

"多么朴实，多么谦虚，多么让人过目难忘的大好人啊！在现在物质利益横流，名誉地位彰显的官场上，像吴奇中这样的好人好干部实在太少了。"这就是记者们对吴奇中的第一印象也是难以忘记的印象。

记者走进罗兵办公室。罗兵正在主持开发小组会议。当记者说明来意后，他委托副镇长李琼接受采访。

当李琼飘溢着万种风情出现在记者面前时，两位见多识广的名记，却惊讶得目瞪口呆。尤其那个男主编，在咽下几口清口水后，心里不禁暗自惊叹："好美好美好有气质的女人呀！"

李琼今天打扮得的确非常漂亮，显得格外意气风发。一张一说就笑、不说也笑的鹅蛋脸给人以模仿电影名星龚雪的感觉。一件V形的低胸连衣裙将她下巴下的山峰与鸿沟显露得让人特别是男人们感到心痒。一双橘黄色的高跟鞋和一双粉红色的长筒丝袜把她的腿勾画得十分肉感而修长。

此刻，她坐在记者对面的沙发上，两条修长的腿很文明地紧闭在一起自然地往一边靠，挺着高高的胸脯，面带微笑，安静而沉着地等待记者的提问。

记者问："听说西山千年无路，你们这次去西山考察是走什么路上的山？"

李琼略一思忖，便绽开她美丽的笑容，声情并茂地说："西山千年是无路，但如今神州人有脚。我们就是用人的双脚踩出了一条上山的路！"

记者又问："听说西山不仅有蛇，有狼，还有吓人的鬼，吃人的魔。你们，特别是像你这么娇气十足的女人不怕吗？"

李琼"哈哈"开怀大笑，说："那是那些反对西山开发，不让小镇人走致富道路的人编造的谣言。什么鬼，什么魔，统统没那回事！蛇和狼倒是不少，但我们不怕！你看，我不是好好的？"

记者又问："西山自古鸿沟密布，陡壁峭岩，你们上山一定遇到不少困难吧？"

李琼说："那当然。你想啊，千年无路的西山是什么状况？"她慷慨激昂地描述说："树木遮天，一片黑暗；蛇虫满地，让人毛骨悚然；沟壑交错，怪石嶙峋，荆棘丛生，寸步难行呀！困难是可想而知的。但是，我们是什么人呀？我们是伟大的中国人，是改革开放的新一代，我们不怕魔不信鬼，我们硬是用自己的双脚走出了一条能让小镇人富起来的路！"

记者说："问副镇长一个也许是不该问的问题，就是十年前在西山老宅发生了一起命案。这个案子破了吗？据说它影响西山开发推迟了很多年哦！”

李琼不假思索地说：“那案子早破了凶手都抓了。只是凶手后来死了。”

记者又对李琼说：“我们想知道在西山第一个用自己的双脚或双手打开西山之路的人，不会不是你吧？”

李琼正要回答这个问题时，罗兵来了。他说：“对不起，她今天不在。”

记者说：“他叫什么名字？一定是个五大三粗，膀大腰圆的小伙子吧？”

罗兵说：“她叫韩小路，我们叫她小路。恰恰相反，她不仅不是五大三粗，膀大腰圆的小伙子，而只是个乳臭未干的女大学生。”

“哇！”记者惊讶了，惊讶得目瞪口呆。

采访快结束时，记者还想见见镇长韩雨。他毕竟是一镇之长啊！想必，他还有很多感慨要对记者说，记者也想问。可是，当记者提出时，李琼却对记者说，韩镇长生病了。

“西山有路，小镇就有希望。祝愿勤劳美丽勇敢的小镇人，沿着小路开发的致富之路勇往直前吧！加油，小镇人！”报社总编在酒足饭饱后，在李琼铺开的一张宣纸上挥毫写下了这么一行字。

几天后，记者的文章见报了。可让李琼想不到的事情发生了。

今天上班后，当李琼把昨天省报刊登的这篇题为《西山有路——访小镇美女镇长李琼》的通讯送到吴奇中书记手里时，吴书记还没细看就大发雷霆。

吴奇中大声斥责李琼道：“谁叫你接受采访的？嗯！谁叫你吹牛放炮的？嗯！你看还访美女镇长！你倒美了，可你把韩镇长放到哪儿去了，嗯？”

李琼向他解释，吴奇中不听，说了句“狂妄自大、目中无人”，便扔下报纸抽身走出办公室。

本来兴高采烈、满腔欢喜，满以为书记看了报道会对她百般夸奖的李琼，却意想不到地被泼了一盆冷水，挨了一通批。她哭了！

李琼含着泪花把报纸送给韩雨，并向他汇报了吴书记对自己的严厉批评。

怜香惜玉的韩雨见自己的人受委屈哭了，心里自然有些不好受。他接过李琼手中的报纸仔细地看过以后连声说：“好！好！好得很！”

李琼以为他是说的反话，是暴跳如雷前的静电反应。正准备迎接他的大骂时，韩雨认真地说：“这篇报道来得太及时，太有价值了。我的琼啊，你办了一件多大的好事呀！我韩雨不但不批评你，还要表扬你，感谢你！”

一席对于李琼听来上不沾天下不贴地、丈二和尚摸不着头脑的话，还是博得美人嫣然一笑。

在韩雨看来，这篇文章及时就及时在李琼答记者问时，对老宅凶案的回答正符合自己的胃口。虽然是谎言，只要对自己有利，谎言也是真理。西山老宅凶案破了，凶手抓了也死了，这信息在报上一登，它的宣传作用比你开百次会，办千个专栏，贴万张标语的作用还大。

更重要的是，何波给他的交易条件有了权威的解读。何波安全了，他也释然了。

但在吴奇中看来，这篇文章和李琼的回答，无疑是给他敲响了下课的警钟。你看吧，“五十五岁”，“大好人”，这在官场是个多么敏感和可怕的字眼啊！这个年龄对于无官一身轻的人来说无关紧要，可对还想升一级的吴奇中来说那就好比雪上加霜。

还有李琼的很多言过其实的描述和不实事求是的回答，甚至编造谎言欺骗记者的恶劣行径，一旦上面追究下来，他这个小镇的第一把手可就吃不了兜着走了。如果这一把手的位子没了，那……他再也不敢往下想。

回到家里，吴奇中对老伴摆上桌的可口饭菜看都不看一眼就进卧室往床上一躺，说是困了想睡觉。

老伴梁世容急了，走到他床前又是问哪里不舒服，又是摸额头发不发烧。吴奇中火了，说你烦不烦？说着就站起来往外走。刚一出门，见女儿吴平拿着张报纸站在他面前。

吴平一把将他拉到沙发上坐好，将报纸往他怀里一放，对他说：“爸，你看，小镇上报了，还有你的名字呢！”

吴奇中不看也不理。

梁世容听了，说：“真的哇，我看看。”她看了眼报纸的标题，再看吴奇中的表情，仿佛明白了什么。她问吴奇中说：“老头子，咋搞的？李琼当镇长了？那韩雨呢？韩雨把你的权夺了？哎呀天呀，怎么眨眼间一切都变了！”

吴平说：“妈，在小镇，他们谁也没有变！”

第十四章 梦断情移

当韩小路从昏迷中醒来时，天已经大亮了。

东边的地平线上嫩红的太阳冉冉升起。那无可阻挡的朝霞从老宅破旧窗户的缝隙处射进来，星星点点地洒在卧室的地上和墙上。

韩小路从地上爬起来，揉了揉惺忪的眼睛，仔细地检查了自己身体的各个部位。在肯定自己的生命和身体都未受到侵害，而且再没有危险征兆后，才回到客厅，坐在沙发上开始回忆昨晚发生的事情。

她依稀地记得，昨天晚上，当她打着手电筒走到里间卧室门口时，她忽然紧张恐惧起来。心跳得无法控制，仿佛要顶破胸腔蹦出来似的；脑海也无法平静，像波涛汹涌的潮水拍打着脆弱的堤岸；眼帘也关不住视线，那青面獠牙，长舌蓝唇，血流满面的画面像幻灯片似的在她眼前翻来覆去的闪现。

如果说以上都是因为她来到凶杀现场因精神紧张产生的幻觉的话，那她推开里间卧室的门时，突然从门框上掉下来，砸在她头上的那颗血淋淋的人头却是真真切切的现实。想幻也幻不成，想忘也忘不了。

就是这个可怕千倍的人头，将她无情地击倒在地旋即昏迷过去。而且一昏就昏到朝阳升起。

她清楚地记得，那人头从门框上掉下，落到她的头上，再从她的眼前和胸脯上擦过，“啪”的一声落在她的脚下。可是，现在她的脚下并没有那个人头。

那人头到哪里去了呢?

她开始寻找那个人头。

首先她从掉人头的里间卧室开始寻找。

这间卧室，韩小路前两次都没进去过。她知道那是凶案现场，尽管案卷对里面的一切早有记载，但案子没破，还是不能随便进人，更不能轻易动它。

但今天这种情况她必须进去。

她刚一跨进卧室的门，就闻到一股让人十分恶心的气味。这绝不是一种单纯的因潮湿而发出的霉味。室内的陈设很简单，除了一张土漆旧式双人床，一个土漆酱色衣柜，一张黑色的床头书桌和椅子外，几乎再无别的东西。她首先用微型相机将整个卧室拍照下来，然后再分别拍下床柜和书桌及其他。

做了这些以后，她开始寻找那个带血的人头。其实不用细看，这不到二十平方米，地板光滑平整，四方无死角的房间，有无人头一看便知。但为了慎重，她还是打开衣柜，掀起床单，对柜内床下仔细查看。

没有那人头。

她把目光转到床上，忽然有种惊诧的感觉。床上给人的第一印象是乱七八糟。脏得发黑的一床白布蓝花丝面被子像条死狗似的躺在床的左角。白底印花床单揉皱得无法形容。一个近一米长的双人枕头上，蜷缩着两条不同花色的枕巾和毛巾。她又打开相机将这乱七八糟的床面拍了下来，然后她分别对床上用品一一仔细观察。

一开始，她有些无所用心。但当她的目光定格在床单上那两处像干了的口痰那样的东西时，她的整个神经开始紧张起来。就是这两点东西，使她对床上的所有用品进行了用心的逐一检查并一一收入她的相机里。

结果她在放在枕头上的那块毛巾上又发现一团类似的东西，但颜色和多少与床单上的截然不同。床单上是稀泽呈青白色，而毛巾上是浓厚呈蛋黄色。很显然，这两样东西十有八九是从人体上流出或分泌的液体干涸后形成的。

她推测，如果这东西是男女做爱时留下的话，那十有八九是两个女人和一个男人，或一个男人和两个女人，在不同的时间，在同一张床上做爱时，无意或有意留下的。如果这个推测成立的话，这起凶杀案就有可能在这里找到突破口。

到这时，韩小路全身的紧张情绪才开始渐渐松弛下来。

接下来她对所有房间和旮旯角角进行查找。虽然也认真仔细，但似乎都显得无关紧要。那带血的人头虽没找到，但很清楚，那人头是假的。而且在她被人头突然的恐吓昏迷后旋即被人拿走了。

韩小路回到客厅，坐在沙发上歇了片刻，忽然感到肚子饿了，想吃东西。她便找她的提兜。提兜找到了，里面的东西包括那把防身的匕首一样不少。

她猜测，拿走人头的人，为了尽快脱身才没有顾及找她带来的东西。就像上一次，如果他早点脱身也不会与救韩小路的蒙面人相遇。可知，那次与蒙面人相遇，给他带来了诸多的不利。

她在想，用假人头恐吓她又拿走假人头的人是谁呢？是何波吗？

由于疲惫，韩小路吃了两块饼干，喝了两口矿泉水，便想在沙发上睡一会儿。可怎么也睡不着。很多问题像游乐园里的天车一样在她的脑海里旋转。

她在想她第一次进老宅时，她只看了两间卧室和书房，最里间卧室由于是案发现场她不准备过早去触及。

其余两间卧室也各自只有一张单人床和一个床头柜。床上铺着的发霉的棉被，一看就知道无人盖过。

唯一让韩小路新奇的是书房。那快要坍塌的旧式书柜里整整齐齐地排列着各个时期的各种书。那书籍上自然也是灰尘扑扑，显然也没人动过。她想看有些什么书，也许有奥尔波特的实践心理学，也许有她渴望发现的秘密，也许是这个原因之一，才使她第二次背着所有人打开老宅的门。

但她万万没有想到，那第二次却发生了让她惊心动魄的险情，那险情不仅差一点儿失去了她清白之身，而且惊动了对手，打乱了她的计划，同时也让父亲替她担心为她受伤。事情发生以后，她本打算听从父亲的劝告，暂停那危险的体验，静观其变伺机而动。

可是，就在短短的几个月里，接二连三的怪事和怪人的出现让她锐敏地感觉到对手已经察觉了她的动机。她认为这些怪事和怪人出现的源头就是老宅。

有句名言，不入虎穴，焉得虎子？于是她第三次独闯老宅。

这次在老宅虽然那带血的人头让她虚惊一场，但韩小路却感到受益匪浅，收获不小。

韩小路实在感到疲惫，正定下心来准备睡个安稳觉的时候，身上的手机响了。

电话是何支打来的。何支说，他已经到了成都，但在约定的地点没有见到韩小路，打电话也没人接，问是什么原因。

此刻韩小路才想起与何支约定见面的时间早已过去，她感到十分内疚，一连说了好几声对不起。

最后，她对他说，她现在没在小镇，在离小镇很远很远的地方有事。待事办完后回来即刻就给他打电话。讲完，她“啪”的一声把手机关了。

几分钟后，韩小路终于进入了梦乡……

天上是蓝天白云，地下是绿地碧水。一望无际的大草原，风轻轻地吹，草轻轻地动。各色各样的花儿在灿烂的阳光下，在绿油油的草丛中，在微风的吹拂下绽开笑脸，尽情地跳着欢快的舞蹈。

韩小路像七仙女一样，穿着漂亮无比的婚纱从天而降。她捧着一束鲜花在草地上欢快地奔跑，边跑边东张西望并大声喊道：“何支，你——在——哪里？”

何支也穿着婚服，站在草与天的连结处，捧着那个粉红色的木盒子，招着手，面对奔来的韩小路大声呼喊道：“小路！我在这——里，快来——追我！”说完转身就跑。

就这样，他俩跑呀追呀！追呀，跑呀！可是，韩小路怎么追也追不着。有好几次都快追上了，当她伸手去抓时，何支又突然不见了。她正迷惑时，何支又在很远的地方向她招手。于是她又加快速度，向何支追去。

何支跑累了，气喘吁吁，步子也越来越慢，像吴刚一样飘然在太空。韩小路也追累了，步子越来越轻柔，像月宫舞袖的嫦娥。

终于，韩小路把何支追上了，两人深情凝视然后热情相拥。忽然，两人同时把手中的鲜花抛向天空。那鲜花一直上升，升到白云深处又突然化成五彩缤纷的蝴蝶满天飞舞。何支和韩小路望着那满天飞舞的蝴蝶，沉浸在幸福和快乐之中。

忽然，那满天彩蝶又转化为无数美丽的小鸟在他俩面前和头上扑腾几下飞走了。

何支和韩小路躺在草地上。何支想着消失的蝴蝶，飞走的小鸟，问韩小路道：“小路，你不会像那美丽的蝴蝶和可爱的小鸟一样，突然飞走离我而去吧？”

韩小路说：“何支，不会的。我永远不会离开你！”

何支又问：“你真的爱我吗？”

韩小路说：“你永远是我心中最最爱的人。”

何支坐起来说：“那说好的，你又为什么食言，不到成都来接我？你知道吗？我在飞机场的出口处整整等了你两个小时。”

韩小路也坐起来，将头紧紧依偎在何支的怀里，抬起头深情地望着他说：“何支，吻——吻我吧！”

何支淡然地摇摇头。

韩小路又说：“要不来吧，反正我们都结婚了。”她说着就轻轻地躺在草地上，幸福地闭上双眼，等待幸福的降临。

何支见韩小路那美丽动人的身体和闭月羞花的容颜，顿时心跳加速，热血沸腾，呼吸急促，眼花缭乱，不能自已地扑在韩小路身上与她狂吻起来。

当他正要伸手解开韩小路的内衣时突然看见放在旁边的那粉红色的木盒。

一种空旷的声音传来：“何支！你一定要严格遵守父亲的遗嘱，遗嘱……”

这声音一直在他耳边回响。

他猛地从韩小路身上弹起来，汗流满面，喘息不止。

韩小路问：“你怎么啦？”

何支看了眼木盒又是摇摇头。

韩小路生气了，问：“你到底爱不爱我？”

何支说：“爱，海枯石烂都不变！”

韩小路说：“那你……？”她看见他紧紧抱着那粉红色的木盒，突然想起了什么，拽着何支就跑。

洞房里，韩小路轻纱薄衣坐在床沿上，她在红红烛光的照耀下全身都显得异常美丽。

外面一阵喧哗，何支捧着那个粉红色的木盒走进洞房。

他慢慢地走到韩小路面前，要韩小路打开那木盒。“小路，打开这木盒，我们就是真正的夫妻了；打开这木盒，我们就将永远幸福和快乐！伸出你美丽的玉手打开它吧！”

他把那粉红色的木盒递在她手里，然后单膝跪地，静声等待。

韩小路怀着无比激动和喜悦的心情，双手接过木盒，然后用她纤细光滑的手指轻轻将那木盒的盖子揭开。可就在揭开盖子的一刹那，小小的木盒顿时变成一个大箱子。韩小路往那箱子里一看，一颗血淋淋的人头在箱子里张着血盆大口。她不禁“哇”的一声惊叫，从沙发上猛地弹起来……

定定神，她才知道这是一场梦。

可她不明白，这场开头美丽，中间伤感，结尾恐怖的梦到底象征着什么？是她的人生还是她的爱情？或许是其他……

第十五章 奢宅传说

白天可算平安无事地过去了，黑夜又摆在面前。韩小路下定决心要在老宅弄清那个拿假人头吓她又拿走假人头的人。他究竟是谁？她估计，只要自己不走，这个人今天晚上还要来。

时间在一分一秒地过去。

为了预防万一，她左手捏手电筒，右手拿匕首，坐在沙发上，静等情况的发生。

一个小时过去了，两个小时也过去了，三个小时还是过去了。除了西山吹来的风声和从山上传来野兽的怪叫声外，在老宅什么声音也没有。

在人的潜意识里，尤其在黑夜，在一个人待的地方，周围越是安静越可怕。何况这里还是杀死过人也吓昏过自己的老宅。

韩小路想，也许这个人就藏在这房子里，像她一样在某个角落静静地等待她有什么行动。

为了引蛇出洞，她站起来先在客厅徘徊，还故意走出脚步声。接着她又轻轻地咳嗽两声。果然，在里间卧室方向传来像是女人的哭声又像是猫的叫声，那声音凄惨而深长，使韩小路顿时毛骨悚然。她即刻摁亮手电筒向四方乱射，又紧握匕首向那卧室走去。一照一看，结果啥也没有。连声音也消失殆尽。

韩小路大大吸了口气，转身又向客厅走去。突然，像有什么东西在她脚下一绊，她“砰”的一声摔倒在地。幸好，她手上的匕首没有刺进她的胸膛，酿成第二惨案。要是那匕首真的刺进她的心脏使她失血而死，不说中国的神探狄仁杰，恐怕福尔摩斯也难断定韩小路是他杀还是自杀。

她感觉肚子有点空，还觉得有点渴，于是她拿来竹篮子从里面取出一盒饼干和一瓶矿泉水。她先拧开矿泉水盖，竖起来喝了一口，正准备打开饼干盒子取饼干时，却听见窗外“哐哐”的两声响。

她警觉起来，发现匕首不在她身边。在手电筒光的照射下，她从茶几的下面把匕首捡了起来。这是她的防身武器，不可缺失。她又专注听了一下，这声音又没有了。于是她才打开饼干盒，取出一块、两块、三块狼吞虎咽地嚼起来。

翌日，韩小路从沙发上醒来，朝阳已经把它柔和的光投向客厅，把整个客厅映得光辉灿烂。她正准备起来，忽然觉得全身潮湿而奇痒。她才记起她已经三天三夜没有洗澡了。

这一天，她把整个老宅包括后院和围墙都看了个够。

这房子修得虽然不大，但也不小。全是砖木结构，面积不算围墙和后院有二百多平方米。后院杂草丛生，围墙残缺不全。整个房子除了房柱和横梁其余都表现出满目疮痍。

她走到房子的屋檐下，见一根柱子上好像刻有什么字。她走过去仔细一看，是两个大字：奢宅。

韩小路迷惑了。她在心里问：“这房子的主人既然姓奢，怎么又姓何呢？”这时她才想起小时候奶奶给她讲过的关于这老宅的故事。

传说中，老宅是张献忠奖赏给小混混奢求的，怎么又落在何钦名下了呢？

原来，何钦的爷爷何厝是川西有名的某某军阀的部下。何厝虽然不富却有一个漂亮而风骚的老婆。

这老婆大概因为男人少有回家与她缠绵，十分寂寞难耐。因此就常出没于彪男壮汉之中。

俗话说人与群分物以类聚，这骚婆娘竟与一个叫奢侈的骚棒勾搭成奸。

要知这奢侈是奢求的第四代孙。想当初，他爷爷的爷爷在张献忠的庇护下，由一个小混混摇身一变成了家财万贯飞黄腾达的大人物，多么显赫啊！

可是好景不长，到奢求的孙子那一代，这个靠出卖蜀人生命起家的奢家最终被人们，被社会，被风起云涌的革命浪潮淹没了，唾弃了。

到了奢侈父亲那一代，家景败得一塌糊涂。奢家除了一座还像样的老宅外其他一无所有。奢侈的父亲死后，靠在社会上偷窃为生的奢侈，居然色胆包天，把何厝的骚婆娘带到老宅给干了。三个月后，骚婆娘的男人何厝突然回来发现骚婆娘的肚子大了。

何厝先是暴跳如雷，痛斥老婆不守妇道，败坏家门。按家规应处凌迟。他要老婆说出肚子里的种是谁的。骚婆娘不敢说。怕说了自己丢丑不说，男人一定不会饶她，必定处死无疑。

要这样，她就一切都完了。她想软也是死，硬也是死，软死坏了名声，硬死添了骨气。反正都是死，不如硬死，留点骨气。因此，无论何厝怎样追问辱骂甚至拷打她就是不说！要说她就说她肚子里的娃儿就是你何厝的。

最后，何厝无奈。答应老婆，只要说出事实决不休妻和处死的书面承诺下，骚婆娘才断断续续地说出是奢侈多次对她实施武力强暴，导致她怀孕的所谓事实。

骚婆娘供出奢侈强暴她怀孕，奢侈可就惨了。无权无势又无财的奢侈，在何厝后台大军阀的强权威逼下，奢侈将老宅赔偿给何厝为代价求得了一线生机。

何厝轻而易举地得到老宅，心里别提有多得意。就在何厝和他骚婆娘放着鞭炮吹着唢呐，敲锣打鼓地住进老宅那天，可怜的奢侈穿着破旧的衣衫，打着赤足，挎着一个旧布包，走上了乞讨为生的生涯，从此杳无音信。

第二年春天，骚婆娘产下一男婴，被何厝取名叫何丰即何钦的父亲。何丰死后，老宅的户主自然就是何钦了。

如果上面的传说是韩小路奶奶讲的，那么，下面这些内容，就不是韩小路的奶奶讲的了，而是笔者根据她讲的故事跟踪追迹得来的。

光阴似箭日月如梭，转眼过去四十年。何丰的儿子何钦已长成一个斯斯文文的小伙子。他有一个要好的朋友也是他的同窗名叫韩光。此人仅比何钦大一岁，生得虎头虎脑，一副彪悍勇猛像。

何钦喜欢舞文弄墨，而韩光却偏爱习武，经常舞刀弄枪。按说文武相克，无论说话做事都弄不到一起。可这对一文一武的同窗却成了挚友。

此时正值清朝末年，清政府腐败无能，屈膝列强，卖国求荣的种种劣迹激起国人的义愤，各地农民纷纷揭竿起义。

何钦和韩光在读书之于，也常谈国是。可是他俩的观点截然不同。韩光认为，现国之不平，民之不安，列强占我国土辱我中华，是可忍孰不可忍！我等热血男儿不如弃文从武，前去为国抗敌，击败列强，光我伟大中华。

何钦却说："兄长此言差也！国家的事国家管，打仗的事军队管。你我年少，正求学丰知之盛年，这是大事。你我且能为那遥不可及的小事失去求学的大好之年呢？不妥，不妥！"两人说不到一块也想不到一起，只好各走各的路。

两年后，传来消息：韩光被清政府录用为朝廷武官，后来参加了孙中山领导的辛亥革命。

何钦二十岁那年，其爷爷何盾去世；三十五岁那年其父何丰又死。何丰临终前把何钦叫到病床前，交给他一个祖传的粉红色的木盒子。何钦接过木盒子正欲打开被何丰制止。

何丰说："儿呀！此乃祖传圣物，是专传给后人喜结连理之赠品，后人不到进洞房的那一刻是不能打开的。否则家无宁日，刀光剑影不断，难免血光之灾。"

可何钦对父亲的临终嘱咐不以为然。当时虽然没打开那木盒，但在他成亲前三天便迫不及待地打开了那木盒子。至于木盒里装的东西他并不在意，因那东西市场上都有卖。他在意的是父亲为啥要把它搞得那么神秘兮兮。

何丰死后，何钦死守老宅苦心经营着何家产业。人手不够时韩光的家人还不时去帮忙。但由于何钦老实木讷，再怎么搞家业始终兴旺不起来。不仅家无发达，连这曾经金碧辉煌的老宅也变得破旧起来且无财力修缮。更不可思议的是，在他三十五岁那年，其父何丰因上西山采药从山顶巨石上摔下来不治身亡。

传说何丰当时是看见巨石上有朵恰似蘑菇的东西金光四射，他以为是仙草灵芝，便忘乎所以，爬上巨石伸手去摘，不料那仙草忽然消失，他身子一歪，脚下一滑，便从巨石上摔了下来。不到半年，他的十二岁大儿子又被西山的恶狼咬死在山洞里，找到时只看到儿子的一双鞋和被啃光了肉的一些骨头。

有一天，何钦去小镇赶场。一位着袈裟的和尚拽住他说："施主印堂发黑，唇无血色，命将绝也！"何钦吓得不轻，恳请大师算个原委求助化解。

和尚据何钦报出的出生年月日和时辰，扒拉着五个手指，口里念念有词后说："施主此难原于祖宗不仁不义，又原于你不遵父嘱，违背父言。"

和尚又问何钦说："你知道你祖宗不仁在何处，你不遵父嘱又在哪里吗？"

何钦摇头。

和尚说："你祖上不仁在于以恶还恶，欺诈人财。你不遵父嘱，是你违背父亲临终所言，提前看到你不该看的东西。"

何钦恍然大悟，说："大师此言极是！恳求大师指点化解之策。"

和尚说："过去的就让他过去吧，但愿你今后不再做伤天害理之事，一切从善。否则，灾难之星不仅跟你还随你子孙！"

在以后的日子里何钦虽然做了一些善事，但由于急于振兴家业，又做了不少祸害乡民的坏事并大量侵占农民田地，收租放贷，成了当地恶名远传的大地主。

解放战争开始后，他本该做个开明地主，把钱物拿去支援解放大业。可他反其道而行之，把大量的家产花在伪政权的贿赂和吃喝嫖赌上，而且不择手段将朋友韩光之妻陈英也占为己有。

就在韩雨快五岁那年，韩光离开国民党，带着两桶黄金来何钦家避难。何钦不仅不和韩光之妻断了那份邪念，反而借此要狭韩光报恩，便当着韩光的面奸淫陈英。韩光虽气愤至极，但为了保存自己和那未曾见过的儿子韩雨，也只得忍气吞声。

更使韩光没想到的是昔日的好友，今日不但占有了自己的老婆，而且正想方设法霸占他带来的两桶黄金。就在乡农会准备抓何钦的前一天晚上，何钦借和朋友韩光喝酒聊天为名，将放有剧毒的酒让韩光喝下。韩光当场死亡。然后，何钦把一张事先准备好的字条揣在韩光的衣袋里。再然后，他来到韩光的卧室即老宅靠里的那一间，从床下揭开一块地板取出韩光藏在地板下的两桶黄金。当他抱着那沉甸甸的东西，脸上露出了得意的微笑时，韩光之妻陈英出现在他的眼前。陈英没说话，只冷冷地“哼”了两声，何钦便“扑通”一声跪倒在她的脚下。

谁也不知道，这一幕被藏在暗处监视何钦的十二岁儿童团团长吴奇中看见了。

在公审大地主何钦之前，有人对他说，你做的恶事太多可谓罪大恶极。按当时的法律规定，罪大恶极的地主必判死刑。

这时何钦才记起那年和尚的话。自己之所以有今天就是恶事坏事做得太多了。他还把这种悲惨结局责怪为自己当初不遵父训，提前打开了那粉红色的木盒子。要不他和他的一家不会遭到如此多的血光之灾。为此，他决定在他死之前做一件善事，将父亲给他的木盒子原封不动地传给他年幼的儿子何波并沿袭祖辈的遗嘱，叫他必须在成亲进洞房时才能打开，以此来要求儿子言必遵，遵必行，行必果，将来做个对人善良对社会有用之人。

就这样，这个载有何家血和泪、善和恶、美和丑的粉红色木盒子连同他的遗嘱一代一代地传到了何波的儿子何支手里。

粉红色的木盒子啊，你究竟象征着什么呢?

第十六章 三个女人

信香在菜市场买菜。

当她买好菜正准备离开时，看见一龙钟老太蹲在地上，慢条斯理地选着农妇竹兜里的嫩黄瓜。

那老太先拿一根小的，仔细看了一阵后把它放进自己的塑料袋里，然后又拿起一根大的，仔细又摸又看以后，又把它放进自己的塑料袋里，然后又拿起一根。

信香原本等那老太买好以后自己也要买几根的，但那老太就是磨蹭，不站起来让位子。她等不了就决定不买了，于是转身便走。谁知刚走两步后面就吵起来了。信香又走回去想看个究竟。

她走上前去，见那卖菜人紧紧拽住老太的手，对围观的人说："她把我的黄瓜装进她的塑料袋里，没给钱就想走！"

信香站在老太的背后，说："咋个会没给钱就走呢？"

那老太转身对信香说："我就是没给钱就走嘛，她说得对。"周围看热闹的人开始议论了。有的说，这老太婆老了痴呆了。有的说，啥哟，装的！有的说，爱贪小便宜的人就是这样，见得多了。有的干脆不吭声，就笑！

信香仔细一看，惊讶地叫道："妈，原来是你呀？"说着就向卖菜的农妇说："她是我公婆陈英，脑子不好。多少钱？我来给。"

卖菜人说："说也不多，就三根黄瓜，给五毛钱算了。"

信香替陈英付了钱，便把她扶到一空地处，小声说："你怎么到这儿来了呢？还拿人家的黄瓜不给钱，丢死人了！"

她见陈英不应也不理，脸上毫无反应，便又说："妈，我是信香呀！怎么，不认识我啦？"

陈英还是漠然地用她深陷的灰暗无光的眼神紧盯在信香的脸上，仿佛在辨认一个从未相识的陌生人。

信香再次解释说："妈，我是你儿媳妇信香呀！怎么才一年不见就不认识了？"

陈英忽然笑着问："你姓香？"她摇摇头，说："不认识。"

这老太陈英的确是韩雨的母亲，信香的公婆，今年八十一岁了。她的男人韩光是在她三十四岁那年在何钦家死去的。那时韩雨才五岁。

陈英对何家怀有刻骨的仇恨，韩雨和信香都是知道的。所以那天，当韩小路说出她男朋友是何波的儿子何支时，信香忽然血压猛升昏厥过去。

陈英自从男人韩光死后终身未嫁，就凭着韩光留下的遗产节节省省地将韩雨抚养成人。

由于几十年的寡妇生涯，陈英的性格变得越来越孤僻，不与人交往，经常深居简出，就是出去也是独来独往。五年前搬家时，无论韩雨和信香怎么劝，她也不答应离开她生活和居住了七十多年的韩家祖传老屋。没法，韩雨只得答应她仍住在老房子里。

韩家的老屋离韩雨的新居大约就一条街样子，但两家的距离仿佛有千里之遥。原因就是老太不高兴见到她的儿媳妇信香。在陈英的眼里，信香连鸡都不是。

"母鸡要下蛋，公鸡要叫鸣，可她既不下蛋又不叫鸣，你说她是鸡吗？"陈英经常这么说。

信香见婆婆似乎装不认识她，心里不禁火苗乱蹿。"我不就是没为你韩家续个香火嘛！用得着这么记恨一辈子吗？"心里这么说着，她转身就走。

但没走几步她又回到婆婆面前。她看见婆婆那双暗淡无光的眼睛里似乎有泪水在涌动。她的心像电击一样颤抖。她毕竟是他男人的妈啊！

信香把婆婆硬搀扶到家里，让她坐靠在柔软的沙发上，又给她冲了杯高钙牛奶，恭恭敬敬地端到婆婆面前，并劝她喝下。

陈英不喝，站起来在屋子里蹒跚着到处转悠，像是在看房子，又像在找什么人。信香又把她轻轻地搀扶到沙发上，说："你找你儿子韩雨吧？他在上班。快下班了，估计要回来了。"

陈英摇摇头，问："小路呢？我的孙女！"

信香说："她走了，回学校了。"

陈英又摇头，说："她没走，昨天还来看过我。买了好多好多东西，还有花衣服哩！"

陈英记错了，她总把过去的日子都记成是昨天。

她的孙女韩小路是去看过她两次。第一次是她心乱如麻的时候，她去奶奶家，是给奶奶买了些东西，但没有花衣服。那一次，她在爷爷留下的书房里整整看了一天的书。第二次就是三天前的傍晚，她去了奶奶家。这次倒真买了花衣服，但不是给奶奶买的，而是给她自己买的。这一次，她在奶奶家只待了十多分钟，就化了装，梳个小辫子，穿着花衣服走了。

信香知道婆婆把时间记错了，但内容不会错。她疑惑了："小路买了花衣服，咋没见她穿呢？"信香正思忖时，老太说："雨儿回来了。"

信香说："没有。"老太不高兴了，大声说："我说回来了就回来了，还不去给他开门！"

信香无奈，说："好，我去给你儿子开门。"

信香半信半疑地把门打开，韩雨还真站在门口正取钥匙开门哩。信香在心里说："这老太婆成神了！"

韩雨见母亲的到来，感到非常意外也非常激动。他紧紧抱住陈英说："妈，你终于来了，来儿子家了。儿子好高兴，好想妈啊！"

老太流着泪，抚摸着韩雨的头，颤抖着声音说："儿子啊，妈也想你呀！天天在想，昨天还在想哩！"

信香看了，听了，既觉得好笑又感到心酸，她的眼睛也湿润了。

信香在厨房弄饭，韩雨走到厨房对她说："给妈蒸碗嫩蛋，多放点猪油，少放点盐，不放花椒。妈最爱吃的就是蒸鸡蛋。"说完就去陪母亲摆条去了。

不一会儿，信香就把饭菜弄好摆上了桌。按蜀人的风俗，韩雨将母亲的位子安排在上方正八位，并亲切地搀扶她上坐。

信香说："就三个人，讲究啥哟！"

开吃饭了。韩雨把那碗上面浮着晶亮油花的嫩嫩的蒸鸡蛋特意放在母亲面前。老太耸耸鼻子，笑着说："香！"

韩雨说："香就快吃吧。这是你儿媳妇特意为你蒸的。"可母亲就不动手。她的头不停地转动，眼睛也东瞧西看。

韩雨说："妈，快吃吧。"陈英说："小路没回来，我不吃。"

信香说："我不是给你说了嘛，小路走了。"

陈英说："她没走，昨天还——"

信香打断老太的话，大声冲她说："昨天昨天，你就知道昨天。昨天你还没老呢！"

陈英一听，不高兴了，倏地站起来，提起那黄瓜开门就走。韩雨再怎么劝也留不下她。

送走母亲回来，韩雨冲信香吼道："妈好不容易回来，屁股还没坐热，饭也没吃一口，就被你气走。你，你也太没孝心了吧！"

信香大受委屈，泪水顿时涌了出来。她大声说："我没孝心？我在菜市场看她偷人家的黄瓜，被人家抓住不放。我替她付了钱，又把她搀扶回来，给她冲了牛奶，又给她蒸了鸡蛋，我还没孝心？好，我没孝心，你就去找那个有孝心的狐狸精吧！"说完，信香转身开门就走了。

到晚上，信香还没回来。韩雨有些急了，打电话问梁世容。电话是吴平接的。

韩雨问："吴平啊，你信香阿姨在你那儿吗？"

吴平说："在。哦不在！"

韩雨说："你别蒙我。说，究竟在还是不在？"

吴平小声说："信香阿姨和我妈在隔壁邻居家打麻将。"

韩雨松了口气，放下电话自言自语地说："现在的女人呀！真是捉摸不透。"好像他在说信香，其实他在说李琼。

原来今天上午快下班的时候，李琼满面春风地来到韩雨办公室，对他说："我听到一个好消息，你想不想听？"

韩雨这几天的烦恼，被李琼的一篇答记者问就解决了。这两天他的心情特别好。心情一好，他就想到李琼这个女人。

现在这个女人百般妩媚地来到他面前，自然刺激到他的神经，身体的某个部位一刹那从沉睡中醒来，促使他走上前去抚摸她的肩，并柔声柔气地说："什么好消息呀！我的美人儿！什么好消息我都不想听，就想你！"

他说着，就把手伸向李琼凸起的胸部。李琼倏地脸一沉，用力把他的手掀开，掉头就走。

韩雨滚热的心像被冰水一泼突然凉了下来。

还差十分钟才下班，他就带着百思不得其解的疑问回家了。回家见母亲来了，他本十分高兴，还准备让母亲留下，就住在他家，让他好好孝敬孝敬她老人家。可没想到让信香这个女人给气走了！

晚上十点左右，韩雨正准备洗脚上床睡觉，他的手机响了。他打开手机，只"喂"了一声，就听那边传来李琼温柔的声音："快过来吧，我等你。"

第十七章 意外发现

这天夜里，信香在家里坐卧不安。她接连好几次给女儿韩小路打电话都是关机。眼看女儿的假期已过半，她的事情办得怎么样，学校和老师满不满意，什么时候回来？都是她当妈的牵挂。想起女儿走前的那一天发生的事情，她怀疑女儿这次的走与她有关。

那天晚上，韩小路把她和何支的关系告诉了她，她当即昏了过去。韩小路迅速叫救护车将她送往医院抢救。她在医院打了针吃了药，医生说无大碍，她就在女儿的搀扶下回家了。到了家都凌晨一点多了，丈夫韩雨还没回来。于是她自己就上床睡了。韩小路还坐在客厅的沙发上等。

不久，她听见女儿韩小路在喊韩雨开卧室的门。但紧敲紧喊不开，她知道韩雨不仅回来了，可能还出了什么事。于是她又起来帮韩小路叫韩雨开他卧室的门。

韩雨撑不住了，猛地打开门，大声骂道："发什么神经哦！三更半夜地又敲又喊，让不让邻居睡觉？"这时的韩雨换了衣服擦了脸，已经看不出明显的伤痕了。

信香十分生气地说："你一天到晚就知道吃喝嫖赌不沾家，女儿的事你不管不问，你到底安的什么心？"

韩雨说："我咋没管？没管她能长这么大，能上大学？"

信香说："光长大光上大学就满足了是吧？那好，从今天起，我就啥也不管了，让她去找牛找马找仇人我也不管！"

韩雨说："你今天咋了？吃枪子儿啦！尽说些莫名其妙的话。谁找牛找马了，谁找仇人了？"

信香正要说，被韩小路制止拖进了卧室。这场刚开始的嘴战便提前宣布结束。岂料，新的战争又开始了。

在卧室，韩小路问母亲，说："妈，你刚才和爸吵，说我找牛找马找仇人你都不管，我就要问了，何支是牛还是马？"

信香说："他不是牛也不是马。"

"那就是仇人喽？妈，我们韩家和何家究竟有什么仇？你就给女儿说说吧！女儿大了，会识别好歹的。"

信香不语。

"你要不说，我明天就离开这个家。"韩小路噘着嘴说。

信香大声说："你敢！"

韩小路说："我凭什么不敢？你不是说了吗，我找牛找马找仇人你都不管，那我就找仇人去！"

信香气得七窍生烟，冲出卧室又冲进厨房，拿出一把菜刀，横在脖子上，对女儿说："与其你让我们全家死，不如让妈一个人亡！"说完，信香就将菜刀往脖子上又一横欲抹。韩小路眼疾手快，一步冲上去夺下了信香手中的菜刀。

接下来就是母女俩抱头痛哭。

此刻，信香坐在沙发上，想到这些暗自流泪。

韩雨走过来轻声说："电话打不通就不打嘛！她又不是三岁小孩子，她会自己照顾自己的。"

信香抹着泪说："你说得轻巧，当根灯草！虽然她不是你我所亲生，但比亲生还尽力。从她出生那天起我们就一把屎一把尿地把她拉扯大，吃了多少苦，付出了多少心血。我们图个啥？不就是把她抚养成人，为我们韩家支撑门面吗？退一万步说，我们不图她啥，也毕竟有二十多年的切肤情感。从感情这个角度上想，她要真出点什么事，我可受不了。”

“会出什么事哦！哎，你听到了什么或知道了什么吗？”

信香不吱声。她没敢把女儿对她说何支是她的男朋友的话告诉韩雨。她怕韩雨比自己还承受不了。

“听到没听到啥，就是担心而已。”信香说。

“担心啥？要真有什么，天要下雨，娘要改嫁，你想阻止也阻止不了。”韩雨说。

信香大声说：“唉，你当真以为她不是你的种，你就不心疼！告诉你，韩小路是我的心肝宝贝！我这一生，可以没有你，也可以没有这个家，还可以没有一切，但绝不可以没有我的女儿韩小路！她要真有个三长两短，我首先和你拼命！”

韩雨用手一摆说：“我不和你吵，我也吵不过你。我走，我走还不行吗？”说着就冲进自己的房间，把门“砰”地关了。

其实，在韩小路这个问题上，韩雨比信香还急，还担心。他担心的不是女儿找牛找马，而是担心她的安危。他也给女儿打过几次电话，回应的全是关机。

想起那晚在河边丛林里何波说的那些话，他心里像火烤似的难受又焦急。女儿真的回学校有事吗？是不是又去了老宅？如果去了老宅，那必定是凶多吉少。因为何波那杂种，现在更是狗急跳墙，肆无忌惮。为了报仇雪恨，他什么坏事都干得出来。

为了打探韩小路的下落，前两天晚上，他都悄悄去了老宅。而且故意在外面弄出怪异的声响。有次还装猫叫和狗叫，就是试探女儿是否在老宅里面。结果毫无结果。

因此才在第二天，他找到罗兵问：“小路丫头给你打过电话没有？”罗兵说：“没有。”韩雨说：“你给她打个电话，问她好久回来。”

罗兵用手机拨韩小路的手机，听了一下，说：“关机。”韩雨再没说啥就走了。

今天下班的时候，韩雨突然想起母亲在他家吃饭时说小路没走的话，他便忽然感到，丫头可能就在她奶奶家。于是他下班后就直接去了母亲家。

这是一所老式的全木结构平房，地处小镇东南角，单家独户，周围全是高低不平的乱石堆。从远处看去，它恰似大海中破旧的鱼船，在风浪中飘摇，让人感觉，它随时都有被飓风恶浪吞没的可能。

韩雨走到房前，见母亲陈英坐在门前心情沮丧地看太阳，便说：“妈，这么热的天了，你还看啥子太阳哦！快进屋吧，我有话问你。”

见儿子来了，老太陈英突然兴奋起来，手足无措地蹒跚着跟儿子进了堂屋。

坐下后，韩雨问陈英道：“妈，小路呢？”

陈英说：“昨天，昨天还——”

韩雨打断说：“哎呀妈妈，你不用跟我装了！我不是外人，我也不是你儿媳妇信香，我是你儿子韩雨！跟我说吧，小路丫头这几天是不是就住在你这里？”

陈英果真是装的。她很肯定地说：“没有。”

韩雨说："你上次在我家说她到你这里来了的嘛！"

"是来过，还买了套花衣服。但没几分钟她就穿着花衣服走了。从那就再没来过。"陈英说。

"她说去哪里了吗？"韩雨问。

"我没问，她也没说。怎么，小路怎么啦？"

韩雨怕老太担心，说："没啥，我随便问问。"

陈英说："不是吧？那天我在你家就没看见我的孙女。我问一下，你老婆还不高兴，说她回学校了。回学校了你还到我这儿来找干啥？你说，是不是她把小路给气走的？嗯，肯定是！这婆娘自己不下蛋，还把别人下的蛋不当蛋！一定是她把小路气走了！"

韩雨说："不是，真的不是！好了，妈你休息吧，我走了。"

老太说："不忙走！"她小声对儿子说："来了也不看那东西，妈保管得好好的。"

"啥子东西哟，你的东西我不看。"韩雨随便说说又走。

陈英一把拽住他，说："说啥话呢？我的东西就是你的东西！本想现在就给你，又怕你得不到，反而落到那不下蛋的母鸡手里。来，妈给你看看。"

韩雨跟着母亲走进一个房间。房间很黑，见不到一点儿光亮。韩雨伸手开灯，被陈英一声不能开制止了。

陈英小声而诡秘地说："不能开灯。一开灯，外面就知道这屋里有人。"

陈英把韩雨领到一个墙角，慢慢地把一堆杂物搬开，见有一个土漆木柜子。她又把木柜子搬开，地下全是灰尘，啥也没有。

韩雨疑惑地说："妈，你这是唱的哪一出哟，做啥子嘛，搬来搬去的？"

陈英没吱声，用力地把一块地板揭开，出现一个小地窖。韩雨看见地窖里有一包用塑料布包着的东西。老太把它取出来，打开塑料布见是一个铁箱子。

这时，韩雨似乎明白了七八成。那箱子里一定是很值钱的古董。陈英从贴身的衣袋里取出一把钥匙，颤抖着双手把箱子打开，旋即出现一包用黄绸包着的东西。她解开黄绸，一堆黄灿灿的金条出现在韩雨的眼前。

韩雨惊讶地说："妈，爸留下的金条你不是都给我了吗，怎么还有这么多呀？"

陈英小声说："那是一半，还有一半在这里。现在你知道了吧？妈为啥子不愿离开这房子。这黄金是你爸用生命夺回来的，千万不能再落到别人手里。"边说又边把黄金包好放进铁箱子里。

陈英继续说："妈老了，过了年就八十三岁了！古人说，七三八四，阎王不请自己去。我没有几天活的了。妈告诉你，妈死后，这些东西都是你的。"

韩雨说："妈，你说些啥哟？凭你这身板，活上百岁不成问题。"

陈英说："昨天晚上，真的是昨天晚上，我做了个梦，梦见你爸了。你爸对我说，他一个人太孤单了，要我赶快去陪他。唉，这老头子几十年都过去了，还在乎这几年。儿子呀！妈总归是要走的。在走之前，妈一定为你看好这些东西。”

韩雨说：“妈，这东西放在这里太不安全了。还是放我那儿吧！”

陈英说：“你说得不对。恰恰相反，这东西放在我这里最安全。几十年了，谁相信我这傻老婆子的破房子里有黄金？再说，我根本不相信你老婆，那个不下蛋的鸡！”

这时，外面传来一声响动。陈英赶紧把东西放好，又和儿子一起把那墙角恢复原状。

临走的时候，韩雨对陈英说：“妈，要不给你请个保姆吧，这样既有人来给你做伴，又增加了安全感。”

陈英说：“那样才不安全呢！一个陌生人和我住在一起，我更不放心。你们要不放心，就三天两头过来看看妈就行了。”顿了一下，她叹口气又说：“都怪那母鸡不下蛋，要下得了蛋，我就让我的亲亲的孙儿孙女来陪我，也免得我孤单寂寞。”

“要不，让小路来陪你吧！”

“小路我喜欢！她对我也很孝敬。但她毕竟不是韩家的亲骨肉。我考虑好了，等她结婚的时候，哎，她有对象了吗？”

“不清楚。”韩雨说。

“这就是你的不对了。她虽然不是你的亲骨肉，也是你含辛茹苦把她养大的。你是她爹，怎么她的终身大事也说不清楚呢？你回去告诉她，叫她明后天到奶奶这儿来一下，奶奶有话问她。”

说完话，韩雨就从堂屋走出来。他的脚刚一迈出门槛，就见老婆信香用一双愤怒的眼睛盯着他。

第十八章 执着女人

韩小路现在还在老宅。

今天天快黑的时候，她见四方无人，便走出老宅沿西山小道向南行走。她一方面是出来透透气，一方面顺便看看周围有无异常。

她还是那村姑打扮，不过梳妆不是那么艳丽，头发还有些毛糙，小辫子梳得也不那么好看，发上的蝴蝶结也歪歪斜斜。更糟的是她的脸色很憔悴，好像好几天没睡过觉似的，走路哈欠连连。这很符合农村姑娘操劳一天的模样。

她走了两里多路，见路边有个小卖部还没关门，便走了进去。

经过整整五天的蹲守，除了第一晚上见到一颗假人头和有人把那个颗人头拿走外，她没有发现新的异常。她进老宅的目的就是想见那个人。但那个人就是几天不出现。她估计，看来在四五天里想见到那个人似乎不太可能。所以她在小卖部又买了两盒饼干，两瓶矿泉水和几根火腿肠。当然还有两包女人用的卫生纸。同时还买了两节手电筒用的电池。

韩小路认为，她以上的准备虽然不及进入太空的航天员，但比当年的鲁滨孙出去漂流绰绰有余。

看来韩小路是铁了心要见到那个人。

回到老宅，天已经全黑了。进了门，她用手电筒一扫，不禁使她大吃一惊。本来她收拾好的客厅，现在弄得乱七八糟。沙发移动了，茶几上的东西也撒了一地，一条断了腿的椅子仰躺在靠东的墙角。

韩小路忽然明白了，这客厅的乱样和他上次离开时一模一样。顿时，她的脑海里浮现出那晚父亲和那蒙面怪物打斗的场面。韩小路虽然有些迷惑，但在一瞬间她清醒地认为，在她离开老宅的这段还不到两个小时的时间里，老宅里来了人。而且她断定，这个人不是那怪物就是她父亲韩雨。因为这个现场只有他两人清楚。

韩小路用最快的速度把整个老宅搜索了一遍，并没发现有其他可疑之处。

她终于得出一个结论："这老宅或老宅周围并不是没人，而且这人自从她进入老宅起，就一直在暗处窥视着她的一举一动。"但她又有些不明白，"这个人为什么就那么怕和自己见面呢？自己可只是一个年轻弱势的女人啊！"

经这几天的折腾，不说是一个年纪轻轻的弱女子，就是一个身经百战的老手也会感到疲惫的。她真的感到累了，便坐在沙发上想休息一下。

时间过得很快，眨眼又到深夜。远处传来猫狗的惊叫声。猫狗的惊叫声离她越来越近，好像转眼间就会冲进老宅。她正准备应急时，猫狗的惊叫声，仿佛被人追打似的远去了，直到销声匿迹。

刚静了不一会儿，又一个声音传来。这是什么声音？是动物还是人的声音，无法辨清。这声音沙哑而深长，像是大形动物的呼吸声又夹杂着人的说话声。

"姑——娘，离开——这里吧！这里不足以使你长留。走——吧！为了你也为了你全家。走——吧！到你该去的地方去。走吧，走吧……"

她倏地站起来。她想，这人果然就在老宅。但不知他藏在何处。

她屏住呼吸，一手捏着匕首，并把它掩在衣摆下；一手拿着随时可以摁亮的手电筒，步履轻轻地向发生凶杀案的那间卧室走去。卧室的门是开的，透过朦胧的窗户可见窗外灰暗的夜空上星光点点。

她鼓足勇气，面对室内大声说道："出来吧！我知道你就在这里。出来吧！我们好好谈谈。我想你不是坏人。你要是坏人，早把我杀了。出来吧！我只是个学生，为了好奇，想写一篇猎奇小说，因此到此体验。我是一个手无寸铁的弱女子，相信我不会也没有能力伤害你。出来吧！你要相信，在这个世上甚至在整个中国，正义始终会战胜邪恶！你要是有罪，藏是藏不住的，只有面对现实；你要是无罪，就更应该出来说清楚。我不希望你成为我小说中永不悔改的杀人凶手。出来吧！"

这声音在寂静的深夜，与刚才那声音相比，更加铿锵有力，更加雄伟刚健！它可以冲出老宅，穿破时空，响彻整个浩瀚的宇宙。

由于室内一片漆黑，她不能眼观六路但可以耳听八方。她想听那人回应的声音，但很久很久什么声音也没听见。不说那人对她说话的回应声没有，就连上次进门时阴风吹打门窗的声音和远处猫狗惊叫的声音也没有。

她自然感到有些诡异。她想把那门轻轻关上，可怎么也关不上，像有人从里面拉住似的。她火了，用尽全身的力气一拉。

"砰"的一声门关上了，但发出了惊人的响声。

一连两天，韩小路在老宅平安无事。既没发现有人从外面进来，也没看见有人从老宅出去。无论白天黑夜，无论她睡着还是醒着，她希望出现和发生点什么，又怕出现和发生的人和事始终没有来临。

韩小路一直在思索："如果老宅出现的这个人真是何波的话，那么他的凶残度和传说中的杀人凶手的凶残度大相径庭。比如第二次，他在老宅用恐怖的假面将我吓昏后并没有立即杀我，反而说我不应该到这里来。又譬如，那晚他把我压在沙发上，由于我的挣扎，我的胸罩几乎挣脱，内裤也挣脱了一半。他要对我实施罪孽，这对于他来说，简直是小菜一碟。可是他没有，他的两只手只是在我身上乱摸。由于我的挣扎和反抗，自然就觉得他的手在我的胸部、脸部、腰部，特别是臀部抓摸得尤为突出。"

韩小路恍然大悟："难道他在找什么东西？对了，钥匙，一定是钥匙！原来，何波是怀疑我有他家的钥匙。他毕竟是老宅的主人啊！但他真是何波吗？"

这仅仅是韩小路一个方面的思索。还有一个方面是警惕。

她不能大意。《三国演义》里大意失荆州的故事绝不能在此重演。她时刻没有忘记她的使命。时间对于她来说只能有限地等待，不能无限地浪费。

于是，她用一个整天来记录这几天在老宅的所见所闻。休息的时候她也不闲着，擦灰扫地，把整个屋子打扫得干干净净，仿佛她就是老宅的主人。看书是她唯一的嗜好，尽管书上的灰尘染黑了她那纤细而白皙的手指，但书中的精华却充实了她心中的净土。

白天终于过去，黑夜又将降临。

韩小路对黑夜有一种高度的神经质。这是第七个晚上，俗话说事不过三，现在却过了两个三，说明事非寻常。

韩小路躺在沙发上，手电筒握在手里，匕首藏在身下，目光不断扫射在朦胧的窗台上，耳朵专注地分辨着室内室外发出的一切声响。

时间像九十岁的老太，蹒跚在坎坷不平的小路上，缓慢而艰辛；又像百步穿杨的利箭，瞬间即来瞬间即逝。韩小路困不闭眼，倦不安身，直等到东方破晓，仍然啥事也没发生。

她有一种直觉，对手已经对她产生了超常的怀疑和高度的防备。

假如这个推断正确，即使自己在老宅住上十天半月甚至更长时间也是徒劳的。守株待兔绝不是一个奥尔波特理论的追随者所为。因此，韩小路决定："撤漂！"

清晨，打道回府的韩小路在走出老宅时，突然发现有个人影在离老宅墙角不远之处晃眼不见了。

她立即警觉起来，大步追了过去。当她拐过墙角时，看见一个戴着草帽，穿着灰色衬衫的人匆匆往西山而去。

"果然如此，"韩小路在心里说，"他真是一直在暗中窥视我！"

她立即取消了"撤漂"的决定，又回到她计划的轨道。期待中终于出现的目标她不能轻易放弃。老宅本来就在西山脚下，那人要进山只是瞬间的问题，一旦那人钻进那茂密的丛林，你想再看见他，谈何容易？

于是她对那人紧追不舍。那人似乎已经觉察后面有人跟踪他，便取下头上的草帽以减少风的阻力。他几乎在跑步前进。这时候韩小路惊讶了，看那人的背影和跑步的姿势多像自己的父亲韩雨和男朋友何支啊！

韩小路迷惑了，在一刹那她差一点儿晕倒。"那人真的是他俩其中一个吗？要真是，他为什么要窥视我？要不是窥视我，那他去西山做什么？"太多的疑问迫使她必须追上他问个究竟。

可是就在快要追上那人的时候，她的一只脚踏进一个小坑里，身体失去平衡摔倒在地，而且摔得很疼很疼。她不顾疼痛，坚持着站起来继续追那人。可是，那人已无踪影。

她在山脚找遍了所有旮旮旯旯，仍然一无所获。韩小路推测，此人要么是神，神才会上天；要么是鬼，鬼才会入地。但他收进眼底的，活跃在她脑海里的绝不是神也不是鬼，而是人，千真万确的人！既然是人，他就一定存在，不在明处就在暗处，不在山下就在山上。

有人说，男人和女人的执着区别在精神。女人执着起来，精神可感动天地，驱灭鬼神。她做出的奇迹可让人可歌可泣千载，流芳百世万年。创造人类的夏娃，补天的女娲，古代的花木兰武则天，近代的秋瑾江竹筠就是佐证。于是，韩小路又做出新的决定："上山！"

第十九章 何支受挫

成都双流机场沐浴在灿烂的阳光下。

一架银灰色的大型班机从蓝天白云下缓缓着落在机场跑道。飞机停了，旅客们秩序井然地走下舷梯。

何支提着行李包最后一个走下飞机。这是他事隔三天后第二次从北京乘飞机来到成都。第一次来前，他告诉了韩小路。韩小路也答应来成都接他，可下机后他在机场出口处等了整整两个小时也没见人。他好不容易打通了电话，却被告之她去了很远的地方并从此杳无音信。两天后，他因事回北京，办完事后这才又返回成都。

在机场出口处，接机的人们拥挤不堪，一个个不是举着牌，就是昂着头，向缓缓从出口处检票出站的乘客们招手呼喊。可惜，接机的人群中没一个何支熟悉的面孔。

何支推着拉杆行李包来到一个僻静处，拿出手机给韩小路拨电话。可是，手机里传出的声音仍然是他上机前发出的声音：“您拨打的电话已关机，请稍后再拨。”

这种声音何支已经听了无数遍了。

他曾打电话问过她的学校也问过她要好的同学，但回答都让他失望。他不明白韩小路为什么关机，也不明白她为什么要违背自己的诺言。她到底怎么啦？无奈，何支只好打车去成都旅游公司报到。

他弄不明白，改革开放都十多年了，中国建设急需人才，自己为什么就没人要呢？当然没人正面告诉他，你何支一无后台、二无权财、三无关系，人家凭什么要你？

他跑遍北京甚至跑遍大半个中国，依然无果而归。心中不平的韩小路把何支的情况向她的一个同班同学讲了，那同学大惊失色道：“一个学哲学的高才生，竟然在伟大中国的北京找不到工作，岂有此理？”

这位同学之所以口气如此之大，是因为她有一个在北京市委当官的爹。韩小路听同学这么说，便顺水推舟道：“哎，不如请你给你爸说一说，在北京给何支找份工作吧，干什么都行。”

那同学说：“弄了半天你是在引蛇出洞啊？”

韩小路笑着说：“你是蛇吗？要说是蛇也是美女蛇。但你不是蛇是玉，是块发光的美玉。我是抛砖引美玉！”一句话说得她同学“哈哈”大笑。

笑完，那同学说：“给我爸说可以，不过你得老实告诉我，他是你什么人？同学，亲戚，还是情人？”见韩小路脸有些红且含羞涩，同学便戏谑道：“哦，知道了，一定是情人！”

韩小路说：“情人多俗，是男朋友。”

不久，韩小路便接到那同学告知，叫何支去首都旅游总公司报到。

工作一年不到，何支的办事能力和工作业绩深受公司领导的赏识。别的不谈，就两月前他和美国一个旅游公司洽谈一桩非同小可的业务时，硬是凭他的察言观色、引古论今、巧舌如簧、举一反三的工作技巧给一锤敲定了。

那个美国公司的老总在签合同时，伸出大拇指称赞何支是难得的人才，并邀请他再去美国洽谈一项重大合作项目。

于是就有了先前提到的何支去美国的情节。

可是天有不测风云。就在何支去美国的班机准备起飞时，却被空中小姐满脸笑容地请下了飞机。接着，公司领导放了他三天假。

三天后，单位领导找他谈话，告诉他：“总公司和四川有一个合作项目，他们那里缺人，公司总部决定派你去成都，两天以后出发。”就这样，两天以后的上午，何支登上了北京至成都的航班。但刚下飞机，总公司又叫他立即返回北京，在北京待了两天，这才又乘飞机来到成都。

一个小时后，何支打车走进成都分公司办公室，向一个正坐在靠背椅上看报纸的老者说明了来意。

老者一开始茫然地望着他，随后像想起了什么似的对他说：“哦，是有这么一回事。这样吧，今天老总不在，出差了。你是成都人吧？家在成都吗？”

何支说：“离成都不远。”

老者说：“那更好，你先回家看看，陪父母玩玩摆摆龙门阵，好好休整休整。休整好了我看老总出差也该回来了，那时你再来吧。啊！”

何支问：“到底什么时候来哦？”

老者想了一下，说：“这样吧，你有手机吗？有就留一个手机号，待老总回来我立马通知你。”说完，老者又低头看报了。

回家看父母？从某种意义上说，何支根本就没有家，也没有了父母。在何支心里，自打懂事起他就没见过妈妈，也不知爸爸在何处。他常年寄住在姨妈家，在那里吃，在那里住，在那里长，在那里上学。要不是初中快毕业那年，姨妈带他去一个地方见一个人，他压根儿就不清楚有何波这个人，而且还是他的父亲。

那是一天晚上，姨妈领着他走进一个黑灯瞎火的古庙。在一间烛光暗淡的房间里，姨妈指着一个躺在木板床上奄奄一息的男人对他说：“支儿，叫爸爸，他是你老汉儿。”犹豫了很久，他才对骨瘦如柴的那男人叫了一声“爸”。

这时，庙里的一个老和尚，拿出一个粉红色的木盒子交给何支，说：“这是你爸委托我交给你的东西，他要你好好保存它。并且再三嘱咐，等到你结婚成家进洞房时你才能打开它。切记，切记！阿弥陀佛！”说完那和尚转身就走了。

第二天，何支放学回来，姨妈告诉他，说：“那老和尚派人通知她，说你老汉儿昨晚深夜病死了。”

第四天，姨妈又告诉他说：“老和尚又派人通知她，说你爸就埋在一个什么江边不远的地方。还说庙里掏钱为你爸立了墓碑，叫你抽时间去看看。”

姨妈还说：“以后每年的清明节，你要去给他烧点儿纸，不管怎么说他也是你老汉儿。”

可是何支从未去看过何波的坟和碑。

有一天，姨妈又告诉他说：“在A县小镇，你家祖传有处房子，由于传说不吉利长期无人敢住。以后我带你去A县小镇问问，兴许还能要回来。”于是就有前面关于老宅钥匙在何支手里的描述。

何支走出公司，来到人海茫茫的大街上，他无所适从。他不明白，好端端去美国的机会给黄了。现在又莫名其妙地叫他来成都分公司。到了那分公司，那老者的话更让他丈二和尚摸不着头脑。什么回家休整，什么陪父母摆龙门阵，这明明就是炒鱿鱼前的征兆嘛！

他漫无目的地行走，步履维艰，心事重重。他十分费解，本来是一帆风顺的小船——他常把自己比喻成驾着小船在大海中漂浮的水手，为什么会在一瞬间毫无征兆地被颠覆沉没？如今，小船没了，扔下他一个半生不熟的水手，在恶浪滔天的大海里漂浮搏击，前程难卜呀！

在路边的公共汽车站，他趁候车的时间，又给韩小路打电话，等到的还是关机。他忽然有一种不祥的预感：要么韩小路遇到了麻烦，要么他们的恋情遭到挫折。此刻，他的心情糟糕到极点。

他在站牌前不断地来回走动，旁若无人，以致和多位候车人相撞，不是踩到人家的脚，就是碰到人家的头。人家用奇怪的目光盯他，用粗鲁的语言说他，他也我行我索，装没看见听见。直到车站上的人都上车了，他要上的车也开走了，他还傻呆呆地站在那里不动。

在他心里，他和韩小路的恋情可歌可泣，牢不可破。他对她赤胆忠心，她对他也爱之至深。无论怎么说，都快要结婚的当头突然情变，连招呼都不打一声，这似乎不太可能。

要说可能，就是她的父母不同意。据说她的父亲韩雨是小镇的镇长。这官虽然不大，但也是官。无官的人不在乎，有官的人可把官当成天。他能把自己的宝贝千金嫁给一个什么都不是，其实就是无父无母，一无所有，浪迹天涯的男人吗？哪怕这男人被女儿说的如何如何好，什么表现优秀啦，前程似锦啦！

这些画饼充饥的话对那些只注重现实，只讲门当户对的人来说，就是对牛弹琴。

幸好，他有较好的心理素质。这心理素质绝大部分源于韩小路推荐的奥尔波特的心理学理论。无论什么困难和挫折，都会在这理论的疏导下得到心理上的释然。

他相信韩小路，一定和他一样，甚至比他做得还好。

下午三点，何支回到了姨妈家也是他的家。

姨妈吃惊地问："你不是说去美国了吗，怎么又回来了呢？"

何支说："都上飞机了，又把我叫了下来，说单位不让我去了。"

"为啥子，你知道吗？"

"不知道。"

姨妈心里明白，出国是要政审的，一定是政审出了问题。"都怪你们何家，没一个是好的。不让去就不去呗，咋过又回四川呢？"姨妈问。

何支说："总公司要我到成都分公司帮忙。"

"那你回来做啥，快去上班呀！"姨妈说。

何支说："叫我在家等通知。"

姨妈似乎觉察到什么，瞟了他一眼，叹息道："唉，你的命也太苦了，等就等吧。"

谁知这一等就等了好几天，没有接到分公司的一个电话。

何支在姨妈家度日如年。他打电话问了几次，那老者都说："耐心等待。"

终于有一天上午，他的手机响了。他以为是韩小路打来的，高兴得不得了。但打开电话一听是个男人的声音。

"你是何支吗？"对方问。

"就是。"他说。

"你带上简单的行李，在你小区门口等着，十分钟以后，有辆车来接你。"说完，对方就把电话挂了。

听说有车来接，何支想一定是单位派车来接他上班的。于是他三下五除二，很快就带着简单的行李等候在小区门口。

不一会儿，一辆车门上印有"公安"的警车快速地开来停在小区门口。车上立即下来一个警察，威严地走到何支面前，问："你就是何支吧？"

何支迷惑地点点头。

警察说："那好，上车吧！"

第二十章

鬼迷心窍

今天小镇党委正式开会讨论罗兵代表西山旅游开发领导小组提出的开发方案。会议由镇党委书记吴奇中主持。

罗兵在宣读完总体方案后，又对方案的具体实施细则进行了解读。

在讨论中，绝大多数党委成员对总体方案基本赞成，但对具体实施细则产生了严重的分歧。分歧的交点在西山顶修建高层建筑和老宅作为现场指挥部办公地点这两个问题上。

当与会人员就上述两个问题分别发言后，罗兵又为这两个问题作了补充解读。

他说："在西山顶修一处高层建筑，就好比古人在山上修一座庙或一座塔。说穿了就是一个吸引人们到小镇西山休闲玩耍的一个招牌，用现代语言来解释，就是小镇的标志性建筑。

"可以想象，西山顶有这么一座一览群山，一马平川的建筑，上西山游玩的人们一定印象特深，流连忘返，将会吸引很多游客到小镇上西山玩耍。这座建筑，既起到了让游人精神娱乐欣赏的作用，又起到了加强小镇精神文化建设的宣传效果。

"至于老宅作为指挥部办公室，那是暂时的借用不是占用。有人不是说，老宅是凶案现场，是妖魔鬼怪出没的地方吗？那好，我们就住进去，看看是人怕妖魔鬼怪还是妖魔鬼怕人！至于那间十年前发生凶案的卧室，请大家相信，凶杀案未破，我们绝对不会动用那房间。"

韩雨说："总体方案我没多大意见，但我不赞成在西山顶修什么高层建筑。为什么？"他开始激动起来，"在小镇人心里，自古以来，西山就是魔山。山顶的三块巨石是镇魔神石。你在西山顶修那么一座东西，老百姓一看就知道是和神石分庭抗礼对着干嘛！老百姓会接受吗？"他越说越离谱了，"再说，什么标志性建筑？"他瞟了眼吴奇中，"明明就是给某些领导树碑立传嘛！"

会场顿时骚动起来，纷纷窃窃私语。韩雨仍不刹车，继续说："老宅是私宅，虽然长期无人居住，户主何波已死亡，但何家还有人嘛！听说何波有个儿子叫什么何支的在北京上大学。我们不能因自己的方便不经何支的同意就去侵占别人的私有财产吧？你们要这么做，我当镇长的第一个反对！”

听韩雨这么一说，原来表示支持实施方案的人，嘴皮子发生了动摇。

有的说：“韩镇长思考全面，发言切中要点，实施方案应该改。”

有的说：“既然何支是老宅的继承人，那等找到何支再说吧。”

有人甚至提出：“整个方案应该请个风水先生把把脉才对！”

韩雨见自己的意见得到大多数人的支持或赞同，心里不禁暗自高兴。他用眼睛的余光扫了一下似乎强装镇定的吴奇中和有点按捺不住的罗兵，自感胜券在握。为了百分之百地达到他不可告人的目的，彻底打败对方，他再次发难。

韩雨说：“请大家不要以为我在反对开发西山，反对吴奇中书记的决策。我之所以提出不同意见，完全是为了小镇建设的健康发展和小镇人民的生命财产安全着想，而不是为了我韩雨个人的业绩或企图。如果作为小镇的当家人，做出的决策不是为人民群众所想而想，为人民群众所急而急，而是为突出个人业绩，为个人树碑立传，这样的领导就不是人民的好领导！”

韩雨以为他的再次发言，会引起比先前的发言更大的反响。大家一定会用赞许的目光或掌声来支持他、鼓励他。因为谁都知道，这位平时不多言不多语，事事看吴奇中眼色办事的父母官，今天竟破天荒地敢于当着大家的面，而且还是在党的会议上如此慷慨激昂，毫无顾忌地说出自己的意见，实在是意想不到。

没想到他错了！

首先不同意他把三座巨石说成是镇魔神石的是党委成员甲；其次是反对他把借用闲置的老宅作临时办公用说成是侵占别人私有财产的是党委成员乙；最后就是李琼，这个在他心里可爱可信的女人，今天却让他不可理解。她转弯抹角又言辞鲜明地说：“韩镇长知无不言令人钦佩，但把开发西山说成是为突出个人业绩，为领导树碑立传的说法是不确切的，不全面的，不合适的，也是不正确的。因为你也是小镇的领导，能说也在为你树碑立传吗？”

也许是大家的发言，也许是李琼最后一句话点醒了他，让他从走火入魔的猖狂中解脱出来。顿时，他快到沸点的脑海像泼进了一盆盆冰水直线往下降温，直到降得他全身冷得打战。

最后，吴奇中说：“今天大家对开发西山的方案都发表了自己的意见。我认为无论是赞成方案的还是反对方案的，不！应该说是对方案持不同意见的，都是对的。为什么这样说呢？因为我们是开党的会议，是讨论问题。既然是讨论，就得让大家畅所欲言。有个伟人早就说过，让人讲话，天不会塌下来。再说韩雨的意见也不是全无道理。譬如他说，作为小镇的当家人，所作出的决策应该是为群众所想而想，为群众所急而急，这就很好嘛！”

他拿起水杯喝了口水，先是笑着对韩雨，然后又笑着对大家说：“我们既然把方案提交大家讨论，说明方案还没决定，还有这样那样的问题需要大家补充、修改，使其更符合实际，更能有利于人民，有利于发展。那么，从今天讨论的情况来看，这个方案总体是好的，大家是肯定的。但有不尽如人意之处，需要更加准确的思考、论证和推定。

“因此，我建议：这个方案暂不通过，由开发小组再进行深入调查，征求各方面的意见进行修改。修改的原则是：破除迷信，弘扬主题，繁荣文化，取乐于民。还要增加两句，增加收入，强镇富民。看这六句话二十四个字能不能概括我们开发西山旅游的总体构思？如果能，就把它作为修改方案的宗旨。”

大家鼓掌表示通过。

接着，吴奇中就宣布散会。

就在吴奇中宣布散会的那一瞬间，韩雨才彻底意识到自己大错特错了。要是往常，这样的会在散会前，吴奇中总要叫他说几句的，可是今天没了。他在会上的猖狂彻底得罪了对自己恩重如山的吴奇中。

是啊！韩雨六岁就跟着十二岁的儿童团团长吴奇中干革命。其实，他当时不懂啥子叫革命。有一次，他问吴奇中，说：“奇中哥，啥子叫革命呀？”

吴奇中说：“你跟着我，我干啥子你就干啥子，这就叫革命。”说完又补充说：“今后不准说也不要问什么叫革命。”

“为什么？”韩雨瞪着大眼睛问。

“人家会笑话你。”

“为什么？”

吴奇中说：“人家会笑你说，儿童团团员还不懂革命，多丢脸！”

这是韩雨一生中上的第一堂人生课。也是他终生难忘的人生课！

从此，韩雨把吴奇中视为仅次于伟人的人物，整天除了吃饭睡觉，就扛着根红缨枪，屁颠屁颠地跟在吴奇中后面跑。吴奇中怎么说他就怎么说，吴奇中叫他怎么做，他就怎么做。直至吴奇中上了高中，他上了小学，两人才少有来往。

可是后来三面红旗又把他俩连在一起。

大炼钢铁，吴奇中上山烧炭，他就跟着上山砍树；困难时期，吴奇中因饥饿偷农民的红苕白菜维生，他就替他站岗放哨背背兜；改革开放后，吴奇中当了小镇党委副书记，他就大学毕业回来当了党支部副书记。

快乐和苦痛的日子此刻在韩雨的眼前不断浮现。多好的兄弟，多么亲密的战友、同事，为什么在为同一个目标而奋斗的时候，却视同路人，居心叵测，存心发难，这哪里像个共患难的知己，哪里像个镇长？

再说，这个镇长之职原本是由吴奇中党政一肩挑的，县委都定了，县委组织部已经把任命的通知都写好了，分管干部的副书记也在任职通知文稿上签了字，是吴奇中先找组织部部长，不行又找县委副书记，还是维持现决定！

他又去找县长，县长耐心地听他讲了一个多小时韩雨如何如何地好，如何如何地能干，如何如何地全心全意为人民鞠躬尽瘁。最后，县长还是要他去给县委书记说。吴奇中似乎累了，不阴不阳地扔下一句：“随你们的便吧！”便走出了县长办公室。

三天后小镇接到县里的文件：“吴奇中任小镇党委书记，韩雨任小镇镇长。”

泪水盛满了韩雨的双眼，眼前一片蒙眬。翻江倒海的心田里像灌满了黄连那样苦不堪言。他追悔莫及。

最后，他咬牙切齿地在心里骂道：“全都是何波那杂种逼的！”

散会后，韩雨来到吴奇中办公室，想趁早向他作个解释，求得他的谅解和宽容。谁知还没说上两句，吴奇中就冲他说：“你整天正事干不来，歪门邪道，危言耸听的事倒干得得心应手！你走吧！”说完，吴奇中再也不说一句话，再也不看他一眼。

韩雨没走，他对低头看文件的吴奇中说：“其实，有些话我也不知道是怎么说出来的，比如说突出个人业绩，树碑立传以及镇魔神石之类的话，实在是太不应该，太出格了。但我绝对不是针对你。”

吴奇中终于抬起头来说：“针对我又怎么样？”

韩雨说：“就是针对任何人也不应该针对你。你是我的什么人哦？老首长老领导，没有你就没有我的今天，没有你就没有小镇的繁荣昌盛！”

吴奇中忽然把桌子一拍，站起来义正词严地说：“韩雨，老韩！我看你当党员，当干部当腻了，想改行了是吧？解放思想都快二十年了，你还停留在原地，你好糊涂啊！”说完，吴奇中悻悻而去。

第二十一章
深山追踪

韩小路决定上山，并沿着那草帽人的脚迹紧紧跟随。至于那草帽人是她父亲韩雨还是男朋友何支，或许就是老宅的那个怪物，只要找到那个草帽人便一目了然了。

于是，她便从草帽人消失的地方劈打荆棘开路上山。

为了轻装上阵，她把提兜以及里面的一些东西藏在山脚两块大石头中间的草丛中，身上只带了手电筒和匕首以及微型相机。当然，早就没电的手机也不能落下，因为里面还存有她不可或缺的信息。

一切准备完毕，她把裤腿一扎，把额上的刘海往左右一拂，便照着前次上山的方法，找两根木棍打草上山了。

可是那草丛和树木荆棘混杂在一起，盘根错节，她用吃奶的劲，使尽了浑身解数也很难前进一步。她边打草前进，边用她明亮的眼睛和锐敏的感觉搜寻周围那草帽人的信息。

好不容易钻出丛林，出现在她眼前的竟是万丈陡壁峭岩。而且，岩下怪石嶙峋，岩上乱象丛生，不说是人，就是能飞檐走壁的猴也很难爬上岩去。再说这景象十分恐怖，近处蛇虫混杂，远处鬼哭狼嚎。这里实在不是人走也不是人待的地方。

韩小路只得倒回原处另辟蹊径。好在倒回不远，她看见右前方的百米处好像有一个人影一晃不见了。她立即追过去，虽然没看见那个人，却看见了一处人或动物走踏过的痕迹。

她大喜，立即从树丛中穿过去，一看正是他们前次上山打开荆棘走过的路。她想，那草帽人一定沿着他们开辟的这条路上山了。

于是，她旋即跟踪追击。

她终于登上了山顶。虽然累得满头大汗，但她兴奋至极。她坚信，那草帽人只要在山上，她一定能找到他。除非他真的是鬼不是人！可是，大半天过去了，她费尽了千辛万苦，找遍了整个山顶也不见一个人影。

此刻她来到三座巨石前，脑海里猛然出现上次上山时，她和罗兵他们在巨石上极目远眺的情景。她箭步登上一座巨石，顿感心旷神怡。

灿烂和谐的朝阳从东方地平线上冉冉升起，七色光芒渲染着轻轻飘浮的云层，似大海深处的海市蜃楼，又像五彩缤纷的玉皇之宫。

再往远看，美丽富饶的成都平原，像一张辉煌的巨毯，上面绣满了高楼大厦、绿色田野和金色的麦浪。一条条纵横交错的公路、铁路延伸到无限尽头。

“这里的确是旅游观光的胜地。”韩小路在心里说。

走下巨石，她取出相机把三座巨石的各个部位以及周围的环境都一一拍了下来，存在她的微型相机里。

忽然她觉得膀胱有些发胀，便想小便。于是她四处张望，想找一个僻静之地解燃眉之急。

韩小路小心翼翼地走到一座巨石的后面，四处察看无人后才扒开草丛，解开裤子蹲了下去。

不料，她这一蹲却发现了怪异。她尿还没屙完，便立即提起裤子站了起来。

韩小路看见了什么？

她看见了一双人的眼睛。那双眼睛和他的整个身子都隐藏在茂密的草丛里。她清楚地看见，那双像贼一样的眼神正死死地盯在她的下面，这让她顿感惊吓，以致尿还未屙完，便倏地站了起来。

可是当韩小路系好裤子背转身来时，那草丛中的眼睛和人都不见了。

“难道是猫或其他动物的眼睛？”韩小路刚这么想，又立刻否认，“不可能！”

韩小路在心里自问自答：“那眼睛百分之百是人的眼睛，那隐约露出的头发、额头和鼻子，就是一个人而且还是个男人。”

“难道就是那个草帽人？”韩小路十分迷惑。

她在山顶看了个仔细，也找了个遍，都没见个人影。她在想，“他是怎么上来的？而且还在草丛中看我屙尿，真是奇了怪了！也好呀，真是踏破铁鞋无觅处，得来就在撒尿间。眼睛不在了，人总跑不了！”

想着，她就扒开那草树丛毅然走了进去。

她发现这草丛里的确有人待过，再一细看，还有人的足迹。她就跟着足迹往前走，而且边走边上下左右探视。

蓝天下一只雄鹰在翱翔，太阳射出万丈光芒。离她不远的一座巨石挡住了她看太阳的视线。她低下头继续沿着足迹跟踪。

足迹不见了，却呼地从草丛里跑出一只叫不出名的小动物。那小动物从她的脚边穿过，跑在了她的前面。

那动物比老鼠大比猫小，但皮毛比鼠和猫漂亮，眼睛和鼻子特逗人喜爱。更让韩小路新奇的是那动物在她前面跑时，还边跑边回头向她不断眨着它那像黑豆似的眼睛。

最后，那动物把她带到一个岩洞口前不见了。

韩小路止步观察。从表面看去，这不像是洞，像是一个小小的石窟。碗大的口子从一人多高的草树丛中伸出来，给人一种就是一般石窟的感觉。

但韩小路不这样认为。她推测，这很有可能是一个很深很大的洞。而且推断，那个像贼眼的人就躲藏在这洞里。

为了证实自己的判断，她扒开草树丛，飞起一脚向那洞口踢去。果然那洞壁瞬间塌了下来。韩小路一看，这是一块人为的石板门。

一切都不用过多地去猜测去寻找。西山老宅凶杀案的犯罪嫌疑人何波十有八九就藏在这洞里。韩小路懂得，宜将剩勇追穷寇，不可沽名学霸王。于是她毫不犹豫地钻进洞里。

果不其然，这洞很深很长，弯弯拐拐，曲直坎坷。而且越走越宽，越走越黑，直到伸手不见五指。

韩小路警觉地一手握手电筒，一手拿匕首，小心又大胆地往前走。忽然，一幕光怪陆离的奇峰异石出现在她的眼前。

她几乎是欢呼雀跃着向那奇峰异石跑去。再用手电筒一扫，啊，这简直就是一个天然的奇峰异石地下博物馆！此刻她仿佛漫游在这奇峰异石之间，边观赏边聆听岩水滴下发出的美妙而动听的乐声。

她决定继续往前走。眼前出现一个呈四十五度的斜坡，坡不宽但很长，曲直蜿蜒，坎坷不平。坡的上下左右全是坑坑洼洼的坚不可摧的岩石。韩小路弓着背，手撑岩壁，一步一趋地往下走。走了十来分钟，便出现一个相当于排球场大小的平地。

韩小路的目光随着手电筒的光看去，霎时使她大吃一惊：天呀！平地上除了中间一条道，两边全部躺着歪七竖八的人的尸骨。那尸骨在手电筒的光的照射下由黑变白，又由白变蓝，又由蓝变绿。这些绿色的尸骨仿佛在一块一块地慢慢移动并向头骨靠拢，最后连在一个个头骨上，形成一个个绿色的僵尸，伸着手向韩小路跳来。

韩小路知道这是她因害怕，心里发怵产生的幻觉。这种因心理原因产生的幻觉，在奥尔波特实验心理学里早有描述。所以她虽然全身发怵，但心里并不觉得有啥可怕。

她穿过尸骨堆继续往前走。她坚信那个草帽人或何波一定就在这洞里。

现在她准备从一个洞中之洞里爬过去。这石洞不长，大约有两米，直径不大，看样子只能通过一个人，如果个子太大还不行。

韩小路关了手电筒，慢慢地把头伸进洞里，然后匍匐向前爬行。她终于爬到洞的另一头。但眼前还是一片黑暗。她不知道洞口外是悬岩峭壁还是深不可测的深渊。为了看清前面的情况，她便摁亮手中的手电筒。不料她照到的是一颗血淋淋的人头。她“啊”的一声惊叫，昏了过去。

当她醒来的时候，发现自己躺在一张床上。她的双手和脚都被用绳子绑在了一张木床上。她不清楚自己到底遭受了何种程度的侵犯，但凭女人的直觉她怀疑自己已遭到了男人罪恶的凌辱。

韩小路也不知道在这里被绑了多久，一个小时五个小时还是一天两天？但从她口干舌燥，饥饿难耐来看至少有一天的时间。

她多么想立即离开这里，但她更想的是知道那吓昏她、绑她、禁锢她的人到底是谁？是她追踪的草帽人，还是她父亲韩雨，还是她男朋友何支，还是第一次在老宅出现的那个怪物？

韩小路怎么也不相信是韩雨。他毕竟是自己的父亲，虽然她总不听他的所有劝告，我行我素，但他不会对自己的女儿做出如此禽兽不如的罪孽。

她也不相信是何支。她对何支的了解比了解她自己还多。别的不说，相恋一年他从没向她提出个非分之想。有一次在未名湖畔，他俩在幽暗的灯光下看见有的情侣无所顾忌的亲吻、拥抱甚至偷食禁果。她看了，不忍心地悄悄在他耳边说：“要不，我们也来吧？”可何支却说：“不急，会有那么一天的。”

不是韩雨，也不是何支，那一定就是那个怪物。正想着，洞里进来一个人。韩小路一看，这人正是她跟踪的草帽人。除了那顶草帽没戴，那灰色的衬衫和像他父亲韩雨和她男朋友何支一样的身材，一点儿也不错。她不明白，如果他是何波，为什么又和韩雨长得那么相像？

韩小路一见那人，边挣扎边大声道：“放开我，你这个畜生！丧尽天良，凌辱一个手无寸铁的女人，你比猪狗还不如！放开我！”

那人手里提着一包东西，走到韩小路床前，哼哼笑着说：“告诉你，这里离地面不说有百米也有四五十米，你就是有百个嗓子也休想惊动地面上的任何人。何况这山上根本就没人。放你，不说不可能，就是放了你，你也不知道怎么出去。你可知，这地下溶洞像蜘蛛网一样漫布在整个西山的地层下，阴河、冰窟、悬崖峭壁，比比皆是，你怎么走？”

那人边说边打开手里的包，一股猪肉包子的香味扑鼻而来。

他拿出一个包子对韩小路说：“饿惨了吧？吃吧，吃了就有精神再骂了。”

他本想说：“这韩雨也真傻，一句戏言也当真，还真把一个美女给我送来了。”但说出口的话却是：“只要你乖乖地听我的话，如实回答我的问题，我就放你出去。”

韩小路说：“当真？”

那人说：“在回答我问题前，你得把这些东西吃了。”

那人把一个包子取出来，分了一半喂进她的嘴里。韩小路愤然地将口中的包子向那人的脸上喷去。

那人没发火，又将另一个包子喂进她的嘴里，．说：“你不吃，休想出去！”

现在她侧过脸来仔细看这是什么地方。原来这是一个地下室，面积不大，大概有十来个平方米。室内除了一张床，一张桌，两张椅子和几个箱子外几乎没一样像样的东西。再看这地下室的结构，几乎完全是人工挖成，只是室的两端有原始的痕迹。她估计这个地下室小部分仍是溶洞的延伸，大部分是人工挖掘而成。

“你是什么人？”她坚定地说，“你是不是在老宅用恐怖面具吓人，在小镇街头伪装乞丐乞讨，常在河边丛林幽灵般出现的何波？你敢说不是！”

第二十二章　虎穴周旋

这人正是何波，是个诈死伪装潜藏八年的西山老宅凶案的犯罪嫌疑人。刚才进洞之前，在朦胧的夜里，他又像幽灵似的在河边丛林与一个人见了面。不过，这个人不是韩雨，是八年前帮助他诈死潜逃的老和尚。

老和尚把从小镇买来的一包包子递给何波后说：“我都按你的吩咐办了，不出所料明后天就有所反响，但我认为此计并不长久，也起不了多少作用。”

何波问：“为什么？”

“共产党英明盖世，克敌无双，想当年老蒋几百万大军以长江为天险阻挡共军南下也鸡飞蛋打，现在何惧你小小烟幕弹？！如今深得人心的改革开放势如破竹，西山开发势在必行，你恐怕藏得了一时，藏不了一世哦！再说……”

见和尚欲言又止，何波说：“大师有话尽管说。徒弟洗耳恭听便是。”

和尚道：“我在镇上看见一个年轻人，很像你儿子何支。”

何波一惊：“什么？不可能！”

和尚说：“一定是他。我在和韩雨老婆密谈的时候，他看见了我，并接连盯了我两眼。”

“他来小镇干什么？”

“不清楚。你弄到的那个女孩你知道她是谁吗？”

何波说：“从她在老宅的喊话来看，她仅是一个猎奇爱好者，她说她要写一篇猎奇小说。”

和尚说：“要是我没猜错，她可能就是公安，如果不是公安，她就一定是韩雨的女儿。”

何波问：“她真是韩雨的女儿？”

“应该说是她。”

“是韩雨亲生的吗？”

和尚说：“是不是亲生我不清楚。不过从韩雨老婆要我给她测字来看，韩小路是他们的亲生女儿。因为她说她女儿失踪了，她和韩雨都急得要死。不是亲生不会急到要死的地步。”

何波一听，“啊”地叫了一声。

和尚问何波道：“为何吃惊？”

“我把她给……”何波支支吾吾，不肯明说。

和尚两手合一，念道：“阿弥陀佛！你又犯命案。可悲，可恨，是可忍孰不可忍！”

何波说：“哎呀，师傅，我没杀她，只是，哎呀怎么说呢？”

和尚挥手就给何波“啪”的一耳光，随即道：“没杀她，那就一定奸了她！贫僧本不愿打人，此乃急也。你做的事实在让法不容，地不容，天也不容也！”

何波捂着嘴，说：“师傅，我二十多年未沾一点儿女人味，一时之下见那女子美貌如花，肌肤如玉，实在控制不了呀！但我只是绑她，看她，摸她而已。”

和尚说：“阿弥陀佛！看来你还有点人性。想当年，贫僧就是念你还有点人性，才用厨娘病死之躯替你入葬，为的就是放你一条生路，盼你改名换姓，离开西山老宅，远走他乡，重新做人。没想到你不但没远走他乡，还隐藏在你的案发地西山。贫僧倒要问你，为何固守西山，不愿离开老宅？”

何波思忖一下，说：“师傅救我放我，我永生难忘。师傅的大恩大德，就是徒儿今生报不了，来生也要终生相报。但要让我今生离开西山离开老宅万万不能！”

和尚道：“到底为何？难道就为了报韩雨夺妻之恨？”

何波说：“这是其一。其二，徒弟不瞒大师，在我年幼的时候，听我父亲和韩雨的父亲韩光摆龙门阵时，隐约听说，当年张献忠把剿杀的上千蜀人的尸体随同两挑黄金运进西山藏了起来。后来清兵追杀张献忠时，张献忠也顾不及取黄金，带着部队逃走了。这几年我在洞里到处寻找也一无所获。但我仍不死心！”

和尚说：“捕风捉影的传说你也当真？”

何波说：“如果张献忠溶洞藏金是捕风捉影，是假的，那另一件事可是实打实的千真万确。”

和尚又两手合一，念道：“阿弥陀佛，善哉善哉，什么事啊？”

何波说：“也是年幼时，对，就在韩雨父亲韩光死在我家后院那天晚上，父亲给我说，韩光来我家躲藏时带了两桶黄金，说是给何家帮他隐藏的感谢费和生活费，现在他死了这东西自然归何家。当时我见监视我父亲的农会儿童团团长吴奇中在窗外转悠，估计父亲也看见了，所以没往下说，但这一定是真的。”

和尚没再多说，念着阿弥陀佛走了。

韩小路的确饿得不得了，面对塞进嘴里喷香的肉包子，哪有不吃之理。她想，反正到了这步田地，手脚也被绑着，光用嘴是不能对付对手的。她得活着，活着首先面临的是吃饱肚子再见机行事。于是她一连吃了四个包子。

何波说：“不给你了，再给你我就没得吃的了。”

他看见她的眼睛里含着晶莹的泪水，透过那泪水就是万道锋利的剑光。他知道，要不是把她绑着，就凭她眼睛里射出的利剑之光足可以使他碎尸万段。

韩小路强忍着悲愤，问：“你到底是什么人？”

何波一笑说：“我没问你，你倒先问起我来了。告诉你我就是你们要追捕的人。”

韩小路眼睛一动，说：“什么追捕？我不懂。”

何波阴险地一笑，说：“别装了，你就是公安，警察！”

韩小路哈哈大笑起来，说：“你也太把中国的公安警察弱智化了吧？我要是公安，警察，还能容你这么侮辱欺凌？”她咬牙切齿地说：“早把你给毙了！”

何波问：“不是公安，那你究竟是什么人？”

韩小路说：“大学生，猎奇爱好者。”

“你为什么三番五次地盯着我不放？”何波又问。

“我说了我是一个猎奇爱好者，盯你完全是好奇。谁让你三番五次地用假面具吓唬我，差点儿把我吓死。”可她在心里说：“你终于承认了，老宅怪物和那天早上看到的草帽人就是眼前的你。”

韩小路感到释然，目标终于找到了，而且就在眼前。同时，她又感到悲哀和心痛，因为她付出的代价太大了。也许接下来还将付出更大的代价。这代价不知会给她带来多少意想不到的后果。

“哈哈哈！”何波大笑，忽然笑声戛然而止。他将脸贴近韩小路的脸，轻声问：“你是不是韩雨的女儿？”

韩小路摇头。

何波猛地直起身来，在原地转了九十度，大声说：“你就是韩雨那大流氓的女儿。自从那晚，他在老宅救了你，我就怀疑你是他女儿。但我还是不信，因为他老婆虽然漂亮，但在我的印象里，她是个不下蛋的鸡。现在我信了，你就是他的女儿韩小路！”

这一问一说，使韩小路打了一个寒战，同时也产生了诸多的怀疑。“妈生了我，怎么又是一个不下蛋的鸡呢？可自己明明就是她亲生的女儿啊！”她想说：“是又怎样？”可她话到嘴边又变成：“韩雨？谁是韩雨？”

“就是现在的小镇镇长。”何波说。

她故意作思忖状，说：“哦，听我大学的同学说过，但没见过。”

何波问：“你同学怎么知道韩雨？”

韩小路说：“他是小镇人呀！对了，西山老宅的传说就是他告诉我的，要不然我还不会到这里来呢，真是倒了大霉了！”

见何波也作沉思状，她便拖着腔说：“大叔，我说的都是真话，松绑吧，好疼好疼啊！再说你忍心让一个女人家就这么赤身裸体地躺在一个男人面前吗？难道你没有老婆，没有女儿呀？”

韩小路这一问，何波哑然了，他的记忆不得不回到二十二年前的那天晚上——也是在这间地下室，也是在这张床上，也是在这昏黄的烛光下，已经临盆的胡芳躺在床上，不断地伸吟。她脸色苍白，汗流如注，凸起老高的肚子像要在顷刻间爆炸。

何波看着，心急如焚，在床前不停地来回走动，束手无策，眼睁睁地看着自己的老婆呼叫挣扎，眼睁睁地看着她的下面鲜血混着羊水慢慢地浸出体外，浸红了被子，染红了床单。

自从何波在外漂泊回来，发现自己的老婆胡芳怀上了别人的种以后，他便将她软禁在这间地下室里，而对外却说回娘家去了。待到老婆快要生了，他也不让她出去。

再说，由于老宅长期无人居住，经他同意被西山村暂借公用。他和胡芳也更不敢出入老宅，生怕被人发现生出事端。

何波原以为，女人生娃儿十分简单，痛就那么一下子，只要娃儿一出来，什么事都没有了。谁知，今晚老婆痛了快两支烛的时光，娃儿还没出来。

他趴在胡芳的肚子下，见娃儿的头堵在阴道口出不来，他情急之下，用两手使劲一掰，娃儿出来了，是个带把的。他刚把这个男娃儿的脐带剪断，胡芳下面又出来一个女婴，龙凤胎就这样诞生了，可是胡芳却因大出血死了。

现在，一听韩小路问他有没有老婆女儿，不知是他对胡芳的怀念还是对儿女的愧疚，他趴在韩小路身边哭了。

韩小路没想到，一个如此恶毒的男人会哭，而且在一个被他凌辱、四肢捆绑的女人面前。

“他究竟是什么样的人？”韩小路在这阴暗潮湿、充满人和动物分泌出的肮脏液体味的山洞里，用心地动着脑子。

第二十三章 小路失踪

韩雨正在办公室听取罗兵对西山开发方案的修改意见时，信香忽然冲进办公室，上气不接下气地大声说：“老韩，女儿失踪了！”

罗兵惊讶地看了眼韩雨，转头对信香说：“阿姨，不急，慢慢说。”

信香说：“连续三四天给小路打手机都是关机。急死我了！”

韩雨说：“她说回学校有事的嘛，请了十天假，现在才几天呀？”

罗兵说：“是的，她向我请假时也是这样说的。别急，阿姨，她办完事会很快回来的。”

信香又说：“我叫吴平给她学校打电话，学校说没有通知她回校，也没见到韩小路。”

韩雨问：“她北京的那个要好的同学问了没有？”

信香说：“问了。那个同学还专门去学校找班主任问见到小路没有，他们的回答都说没有！哎呀，我的女儿呀，呜……”

这下韩雨也急了。他前两天打电话关机以为是没电或其他什么的，但这三四天都是关机而且还问了学校也没见着，这就怪了。

他问信香说：“学校说根本就没通知她回学校？”

信香说："学校说，根本没有这回事。"

韩雨立即拿出手机拨打韩小路的手机号，回答的确是关机。罗兵也用手机拨打韩小路的电话，连续拨了好几次，手机里还是提示关机。

看见丈夫和罗兵都急起来，生怕女儿出事的信香哭得更凶了，而且边哭边埋怨丈夫和自己太粗心大意了。

罗兵立即走出办公室，部署寻找韩小路去了。

在路上，罗兵自忖，从在小镇工作职责上说，他是疏忽。但从他肩负的特殊任务来讲，他是失职。所以当确认韩小路联系不上，被其家人投诉领导后，他才后悔韩小路请假时他没有仔细问她请假为啥这么急，应该如何保持联系，有无同行人，等等。

此刻，他一方面与小镇派出所联系查找，一方面向他的上级汇报，请示如何对待此事。上级的回答是："不急，静观事态发展。"至于怎么观，采取什么手段，上级没具体说。

一连两天没有结果。按时间推算，韩小路的十天假已经超了一天多。种种迹象表明小路真的失踪了。这对罗兵来说是万万没想到的。凭他和韩小路的接触，虽然时间很短，但他对她却有很好的印象，这印象化解成美丽、纯洁、热情、大方且有主见。这些印象深深地刻在他的脑海里，多次在梦中出现她飘逸的身影和动人的笑容。

她在工作上也是认真谨慎严格。就在她请假的前一天，她还向罗兵建议，再上一次西山，要对山顶的那三座巨石及周围进行周密的考察，以便将开发方案修改得更加完善。

她的建议得到袁一锋的首肯，罗兵也举双手赞成。没想到第二天下午，她突然说学校通知她返校要请十天假。

按说，女儿失踪，当父亲的更为着急担心，但韩雨却不然。他认为，韩小路不在小镇兴许是件好事。别看韩雨表面上对韩小路严格多多，温柔甚少，但他心里从来就视她为掌上明珠，心肝宝贝。要是女儿被自己的罪过而受到伤害或失去性命，他将抱恨终生，痛彻心扉。所以，那天听老婆信香说小路请了十天假回北京学校时，他口里没说，心里却得到莫大的欣慰。

女儿请假离开小镇，是韩雨求之不得的事情，甚至巴不得她立即回学校去再也不要回来，至少也要一年半载不要在小镇露面。只要这样，小丫头也就不再整天缠着爹妈问何家和韩家的事了，也不会瞒着家人去做让家人提心吊胆的事了。

他还想，就是哪一天何波真的狗急跳墙，向他全家举起屠刀，由于女儿不在，也不会殃及她的生命。只要做到这一点，即使自己被何波杀了，他也心安理得。

可是，突然听说女儿真的失踪了，当时他的确始料不及！但仔细一思忖，女儿很有可能瞒着所有的人去做她想做的事去了。

想到这里，韩雨做出了面急心不急的表现。这一表现把聪明的罗兵也给忽悠了。

这两天，罗兵几乎把所有精力都用在了寻找韩小路身上，自然西山开发的事情就暂时搁下了。这当然是韩雨一心所祈求的。

但对信香来说就不是那么回事了。信香把婚姻的不幸归罪于自己的不孕不育。她多么希望有个小人，哪怕是捡的抱养的，她都会当亲生的骨肉来抚养。

好在她三十岁那年夏天，韩雨真的抱来一个弃婴。这对信香来说，却被当作命运的转机，是上天有眼给她的恩赐。

可是，信香万万没想到，她苦心养大的女儿，马上大学就要毕业了，却在眨眼间不见了。你叫她怎么承受得了？

这天晚上，韩雨刚一进家门，信香就冲上去拽住他急促地问："我女儿呢？我女儿在哪里？你说，你快说呀！"

韩雨厌烦地把她推开，压着嗓门说："我怎么知道！"

"你知道，你一定知道！"可信香却不压嗓门，厉声地大声说。

韩雨也大声地说："你脑壳有包啊！我知道啥？"

信香眼珠一转，说："包？对，红布包！"她抓住韩雨的手问："那红布包呢？就是搬家时我给你那"迷你"牌化妆盒里的红布包！上次我问你，你说放在办公室了。那天我在你办公室找你要，你又说拿回家了。现在快拿出来看呀！"

"不就是一块红布一只镯子吗？有什么好看的。"韩雨又压着嗓门说。

"现在女儿不见了，生不见人，死没见尸，我担心东西落在她手里了。要是那样，麻烦可就大了！"信香说。

"你放心，那东西我放在一个任何人都找不到的地方。只要你我不说，丫头是不会知道的。"

信香想了一下，说："我再信你一次。我警告你，要是你把那东西丢了或给了别人，我跟你没完！"

一天，信香在小镇的街头心事重重地徘徊。

巷子口一测字的老和尚叫住了她，两手合一，轻声说："阿弥陀佛！看施主，心事沉重如铅，脸上阴气朦胧，头顶妖雾缭绕，杀光隐现呀！"

信香一听吃惊道："是吗？请问大师，如何化解？"

老和尚说："施主不妨测一字让贫僧算算吉凶。有吉保吉，有凶化凶，无吉求吉，无凶则安也！"

信香想，女儿失踪数日，毫无音信，不知死活，弄得家人急得要死。不如听大师一言，以此为题，测个字，求大师解个详细。于是她闭着眼睛，从老和尚的字筒里择了个"何"字，递给老和尚。

那和尚看了那字，两手合一，眯缝着眼睛，嘴里便念念有词起来。时间在一分一秒地过去。

这时有个信香熟悉的中年妇女走到她面前，问她在和和尚说啥，她便把女儿失踪的前前后后对那女人说了，说测个字，请大师算算吉凶。那女人说："是该算算，这西山和小镇的阴气太重了！"

"如何呀，大师？"信香等不及了问。

和尚睁开半个眼睛却巧舌如簧，他解释道："何，也说呵，河，和，活。呵也可作哦呵解，是说你女儿凶多吉少，死亡大半。河者河水也！即其人死于水。其死法，可自己跳河而溺死，也可被人推入河中淹死。和，是说你女儿也有可能与另一个男人私奔或与另一男人合起来成为一家，即禾口——和也。至于活字，这就很渺茫了。你看她沉于水，千人难救，即使有千人下水也难将你女儿解救上岸。按这一解，你女儿十有八九已经不在人间了，呜呼！"

信香被和尚说得胆战心惊，差点儿大哭起来，忙跪地相求，道："我女儿韩小路是我和我丈夫韩雨的心肝宝贝，我们不能失去她。求大师另解一说，救救我女儿！"

和尚开始摇头，后便点头，道："看在施主人很善，心很诚，救女心切的分儿上，贫僧再为你求佛一解。"说着，和尚两手合一，眯缝着双眼又念起经起来。

此刻，何支从他旁边经过。他本已走远，但一看这和尚有些面熟，便又回头多看了他两眼。谁知，何支的脸也悄悄地被和尚眯缝着的目光收入眼底。

和尚仿佛意识到了什么，迅速站起收摊走人。这时却被信香拽住，非要他做个新的解说不可。

和尚无奈，草草地说："要得你女儿活，除非让你老公韩雨下令停止西山开发，以此向山顶三座魔石神灵祈祷全镇人平安。否则，魔石神灵动怒，不仅你女儿性命不保，全小镇还将血流成河！这就是人口何——人可活的另一种解读。信不信由你，阿弥陀佛！"说完，和尚拂袖而去。

这天晚上，信香在浴室洗澡。她站在水龙头下，对着墙上的镜子，用双手抚摸着自己微微发胖的身体。在溅满水星的镜子里，隐约出现年轻的信香和年幼的韩小路一起淋浴的画面。

八九岁的韩小路肌肤淡黄，身体纤纤，胸部平平。而她却肌肤洁白，身材娇美，胸部丰满。

瞬间，韩小路长大了。信香牵着她的手在河边丛林中奔跑。她俩跑出丛林，跑上小路，跑到小镇街头。母女俩跑得满脸大汗，也跑得哈哈大笑。

她用手将镜子上的水擦去，旋即出现在镜子里的是她一张皱纹密布的老脸。

这时，传来急促的敲门声。信香把浴室的门打开，见韩雨紧张而急促地对她说："老婆，不好，丫头被淹死了！"

她"哇"的一声惊叫，从睡梦中惊醒，并弹坐起来！她大汗淋漓，喘息不已，眼睛里射出可怕的白光。

由于女儿韩小路失踪，生不见人，死没见尸，又很久杳无音信，再加上和尚对"何"字的妖言解释，她认为这个梦正应了和尚的话。于是她再"哇"的一声大叫，精神一下子就崩溃了。

第二十四章
街头疯婆

从此，信香整天衣冠不整，东走西走，不管身边有人无人嘴里总在念念有词。有人说她傻了，有人说她疯了，有人说她既没傻又没疯，是在用另类的方法来发泄一个女人对一个男人即她丈夫韩雨的不满。

这天小镇逢场。一大早在小镇街头，出现一个蓬头垢面，穿着厚厚棉衣，手里拿着一块塑料泡沫，边走边唱边向空中撒塑料泡沫的女人。她的出现引起了商铺店主和赶场人奇异的目光和窃窃私语。

大热的天，人们穿着背心短裙还嫌热得难受，可她还穿着厚厚的棉袄。

在她的后面，“嘻嘻哈哈”地跟着一群半大不小的小屁孩，有的向她扔糖果，有的对她掷小石子。而她置若罔闻，走她的路，撒她的泡沫，唱她的歌。

“北风那个吹，雪花那个飘，雪花那个飘飘，年来唉，唉，唉，唉到哎！我盼女儿快回来，欢欢喜喜过个年，欢欢唉喜喜呀过个啊年呀！啊年呀！啊年呀……”歌声凄惨，让人听了无比揪心。她唱着唱着竟坐在地上大哭起来。

她就是信香。小镇镇长韩雨的夫人。她的哭，引来更多赶场人的围观和议论。

这时候，小镇党委书记吴奇中的夫人梁世容，扒开人群拽住信香就走。

来到一个僻静处，梁世容对信香说：“你丢不丢人哦，你是镇长夫人哩！”

信香却抱着梁世容哭着说：“世容姐，我丫头她，她她死了！哎哟！我的命好苦啊！好不容易把她拉扯大，眼看她就大学毕业了，可忽然说没就没了。呜！”

梁世容厉声问：“谁说你丫头死了，谁说的？”

信香说：“是老韩。昨天，我做梦洗澡的时候，他告诉我的。他说我丫头掉到水里淹死了。呜呜！”

梁世容笑了一下，说：“那是梦。假的！”

信香说：“真的。那天那个老和尚给我测了个字，那字正是个何字。我问老和尚，何字是什么意思？他说了很多我听不懂的话，但有一句我听得很清楚，他说何也可读河，和。河有水，我丫头落水，和是千人口，他说我丫头落水千人也救不了。他说由于西山巨石神魔发威作怪，你家最近有人要死。我又问，是谁要死，是我丫头韩小路吗？他说，正是。我吓坏了，又问老和尚，是谁要害死我丫头？他说，是丫头上山，惊动了西山恶魔，恶魔就把丫头吃了。哎哟，我可怜的丫头哟，呜！”

信香语无伦次地说，又欲哭无泪地叫，招来了很多赶场人的围观，有的惊慌失措，有的交头接耳，有的指指点点。很快，一个西山恶魔吃了人的谣言不胫而走。

一连几天，小镇可谓树欲静而风不止。人们三五成群地在大街小巷比画着议论着，那表情十分诡谲，让人迷惑不解。

有人向政府举报，说：“小镇可能要出大事，什么大事不清楚。”还有人说：“西山周边的农民也准备来小镇讨说法。”尤为特别的是，在西街街头的墙壁上竟出现一副字迹像小学生写的标语：“坚决反对开发西山！保护千年老宅！保护西山神石！”至于那老宅有没有千年，那石头是不是神石，大概写标语的人也不清楚。

围在标语周围的群众七嘴八舌地议论起来。

有一男说：“啥子神石啊！骗人的；要是神石的话，当年张献忠还敢进山杀人？”

有一女说：“前天我遇到一个和尚，他就说那是神石，动不得！”

有一老人气愤地说：“扯鸡巴蛋！啥子神噢，全是谣言，实际上是为反对开发西山找借口！”

有一年轻小伙子说：“散布这些迷信的都是些没文化的人。”

有一婆娘说：“哪里哟，韩镇长的夫人总有文化吧，她也说那是神石。”

下面这些话，就弄不清是男是女说的了。反正大家都在说：“真的呀？她男人还是国家干部呢，不像话！”

“哎呀，也难怪，她的女儿失踪都好多天了，一直找不着，心急嘛！”

“听说那个和尚给她算了一下，是神石显灵把她的女儿弄死了。”

“她这样说，实在给她男人丢脸哟！国家干部的夫人还迷信！”

韩镇长夫人到处散布迷信，造谣惑众，蛊惑人心，引起小镇不安定的消息传到了吴奇中的耳朵里，气得他拍桌子跺脚。

要说对信香的了解，韩雨还不如吴奇中。

信香比韩雨早一年跟着吴奇中干革命，她常扛着红缨枪跟着吴奇中东跑西跑。还总是在后面中哥中哥的喊得十分亲热。长大了，信香总想和吴奇中谈恋爱，她给吴奇中写过条子，吴奇中没回，因为大她八岁的他已经和梁世容订了婚。这事儿就算过去了。

吴奇中立即到韩雨办公室，韩雨正在批阅文件。

吴奇中说：“老韩，真对不起，你女儿失踪数日，至今杳无音信，我有责任啊！我向你向信香表示道歉。”

韩雨放下笔，说：“书记说哪里去了，丫头的事你够关心的了。”

吴奇中话锋一转，说："你老婆寻女心急，去找和尚算命，想依托迷信知道女儿的下落，这可以理解。因此在群众中造成对你这个镇长和政府的不好议论和影响，我也是有责任的。"

见韩雨不语，吴奇中拂袖离去。

韩雨心事重重地走出办公室。

吴奇中的一席话，让韩雨有点捉摸不透。女儿的失踪与他根本无关，而且他也多次指示要倾力寻找，实际也这样做了，他有什么可道歉的？ 明明是自己的老婆这几天在小镇散布迷信和恐怖言论被人向他举报了。

其实用不着有人向他举报，就凭他和李琼一起走村串户时从人们的交谈中就已经知道了，只是那些群众当着他的面不好点醒而已。

想到这里，韩雨感到事情非常严重，他弄不清吴奇中是知道女儿有什么不测特来安慰他呢，还是吴奇中已经知道他所有的一切？他陷入了一时的迷惘。

到深夜十一点过，韩雨才开门进屋。见屋子里没有灯光，以为信香已睡了，便轻脚轻手地不弄出一点儿声响。谁知他伸手刚一开灯，信香冲过来就"啪啪"给了他两耳光。

信香说："丫头失踪都十多天了，你不找不问不着急，反而有闲心去玩女人！"

韩雨吼道："你疯了？三更半夜的又骂又打又乱说！"

信香说："我就是疯了。我疯了你就可以和你的情人苟合了是不是？"

韩雨感到莫名其妙，说："我看你真疯了，尽说疯话？"

信香说："疯话？今天中午你说开会不回来吃饭，下午两点我可看见你和那个狐狸精从一个巷子里亲亲密密地出来。哎，我说老韩，你要吃野食，就凭你镇长这顶乌纱帽，吃个十七八岁的黄花女也说得过去，可你却对一个残花败柳的寡妇情有独钟！你中了哪门子邪呀？"

韩雨说："老婆你误会了。中午没回来吃饭是我和李琼在南街走访群众后，南街支部书记非要我们吃了午饭再走，吃完饭我们就走了嘛！"

信香还是不相信，问："那你们俩为什么从巷子里头钻出来哩？"

韩雨一笑："嘿，那巷子里不是有你大表哥新开的一家饭馆吗？不信，问你大表哥去。"

他走上去，轻抚着信香的肩，温柔地说："老婆，相信我，我和李琼除了工作没有其他关系，以后呀，再不要胡思乱想了。你想呀，我是一镇之长，她又是副镇长，要是别人知道你吃她的醋，你叫我们怎么工作啊！说到这里，我顺便给你提个醒，今天下班前，吴书记来到我办公室，特意要我转告你……"

信香问："他说什么？"

韩雨说："也没说什么，他只是说，作为镇长夫人，要注意自己的形象，不要到处乱说有损于自己丈夫威信的话。比如：当前全镇上下都在宣传西山开发的好处，要是你乱说西山上有什么神呀鬼的……"

“别转弯抹角了，”信香打断说，“还不是因为小路，要不是，我也不会信那和尚的妖言。但是老公，都十多天了，女儿究竟在哪儿呢？生不见人，死不见尸的。”

韩雨拍着贴在自己胸前的妻子的背轻声说：“我估计呀，她是找她亲爹亲妈去了。”

信香猛地从韩雨的怀里抬起头来，惊讶不已。

第二十五章 临危受命

警车从成都的南门进入成都市区，又从市区的边沿擦过，在西门倒了个拐出了北门，然后上了一条宽阔的二级公路。何支坐在警车的后排，眼睁睁地看着车子从那分公司的门口停都没停一下就开过去了。

这时候，何支开始犯疑，这车子根本不是接他去上班的。接他上班的车子也不可能是警车，更不可能派个警察来亲自接。本来，车子在经过那公司的门口时他就想问的，但看那警察十分严肃的面孔也就算了，也许车子还会转回去。没想到车子毫无回头之意，直接开离了成都。

眼看车子离成都越来越远，何支终于忍不住了，问：“警官，这是要去哪儿哦？”那没开车的警察看都不看他一眼，只说：“到了你就知道了。”

何支感到有些蹊跷，警察的冷漠更让他感到不安。他又问：“警官，我是做了什么犯法的事吗？”

那警察说：“你说呢？”

何支说：“我没做啥违法的事呀！”

那开车的警察说：“我抓过很多犯罪嫌疑人，上车的时候都说他没干过违法的事。”

这句话不禁使何支打了个寒战。

警车拐了个弯儿，何支发现那不开车的警察和开车的警察耳语了一下，速度明显降了下来。

何支开始怀疑这警察的真假。他想，如今这社会，虽然好人是大多数，但坏人不是没有。要不要公安干什么，要监狱干什么？电视上的法制专栏前两天还报道，某地公安机关破获了一起伪装国家高干诈骗钱财色的案子就是例子。

国家高干都可以伪装，难道警察就不敢伪装吗？坏人啥事都干得出来。

受过国家高等教育而且是哲学系高才生的何支，此刻对眼前的这两个警察产生了高度的警觉。他正开动他和美国老总谈合作项目时的大脑机器，来筹谋对付目前将发生的险境。

趁车速减慢的时候，何支说："警官，车能不能在前面一个店子停一下？"

开车的警察问："干什么？"

"早晨吃的是稀饭，尿多。"何支说。

两个警察示意一下，车就在一家路边店门前停下了。

何支想，如果这两人是假公安，换句话说是坏人，他肯定不敢停车，也不会让他下车小便。他还想，如果这两人真是坏人，车停人下后，他只要做一个动作，要么他跑，要么坏人跑，要么他跑坏人追，要么坏人跑他追。

那么，他该怎么做才能起到这个效果呢？

他在下车的时候，由于在想这个问题，不小心头碰在车门上，发出"嘭"的一声闷响。

一个警察立即说："注意，盯好！"

何支一听，心中自叹："他在向同伙发话要盯好自己，果真遇上坏人了！"

他以风的速度下车，又以风的速度走进路边店。他回头看时，车停在那里没动。两个警察也没下车。他又犯疑了。

办法是在他假装小便时想出来的。他提着裤子从厕所里跑出来，大声喊道："有坏人，抓坏人啊！"

两位警察迅速跳下车，问："在哪里？"其中一个还挺关心地问何支，说："你没事吧？"

何支一脸汗颜，笑着对两警察说："嘿嘿！其实没有坏人，我是考验你们的。"两位警察一听，哭笑不得。

警车又行驶了大约二十分钟，直接开进了A县公安局。下车后，没开车的警察将何支带进一楼的一间办公室，给他倒了杯水便出去了。

一会儿，那警察回来对他说："我们局长叫你。走吧，我带你去。"

那警察把何支带上三楼的局长办公室，对他说："这是张局的办公室。你稍等片刻，局长开完会就来。"说完，那警察又给他倒了一杯水，给他一本《公安战线》杂志叫他看，便出门走了。

谁知，何支一等就等了一个多小时，那本杂志翻来覆去看了好几遍也没见局长回来。甚至连一个穿警服的人也没看见。

他放下杂志去上趟厕所。当他准备撒尿的时候，忽然闹哄哄地进来几名警察。他们一边小便一边用盯贼似的眼神看他，使他心里极不舒服。尿还没撒完，他就匆匆走了。

他回到局长办公室，见一穿白衬衫的光头男人在翻局长办公桌上的东西。他冲上去大声问："你是谁？怎么乱翻别人的东西！"

那男子抬头见到何支，立刻笑着说："你就是何支吧？让你久等了。快坐！我们聊聊。"

何支疑惑地问："你是——"

光头男人说："啊！忘了介绍，我姓张，叫张德亨。有人叫我张局，更多的人叫我脏得很。"说着，他就沏杯茶端到何支面前。

坐下后，张局说："听说你很有智慧啊！把我们的两个警察也忽悠了，起初我还不信。刚才你那一言一行，我信了。"

张德亨一句话说得何支脸红。

张局意味深长地说："哎！可能是职业的缘故吧，在不少人的眼里，我们警察要么是冷面杀手，要么是铁石心肠，只晓得抓人，不知道疼人。"

何支解释说："我当时就是见他俩冷漠的样子，使我产生了误会。其实他们挺好的，还给我倒了两杯水。"

见张局迷惑，他又补充说："那杯水是在楼下。"

聊得差不多的时候，张德亨便转入正题。他说："找你来是想和你谈一些情况，你愿意吗？"

何支点点头，说："愿意。"

张德亨说："很好。"他喝了口水，满亲和地对何支说："我们对你的情况进行了了解。你是北大的高才生，成绩和品德双优。专业是马克思主义哲学，且具有一定的法律理论知识。毕业后，虽然就业受挫，但你对改革开放，对党和国家的发展仍然充满信心。我们相信你，你相信我们吗？我说的我们是指公安局。"

何支毫不犹豫地说："完全相信！"

张德亨说："那好。现在我问你几个问题，你愿意说就如实说，不愿说就不说。"

何支说："你问吧，凡是我知道的，我不会不说。"

张德亨问："你父亲叫什么名字？"

何支答："何波！波浪的波。"

"你出生在何地？就是你母亲生你的地方。"张德亨笑了一下说。

"听我姨妈说，我出生在A县。"

"呵，就这A县吗？"

"就是。"

"那你母亲叫什么名字？还在世吗？"

"听姨妈说，我母亲叫胡芳，她生我的时候因难产大出血死了。"

"哦，对不起！你一直在你姨妈家生活吗？去没去过小镇和西山老宅？"

“是的。一直到上大学。”

“你的生活费和上学的费用都是你父亲在承担吗？”

“不是。姨妈说，父亲在外漂泊，就是流浪，从没给过一分钱。”

“你见过你父亲几次？”

“我记得的就一次。”

“哪一次？”

“他病死在老庙的前一天晚上。是姨妈带我去的。”

“这么说，你没亲眼见他死，也没见他埋葬在何处？”

“是的。”

“你父亲死的时候，也就是你那次见他的时候，他给你说什么没有？”

“没有说什么。只委托庙里的一个老和尚转交给我一个粉红色的木盒，说是祖传下来的。啊！现在就放我包里，想看吗？”

张德亨说：“我不看。也没这个权力看。”

何支说：“其实，我也没打开盒子看过，也不知道里面装的啥。和尚说，祖上遗嘱，这木盒要等我成亲进洞房的时候才能打开看。”

张局说：“那我就更没有权力看了。”

何支“嘿嘿”笑道：“你不同。”

“你相信你父亲何波真死了吗？”张德亨又问。

“相信。因为他们，包括姨妈都说他死了。”

“其实，他没死！”张德亨说。

何支一听大吃一惊，手一抖把手里的一杯水也打翻在桌子上。张德亨旋即帮忙擦拭。

待何支情绪稍微稳定后，张德亨说：“今年初，你父亲的墓地被当地农民挖掘引水渠时，不小心挖开了。农民发现，墓碑上的名字与棺材里的尸骨不相符，便报了警。当地警方立即与我们联系。我们即派警察和法医前去查看发现，果真坟墓名不符实。何波是男的，而坟里的尸骨却是女的。经查，你父亲何波当时的确没死。这就是我今天找你来说的第一个问题。”

何支迷惑地问：“他为什么要这么做？”

张德亨说：“我们也很疑惑。据我推测，这与十年前发生在你父亲家即西山老宅的一起凶杀案有关。”

何支惊讶地说：“凶杀案！到底是怎么回事啊？”

张德亨说：“当年因凶案发生在老宅，你父亲何波是户主。何波长期在外，老宅无人居住。那年初春，省上来了几位专家上西山考察旅游开发，其中一对夫妇便经小镇领导同意，借住在老宅。没想到三天后就发生了凶杀案。”

张德亨继续说：“当时的公安机关经过走访调查，认为何波有作案动机，便将他刑拘审查。后来又以有杀人的动机，无确切的杀人证据把他释放了。再后来又得知何波病死。老宅杀人案也就成了悬案。没想到十年后，竟发现何波是诈死。”

“那问题就来了，”张德亨继续说，“你何波没有杀人，为何要诈死潜逃？这不是此地无银三百两，不是隔壁王二偷吗？所以，公安机关重审此案，对老宅悬案进行侦查。我们认为，如果何波现在还活着的话，很有可能就藏匿在小镇西山。不管你父亲是不是真凶，有罪还是无罪，只有让他及早归案才能说得清楚。这个悬案也才会有破获的可能。”

何支问：“你们要我怎么做？”

张德亨说：“这就是今天我找你来的第二个问题。”

何支说：“张局，有什么任务就说吧！我以一个共产党员的身份表示，一定完成任务！”

张德亨非常严肃地说：“你以你们公司特派观察员的身份，加入西山开发领导小组，参与他们的工作。你主要的任务是观察周围异常，摸清何波的下落及与何波案有关的人和事。发现有异常，立即单独向我报告。”

何支站起来，挺起胸膛说：“保证完成任务！”

张德亨又说：“我们还估计，何波藏匿多年，可能拥有十分危险的杀伤性和破坏性武器或设施。因此，为了你的安全，你不能轻举妄动。你的真实身份和工作目的也要绝对保密，不能向任何人透露。你最近去过小镇吗？”

何支说：“我的女朋友韩小路是小镇人，因最近联系不上她，前天我去了一趟小镇。没找着她，当天就离开了。”

张德亨又问：“小镇除了你女朋友，还有谁认识你？”

何支说：“没有。”稍顿他又说，“几年前我去小镇领老宅钥匙时见过一些人，但也是一面之交，估计他们现在也不记得我了。”

张德亨说：“那好！你明天就去小镇开发办报到。有个叫罗兵的人会接待你。他是小镇副镇长，西山开发小组组长。”说着，他从抽屉里拿出一张盖着红印的介绍信递给何支，“从现在起，你的名字叫王林。”

何支接过介绍信和张德亨握手告别。在走出办公室的同时，张德亨说：“啊，有件事情还是得告诉你好，你的女朋友韩小路可能失踪了。不过你要相信，她很快就会回到你身边。”

第二十六章
邪不压正

当前不少群众对西山开发有不同的看法，一些别有用心的人又乘机兴风作浪，散布谣言，干扰和阻止西山开发的顺利进行。

这些迹象，小镇政府早有掌握，也向县里做了汇报。县里指示：“耐心解释，切勿冲动，仔细工作，化解矛盾。”

指示很原则，具体怎么操作全靠小镇的领导班子。吴奇中是班子的头，自然肩负着重任。他清楚，这件事处理不好，将会严重影响西山旅游开发的进程，老百姓的问题没得到解决，即使动工开建了也会阻力重重，弄不好还会激化矛盾，影响以经济建设为中心的大好局面。因此，他召开党政办公会研究这个问题。

吴奇中在会上说：“西山开发势在必行，但是要做深入细致的宣传思想工作。鉴于目前情况，我建议党委暂缓西山方案的讨论，继续做好西山开发方案的修改完善工作。他要求各级党政工团妇要集中精力做好群众的工作。一、二把手和班子成员必须走到群众中去，先听他们说。不管他们用什么尖锐的语言，骂也好，打也好都不要动怒，不要还手。更不要用抓呀，关呀这些威胁性的语言。他们骂了，心中的气出了，自然要听我们怎么说。这个时候你再根据镇党委关于开发西山旅游事业的宗旨进行仔细地、耐心地讲解。同时让他们提问，能答的就答，自己不能答的就把问题带回来，我们再研究解决。”

吴奇中的建议首先得到韩雨的赞成。他说：“吴书记高瞻远瞩，运筹帷幄，在这关键时刻暂停开发西山，是英明之举，我举双手赞成！”

罗兵说：“镇长，你听错了吧？吴书记说的是党委暂缓讨论开发方案，并不是暂停开发西山。”

李琼说：“是呀，镇长是听错了。”

韩雨有些失态，强装笑脸，说：“一个意思，一个意思。”

吴奇中说：“不是一个意思！”

这两天，在西山开发办，进进出出的人总是络绎不绝。这些人老年多，中年少，青年更少。他们来也不办事，就是问这问那，有时工作人员被问得心烦。

此刻，吴平正在给一个老人解释提出的问题。解释完后，老人还不想走。

吴平说："老人家，你放心。西山开发了对大家只有好处没有坏处，你就等着上西山吧！"

老人忽然生气了，大声说："你让我上西天，咒我死？"

吴平笑着慢慢地一字一句地说："老人家，你误会了。我不是咒你上西天去死。我是说等西山开发了，修好了，修得漂漂亮亮的，你就等着上山观光休闲玩耍去吧！"

老人说："这还差不多。"

老人一走，吴平立即沉下脸来，对正在看资料的罗兵说："烦死人了，整天就是给他们解释这解释那，嗓子都说哑了，他们还是不相信。还是一个劲的魔呀神呀石呀宅呀，像念经似的问个没完。有的还让我给他写保证。"

罗兵问："保证什么？"

吴平说："保证西山开发后，他们全家不受西山恶魔的侵害呀！真是遇到牛了，对牛弹琴！"

罗兵笑着说："老百姓嘛！说说而已。"

吴平把嘴靠在罗兵耳朵上小声说："晚上陪我玩儿。"

韩雨走了进来，见此情景，铁着脸说："没事干了是吧？没事干了，就回你派出所去！"

吴平也生气地说："谁没事干？你没听我嗓子都说哑了吗？你这个镇长也太官僚了吧！"

"我是官僚，官僚得只见有的人正事不干，谈情说爱倒很热衷，热衷到场合也不分！"

"谁谈情说爱了？谁不分场合了？"

罗兵站起来解围说："啊，镇长来了，我正想去你办公室找你汇报呢！"说着就把韩雨拽进他自己的办公室。

在罗兵办公室里，罗兵把修改后的西山开发方案遵吴奇中书记指示先给韩镇长看。罗兵为了把方案修改得更好，他先后召开了三次座谈会，而且还和吴平一起走乡串户征求当地各种层面的群众意见。

修改方案在原基础之上几乎进行了颠覆性的改动。山脚农家乐的布局取消，留在开发工程竣工后招标定夺；山中的围山小路由三条缩减为两条并相应交叉成网状；在每个网线的交会处，吸收古今中外的名人、名画、名著以及脍炙人口的故事情节，以书画形式展示出来。至于沿溪设置的景点主要突出碧水蓝天帘洞清泉的构想。

改动最大的主要在山顶，取消原设计的高标准建筑的高层观光、休闲、餐饮、住宿一条龙的设计方案，只修建一座小型仿古塔形建筑，高层以观光为主、辅以必要的休闲娱乐设施，一层装点成展览为主线的文化传播场所。其余山顶的空地要立足于植树、种花、铺草皮，同时设以少量的假山等给游人观赏留影。

三座巨石周围，修建牢固的保护设施，并建一处观石亭，游人只能在观石亭观看、留影不得登石玩耍。至于老宅的使用及改建，完全吸收韩镇长的意见，待找到老宅的新主人后再行定夺。没经主人同意之前，政府不能以任何借口侵占老宅的使用权。

罗兵还说："整个修改方案突出了吴奇中书记提出的二十四字宗旨，核心是旅游观光，目的是传播当地特色文化，丰富人们的休闲意识再辅以增加小镇的经济收入，造福于人民，造福于小镇。"

韩雨看完方案，又听了罗兵的认真解读后，从内心来讲修改后的方案更加符合实际，更加切实可行。说实话，上次党委讨论的方案他也是赞成的，但迫于何波的威胁和恐吓，他不得不故意发难以达到阻止和推迟西山开发的目的。

他也深知，作为一个镇长，在党委会上故意发难且给党委书记下套，心里一直略感歉疚。那天散会后他到吴奇中办公室，心脏就"咚咚"跳得很响。他知道，书记在会上拐弯抹角地讲了很多，目的就是在给他台阶下。

至于吴奇中为什么要这样对他，他心知肚明。他对吴奇中太了解了。

又来一批人，被吴平好说歹说给说走了。趁这空当，吴平才坐下来抹把汗，喝点水，歇口气。水一下肚，她就想小便，于是站起准备去上厕所。可她刚一迈步，又进来一个年轻人。

"请问，这里是A县小镇西山旅游开发领导小组办公室吗？"年轻人问。

吴平盯了他一眼，说："等等，我一会儿就来。"说着就急着往外走。

年轻人拽住她的胳膊，说："我就问一下，这里是A县小镇——"

"西山旅游开发领导小组办公室吗，我帮你念完好了吧？书呆子一个！"吴平不但打断年轻人的问话，还酸不溜秋地洗涮了人家一通。

吴平一迈步，又被年轻人拽住，说："你还没回答我的问话呢。这里是——"

吴平大声地冲他说："是！我要去屙尿总让吧？"

年轻人看着她的背影，自言自语地说："她没说她要屙尿呀！"

吴平屙完尿回来，见那年轻人不但没走反而坐在她的办公椅上。一包行李放在她的办公桌上，大有既来之则安之的势头。

吴平在心里说："这下糟了！遇上一个书呆子，他的问题一定又臭又长。我该怎么解释哦？"

她想了个主意，来个先发制人。先把他镇住，使他感到心理上有压力，他就不会提又臭又长的问题了。搞不好，他啥也不问就走了。

"哎，这是镇长的位子哩，是你坐的吗？"她严肃地说。

年轻人倏地站起来，说："对不起，我不知道！"边说边把行李从桌子上拿下来。

吴平见了感到好笑，说：“你不怎么呆嘛！”

吴平坐上办公椅对年轻人说：“有啥问题就说吧，精简一点，拣重要的问，啰里巴嗦的话少说，最好不说。”

年轻人有些迷惑，问：“你是镇长？哎呀！这么年轻漂亮的镇长，我真是，有眼不识泰山！”

吴平把脸一板，说：“谁说我是镇长啦？我是这里的办事员，是专门向群众解释疑问的。提吧，你不会也问山顶的神呀魔呀什么时候显灵吧？”

年轻人一笑，说：“美女说笑了。我堂堂的新一代大学生，怎么会信神信鬼信魔呢？我是来找人的。”

吴平问：“找人，找谁？”

年轻人说：“找罗叔罗镇长。”

吴平说：“你到底找罗叔还是找罗镇长，罗叔没有，罗镇长有一个。”

年轻人高兴地说：“就是罗镇长。”

这时候，罗兵和韩雨从他办公室走出来，吴平喊道：“镇长，有人找。”

罗兵和韩雨从办公室出来，听说有人找镇长，都走过来问：“谁找我？”

年轻人对韩雨说：“你是罗兵罗镇长吧？我来报到。”说着，就把手里的介绍信递给韩雨。韩雨看了一眼把它递给罗兵。

罗兵看后对韩雨小声说了两句，对年轻人说：“欢迎你呀王主任！我们早就盼望你来指导工作了。来，我介绍一下。这位是小镇韩雨韩镇长，这位是北京旅游总公司驻成都办事处副主任王林。”

吴平说：“还有我呢，我就不介绍喽？”

罗兵说：“哦对了，还有我们的美女西施吴平女士。说笑了，王主任是专门来小镇开发办检查指导西山开发工作的。小吴啊，你可要对人家热情点儿哦！”

吴平说：“咋热情，难道要我请他吃午饭？”

罗兵说：“那倒不用。你先带他去招待所，现在到春风宾馆登个记，就住我那房间，把行李放下后出来吃午饭。今天我请客。”

吴平说：“这还差不多。走吧，书呆子！”

吴平带王林走后，韩雨说：“旅游公司派观察员来，我怎么不知道？”

罗兵说：“大概因为他是来观察，又不是调来工作，所以就直接给我打了个电话。怎么，不对吗？”

韩雨说：“哪里哪里，你也是镇长嘛。不过——”

罗兵问：“不过什么？”

韩雨说：“这人，我见到他，总觉得怪怪的。”

罗兵问：“是他怪还是你怪？”

韩雨瞟了他一眼，不高兴地说：“你说是他怪还是我怪？我看是你怪！告诉你，这个人我好像在哪里见过。”

罗兵说："像他这样的年轻人到处都是，当然觉得见过喽。就像去年，我来的时候，我和你只说了几句话，你就说我们似曾相识一样。"

吃饭的时候，罗兵叫韩镇长一起吃。韩雨说老婆这两天疯病又犯了，要回去照顾便走了。其实是李琼打电话叫他吃饭。

今天，吴平和新来的王林一起布置一个街头宣传栏。两个年轻人干得有说有笑。没大工夫，漂亮的宣传资料就贴好了。

现在，他俩抱着宣传品走在街上，准备到下一个宣传栏张贴。

年轻人就是活泼开朗阳光，他俩边走边说，无拘无束。

吴平问："你说，这么宣传有效吗？"

王林说："当然有效啦！你看——"

他指着正在宣传栏前驻足观看的两男一女，继续说："俗话说邪不压正。大家看了我们的正面宣传，那些妖言惑众的东西就无藏身之地，不攻自破！"

吴平给了他一拳，笑着说："你像理论家呢！"

不一会儿，他俩手里的宣传资料就张贴完了。

吴平问："现在怎么办？"

王林说："哎，我们来个现场测试，看我们今天工作的效果如何，实践是检验真理的标准嘛！要得不？"

吴平说："要得。可我穿着这警察的衣服合适吗？别把人家吓到了。"

王林说："人民警察爱人民，人民还怕警察？"

吴平说："说的也是。走，到宣传栏前找几个人问问。"

他俩来到一个宣传栏前，见有七八个人在专注地看。王林轻轻拍了一下一个女人的肩膀。那女人倏地回过头来，凶暴地说："咋过？要抢劫嗦！"

她见吴平穿着警服，还佩有帽徽，便更加生气地说："什么社会啊，当着警察的面还抢劫！警察竟然不管还笑！"

王林说："阿姨，我们是做开发西山宣传的，我们想问问您看了专栏上的资料后有什么感想？"

女人说："敢想？我不敢想！"说着她就走了。

人群中出来一个中年人，走到王林和吴平面前说："这样宣传要是要得。但是，也不能光写在纸上，喊在口上，要落实到行动上才对！"

这时，一个老者拍了一下中年人的肩头，向那边努努嘴说："老弟，你看那边！"

原来在宣传栏的斜对面，有两个人正在用手撕掉那些歪歪扭扭的反对西山开发的标语。

第二十七章
智斗脱险

何波在洞里其实没哭多久，也没号啕大哭，只不过像鳄鱼挤两滴眼泪而已。也许，就是这两滴眼泪，也洗涤了他肮脏和凶残灵魂的一角让他看到了人性的一丝善良。他抹了把泪，走过去换了支蜡烛，转过身来对韩小路说：“其实，我并不想欺负女人，尤其像你这样的女孩子。”

韩小路说：“现在说这些有什么用？你不想再欺负女人，就把绳子给我解开吧！我不会跑，也没有能力反抗。”

何波说：“谅你也不敢跑，也跑不掉！”

于是他开始解韩小路身上的绳子，边解边说：“我之所以如此对你，都以为你是公安，是来跟踪侦查我的。”

他把绳子都解了下来，顺手扔在床下。

韩小路被松绑后，揉了揉有点麻的双手，狠狠地瞪了何波一眼。

“拿来，”她把手一伸，严厉地说。

“啥子拿来？”他问。

“我的东西。相机、手机、手电筒、小刀所有我的东西！”她说。

他顿了一下，说：“扔了。”

“扔哪啦？”韩小路问。

“阴河里了。”他轻声说。

“真的？”

“嗯。”他点点头。

她压抑着怒火，大声说：“去给我捡起来！”

他低着头，仍小声说：“阴河水太深，捡不起来了。”

她的拳头握得“咯咯”响，眼睛里充满血光，厉声问：“你为什么要扔我的东西？为什么！”

他还是轻声说：“我以为你是警察，那东西里一定存有关于我的信息，所以我就把它全扔了。”

此刻的韩小路情绪低落到极点。她的计划，她精心策划的战略，随着她所有东西的消失而到此全部结束，而且是一场惨败的结束。

她开始怀疑奥尔波特的理论是否真的过时了，如她的同学所说，真的不适应新的时代了？

这时，何波说话了，他说：“姑娘，你别生气，坐下来我给你说。”

这是韩小路求之不得的事。只要他能和她说话，一切都还在她的掌握之中。陡然，她又感到她的计划并未破灭！

“我以为，”何波轻言细语地说，“你紧盯我不放，你不是公安就可能是韩雨的女儿，公安和韩雨都是我的仇人。我要报仇！所以，当你住进老宅的第一天晚上，我用红墨水把假人头染红，又涂上颜色，再撒上迷药，放在里间卧室的门框上。如果你是侦查十年前凶案的警察，你一定要进那间卧室。当你推门时，那带血带药的人头就会从你的头上掉下来。根据以往的效果，心理素质再好的人不死也得昏迷好一阵。因此，当你昏迷倒地后，我立即将假人头带走，使公安查不到我作案的证据。没想到你没死，作为一个涉世不深的女人，能经受住如此惊吓是我万万没有想到的。”

稍顿，何波又说：“更没想到的是，你竟然敢在老宅住了下来。我知道，你是想要再次见到我，以便抓到我的作案证据。可我深藏暗处，一连几天不惊你，让你消耗掉耐心，再无果而走。但你似乎铁了心肠，非要抓住我不可。于是我又心生一计，准备将你彻底置于死地。但当我两次准备实施时，总发现老宅窗外有人影晃动，让我无法下手。”

“直到有一天，”何波继续说，“你去西山那边的小卖部买东西时，我乘机进了老宅，故意把客厅弄乱。我这么做，还是想把你吓走。可你还是不走。我放弃了要置你于死地的计划，是看在你年轻单纯的分上。于是又改为用语言来恐吓你离开老宅。但当我站在房顶，用笋壳做成的话筒，装着恐怖沙哑的声音向你喊话时，你不但不怕，反而说了一通让我迷惑不解又通情达理、让人感动的话语。这时我又产生了不想你走，而让你跟我走的想法。因此，就有了我装作草帽人诱你上山的全过程。”

他动了一下身体，看了眼韩小路那张虽然惨白但白得有些羞涩的一张脸，继续说：“当你发现我的时候，我迅速钻进洞里。但没想到，你自己竟然送上门来。所以那天，当你爬过石洞，用手电筒照射的时候，我用早已准备好的恐怖面具把你吓昏，然后用绳子把你四肢捆绑在床上。现在，我只能向你说一声对不起。”

韩小路听了何波的述说，深知他的阴险、凶残、狡诈、恶毒而又伴随愚昧无知的人生哲理。他是一个彻底让人的善良属性泯灭的人，他对她所做的一切，如今他就是说一万声对不起也不能抹去她内心的仇恨。

但是现在，韩小路不得不把这种仇恨化为理智和“深明大义”，目的还是侦破那悬了十年的老宅杀人凶案！

韩小路在基本确定何波对自己的怀疑有所消除后，开始了下一步新的攻势。

她说：“大叔，我叫你声大叔，是看你像我的父亲，想你也不像一个从小就坏的人。你如今走到这步田地，也实属无奈或另有难言之隐是吧？”

何波连连点头：“是，是是！”

“如果你放了我，或许还能减轻你的罪恶，还可以得到心灵上的一点儿安慰；如果你幡然悔悟，投案自首，兴许还有一线生机；如果你有冤屈和难言之隐，你还可以有倾诉苦衷的机会，我们也还有再见面的可能。反之，你的一生就会这样臭名昭著地了却不说，还会连累后人，让你的后代背着人们对你的骂名，不得安生！”

韩小路说话时，目光始终不离何波的脸。何波见了，不好意思地抬起右手摸了一下自己的头。就在这时，韩小路认准了他右手的手腕凸显处有一个很大的疤痕。

何波想了好一会儿，说：“放你可以，但你必须答应我三个条件。只要你同意并按照我的条件去做，你可以安然离开这里。”

韩小路说：“什么条件？你说。”

“我的第一个条件是，”何波说，“你必须为我保密，不准报警，不得向任何人透露我藏匿的地点和你来过这里。”

韩小路说：“这个当然。作为女人我不可能自毁清白。”

何波又说：“第二，你必须告诉我，你身上这把钥匙是谁给你的？”

韩小路说：“我身上的东西你不是都丢了吗？”

何波说：“除了这把钥匙。”

韩小路说：“我同学何支给我的。”

何波的脸上顿时掠过一丝惊讶，但又看出还有几分欣喜。

“第三条呢？”韩小路问。

何波说：“这第三条算我求你，在你离开小镇之前，在小镇或其他地方打听一下谁在二十二年前在西山路边捡到过女婴，现在何处，叫啥名字？”

“有什么物证吗？”

“有！一个用半块红布包着的明代和田玉龙纹玉镯。”

韩小路爽快地说：“行！包在我身上。”

何波说：“你查到后，不要张扬，也不要到这里来找我，自然有人会和你联系。”

“我怎么知道他是谁？有联络暗号吗？”

“有！他叫江山。联络暗号是：他问你要什么？你说，我要硬的。他说，硬的没有，软得多。暗号对上之后，他会带你到一个地方，到时你再告诉他，你找到了我女儿。到此，你的第三个条件的任务就算完成了。记住了吗？”

韩小路重复了一遍他说的联络人的姓名和暗号，说：“没错吧？”

何波说：“没错。但你可要记住，如果你违背我的条件，凭我这几年积累的力量，力量你懂吗？这力量完全可以让西山毁灭，让小镇血流成河！至于我，反正已经死过一次了，生死对于我来说，就像一杯白开水，喝也无味，不喝更无所谓！”

韩小路当然懂得他的意思，要不然她不会急于脱身，完全可以和他周旋到底。何波既然已经杀了两个人，就不在乎多杀几个人。这几乎是杀人犯共同的心理。为了西山不被破坏，为了小镇人的生命安全，为了抓获老宅凶案的真凶，韩小路眼下似乎只有这一招可以用。

看看他手中的钥匙，韩小路说：“这钥匙可以给我吗？”

何波问：“那个叫何什么支的人究竟是你什么人？”

韩小路知道，他是在验证她说的话。于是有意流畅地说：“他是我的男朋友，我俩快结婚了。”

何波忽然惊诧地、情不自禁地问：“什么，他要结婚了？”

韩小路又故意问道：“怎么，你认识何支？”

何波赶紧摇摇头。

第二十八章
春风得意

春风宾馆的前身是小镇政府招待所，规模不大也不小，有一幢二层楼房和两幢平房，可供二百多人的食宿和简单的娱乐活动。

在改革开放前，这家招待所更小，就一幢二层楼房和一幢平房，全部住满还不到八十个床位。唯一好的就是价格便宜，就餐方便。要是来住宿的人来头大一点，关系硬一点，住宿吃饭都不要钱。所以，这家招待所每年要吃掉小镇财政收入的百分之一还多。

改革后，招待所乘改革的春风，更名为春风宾馆。改革把它推向市场化，彻底打破了吃财政饭的旧体制，参与市场竞争。说来也神奇，就在短短的几年里，这个宾馆没要财政一分钱，全靠自己的经营收入，盖了一幢二层楼房和一幢平房，床位比过去增加了三四倍，还添置了不少现代化的娱乐和管理设施。现在，无论从外观和内容来看，在全镇十多家宾馆旅店中都居于首位。

李琼的副镇长职位就是她在兼任春风宾馆经理的时候，因成绩显著而提升上去的。当然，她和韩雨的上下级工作关系，演变为亲密的上下级加情人关系也是在她兼任春风宾馆经理的时候由梦想变为现实的。直到现在，李琼仍把持着宾馆的大权，一切大事小事都由她个人说了算。

春风宾馆虽然市场化了，但仍担负着重要的接待任务。凡来小镇公务的上级干部全部由李琼全权安排。对来宾馆住宿或吃饭的人，只要有李琼一句话或一张字条，都会安排得很好。

唯独袁一锋的安排是书记吴奇中亲自调整的。

罗兵按李琼的字条，一直是一个人住一个二人标准间，在二楼的右边226号。

袁一锋来了，按李琼的电话指示是安排他与罗兵同住。她想他们都是开发办的，住在一起对工作还方便些。可刚住一晚上，就被吴奇中一个电活，调到230房间去了。230房间是个超标准的单人套房，内设有会客室，电视冰箱齐全，卫生间装饰得特别豪华。一面大玻璃镜把整个盆池装在里面，人在盆池里洗澡，全身的每一个部位都清清楚楚地反映在镜子里。

这个房间也是李琼和韩雨隔三岔五幽会的地方，突然被袁一锋住进去，占领了她和韩雨温馨云雨的老巢，心里特别不是滋味。但没办法，谁让你韩雨不是小镇第一把手呢？

这个安排被韩雨知道后，问过吴奇中。他说："那房间是专门接待省里来的领导住的呀，怎么让一个捉鬼又放鬼的人住进去呢？"

吴奇中说："袁一锋虽然被免了职罢了官，但他是按县级干部待遇退的休。他来小镇帮你做事，又不拿你一分钱的报酬，住个套房让人家也想得过去嘛！"

实际上吴奇中的安排有他的用意。最明显的用意是，吴奇中向袁一锋讨教过书法，两人挺谈得来。因此，吴奇中就经常在无事的时候来230房间找他喝茶喝酒聊天看电视什么的。当然，有时也模仿省里的领导，找几个年轻漂亮的小美女来调节一下枯燥无味的气氛。

王林来后怎么住？可让李琼为难了。那天，吴平把王林带到宾馆前台时，李琼也在宾馆，只不过没在前台而在楼上。

吴平不知道规矩，直接到前台，大模大样地对一个前台女服务员说："哎，登个单间，好点儿的！"

女服务员瞪着怪怪的眼睛望着她，就是不动笔也不吱声。可她在心里说："现在时代也真变了，变得女警察也敢在大白天带男人住单间。"

吴平见服务员不理不睬，一股子年轻人的气就上来了。她对她大声说："咋啦？你到底咋啦？我带个人来登记房间，你们不理不睬，是不是嫌我的官不大呀？告诉你，本姑娘今天铁了心了，就是要登记个单间！"她把手往台上一拍，把警察对小偷的威风也耍出来了。

她这一拍，把个女服务员吓得全身直打战，急忙解释说："不是……"

“是你不是还是我不是？”吴平打断问。

女服务员支支吾吾地说：“我们这里有，有规矩。”

吴平还在气头上，大声说：“狗屁规矩。快登，要个单间！”

王林看不过去了，对吴平说：“我们另找个旅店吧！”

吴平拗着劲说：“不！本姑娘就要在这里登记，就是要个单间，看哪个敢阻拦？”弄得站在一旁的另一个女服务员的脸也都不好意地红了。

这时候，李琼听见声音从楼上下来了。她问那女服务员说：“啥子事哦，咋个闹哄哄的？”

女服务员还没开口，吴平就冲李琼说：“你管的啥子宾馆哦，登记个房间还这么难？”

此刻，李琼才看见吴平在身边，于是笑着说：“啊！原来是大公主大警察呀？怎么，来查户口还是扫黄呀？”

吴平说：“咱今天来，啥也不是，就是带个人来登记房间。”

李琼笑着问：“带谁呀？”

吴平指着王林说：“我旁边站个大活人，你没长眼呀？就是他！”

李琼眼神一闪，小声问吴平道：“你带这么一个小白脸来登记住宿，罗镇长知道吗？”

吴平仍大大咧咧地说：“知道呀！就是他要我带他来登记住宿的。他还说……”

李琼一笑，立马对服务员说：“还说啥？不用登记了。快带吴小姐和这位先生到房间去，选个有冲洗设备的单间哈！”然后，她小声对吴平说：“双人床，再怎么搞也不会掉下来。”

没想到吴平伸手就给李琼脸上一巴掌，气愤地说：“说啥屁话呢！像你呀？就凭我这身警服，也不会干那龌龊事！罗镇长说了，给这位省上来的王主任登个记，就住在他的房间。他说他的房间有个空床位。我刚才说登记个单间，是考虑到他的房间太挤了。”

女服务员恍然大悟，说：“原来是这么一回事呀，干吗不早说？弄得我们都误会了。”

李琼无端挨了打，气得不得了。本想还击，但想到吴平是吴奇中书记的宝贝女儿，只好把打掉的牙往肚里吞。她对那服务员说：“按罗镇长说的办。”说完就气呼呼地走了。

李琼刚走出大门，便立即给韩雨打电话说请他吃午饭，不能以任何理由推却。地点在老地方。

当时，韩雨已答应罗兵，一起陪王林吃午饭，没想接到了李琼的电话。于是他便对罗兵和王林撒谎说：“老婆的疯病又犯了，要我回去一下，对不起，失陪了。”

在一家很僻静的饭店，李琼要了一个包间，点了四个菜一个汤，其中有韩雨最爱吃的回锅肉和她喜欢吃的米豆腐。

韩雨很快就来了。他一看桌上都摆好了菜，便问：“今天是什么日子啊，这么隆重？”

李琼用手往脸上一指，丧着脸说：“你看，这是什么？”

韩雨见李琼的脸红红的，特别是挨吴平巴掌的那半边脸红得更加显眼。他笑着说：“女人上红分外美，好看！”

李琼把手往桌上一拍，委屈地大声说：“好看个球呀！人家都被别人欺负了，脸都差点儿被打肿了你还笑。还说风凉话，你还是我的人吗？”说着，就伤心地呜咽起来。

在韩雨千般温存、万般呵哄下，李琼才把头贴在他的胸脯上，把吴平扇她巴掌的事说了一遍。韩雨听了，开始是哈哈大笑，接着笑声就戛然而止。他问了三个问题：“你怎么认为她是干那事的呢？你这不是不打自招吗？你让我们今后咋干那事？”

李琼说：“我们两个是爱恋，是两相情愿，我怕啥？”

韩雨说：“你不怕，我怕！你不怕，因为你是单身，我怕是因为我有老婆。况且，你我都是一镇之长。传出去我们都会威信扫地的。”

李琼说：“这事只有天知地知，你知我知，你我不说，谁知道？再说，有老婆咋的？镇长又咋的？有的市长省长的老婆比你老婆漂亮多了，官比你小镇长大多少倍，人家还不是家里红旗不倒，外面彩旗飘飘。我李琼不是想得到你的婚姻，而是想得到你的爱。爱有什么错？有个名人说过，爱一个人是他的权利，被一个人爱，是他的幸福。我就要做这样一个幸福的人。”

这天下午下班后，吴奇中掂着一瓶五粮液、一包卤菜来到春风宾馆袁一锋的房间。一进门，就对正准备出去吃饭的袁一锋说：“今天是周末，两年轻人都走了，咱哥俩好好喝它个够。这五粮液可是老字号的，别小看它哟，有劲得很！”说着，就把卤菜摆在会客室的茶几上，又把酒瓶的盖子用工具打开，从裤袋里摸出两个小酒杯。徐徐地把酒斟在杯里。顿时，整个房间飘满了美酒的芳香。

袁一锋啥话也不说，笑眯眯地看着吴奇中做完这一切然后才问：“硬是要喝嗖？”

吴奇中说：“你以为我吴奇中是摆样子咋的？喝！这酒反正是别人送的，不喝白不喝！”

三杯酒下肚，热血就往头上涌。平时不爱说话的袁一锋也被这热血将他的舌头给热活了。他的话也开始多起来。

他俩边喝边聊。从儿时尽职尽责的儿童团团长，聊到青年时期的虚度光阴；从壮年时的东山再起，又聊到如今的春风得意。聊着聊着，袁一锋就感觉到吴奇中的话快到火候了。

果然，吴奇中在和袁一锋干了一杯后，他说：“老领导呀，你不知道哟！我这次同意你出山是冒着多大的风险啊？在有些人的眼里，好像我和你有什么勾当似的。”

袁一锋说：“知道。不就是韩雨和李琼吗？我来占了他们的老巢，他俩自然不舒服。”袁一锋是在有意避开吴奇中的话题。

吴奇中摇着头说：“不不不！老巢没了，他们会有新巢，这治不了他们。”

袁一锋看回避不了，就问：“那是因为什么？”

吴奇中说：“何波！老宅凶杀案的嫌疑人。”

袁一锋说：“他已经死了嘛！”

“可案子没破呀！这案子一直悬着，一天没破，我吴奇中的心就一天也不安哦！”

“人都死了，案子破了又有什么意义？”袁一锋说。

“我也是这样想呀！可有的人就不这样想。”

“是谁，韩雨吗？”

“不！是罗兵。”

袁一锋吃了一惊，说：“是他！不可能吧？”

吴奇中说：“为啥不可能？西山开发他闹得最起劲。”

袁一锋说：“起劲是好事嘛！西山开发了，来西山旅游的人多了，小镇文化经济都发达了，你这个小镇的第一把手又为自己往上走加了块砖，不是一举两得的好事吗？”

吴奇中说：“他起劲不怕，怕的是醉翁之意不在酒呀！看，光顾着说话了。喝，喝！”

袁一锋喝了口酒，说：“罗兵是你选中的接班人，将来还是你的乘龙快婿，他会对你怎么样？”

吴奇中喝得有些多，说话时舌头开始绕不转了。他呜呜地说：“啥，啥子我选选中的？是上面硬派，派来的。我，我傻，傻呀？要选也应该选选选小镇人，人嘛！干，干，干杯！”

袁一锋也有些醉了，对吴奇中说：“你，你，不行就别，别喝了。”

吴奇中说：“谁，谁说我不，不行？再来来一瓶也，也照，照干！”他把酒瓶子倒过来，往自己的杯子里倒酒。酒没了，他把酒瓶子往地下一扔，忽然站起来冲袁一锋大声骂道：“你他妈的，当初骗骗我！现在还还骗我！你说何波他，他死了，其实他根根本没没，没死！”

说完，他一头栽倒在沙发上，不到一分钟就打起了呼噜。

袁一锋也醉了，他看着入睡的吴奇中，结结巴巴地说：“酒，酒这东西，就，就是害，害人！”

第二十九章 酒后真言

吴奇中一夜未归，急死了他的家人。梁世容和吴平先是打电话到处寻找，无果后又到小区的旮旯角角找了个遍。

从早上六点过开始找，一直找到十点也没有他的一点儿信息。吴平只好给回成都家过礼拜的罗兵打电话，叫他立马回来。

电话中的罗兵以为吴平又在声东击西，调他回小镇过礼拜陪她玩耍，便没把她的话放在心上，只一个劲儿地搪塞说："好好，我马上回来。"其实他压根儿就没立即动身的念头。

快吃中午饭了，仍不见罗兵回来。吴平气得喷血，又打电话催，并吼道："你找韩小路的劲头哪儿去了？难道一个镇党委书记还不如一个平头丫头？必须立马回来，要不我跟你没完！"吼完后也不听对方解释，就啪的一声把手机给挂了。

找不着吴奇中，韩雨的老婆信香比梁世容还急。但她不是急在行动上，而是急在心里，急在她的整个记忆中。

小时候，信香和韩雨把吴奇中当成他们的楷模和英雄以及领袖，甚至比楷模、英雄和领袖还尊敬。而吴奇中又把信香当成自己的亲妹妹那样百般呵护。

有一次，信香和韩雨在老宅周围玩耍，忽然从老宅里冲出来一条大黑狗。那黑狗见穿着红衣服的信香，便"汪汪"地向她扑来。信香吓得往韩雨身后躲。谁知，韩雨也怕狗，便不顾信香的安危独自逃跑。

信香吓得边跑边哭边喊："韩雨，等等我！韩雨，快救我呀！"

那大黑狗不知是真想追咬还是逗着她玩儿，只是"汪汪"地追，并未扑上去咬她。但看那情势仍十分危险，只要大黑狗一步冲上去，信香就会成为它的口中之物。

信香跑呀，哭呀，喊呀！韩雨还是连头也不回只顾自己跑 。信香忽然脚下一绊，一扑爬摔倒在地。大黑狗见机猛地扑上去！

就在这关键时刻，大黑狗"汪汪"两声惨叫，翻倒在地，打了两个滚儿，趴在地上不动了。

信香回头一看，见吴奇中手里握着副弹弓向她跑来，边跑边说："香妹，别怕，我来了！"

信香从地上爬起来，喊着奇中哥，跑上去扑进吴奇中的怀里，大哭起来。

那时候，信香才六岁。从那时起，吴奇中在信香心里烙下了伟大的英雄形象，而韩雨只不过是个爱看女孩子下边的小色鬼。

成年后，信香一心想和吴奇中恋爱，也偷偷地向他衣袋里放过求爱的字条。但吴奇中视她为妹，没有答应她。

没有答应她，并不等于吴奇中不爱她。在吴奇中的心里，永远保存着信香那张红润、纯净、美丽好看的小脸和那双清澈明亮的大眼睛。

不知是失恋带来的唐突，还是男大当婚女大当嫁的陋习，二十岁那年，如花似玉的信香鬼使神差地成了韩雨的老婆。可在信香心里却永远活跃着吴奇中那高大雄伟气度不凡的身影。

信香和韩雨结婚后，也不知是什么原因，信香一直没有怀孕的迹象。就因这个，韩雨老和她吵架，吵多了，韩雨就找各种借口不回家过夜。为这事她向吴奇中哭诉过多次。但吴奇中总说："韩雨是个好人，你没给他生个一男半女，他心里不是滋味，你要理解他。"

她听进去了。

后来，韩雨从大学毕业后，在吴奇中的培养和推荐下当了一个街道办的副主任。一个小得不能再小的官，韩雨却以为自己成神了，于是就不知天有多高，地有多厚。他常对老百姓吹胡子瞪眼，对老婆更加不放在眼里。而对年轻漂亮的女人却异常关心体贴，总以各种方式和借口与这些女人嬉皮笑脸。

就因这个，信香劝过他几次。但每次都被他母亲陈英骂她是个不下蛋的鸡而忍气吞声告终。

就在那一年夏天的一个晚上，韩雨以找儿时的好朋友何波玩为借口来到老宅。何波不在家，他老婆胡芳接待了他。

胡芳长得虽然不是十分漂亮，但年轻的身体和那双渴望的眼神早已让韩雨垂涎欲滴。但他没有急于下手，而是并排坐在客厅的沙发上和她摆着上不沾天下不着地的龙门阵。

可以想象，一个女人，她的男人常年不回家，如今另一个男人和她坐在一起，而且又是晚上，孤男寡女会发生什么样的事情？但女人在这些事情上总不会那么迫切，即便心急火燎，她也要让男人主动下手。

聪明的韩雨早就从她青春的肉体上，不仅感觉到其表面的姿色，而且还感觉到她内心发出的某种怨恨和痛苦所引起的烦恼。

这是一种因空虚而引起的让胸口隐隐作痛的落寞之感。他装着怜香惜玉，走到胡芳背后，双手搭在她的肩上，关切地说："这何波也是，把这么漂亮美丽的老婆扔在家里守空房，真是苦了你了！"

一句温馨的贴心话，让胡芳冷却的心顿时热烘起来。

感到时机已到的韩雨，他的手从她的肩上慢慢往下滑。

她还是不拒绝。不但不拒绝，反而将头仰起来，蠕动着红唇，闭上双眼，迎接他缓缓而来的嘴唇。

两个人就这样干柴遇烈火似的融化在一起。

后来这事不知咋的让信香知道了，她对吴奇中说要和韩雨离婚，吴奇中劝和了他们。

可以说，是吴奇中的人格力量维系了她和韩雨的婚姻。她对他有种不可磨灭的又说不清道不明的情感。如今他又像女儿韩小路一样失踪了，怎么能让她心里不着急？

韩雨坐在客厅的沙发上看电视新闻。那新闻说，今天凌晨三点，在离西山三公里的一座公路桥下发现一具男尸。

信香一听，冲到客厅问韩雨："那男尸不会是老吴吧？"

韩雨阴阳怪气地说："看你，都吓得都神志不清了！丫头失踪那刻，你也不至如此吧！哎，要是我失踪了，你有这么急就好喽！"

信香说："不管怎么样，他可是你和我们一家的恩人。我们总不能吃水忘了挖井人吧？"

韩雨说："放心吧，他不会有事的。"

吴奇中的确没事。此刻正在袁一锋套房的会客室里，两人边吃东西边聊天哩！

昨天夜里，由于两人都喝醉了，在会客室的沙发上躺了一夜。天亮的时候，袁一锋醒来才把还没醒的吴奇中抱到床上让他继续睡。

接着，袁一锋简单地洗了把脸，就到一楼临街的小食店买了些包子馒头和饮料。在经过一楼餐厅时，又看见厨窗里的卤兔和花生米新鲜得让人口馋，于是他又各买了一些往回走。

走了几步他又倒回去，问服务员有没有茅台酒？服务员说没得，最好的只有剑南春。他就买了瓶最好的。

上楼的时候他想："来而不往非礼也。你吴奇中招待得起我，我袁一锋名正言顺的县级退休干部也不是吝啬鬼。反正今天过礼拜，要喝就再来个一醉方休。"

回到套房，见吴奇中打着呼噜睡得很香。他也不喊醒他，就让他睡。他自己也感到还想睡，就从衣柜里取出一床薄被，关掉手机，躺在沙发上。不一会儿也睡着了。

等到快十二点的时候，吴奇中起来大呼小叫地才把袁一锋弄醒。两人惺忪的目光一碰，便抱在一起"嘻嘻哈哈"地笑起来。

笑完，吴奇中大叫："坏了坏了！"

袁一锋问："咋的，啥子坏了？"

吴奇中说："不是啥坏了，而是这屋子出田螺仙女了，好年轻好漂亮好懂男人心的田螺姑娘啊！"

袁一锋说："别做美梦了。真有个又年轻又漂亮的姑娘，你未必搞得动，这些东西是我早上起来去买的。本来冰箱里也有吃的，但我嫌不新鲜。哎，你不是爱喝吗？咱俩今天继续喝！边喝边说，把你昨晚没说完的话统统说出来，喝个够，也说个够！"

吴奇中连连摆手，说："不能再喝了，再喝你学生我就太丢丑了。再说，让我老婆知道了，非罚我禁酒一年不可！"

稍顿，他又说："不好意思告诉你，昨晚呀，我是偷偷走的，手机都没带，就是怕我那母老虎发现我来你这儿喝酒。你想呀，我一个镇的一把手，每年迎来送往的不知有多少？要是禁了酒，这工作咋做？哎，你刚才说，我昨晚没说完的话，我昨晚说了什么话呀？"

袁一锋说："你别急，先去洗把脸。完后我们边吃边摆，有好消息我还没告诉你呢！"

待吴奇中从洗浴间出来，袁一锋已把吃的摆好，就是还没斟酒。袁一锋拿起酒瓶子说："你说喝还是不喝？喝就开，不喝我就不开。"

吴奇中说："我怕……"

袁一锋说："怕老婆是吧？那就不喝。"

吴奇中男子气来了，说："笑话！我要是怕老婆，我就不是人，不对，不是男人，哎，也不对！嘿嘿，我是怕喝多了又乱说。"

袁一锋说："酒后吐真言。"

吴奇中说："那就不喝。吃饭吃菜照样吐真言。"

吴奇中拿起一个包子咬了一口，有些忧心地说："老领导啊！我最近总感到有什么事要发生，弄得我晚上噩梦不断，你说这是不是不好的兆头呀？"

袁一锋说："你一定有什么事放心不下，或者你发现了什么或听见了什么？心里乱得慌，是吧？"

吴奇中拈了几粒花生米放进嘴里，巴巴地嚼得特响，说："知我者，一锋兄也！"

袁一锋说："既然我俩是知己，不妨把你的忧心事向我说说。兴许说了就不会做噩梦了。"

吴奇中说："痛快！不愧是知己。"他又夹了块兔子肉放进嘴里边吃边说："我就弄不懂，这人死了会复生。我最近听风言，说何波没死。你怎么看？"

这突然一问，虽然袁一锋早有预料，但没想到这么直白，这么咄咄逼人。

袁一锋哈哈大笑，说："天方夜谭，纯粹的天方夜谭！"

吴奇中说："我也这样认为，听说何波的坟就在河边，碑上的碑文一字不差。但我毕竟没亲眼见他死呀！他的死和老宅凶案被沉底也是你告诉我的。这十来年我从没怀疑过。可是……"

"别可是了！"袁一锋打断说，"何波的坟和碑现在仍原封不动地在那荒丘河滩里，不信你可去看呀！"

吴奇中绷起的脸皮有所放松，他说：“其实，何波死或活，对我本人无关紧要。但对小镇领导班子来说，事情就非同小可了。你想呀，何波是十年前老宅凶杀案的犯罪嫌疑人，案子至今未破。如果何波没死，如果他就藏匿在西山。西山是小镇的山，何波是小镇的人。老领导啊！你想一想，我这个小镇的当家人该如何是好呀？说轻点，是我这第一把手领导不力，麻痹大意；说重点，我是在窝藏坏人，包庇罪犯哦！要真那样，你说我该怎么办？”

袁一锋突然冒出一句，说：“走！”

这时传来“咚咚”的敲门声。随即门被年轻的女服务员打开了。

服务员进来对吴奇中说：“吴书记，门口有个警察找你。”

第三十章 换房思考

都很晚了，在袁一锋的套房里，王林和罗兵一个靠在床头上，一个坐在椅子上看电视。

今天又是周末。下班的时候，袁一锋对罗兵和王林说：“咱商量个事儿，今天晚上咱和你俩换个房睡要得不？”

罗兵问：“为啥子呢？那可是总统套房呀！咱享受不起。”

袁一锋说：“我这几天神经有点衰弱，想安静安静。可那大彩电又摆在那里，不看又心痒，但一看就往往看到深夜一两点。再说那电话，三更半夜的老响，拿起一听都是问要不要特殊服务，还说很便宜，还说……”

很显然，袁一锋说得有点夸大其词。

“别还说了，我们换就是。”罗兵打断说，“不过得说好，就换这一晚上。否则吴书记怪责下来，我可承担不起。”

实际上，袁一锋不是什么神经衰弱，也不全是怕三更半夜女人的电话才要求换房。女人打电话要求上门服务的有，但不是经常，更不是天天都有。他是怕吴奇中又拿一瓶酒来和他一醉方休。

酒这东西诱人又害人，利事又误事。上一次他和吴奇中喝，就醉中失言，说了许多不该说的话，弄得他俩都以为警察来抓他们了。幸好，那穿着警服找吴奇中的是他的女儿吴平。她是到处都找不到他，才来宾馆找她的。他俩才虚惊一场，相视一笑，幸亏没事。

后来袁一锋才晓得，吴奇中一夜未归，让他老婆和女儿还有他不知道的人惊吓得差点儿破了胆。为这事儿，他被吴奇中的老婆狠狠骂了一顿，还凶巴巴地警告他说："再有这事发生，她就用马尿来泼，让你俩喝，喝个够！"

躺在床头的王林，眼睛是盯在电视上，可心里想的是另一码子事。

王林到小镇后，积极参与开发办的行政业务工作，同时又按A县公安局局长张德亨的要求，对周围的人和事进行了缜密的观察。他利用与吴平在街上散发和张贴宣传资料，向群众口头讲解开发西山的好处的机会，首先对小镇这个既熟悉又陌生的故土进行了全方位的观察。

小镇并不大，东西南北四条大街加六七个小巷，见方也不过三四华里，可人口却不少，加上两个国营大厂和一些省属机构几乎上三万人。这在川西平原的西北部来说，当时算个大镇了。

人口这么多，街道却很窄小。一到逢场天，街上的人密集得针都难插进。街上的房屋更不堪一看，破旧加矮小几乎占了小镇的四分之三。再看人们的穿衣打扮，怎么说呢？一个字：土。

不说中老年人，就说二十啷当岁，追赶时尚的年轻人，他们在装点自己形象时最多也只是留个波浪头，打点儿胭脂粉，穿点儿直筒裤百褶裙什么的。

年轻姑娘们想在男人们面前展示一下性感美，穿件超短裙，多露点白皙胸脯都会招到人们的白眼。据说，曾经有个机床厂的女工，为了美把自己的头发在理发店吹成了"大鹏展翅"，被小镇的守旧之人称为鸡婆，这个厂也由机床厂被讽称为鸡婆厂。

所有这些，对于走南闯北，出过国，见过大世面的王林来说，简直不可思议。

娱乐设施更加缺乏，整个镇只有一个面积约八百平方米的公园。因此一到礼拜天，公园里的人比开交流会还热闹。那些带着孩子上公园玩耍的父母们总把孩子的手抓得紧紧的，生怕自己的孩子被人踩倒或失散或被拐走。

王林在思索，这个镇的当家人是怎么当的？改革开放十多年了，不要求你和深圳比，和沿海比，甚至也不和成都比，就和离小镇不远的E镇比吧，不说相差万里，说差之千里也不为过。

对周围的人他也进行了观察，有了一些初步的印象。

排除罗兵，他认为罗兵是张德亨局长指定接待他的人，绝对不会在老宅凶案上有所牵连，搞不好他也是张局派来的人。

吴平是他到小镇第一个见面说话的人。这人特有意思，性格那么开朗，说话那么直爽，处事那么倔强，爱憎那么分明！这对他来说是很少见到的。她是警察，就凭她在春风宾馆对李琼说的那些话，他也相信她与凶案无关。但她总对罗兵对韩小路的失踪关心似乎有较大的忌心，他有些不懂。

韩雨是韩小路的父亲，是他未来的老丈人，又是小镇的镇长，凭他的资历和地位应该说也和杀人案没有多大关系，但也很难说。没关系只是他的愿望而已。

倒是那个李琼，这人有点狐疑妖怪的。听说她还是烈属，人又长得漂亮，还是个副镇长。听说她丈夫很早就牺牲了，干吗这么多年不找男人呢？要说找，像她这样十全十美的女人根本不成问题。如果她和凶案有关的话，也是个“第三者”。

那个不多言不多语，连喝水都似乎在想问题的袁一锋他有些不解。按说，一个退了休的公安局局长，在家享清福那是一种多么爽的好事？干吗来搞什么开发，还一点儿报酬不取。有点不可思议。要说他和凶案有关或者说他就是凶手似乎不太可能。要说他也是和自己一样，担负着重要任务的话，这也不太可能。因为，公安人员可以直接侦查此案的话，又何必千里迢迢把他给弄来，而且改名换姓，弄得那么神秘？况且，张局对他一点儿暗示也没有。

这人的确有点儿值得怀疑。

吴奇中是吴平的父亲，是小镇的第一把手。据说凶案发生时他是小镇镇长，应该负有一定的领导责任。但这和凶案有实质上的牵连吗？很难说！要不公安机关干吗不公开侦查此案呢？嗯，这个问题值得深思。弄不好，他或比他大的官在这起离奇的杀人案中有重大的牵连，或者他就是杀人凶手也说不定。也许，这就是对这起凶杀案的侦查弄得如此神秘的关键所在。

引起他最大怀疑的是韩小路。不是怀疑她杀人，而是怀疑她与杀人犯有关。十年前她才十一岁，杀人对她来说是非常恐怖的。他怀疑她在进行着让人不可想象的难以预测的冒险活动。要不然，她为什么找他要老宅的钥匙？为什么不去成都接他？又为什么假装去学校而断掉所有联系去演一场失踪的闹剧（他推测是闹剧）？这里面一定隐藏着不可告人的秘密。那这秘密又是什么呢？

第三十一章 亲密恋人

袁一锋万万没想到，早上还没到八点，敲门声就把他惊醒了。他一开始不理，让他敲。心想敲几下没动静以为房间里没人就会走了。他又可以闭上眼睛再睡两个钟头。可是，事与愿违，那敲门声不仅没停，而且声音越来越大，还伴有女人的呼喊。他只得起来，穿上短裤和衬衫蹒跚着去开门。

他打开门一看，见吴平瞪着一双惊诧的眼睛问："怎么是你？"

袁一锋眯着惺忪的眼睛打量了一下吴平。她穿着美丽的蓝花白底连衣裙，带着满脸的青春气息。

"怎么，星期天休息，也通知开会呀？"袁一锋问。

吴平把身子一扭说："看我这样子是通知开会的吗？"

袁一锋故作姿态，问："那是找我耍的喽？"

吴平也故作姿态地说："是呀，走吧，牵着我的手逛公园去！只要你不要脸，让人家骂你老不收心，老马想吃嫩草，癞蛤蟆想吃天鹅肉就行！"

袁一锋说："哎哟！那我还是要我这张老脸。"

吴平说："对了，还是保持好你的晚节重要。哎，罗兵呢？"

袁一锋用手往 230 套房一指，说："在那边看电视哩！"

吴平来到 230 套房门口，正准备敲门时，王林开门走了出来。

一见吴平，王林就惊讶地吼道："哇！吴平，你今天打扮得太漂亮太美了！"忽然又意识到什么，嬉皮笑脸地轻声问："是找我吧？"

吴平丧着脸说："谁找你哦，罗镇长呢？"

"他不是找你去了吗？"王林故意说。

"好久走的？"她问。

"刚走，没五分钟，就五分钟吧。"王林嬉笑着说。

吴平信以为真，转身就走。

王林笑着看着她离去的背影，转身走进房间，对着已经穿好衣服坐在床沿上的罗兵嬉笑，边笑边扭着屁股，学着吴平的声音嗔气地添油加醋地说："哟！王林呀，罗镇长呢？我好想他哟！你把他叫出来，让我亲他一口。哦哈哈！"忽然发现罗兵用头和眼神示意后面有人，他的话才戛然而止。

回过头去，见吴平站在门口大睁着眼睛盯着他，说："笑呀，扭呀，编呀，怎么不扭了？再扭你那屁股还是个扎耳根！"

王林茫然地问罗兵："什么意思？"

罗兵忍住笑，说："她说你的屁股像扎耳根。你不懂呀？四川乡下人管扎耳根叫什么？"

王林傻呵呵地说："知道呀，猪鼻孔嘛！"

吴平说："不对，叫猪屁股！"

王林仍不解，呆呆地愣着。罗兵和吴平却笑得前仰后合。

吴平和罗兵约王林一起去逛公园。但一进公园看那人山人海的阵势，心都凉了半截。吴平说："干脆我们唱歌去。"

王林说："唱歌倒是可以，但我唱不好怎么办？"

罗兵说："不如找个茶楼打打牌来个清静。"

吴平说："三个人打牌不安逸，还是到卡拉 OK 厅唱歌好耍。"

罗兵说："打牌好耍。"

吴平说："唱歌好耍。"

两人就这样争来争去。

忽然罗兵问："王林呢？"吴平把脑袋转了个转，也没发现王林。

罗兵说："这小子憨精，把位子留给了我一个人。"

吴平含情脉脉地说："不好吗？"

罗兵说："你要唱歌，我要喝茶打牌，根本就合不来嘛！干脆咱俩各走各的。"边说边往人群里钻。吴平一把拽住了他。

吴平生怕罗兵跑掉，便紧紧挽住他的胳膊，往凉亭走去。罗兵很不自在，几次用劲想挣脱她的手，但越挣她挽得越紧。

最后罗兵生气了，说："这么多人，你这样挽着像啥子吗？"

吴平噘着嘴说："人家喜欢你嘛！"

罗兵说："我可不喜欢！"

吴平松开手，不好气地说："我知道，你不喜欢我。你喜欢韩小路是不是？"

罗兵的脸有些红，说："我没说。"

吴平低着头，有些沮丧地说："但你表现出来了。批评我不如韩小路稳重呀，有气质呀，就差一个美字没说。是，我承认她比我漂亮，比我有学问，比我……"

吴平抬头傻眼了，因为她发现罗兵一瞬间不在了。她一伤心便悄悄地哭了。两颗晶亮的泪水从她化了浓妆的脸上滑落下来，无声地滴在她丰满的胸脯上。

突然，一只拿着冰激凌的手出现在她眼前，她抬头一看是罗兵，她又笑了。

这是从一个对爱情充满无限期待和美好的女人心里发出的甜密的笑。她望着罗兵手里的冰激凌，忽然感到一股冷气浸入她的心里，她收敛笑意，低下头去，瞬即转身消失在熙熙攘攘的人群中。

罗兵知道，吴平又在使小性子了。她总是在他和韩小路之间找些话题来扯，有时扯得他心烦，巴不得离她远远的，越远越好。但真的离开了，他又感到愧疚和寂寞。

梁世容在厨房切菜，见女儿吴平气冲冲地跑回来，眼眶里似乎饱含着泪水，就问："这是咋了？不是说和罗兵出去耍吗，咋又一个人回来了哩？"

吴平哭丧着脸，说："他，欺负我！"

梁世容把眼一瞪，拿刀的手在空中一划，大声说："他敢！"

吴奇中走过来，用手挥挥，说："去去去，凑什么热闹！"

梁世容说："什么，我凑热闹？女儿被人家欺负，你不护着她，我来护着，错了吗？"

吴奇中冲妻子吼道："护着，护着！你把她都护成公主了！"

梁世容也大声吼道：“公主怎么？我女儿就是公主，骄傲的公主！”

“哎呀，别吵了！”吴平用脚狠狠地蹬了一下地板，转身冲进自己的卧室，“哐”的一声关了门。老两口正感迷惘时，又是“哐”的一声门响，吴平换了身一般的衣服走出卧室，又瞪了眼父母，打开门冲了出去。可这一冲却冲在罗兵的怀里。

罗兵紧紧地抱住她，轻声地问：“对不起，算我错了。”

吴平说：“你没错，什么都没错。上个礼拜我叫你快回来帮我找爸爸，你不来，你没错；今天你当着王林的面，和我争来争去，后来竟然说不喜欢我，你也没错；你吃着碗里，又盯着锅里，说我不如韩小路，你还是没有错。你没错，你都正确完了，是我错。是我不该扭着你，缠着你——”说着，晶莹的泪水就从她的眼眶里溢了出来。

罗兵心疼地用手抹着她的泪水，轻声说：“都是我不好，啊，我不好！”

梁世容在客厅见此情景，用手把目光盯在罗兵脸上的吴奇中拽进了厨房，扔给他一把空心菜，命令似的说：“择干净点！”

门口，吴平的头紧紧贴在罗兵宽厚的胸脯上，然后轻轻地抬起头，深情地凝望着他！

罗兵到晚上九点钟左右才回到宾馆226号房间。王林还没回来。房间里的一切还是早上他们离开时的情景。他到隔壁230号袁一锋的套房敲门，但怎么敲门也没人打开。他以为王林和袁一锋出去散步了。因为平时，他们三人经常在晚饭后一同出去散步，以此来放松一天紧张的工作情绪。他想出去找他们，但一看时间，他们也该快回来了，所以又回到自己的房间。

他坐在床沿上，回想着他和吴平一天的玩乐经历。他对吴平的感情，在韩小路没出现以前，不说真心相爱也可以说在向真心相爱靠拢。但是当那天在医院第一次见到韩小路那一瞬间起，他就开始移情别恋了。

当时，他的心“咚咚”地跳得价响，以致他的整个胸腔仿佛都在激烈震荡。全身的血液在沸腾，呼吸也变得急促起来，直至他不敢用正眼看她的眼睛。

他看过很多描写男女第一次相见情景的小说，也亲身经历过包括吴平在内第一次和女人见面的体验，但都没有他和韩小路第一次相见的感觉那么强烈，那么刻骨铭心！他不知道，这是不是小说里描写的一见钟情？

后来，韩小路对他总是不冷不热，甚至有时还用一种不屑一顾的目光投向他。尤其当他冷对吴平的时候，那种目光更盛。

他开始自忖，这是不是花心男人的表现。自己是花心男人吗？但不管怎样，他需要真正的爱情，需要有真正相爱的女人。但在真正具体到人时，他又徘徊了。

吴平和韩小路，前者在他嘴上，后者在他心里，尤其在韩小路失踪以后。他想维持这种畸形的感觉，却被吴平识破。

今天，他本想了断这种与他身份不符的感情纠结，但见吴平生气、流泪，他的心又软了。为抚慰他对她的伤害和她对自己的真爱，他调动全身心的各种元素和耐心，陪吴平玩了整整一天。

疲惫不堪的罗兵终于脸脚都不洗，便和衣躺在床上睡了。

第三十二章 执迷不悟

信香的疯病时好时坏。好的时候与正常人一样说话做事都很有条理，坏的时候就不分青红皂白地乱吼乱叫乱骂。

你看，天还没亮，她就只穿条内裤，便披头散发地拿着把菜刀，来到韩雨床前，瞪着白眼大声吼道：“韩雨，你这个龟儿子，老虾子，恶魔流氓！你把我女儿藏到哪里去了？老娘限你三天，不把小路丫头给我交出来，我就自杀！不，我先杀了你再自杀！”

这种阵势，韩雨早已见惯不惊。他知道她又做噩梦了，眼下只有顺着她。“好好！我给你把小路丫头找回来。去睡觉吧，天还没亮哩！”

信香又说：“还有，限你三天，必须和李琼那骚婆娘狐狸精断了一切干系，否则我杀了你！不，先杀了她再杀你！”

韩雨说：“好好好！断，断，明天就断。”

信香说：“不行！今天就断。”

韩雨说：“你不是限三天吗？”

信香说：“三天太长了，现在就断！”

韩雨说：“好，现在就断。这下总可以了吧？快去睡觉。”

信香刚一转身又回过身来说：“还有。”

“还有什么哟？快去睡觉吧，别感冒了。”

“还有，限你三天，把你那个老不死，欺人太甚的妈给我扔了！扔到河里去喂鱼！否则，我就杀——”

韩雨火了，“腾”地从床上翻起来，吼道：“我看你真疯了，连妈你也敢杀？”他一把夺下信香手中的刀，“哐当”一声扔在地上，继续骂道：“该杀的是你——你这个恶妇！你给我滚，滚！”

见韩雨发火了，香信反而笑嘻嘻地说：“嘿嘿！我是吓唬你的。嘿嘿！”

说完，她又开始边跳边唱起来：“北风那个吹，雪花那个飘。我盼小路快回来，欢欢喜喜过个年，欢欢喜喜，阿哈哈！”

她大笑着回到她的房间，啥动静也没了。

韩雨看着地下那把刀，无奈地摇了摇头。

昨天晚上，韩雨和何波又见了面。

那是在下午快下班的时候，吴奇中来到他的办公室。当时他正在看报。吴奇中阴阳怪气地说：“你还沉得住气嘛，有闲心看报！”

韩雨听得云里雾里，说：“我刚从开发办回来，还带来一张报纸，旅游报。看，这上面又登了篇小镇西山旅游开发的文章，其中还把你的六句话二十四个字的开发指导思想写进去了。书记哎，你要升了！”

吴奇中说：“升什么？”

韩雨说：“升职呀！”

吴奇中无心地说：“升什么职哦？升天还差不多！”

韩雨笑着说：“还是说点儿吉利话吧。你这顶正科级的帽子都戴了一二十年了，旧得惨不忍睹！要说过去嘛，由于政绩不突出，小镇改变不大，群众意见也多，知名度自然就不高，这顶帽子没换情有可原。可现在不一样喽！你排除万难搞开发，六句话二十四个字明方向，广播有声，电视有人，报纸有名了。成绩明摆着，不升不服众啊！我想呀，要不了多久，你就会坐上县委副书记的位子。”

韩雨的话，让吴奇中感到有些迷惑。尤其这些话在这个时候说出来，他还真弄不明白，韩雨是什么意思？

吴奇中说：“老韩呀，我知道你反对开发西山，当初我也反对。可你还记得成都武侯祠清代赵藩写的那副对联吧？能攻心则反侧自消，自古知兵非好战；不审势即宽严皆误，后来治蜀要深思。你我是小镇的当家人，不审时度势不行呀！”停顿一下，他又说：“不知你听到什么没有？我倒是听说了，说有的人反对开发西山，是怕老宅凶案的犯罪嫌疑人何波没死还活着。甚至还说，他就躲藏在西山！”说到这里，吴奇中的话戛然而止。稍顿又改口说：“啊！下班了，回家吧。”

韩雨走在下班的路上，想到吴奇中话中有话，自感不妙，便转身走向另一条路。终于，在晚上十点左右，他和何波在西山的后山脚下又见面了。

韩雨首先说：“有人可能知道你还活着，而且怀疑你就藏在西山。难怪这几天，我总感觉小镇的气氛不大对。何波哥，你还是离开西山吧！走得远远的，再也不要回来。西山开发犹如大江东去，任何力量都是阻挡不了的。再说，我感到吴奇中对我已经产生了怀疑。他总千方百计、阴阳怪气地试探我。我怕——”

“吴奇中，他真想死？那我就成全他！”何波咬牙切齿地说。

韩雨急忙说：“哥，你可千万不要伤害他。他可是我一家的恩人啊！”

何波问：“听说你们那里又来了一个年轻人？”

韩雨说："是省旅游公司派来协助搞西山旅游开发的。"

"叫什么名字？"何波问。

韩雨说："叫王林，三横王，双木林。说还是个副主任。"

何波顿了一下，说："你给我好好注意他点，搞不好他是便衣警察。"

"还有，"何波继续问，"罗兵这个人你搞清楚了没有？"

韩雨说："他就是个下派挂职干部，很快会走的。不过他正在和吴奇中的女儿吴平谈恋爱。如果吴奇中当了县委副书记，说不定今后小镇的第一把手就是他。"

何波说："你放心，只要你一切听我的，吴奇中走后，小镇的第一把手非你莫属。"他把走字拖了很长一节。

韩雨说："你有什么能耐哟？自身都难保。"

何波说："那就走着瞧吧！"

分别的时候，何波突然说："你女儿韩小路在我手里。"

韩雨猛一惊，问："你把她怎么啦？"

何波说："没怎么。只向她讨了第一笔你欠我的债而已。"

韩雨顿时怒火中烧，冲上去对着何波的脸就打。何波飞腿一脚把韩雨踢出老远。韩雨又猛扑上去，两人便扭打起来。

韩雨哪是何波的对手？只几个回合他就被打得趴在地下。何波摁住他的脖子问："韩小路真是你亲生的女儿吗？"

"是。是我和老婆的亲生女儿。"韩雨说。

"你老婆不是只不下蛋的母鸡吗，怎么又下蛋了呢？"

"吃了很多药才治好的。就在她二十九岁那年生了韩小路。那几年你一直在外漂泊。何波哥，我老婆想女儿都快疯了，整天逼我把女儿给她找回去，不这样她就和我拼命。你放了她吧，算我求你。我们这一辈的账，就由我来还。你放了她吧！"何波啥也没再说，转身消失在夜幕里。

今天，老婆又提着菜刀找他要人，还限他三天时间。如果三天之内找不回来女儿，说不定那疯婆子还真能干出杀人的事情来。这该如何是好？韩雨躺回床上，再也闭不上眼。

丫头韩小路真的在何波那杂种手里吗？

自从韩小路失踪以后，韩雨想过无数次这个问题，但一直没得到证实。现在何波亲口对他说了，他是信还是不信？信了，怎样才能从何波手里把她弄回来？不信，那她又去了哪里？从自我安慰的角度想，韩小路在他的手里总比杳无音信强。至少知道她还活着。

只要人活着，希望就不是渺茫。

情急之下，韩雨决定报警。只要报了警，只要他提供何波还活着并藏匿在西山的线索，何波很快就会被抓，女儿也会安然无恙地回到父母身边。不仅如此，只要抓住了何波，老宅凶案很快就会真相大白。悬了十年的杀人案就会以此告破。老宅悬案一破，韩雨还有什么顾虑担心西山开发的成败得失呢？

可是，当他把电话拿出来，拨了一个1时，他犹豫了。

他忽然意识到此事非同小可，并不是他刚才想得那么简单。况且不说何波不可能束手被擒，就是束手被擒，就凭何波闯荡江湖几十年的经历，他也不会轻易认罪。八年前以有杀人嫌疑被抓，后又以证据不足被放，就是他非同凡人的佐证。弄不好，就凭何波那张嘴，他韩雨辛苦一生垒建的名利大厦，顷刻间就会土崩瓦解，毁于一旦。

要是老宅凶案的真凶有充分的证据证明就是何波，那你韩雨至少也会以包庇和窝藏罪的嫌疑受到法律的制裁。一想到这些，他全身不由得直打寒战。

最后，还是何波那句，只要你听我的，吴奇中走后，小镇的第一把手非你莫属的话，提醒他千万不能报警，并支持他继续在犯罪的道路上执迷不悟。

现在，韩雨唯一的希望就是何波这个杂种早点儿死。只要何波死了，一切事情就一了百了。可是他怎么会死呢？

上班的路上，只要认得韩雨的人，要么向他点头微笑，要么挥手招呼，要么尊敬地喊一声："镇长早！"或"韩镇长您好！"

走进办公室，服务人员早已把办公室打扫得干净整洁。不锈钢磁化杯里飘来大红袍沁人心脾的清香。他刚一坐下，才抿了一口茶水，秘书便送上一叠文件请他批阅。秘书刚走，又陆续来了不少请示工作的人，

这种美好的场景，这种崇高的感觉，差一点儿被他在早上一时的冲动给葬送了。幸好他脑筋转得快，否则就覆水难收了。他现在想起来真感到十分后怕。

王林来了，是韩雨打电话叫他来的。

他真听何波的话哦！仿佛他的上级领导不是县长，县委书记，也不是吴奇中，而是潜逃者，老宅凶案的嫌疑人何波。

坐下后，韩雨说："王主任年轻有为呀！你才二十来岁吧？"

王林说："哪哟！虚岁二十五(有意多说三岁)啦！"

"二十五岁就当了主任，我二十五岁时啥也不是。当警察几年了？"他突然问。

何波说："韩镇长记错了吧？我不是警察。"

韩雨故作记错状，说："唉，老了，记性不好喽。哪个公安大学毕业的？"

王林说："镇长又说错了，我上的是北京大学。"

韩雨一惊，说："你也是上的北大？"

王林问："韩镇长也是北大毕业的？"

韩雨说："我可没那福气。我女儿韩小路是北大的。"

王林说："韩小路是你女儿呀？她不是失踪了吗？"

韩雨说："这孩子从小让她妈给惯坏了，任性得很，我行我素。回来实习，没几天又说回学校有事，到现在都十来天了，也不给家打个电话。"

王林说："你们打电话问学校了吗？"

韩雨说："问了。说没回去，没见着。唉！为这事呀，她妈都急疯了。"

王林说："韩伯伯，我叫你伯伯你不介意吧？不要着急，她一定会回来的。"

韩雨说："你这孩子真好！等小路回来后，你们好好谈谈。你们是校友，一定谈得拢的。劝劝她快回学校去，再有几个月就毕业了。你说好吗？"

王林说："尽力而为吧！不过，现在重要的是她在哪里？伯伯你知道吗？你要是知道，你就告诉我，我一定把她叫回来。"

韩雨问："一定吗？"

王林说："一定。"

韩雨顿了一下说："我也不知道她在哪里。"

第三十三章 劝谕

在西山溶洞里，尽管韩小路同意了何波的三个条件但何波并没有立即放她走。何波也时刻守在她的身边，不离半步。韩小路几次催促，他都说："现在是白天，等天黑以后再说吧！"

由于溶洞里除了那昏黄的烛光，没有时间可看。此刻，韩小路也不知道是白天还是晚上。因此也只能按何波的说法耐心等待。

在这期间，韩小路多次问他的真实姓名，可他总是支支吾吾。韩小路想在离开他之前必须确切地弄清他是不是何波？如果是，她就可以把目标锁定。如果不是，那这个人又是谁呢？他与何波有无关系呢？

韩小路试探着问："大叔，现在的社会多么美好，人人都在灿烂的阳光下过着幸福美满的生活。愉快地上班，愉快地劳动，自由自在地做自己的事情。你干吗要窝藏在这黑暗潮湿，一天二十四小时都见不到一丝阳光的地下室里，过着人不是人、鬼不是鬼的生活呢？"

何波低着头，没答应。但看得出他在认真地听。

韩小路接着又说："难道你没有父母，没有亲人，没有朋友，甚至连老婆孩子也没有吗？"

问到这里，何波用双手捧着头轻声地哭泣起来。

“如果有，你仔细想想。他们整天见不着你的面，得不到你对老人的孝心，对爱人的真心，对子女的爱心，对亲朋好友的关心，他们有多少失落，多少揪心，又有多少苦痛吗？你老婆哩？”

何波突然站起来，大声吼道：“你不要再问了！不要问了好不好？难道你不说话会死吗？”

韩小路也大声吼道：“不说话会死的人是你！如果你没做对社会不利、对人的生命财产不利的事，你为什么要藏匿在这洞里？为什么那么怕公安警察？你的所作所为和对我的侵犯，你就是一个坏人！甚至还可能是个十恶不赦的杀人犯！”

“我不是！”他吼道。

“凭什么说你不是？你不说话，连自己的名字和经历也不敢说的人，有什么资格要我帮你找女儿？你的女儿要是知道你像老鼠一样躲藏在这里，要是我是你女儿，也绝对不会认你！不但不认你，反而瞧不起你，鄙视你，恨你，唾弃你！”

在韩小路无休止的训斥下，何波终于忍受不了他良心的拷问，向韩小路讲了他为什么走到这步田地的经历。

何波说：“其实，我小时候是个非常乖巧，十分懂事的孩子。我有很多朋友，我们像水里的鱼儿，天上的鸟儿那样自由自在地在水里游动，尽情地在天空飞翔。父亲死后，母亲弃我而去，杳无音信。何家只剩我一根独苗，我的心开始冷落。再加上西山和老宅的恐怖传说，早已对这个家失去信心。

“非常时期，我离家出走，在外面流浪。后来我去一个川剧戏班子学变脸，还参加一定的演出。我的老婆胡芳就是在戏班子里认识的。结婚后不久，戏班子垮了，我和老婆回到老宅。本想以宅为家，安居乐业，可一件意想不到的事让我不得不又远走他乡。”

韩小路问：“什么事情？”

何波顿了一下说：“就是那一年的夏天。我在戏班子的一个朋友来老宅找我学变脸。他学会后，想试一下能否把人吓倒。于是，在一天晚上，我和他戴上最恐怖最吓人的面具到西山桥头等待。等了一个多钟头，发现一人从朦胧的夜色中打着手电筒走来。我和朋友便忽然出现在那人的面前，那人用手电筒往我们脸上一照，便哇的一声惊叫倒在地上。那手电筒的光还没灭。我朋友从手电筒光的照射下，对我悄声说，是个女的，挺漂亮，我们干吧，反正没人看见。我说我们把人家都吓昏了，还要干她，太狠了吧？朋友说，饱汉不知饿汉饥。你有老婆在身边搞，当然不馋，可我——说着，他就迫不及待地解开裤子扑了上去。

“我不忍心看那场面，便背过身来。刚一转身，朋友惊叫道，她，她死了！我们吓得浑身打战，连夜逃离了老宅，逃离了小镇，也逃离了四川。”

韩小路问：“后来呢？”

何波声音沉重地说：“两年后，我听说那女人没死。当时只是被吓昏死了过去而已。于是我又回到老宅。”

他突然气愤地大声说：“可我万万没想到，迎接我的是个大肚子老婆。当时气得我七窍生烟，真想一脚把她肚子里的野种踹下来，再一脚把她俩都剁死。”

“你这么做了吗？”韩小路又问。“没有。我老婆胡芳跪在我面前求我放她母子俩，并如实交代了使她怀孕的男人。”

他几乎在歇斯底里地大叫道：“你知道这禽兽是谁吗？就是韩雨！”

稍顿又说：“本来我和韩雨是要好的朋友，好得称兄道弟。就因此事，他这个连朋友妻也敢欺的恶棍就成了我不共戴天的仇敌！”

韩小路强忍悲愤，继续问：“你老婆肚子里的孩子生下来了吗？”

何波喘了口气，说：“为了何家的脸面，我对外讲说老婆回娘家了。实际上，我是把她囚禁在这溶洞里，直到把那野种生下来。”

韩小路问：“那孩子就是何支吗？”

何波一诧，说道：“谁是何支？我不认识。”

韩小路说：“那就是你让我找的那个女婴喽？”

何波没吭声。

“那你老婆胡芳呢？”韩小路又问。

他说：“死了。难产死的，就死在这洞里，死在你躺过的这张床上。”

韩小路和他都沉默了。这沉默也许是对死者的吊唁。

韩小路说：“我相信你说的这一切。你的遭遇也让人同情，你现在的处境我也十分理解。所以我出去后一定按照你给我的三个条件行事。如果有一天，我找到你女儿的下落，我将同何支一起——”

突然，何波狂跳起来，拍桌子打墙，直至露出狰狞的面目。他一把抓住韩小路胸前的衣襟，咬牙切齿地说：“谁让你理解，谁叫你同情！什么何支？我给你说过多少次我不认识何支，也没有何支这个儿子。你为什么老提他？”

韩小路说：“因为何支是我的男朋友，我们是恋人！要不是，这老宅的钥匙他怎么会给我？”

这时候，何波又显得非常镇静，端起碗呷了口水，说：“还有啥子，你问吧。”

韩小路问：“既然你对韩雨那么熟悉，想必对何波也认识吧？”

他说：“认识。但他死了。”

她问：“怎么死的？”

“是我杀死的！”他轻描淡写地说。

韩小路一惊，说：“你杀了人？”

他站起来说：“我和他三十年前就认识了，可谓毛根朋友。非常时期，我们也是像你一样好奇。听说西山顶上那三座巨石压着一个万年恶魔，我俩便偷偷上山，来到那巨石下面。可怎么看怎么找，也没有什么恶魔。我俩就爬上巨石玩耍。因为一点儿小事，我就失手把他推下巨石摔死了。就为这个我才躲藏在西山，过着这非人般的生活。”

韩小路明显感到，这后一段故事是何波编造的。理由是，如果何波是从巨石上摔死的，就凭西山老宅的恐怖传说也该有他何波摔死的内容，可是没有。

“你不是何波，那你是谁，叫什么名字？”韩小路问。

“非说不可吗？”他问。

“你不说，我找你女儿的依据是什么？要是人家收养人问我，她生父姓甚名谁，我该怎么回答？弄不好人家还以为我在拐骗人口呢！”

何波想了好大一阵子才说：“我是何波的戏班子朋友叫江山。你就说她的生父叫江山就是了。”

前言不搭后语，自相矛盾，漏洞百出的编造让韩小路终于十分肯定此人就是何波。她多么想立即扭送他去公安局，随即送上人民的审判庭，让正义的枪声结束他罪恶的一生，还冤魂以欣慰，社会以安宁！

可是她此刻不能。她清楚，他的遭遇证明，何波绝不是等闲之辈，想抓住他也绝非自己能力的范围，眼下最要紧的是尽快脱离虎口，另辟蹊径。

终于，何波把韩小路的双眼蒙上，牵着她的手，在这洞里转了三个圈，然后向很远很远的洞口走去。他边走边对她说：“回去告诉你的男朋友，叫他识相点，也包括你，包括任何人，别再来惹我烦我。否则，老子埋藏在西山和小镇的重磅炸药将同时爆炸，那后果你可想而知！”

说着，他的双手突然将韩小路的嘴捂住。

第三十四章
是梦非梦

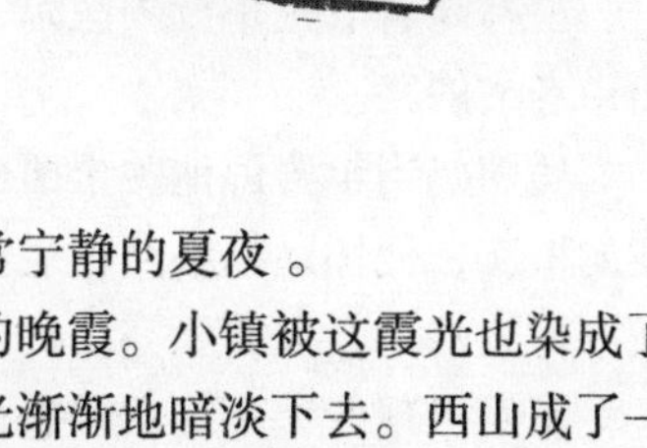

白日尽去，夜即来临，小镇西山悄悄地进入非常宁静的夏夜 。

夕阳落山不久，西山上空还燃烧着一片橘红色的晚霞。小镇被这霞光也染成了红黄交融的橙色。随着夕阳的逐渐西沉，天空的霞光渐渐地暗淡下去。西山成了一块棱角全无的黑幕，而小镇则呈现出一片肃穆的景色，让人捉摸不透。

雨，不知什么时候开始下的，也不知什么时候又停了。月亮也不知什么时候进的云层，也不知什么时候又从云层里拱了出来。明静的月光洒在西山顶上的三座巨石上，像三个顶天立地的巨人，巍然显眼。

这时候，在西山足下，在离老宅不远的树丛里，闪出一个大黑影。那大黑影在朦胧的月光下，一开始是轻悄悄地、慢慢地向前移动。瞬间又加快速度向前飘移。当黑影飘移到离小河桥头不远的一棵树下时倏地停住了。然后那大黑影就在月亮钻进云层那短暂一刻，忽然变小，再一闪便快速消失在西山的黑幕里。

——灿烂的阳光下，碧绿的草原上，信香穿着雪白的婚纱飘荡在绿草花丛中。她肌肤白皙，眉清目秀，是那么年轻漂亮。飘着飘着，那雪白的婚纱变成紫色的风衣，旋即又变成灰色的棉袄。本来年轻貌美的她，一刹那成了两鬓斑白的老太婆。

老太婆手捧鲜花，遥望东方那朵浮动的红云，嘴里不停地呼喊："小路，我的孩子，你在哪里？妈妈想你呀，快回来吧！"

东方的那朵红云，在她的呼喊下向她飘来。飘着飘着，那红云忽然变成韩小路飘到她的面前。她欣喜若狂，伸开双臂前去拥抱，却扑了个空。信香醒了，她猛地翻身从床上坐起来。

她扭开电灯，眼角的泪水在灯光下闪烁。她披上一件外套，走到窗前，头伸出窗外，泪眼婆娑地凝望着天上那遥不可及的星星和月亮。

春风宾馆在月光下异常平静。闪耀着灯光的窗口越来越少，最后固定在一个模式下不动了。

236号房间的两张床上，罗兵已经入睡。他微笑的面容仿佛已经进入甜蜜的梦乡。而王林却大睁着眼睛，似乎还在回味上午的事情。

上午在办公室，他趁罗兵和袁一锋去开会之机，对吴平说："我肚子有点不舒服，像是胃病犯了，想去医院看个病。"

吴平说："我陪你去吧。"

王林说："不麻烦你，我一人去就行了。"

他怕她跟踪他，便扯个谎说："我公司等会儿有个电话找我，请你帮我接一下。有什么交代，你帮我记下来，待我回来看就是了。"刚出门，他又回来说："美女，能把你的电瓶车借用一下吗？"

吴平笑着说："当然可以。"

王林骑着电瓶车没去医院，而是直奔西山老宅。这是他来西山后第一次踏上去西山老宅的路。

凭姨妈当年告诉他关于西山老宅恐怖的传说，加上张德亨局长告诉他的老宅凶案的事实，他怀疑韩小路在老宅。要么已经死亡，要么还在伤痛之中，要么早已被父亲何波劫持，人去屋空。

不管出现什么不测，罪魁祸首都是他的父亲何波。

想到这里，王林真想一下子把何波抓住。首先给他几耳光，哪管他是不是自己的父亲。可是，当他用另一把钥匙打开老宅的门，进去四处查看后，并未发现有人。他又把后院及柴房旮旯角落都搜了一遍，仍没有人的痕迹。

他又仔细地观察了所有的房间，除了靠里那间卧室外，其余房间都打扫得干干净净，包括书房的文房四宝和书柜都收拾摆放得整整齐齐。他认为，这房间就是韩小路打扫的。韩小路一定已经把这老宅当成了自己的家。

看到这里，王林的心顿时像针刺那样疼痛。他想屙尿，便去了茅厕。他在撒尿时忽然发现茅厕里有不少女人用过的卫生纸。有的卫生纸上还带有女人特有的嫣红。

这更加断定，韩小路在这老宅住过，而且不止住一两天。凭这屋里的情形，证明韩小路在老宅没受到什么大的伤害，至少没遭到生命上的危险。

王林在老宅待了个把小时，见没发现什么可疑，便迅速离开了。

他看了眼似睡非睡的罗兵，自己也感到困了，便闭上了双眼。

——西山顶上，张德亨穿着警服，手举双枪，带领一群警察，紧追劫持韩小路奔跑的何波。张德亨大声喊道："何波！你跑不了，放下韩小路，缴械投降吧！"

何波哪里肯听，押着韩小路爬上巨石。忽然，他左手抱着韩小路，右手将一把匕首横在她的脖子上，张着血盆大口，冲下面的罗兵王林等人吼道："韩小路她不懂事，报了警，让警察来抓我。今天，老子说话算话，她不让我活，那我就要她死！死！死！"

话音刚落，何波的匕首一下割断了韩小路颈部的动脉，顿时鲜红的热血喷涌而出。那热血不断从韩小路颈部的血管里喷射出来，射向天空，染红了半个苍穹。

王林从梦中惊醒，坐起身来，心脏还在咚咚地跳。他本想叫醒罗兵，问问他刚才的噩梦意味着什么？但他看了眼熟睡中的罗兵，不忍惊醒他，便又躺了下去。

——韩小路从溶洞口跑出来在西山顶上疯跑，她赤身裸体，披头散发，满脸伤痕，边跑边往后看。

何波瞪着血红的眼睛，张着血盆大口，手举血淋淋的钢刀，在她后面猛追。韩小路跑得大汗淋漓。眼看何波要追上她时，她突然腾空而起，踏着西山茂密的树林尖头向山下飘去。谁知何波也紧随其后，更加杀气腾腾。

韩小路跑到西山脚下的老宅旁，边跑边喊："罗兵，快救我！快救我呀！"她忽然脚下一绊，摔倒了。何波追上来一把将她抓起，手举钢刀对准韩小路的头砍去。

罗兵倏地从梦中惊醒，弹坐起来。他抹了把脸上的汗，知道是在做梦，又继续躺了下去。

西山桥头，韩小路身着村姑装，平躺在草丛中。她双眼紧闭，胸部高高挺起，虽然脸色苍白，但额头光滑，五官清秀，仍显得异常美丽。

韩小路英姿飒爽地站在首长的面前。首长高兴地对她说："小路啊！你足智多谋，不怕牺牲，孤身深入虎穴与敌周旋，终于帮助我们侦破何波杀人潜逃案取得了很大的进展。虽然奥尔波特的心理学理论，让你付出了极大的代价，但毛主席的实践论却让你取胜而归。现在我命令：'立即抓捕何波！'

韩小路带领七八个荷枪实弹的警察冲进溶洞与何波相遇并进行激烈枪战。何波边回击边跑。突然他冲上一高台，凶神恶煞地手举炸药包，瞬即一声巨响！

草丛中，韩小路被噩梦惊醒。她慢慢睁开双眼。

她看了一下身边，见竹兜依然。她用手去摸了一下竹兜，实实在在。她想起来，挣扎了几下，终还是因神志不清，体力不支，又倒了下去，陷入昏睡。

去西山的小路上，罗兵、王林踏着晨雾飞跑着。在西山脚他俩到处寻找。终于在一草丛边发现一竹兜，旋即找到了仍在昏迷中的韩小路。

草丛边，韩小路躺在罗兵怀里，慢慢睁开双眼。罗兵高兴地说：“她醒了！王林，快看呀，小路醒了！”

王林没吱声，他背着罗兵和韩小路，面向东方鱼肚色的天边，泪水夺眶而出。

韩小路醒了，她没忘记何波提出的三个条件和发出的威胁言语。所有的一切她都记得清清楚楚。

但现在她搞不清了，尤其搞不清的是，何波明明对她说，她的手机、相机、手电筒、匕首统统都扔到溶洞的阴河里了，捡不回来了，可现在这些东西一样不少地在那竹兜里，包括开老宅的那把钥匙也仍揣在她贴身的衣袋里。

她迷惑了。

“难道这也是梦吗？不是，绝对不是！”她越想越迷惑甚至陷入迷茫。

第三十五章 小路归来

刚吃过早饭，信香又穿着大棉袄，手捧泡沫屑来到小镇街头。一开始她一声不吭地跳，后来又哈哈大笑，再后来就又笑又跳又唱并向空中抛撒着泡沫屑。

她唱道：“北风那个吹，雪花那个飘，雪花那个飘飘，年来了。我盼女儿快回来，妈妈和你逛大街，妈妈呀和你，逛大呀街，呜呜！”唱着唱着她又哭了起来。

这时，一年龄与她相仿的女人走过来对她说：“大姐，回去吧，快回去，天好热啊！”并用手牵她。

她不让她牵。

旁边立即围了很多人并窃窃私语。

“她不是韩镇长的夫人信香吗？”

“就是。”

“咋成这样啦？”

“怕是她老公嫌她老了，又找了新的，把她给甩了吧？”

“嗯，有可能。现在的男人呀，当不得官，有不得钱，一当官，一有钱，老婆没走，新的就来了。”

“扯把子，韩镇长可不是这样的人！”

“那她为啥疯哩？”

“听说她女儿失踪了，还说已经死了！”

“怪不得，女儿身，娘的肉呀！”

“唉，她的女儿不是捡的吗？”

信香和韩雨结婚前虽遭受太多的打击和磨难，结婚后总算苦尽甘来。她知道韩家是三代单传，她不敢去想她丈夫韩雨这一代却断子绝孙。

可是，现实就这么残酷。她和韩雨结婚后却一直没有怀孕的迹象。医院跑了七八家，中西药吃了几大箩，八九年过去了，仍是竹篮打水一场空。她哭，她恨，哭韩雨可怜，恨自己无能。

渐渐地她发现韩雨很少回家，而且听人说他老往西山老宅跑。

心知肚明的信香不敢说也不敢闹，属于她的只是悄悄地暗自流泪，暗中自责。谁让自己无能呢？

她曾提出过离婚，韩雨不允；她说让胡芳给你生个娃吧，韩雨也说不行！她问韩雨咋办？

韩雨说：“为了我的前程，为了这个家，也为了你，我和胡芳断！”丈夫的决定感天动地，让她感动万分。也许是好心有好报，第二年夏天，丈夫便捡了个路边弃婴，圆了韩家有后的梦。

虽然这个弃婴是女不是男，但也足够让自己欣慰，让韩家高兴。从此，信香对小路犹如亲生，一把屎一把尿，没让韩雨操半点心，终于将她养大成人。可现在，小路突然没了，你说她能不疯吗？你看，大热的天，她还穿着厚厚的大棉袄，在烈日下唱北风吹！

又是梁世容走过来，高着嗓门吼道：“闪开闪开，有啥看头嘛！”她扒开人群，一把拽住信香的胳膊就走。

离开人群，梁世容对满头大汗的信香说：“你女儿回来了！”信香不信，傻笑着说：“嘿嘿！你哄我。我丫头都死了好久了。”

梁世容说：“哪个哄你嘛，真的回来了！”

信香又傻笑着问：“哪个真的回来了？”

梁世容大声说：“你女儿韩小路，她真的回来了！”

信香先是一愣，随即挣脱梁世容的手，疯癫癫地往家里跑。梁世容望着她飞跑的背影，心一酸，两眼湿润了。

躺在家里床上的韩小路，眼睛一直望着天花板，不说一句话。无论父亲韩雨怎么问，她连看也不看他一眼。送她回来的是罗兵和王林，罗兵将她放到床上就走了。王林连她家的门都没进。

韩小路此刻有很多疑问纠缠在她的心里，像一堆乱麻不知从何理起。

听见脚步声，她转过身来，见父亲韩雨端着一杯水递给她，说："喝口水吧，甜的。"

韩小路坐起来，盯了眼父亲忽然苍老的脸，心里掠过一丝可怜。她从父亲手里接过水杯，轻轻地抿了一口，问："妈呢？"

韩雨低着头不吭声。她又大声问："妈呢，她去哪儿了？"

韩雨坐在床沿上，一只手抚摸着女儿的肩，轻声说："自从你失踪后，她急得吃不好睡不好，一天从早到晚老喊着你的名字，还大热天地穿着冬天的衣服到大街上唱北风吹。人家都说她——"

韩小路一惊："说她，说她怎么啦？"

韩雨道："说她疯了。"

韩小路腾地跳下床来，嘴里不停地念道："不可能，我妈绝对不可能！我要去找她。"

这时，只听楼梯上传来"噔噔"的脚步声，和"我丫头在哪里，我丫头在哪里"的喊叫声。瞬间，信香跑进屋来，见韩小路站在卧室门口，她顿时愣了，站在那里一动不动。

"妈！"韩小路喊着，扑上去一把将信香抱住并哭泣起来。

女儿的哭声似乎惊醒了母亲信香酸痛沉寂而麻木的心灵，她抱着韩小路号啕大哭起来。突然，信香见女儿穿着村姑的衣服，便一把将她推开，语不成声地说："你，你不是我丫头，不，不是！"且边说边退，眼睛里射出十分恐惧的目光。

"看嘛，她真的疯了。"韩雨说。

韩小路说："我不信。我敢断定，妈没疯。她是急火攻心，焦虑过度，缺少关心和理解造成的一时的精神错乱，只要好好调养，认出了我就是她女儿，她的病就会好的。"

"妈，我是你女儿，是你亲生的女儿韩小路呀！"韩小路对信香说。

信香说："你不是，不是，我女儿被坏人扔到河里淹死了，真的淹死了！"她突然转身指向丈夫韩雨，惊惶地说："就是他，坏人！是他害死了我丫头。"

她冲上去，抓住韩雨的双臂，哭丧着脸说："你还我女儿！我求求你还我女儿！只要你把女儿还给我，我答应你和胡芳好，和李琼好，还有，"她指着韩小路，"和她好。"

韩雨火了，大吼道："你这个疯婆娘，简直疯到顶了，胡说八道！老子打死你！"说着，他就顺手拿起门后的晾衣叉杆，向信香打去，但被韩小路眼疾手快夺下了，并大声说："你要打死我妈就先打死我！"

韩雨说：“丫头唉，她都把脏水泼到你身上了，你还护着她，你，你是我女儿吗？”

韩小路说：“难说。你明明知道妈有病，你不让着她，哄着她，还要打她。我倒要问，你是她丈夫吗？”

韩雨想说什么，被韩小路打住，说：“你要还是她丈夫，还是我爸，你就和我一起把她送到医院。”

忽然，外面传来“砰”的实物坠落声，紧接着“有人跳楼了！快救人啊！”的呼喊声传来。整个小区沸腾了。

韩小路一看，见母亲信香不在屋里，预感不好，便急忙匆匆往楼下跑。

楼下草坪上仰躺着的正是信香。她紧闭双眼，一动不动。小区的住户门纷纷往这边跑。

韩小路跑出门洞，四面一看，见信香躺在她家楼下绿化带的草坪上，便跑过去，将她抱起，哭丧着脸呼喊道：“妈！你醒醒。你醒醒呀，妈！”

在女儿的呼喊下，信香慢慢睁开双眼，看了眼韩小路，又昏迷过去。

第三十六章
求证亲生

韩小路把母亲送往医院，经医生检查诊断认为无大碍。医生说，由于她坠落的楼层不高，且落在厚厚的草坪上，再加上她穿的是很厚的大棉袄，而且又是背部着地，这么多巧合凑在一起，她母亲的身体并没受到大的创伤，住几天院观察观察，调养调养就可以出院了。对此，韩小路非常高兴，整天乐呵呵的，小曲不离口，微笑跟着走，简直和失踪前的韩小路判若两人。

经过两天的休整，韩小路又美丽如初，漂亮如常。她决定明天就上班。但在上班前她要去看看她的奶奶陈英。

下午，她挂着挎包从医院看了母亲出来，在副食品商店买了盒点心就直奔奶奶陈英家。在快到奶奶家时，她又回头看有没有人跟着。她一直肯定，何波放她回来，一定安排人盯梢。因为何波绝不是等闲之人。

果然，在她回头查看的一刹那，离她不远的一拐角处，有个人的头伸出来看了她一眼，又很快缩了回去。可惜的是，这又是一个逢场天，由于街头的人很多，韩小路没有注意到这个人。

她来到奶奶的家门口，见门开着一条缝，便轻轻地推门进去。堂屋里无人，光线暗淡。她喊道："奶奶！"无人应。她又喊："奶奶，在家吗？"还是无人应。

她走到爷爷韩光曾经用过的书房门口，这书房也是她常待的地方。她伸头一看，还是不见有人。她又走进奶奶的卧室，见奶奶的床铺干干净净，薄被叠得整整齐齐，但仍不见奶奶。她又喊了两声奶奶，仍无反应。她几乎找遍了整个屋子，还是不见奶奶的身影。

她开始紧张起来，生怕奶奶发生意外。

韩小路自打懂事起，对奶奶就有一种既亲切又神秘之感。亲切在于她从不打她骂她，神秘在于她从不带她抱她。有好几次，当她贪玩或作业没做好受到爸妈打骂时，她多想扑到奶奶怀里得到她的保护啊！可是，奶奶只在口头上斥责爸妈的不是，有时宁可与她的儿子媳妇闹翻，也不抱她亲她一下。

更使她迷惑的是，她上小学后，总发现爸妈不在家时，奶奶一个人来到堂屋，关上门，面对韩家的牌位，将父亲韩雨和自己的名字从排位表上取下来放在一边。然后她作揖跪下，磕上三个响头。再后她就双手合一，放在胸前，口中便念念有词。奶奶这举动，就像在向菩萨乞求，向祖先忏悔。

让韩小路感到奶奶是她生命中最理解她的人，是在她高中毕业考大学的时候。当年，韩小路以全县第二名的成绩被北京大学录取。韩雨夫妇却不让她上北大。理由是北京离四川太远，来回不方便，想见女儿一面也难。他们要她在成都随便选一所大学上算了。还是奶奶力排众议，坚决支持她去北京，圆了她上国家一流大学的梦想。

她急忙从堂屋出来，刚一迈出门便与奶奶相撞。

韩小路说："奶奶哎，你吓死我了！你怎么连门都不关就走了呢？"

奶奶手里提着一小袋蔬菜，望着韩小路说："我关了门的呀！只是没锁。"

韩小路大声说："不锁门就出去买东西，这样很危险呢！你不怕小偷呀？"

奶奶也大声说："值钱的东西都在搬家时被你爸妈拿走了，就剩一座空房子破房子有啥子偷的哟！奶奶这家里的东西呀，怕送给人家都没人要。"

韩小路说："也是，给我也不要。"

此刻就在房子的后屋角，有个捡垃圾的人正专注地听祖孙二人的谈话。他戴着一顶蓝色的太阳帽，长长的帽檐遮住了他的脸。可奶奶不知，这人在奶奶离开房子后便乘机进了奶奶的屋，正准备翻箱倒柜时，被跟踪韩小路的人的一个电话，早于韩小路到来之前走出了老太的房门。

实际上，这个捡垃圾的人早已引起了奶奶和韩小路的注意。所以，才有刚才祖孙二人的大声对话。

韩小路看着捡垃圾的人远去了，才扶着奶奶进屋。关好门坐下后，奶奶问：

“孙女啊！是你爸叫你来的吧？”

韩小路说：“不是。是我想奶奶了，来看看你。”说着，就从她包里取出那盒点心递给奶奶，亲切地说：“奶奶，新鲜的，快吃吧！”

奶奶拈了块放进嘴里，边嚼边说：“嗯，我孙女买的东西就是好吃。”

“你要是喜欢呀，我经常给你买。”韩小路说。

奶奶说：“哎，那可不必！奶奶呀，想吃啥自己可以买。奶奶有钱！”

祖孙俩坐在客厅的沙发上开始摆条。

韩小路问：“奶奶最近身体可好？”

“不好。最近老做噩梦，梦见阎王爷派小鬼来抓我。好多好多小鬼哟！”奶奶说。

韩小路扑哧一笑，说：“别怕！奶奶大福大贵，阎王小鬼抓不住你！”

“唉，可别这么说。奶奶老了，没有力气了，斗不过那些小鬼。那小鬼可厉害了，前两天把南街百花巷的周老太也抓走了。周老太啥人呀？强人！会打拳，一拳可以打死一只猫！还比我小一岁呢！唉，不说这些了，不吉利。”奶奶说。

奶奶牵着韩小路的手，来到那间放杂物的房间门前，神秘地对韩小路说：“不要开灯，你在门口等着，奶奶一会儿就出来。”

奶奶没开灯就进了那间黑咕隆咚的杂屋。等了好半天，奶奶才蹒跚着走出来，手里捏着一样用纸包着的东西。她一手拿东西，一手又牵着韩小路走进她的卧室。

祖孙俩坐在床沿上又开始摆条。

奶奶问：“乖孙女，告诉奶奶，有对象没有？”

韩小路思忖一下，说：“有。”

奶奶高兴地说：“有就好！奶奶像你这么大的时候呀，孩子都三四岁喽！可惜又夭折了。好久戴花呀？”

“戴花是啥意思呀，奶奶？”韩小路问。

“戴花就是结婚进洞房！这都不晓得嗦？”奶奶说。

韩小路的脸刷地红了，轻声说：“打算明年春节吧！”她忽然握住奶奶的手，高兴地说：“奶奶，我办婚宴的时候呀，一定请你坐上八位！”

奶奶乐呵呵地笑着说：“好！好！奶奶一定坐上八位！”边说边把手里的东西打开，对韩小路悄声说：“好孙女，这是一条黄金，真资格的黄金哎！你拿着，就算奶奶给你的结婚礼物。你可以拿去打几条项链和几只镯子戒指什么的。你们小两口一人两副都还有余。你也可以把它存着，等到你们需要用大钱的时候再用。反正这东西就给你了。”

说着，奶奶就把韩小路的手牵过来，将那块黄灿灿的东西放到她的手板心里。

韩小路不收。她说：“奶奶，这么贵重的东西孙女不能要！你还是留着。你年纪这么大，就留着养老吧！”

奶奶说：“我还有。我的事你不用操心，奶奶自有安排。这东西本该在你戴花时给你的，但奶奶怕等不到那一天。”

韩小路说：“你一定会等到那一天的。孙女还要等你抱曾外孙呢！”说着她就把那东西还给奶奶。

奶奶生气了，说：“这东西你收也得收，不收也得收。这是奶奶的心意。你要爱奶奶的话，你就收下。你要不爱奶奶就可以不收，你看着办吧！”

无奈，韩小路说：“要我不爱奶奶，万万不能！好，孙女收下就是了。”

韩小路手捧黄金，当场下跪，向奶奶表示感谢。

奶奶急忙将她扶起，把她紧紧地抱在怀里。一张老脸贴在她美丽的脸庞上，一双像松树皮一样的手，在她的背上头上颤抖地抚摸着，一对深陷的眼睛里滚动着混浊的泪水。

这是韩小路自打有记忆以来，第一次得到奶奶如此的厚爱。深情的拥抱让韩小路感到无比的激动。她伏在奶奶怀里流出了幸福的泪水。

不知过了多久，奶奶才松开韩小路，站起来说：“好久没看见我孙女了，我要做点好吃的给你吃。让奶奶给你做去。”

韩小路说：“不用了奶奶，我妈还在医院里，我还要去照顾她呢！”

“她住院了？得的什么病呀，老不老伙哟？”奶奶问。

韩小路说：“没啥！奶奶。医生说观察两天就好了。”

“她呀，是得好好观察观察。”奶奶说。

听到这里，韩小路忽然想起何波在洞里说母亲不育的一句话，便问道：“奶奶，孙女想问一句话，就一句，行吗？”

奶奶说：“行！不说一句，就十句八句，只要奶奶知道的都回答你。”

韩小路问：“我是妈生的吗？”

奶奶说：“不是。”

韩小路大吃一惊，再问：“我真的不是你儿媳妇信香生的吗？”

奶奶忽然严肃地说：“谁说不是？你不是她生的，难道是从石头缝里蹦出来的呀？你怎么会提这样无知的问题。你知道提这样的问题会遭天打雷劈吗？不错，我是看不惯你妈，那是因为我太挑剔，她做的饭菜不合我的胃口，她对我的唠叨一直不满，所以我和她见面就吵。这是通常的婆媳矛盾，哪家都有。这不能证明你不是她生的，也不能证明你不是韩家的后！”

韩小路见奶奶生气了，知道是自己惹的，便抚摸着奶奶的手，说：“对不起，奶奶！孙女惹你生气了。”

奶奶反过来握住她的手说：“你妈一开始是没有生育，后来吃了很多中药，终于在她二十九岁那年生了你。你看你长得和你爸多像呀！高高的身子，白白的皮肤，大大的眼睛，挺挺的鼻梁，世人见了都说你是信香生的韩家的亲骨肉！”

韩小路也觉得，自己长得和韩雨很像。但她也觉得韩雨和何波长得也很像。这个问题搅得她心里乱糟糟的。她本想再问的，又怕奶奶生气，也就决定不问了。

奶奶接着说："今后不准再提这样无知的问题，想都不要想。你想呀，你爸你妈要是听到你提这样的问题会有多伤心。他们不仅把你生下来，还一把屎一把尿地把你拉扯大，读书上大学，不容易啊！记得你刚生下来不久，也不知什么问题，你都快死了，只有一丝丝气吊着。是你爸和你妈打着雨伞，连夜冒着狂风暴雨将你送到医院，救了你的小命。医生说，再迟一步你就没命了。孩子啊，退一万步说，信香不是你亲妈，韩雨也不是你亲老汉，但他们对你的爱也胜似你亲爹亲妈呀！"

听到这里，韩小路的眼睛不禁湿润起来。

奶奶继续说："你再想呀！如果你不是奶奶的亲孙女，奶奶会把这么贵重的黄金送给你吗？那黄金的价值可让你一辈子享受不完哦！"

奶奶的话，让韩小路彻底消除了何波给她的阴影，确认自己是韩雨和信香的亲生女无疑。同时，奶奶的话，竟让她自己走上了另一条不归路，这是韩小路万万没有想到的。

第三十七章
伪装

今天，韩小路很早就起了床，对着镜子刻意打扮了一番，显得特别漂亮，仿佛又回到了她失踪前的年轻美丽而且还有过之而无不及。她几乎忘却了在洞里的不幸遭遇，重新站在她的起跑线上，向着神圣的目标整装待发。

走出宿舍的门洞，她忽然想起要给何支打个电话。她要告诉他，自己已经从很远的地方回来了，问他现在在四川哪里？她要抽时间去看他。于是，她拿出充足了电的手机，拨通了何支的号码。可是她连续拨了三次，回答都是无人接听。她想，要么他生了她的气，故意不接她的电话；要么发生了什么不测。这两者都让她忐忑不安。本来满脸的美色，被这意想不到的一击，显得又不那么好看了。

她走进她并不陌生但现在却感到陌生的办公室，见吴平一个人在扫地，便问道："就你一人呀，他们呢？"

吴平瞟了她一眼，说："被你吓走了呗！"

韩小路一笑，说："我有那么可怕吗？"

吴平不看她一眼，说："难说。"

韩小路没再吱声，拿起擦布开始抹桌子。

一会儿，罗兵和袁一锋也前后进了办公室。罗兵见办公室被韩小路和吴平打扫得干净整齐，便赞道："有两位美女就是好！"

吴平听了心里不舒服，阴阳怪气地洗涮罗兵说："一个你都应付不了，还想两个，你想早死呀？"

袁一锋戏言道："这屋子好大的酸味啊！"

吴平不屑地瞪了他一眼，说："再酸也轮不到你！"

袁一锋说："未必。"

吴平说："你还不服气咋的？"

袁一锋说："当然不服气喽！要不试试？"

吴平问："跟谁试呀？"

袁一锋一笑，说："当然跟你试嘛！"

吴平才知上当，拿起一根鸡毛掸子就向袁一锋打去，说："打死你这个老不收心的癞蛤蟆！"

韩小路走向她原来的办公桌前，正准备坐下。吴平对她说："那张办公桌可不是你的了。"

韩小路说："不是我的是谁的？"

吴平说："谁让你失踪呢？那办公桌给王林坐了。"

韩小路问："王林是谁？"

吴平说："你真是贵人多忘事啊！你的救命恩人也不记得了？就是他和罗兵一起把你从西山背回来的。你好享艳福哦，两个男人轮着背你！"

韩小路听着心里不是滋味，但还是笑着问："他人呢？"

吴平说："他家里有事，请假了。哎，真遇到邪了，回来一个邪，又走一个邪。他不会也来一个假失踪吧？"

韩小路大声说："你说谁是邪，说谁假失踪呀？"

吴平站起来针尖对麦芒，也大声说："就说你！你一个人失踪了不打紧，却害得那么多人找不到你而着急。现在你倒安安全全地回来了，却有人为你疯了，有人为你走了，有人整天为你失魂落魄。你也太伟大了吧？"

正说时，两个后勤服务人员抬着一张办公桌进来了。

罗兵对韩小路说："你那张办公桌给王林坐了，你就坐这张吧，新买的。"

吴平见罗兵对韩小路如此关心，脸色很不光生。

袁一锋问："小路，你妈好点儿了吗？"

韩小路说："好些了，谢谢袁局关心。"

罗兵说："伯母的运气真好，那么多巧合救了她。"

吴平又阴阳怪气地说："哎哟！阿姨变伯母了，太肉麻了吧？"

袁一锋又笑着说："罗镇长，有人又吃醋了。快安慰安慰吧！"

罗兵不好气地说："懒得跟她说。"

吴平腾地站起来，瞪了罗兵一眼，悻悻离去。

罗兵愣了。

袁一锋对罗兵说："还不快追，要不有你好受的！"

罗兵只好追了出去。

韩小路见了，不禁"哈哈"大笑。

罗兵走后，袁一锋问韩小路道："小路呀，你走这么长时间，到底去了哪里哟？弄得人人为你担心。"

韩小路只是笑而不语。

袁一锋又说："不瞒你说，大家对你这次失踪有很多说法呢！"

韩小路说："是吗？有些啥说法呀，说来听听。"

"你说你请假回学校了，可人家学校说根本没那回事。于是，先是你妈急，你爸也急，接着罗兵更急。于是说法就多起来了，有说你被绑架了，有说你去找你男朋友去了，有说你不是韩雨夫妇所生，你是去找你亲生父母去了，当然也有说——"袁一锋话到嘴边欲言又止，把要说的话收了回去。

韩小路说："说呀，袁局。你不说我说。无非是说韩小路被坏人强奸杀害了。"

袁一锋说："就是就是。你妈也许就是听别人这么说才气疯的。"

韩小路又突然"哈哈"大笑起来，说："想不到我韩小路在小镇还真成了一个人物了。说吧，编吧，无论怎么说，怎么编，我韩小路还是原来的韩小路。"

袁一锋说："不对。"

韩小路问："怎么不对？"袁一锋说："你现在人虽然像韩小路，但你的性格，你的言语，你的表现，不说别人就连你父母也怀疑，你是假的韩小路。"

韩小路一听，又是"哈哈"大笑。

袁一锋小声说："我可没听原来的韩小路这么笑过哦！太放荡了一点儿吧？"

下班后，韩小路走在去医院的路上，步子迈得很慢，头低着，一看就是在想心事。

她不责怪旁人对她失踪的猜测。将心比心，一个女人且年轻貌美，无端失踪那么久，又蹊跷地出现在乱象丛生鬼怪出没的西山脚下，这只有在聊斋故事里才有的情景，怎么会出现在韩小路身上？鬼都不信。但又是真真切切。

自打韩小路从罗兵怀里醒来，趴在罗兵背上那刻起，就在思考怎样向别人解读她失踪的经历。如实说，不但没人信，恐怕还会带来灭顶之灾。她相信洞里的何波什么事情都做得出来。如果这样，自己的一切计划都将前功尽弃不说，还会给西山开发和小镇的安危造成不可弥补的损失。

所以，她在没有十分把握的情况下，是不会透露溶洞遭遇的半点儿秘密的。再说，罗兵和那个王林怎么会知道那时的她会出现在那里，而且昏迷不醒地等他们来英雄救美呢？难道罗兵和那个叫什么王林的人是何波的人？

韩小路刚登上镇医院外科大楼二楼，见很多医生护士急匆匆地从母亲住的病房方向走来。一种不祥的预感搅动着她纷乱的心。

她急步走进母亲的病房，房里一个人也没有。母亲睡的病床已换了干净的床单和薄被。她猛地转身撞在一个女护士的胸口上，女护士倒退几步惊讶地瞪着她。

韩小路紧张地问：“护士，我妈呢？”

护士说：“是那个跳楼的阿姨吗？”

“是，不是，就是！”韩小路的心跳得使她说话也语无伦次。

护士漠然地说：“她嗖，走了！”

韩小路急切地问：“什么时候走的？”说着，就哭起来。

护士大声说：“哭什么？她又没死。是出院走了，大概回家了吧。”

韩小路顿时破涕为笑，向护士说了声：“谢谢！”便转身快步离去。

韩小路几乎是放小跑回的家。她进门见梁世容正扶着妈妈往卧室走。父亲韩雨在收拾从医院拿回来的毛巾、盆子、漱口盂儿、水果、保健品之类的东西。

韩小路问韩雨：“妈的病还没好，怎么让她出院呢？”

韩雨瞪了她一眼，说：“是她自己要出院的。你以为我稀罕她出院呀？她一回来，家里又要不得安宁了！”

韩小路也瞪了眼父亲，走进母亲卧室，先喊声梁阿姨，然后走到信香面前，说：“妈，你觉得好些了吗？”

信香漠然地望着她，不吱声。

梁世容说：“妹子，你女儿问你话呢！”

信香呆傻地答非所问，说：“我女儿叫韩小路。”

梁世容说：“她就是韩小路，是你的宝贝女儿。”

信香摇着头说：“不是，她不是！”

韩小路扑通一声跪在信香床前，握住她的手，哭着说：“妈，我是韩小路，是你的亲生女儿韩小路呀！你怎么就不认得我了呢？妈，你喊我一声丫头吧！”

信香还是漠然的表情。梁世容摇摇头出去了。

韩雨站在门口，看了一眼也转身离去。

信香见房间里就她两人，便把脸贴在韩小路耳边小声说：“你要当心，这里有坏人！韩雨，还有她，都是坏人！”

韩小路不知母亲说的是病态话还是正常话。在此刻，她只有顺着她，说：“好，我当心就是了。”

信香终于笑了。用手抚摸着韩小路的头，旋即又将她深深地拥进自己的怀里。

这时的韩小路，无论从心灵或心身都感到无比的幸福！这就是亲情的力量。她相信亲情的力量是无穷的，它可支撑和推动韩小路为实现自己的目标攻坚克难，义无反顾。

这本身就是个谜，弄不准还是个连环谜。这个连环谜只要解开一个，其余的谜就会迎刃而解。

韩小路现在不打算解这个谜。但是，为了今后能顺利解开这个谜，她决定按既定方针办，编一个美丽的传说，金蝉脱壳，诱敌深入，一网捕尽！

主意已定，她释然了，脸上绽放出欣慰的笑容。

深夜十一点左右，韩小路的手机响了，她迷迷糊糊地从床头拿起手机贴在耳朵上，小声问："喂，你是谁？"她突然一惊，说："何支？怎么这个时候来电话？你在哪里？好，你说！"

隔壁韩雨听见韩小路手机铃声响，便倏地从床上起来走到门背后侧耳细听。前面的话他没听清，但后面韩小路的话他是听得清清楚楚。

韩小路大声说："哎！我说王林呀，你回来的时候给我带两卷胶卷回来吧。对，柯达牌的，小镇现在没货。好，明天下午我去汽车站接你，好，晚安！"

韩小路关掉手机，在心里说："原来王林是他？"她的脸上露出了欣慰的微笑。忽然，她仿佛听见隔壁有动静，便迅速躺到床上。

韩雨还想听他们说些什么，但一点儿声音也没有了。又过了一阵，隔壁传来韩小路的呼噜声，他才轻手轻脚地穿上衣服开门走了出去。

第三十八章
三更夜半

这是一个伸手不见五指的漆黑之夜。一个黑影从小镇东头的一个小巷里走出来，迅速消失在夜幕里。几分钟后，在柏条河上游的一棵大树下，两个黑影从东西两边慢慢合拢。这两个黑影就是韩雨和何波。

面对河里淙淙的流水，何波问："女儿我已经还给你了，你还有什么不听我的吗？怎么样，这几天她有什么异常？"

"暂时没发现什么。只是刚才她接了一个电话。"韩雨无奈地说。

何波问："三更半夜的，谁这么晚还给她打电话？"

“我听了一下，是王林，就是省旅游公司派来监督西山开发的那个副主任观察员。”韩雨说。

何波又问：“不会是侦查员吧？”

“不是。一个毛头小伙子，单纯得很！”韩雨说。

何波又问：“罗兵有什么异常？”

韩雨说：“没发现有什么异常。他最近正忙着西山开发方案报批的事情。”

“看来，我们还没有引起他们的注意。”何波说。

“不是很好吗？”韩雨反问。

“不好！”何波说，“你不知道树欲静而风不止吗？他们一定在暗中监视我们。为了转移目标，我准备搞一次行动。”

“你不会又杀人吧？”韩雨惊诧地问。

“人是要杀的，只是没到时候。”何波咬牙切齿地说。

“你杀谁我不管，你千万不能伤害韩小路。你要伤害她半根毫毛，我就豁出去了，把你的事全抖给公安局！”

“要杀她，我还能放她？我只是要你看紧她不要做不利于我们的事而已。再说，我还要用她为我做一件事呢！”

“你还有什么好事让她给你做？我警告你，我女儿是个单纯清白的孩子，你不能把我们之间的仇恨强加在她的身上，要她做非法的事。你知道吗？这样会毁掉她一生的。你也是一个父亲，应该懂得这个道理。”

“你要不放心，我就告诉你吧。我是要她帮我找我的女儿，这并不是坏事。”

韩雨一惊，问：“你还有女儿？你不是只有一个儿子吗？”

何波说：“你能有女儿，我为什么就不能有女儿？”

韩雨问：“你女儿在哪里？你叫她怎么找？”

何波说：“这你就不要问了。你要是识相的话，你就不能在她面前提这件事。走吧，说得太多了。”

刚一转身，韩雨又回头说：“我说何波啊！你还是离开西山，离开小镇，离开四川吧！世界那么大，为何非要死死待在西山呢？俗话说，纸是包不住火的。我包你一时，可不能包你一世啊！走吧！现在走还来得及。”

何波突然说：“要我走，除非你把那东西给我。”

“什么东西啊？”韩雨问。

“装什么蒜？”何波说。

“我真的不知道。”韩雨说，“除了二十多年前我做了那件对不起你的事，我没欠你什么哦！”

何波说：“那我告诉你吧。你父亲当年逃难来到我家，手捧两桶黄金跪在我父亲面前请求我父亲收留他。他说如果收留他并向外保密，他就把两桶黄金全给我父亲。我父亲不是个贪财的人，只要了一桶，说看在朋友和乡邻的分上，你就在我家住下，多久都行。这桶黄金就当作你的衣食之开销吧。”

“有这等事？”韩雨惊诧地问。

“后来，我父亲还托人告诉你母亲，叫她悄悄地来我家看你父亲。可是，我父亲保他养他一两年，直到死也没得到这桶黄金。这就是说，这两桶黄金要么被你母亲全拿走了，要么还藏在西山老宅或其他什么地方。不瞒你说，我冒着生命危险千方百计活下来，一个是为报复你韩雨夺妻辱我之仇，另一个就是那桶该我得而没得到的黄金。人为财死，鸟为食亡。我反正都死过一次了，我什么都不怕。夺不回那桶黄金，我绝不离开西山！”

韩雨说：“我怎么从来没听母亲说过那黄金的事呢？不会是传说吧！就像那些年传说当年张献忠藏金西山那样，纯属子虚乌有。”

何波说：“这不是传说，是我父亲被抓捕前将祖传的木盒交给我时，亲口对我说的。我记得很清楚。”

“也许那黄金就在那木盒里呢！”韩雨说。

何波说：“那木盒里的东西是我爷爷的爷爷传下来，专门传给何家后代圆房时才能打开的礼物。那东西虽然也十分贵重，但不是黄金。”

韩雨又问：“那木盒现在何处？”

何波说：“这是你该问的吗？你要问，就回去问你妈。你叫她老实告诉你，那两桶黄金是不是她全拿走了？如果是，就叫她还我一桶。如果她不给，就别怪我心狠手辣！我等了二三十年，就是等的这一天。”

韩雨一听，心里在说，这条毒蛇，刚才用女儿讹我，现在又用黄金诈我，我不会上当的。他说：“你说这事真有些莫名其妙。我从未听母亲说过有黄金这事。说我父亲是被你父亲害死的，她倒说过。但她告诉我，要我不要跟何家记仇，尤其是你。”

稍顿，韩雨又说：“再说，母亲就我一个独子，要有黄金之类的东西肯定要跟我说，也会给我的。但是，她什么也没给我。”

何波说：“这么说来那黄金还在老宅？”

韩雨说：“要是真有，可能还在老宅或在西山什么地方。”

离开何波，韩雨就直奔母亲家。此时已经到了凌晨一点。老远，见母亲房间还亮着灯。韩雨想，这么晚了她还没睡，在干什么呢？

何波刚才的话，让他感到危机四伏。不仅危及自己而且威胁到母亲。何波这杂种，像条疯了的狗，见什么咬什么，没有什么也找些什么来咬。一桶黄金，把母亲和自己活生生的往疯狗嘴里送。稍不留神，就会连同过去的罪过一起被那疯狗撕咬得血肉模糊。

他轻轻地敲响母亲家的门。

屋里传来声音：“谁呀？我睡了。”旋即灯也灭了。

韩雨仍轻声说：“妈，我是你儿子韩雨呀，开门吧！”

声音又起："你有钥匙，自己开呗！"旋即灯又亮了。

韩雨开门进屋，见灯下坐着的不是母亲，而是女儿韩小路。

韩雨问："你怎么在这儿？"

韩小路说："我还想问，你为什么这么晚了来这里？你刚才从家出去干什么去了？"

韩雨顿一下，说："我是准备来陪奶奶的，但在路上碰到一位朋友，拉我去喝了两杯酒，不！是茶。所以来晚了。奶奶呢？"

韩小路说："睡了。"

韩雨问："那刚才的声音？"

韩小路小声说："我装的奶奶的声音。走，我们去书房说吧，不打扰奶奶睡觉。"

在书房，一份标题为毕业论文的草稿摆在书桌上。韩雨看了高兴地说："你终于做到正事上来了。"

韩小路和韩雨对坐在书桌旁，韩小路说："我每天都在做正事。你每天都在做正事吗？"

韩雨说："我一个镇长，你说我每天不做正事做什么？"

韩小路说："作为女儿，当然希望自己当镇长的父亲每天都做光明正大的事，做有利于人民的事。可是你做到了吗？我只问你，那河边与你接头的人是谁？"

韩小路这突然一问，使韩雨始料不及。他倏地站起来厉声问："你是谁？凭什么跟踪我？"

韩小路说："我是你亲生女儿呀！我不跟踪你，别人也会跟踪你。我跟踪你，是要你迷途知返；别人跟踪你，是要把你往死路上推！爸爸，不要执迷不悟了。何波是老宅凶杀案的嫌疑人，他既然没死，这个案子早晚是要破的。何波早晚会归案的。你一个镇长能帮他藏多久？"

听韩小路一席话，韩雨有些心动。他何尝不想断了与何波的关系啊！不只现在想，十年前就想。可是他不能呀！他要迈出这一步实在是太难太难了。

他说："丫头哎，何波是什么人，我比谁都了解。他从小漂泊异乡，凭着变脸的把戏游走江湖，坏事干绝，凶险毒辣，诡计多端，狡猾得不得了！"

韩小路说："你要相信，邪恶与正义相斗，最终胜者是正义！狐狸再狡猾也斗不过好猎手！他总有一天会被好猎手捕获的。"

韩雨说："抓住他又怎样？十年前，当时的公安局局长袁一锋不是把他抓了吗？可结果怎么样？还不是又放了。弄得我和你吴叔吴奇中书记里外不是人。何波也对我俩恨之入骨。"

韩小路问："公安局抓他，是因为怀疑他杀了人，为啥他要对你俩恨之入骨？"

韩雨说："吴奇中和我，还有李琼当年都写过旁证材料，指认他是老宅凶杀案的凶手。"

韩小路问:“你们凭什么指认何波就是老宅杀人案的凶手呢?难道就因为他是老宅的户主吗?”

韩雨沉默了。稍后他说:“这不是你该问的。”

韩小路说:“好!那我问我该问的。何韩两家的仇根子在哪里?”

韩雨说:“这也是你们小辈人不该问的，跟你们没关系。”

韩小路说:“不!有关系。”

韩雨诧异地问:“什么关系?”

韩小路说:“告诉你吧，何波的儿子何支就是我的男朋友。”

韩雨大吃一惊，说:“你不要吓唬爸。爸老了，经历吓人的事太多了，要再吓，老爸就真的承受不起啦!”

韩小路说:“不是吓你，是千真万确的事。其实我不说，你也该想到，我为什么进老宅，又为什么老问你韩何两家到底有什么情仇，等等。何支你认识吗?”

韩雨摇头说:“坏人的儿子，我认识他干啥?”

“你刚才也说，你们长辈的事情，我们晚辈不要问，不要管。同样，我们晚辈的事，你们长辈也该亦然。我们谈恋爱合理合法。”

“可这是婚姻，涉及你的幸福。当爸的绝不能让你找个杀人犯的儿子当老公!”

“何支和他父亲不一样，他是一个非常优秀的大学毕业生!”

韩雨大声说:“什么生也不行，坚决不行!”

韩小路也大声说:“为什么不行?难道就因为你奸污过他的母亲吗?”

韩雨腾地站起来，瞪着血红的眼睛吼道:“你!你反了!”

“啊 ”一声惊叫 。

韩雨父女急忙跑进奶奶房间，见陈英坐在床上满头大汗。

她惊惶地说:“鬼，鬼呀!阎王派来杀我的鬼，好凶好可怕的鬼啊!他们把我绑起来，逼我交出什么黄金。我哪有黄金啊!于是，他们就用好长好长的刀戳我。哎哟!血都流出来了，好多好多的血啊，吓死我了!呜——”陈英老太全身颤抖，哭泣起来。

在韩雨和小路的安抚下，陈英老太的神情才逐渐安定下来。

韩小路为奶奶擦汗，韩雨为母亲盖被子。老太见儿子和孙女都在她的身边，既觉得奇怪，又感到欣慰。不一会儿她就睡着了，还发出均匀的鼾声。

“咯咯——”远处传来一声公鸡的鸣叫。

第三十九章 亦真亦假

今天，西山开发领导小组召开专题会议，罗兵、李琼、韩小路、袁一锋和吴平以及兰仝都参加了会议。吴奇中和韩雨作为小镇一、二把手自然出席。

会议先听取罗兵关于工作进展的汇报，罗兵说：“经过努力，小镇西山旅游开发方案已经县委县政府批准。开发的前期工作如修路，架高压电线，埋天然气管道即通路、通电、通气三通工程也准备就序，过几天就分别开始施工了。”

罗兵顿了一下，继续说：“今天，我们要研究确定的问题是，开发指挥部设在哪里的问题。设在小镇太远，不利于现场指挥，在西山脚下新建，时间不允许不说，造价预算还要增加。大家说说吧，放在哪里好？”

袁一锋说：“最好还是设在老宅，旧屋利用，方便又实惠。”

李琼说：“不行！老宅的主人何支没找着，不能乱来。”

袁一锋说：“上次就说找何支，怎么到现在还没找着？”

吴平说：“没人去找，怎么找得着？”

袁一锋说：“这就怪李镇长了，你是元老，我们几个都是后来的，找何支你应早作安排或亲自动手才是嘛！”

李琼说：“要说元老，韩镇长和吴书记才算元老。我也不是小镇人，只不过比你们早来几天而已。我连何支人都不认识怎么找？再说，哪有时间吗？找韩小路就忙得不可开交。况且，宾馆的事也脱不开手呀！”

吴平说：“说起韩小路，她失踪这么久，也该给大家一个交代嘛！让我们这些帮忙找的人有个想头！大家说是不是？”

吴平话音一落，兰仝就说：“吴警官说得对。韩小路要不对失踪作个解释，恐怕对她的传说会越来越多，越来越离谱啊！”

罗兵看了一下韩雨和吴奇中，对韩小路说：“那就请小路说一下吧！免得大家继续误会下去。”

韩小路说：“好吧！我把我前段时间所谓失踪的事向大家作个交代。首先，我要告诉大家，我还是原来的韩小路。不错，在大家的心里，韩小路失踪了，后来又神奇地回来了，不免引起大家的猜测和怀疑。甚至怀疑这个韩小路是不是原来的韩小路？像小说电影电视里描述的，真的被人杀了，派了个整了容的假的来糊弄人。这不怪大家。因为我母亲也这么怀疑。现在我以我人格告诉诸位，我就是原来的韩小路。我的姓名，我的身子和我的思想和以前的韩小路没什么两样。所谓不同的是我的性格有所改变，这是我所谓失踪的经历造成的。请大家理解。”

稍一停顿，她接着说：“其次，我走前向罗镇长请假的理由是假的。其实我是去找我的男朋友去了。大家会问，再怎么也给家里一个电话呀，还把手机也关了。太不近人情了吧？也许大家不知，这事事出有因。我父母要我在小镇找对象，如果让他们知道我在大学有了对象，而且还是何支……”

真是，一石激起千层浪！韩小路话没说完，顿时让会场炸开了锅。惊叹的，摇头的，点头的，眉来眼去的，窃窃私语的，应有尽有。

韩小路看了眼韩雨，韩雨铁青着一张脸，怒目大睁，看得出他的急火攻心。她又看了眼吴奇中，这位书记似乎非常满意，脸上绽出欣喜的笑容。

韩小路继续说：“我和何支是北大校友，两年前相恋于未名湖畔，感情深厚，心心相印。我回小镇前他因公去了美国。这次我在北京足足等了七天他才从美国回来。见面后我就把西山旅游开发并打算借用他祖传老宅的事给他讲了。”

兰全问：“何支怎么说？他支持吗？他同意借房子吗？”

韩小路说：“他同意借出房子并表示坚决支持西山开发。他还说，西山有独特的地理环境和优美的自然风光，把西山打造成川西北旅游胜地，其经济和文化价值都不可估量。”

吴平再也忍不住了，说：“韩小路，你不是学法律的吗？怎么对文学那么得心应手？你的故事编得如此美妙动人，完全可以与梁山伯与祝英台媲美。编，继续编，再编一个村姑出来！”

韩小路并不在乎吴平的指责，继续按她的思路说下去：“我从何支那里拿到老宅的门钥匙后没有回家，而是买了一套村姑衣服穿上直接去了老宅。大家知道，关于老宅的种种传说让人匪夷所思。为了让今后指挥部的工作不受恐怖传说的影响，我以村姑的身份在老宅住了七天七夜，一边看书学习，一边密切观察，亲身体验。”

兰全问：“结果怎么样？那老宅曾是凶杀案的现场啊！你一个女孩子家不怕吗？”

韩小路接着说：“经过七天七夜的观察体验，我得出一个结论：过去人们对老宅的传说，妖言惑众是假，恐怖吓人是真。有件事我说出来信不信由你们。我为什么在那天早上昏迷在老宅一角的桥头？就是在那天天刚亮的时候，老宅里突然出现一个似人非人，似鬼非鬼，青面獠牙，披头散发，四肢毛茸的怪物！它张牙舞爪，嘶叫着向我扑来——”

兰全却听得毛骨悚然。李琼和吴平却“哈哈”大笑起来。

“后来怎么样？”罗兵问。

韩小路说：“这就该问你了。不是你和王林把我背回来的吗？”

“就算你说的是真，你用什么来证明呢？”李琼问。

吴平说：“是呀！你凭什么让我们相信你编的故事是千真万确的呢？”

韩小路不慌不忙地从衣袋里取出老宅的钥匙，微笑着说：“就凭它，开老宅大门的钥匙！”

此刻，除了韩雨和吴奇中，所有人都惊呆了。因为，吴奇中相信，不奇怪自然；而韩雨不信，奇怪则显多余。

“最后，”韩小路又接着说，“指挥部设在老宅，何支委托我全权做主。我同意老宅作为指挥部所在地，但我不同意在没有排除干扰和危险之前盲目进行山体施工。据我了解，西山的旅游开发潜质远远大于我们现在规划的规模。一旦我们扫清了前进的障碍，消除了所有的危险因素，西山开发的速度和质量将以成倍的效果显现出来。但是，要排除前进中的障碍，消灭开发中的危险因素，一是需要时间，二是需要智慧，三是需要勇气。最后还要有执着坚毅的精神！我的交代完了。”

所有的与会人员都没有对韩小路的发言持以肯定的表态。唯有吴奇中在韩小路发言结束大约一分钟后鼓起了响亮的掌声。书记带头鼓掌，自然感染了所有参会的人。于是响亮的掌声响彻整个会场。

散会以后，吴奇中单独把韩小路叫到他办公室。韩雨见了，心里十分不安。他在心里想，这个不知天高地厚的黄毛丫头不知还要在书记那里捅多大的娄子，闯多大的祸？他多少预见到他的一切将彻底毁灭在她的手里。然而他对她却一点儿办法都没有。

中午，回到家里，韩雨把韩小路叫到他卧室，问她今天上午在会上的发言哪句是真哪句是假？韩小路答得也挺逗，她笑着对父亲说：“你认为是真的就是真的，你以为是假的就是假的。你看过红楼梦吗？要说真来真也假，要说假来假也真。真真假假，假假真真，真中有假，假中有真，看你怎么想怎么理解罢了。”

韩雨火了，大声斥责道：“你这是在跟父亲说话吗？太不像话了！”

韩小路仍笑着说：“你说得对。我不是在跟父亲说话，我是在跟镇长说话。镇长大人，对不起，小民的发言惹你生气了！”

韩雨平下气来，说：“不管你假也好，真也好，你要认我这个父亲的话，你必须和那个杀人犯的儿子何什么支的断绝一切关系！一切，懂吗？”

韩小路说：“不懂！”

韩雨说：“你不懂？那我告诉你，何支的爷爷何钦不光是恶霸地主，还是害死你爷爷的凶手。何支的父亲何波是老宅命案的嫌疑人！”

韩小路说：“那又怎么样？好，就算你说的全是真的，难道父亲和前辈的罪恶要让儿子来承担吗？正如一个父亲奸污了别人的老婆，还要让他的女儿作出牺牲去替父亲还债吗？”

韩雨低声说：“我没这样想。”

韩小路说：“可你已经这么做了。”

韩雨倏地站起来，对韩小路厉声命令道：“出去！滚出去！”

当韩小路转身出门后，韩雨“砰”的一声把门关了。

隔壁房间，传来信香“哈哈哈”的笑声。

韩小路走后，韩雨在卧室坐卧不安。女儿虽然不是他亲生的但从捡回来那一刻起就把她当成亲生的来抚养。三代单传的韩家，他不能在他这一代失去韩姓子孙。所以，尽管捡的是个丫头，也总比没有强。

他还打算，待女儿长大成人后，招一个上门女婿，生下的外孙也让他姓韩。这样韩家的香火也就顺理成章地接上了。没想到这丫头今天在会上爆出一个猛料，何支竟然是她的恋人。何支长得怎么样，多大年纪，人品如何，他全然不知。就算如她所说，什么都优秀，他也无论如何不能接受何波这个亲家的现实。

突然，韩雨从床上弹起来，“不好”二字袭上心头。因为他忽然记起何波绑架过韩小路，而且对她做出过伤天害理的事。何波绑架她，又放她，难道这丫头被何波收买了或何波像降自己一样将丫头也降住了？天呀，要真是那样，我韩雨的罪恶就更大了。他倏地趴在床上呜咽起来。

第四十章
车站情变

下午的太阳，仿佛加上了油，燃烧得特别旺盛。柏油路被烤得冒着青烟，鞋子踩下去再提起来，鞋底便粘上一层黑乎乎的柏油。路边的草木没有一点儿精神，低下头去很难抬起头来。行人，尤其那些女人，哪怕打着伞，戴着凉帽，扇着扇子，穿着只遮住重要部位的衣裙，也难挡住翻滚的热浪，仍汗流满面地叫苦连天。

今天实在是太热了。

按照电话约定，韩小路打着小花伞提前十分钟来到汽车站。

今天由于天气太热，她破天荒地穿上放了一年未穿的超短裙和低胸小蛮衫。脸上和头上还刻意打扮了一番，看上去和电影明星的风范和气度不相上下。

韩小路把小花伞一收，在车站出口处一站，便立即吸引了众多人的目光。男人们除了欣赏她的美，还悄悄地在心里想入非非。女人们，尤其那些与她年纪相仿的女人则既是羡慕又是嫉妒。

车站出口处人头攒动。只要站内有人出来，接站的人也不管有没有他们要接的人，都纷纷一拥而上。这时候，热能将人体内的各种难闻的味道蒸发出来，让人不自禁地要么捂着鼻子，要么使劲摇动手中的扇子，借以驱散那难以入鼻的气味。

韩小路没有这样，她的注意力一直在站内那些游动的人群身上。她渴望她的梦中情人何支就在其中。

自昨晚深夜，她接到何支电话，何支告诉了她事情的真相后，她几乎难以置信。事情为什么那么巧？竟然把她和他双双绑在一条船上。而且都为一个共同的彼岸游走在暴风恶浪之中。难道这仅仅是巧合，还是有人刻意安排？

她不能妄下结论，也不能胡乱猜测。她相信安排者自有他的用意和道理，毕竟，这是一件除暴安良的大事。

使韩小路发觉蹊跷的是，她在接电话时，隔壁的父亲竟然在偷听。这使学过刑侦学的她立即警觉起来。所以，后半部分与何支的对话，完全是凭她的智慧临时编造出来的。于是，反过来，她对父亲韩雨进行跟踪，果然发现他早已和何波串通一气。为了挽救父亲的执迷不悟，所以才出现了她在奶奶家对父亲的苦口婆心之劝。

她对何支的爱可以说比山高比海深。她巴不得此刻立即投入他的怀抱，向他解释所有的一切，包括在西山洞里受到他父亲何波的无端凌辱。她相信他会理解，同时愤恨他父亲的所有罪恶，和她一起将何波捉拿归案为民除害。

车站的出口处忽然沸腾起来，人们纷纷翘首眺望。果然站内走来不少人。她一眼就认出，那个走在人群中的高个子，穿白衬衫，戴墨镜的男子就是何支。

他还是那样风度翩翩，气度潇洒，帅气夺人。他的帅与罗兵不相上下。她不想像那些久别重逢的恋人那样，一时冲动，不顾一切地冲上去，做出一些让人唏嘘的事情。那样太俗也缺乏品位。她要设一个局，让他期待得心急火燎时再突然出现在他的面前。既让他惊喜，也让他感动。因此，她闪出人群站在一广告牌背后窥看他的行动。

可是，就在这时迷惑出现了。

吴平手捧鲜花，打扮得花枝招展地忽然出现在何支面前。

下面这段对话，韩小路自然没听见。

何支取下墨镜微笑地望着她，问："你来接谁呀？打扮得这么漂亮！"

吴平暗送秋波，说："还有谁？王林呀！你不是王林吗？"

何支恍然大悟，说："对对！我当然是王林啦！但我没想到你是来接我的。我还以为——"

"以为韩小路会来接你对吧？"吴平说。

王林笑了笑，又抬头张望。

吴平说："别自作多情了。她是个忘恩负义见异思迁的人。你救了她，她连一句感谢的话也不说。昨天，她还公然宣布她已经有了新的男朋友。"

王林一惊，问："她说是谁了吗？"

吴平说："还有谁，罗兵呗！她早就对罗兵垂涎三尺了。罗兵呢，也对她关怀备至。两人亲密得无话不说。韩小路失身以后——"

王林惊讶地问："什么，她失身了？"

吴平说："谁说她失身了，我是说她失踪以后，罗兵像掉了魂儿似的，整天无精打采。不过，她无端失踪十多天，发现时她又躺在草丛中，失没失身也很难说。"

韩小路站在一棵大树背后，眼睁睁地看着吴平挽着何支捧鲜花的手，从她的眼前缓缓而过。待到他俩走远了，她才站出来望着他俩的背影，潸然泪下。

韩小路没有回家也没去单位，她胡乱地到处走，不觉走到柏条河边。

她看见河里由于上游涨水而流来的滔滔洪水，恰似她汹涌澎湃的心情。她沿着河堤，在树荫下低着头往上游慢慢走。走到一个僻静处，见一石凳，便坐在石凳上看河里洪水的千变万化。

按韩小路的性格，刚才在车站，她完全有理由也有勇气冲上去，一把将横刀夺爱的吴平掀开，理直气壮地痛斥她为可耻的第三者。但她没有。

因为那时，她骤然想起自己的身体。在洞里，万恶的何波用恐吓和迷药置她于昏迷，并乘机剥光她的衣服，使她赤身裸体地遭受到他肆无忌惮的凌辱。她虽然不知道这凌辱严重到何等程度，但这过程如果让何支知道也一定接受不了。何况何支是自己的恋人。

这样的一个女人，还能理直气壮地去夺回她心中的真爱吗？即使夺回来了，总有露出庐山真面目的那一天。要是等到那一天才来决断，结果必将是两败俱伤。到那时悔之晚矣！

于是她毅然做出退出的决定。当然，这样的退出是十分痛苦的。现在，她就处在十分痛苦之中。

时间像河里的流水，一流就流到了晚上。韩小路不思饮食，也不想回家。她也想回家把这个决定告诉父母，而且一定会得到他们的赞赏。但她不想这么做。父亲韩雨不听她的劝告，她不能就此放弃对他的戒心。尽管昨晚在奶奶家她试探了他，但他到底是个什么样的人？老宅凶案究竟与他有无关系？她仍须继续观察。

想到奶奶，她便向陈英家走去。从昨晚的情况看，奶奶处在孤独寂寞之中，她非常渴望有亲人在她身边，但她死活也不愿搬过去与儿媳同住。因此，作为孙辈，她有责任常去看她。

快到奶奶家时，她忽然感到饥肠辘辘，心跳加速，她以为是饿了。于是，她加快步伐，想尽快到奶奶家找些吃的充饥。

韩小路来到奶奶的家门口，忽然听见屋里传来"呜——呜"的声音。还有男人的威胁声："拿不拿出来？不拿出来我弄死你！"

韩小路顿觉不妙，腾起一脚踢开门，快速冲进屋里。

在朦胧的黑夜里，韩小路见一蒙面人手举匕首横在被绑着的陈英的脖子上。那蒙面人见有人进屋，便挥着手中的刀，冲过来同她搏斗。

韩小路身轻衣薄，手脚灵敏，几脚就把蒙面人的刀踢飞出去，掉在地上发出“当”的一声脆响。

蒙面人又从身上抽出一根鞭子，使劲向韩小路打来。韩小路的头和身子东摇西晃，鞭子始终打不着她的头和身。

最后，韩小路一把抓住蒙面人打来的鞭子，使劲一拽，那人便像饿狗抢屎一样扑倒在地。韩小路正要抬脚将她踩住，欲撕下他的面皮时，那人翻身腾起，仓皇而逃。

韩小路开了灯，边为老太松绑边问：“奶奶，是不是遇到抢劫？那人你认识吗？”老太似乎还沉浸在惊恐中，韩小路怎么问，她也不吭一声，只暗自落泪。

韩小路从墙角拾起那把刀，见手柄颈上刻有一个“奢”字。

她对陈英说：“奶奶，我们报警吧？”

“不，不要报警。”陈英说。

“为什么？他都要杀你了！”

“他不会杀我，他只是要东西。”陈英说。

“什么东西哦？”韩小路问。

“什么东西，我也没听懂。”陈英支支吾吾地说。

“可我看见，他把这刀都架在你脖子上了呀！还是报警吧，奶奶！”

奶奶坚定地说：“不能报！好孙女，听奶奶的话，不要报警。”

不报就算了，反正也没失去什么。再说，奶奶不让报警，一定有什么难言之隐。那么，奶奶的难言之隐是什么呢？韩小路在心里问。

第四十一章 蹊跷车祸

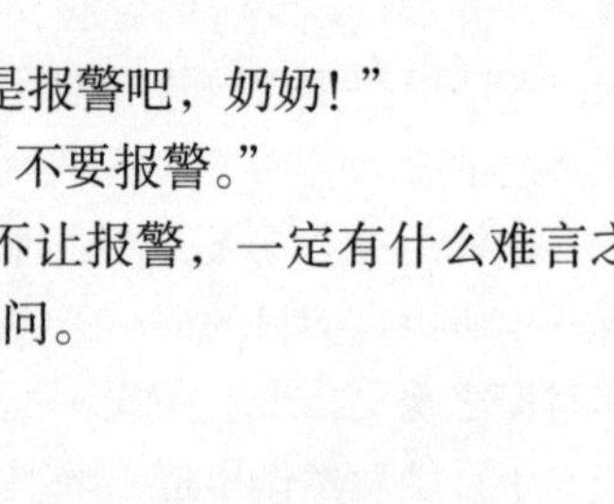

话说那晚韩雨将女儿韩小路骂出房间后，想到她有可能和自己一样陷入何波的圈套中，被何波那狗杂种利用，便自感内疚，趴在床上哭了。他虽然知道，因为

何波假死，何波祖业老宅由他的儿子何支继承了。至于何支这个人他也无须放在心上。

韩雨在卧室的床上没有丝毫的睡意。他不明白，明明丫头是被何波绑架，又从何波那里回来，她为什么要编一个找男朋友取钥匙的传奇？啊！一个“编”字使他从迷惘中走了出来。既然整个故事都是编的，那女儿和何支恋爱的事也是子虚乌有。那她的老宅钥匙，又是谁给她的呢？

他不知不觉地睡着了。

也不知什么时候，他放在床头的手机突然响了起来。他迷迷糊糊地打开手机一看，是李琼打来的。他看了一眼，电话也不接便挂了。不到一分钟，手机又叮铃铃地响起。他打开一看，还是李琼的来电。他有些不悦，“啪”的一声把手机关了。

韩雨这次不接李琼的电话，主要是他的心情不好。

李琼这女人，经常三更半夜地给韩雨打电话，不是叫他立即到她那儿去，就是和他摆些肉麻的黄色龙门阵。很多情况下，摆得他欲火焚烧，不得不起床悄悄地溜出门去，往春风宾馆跑。他知道，此时的李琼正躺在宾馆套房的席梦思床上，又是等得欲火攻心。

说起这女人，他和她的关系就像一根切开的藕分开了又藕断丝连。断又断不了，生又生不起。他有时烦她，讨厌她，甚至恨她，想把她掐死；有时又想念她，喜欢她，爱抚她。尤其在和她做爱时，高潮一来，巴不得将她的全部身体都占为己有。甚至和自己的身体融为一体永不分离。

李琼对韩雨也是亦然。

一开始，因韩雨有前车之鉴，她对他也只是眉来眼去，不敢放肆。无人时两人说些男女偷腥之事，也是抱着自慰之心寻求欢乐。说到激情难以自控时，最多也只是亲亲抱抱，摸摸捏捏。即使这样，她也感到无比的幸福和满足。

记得第一次，她趁韩雨办公室无人，便拿着打印好的文件和草稿，以找韩雨帮着校对为借口，站在韩雨身边，硬是让韩雨那粗壮的手，从她的裤子边沿伸进去，弄得她的臀部扭来扭去，目光模糊。从那以后，馋猫遇到腥鱼，两人就不可收拾了。

后来韩雨升为副镇长、镇长之后，两人的过分接触虽然不多，但爱太深情难断。李琼常找机会让韩雨过瘾。直到在春风宾馆的套房里两人终于情不自禁地越过了那条不该越过的红线。

从此，李琼把整个感情都倾注在韩雨身上，经常在三更半夜给他打电话倾吐相思之苦。

有一次，韩雨去外地开会，才两天时间，李琼就打电话告诉他：“我一天见不到你，吃饭没滋味，做事没心情。”

再后来，上面要求配一个女镇长。年轻漂亮，又有大专学历，在春风宾馆改制中工作出色，上下级关系又好的李琼自然当仁不让。

要说她当了官，有了权，前程光明灿烂，在个人情感的放肆上该有所收敛了吧？没有。三十多岁的她，似乎情欲越发旺盛。

按理说做这种偷鸡摸狗的事，多半是男的主动。但好几次，李琼却自己主动送上门。

面对美色，韩雨也犹豫过。生怕被人发现了，不仅自己的位子受到影响，恐怕他的家庭也就彻底毁了。因此，每当李琼做出那种架势时，他宁愿退却也不如她所愿。

尽管如此，李琼仍对韩雨一往情深，总在三更半夜找他发泄。

所以，今天晚上李琼的电话，韩雨以为她又是旧戏重演，因而断然关了手机。他知道李琼的脾气，不关机，电话一会儿又响。

"咚咚！"急促的敲门声。

韩小路在门外喊："爸，开门呀！"

韩雨下床把门打开，见是韩小路，便问："啥子事？"

韩小路说："李琼给你打电话，你咋不接呢？电话打给我了。"

韩雨说："手机没电了，她说啥事嘛？"

韩小路说："她叫我告诉你，吴书记遭车祸了！"

韩雨一惊："车祸！伤得咋样？"

韩小路说："在镇医院抢救，我们去看看吧！"

韩雨说："好，我换件衣服就走！"

医院急诊室门口，尽管时过午夜，病人和家属仍络绎不绝。韩雨和韩小路匆匆赶到时，罗兵、李琼、王林和袁一锋早已焦急地等在抢救室门口。吴平搀扶着哭泣的母亲梁世容，自己的泪水也不禁而下。

李琼见韩雨来了，便上去指着抢救室对他说："正在里面抢救。"

"严重吗？"韩雨问。

"医生下了病危通知。"李琼说。

"怎么搞的？"韩雨又问。

李琼说："晚上，我和书记在西街居委会参加他们的一个活动。大约十一点钟活动结束。我和书记在经过西街十字口时，一辆小车突如其来，径直撞倒走在我右边的吴书记。当时把我也吓坏了。等我回过神时，那撞人的车早已不知去向。"

"是辆什么车，看清车牌号了吗？"韩小路问。

李琼想了一下，说："好像是一辆吉普车，没看到车牌号。"她对韩雨说："当时，街上空无一人，我就给你打电话，你没接，我再打，你的手机竟然关了。正好一个骑自行车的小伙子经过，我就叫上他一起把书记送到医院来了。然后我就给小路打电话让她告诉你。"

韩雨支吾道："我的手机没电了。"

韩小路又问:“报警了吗?”

李琼说:“吴平报了,县交警马上就到。”

韩雨走到梁世容跟前,表示亲切安慰。

这时一名女医生走来,旁若无人似的问:“伤者家属来了吗?”

吴平说:“来了,我就是。”

女医生将一处方笺递给吴平,说:“快去交费吧,伤者马上要进行手术。”

吴奇中从凌晨一点进手术室,一点五十分就出来了。医生说:“手术顺利,无生命危险。”

大家才大大松了一口气。

韩小路沉重地挽着吴平的胳膊轻轻地劝她不要难过。

这时,两名交警走来,李琼便走过去向交警讲述车祸过程,并随交警到事故现场指认。

这起车祸,引起在场不少人的思索。

首先是韩雨。他认为这车祸说不定就是何波制造的。依据就是何波说他最近要搞一次行动。而且他只要一提起吴奇中,就恨得咬牙切齿,并多次骂他想找死。但他却不能说。他为什么要说呢?

其次是罗兵。他当着大家的面对王林说:“这可能是一起意外的交通事故,肇事者有可能酒后驾车所为。”王林看罗兵的眼色,点了点头。

吴平则不然,她对王林说:“你点什么鬼头啊!罗兵他凭什么说是一起意外的交通事故?要是意外,撞倒的为啥不是李琼而是我爸呢?因为我爸是小镇的一把手!”她瞟了眼韩雨和韩小路,继续说:“一定是有的人坐不住了,急不可耐地要抢班夺权,所以才设计了这么一个杀人计谋。好在我爸福星高照,命不该绝!”

最后是韩小路。她自打到医院,一直在询问和观察现场所有人的言行举止。吴书记家人的悲切,在情理中,无可厚非。李琼是现场唯一的目击者,她的话对交警来说,具有一锤定音的效果。但她认为,李琼的言行有诸多疑点和假象。

比如,她作为唯一现场证人,车祸发生后她应该立即报警并看好事故现场。然而她却选择打电话给韩雨,并很快将伤者脱离事故现场。这种处理交通事故的行为,对身为副镇长的李琼来说,不能以不懂去替她解释。

又比如,李琼对肇事车辆的描述也含糊其词。用“好像是一辆吉普车”和“没看到车牌号”作回答,这给交警破案将会带来两难:要么很难找到真正的肇事车;要么难以对事故做出准确的定性。

再比如,李琼在医院的表情,神色诡异大于心情焦急。仿佛吴奇中的死活并不重要,重要的是她要和韩雨说话。而且言语之间,眼神很不自然。

至于罗兵和王林基本认可的酒后驾车造成的意外交通事故的说法,韩小路则认为纯属无稽之谈。对他此说的真实用意,她也持怀疑态度。

综上所述,韩小路在心里认定:这是一起蹊跷的交通事故,甚至可能是人为的。

走出医院，王林有意靠近韩小路，悄声问道：“为啥不理我？”

韩小路则大声说：“你这个未来的女婿不留在医院看准丈人，跟着出来干啥？不怕你的未婚妻修理你呀？”

罗兵一听大吃一惊，并迷惑不解地问：“这话本该对我罗兵说，怎么变成王林了呢？”

而王林却有苦难言。他真想为那天车站和吴平的事做些解释，但有罗兵在场，他只得作罢，无声地离去。

韩小路看着王林不辞而别，心里更加生气。她大声对王林吼道：“你走吧！走得远远的，让我再也见不到你才好！”

罗兵说：“你好像对王林十分熟悉。”

韩小路瞟他一眼，不好气地说：“我对谁都这样，包括你！”

罗兵问：“你刚才说什么来着？未来的女婿，是在说谁呀？”

韩小路说：“罗兵呀！你不是罗兵吗？哦对了，你是罗副镇长！”说完，她头也不回地大步离去。

第四十二章 老宅密谋

小镇至西山的三通施工已经开工数日，进展最快的是电路和道路。因此，小镇至西山的道路两旁一派繁忙景象。

西山开发指挥部设在西山老宅已经镇党委批准。今天，罗兵带领韩小路、王林、袁一锋和吴平一行五人前去老宅查看。

吴平的电动车坏了。他们五人，骑着三辆自行车。罗兵搭吴平，王林搭韩小路。这两对一前一后。只有袁一锋无人搭对，享独食，一个人骑辆飞鸽，却飞在最后，他自叹不如，老了。

小镇到老宅就那么十来里路，走路最多个把小时，但今天也怪，他们骑自行车好像比走路还慢。尤其是王林，两只脚蹬车蹬得像三轮车爬坡那么慢。

原来他们两对并没急着赶路，而是紧紧抓住这男女零距离接触的有限时间吐露爱的心声。所以，对他们两对来说，道路越长越好，车速越慢越佳。因为这样他们可以尽兴地谈情说爱。

可袁一锋迷惑了，他骑车超过王林时说：“小王呀，千万不要当第三者哦！”

韩小路笑着说：“袁局，加上你就是第四者了。来吧，嘻嘻！”

“没女人看得上我。”袁一锋说。

“我看得上你，行吗？”韩小路又笑着戏言道。

“镇长的千金，不敢！再说我也老了，搞不动了！”

韩小路说：“姜还是老的辣嘛！”

袁一锋说：“我还是快走吧，要不真成第四者了。”说着，两脚一用劲，车就向前去了三四米。

韩小路对王林的误会，终于在王林的多次解释下释怀了，重归于好。王林对韩小路表示，待任务完成后就和她结婚。他还说，那粉红色的木盒一直随身携带，只要那庄严的时刻一到，他就让她亲自打开那木盒。

韩小路想到那个结婚洞房开木盒的噩梦，惊吓未消。她说：“我才不想开那木盒呢！”

看着袁一锋的背影，韩小路说：“他好像发现我们什么了。”

王林说：“不会吧？”

韩小路说：“假如他知道你是何支，我们的计划有可能泡汤。因为他是老公安局局长，老宅凶案的前前后后都是他亲自处理的。如果他不是何波一伙的话，他不会让杀人嫌疑人何波的儿子参与本案侦查。如果他就是何波一伙的话，那情况更糟！”

王林说：“是吗？那我们要严加保密才是。”

“还有那个罗兵罗副镇长，他怎么知道我在那天早上出现在西山老宅桥头？”

“我也不清楚。那天凌晨，是他把我从梦中喊醒，和他一起到西山桥头救你的。这事儿，我也一直弄不明白。”

“我问过他，你为什么知道我在那里？他说是一个梦告诉他的。真有这样的梦吗？奥尔波特心理书里可没提到过哦！”

“也许你和他心有灵犀呗！”

“说啥呢！”韩小路的双手紧紧搂住王林的腰，深情地说，“何支，哦王林，我好想你。”

王林说：“我更想你！”

“你不知道，那天我在汽车站看见吴平挽着你的手从我眼前走过时，我恨死你了，想杀你的心都有。”

“说明你非常爱我。”

“后来吴平才告诉我，那天她因为我，罗兵与她吵了一架。为了气我，她才故意做给我看的。她说，那天她早就看见我在车站等你了。”

前面，罗兵和吴平也在谈情说爱吗？没有。他们说的是另一个话题。

“你爸的伤好些了吗？”罗兵问。

“你啥子时候能把爸字前面的你字去掉？”吴平反问。

“若两情相悦，且在乎时间早晚？”罗兵说。

吴平问：“你对我悦吗？我看你对韩小路才悦。要不你和王林怎么知道那天早晨她会出现在西山脚下的草笼笼里？”

罗兵说：“草笼笼说得多难听。给你解释过多次了嘛，是个噩梦，巧合而已。”

吴平又问：“哎，她那东西丰不丰满，有没有弹性？”

罗兵问：“什么东西哦？”

吴平说：“胸部呀！你老实说，我和她比，是她丰满还是我丰满？”

罗兵说：“我又没摸过，怎么知道？”

吴平说：“你在背她的时候总感觉到了吧？”

罗兵思忖一下说：“嗯，倒很柔软，而且柔软中富有弹性。”

“你！浑蛋！”吴平吃醋了，举起拳头，用力向罗兵的背心擂去，这一擂使车子失去平衡，晃了两下“啪啦”一声倒地了。

罗兵仰躺在泥巴路上，吴平的半个身子趴在他的下半身上。车子横倒在路边，两个车轮还在来回旋转。

袁一锋赶上来，正好瞧见这一幕。于是笑着大声说：“罗镇长，反了，反了！”

吴平爬起来，两只纤细的手拍打着屁股上的泥土，瞪着大眼，傻傻地问罗兵，道：“袁局说啥子反了？”

罗兵站起来，顿一下，说：“这你都听不懂呀！男人和女人干那事，一般情况下是男人在上头，女人在下面。可刚才是你在上头，我在下面。”说完他就悄悄地嬉笑起来。

听罗兵这么一说，这下，吴平才彻底弄懂袁一锋的话。她的脸霎时间红了起来。她立即从地上捡起一块小石头用力向远去的袁一锋掷去，而且大声骂道：“打死你个脑壳生疮，脚板流脓，老不收心的骚老头，坏老头，你去死吧！”

转过来又给罗兵一拳，骂道：“你也跟着学坏，找打！”

五人到了老宅大门口，铁将军仍忠实地把守着老宅大门。罗兵和袁一锋围老宅走了半圈，回来说：“张献忠当年还真有眼力，这老宅三面环山，一面向河，山上树木葱葱，门前宽阔平坦，还真是个好地方。”

见韩小路还没打开老宅的门，大家心中的疑义又起。罗兵把王林拽到一边，说：“她真有开门的钥匙吗？”

王林摇头说：“我也不知道。”

吴平走过来对罗兵说：“我看她根本没有老宅的钥匙。要有，她早开了。”

袁一锋也走到罗兵跟前说：“有可能我们都被她骗了，罗镇长，怎么办？”

罗兵说：“我去问问她。”罗兵走到韩小路跟前，用一种怀疑的目光盯着她。

韩小路不解，问："你这么盯着我干啥，不认识呀？"

罗兵轻声问："你是不是在骗我们，嗯？"

韩小路大声说："我骗你们什么哪？莫名其妙！"

吴平过来说："没骗是吧？没骗就拿钥匙开门呀！"

韩小路恍然大悟，说："是这事嗖，你们谁喊开门了？罗镇长，你是头儿，你喊开门了吗？再说，这老宅的恐怖传说，你们没经历过，我可经历过。如果没经领导同意，我就开门让你们进去，里面的妖魔鬼怪出来伤了人怪谁？伤了我还没得啥子，反正我已伤过了。但要是伤了你们，特别是伤了罗镇长的心肝宝贝吴小姐，那我就吃不了兜着走喽！"

吴平瞟着眼神对韩小路说："找些话来扯！搪塞是吧？我看，你根本没有这老宅的钥匙。还说什么何支是你的男朋友，何支给了你开老宅门的钥匙，编得跟真的似的。谁知是个骗局，大骗局！"

韩小路说："是吗，王林你说呢？"

王林笑笑说："我看也是假的。"

罗兵说："好了好了，不逗了。小路开门吧！"

韩小路斜视着吴平，从包里拿出一把系着红头绳的大铜钥匙，非常恭敬地递给罗兵，说："这开门的权力就交给你了。你是领导，开不开你看着办吧。"

罗兵接过钥匙，走到老宅门前，用钥匙往那铁将军的屁股眼一捅，那铁锁便"啪"的一声开了。在场的人除了韩小路和王林都十分惊讶，然后都向韩小路投去歉意的目光。

罗兵取下钥匙，招呼大家进门，然后轻轻把门推开。可就在这开门的一刹那，老宅里传来震耳欲聋的爆炸声。这突如其来的爆炸声，使所有人都十分惊讶。罗兵的右手瞬即往腰部一摁又停住了。只有吴平立即掏出手枪，刚想开枪，被罗兵制止。大家在门外静观片刻，一切又重归平静。

接着，罗兵和吴平打前，其余跟后，小心翼翼地走进老宅。吴平举着枪和罗兵一起，查遍了所有房间和角落，包括后院也查看了个仔细，除了后院围墙被炸了一个小小的缺口以外，其他没发现任何可疑痕迹。

在搜索过程中，王林特别留意他曾经在老宅留下的他写给小路的字条，可那字条不见了。他轻声问韩小路见到那字条没有，韩小路说没有。

罗兵回到客厅，立即召开了一个紧急会议。他严肃地说："事到如今，我们有些话是该说了，不说反而误事甚至无端怀疑伤害自己人。今天的突发事件虽然没造成严重危害，但对手传给我们一个信息，也算他们给我们的一个警告。这说明两军交战为时不远。同时也说明，要么我们的对手不仅狡猾且阵容庞大；要么我们内部有奸细，我们的一切行动都被奸细通知了对手，所以弄得我们处处被动。再加上我们内部互相怀疑，形不成一股绳，所以也给对手钻了空子。你们几个人的真实身份和最近的表现经我缜密观察，早已了如指掌。现在就由你们当着大家的面，自报家门。真话假话全凭你们自己说。”

吴平说：“哎，看样子你好像是公安的一个官呢！而且官还不小。”

袁一锋说：“不错，罗兵是省公安厅特派的老宅悬案秘密侦查组组长，形式上是小镇副镇长，官不大，但我们得受他管。”

吴平说：“怪不得他总是神神秘秘，连我这个同行也被蒙在鼓里。”

王林说：“我是A县公安局局长张德亨指派的人，但我不是公安警察。是个一般的公司职员。”

袁一锋说：“对，他也不是内奸。”

吴平说：“我更不是内奸，因为我是货真价实的公安警察。”

袁一锋说：“韩小路，该你自报家门了。”

韩小路说：“你还没说呢，你先说吧！”

袁一锋说：“我是A县公安局原局长，不过后来被撤了，再后来就退休了。这次再次参加对老宅凶案的侦查不是组织派遣，而是没事找事。”

吴平说：“韩小路，你不会说你也是公安吧？”

韩小路一笑，说：“我真的不是公安，我只是一个崇拜奥尔波特心理学理论的实习大学生。”

吴平问：“谁是奥尔波特？”

王林说：“一个美国社会心理学家。小路特偏爱奥尔波特实验心理学关于社会人心理特点反映的分析和应用。”

吴平说：“哎，王林，你好像是韩小路的男朋友呢！对她那么了解。”

王林说：“不错，我就是何支。王林是张德亨局长为了我的工作需要取的，大家就继续叫我王林吧！”这下，除了韩小路，连罗兵也惊讶了。

罗兵说：“真是有缘呵，缘分和使命让我们走在一起，从今天起我们就要为破获老宅这起惊天杀人悬案团结奋战，力争以最小的损失最短的时间将老宅凶杀案的真凶及其同伙抓捕归案，还小镇以安宁，还法律之公正！大家说有没有信心？”

“有！”大家异口同声地说。

罗兵又说：“我也知道，前段时间，我们这几个人为侦查此案做了不少工作，但那都是单独的秘密侦查，当然非常必要。现在有老宅这么一个安静独特的环境，又有西山开发工作做掩护，我们老宅悬案秘密侦查组又走上一个新的起点。”

稍顿，罗兵又说：“我再强调三点，一是今天的会议内容，包括各人的真实身份要绝对保密，对任何人也不能透露。二是我们仍以西山开发领导小组或开发指挥部工作人员身份的名义开展工作，不到万不得已不能暴露自己真实身份。三是保护好老宅，特别保护好那间案发现场。”

罗兵还说：“这老宅是十年前‘3·20’凶杀案的发案现场，尤其是里间卧室，在未破案前一律不准任何人入住。里面的所有东西一律不能动。我估计，如果何波知道我们知道他没死且在侦查他，他一定会狗急跳墙的。所以我们仍将继续采用各种方法和手段进行秘密侦查，大家要密切配合，同时要小心谨慎，既要保护好人民的生命安全，也要保护好自己的生命安全。都记住了吧？”

大家答：“记住了！”

罗兵说：“好，散会上山！”

吴平问：“上山干吗？”

罗兵说：“玩儿呀！”

正要走，韩小路说：“罗镇长，你还没问我是咋过来的哦！”

罗兵说：“谁敢问你呀？国家公安部派出的特别侦查员！”

“啊？”吴平惊讶得好一阵合不拢嘴。

第四十三章
欲罢不能

今天是星期天，韩雨想睡个懒觉，可是还没天亮，厨房里就传来“噼噼啪啪”的砍宰声。韩雨知道，又是老婆信香不安宁了。

在韩雨心里，信香的疯病在女儿韩小路回来后渐渐有所好转，但也是好一阵坏一阵。好的时候，清清静静，不吵也不闹，也不说那些疯疯癫癫的话，说话做事也很有条理。但要是坏起来呀，嘿，什么胡芳呀、李琼呀，可以说好几个女人的名字让你心烦。哎，今天倒好，虽然坏了，但没来烦他，只在厨房闹腾。

一会儿，整个屋子飘满鸡汤的香味，原来老婆信香这么早起来是在炖鸡汤。韩雨想，这婆娘今天咋了？昨晚是不是睡在磨子上，想转了，居然很早起来炖鸡汤给我喝。这么久违的好事今天难道又回来了？想到这里，他为他的婚外情感到十分后悔，也为自己对老婆的漠视和背叛感到有些愧疚。

他在床上正为自己的过错进行忏悔时，枕边的电话又振动了。这电话绝对是李琼打来的。他拿起手机一看，果然是她。

他不想接，就把手机挂了。

没过两分钟，手机又振动了，“呜呜”地叫得心乱。他本想把手机关了，但想到上次吴奇中的车祸，由于关机不接李琼的电话，而差点儿误了大事。

他最终还是决定接她的电话。

其实，李琼此时的电话接不接他都心知肚明。此前，在宾馆套房休整了一晚上的她，又是很早就从床上起来，光溜溜地去浴盆打开热水，面对大镜子，一边洗澡，一边从镜子里欣赏自己美丽无瑕的身体，包括女人所有的重要部位。

李琼的确是一个在身体上找不到任何瑕疵的女人。洁白如凝脂的肌肤，修长如柳枝的身材，丰满的胸部，大而不松的肥臀，再配上她秀丽的五官和光亮红润的鹅蛋脸，实在是天生尤物。

过去，她就是用这身体吸引着韩雨，现在又加上一个误送的“迷你”牌化妆盒，更加牢牢地把韩雨套住，使得他想下李琼这只美丽的淫船也不可能！

洗完澡的她，回到床上，第一个念头就是想做爱。于是她便立即打电话给韩雨。此刻，她一定在闭着眼睛想象，她赤裸着美丽无瑕的身体躺在韩雨身边，用十分期待的目光凝视着他的眼睛，嗔声地说：“韩镇长，你好好看看我的身体，天底下哪有我这么洁白无瑕、完美无缺的女人？你不想搞你老婆，是因为她老了丑了，而遇上我算是你的福气。”

当韩雨打开手机接电话时，李琼在电话里生气地说：“为啥不接我的电话？”

“哎呀，我的姑奶奶，你让我多睡会儿好不好？”韩雨说。

“不好！你睡得着我可睡不着！”手机里传来李琼的声音。

“到底有啥事嘛？”韩雨明知故问。

“没事儿，就是想你！哎我说韩雨，你是在装哪门子蒜哦？”

“哎呀，姑奶奶，老都老了还——”

他的话还没说完，就被李琼打断，说：“你老了，可我还年轻着呢！今天休息，我们可以多亲热一会儿，快过来吧！”稍顿她又说：“告诉你，要是一刻钟之内你还不来，我可要来了！”

韩雨无奈，连声说：“好，好，好！”

放下电话后，韩雨起床边穿衣服边自言自语地说：“我才不去呢，你要来就来吧！”

忽然，韩小路推开门进来问：“爸，你在说谁要来呀？”

韩雨惊慌失措，好一阵才编了个谎说：“哦，有个朋友要来求我办点事。”

韩小路说：“妈说我们一起去医院看吴叔叔，顺便给他送点鸡汤去。快起来吧，我们都准备好了。”

韩雨一听，心里凉了半截，那鸡汤原来是给吴奇中炖的。于是他气不打一处来，说：“看来你妈没癫嘛，这点小九九她也想得到。你们去吧，我有事。”

韩小路说：“妈一定要你和我们一起去。妈还说，看完吴叔叔就去看奶奶。”

韩雨听后，假笑一声，说：“哼，她真想转了哦！太阳从西边出来了，第一次提出要去看你奶奶。”

“妈说的是真的，还给奶奶留了一半儿鸡汤。”韩小路说。

韩雨想了一下，说：“这样吧，你和你妈先去，我等我朋友来办完事，我跟着就去。”

本来，韩小路见韩雨的朋友久等不来，她已劝动他一起去医院的，可在动身时，一个电话把韩雨调去阳台。接完电话韩雨回来说：“我朋友马上就到。”

无奈，信香和韩小路只好先走了。

“快来哟，我们在医院等你。”韩小路说。

去镇医院的路上，韩小路右手扶着母亲信香，左手提着一个菜篮子，篮子里有个小土罐，小土罐里装的是刚炖好的鸡汤。

这鸡汤是信香一大早起来炖的，先用武火，后用文火，足足炖了两个小时，直到香飘满屋，肉烂汤浓。

韩小路搀扶着母亲，提着鸡汤，走进医院住院部的外科大楼，再乘电梯上五楼，经过护士工作台往右拐走到518病房前轻轻推开了门。

梁世容和吴平见信香和韩小路来了，便热情地迎接。

韩小路把篮子递给梁世容，指着篮子里的罐说：“这是妈专门给吴叔叔炖的鸡汤，趁热给吴叔叔喝吧！”

信香今天显得异常清醒，走到吴奇中病床前，心疼地抚摸了一下他受伤的手，轻声地问：“还疼吗？”

吴奇中望着她，笑着说：“先前疼，现在不疼了！”

信香扔了一个秋波给吴奇中，然后笑着转过身来问梁世容，道：“老吴主要伤在哪里呀？”

梁世容说：“医生说手上是轻伤，主要是伤在脑部，动了脑部引流手术。医生还说，好了以后不要多动脑筋。唉，看来是废喽！”

信香说：“不会的。老吴的身体我知道，好了以后呀，不比过去差。”

梁世容一听，心里极不舒服。本来信香刚才左一个老吴，右一个老吴，说得相当亲热，她听了就很别扭。现在又来一个他的身体我知道。使得她无声地嘀咕道：“你知道，知道什么？哼！”

但在眼下，她要给信香面子，便顺着说：“但愿如此吧！”

信香又问：“肇事司机来看过吗？”

梁世容说：“肇事车都没找着，还说司机呢！”

韩小路说：“李镇长不是说是一辆吉普车吗？吉普车特征那么明显，怎么还找不着呢？”

吴平说：“昨天上午交警来了，说该查的和不该查的吉普车都查了，还是找不到肇事车。交警还说，据他们勘查认为，这不是一般的交通事故，很有可能是人为的刑事案件，问我们起诉不起诉？”

韩小路说：“对象都没找着，告谁呀？”

吴平说：“就是。明明是在推嘛！”

信香说：“不管如何，得先把老吴的伤治好。”说着，她就从衣包里掏出一叠百元人民币递给吴奇中。被吴奇中婉言推却后，她就塞在梁世容的手板心里，按着梁世容的手说：“一点儿小意思，不成敬意！”

梁世容只好收下，连声说：“谢谢！”

忽然一股鸡汤的香味飘来。吴平端着一碗鸡汤走到吴奇中病床前对他说：“爸，信香阿姨给你炖的鸡汤好香啊！喝吧。”

吴奇中从吴平端着的汤碗里用勺子喝了两口，感觉挺好，笑眯眯地说：“嗯，真香，好喝，太好喝了！”

梁世容一语双关地笑着说：“昨天晚上他说他想喝鸡汤，没想到今天真就喝上了。真是心有灵犀啊！”说完，她看了眼吴奇中，见他脸上很不光生。

再说韩雨，老婆孩子前脚走，李琼后脚就到。其实，根本就没有什么朋友求他办事，真的要来的是李琼。

李琼敢于猛闯韩舍，是她在小区门口目睹韩小路和她母亲信香的远去。

韩雨见李琼气冲冲的样子，知道没好果子吃，只得强装笑脸迎她进门。

李琼进来径直冲进韩雨的卧室，坐在床沿上，生气地说：“咋的，想甩我嗖？打电话不接，叫你过去你不去，到底安的什么心？”

韩雨说：“你知道的嘛，这段时间我的心情不好，没那精力搞那个。”

李琼说：“你啥子没精力，我看你精力旺盛得很！吴奇中车祸受伤，看来要退了，书记的位子就是你的，所以你把心思都用在那上面去了。但你要搞清楚，不是我，你哪有这个机会。哼！想得了好处忘掉给好处的人，没门儿！”

韩雨一想到书记的位置，情绪一下子就上来了。他闻着从李琼身上发出的扑鼻香味，情趣越发高涨。他笑着对李琼说：“哪敢忘记您？您是我啥人呀？好！今儿个听你的。反正现在家里就你我，你说咋办我就咋办！”

李琼忽地喜上眉梢，嗔声地问：“当真？”

韩雨走过去和李琼身子挨着身子坐在了一起……

李琼走出小区大门，本应往左朝家里走，却鬼使神差地往右拐。没走多远，被一个中年妇女拽进一条小巷。那中年妇女见两头无人，便对李琼说：“好险，差一点儿被韩雨的女儿捉奸在床。”

原来，韩小路在医院等不来韩雨，电话也不通，便给母亲信香说下楼去看看。信香同意了。韩小路下了楼就急忙往家里赶。她走到离家不远的一棵树下，见副镇长李琼从她家的门洞里匆匆而出，她闪身躲在树背后，观察李琼的走向。她看见她边走边整理有些凌乱的头发，黑色的裙子似乎穿得不周正，而且神色慌张地走出小区的大门。

不料这一切，全被男扮女装的何波看个一清二楚。

巷子里，李琼听出了也看出了这个中年妇女就是何波装扮的，而且在暗中窥视她的隐私，心里不禁怒火升起，铁着脸说：“你跟踪我？”

何波说：“跟踪你是巧合，我是要你做一件事。”

李琼说：“吴奇中还躺在医院，我按你说是一辆吉普车撞了他，害得交警一直找不到肇事者。你还要我给你做什么事？”

何波说：“你就说干还是不干？”

李琼说：“不干又咋的？”

何波说：“李镇长，你是聪明人。你既然上了我这只船，要想下可没那么容易啊！你不做也可以，只要我一个电话，一封匿名信，你就会身败名裂，弄不好还要坐牢！”

李琼说：“我和韩雨是两相情愿，而且相互爱着，组织知道了，最多批评一下罢了。”

何波说：“说得轻巧，当根灯草。好，就算组织放过你，韩雨老婆和他女儿能放过你？女镇长的名声能放过你？小镇的老百姓能放过你？退一万步说，这些都放过你，可你让小镇党委书记吴奇中差点儿命丧黄泉，而且与老宅凶杀案的嫌疑人何波沆瀣一气，相互串通作伪证包庇肇事者，吴奇中能放过你？法律能放过你？”

何波的一席话说得李琼胆战心惊。她想了一下，说：“什么事你说吧，只要不叫我杀人。”

何波说：“杀人是男人做的事，我要你——”他把嘴贴在李琼耳朵上悄声说。

李琼一把挡开他的脸，说：“你想趁火打劫占我的便宜？做梦吧！”

何波说：“这是玩笑。我要你去西山老宅和罗兵韩小路他们一起办公。”

李琼说：“吴奇中要我不要插手西山的事，你叫我怎么参与呀？”

何波说：“你真是聪明一时，糊涂一世。吴奇中根本上不了班了，决定权在你的情人韩雨韩镇长手里。”

李琼又问：“你要我进指挥部仅仅是办公吗？”

何波说：“当然不是。我要你给我弄清楚，罗兵韩小路那些人进老宅究竟要做什么？在做什么？主要弄清他们是不是公安局派来侦查十年前老宅凶杀案的秘密侦查员？你是明白人，这个问题有多么重要！”

李琼一笑说：“这还要弄清楚？我现在就可以告诉你，他们进老宅完全是因为开发工作的方便，是经镇党委同意的。罗兵是小镇副镇长兼西山开发小组组长，韩小路是实习大学生，是志愿者。所有的人员都是经镇领导同意的。我可以保证，他们的工作就是搞西山开发。什么侦查呀，凶呀，杀呀案呀，都与他们无关。”

何波冷笑一声问：“抛开吴平不说，那袁一锋在里面作何解释？他可是十年前抓我又放我的A县公安局局长啊！我估计，公安部门已经知道我没死还活着，所以重新启动老宅杀人案的侦查。李镇长，我们早就说好的，既然在一条船上，我们就要千方百计保住这条船不能翻。这条船一旦翻了，后果不堪设想啊！”

李琼说：“那我就试试吧。如果我去不成，找一个人打进去可以吗？”

何波说：“只要能达到目的就行。”

“如果他们真是公安侦查员，你想怎么办？”李琼问。

何波咬牙切齿地说：“我要让他们一个个碎尸万段！我何波说得出就做得到，不信，你就拭目以待！”

再说刚才韩小路在家门口目送李琼远去后，便向家里走去。刚一进门洞，见韩雨从楼上匆匆而下。

韩小路说：“爸，你在干啥子哟？等你半天不来。”

韩雨以为女儿发现了他与李琼的秘密，一开始吓了一跳。后来才知女儿说的是气话，便静下心来说：“我才把朋友打发走，跟着我就下来了嘛！”

韩小路脸上在笑，心里却在说：“撒谎也不看看我是谁！”

第四十四章 各持心计

经过努力，小镇至西山老宅的公路已竣工通车，宽阔的道路两旁，新栽的樟树孕育着明年春天的新绿。刚刚铺设完工的沥清路面，在六月酷热的阳光下青烟缭绕，十分迷幻。

为了输通小镇与相邻各县镇的联系，又从老宅开始围绕大半个西山山脚，修一条连接西山后山成都至彭县的乡村公路也在计划之中。

在罗兵的建议下，经王林同意，老宅也进行了修缮。除了老宅内墙和内室不作大的装饰外，其外观均作了较大幅度的修饰。被炸坏的围墙进行了补缺。整个围墙抹上了光滑的水泥，盖上了耀眼的泥黄色。

屋面的小青瓦换成了流光溢彩的琉璃，四个挑台望水角画上了栩栩如生的奇龙异凤。屋檐下的小桃梁和梁柱壁墙，也被当地的画家、书法家、雕刻家及文学爱好者将古今中外的美丽传说和真实故事缩简成文字、书画及木雕泥塑等形式展现在人们眼前。自然，张献忠当年选址造宅的传说也以碑文的形式立于老宅门前。从外观上看，整个老宅看上去，像一个新修的纪念馆。

一块红布、写着西山旅游开发临时指挥部的牌子挂在老宅大门的左边，让人有旧貌换新颜的感觉。更新奇的是，老宅门口摆满了来自成都、绵阳、德阳以及邻县各级党政机关，及省市旅游局、旅游学校等各个服务娱乐行业的祝贺花篮和匾牌。可以想象，指挥部剪彩那天，老宅是何等热闹非凡！所有这一切意味着，几百年来，被迷信、阴森、恐怖笼罩的西山和老宅，将随着20世纪的结束而消失，将被即将到来的21世纪的科学、发展，繁荣和创新所取代，迎接她的将是小镇西山兴旺发达的明天！

为方便工作，罗兵和王林两个单身汉首先住进了老宅。接着没两天，韩小路和吴平也相继搬了进来。

袁一锋说："你们撇下我老头子不管，天理不容！"所以他也退了宾馆的高级套房住了进来。

这样一来，老宅里三间卧室，除了靠里那间被小镇派出所贴了封条不能住以外，其余两间，韩小路和吴平住小间，三个大男人住大间。

睡觉是不成问题，可吃饭就成了大问题。自己做，光买菜买米就得一个人忙半天。这对于他们来说时间和工作都绝不允许。

经请示领导同意，指挥部贴出启事，说要招聘一名炊事员。条件是：男女不限，年龄五十岁以下，身体健康，能识字，会算账，爱卫生。主要任务是：一天三顿饭和采购油盐酱米菜；待遇面谈。招聘启事上还写明了报名时间和地点，一经录用，即日上班。

李琼急匆匆地走进韩雨办公室，对正在看文件的韩雨说："我要去西山指挥部。"见韩雨头也不抬，又大声说："听到没有？我要去西山指挥部！"

韩雨抬起头来说："又没人把你的脚绑着。想去就去嘛！"

李琼说："我要去老宅办公。"

"你说什么？"

李琼大声说："聋子！我要去西山老宅办公，到那里去工作！"

韩雨站起来说："你一个女人家为什么要去那个阴森恐怖，发生过凶杀案的西山老宅？再说，我也舍不得你走。"

李琼把他搭在她身上的手掀开，说："你女儿韩小路是女的，吴平也是女的，她们为啥能去，我就不能去？"

"她们是去工作。"韩雨说。

李琼说："我也不是去耍呀！"

"实话跟你说吧，是吴书记不同意你去。"

"为什么？"

"他说，西山有一个罗兵镇领导就够了，要你做好你的本职。"

"那让罗兵回来，我去。"

"也不行，那工作你领导不了。"

李琼火了，大声说："这也不行，那也不行，干脆，我这副镇长不干了，去当炊事员做饭总行吧？他们不是在招聘炊事员吗？我去！”说完，她转身悻悻离去。

这两天，韩雨总是心不在焉，手里做着事情，目光却盯在别处。很多事情让他心更烦，意更乱。

首先是吴奇中。明知自己不能正常工作了，还不主动请退，人在医院，却硬要在党委书记的位子上占着茅厕不拉屎。弄得他小事大事都得去医院向吴奇中请示。未经吴奇中同意的事，他一件也不能自己决定。

其次是何波这个恶魔。他经常变着法儿对他步步逼迫，软硬兼施，威胁利诱让他不得安宁。

最后是李琼。这个曾经常言一天不见他都无精打采的心肝宝贝，现在天天找他要去西山老宅上班。你看，她又找韩雨来了。

李琼一进门，便大声问："哎，决定没有？”她的神情完全没有了以往对韩雨的那般温柔和妩媚。

韩雨强装笑脸，明知故问："决定啥子哦？”

李琼紧绷着脸说："今天我没精神和你嬉皮笑脸，快说吧，我什么时候去西山老宅上班？”

韩雨站起来，仍微笑着走过去，用手抚摸着她的肩头，说："别急嘛！你一个报纸有名，电台有声，电视有影，出了名的美女副镇长，想要做什么，哪是我一个镇长能决定了的？”

李琼扔下“软蛋”两个字，又悻悻离去。

跟着，韩雨迅速到医院向吴奇中汇报了李琼再三要求去西山老宅办公的意见。

吴奇中问："你的意见呢？”

韩雨说："让她去吧，换换环境也好。”

吴奇中不语，韩雨也就再不提起。直到韩雨走时，吴奇中才说："天要下雨，娘要嫁人，随她去吧！”

韩雨一惊，问："你的意思是？”

“副镇长职务暂不免，让她去老宅上班吧。”

韩雨问："还是开发小组副组长？”

吴奇中说："兼吧，兼。”

韩雨说："要不叫罗兵回来，那里由李琼负责，你看如何？”

吴奇中思忖良久，突然说："还是维持现状吧！告诉李琼，要以大局为重。”

韩雨一声不吭，闷了好一阵才说了声好好休养吧，便起身告辞。

韩雨刚一走出病房，又被赶来的李琼拽了进来。

吴奇中见李琼来了，便从床上坐起来热情招呼她。

李琼带着万般妩媚，把裙子轻轻一提顺势坐在床沿上，伸出白嫩的手握住吴奇中的手，像女儿对父亲那样亲切温馨，又像妻子对丈夫那样关心体贴，让坐在矮凳上的韩雨和梁世容看见，心里都不是滋味。

女人大凡都是这样，她要达到什么目的，会使出女人的一切本事，哪怕被千人戳万人骂也在所不惜。按年龄讲，李琼小韩雨十八岁，小吴奇中二十五岁，喊他俩叔或父也不为过。女儿在长辈面前撒娇一下又有何妨？问题是她为什么撒娇？

李琼仍紧紧握住吴奇中的手，笑吟吟地说："吴书记，这几天我的事情太多了，没来看你，可我这心里呀一直想着您哪！"

梁世容在旁边轻轻地"哼"了一声，没人听见。但吴奇中听见了，他立即将手从李琼手中脱出来放进被子里。

李琼瞥了眼韩雨，将身子一侧，背朝着他，面对吴奇中，但没说话。

吴奇中说话了，他说："小李子呀！听韩镇长说，你再三要求去西山，有这回事吧？西山有罗兵了，你又去，镇上的工作你让韩镇长唱独角戏呀？"

李琼故作惊讶，说："哪有这回事啊书记。自从你上次叫我不要插手西山，好好协助韩镇长把镇上的工作搞好，我就一门心思这么做了，哪有半点儿去西山的想法？更没有再三要求去西山的说辞了。"

韩雨腾地站起来，想反驳李琼，当场揭穿她的伪装和谎言，却被李琼转过身来的一双古怪的大眼睛阻止了。

梁世容实在看不下去，提着水瓶出门打开水去了。

李琼要去西山老宅决定的突变，不是她心血来潮，也不是她朝思暮改，而是她生气从韩雨办公室出来，又匆匆走出镇政府的大门，在去春风宾馆的途中又被那个"中年妇女"拽到一个角落。两人叽咕几句，李琼阴霾的面孔，陡然阳光灿烂。于是她立马跟随韩雨的背影来到吴奇中的病房。

梁世容打水回来，见病房的门关着。她用手推，门也不开。她知道，门从里面插住了。她踮起脚从门窗往里看，三个人似乎神色都较为紧张严肃。她忽然想到，他们三人都是小镇的头，他们要么在开办公会，要么在商量决定什么大事。作为家属的她，哪怕是小镇一把手的老婆，不该听的也不能听。

于是，她又提着水瓶到隔壁病房与病友的家属摆龙门阵去了。其间，她几乎每隔十分钟去看一次，连续看了三次他们都还在里面。最后一次，都快到十二点了，她又去看。门是开了，韩雨和李琼不见了。

梁世容放下水瓶，见吴奇中闷闷不乐。她猜测他们刚才的谈话可能与他有关，便问："他们是不是告诉你，县里通知你退了？"

吴奇中不理，眼睛盯着一个地方不动。

她又大声说："问你呢！咋的，傻啦？怎么一个退字，就吓成这样！亏你当了那么多年的国家干部，丢死人了！"

吴奇中突然大声说："谁傻了，谁丢人了，谁退了，你还有完没完？"

梁世容笑着说："没退呀？没退不是更好吗？更应该高兴才是，干啥还丧起一张脸？像谁借你谷子还你糠似的。"

吴奇中不想听老婆的不停唠叨，从病床上爬起来就往外走。正碰上吴平端着三盒盒饭进来了。

与此同时，在小镇南头一家饭馆的小间里，韩雨和李琼正在喝酒吃菜。

一会儿，韩雨的手机响了，他取出手机给李琼一个不要出声的手势，对着手机问：“喂，谁打电活？”

韩小路在电话中说：“妈等你回来吃饭呢！下班都好一会儿了，怎么还不回来？”

韩雨说：“啊我说丫头，我忘记告诉你妈了，我在接待记者哩！是省报的大记者。你给你妈说，我就不回家吃午饭了。喂，喂！”

他关了手机，对李琼说：“她把电话挂了。好像很生气！”

李琼“嘻嘻”一笑，端起一杯酒对韩雨说：“干！”

一杯酒下肚，李琼的脸红了，红得更加妩媚，更加好看，好像年轻了十岁。韩雨盯着她的脸问：“你说吴奇中是真不知道还是假不知道，何波那杂种还活着？”

李琼说：“我看他是真不知道。”

韩雨说：“不一定。吴奇中这个人，我比你更了解。他表面忠诚老实，憨厚为人，其实骨子里阴险狡诈，城府很深。有时深得让人捉摸不透！譬如他刚才说，何波这个人，如果还活着，而且活到现在都还没死，那么有的人可能就要死。这话你听得懂吗？”

李琼说：“听不懂。”稍顿她说：“管他听不听得懂，我们照着他说的话做就，就是了。反正，他是小镇的第一把手，手……”

李琼醉了，站起来打了一个趔趄，一头栽在韩雨的怀里。

第四十五章
案情分析

案情分析会从晚上十点开始，开了两个多小时了还在进行。

罗兵说：“刚才我们已经听了韩小路深入虎穴与犯罪嫌疑人孤军周旋的汇报，我认为这为我们侦破老宅凶案打下了很好的基础，有了一个良好的开端。小路说，她虽然不能百分之百断定洞里的那个男人就是何波，但一定与何波有着密切的联系。而且小路已经看清那男人的局部特征，只要这个人一出现，我们就立即采取有效措施实行监控。下面，谁再汇报？”

王林说：“我按照脏得很，不，张德亨局长的指示着重对身边的人进行了观察。那天，我和罗兵与吴平一起去小镇公园玩耍，看见一个穿戴十分异常的男人。那男人在与我们相碰时，用一种奇怪的眼神盯了一眼罗兵。我以为那人想和罗兵接头。所以，我在趁罗兵和吴平闹矛盾的时候，对那穿戴异常的男人穷追不舍。谁知，直到小镇散场，到晚上华灯初放，我也没看见罗兵和那人接头。因此，那天晚上，我迟罗兵五分钟的时间回到春风宾馆。”

吴平说：“弄了半天，你们都在互相监视呀？”

罗兵说：“干我们这一行，警惕是不能没有的。据我侦查，老宅凶杀案的犯罪嫌疑人何波的同伙或知情人、接头人可能不止一个。据调查，那个当年协助何波诈死的老和尚和一个小和尚，在三年前就离开了老庙，至今下落不明。”

王林说：“据我观察，我到小镇的第一天，见到的那个和尚给信香阿姨测字算命时，从面相看很像他。我刚才说的那个穿戴异常的人，很有可能就是他。我认为，这个和尚非常狡猾。那天我跟踪他，几次都差点儿跟掉。但由于赶场的人太多，最后还是让他溜掉了。但我估计，他没走远，还在A县甚至就在小镇以不同的方式出现并与何波接头。”

袁一锋说：“如果王林发现的那个和尚就是老庙失踪的那和尚的话，可以肯定，他和老宅案的嫌疑人何波有着直接的联系。”

罗兵说：“嗯，这个分析很有可能。”

袁一锋又说：“说实在的，我原来对王林十分怀疑。自从他来后，我就在暗中监视他。那一天，吴平来旅店找罗兵去玩，你王林也跟着去了。你们刚走，我就跟上了你们。在公园门口，你趁吴平与罗兵争吵的机会，闪身消失在人流中。我怎能放过你！于是我扒开人群，离你十来米的距离盯视着你。后来我发现，你鬼鬼祟祟地跟着一个，就是你刚才说的那个穿戴异常的人，我以为你要和那人接头。但跟了大半天还是没发现你和那人相见。所以在回宾馆时，我晚你十分钟。”

吴平听得神乎其神，兴奋地说：“听你们说的，太精彩了！像在夜深人静的时候读悬疑小说或看侦探电影。太精彩太过瘾了！可惜，我啥也没做，也就没有精彩故事讲。”

韩小路说：“你怎么说你啥也没做呢？你做了。记得吗？那天你在街头盯视的那个乞丐，你说他的眼睛很像何波。还有，你和王林从见面那一天起，两人就密切配合，贴专栏搞宣传，消除人们对西山老宅的恐怖心理，配合得多默契呀！”

吴平听韩小路话外有音，便说：“哎韩小路，我不过只是给何支，哦给王林送过一次花，挽过一次手而已，干吗那么耿耿于怀呀？”

王林说：“这不怪韩小路，要怪就怪那个奥尔波特。”

吴平说："王林，你们还没结婚呢，就护上她了？"

罗兵说："别扯远了，还是言归正传吧。"他小声说："王林，你能不能谈谈你对你父亲何波的印象。"

王林说："我对我父亲何波非常陌生。听带我养我的姨妈讲，我母亲自从怀上我以后，父亲何波就很少回家。就是回家，也是和母亲吵架并经常毒打怀孕的母亲。母亲生下我后就去世了，据说是难产大出血而死。旋即，父亲就把我送到姨妈家寄养。名为寄养，实际是把我送给了别人。直到我初三那年，说父亲生病要死了，才带我去一个老庙见了一眼躺在床上奄奄一息的父亲。至于那人是不是何波，我也不清楚。因为我对父亲的印象太模糊了。但我对那个给我父亲遗物的和尚印象特深。所以我说，那天我看到的那个和尚可能就是他。"

大家都没有新的补充后，罗兵说："根据大家的侦查发现，我认为老宅十年前未破的杀人凶案，其嫌疑人除何波以外，还有一人甚至几人。而且这样的人有可能就在我们身边。"

吴平惊叫道："哇！太恐怖了吧罗兵？你的名字前面该加个亚森了，小镇的亚森罗宾！"

罗兵说："我可不是巨盗。亚森罗宾偷东西出了名！"

吴平说："那就是小镇福尔摩斯好了。升一级A县福尔摩斯。或再升一级，中国A县小镇福尔摩斯！"

罗兵瞟了眼吴平，说："贫嘴！"

罗兵继续说："由此可见，对手的阵容不容小觑啊！现在，我们又来分析它的危害程度。根据洞中男人对韩小路的威胁判断，这伙人很可能拥有一定的爆破能力和弹药等破坏物资。这一点在我们第一次进老宅时围墙被炸已经证明。那一次爆炸，犯罪嫌疑人不是想杀人，而是向我们警告。目的是向我们展示能量赶我们走。所以，我们接受韩小路暂停西山主体施工的建议，就是担心对手狗急跳墙，对老宅、溶洞及山顶巨石等重要部位进行毁灭性的破坏。还有，从吴书记不明车祸的情况来看，对手有可能从威胁开始逐渐转入对人实施毒手，其危害程度难以预料。"

罗兵继续说："我们现在来梳理一下，这个案子现在涉及几个人。首先是韩小路见到的老宅的恐怖怪面人和他提到的名为江山的人。这两人有可能是一个人，也有可能就是本案的主要犯罪嫌疑人；其次是王林见到的老和尚；再次是吴平和韩小路见到的街头乞丐；最后是我两次发现河边接头的两个黑影。如果不重复的话，这个案子至少涉及六个人，其中自然包括何波。我们再从对手的心理来分析，小路，你是专家，也很懂犯罪嫌疑人的心理，你说说吧！"

韩小路笑了笑说："罗镇长乱说，我不是专家。心理学我还没入门呢！不过从美国社会心理学家奥尔波特在他的社会心理学入门一书中指出，人的社会意识注意到了行为者之间的影响作用。我在这里特别强调'影响'二字。从我在溶洞里和那个男人的对话中，我明显感觉到他有一种十分强烈的亲情意识。"

韩小路说：“我认为西山溶洞里的那个人就是何波，这是我依据奥尔波特社会实验心理学的影响要素判断的。一开始，他怀疑我是公安，后来他被我的所谓猎奇爱好者所说服，再后来他欲对我不轨时我用女儿提示他，再加上老宅的钥匙证明我不是在骗他以后，他的心理意识基本从敌情转向亲情而相信我。最后，我说老宅的钥匙是我准备要结婚的男朋友何支给的，这就从亲情的角度彻底触动了他的心理底线。他的态度就从心理上来了一个一百八十度的大转弯。由对我相当敌视变为可交可谈，直到同意放我出洞。而且在临走时，他特别提到叫我和我的男朋友千万不要去惹他。这说明，何支就是他的儿子。因为，尽管是一个不称职的父亲，但毕竟是父亲。儿子是他的亲骨肉，他不希望自己的罪恶影响到他的后代。”

“但是，”韩小路继续说，“何波毕竟是个犯罪嫌疑人，他时刻要为他的所谓安全考虑。所以他在放我出洞前自然要提出有利于他继续生存的条件。否则，他宁可置我于死地。这就是犯罪者的普遍心理。所以，我认为，要彻底侦破此案，不妨从某种程度上满足他的心理需求，同时进行缜密侦查，创造有利条件，把握有利时机，以最小的代价捕获所有本案嫌疑人！”

吴平提问：“请问韩小路，你刚才说何波不想自己的罪恶影响到他的亲骨肉，那为什么他要你帮他寻找他弃失二十多年的女儿呢？难道他就不怕自己的罪恶响他女儿吗？要么，何波也重男轻女！”

罗兵说：“是呀！这的确有些自相矛盾。我说小路，他是不是在耍什么伎俩？”

韩小路说：“我想，这个问题的答案，王林应该清楚。如果我的推断失误的话，除非何波已经把另一半祖传子孙的礼物早就给了他的女儿。”

袁一锋说：“推断合理！那么，目前我们应怎么做才能达到既满足了嫌疑人的心理要求又能推进我们的侦查速度呢？”

韩小路说：“第一，我们要帮助他找到他二十多年前遗弃的女儿并把信息传递给他，从中确认本案的嫌疑人。第二，暂缓西山本土施工，借以防备对手狗急跳墙，同时争取时间侦查对手是否真有毁灭性破坏的能力。第三，在条件成熟的情况下，我们打一张亲情牌，由何支和我直接与何波见面。施以攻心术，规劝他投案自首。只有让何波活着自首归案，老宅凶杀案才有机会真正破案。否则，此案还有可能重蹈覆辙。当然这么做，不排除对手誓死与人民为敌，采用各种手段负隅顽抗。那么就很有可能要经历一场血战一决雌雄。我的话完了。”

韩小路的发言可以说是一堂精彩的演讲，她对犯罪嫌疑人的心理分析，连袁一锋这个老公安也自愧不如。

袁一锋在心里感叹：“长江后浪推前浪，自有新人赛旧人！”

但袁一锋毕竟是老姜，他提出一个新的问题，为案情的分析加了一个砝码。

袁一锋说：“我非常赞成韩小路的分析和建议。我再补充一点，何波为什么藏在西山溶洞数年不走？这里可是他作案的故所啊！由此我就要问了，他的目的究竟是什么？他的同伙又为什么要死心塌地地为他殉葬？这些问题不能不去考虑。”

罗兵看了一下表，时间已过凌晨两点。他说：“今天这个分析会开得很好。大家是动了脑筋的，尤其韩小路的分析和建议对侦查很具可操作性。袁一锋老局长的补充使我们开阔了视野。现在，我综合大家的意见，对下一步的侦查工作做一简要安排。”

这时，炊事员刘姐从厨房那边走过来说：“罗镇长，夜宵做好了。”

第四十六章 泄露玄机

刘姐是李琼介绍来西山指挥部做饭的。此人身材瘦小但特精神。瓜子脸大眼睛，小巧嘴唇红润润，虽然年近四十，但风韵犹存，看得出她年轻时是个大美人。

刘姐上班几天来，每天上午到镇上采购蔬菜水果粮油酱醋米，两小时后回来开始做饭，中午十二点准时开饭。

刘姐不仅保证一日三餐调理得当，而且老宅的卫生打扫得干干净净，深受大家的好评。刘姐很明事理，罗兵他们的办公室、寝室从不乱进，东西也不乱碰，公事也从不打听，一天到黑，她只做她的事，所以大家对她的印象很好。

想当时，罗兵在安排住宿时，叫刘姐和韩小路、吴平住一间寝室，但刘姐婉言谢绝，硬是在柴房搭了个简易木床将就安寝。

更让大家赞许的是，刘姐温柔贤惠，对大家非常关心体贴。没开水了她主动烧，晚上大家加班太晚了，她给大家弄好吃的宵夜。谁感觉不舒服，她立即骑上电动车去小镇买药。这样一来，大家都把刘姐当自己人，连袁一锋都左一个刘姐，右一个刘姐喊得十分亲热。

韩小路对刘姐却另有看法。韩小路认为，刘姐的来历有些蹊跷。那么能干的女人，长得又风韵十足，会骑车，会处世，对人又彬彬有礼，为啥子大老远来老宅做饭？除非有特别任务，否则她愿意，她家人她老公也不赞同。

再说，这刘姐是李琼介绍，李琼是啥子人？凭那次她和那个街头乞丐的神秘接触以及她和父亲韩雨的不轨行为，她能是个正儿八经的副镇长？想到这里，韩小路从心里已经对刘姐打了好几个问号，而且悄悄在暗中对她加以注意。

这天晚上，韩小路和吴平已经上床睡觉。大约凌晨时分，韩小路忽然听见柴房有响动，便对吴平悄声说：“刘姐累了一天，不可能半夜三更不睡觉起来做事，一定有缘由。”

吴平说：“就是，今天晚上没人熬夜，不用做夜宵，她在干啥？”

韩小路说：“我去悄悄看一下。你呢睡你的觉，该打呼噜的照打。”

吴平说：“要得。”

于是，韩小路穿着内衣内裤，半裸着身子光着脚，黑灯瞎火地来到柴房外，悄悄把耳朵贴在木板墙上听里面的动静。这一听不打紧，却使韩小路大吃一惊。

原来刘姐在打电话。刘姐小声说：“这几天没发现什么，啥也没发现。”停了一会，刘姐又说：“他们没怀疑我，挺相信我的。我继续观察就是了，一有发现我及时告诉你。好，拜拜！”

电话打完，刘姐还不睡觉，穿条内裤和小背心，走出柴房去上厕所。

韩小路乘机溜进柴房一角，悄悄地看里面还有没有另外的人。在夜幕里，韩小路没发现有另外的人。她刚走出柴房，刘姐就从厕所解完手回来了。

更觉奇怪的是，几乎每天晚上她都在同一时间关在柴房里打电话。韩小路疑窦丛生，她在和谁通话呢？

一天上午，刘姐从镇上买菜回来，没歇下脚，没喝口水就开始下厨做饭了。韩小路沏上一杯茶，端进厨房，笑眯眯地对刘姐说：“刘姐，这么热的天，你看你累得满头大汗，水都没喝一口，又忙厨房了，喝口茶吧，解解暑。”

刘姐放下手中的活，笑嘻嘻地接过茶杯说：“谢谢小路！我们乡下人习惯了，有时忙起来呀，一整天不喝一口水也觉得没啥！”

刘姐喝了两口茶，望着韩小路说：“小路真好，人聪明又漂亮！”

韩小路乘机坐在一条小板凳上，说：“刘姐才漂亮哩！年轻时一定是大美女。”边说就边帮刘姐择菜。

“哎！老了。你看，鱼尾纹都很粗很长了！”刘姐用拿菜的手指了指自己的眼角。

韩小路说：“其实看不出来。哎刘姐，听说李琼李镇长是你的亲戚是吧？”

刘姐一愣，说：“啥子亲戚哦，只不过她和我老公有点儿熟。”

“你老公是干啥子的呢？”韩小路问。

“开车的。”刘姐说。

韩小路一惊，稍顿便冷静下来，故意说：“哦，我想起来了。那个经常开辆吉普车到小镇来和朋友一起进馆子的帅哥司机就是你老公嗖？”

“哪儿噢？他开的是他们单位的桑塔纳轿车，也没听他说他开车来过小镇呀！”

韩小路说：“喔！恐怕是我看错人了，或许那个人不是你老公。那你老公在哪儿工作呢？”

“自贡，不对。我在自贡我老公在温江。李镇长原来就在温江的一个乡里工作。

那个地方很偏僻。我老公是李镇长老公的战友。”

“李镇长的老公不是死了吗？”

刘姐似乎觉察到什么，急忙说：“我该去煮饭了。小路，谢谢你帮我择菜哈！你也该去忙你的事了。”

韩小路站起来，对刘姐笑了笑走了。

刘姐看着韩小路的背影出了一口大气。

晚上。韩小路躺在床上怎么也睡不着。李琼—刘姐—刘姐老公—吉普车—桑塔纳—吴书记—车祸，这些个名词一直在她的脑海里翻滚。

第二天，韩小路去医院看望吴奇中，却被护士告知他出院了。于是，她直接去吴奇中家。她敲门进去时，看见父亲韩雨和李琼也在。

梁世容对她说：“刚出院回来。看，还没收拾好呢！”

李琼对韩小路说：“听说吴书记的伤恢复得很好，我们都非常高兴。所以和韩镇长一起来看看。”

韩小路一副漠然的表情，说：“是吗吴书记，你的伤恢复得很好吗？”

吴奇中笑着说：“应该说是好多了。坐吧小路。”

韩小路又说：“这么说，吴书记可以上班了？”

韩雨立即责备女儿道：“简直不懂事，没轻没重！吴书记刚出院，怎么能上班呢？你说是吧世容？”

梁世容很不高兴地说：“就是好了也上不成班了。”

“为什么？”韩小路问。

梁世容说：“昨天，县委组织部来医院找老吴谈了，说……”

李琼打断说：“吴书记从一线退下来休息，主要是身体原因。我和韩镇长都很舍不得。”

“退休？吴书记才五十出头呢，正当年啊！怎么会退休？”韩小路惊讶地问。

李琼说：“不是退休，是退居二线。”

韩小路问：“他不当书记了？”

李琼说：“你应该祝贺你爸才是，他现在是镇长书记一肩挑了。”

“瞎说，八字还没一撇哩！”韩雨说。

韩小路问梁世容道：“梁阿姨，人都出院了，那肇事车找着了吗？”

梁世容很沮丧地说：“找着啥哟，消息都没一个。”

吴奇中说：“找不着就算了，反正伤也不重。”

韩小路说：“怎么能算了呢？哎李镇长，你还记得撞吴书记的是辆什么车吗？”

李琼说：“记得呀！是一辆吉普车嘛，我当天就给交警说了。”

韩小路问：“你没记错吧？比如，把桑塔纳轿车记成吉普车了。”

李琼的脸突然不自在起来，不高兴地说：“韩镇长，你看你女儿说些啥嘛！好像我在说谎似的。”

吴奇中说：“不要这样怪李镇长。当时情况很急，又黑灯瞎火，要不是她闪开得及时，她也会被车撞倒的。”

韩小路问：“黑灯瞎火？”

“就是。那天晚上出事时，那十字路口就黑得伸手不见五指。”李琼进一步解释说。

“这么说，根本就看不清撞吴书记的是辆什么车？”韩小路又问。

吴奇中说：“可以这么说。”

韩小路释然说：“这就对了。”

李琼心里一惊，问：“啥子对了？”

“吉普车呀！你不是说是吉普车撞的吴书记吗？”说完，韩小路转身就走了。

韩雨对吴奇中说：“这孩子的心太重了，说话阴一句阳一句的。都是她妈惯的。你可不要在意啊！”

吴奇中说：“我觉得她十分懂事，聪明有智慧，是棵苗子。哎还没找男朋友吧？”

韩雨顿了一下，说：“还没呢！”

李琼说：“不是和何……”

“没有的事。怎么，书记有合适的人选？”韩雨打断说。

吴奇中说：“我看那个王林就不错！那天他和小路来医院看我，两个挺合得来嘛！”

韩雨笑着说：“我也觉得这小子不错。不如请书记从中促成一下。你的话，丫头准听。”

梁世容说：“我看他们俩挺要好挺亲密的样子，好像已经要上了呢！还有必要别人来促成吗？”

李琼说：“就是，何必多此一举？”她又悄声对韩雨说：“我们走吧。”

当两人出门时，吴奇中说：“等一下。我想和韩镇长说两句工作上的事。”

李琼不好意思留下，只好一人走了。

第二天，交警来人通知吴奇中说，肇事车找着了，是温江的一辆桑塔纳车撞的。

交警说，肇事司机说，当晚他的车经过小镇十字路口时，由于黑灯瞎火，他根本不知道他的车撞了人。

交警问：“吴书记，你说这事该咋办？”

站在一旁的梁世容问：“不是说是刑事案件吗？”

交警说：“那时是因找不着肇事车和当事人，现在找着了。看来是一起意外交通事故，有不良环境和条件的因素，司机也不是故意。可以说司机不算肇事逃逸。”

梁世容说：“难道就这样算了？医药费也不赔了？”

交警看着吴奇中不说话。

吴奇中忖度着说："医药费都报销了，人又伤得不太重，人家又不是故意的，这事就算了吧！"

交警称赞说："吴书记真是大人大量，不愧是小镇人民尊敬的好领导！"

吴奇中一笑，说："说重了，不过是息事宁人罢了！"

最后，交警拿出两千元交给梁世容说："这是肇事司机委托我们给你的，就算是营养补贴吧！"说完，交警便告辞走了。

接连几天，夸赞吴奇中的话像风一样吹遍了小镇的大街小巷，甚至吹到A县的街头。有说他力排非议，果敢决定开发西山为民造福。有说他不图名，不图利，不图升官发财，硬是在小镇巴心巴肠工作几十年如一日。有说他谦和有礼，克己奉公，一心为民，是小镇人民衷心爱戴的父母官。有的人甚至说到他要退居二线了，想到他的好处，说着说着便流下了感动的热泪。

吴奇中真的要退居二线了吗？

第四十七章 探测端倪

按罗兵的分工，秘密侦查分为两组进行，一组是罗兵和韩小路，另一组是王林和吴平。袁一锋坐镇指挥，发挥他老公安局局长的余热。

罗兵说："开发指挥部的事由他出面去解决，案子的事请老局长多费心，把把关，关键时刻拿点儿主意。姜还是老的辣嘛！"

对于这个分工，吴平始终有异议，她说："一男带一女我赞成，但韩小路不应该和罗兵在一组，如果这样，你让王林怎么想？秘密侦查是要秘密行动的。假如，我说的是假如，他们俩个搞出点啥子明堂来，那不是让王林吃醋呀！"

袁一锋"哈哈"一笑说："吴平呀吴平，你干脆就说你自己吧，为啥子把王林抬出来当挡箭牌呢？真是此地无银三百两也！"

吴平说："哎！老头儿，难道我说的不对吗？人家韩小路与王林都快结婚了，而我和罗兵八字还没一撇，到底是谁吃谁的醋啊！"

袁一锋说："好好好！都是我多嘴。我吃，我吃醋好不好？"

吴平看着袁一锋那激动样，乐得“咯咯”直笑。

罗兵和韩小路决定从查何波的弃婴开始。如果何波提供的线索和物证是真的，那么，一个人口不多的小镇是不会查不到的。人是一个刚出生不久的女婴，物证是龙纹玉镯。意思是说，查到人，必须同时见到物，两者缺一不可。

这天下午，罗兵和韩小路来到吴奇中家，一来是代表开发指挥部来看望老书记，并向他汇报一下工作。二来是和老书记摆摆龙门阵，当然，主要是了解弃婴的事。

罗兵和韩小路热情地向老书记问好，并送上了在街上买的一塑料袋水果。梁世容见罗兵和别的女人而不是自己的女儿上门，心里顿觉不悦，于是不冷不热地给他俩沏茶指坐。

坐下后，罗兵问候几句就开始向老书记汇报工作，却被梁世容阻止了。她说：“他不是书记了，要汇报工作找韩雨去吧！”

吴奇中瞟了老伴一眼，笑着对罗兵和韩小路说：“谢谢你们还这样信任和尊重我，请转告开发小组和指挥部的全体人员，我吴奇中不管在位不在位，都一如既往地支持西山开发，支持开发领导小组和指挥部的工作。有问题照样商量，有困难照样解决，永远支持大家伙儿的工作！”

罗兵和韩小路紧紧握住老书记的手，连连表示谢意。

又摆了会儿龙门阵。在摆到准备在小镇通往西街的路口立座石雕时，韩小路乘机顺便打听说：“吴叔，我有个同学的父亲委托我帮他打听一下，说他二十年前在小镇西街口丢弃了一个女婴。他说他找了二十多年一直没找着。他希望我在小镇帮他打听一下，看是谁捡走了。如果找着了，他一定重谢。我想，你是镇上的老人，又是老领导，所以向你打听一下。”

吴奇中一点儿都不惊讶，很自然地对韩小路说：“你爸也是小镇的老人，你问他不是更方便吗？”

韩小路说：“问了，他说不知道。”

吴奇中说：“是嘛！我都不知道的事，他怎么会知道呢？”

罗兵说：“那就是无中生有的事。是吧？”

吴奇中说：“大概是吧！不过大千世界，千人百面。悠悠万事，怎么能说我或韩镇长不知道的事，就是无中生有呢？你说是吧，小路？”

韩小路瞟了眼罗兵，说：“就是。”

吴奇中问：“小路啊！你今年多大了？”

韩小路说：“回吴叔啊书记的话，二十二了。”

吴奇中又问：“有没有男朋友呀？”

韩小路的脸刷地红了，盯了罗兵一眼，低下头去没吭声。

吴奇中笑了，说：“害羞哩！说明没有。要真没有，让吴叔给你介绍一个，可愿意？”

韩小路红扑着脸，又看了眼罗兵。

吴奇中说："不是他，是你们的同事王林。我看这小伙子满优秀的嘛，怎么样？"

韩小路在心里说："真是歪打正着啊！"她又看了眼罗兵。

罗兵顿时那不光生的脸被韩小路收进眼底。她笑着说："我如果愿意，我爸不同意咋办？"

吴奇中说："嘿，这事儿包在吴叔身上就是了。"

韩小路有点儿心花怒放了，连声说："那就谢谢吴叔了！"

出了吴奇中的家门，韩小路问罗兵："有收获吗？"

罗兵说："看你那高兴劲儿，你说呢？"

"难道你不高兴？"她问。

罗兵叹口气说："一人高兴一人愁啊！"

韩小路抿嘴一笑，问："你愁什么？"

"看来，没搞了！"他泄气地说。

"谁没搞了？"她故意问。

"你呗，我没希望搞了！"

韩小路给罗兵一拳，说："你知足吧！吴平这么好的姑娘你不珍惜，还吃着碗里望着锅里，你算不算一个负责任的男人呀？"

没想到这一幕被下班回家的吴平看见了，气得她蹬脚。她气呼呼地走过去，拽着罗兵的耳朵，愤愤地说："光天化日之下，还敢和她亲嘴，你胆子也太大了吧？"

罗兵说："你说些啥哟，我和哪个亲嘴？打胡乱说！"

吴平说："打胡乱说，谁打胡乱说？是我亲眼看到的，你还赖账。人家韩小路和王林都要结婚了，你还想去当第三者，拆散人家，我看传出去，你这个副镇长丢不丢脸！"

罗兵觉得非常委屈，他和韩小路没做一点儿出格的事，怎么就成了第三者？韩小路也是，说句悄悄的老实话也大惊小怪，跑就跑嘛，还捂着个嘴，好像硬是有人亲过她似的。哎，这事呀，恐怕跳到黄河也洗不清了。

吴平见他像煞有介事的难过，便偷偷笑了笑，然后又大度地说："算了，这次就放过你，不给你计较了，但下不为例！要是你再干那些偷鸡摸狗的事，别说我心狠手辣！"

罗兵说："别把话说得那么难听，我罗兵行得端坐得正，我怕啥？你狠也吧，辣也吧，与我无关！"说完，他调头就走。

吴平把他拽住，说："嘿，还抖起来了，说你两句不行呀？"她倏然温柔起来，牵着他的手，嘬着嘴嗔声地说："人家还不是为你好。要是有人指你的脊背骨，我心里比刀戳还痛哩！"

罗兵听吴平这么一说，心里忽然感动起来。他深情地凝视着眼前这个真心爱他的女人，不禁眼眶湿润起来。他伸出双臂将她拥入自己的怀抱。

经罗兵决定，让韩小路带路去西山山顶探测那溶洞的洞口，而对外则说去山上勘测进山的路。临走时，罗兵说："袁局，你年纪大了，就在办公室值班吧。"

袁一锋说："我要去，一定要去！"

罗兵只好把刘姐叫到客厅(办公室)当着大家的面对她说："刘姐，西山开发本土施工虽然暂停，但上山的路还得要修，我们几个准备上山看看这路怎么修好，所以家里没人，你得替我们值值班，接个电话，来了人接待接待，我们中午准时回来吃饭，行不？"

刘姐答得很爽快："要得！反正今天的菜不用买了，你们放心去吧！我按你的吩咐办就是了。"

于是，罗兵、韩小路、袁一锋、王林和吴平五人准备了一些棍呀棒的就出发了。

他们出了老宅，由韩小路打头，在经过那天早晨发现草帽人消失的地方时，她心里不免有些激动，尤其看见她曾经藏提兜和躺过的草丛时，差一点儿喊出声来。幸好是王林给她递了个眼色，她才控制住了自己。

由于是盛夏时节，整个西山变得郁郁葱葱，除了山顶那高高屹立的三座巨石，几乎看不见一抔黄土。

他们来到原来进山的地方，由于草丛茂密，原来开辟上山的所有痕迹都消失了。没办法，他们只得绕道来到山涧落水之处。罗兵看了一下地势，沿涧爬上去，对于年轻人来说问题不大，可对上了年纪的人那就难说了。

罗兵说："袁局，没路可走，你老人家还是回去吧，我们年轻人去就是了。"

大家异口同声地说："是呀，你就别去了！"

袁一锋不服气地说："你们别门缝里看人，把人看扁了。我人虽然老了，但身子骨不比你们软，再说，我是干啥吃的？"

吴平说："知道，公安局局长，但那是老皇历了！"

袁一锋说："想当年别说这山涧险道，就是悬崖峭壁我也当平地走！"

吴平大声说："好大的风啊！"

王林迷惘了，问："哪有风哦？"

吴平瞄了袁一锋一眼，说："吹呀！使劲吹不就有风了吗？"

大家这才恍然大悟，"哈哈"笑起来。

接下来大家开始爬山。罗兵在王林耳边嘀咕几句，王林点了点头。

袁一锋说："你们说我吹，现在我就吹给你们看。"说着，他腾地跳上一块大石头，然后两手一伸，抓住头顶上的一根树枝，纵身一跃，"嗖"的一声上去了二三米。好家伙！众人看着吃惊，他像跟耍猴儿似的那么灵巧！接着，韩小路也学着蹬上那石头，慢慢地向上攀登。

终于，他们上了山顶，来到三个月前到过的地方。山顶还是这个山顶，三座巨石还是那三座巨石。但除了那三块巨石，整个山顶被绿色覆盖得严严实实。

他们跃上曾经领略过风光的那块巨石，眺望一马平川，顿觉视野无限，心胸宽广。

这时候，吴平突然发现五个人少了一个，便大声问：“哎，王林呢？”

袁一锋也感到迷惘，说：“是啊，王林怎么没来？”

韩小路见罗兵没吱声，便走到他跟前问：“你把他弄到哪儿去了？”

罗兵低头悄声对她说：“回去了。”

接着，大家跟着韩小路在苍翠欲滴的树丛中转了几个来回，却始终找不到她当时解裤子蹲下撒尿的地方，也始终没找到那天她发现那双贼亮眼睛的草丛和将她带入洞口的那只美丽可爱的小动物。

四个人几乎找遍了整个山顶，也没发现韩小路在分析案情会上提到的那个洞口。韩小路显得无奈，袁一锋感到奇怪，罗兵显得矜持，吴平却急不可待。

吴平说：“哎！韩小路，你是不是在做梦，把梦境当成现实，逗我们玩哦？我告诉你，这西山压根儿没什么溶洞，有的是你自编自导自演的假戏！”

韩小路说：“你这么说，我还真有些怀疑我自己了，是不是把梦当成了现实。”她走到一石壁前，忽然转过身来对大家说：“真对不起！也许我真的记错了，但我向大家保证，这山里的确有个非比寻常的溶洞。”

袁一锋笑着说：“哎呀，没有就没有嘛！小路，不要有啥想法，啊！”说完，他就打头往前走了。

吴平“哼”了一声，也随袁一锋离去。

韩小路轻轻拽住罗兵的衣袖，用眼神往她身后的石壁一扫。草丛中一个箩筐大的洞口进入罗兵的眼底。

罗兵欣慰地笑了。

第四十八章 紧急电话

王林按罗兵的吩咐，快速返回老宅，看刘姐在做什么。他走进老宅的客厅没见到人，又到厨房，还是没人。他又去柴房和后院找，也是没见刘姐的人影。他正狐疑时，屋里传来“嘟嘟”的敲打声。他顺声走去，发现刘姐手握一根小木棒在韩小路和吴平住的寝室里敲打着地板和墙壁。刘姐发现王林突然出现在眼前，顿显六神无主。

王林问："刘姐，你在做啥哟？"

刘姐皮笑肉不笑，支支吾吾地说："好……好大好大一个耗子跑到这里来了。"

王林说："哦，原来你是在打耗子呀，打着了吗？"

刘姐说："跑到这屋里就不见了。"

王林又问："发现耗子洞没有呀？"

刘姐说："没有。"

这时客厅办公室的电话响了，刘姐乘机扔下木棍去接电话。

王林迅速拿起木棍学着刘姐样子在地板和墙壁上敲打，当他敲到床头柜靠床一侧时似乎想到了什么。他立即回过身来，见刘姐神色紧张地望着他。他忙说："真的没有洞哎，也许藏到这被子里去了吧！"边说他就欲掀韩小路床上的被子。

刘姐急忙制止说："哎别动！要是让小路知道我进了她的房间，又动了她的被子可不得了。哦对了，刚才韩镇长来电话说，小路电话不通。"

"山上信号不好。镇长找她有事吗？"王林问。

"韩镇长说小路她妈病了，叫她赶快回去。"刘姐说。

王林听后便立即对刘姐说："你快去西山顶通知小路，我立即骑摩托车往镇上赶。"

"要得！"刘姐大大松了一口气，就往西山走。

王林赶到韩雨家时已接近正午，信香直挺挺地躺在床上，眼睛紧闭，呼吸却正常。

韩雨在床前显得无能为力。他对王林说："一个小时前，她打电话给李琼叫我立马回来，不回来她就上吊自杀。我回来了，她又叫我打电话喊小路回来，说小路不回来她就跳楼自杀。我立马给小路打手机，手机又不通，我就给你们办公室打电话了。"

王林说："他们上山了，山上手机信号不好。"

王林问："伯母的病严重吗？要严重的话就快送医院吧。"

韩雨说："今天早晨还好好的，我估计她是想丫头韩小路了。"

这时，信香在床上呻吟起来并呼喊道："小路，我的好女儿，你在哪里哟？妈好想好想你呀！快回来吧！你再，再不回来，可就见不到妈了！呜呜——"

信香说着就哭泣起来。哭着哭着，哭声变成了鼾声。

韩雨说："她睡着了。"

"谁说我睡了？哎哟，我的丫头小路也！"

突然，信香翻身下床，哭喊着小路冲向窗台。韩雨和王林急忙把她拖住。

王林说："伯母你冷静一点儿，不要着急，小路很快就会回来看你的。"

信香死盯着王林，问："你是谁？"

王林说："我是王林，是小路的同事。"

信香说："你是小路的男朋友吗？"

王林迟疑地说："不是，是同事。"

"要是多好啊，哈哈！呜呜！"信香说着便又大笑大哭起来。笑完了，哭完了，又开始唱她的北风吹。而且边唱边跳。

韩雨说："她又犯病了。她一犯病就这么又哭又笑，又跳又唱。"

正说时，韩小路急冲冲地回来了，后面还跟着罗兵和吴平。

信香见女儿回来了，高兴地笑起来。

韩小路喊了声妈，上前紧紧把信香抱住，泪水从她的眼眶里滚了出来。旋即她把信香搀扶去了卧室。

客厅里，韩雨向罗兵和吴平介绍信香犯病的情况，他说："现在只要一天见不着小路，她就大叫大喊，说有人把她的女儿拐跑了或害死了。还说，韩小路要是死，她要和她一起去死。"

罗兵说："这也难怪，女儿是妈身上的肉嘛！上次小路失踪，对她的打击太大了，好不容易回来了，又不常在她身边，你说她能放心吗？"

吴平说："我看，韩小路在西山没多大作用，尽出些莫名其妙的馊主意。韩镇长，干脆叫她回来照顾信香阿姨算了。"

罗兵说："不行！西山的工作离不开她。"

吴平说："怕是你离不开她吧？"

"又在乱说！"罗兵厉声反驳吴平道。

韩小路把母亲哄去床上睡了，回来时她在门口听到了吴平的话。她想了一下觉得可行。反正西山那边有王林，她很放心。再说，她住在家里，既可以照顾母亲，还可以常去看奶奶。

她总有一种预感，奶奶迟早要出事。于是她说："我同意吴平的建议。爸，让我在家照顾几天妈吧！"

罗兵站起来，对韩小路说："那怎么行？我们的工作不干了？"

韩小路一个眼色递过去说："我也没说不干工作呀，我只是想照顾几天妈而已，等妈的病好一点儿了我再去西山也不迟呀！"

韩雨说："也只好这样了。"

接下来他们又聊了一阵西山农家乐和环山小路的招标问题。

罗兵说："我们决定在老宅两边先新建四到六家农家乐，已经确定的三家立即批准他们动工，力争在重阳节前开业接待游客。"

韩雨最后代表小镇党委和政府，对西山开发小组和指挥部的工作表示肯定。表扬他们谨慎、稳妥、细心，并希望他们以安定、团结为指导，顾全大局，继续把工作做细做好。

韩雨还做了一个假设："如果因为加快西山开发速度而导致诸多安全隐患和危

险因素的话，我宁可放弃或推迟开发。因为，众所周知，安定团结是压倒一切的大事。”

在回西山的路上，罗兵、王林和吴平对韩镇长的指示感到十分迷惘。他们弄不懂镇长的话是什么意思，仿佛在暗中批评和指责他们西山开发指挥部在违背安定团结的原则似的。这种指责和韩小路掌握的何波的破坏威胁有着异曲同工之处。

吴平说：“韩镇长用大帽子压我们停止西山开发，我看完全是他女儿韩小路从中作祟。”

罗兵问：“何以见得？”

吴平说：“就凭她凭空编造的西山溶洞这一条，就能说明他父女一条心都在反对开发西山。而且我还怀疑，韩小路在溶洞的经历，包括什么蒙面人、草帽人和溶洞男人统统都是子虚乌有！就连何波这个人也根本不存在！所有这些都是为反对和阻止开发西山凭空编造的借口！”

罗兵说：“你不也说曾经在小镇西街口看到的那个乞丐的眼睛很像何波吗？怎么现在又说何波根本不存在呢？”

王林也坚决反对吴平的推理，他说：“韩小路在西山没有找到溶洞的洞口，是你说的。再说，一次没找到并不代表永远找不到。我是何波的儿子，组织相信我，告诉我何波可能还活着，是不会错的 。”

吴平说：“我上次说那个乞丐的眼睛像何波，并不是说他就是何波。何波死了好几年了，我爸说他的墓碑还好好地立在柏条河的下游河岸，这是事实。现在又说他还活着，谁真的看见他本人了？再说，韩小路编造的那溶洞中的男人是不是何波，她自己也没有十分肯定嘛！”

罗兵说：“但韩小路在洞中的经历和那个像是何波的男人提出的问题是千真万确的。”

吴平问：“如何检验你的千真万确？”

罗兵说：“西山的洞口，韩小路找到了，也让我看到了。”

吴平问：“那为什么不让我们也看看那个洞口呢？”

罗兵说：“不是不让你们看，而是不能让更多的人看，或者说，不能过早地让更多的人知道那里有洞。我们已经发现了溶洞的洞口这是铁的事实。现在我还是这个决定，如果谁把这个秘密泄露出去，那才真的是破坏稳定大局！”

吴平有些内疚地说：“这么说，韩小路是可信之人？”

罗兵说：“你不相信她可以，但不能不相信共和国的公安部！”

罗兵、王林和吴平回到老宅，见饭桌上摆着几盘炒菜，但不见刘姐和袁一锋。

罗兵说：“他们可能吃过了，我们吃吧。”

于是三人便坐在饭桌上开始吃饭。刚吃了几口，就听见门外传来吵闹声。

罗兵放下碗筷走出门去见四五个男女围着袁一锋和刘姐七嘴八舌的大声嚷嚷。袁一锋见罗兵站在门口，便说：“我们领导回来了，你们的问题向他说吧！”

一个四十多岁，名字叫裘中表的男人，穿着背心短裤走到罗兵跟前，拖着结巴声说："老，老宅南边靠河的那，那块河滩地，上次是我，我中的标。嘿，今天我准备动工修，修房子时，这个婆娘公然说是她，她的地盘！"

那女的姓兰，当地人叫她兰大嫂。她立即对裘中表说："那块地就是我的嘛！那天我在街上，碰见李琼李副镇长，我就跟她说，我准备在老宅南头的河滩地盖一所农家乐，李镇长立马就说，盖农家乐呀，要得要得！哎，裘中表，是镇长说了算，还是你裘中表说了算？"

众人一听，"嘻嘻哈哈"地笑起来。

有个年轻小伙子说："兰大嫂，你弄拐了，人家说的是中标，不是中表。"

兰大嫂瞟了他一眼，说："他的名字就叫裘中表嘛！"

罗兵说："就这事嗖，好说嘛！请到里面办公室谈吧，这太阳坝头好热呀！"说着，他就把他们请进老宅。

大家都进了门，可兰大嫂就站在门口，怎么请她也不进去。她说："这老宅阴气很重，死过很多人，进了不吉利！要谈就在外头谈。"

刘姐劝说道："外面太阳大，还是在屋里商量好些。"

兰大嫂说："有啥子怕见阳光的？又不是女人偷男人，男人嫖女人那些事。"

这时，一个打光脚丫、戴草帽的男人急冲冲地走来，啥话也没说，一把将兰大嫂拽起就走。

晚上，王林见刘姐回柴房睡觉以后，王林才关起门来悄悄地把白天从西山回老宅见到刘姐的情况向罗兵详细作了汇报。

王林汇报完后，罗兵思忖道："看来小路的判断是对的。刘姐是有目的而来。但是她进小路房间，究竟是想干什么呢？恐怕不是打老鼠那么简单吧？"

这时，罗兵的手机响了。他立马打开手机，见是韩小路打来的。他说："喂，小路吗？是，我是罗兵。什么？好，我们马上到！"

罗兵接完电话，对王林说："出事了！"

第四十九章
又是血案

血案发生在韩雨母亲陈英的家里。是韩小路打电话报的警和通知的120救护车。110警察和120救护车接到韩小路的电话很快就赶到了。韩小路打电话给罗兵后不久，A县公安局局长张德亨也开车来到了案发现场。

按张德亨局长安排，除110警察和120医务人员外，其余人员一律不得进入案发房间。如果警察需要问话，则由他亲自安排喊人，其中自然包括报案人韩小路。

几分钟后，120救护车把伤者韩雨母亲陈英老太旋即送往县医院抢救。韩小路哭喊着想跟救护车同去，却被一名警察严肃而坚决地挡住了。那警察对她说："张局叫你进去问话。"

韩小路肩上挂着牛皮女式高级挎包，她想把挎包给闻讯而来的吴平，想了一下又算了。她挂着挎包欲进屋，又被那警察挡住说："你不能把包带入现场。"

韩小路说："那请你帮我保管一下吧！"

警察接过挎包，待韩小路进屋后，顺手给了吴平，说："女人的东西还是由女人保管为好！"

韩小路进屋后，见堂屋里坐着三个警察。一个是县公安局局长张德亨，一个是记笔录的小镇派出所所长，还有一个就是县公安局刑警队邢队长，人们叫他邢队。向韩小路问话，自然由邢队执行。

张德亨局长叫韩小路坐下后，邢队开始问话。邢队一脸严肃，像利箭似的眼神紧盯在韩小路的脸上，问道："你就是报案人韩小路？"

"是的。就是我报的警。"韩小路说。

邢队说："你把今晚作案的经过如实说清楚吧！"

韩小路一惊说："你搞错没有？是我第一时间报的警呢！怎么叫我说作案经过呢？你应该问我是怎么发现血案的。"

张德亨对邢队笑了一下。

邢队说："那你就把你今晚是怎么发现这起血案的经过说说吧！"

韩小路说："事情是这样的：我今天本来在西山考察，听刘姐说我妈的疯癫病又犯了，于是我和罗兵他们一起回到家里。我妈只要见到我，她的病就会减轻。所以大家建议我留下来照顾母亲两天。"

"抓住重点！"邢队提醒韩小路。

"晚饭后，我见我妈的病情有所平稳，她看了一会儿电视就上床睡了。我对父亲韩雨说，妈已经睡了，用不着两人陪她了。今天晚上是你去陪奶奶，还是我去陪奶奶？"

"奶奶是谁？"邢队问。

"就是受害人陈英呀！我奶奶因为和我妈长期合不来，所以她宁愿一个人单独住在这旧房子里，也不愿搬去新房和我们同住。"

"这和本案有关吗？"邢队又问。

"有啊！"韩小路继续说，"大概因为奶奶年事已高，最近常做噩梦，平时就显痴呆的她，身体和精神状况就越来越不好。于是，我就和父亲商量，每天晚上来一人陪她。"

"我说了，要抓住重点！"邢队又提醒说。

"父亲对我说，还是我去吧，你妈只认你。要是她醒来见你不在她身边，又要闹得死去活来，我真受不了。我说行，你去。"

"到哪里去？"邢队问。

"就是到奶奶这里来呀！"韩小路说，"父亲刚走出门，就听母亲在喊父亲。父亲又只得倒回来答应她。我和父亲走进她的卧室，问她有啥子事？她迷迷糊糊地说，不能让韩雨走，不能让他去找女人。父亲无奈，只好说，那你就去陪奶奶吧。于是我就挂着我们女人常用的挎包来了。"

邢队听得似乎毫无兴趣，说："你说了这么多，哪一句话与今天晚上的血案有关？"

张德亨说："你听她讲。"

韩小路继续说："我踏着伸手不见五指的夜路，凭着依稀的路灯射出的微弱光亮，走出了小镇街头。往北又踏上了通往奶奶家的毫无光亮的黑路。这段路虽然不到一公里，但路面不宽又坎坷不平。两旁竹林和树林盘根错节，野猫和小动物总是怪叫着从我的脚下跑去跑来，几次差点儿把我吓得绊倒……"

邢队大声打断说："韩小路！你是在对警察说案情，还是在给警察讲悬疑故事呀，嗯？"

张德亨说："你听她继续讲。"

韩小路忽然生气地说："我不讲了！"

邢队大声说："嘿！你这个女娃子，年纪不大，脾气还不小。"他把手枪往桌上"啪"地一放，说："你说还是不说，你就看着办吧！"

韩小路笑道："没见过你这么问人情况的警察！你那枪，只有心里有鬼的人才怕。我韩小路心地坦然，光明磊落，我一点儿都不怕！你问我情况，我讲。你却不让我讲。”

邢队说：“你说的那些都与本案无关。”

韩小路说：“谁说与本案无关？一件事情总有前提和过程，有前因和后果。如果我不讲这前提和前因，直接讲我进屋开灯发现一个蒙面人在奶奶房间，手持凶器与奶奶搏斗最后将奶奶刺倒在地。蒙面人听我呼喊，便仓皇逃走。我再追出去，却只见黑夜不见人。为救奶奶，我返回房间。只见奶奶全身是血，躺在地上一动不动。这时我才赶紧打110报警和120救人。你们信吗？你们会反过来问，你为什么来这里？为什么早不来，晚不来，等到深更半夜凶手杀人时你才来？”

韩小路带着不满，一口气说了这么多。她深深地吸了一口气，说：“我知道的和看到的都说完了。信不信由你。我要去医院看奶奶。她生死未卜，我是她唯一的孙女，我不去谁去？”说着她就要走，却被邢队挡住了。

这时，罗兵和王林以及袁一锋都到了。韩小路一见罗兵和王林，泪水潸然而下。

张德亨把罗兵和王林叫到屋外一旁小声说：“这事非常蹊跷，许多偶然都凑在一起，县委吴奇中副书记……”

罗兵一惊：“你说什么？吴奇中不是说退居二线了吗，怎么又当起县委副书记来了？”

张德亨说：“省里的文件早就下了，只是没有宣布而已。也是他不愿搞得那么大张旗鼓。所以一直掩着。现在吴奇中副书记又分管公检法，又是县政法委书记，韩雨是小镇党委书记兼镇长，你们的工作，也包括我的工作将会面临许多曲折和困难。这次突发的血案，如果韩老太在没说出真相前就死去，韩小路难脱干系。”

王林说：“难道韩雨会害他的亲生女儿？”

张德亨说：“所有的结论现在下都为时过早。你们当前唯一的选择是静观事态发展，秘密行动，加快侦查速度，收集悬案的确切证据。没有我的指示，切莫轻举妄动，千万不要暴露自己。”

罗兵问：“现在韩小路怎么办？”

张德亨说：“邢队坚决要带她回警局调查，这也是吴副书记的指示。”

王林说：“不行！这里的工作除了她，寸步难行。”

罗兵说：“我能和小路说两句吗？”

张德亨说：“好。我们一起进去吧！”

张德亨和罗兵王林来到堂屋，见邢队还在询问韩小路。

这时吴平拿着韩小路的挎包走进来说：“韩小路，你的包在我这里。你要还是不要？不要的话，我就背走了。”说着就要走。

邢队一把夺过吴平手中的挎包欲打开搜查，被张德亨制止了。

张德亨对韩小路说：“根据县委副书记、县政法委书记吴奇中指示，你必须去县局协助调查这起血案。这挎包是你的私人物品，你说是带走还是交给谁替你保管？你自己决定吧！”

韩小路此刻什么都明白了，她看了眼罗兵，又看了眼王林，说：“包就请王林替我保管吧，其实里面没啥重要的，都是些女人用的东西。”

张德亨说：“那好！”随即就把那包递给王林，说：“你可要保管好它哦！女孩子的东西不好动也。”

王林说：“请小路放心，我不会偷看的。”

罗兵问韩小路道：“小路，你还有什么要我们做的吗？”

韩小路说：“替我去医院看奶奶。要是她还活着，告诉她我一定会回到她的身边的。还有，刘姐一天很忙，你们要多多关照她。”

忽然，堂屋的门“砰”的一声被撞开了。韩雨像疯了似的闯进来，大声喊道：“妈！你在哪里？儿子来晚了！”

张德亨旋即对韩雨说：“韩书记不要激动，老太只是受了点伤，已经送医院抢救去了，相信不会有大碍的。”

韩雨见女儿韩小路被警察控制住，惊讶地问邢队：“这是怎么啦？”

邢队说：“韩书记，老太被杀，是你女儿韩小路报的案。但经我们现场勘查，韩小路有贼喊捉贼之嫌。所以，我们要她回县局协助调查。”

韩雨大声说：“胡扯！我女儿绝对不会伤她的奶奶，绝对不会！”

张德亨说：“不会更好。韩书记放心吧！要没她的事，你女儿很快就会回来的。你还是快去医院看看你母亲吧！”

韩雨望着载着女儿韩小路的警车消失在夜幕里，不禁泪如雨下。

罗兵等人说要迅速去医院看韩老太陈英，而韩雨却要留下来收拾屋子。

罗兵等人走后，韩雨先去母亲房间，见房门已被警察贴了封条。他想到母亲深藏黄金的杂物房，恍然大悟，便即去杂物房间。他用最快的速度搬开那个木柜，正准备揭开那石板时，他停住了。

他的心脏剧烈跳动，在房间里巡视一通，然后又走出门去见无人无动静时，才进屋把门杠杠好。然后才像风一样跑进那杂物房，揭开那块石板。他一看，顿时傻眼了。因为他发现，母亲曾带他看藏在这石板下的那包黄金不见了。他旋即昏了过去。

待他醒来时，似乎一切都明白了。杀他母亲和拿走他母亲黄金的是同一个人，那就是何波！他怀着满腔的怒火，在心里咬牙切齿地说：“何波，你这个狗杂种，老子非把你杀了不可！”

县医院抢救室门口，站着两名持枪警察。只允许医务人员进出，其他人一律不能靠近。从窗外往里看，老太躺在病床上正在输血，脸上和手上都是呼吸机和测血压、测心跳等医疗器具。罗兵等人急切来到抢救室门前，也被警察挡住不能靠近。

罗兵说："我受受害人家属委托，想知道老太伤势如何？"

一警察冷漠地说："不知道！"

无奈，罗兵等人只有走进医生办公室，问一老医生。

老医生说："你们是老太的什么人？"

罗兵说："我们是她孙女的同事。"

王林指着罗兵对老医生说："他叫罗兵，是小镇副镇长。"

吴平也说："他是副镇长，我可以作证。"

老医生一笑，说："罗镇长的大名谁不知道？不过，你们当是一般的病人呀？她是刑事案件的当事人！别说副镇长，就是副县长来，没有公安局的批准，照样不能看，不能打听！"

这时，外面传来嚷嚷声，说："快！快叫医生。老太不行了！"

老医生闻声疾步而去。

第五十章 医院众相

韩雨在母亲家的堂屋里"瘫"了快一个小时，也想了快一个小时。

他先想立即去找何波报仇，只有杀了这个杂种，他才有脸去医院看望母亲。他知道，自从父亲死后，母亲带他太不容易了。吃了不少苦，受了不少累，担当了多少孤儿寡母的屈辱。可以说，母亲是用她的整个一生将他抚养成人。供他上了学，有了工作，当了干部，戴上了光宗耀祖的政治光环。

母亲是他一生中最值得敬仰的亲人。她本可以快快乐乐地安享晚年，可突然遭到这么一击，让他这个当儿子的怎么有脸出现在她的眼前？只有杀了何波，他才有资格跪在母亲面前说："妈，孩儿为你报仇了！"

他倏地从地上站起来，到厨房拿了两把菜刀，走出门去，在门前的那块磨刀石上将刀磨得"霍霍"直响。然后用手指刮了两下刀刃的锋利度。在确认能割断何波的颈部血管或砍破何波的头颅后，他才进屋找了个布口袋将刀装在里面。然后面对祖宗的排位跪下，叩了三个响头，转身走出门去。

可就在这时候，远处传来“汪汪”的狗叫声。这狗叫声让他从冲动的氛围中镇定下来。想到这伸手不见五指的夜晚，他到哪里去找何波？他虽然知道何波藏匿在西山，也听他说就在西山的洞里。可西山那么大，洞口在何处他全然不知。此时，要想找到何波并且将他杀死，谈何容易？

他即刻想到一个成语，“君子报仇十年不晚”。他决定另辟蹊径，不用十年，就在很快的时间里让何波死，而且死得合理合法。为此，他再次想到报警。他认为，一桶黄金的价值加上母亲的一条命，足以让何波的十个人头落地。他忽然欣慰起来，即使何波在法庭上指认他强奸了他的老婆，又包庇他藏匿西山八年，他的过错与何波的罪大恶极比起来完全是天壤之别。

那时候，他韩雨不但无过，反而有功。因为，是他的举报才使沉积十年悬案连同此次入室抢劫杀人案得以破获，藏匿十年的凶手才得以正法。这个功劳足以抵消他所有的过错。他的所有耀眼光环不但不会受到影响，反而会依靠吴奇中这棵大树，光环会更加鲜艳，更加夺目。说不定，他也会像吴奇中一样，五十六岁甚至不到五十六岁就坐上县委副书记的宝位。

主意打定，他就拿出手机拨打 110。可他拨了 11 后，他突然“啪”的一声又把手机关了。

此时一个比强奸何波老婆和包庇何波罪大得无法比拟的罪恶又从他的心里升起。那就是一个镇的党委书记兼镇长，知法犯法，抛开那黄金的来历不明不说，私藏巨额黄金罪再加上旧罪，也足够使他和何波一起上断头台的。想到这里，他不禁在大热之夜也连续打了三个寒战。

左也不行，右也不行。此刻的韩雨走到了人生的又一个岔道口。他选择着，犹豫着，徘徊着。他至今还不明白，正是这种选择，犹豫和徘徊，让他的一家走到如今老婆疯癫，女儿被控，母亲被杀的悲惨绝境。

直到现在，他还是宁愿让凶手逍遥法外而选择保住自己已经到手的耀眼光环，继续在穷途末路中以身试法。哪怕一家人只剩他一个人存在，他也要让这光环在他韩雨的头上大放异彩，像吴奇中那样被人敬重，被人羡慕，被人传颂。

就在他为自己的前程想入非非的时候，他的手机响了。

电话是王林从县医院打来的，声音急促地对他说：“韩书记韩镇长，你快来医院吧！老奶奶她……”

韩雨不敢再听下面的话，收起手机拔腿就跑。

天快亮的时候，韩雨到了县医院门诊部急诊室。抢救室门口冷冷清清，除了两个护士收拾抢救室病床上的东西以外，只有王林一个人抱着韩小路的挎包坐在条椅上耷拉着头似睡非睡。他走上去轻轻地拍了下王林的肩头。

熬了一夜也等了一夜的王林见韩雨匆匆忙忙地赶来了，还一脸大汗，便站起来让他坐。

韩雨没坐，急着问：“我妈呢，她怎么样，在哪里？”

王林说："老奶奶差一点儿没命了，是医生们竭尽全力抢救，最终脱离了生命危险。罗兵还为奶奶输了血，吴平和袁局也在这里守到凌晨五点。"

韩雨吃惊地问："袁一锋也在这里守？"

王林说："我们四个人虽然见不着奶奶，但我们都没走。直到医生告诉奶奶已脱离生命危险，罗兵他们才说出去弄点吃的，让我在这里等你。"

韩雨见抢救室无人，便问："我妈被转到哪个病房去了？"

王林说："可能是干部病房吧！有警察守，不让接近也不让看。"

韩雨说："荒唐！哪有不让儿子看母亲的道理？"说着就往住院部的干部病房奔去。

韩雨到住院部，直接去干部病房区。还没走到干部病房门口，就被两位持枪守卫的警察挡住了去路。

挡他的警察是一个三十来岁，长得不算彪悍但挺有精神的小伙子。他问韩雨："你找谁？"

韩雨对他不屑一顾，说："看我妈呗！她被人刺伤了。"

那警察严肃地说："没经领导批准，任何人也不能去看！"

韩雨大声说："我就是领导！你是谁？"

那警察把警帽一揭，现出一个光脑袋。顿时，这个光头脑袋在韩雨的眼前反复出现。这光头的脸，一会儿惊恐地述说，一会儿沮丧苦恼地笑。然后，那警察又把警帽戴正，问韩雨说："你看我是谁？"

韩雨惊讶地说："你不是十年前发现老宅杀人案的那个小偷袁三娃吗！？"

那警察仍严肃地说："我现在的名字叫曾见。"

韩雨皮笑肉不笑地说："你以前的名字也叫曾见，只是人们不这么叫你。真是啊！人不可貌相，海不可斗量，十年河东，十年河西呀！小偷成正神啦！"

那警察又说："我再说一遍，我的名字叫曾见，曾经的曾，看见的见。你是小镇党委书记兼镇长，更应该懂得尊重人。哪怕这个人曾经犯过错，甚至犯过罪，但他现在是正正经经的一个人！"几句话说得韩雨哑口无言，他只好转身离去。

韩雨往回走没走几步，见吴奇中书记和张德亨局长向病房走来。吴奇中的花白头发梳得光光亮亮，脸上刮得干净清爽，上穿长袖白衬衫，下着青色直筒长裤，脚穿黄色牛皮新鞋，手中摇把黑色折叠扇。他面带笑容，给人一种十分亲切和善的感觉。他的周吴郑王的形象和他身边的头发蓬乱、满脸倦容、穿着一身陈旧的短衣短裤的张德亨形成鲜明的对比。一个高尚明净，一个低趣邋遢；一个引人注目，一个无须一顾。

韩雨见到吴奇中，仿佛见到大救星。他走上去对吴奇中说："吴书记，你是管公安的，就让我去看看我母亲吧！"

吴奇中看了眼张德亨，笑着说："看你急的，我和张局长正是来看望老太太的。走，我们一起去。不过，这案子还没破，凶手也没抓住。你在看的时候，最好只看不说话。”

韩雨连连点头。

韩雨跟着两位领导走进病房时，他有意侧身抬头用一种挑衅的目光盯了眼曾见。

宽敞的病房里设施俱全。老太太平躺在病床上，整个头被呼吸机的套笼罩着，心脏测试仪有规则地显示出心脏跳动的速度。

一位女护士守护在床前。老医生对吴奇中书记和张德亨局长介绍说：“老太身中两刀，伤在肩部，一刀很深刺破了动脉，失血太多。经手术抢救和补充血液，老人家虽然还处在昏迷中，不时还说着胡话，但已经脱离生命危险。现在生命特征正常，应该说没有大碍。”

老医生说完，吴奇中对医生护士说：“陈英不仅是韩书记的母亲，更是辛亥革命先躯韩光的夫人，是我党重要的民主人士。这次她不幸遇难，你们救活了她，我代表县委、县府和县公安局向你们表示感谢！你们有事忙去吧！我想和老夫人说两句话。”医生和护士以及张德亨局长和韩雨也相继走出病房。

吴奇中轻轻地走到陈英床前，用手握住她输液的手，然后又弯下腰去轻声对老太说：“老人家，我是吴奇中啊！是你常喊的中娃子，我看你来了！”

陈英似乎“嗯”了一声，但仍没睁开眼睛。

吴奇中握住陈英的手，问：“老人家，你看清楚杀你的人是谁吗？你认不认识他？如果认识你就告诉我，好吗？”

陈英半睁着眼睛盯着吴奇中，嘴角蠕动了两下，没出声，摇了摇头，又把眼睛闭上了。吴奇中说：“好好养伤，配合医生好好治疗。你放心，杀你的凶手一定会抓住的，你的血绝不会白流！”

老太又“嗯”一声，声音比刚才大了许多。

吴奇中说完，韩雨进来。他眼含泪水，趴在病床边沿看着母亲难过的表情，多么想喊一声妈哦！但他没喊，只见他嘴唇蠕动，一脸沮丧，泪水滴落在母亲的床沿上。这时候，老太的手明显地抖了一下，跟着就听见她喃喃地喊道：“小路，小路！你，在哪，哪里？雨儿，雨儿——”

女护士进来说：“你们听，她又在说胡话了。自从抢救回来以后，她一直说这些胡话。”

吴奇中说：“你就让她说吧！她老了，又有这么重的伤，可能不行了。唉，太可怜了！”

韩雨终于忍不住大哭起来。

几乎在同一时间段，韩小路在县刑警队的一间小屋里接受警察的询问。

此刻，一名男警和一名女警换下两名女警，精神抖擞地坐上询问室的座椅。那女警年轻气盛，口齿伶俐，问话时声色俱厉。

女警问：“韩小路，你要老实交代，你为什么早不去晚不去，偏偏三更半夜去陈英家？”

男警察问：“你为什么要对一个八十多岁的老人下毒手？她可是你的亲奶奶啊！你下得了手吗？”

女警察又问：“你杀了人又报案，贼喊捉贼，居心何在？”男警察说：“这些问题你必须如实交代！”

韩小路有气无力地说：“这些问题你们问了好几个小时，我也答了好几个小时。你们换了三拨人，而我一直这么答。现在我，实在不行了，困得很，想睡觉。”说完，她就再也不吱声了。

是呀！一晚上她没合眼，太困了。

女警察又说：“你不说是不是？那好，看我们谁熬得过谁？”

这时的韩小路已经被频繁的不间断的重复询问弄得精疲力竭。她的身体实在支撑不住了，脸色苍白，满头大汗。她突然一阵晕眩，脑袋一歪便“砰”的一声磕在桌子的边沿上，额头顿时裂开一个口子，殷红的血液冒了出来，从她的两眼间流向她惨白的脸颊。韩小路终于昏迷过去。

两个警察慌了，立即将韩小路送往县医院。

王林在抢救室门口等韩雨，也在等罗兵他们。自感久等不来，便掏出手机打电话，手机又提示没电了。他正想离开时，见一名男警察抱着一个满脸是血、脸色苍白的女人在一个女警察的协助下送进抢救室。

王林一看那伤者就认出是韩小路。他像发疯一样冲上去大声喊道：“小路！你怎么啦？”

女警察将他挡住，厉声说：“不许靠近！”

王林哪顾这些，硬要冲进抢救室，又被里面出来的男警察拦住。

突然，一个女人的惊叫声又传来。大家转身一看，见李琼扶着歪歪倒倒，一边走一边叫喊的信香走来。

信香边走边喊：“小路，我的丫头，你在哪里？妈叫你呀！”喊着，她猛地挣脱李琼的手，就往门诊部门口冲。冲了几步，又跳又唱起来：“北风那个吹，雪花那个飘——我盼女儿快回来，欢欢喜喜过个年，欢欢呀，喜喜呀，过个年！”唱着跳着又忽然坐在地上大哭起来。她哭得撕心裂肺，使得整个门诊部不得安宁。

李琼对吴奇中和韩雨说：“信香嫂子早上起来没见韩书记和小路就打电话问我。我说不知道。她说我不把韩书记给她交出来，她就要跳楼自杀。我怕她出事，就赶紧去把她给带来了。怎么样，老太太没事吧？韩小路呢？”

韩雨两手一摊，明显苦不堪言。

第五十一章
陈英之死

吴奇中亲自去将信香从地上扶起来，把她带到一旁，悄声地对她说着什么。也奇了怪了，信香就再也不唱不跳也不哭不闹了。大家看后深感迷惑。

韩雨说：“她从小就崇拜吴奇中书记，只有他的话她才听得进去。”

这时，韩小路头上包着纱布从抢救室出来。她闻讯后立刻跑向信香，喊了一声“妈”便扑向她的怀里哭了起来。

王林也从另一间抢救室抱着小路的挎包出来，看着信香母女俩抱成一起，他略显苍白憔悴的脸，绽出了欣慰的笑容。

吴奇中当着众多人的面，严厉地批评张德亨说：“你这个公安局局长是咋当的，嗯？不就是一起入室抢劫伤人案吗？你们立案侦查就是了，干吗弄得这么警备森严鸡飞狗跳的？甚至还动用警力扰民！你不知道这是医院吗？简直没规没矩！撤！给我把警察统统地撤下来！”

他又笑着对韩雨说：“老太就交给你了，女儿也还给你了，你未来的女婿也没事了。你们一家子就好自为之吧！”

这时，一名女护士匆匆跑来问：“谁是韩老太陈英的家属？”

韩雨说：“我是。”

女护士说：“老太又不行了，你快去吧！她说她要见她的儿子和孙女。”

韩雨一家人小跑来到干部病房，罗兵等几人也紧跟而来。他们见抢救的医生正忙碌着抢救，也没急着要求进病房探视。

一会儿，那位老医生从病房出来，对韩雨说：“我感到很不理解，本来老太经抢救，又补充了血液，主要的生命特征也趋于正常，虽然仍处于昏迷状态，但应该说无生命危险。可现在一切都变了，变得不可挽救了。”

顿了一下，老医生又说：“难道真是她年纪太大，抵抗力太弱的缘故吗？”

和他一起出来的一位年轻医生说：“也许吧！她毕竟八十多岁了，身体弱，又流了那么多血。”

老医生对韩雨说："趁现在她还较为清醒，你们进去和她说两句吧！不过人不能多，最好一个一个进去，说不了话，见见也好。"

这时，一个女护士出来问："谁是小路？老太叫你。"

韩小路一边答应，一边从王林手里拿过挎包走进病房。

来到病床前，韩小路见陈英的脸色铁青，眼睛睁得很大，好像受到什么惊吓。她轻轻地喊了一声："奶奶。"

韩老太便转了一下眼珠，将输液的手颤抖着伸向韩小路，嘴唇嗫嚅着，想说什么又说不出来。韩小路低下头去，仔细听也没听出什么。

韩小路握着奶奶陈英的手，说："奶奶，你一定要挺住，一定要挺住啊！挺过这一关，你就会好起来的。"

老太喘着小气，喃喃地断断续续地说："奶奶……不行了，要……要走了。你爷爷在……那边等，等不及了。"

韩小路流着泪说："不！你答应过我的，在我结婚的时候，你要在我的婚宴上坐上八位！你不能说话不算话呀，奶奶！"

陈英的脸形开始慢慢变得扭曲，但仍在小声说："我的好，好孙女，奶奶对，对不起你啊！"

韩小路意识到奶奶确实不行了，于是问："奶奶，孙女问你一句话，你一定要如实告诉我。杀你的人是谁？是不是何波？"

陈英说："他说，他是何波，但我知道，他，不是何波。何波是不会杀杀我的。再说，他要，要的东西，我已经还给他了，他更不会，不会杀我。"

韩小路又问："那杀你的人究竟是谁？"

陈英又把输液的左手抬起来，让韩小路看。其实，韩小路早已发现，奶奶的左手背上有一个小小的针眼。那绝不是输液造成的针眼。

陈英又把右手抬起来让韩小路看。韩小路也早就知道，奶奶的右手食指和中指的指甲缝里仍存有已经凝固的血迹。

这时，韩雨两口子憋不住了，走了进来。韩雨刚喊了声妈，信香就趴在老太身上哭喊起来："哎哟！我苦命的妈哟，你好惨哟！昨天还好好的，今天怎么就要死了哟，呜呜！"

李琼和吴平立即进来劝信香走，她不走，继续哭喊："妈也，你死了到好哟！可我怎么办哪？你那混账儿子更要欺负我哟，呜呜！"

最后，信香被医院保安生拉活扯地给弄走了。

信香这一闹，反而使陈英清醒了许多。趁病房清静的时机，她叫其他人都出去，她要单独和儿子韩雨说几句话。

韩小路将她的挎包悄悄地挂在墙上的挂钩上后，也跟着走出病房。谁也不知道，那挎包里装有已打开的微型录音机。

韩雨饱含泪水，凝视着母亲像白纸一样而且有些口眼㖞斜的脸，紧紧握住母亲的手，嘴唇蠕动着却说不出话来。

陈英瞪着渐渐突出的眼球，含混不清地说：“儿，儿子呀，妈要走，走了。妈有一件事一直没敢告，告诉你，就是你……你其实不是韩光的儿子。你和何波是同父异母的亲兄弟。”

“妈，你说啥子？”韩雨大声问。

“你和何波是，是同父异母的亲兄弟！”

韩雨一听，不亚于晴天霹雳。他“啊”的一声，放开了握母亲的手，站起来惊恐地盯着母亲的眼睛，说：“妈，你不是在说胡话吧？”

陈英喘着粗气说：“妈不是说胡话，妈清醒着呢！妈把这个秘密藏了几十年，没，没告诉你，一是怕伤了你的自尊，二是怕丢韩家的脸，断了韩家的后。现在我，我告诉你，是因为你哥何波没死，还活着。他找过我，要我把东西给他，后来我给了。妈希望你不要去伤害你哥何波。他受的委屈太多，太多，太，太太……”陈英的头突然一歪，眼球暴凸，再也不吭声了。

“妈！”韩雨大声地喊叫道。

在韩雨的惊叫声中，老医生和几名护士赶来，经听心跳、看眼球、查脉搏和十多分钟的抢救后，老医生最后沉重地对韩雨和韩小路说：“老太走了，你们操办她的后事吧！”

韩雨和韩小路再也忍不住，扑在陈英身上放声大哭起来。这时的陈英，脸色铁青，眼球凸出，嘴大张，形状十分恐怖！

不一会儿公安局邢队带着一名女警和两名法医走进病房。邢队严肃地说：“你们都出去吧！我们要进行尸检。”

除了警察和法医，包括医生护士都带着自己的东西离开了病房。唯独韩小路那只挎包还吊在墙上的挂勾上。

邢队等韩小路和韩雨一出病房，立即把门“砰”的一声关上了。

不到十分钟，病房的门开了。邢队一行人走出来，邢队对韩雨说：“我们尸检完了，老太的尸体可以火化了。”说完，他们就走了。

传来那名女警的硬底高跟鞋敲打地面的“咯噔咯噔”声。

旋即，医院护工动作迅速地走进病房，将陈英的尸体用白布裹好，放在担架上送到太平间去了。

眼看母亲的遗体远去，韩雨由于伤心过度，几次差点晕倒，幸好由李琼护着。韩小路闪身进入病房，将挂在墙上的挎包取下来挂在肩上走了出来。她这一动作，自始至终无人在意，也无人察觉。

第五十二章 心怀叵测

罗兵等人将韩雨和信香送到家里，并对他们进行一番安慰后便起身告辞。

唯有王林，在韩雨的要求下罗兵同意将他留了下来，协助韩雨处理陈英的后事。李琼见韩雨一瞬间头发白了不少，心疼地也想留下，可被信香的笑脸相送，也只好跟着罗兵、袁一锋、吴平他们一起离去。

现在韩雨家里只有韩雨两口子和韩小路、王林四人。在韩雨看来可谓一家人了。一家人按理应该无话不谈，可一时却陷入深深的沉默。只有信香出人意料地开朗活泼。她动作灵敏地去厨房开火做饭。切菜时还传来她十分清晰的节奏声和哼小曲的歌声，让王林深感迷惑。

一会儿，信香把香喷喷的饭菜摆上桌。首先，她十分热情地请王林上桌吃饭，还对韩雨和韩小路说："你们父女俩是客人呀，还要我请？"

韩雨说："哪有精神吃饭哦，你们吃吧！"

信香说："不吃饭，更没精神。丫头，叫你爸上桌吃饭！"

四个人坐在饭桌上，除了信香，三人都毫无食欲，端着饭碗很难下口。

韩小路想，这样沉默也不是办法，她看了眼王林说："爸、妈，你们说，奶奶到底是被谁杀的？难道真像吴奇中书记所说，是被小偷入室抢劫误伤的吗？"一句话调起了说话的氛围，大家纷纷说出了自己的看法。

王林说："我看凶手是故意杀人，一定另有所图。"

韩小路趁此说："我也正为此感到困惑，如果凶手是另有所图，那他图什么呢？图财吗？奶奶可是一个一贫如洗的老人啊！"

韩雨说："你奶奶一生没得罪过什么人，更谈不上跟谁结有什么深仇大根，非要她的老命不可。我赞成王林的看法。"

信香说："谁说妈没有仇家？何钦家就是。何波虽然说死了他的儿子何支还在。据说，妈在年轻的时候，和何钦……"

韩雨立即打断说："别打胡乱说，看你刚好一点儿，又说疯话了。"

信香把筷子往桌上一搭，说："你们老说我疯，我没疯！我的神志清醒得很。据说妈曾经从何家带回两桶黄金……"

韩雨倏地站起来冲信香吼道："我看你真疯了！王林，快给精神病医院打个电话，叫他们立刻来人把这个疯子带走！"

韩小路说："爸，你别激动嘛！听妈把话说完，假的真不了，真的也藏不了。说不定，妈提供的这条线索，对破获杀奶奶的案子很有帮助呢？"

韩雨说："丫头哎，你妈的话都要信的话，你爸早就蹲大牢了。"

韩小路说："你现在不是好好的吗？不但没蹲大牢，还当了小镇的党委书记兼镇长。这说明妈说的话，无足轻重嘛！无足轻重的话听听又何妨呢？妈，你接着说。"

信香瞟斜了眼韩雨，说："我没说的了。"说完，她把碗筷一撂，走了。

信香的话对韩雨是一种恐惧，对王林是一种震惊，对韩小路却是一种欣喜。

韩小路认为，如果母亲信香说的两桶黄金千真万确，那杀害奶奶的凶手其犯罪动机就昭然若揭了。这说明，入室威逼奶奶交出黄金，并将其杀害后逃走的凶手极有可能是何波。联想到上次她遇上的那个绑架并用匕首威胁奶奶的蒙面人，也极有可能是同一个人。但她弄不明白的是，奶奶为什么对威逼她、杀害她的人不但不揭发，反而加以保护呢？

晚饭后，王林说要回老宅去休息。被韩小路柔情留下。她悄悄地对他说："我有样东西想给你。"什么东西她也没明说。

正说时，敲门声传来。韩小路把门打开，见吴奇中和梁世容站在门口。她没喊他们进门，只转身对韩雨说："有人来了。"

吴奇中和梁世容不请自进。他俩带着满脸的沉痛向韩雨表示安慰。

吴奇中对大家沉重地说："真没想到啊！这么好的一位老人就这么走了。哎！老人家也走了，你们就不要太伤心了，好好把老人家的后事办了吧，该做啥的做啥去。"

韩小路愤愤地说："杀害奶奶的凶手还没抓住，案子也没破，你叫我们怎么办后事呀？还有那个邢队和法医，尸检完后我问他们奶奶死亡的原因是什么，他们也闭口不说。这是为什么？"

吴奇中说："案件经邢队侦查，说那就是一起普通的小偷入室盗窃造成的误伤案嘛！抓那小偷总有个过程。至于尸检结果他们不告诉你也是对的。再说你一个小姑娘，又不是什么警察，你关心这些干啥哟！"

"那你听他们的汇报说，奶奶的异常死因是什么？"韩小路问。

"看看又来了。我说了嘛！你一个小姑娘打听这些有什么用？老太的死因很明显嘛！年事已高，身体虚弱，再加上刀伤流血过多，重要器官衰竭而死。你要尽孙女的孝的话，就好好劝你父亲不要悲伤，帮你父亲一起处理好奶奶的后事。这么大热的天，总不能让老太的尸骨在太平间放很久吧？"吴奇中说。

"我看还是把凶手抓住以后再火化吧。"韩小路说。

“把死者的尸体火化了，案子照样破嘛！小路啊，我知道你受了委屈，如果这点小事都处理不果断，影响也不好嘛！”

韩雨经吴奇中这么一说，心里的气放了许多。他思考了一下，也不能太冷了老领导。他毕竟是县委副书记兼政法委书记啊！他还要在他的关切下实现他步步升高的梦想呢！为此，他站起来向吴奇中深深鞠了一躬，说：“感谢县委领导的关怀！母亲的后事翌日就办。”

吴奇中高兴地说：“这才像个领导干部的风范嘛！人民群众最崇敬的就是这样高风亮节的好干部！”说完，他给老伴梁世容递了个眼色。梁世容便从包里掏着一叠红红的百元大钞双手向韩雨奉上，说：“这是老吴和我的一点儿心意。望老太太一路走好，望你们一家人节哀顺变。”说完二人便握手告辞。

韩雨自然执意要送。在途中，他和吴奇中边走边谈。谈些什么，连梁世容也没听见。

韩雨送走吴奇中夫妇回来后发现韩小路和王林不在家里。问老婆信香，信香说：“他俩也走了，回西山老宅了！”

在韩雨的坚持下，老太的后事在三天之内就处理完毕了，骨灰被安葬在东山公墓，与西山对望，相隔就那么一二十里。墨色的天然大理石墓碑上刻着：“韩老太陈英之墓。上起：生于一九一五年五月二十日，不幸卒于一九九六年六月十八日，享年八十一岁；下至：儿韩雨，儿媳信香，孙女韩小路；一九九六年六月二十二日立。”

下葬那天，除了西山开发小组的所有人员，老太生前的亲朋好友外，小镇李琼等政府和党委工作人员以及吴奇中夫妇，张德亨局长，县委统战部领导等三十多人参加了陈英骨灰的下葬仪式并敬献了鲜花。

这样的下葬仪式，规模不大，规格却不小。不小就不小在县委副书记吴奇中、公安局局长张德亨和统战部领导参加的分上。不知内情的人以为韩老太陈英是因为其丈夫韩光是辛亥革命先驱的缘故，作为当地党和政府的领导人亲赴现场表示哀悼理所当然。

知道内情的人，特别是韩小路，她认为这纯粹就是一场戏，吴奇中书记却成了这场戏的主角。这主角必然会戴上光鲜的花环挂在他的脖子上，哪怕这场戏已经结束，这光环仍发出璀璨耀眼的光芒。

果然连续几天，小镇的大街小巷，男男女女都在为吴奇中这个英明的主角唱着英明的赞歌！

吴奇中这个人，别看平常不多言不多语。但做事很认真，身体力行，而且处处为群众着想。在小镇干了二十多年的镇长和党委书记，尽管政绩不突出，但在小镇人的心里他还是一个称职的父母官。因此，在小镇，吴奇中说的话，作的决定，没有人怀疑他的正确性。但韩小路却始终怀疑，吴奇中这么做是别有用心，心怀叵测！

第五十三章
追究动机

该死的没有死，活在世上祸国殃民；不该死的死了，变成沉底的冤魂。这就是所有凶杀案不破的悲哀！韩小路想到这里不禁潸然泪下，从而感到自己肩负责任的重大和紧迫。她下定决心，老宅凶杀悬案必破，杀害奶奶的凶手必抓！

其实，这样的决心她早就下了，只不过下得不那么踏实，不那么坚决。究其原因，是她对老宅凶杀案的犯罪嫌疑人的作案动机不明。

动机是一切凶杀案的第一要素，没有动机的凶杀，除非当事人是精神病患者或行为过失。而这种思路的转变，完全是韩老太陈英用暮年宝贵的生命换来的。如果没有她奶奶的死，老宅悬案侦查破案的思路还会继续向错误的方向走下去。那样的话，老宅悬案恐怕永远悬而不破。

那天傍晚，也就是韩老太死的那天傍晚，趁父亲韩雨送吴奇中夫妇从她家走后，她立即和王林决定尾随其后。果然不出所料，吴奇中和韩雨避开梁世容两人边走边谈，身体靠得那么近，头几乎贴在了一起。这种异常的举动，对于刚失去亲生母亲的韩雨来说简直匪夷所思。于是，她立即和王林一起去了奶奶的家。

进了奶奶家的堂屋，她首先发现地上的一条布口袋里装有两把菜刀。这菜刀绝不是杀奶奶凶手留下的，也不会是公安警察的。她看了菜刀的刃发现是刚磨过不久。她立即走出堂屋，用手电筒照门口的那块磨刀石，证明了她的判断。

她把两把菜刀摆在桌上，又和王林一起去奶奶被杀的卧室。可卧室的门被派出所贴了封条。这是她求之不得的。只要这个现场还原封不动地保存着，那她牛皮挎包里的东西就具有不可颠覆的价值。

一直只有跟着她走，看着她做，处在云里雾里的王林终于忍不住说话了。他问："小路啊！你到底想做啥哟，这样神神秘秘？"

韩小路说："等一会儿你就知道了。给你一个任务，你去外面看看四周有无异常？顺便给罗兵打个电话，叫他立即到这里来，有要事相告。"

还没结婚，耳朵就开始软的王林只得一一依从。

待王林出去后，韩小路立即走进那间奶奶生前从不开灯也很少步入的杂物房。奇迹发现了，那杂物房的墙角竟有一块揭开的石板。那石板下面还有一个一尺见方的窖。联想到奶奶那天从这杂物房出来后硬要送给她的一条黄金，顿时，所有的迷惑全都在她敏捷的思维下解开了。

罗兵气喘吁吁地来了，紧跟着的还有袁一锋和吴平。韩小路小声问罗兵："你怎么把他俩也叫来了？"

罗兵说："王林没说只叫我一个人来呀！"

吴平一见他俩交头接耳，又吃醋了。她大声说："罗兵，我还在这儿呢！你也太放肆了吧？"

罗兵一听，即抬头挺胸说："我放不放肆关你屁事！"

袁一锋听了看了，"嘻嘻"怪笑。

吴平气更大，对袁一锋说："你除了笑，还有啥本事？"

袁一锋又"嘻嘻"一笑，轻声问吴平："你咋知道我没本事？"

吴平脸一红，狠狠地给了袁一锋一拳。

本来，韩小路要向罗兵全盘抛出她侦查收集的所有资料和证据信息，以此加快侦查速度，但袁一锋和吴平跟来，她只有重新选择她预想的方案。

她并不是怀疑袁一锋和吴平有什么问题，而是怕有些东西亮得过早，知道的人过多，不仅对侦查不利反而有害。但是人已经来了，既来之则安之。于是，韩小路说："都进屋谈吧！"

走进堂屋，"哇！"吴平发出一声惊叫。原来，她第一眼就看到桌子上摆着两把菜刀。在暗淡的灯光下，那菜刀闪出烁烁寒光。这对于涉世未深的吴平来说，受惊是无可置疑的。

吴平惊吓未消，拉着脸问："你们这是要做啥哟？怪吓人的！"

大家都入座后，韩小路说："请你们来，是想把我们侦查老宅凶杀案的思路重新梳理一下。在没有梳理以前，我想知道凶杀案发第一时间的详细情况以及公安刑警当时的侦查思路。"

吴平说："这两个问题都是袁老头的专利。"

罗兵说："那就有请袁局。"

袁一锋咳嗽两声，清了清嗓子，不慌不忙地说："一九八六年三月二十一日凌晨一时，我们接到小镇派出所报告，说一个叫袁三娃的小偷在老宅入室准备偷窃时，发现两具尸体。并说现场已被他们作了警戒，叫我们快去。我和我的助手以及一名法医立即开摩托车赶到了现场。"

"进屋后，我们用手电筒一照，发现靠里间卧室的门口，头靠着头仰躺着一男一女两具尸体。两具尸体的头发蓬乱，脸色铁青，眼球突出翻白，嘴大张，舌长伸，双手半举，十个指头张开呈抓物状，好像谁要去动他，他就要把你抓住似的。"

"你别说了，快吓死我了！"吴平把头紧贴在罗兵的身上，颤抖着声音说。

"听你的还是听罗镇长的？"袁一锋继续说，"那女的赤身裸体，乳房很大，腰细臀圆，但小肚微凸。肚脐眼右侧有一颗绿豆般大小的黑痣。红色三角内裤脱至双膝盖处，两条惨白的大腿根部有少许快凝固的灰白色液体。两条小腿呈八字形张开将红色三角内裤绷得很紧。"

"男的呢？"王林问。

"那男的四十来岁，穿一件白色内上衣，却没穿内裤。下身的阴茎疲软，表面也有灰白色的液体经凝固呈薄膜状物体。双腿颀长，小腿肚上有少许长长的黑色茸毛，双脚并靠成十字状。等我们将现场和尸体全方位拍照后，法医开始逐个尸检。"

"太可怕了！"吴平说。

"但法医不怕，"袁一锋继续说，"他把那两具尸体从头到脚采用看、摸、捏、推、翻、按、听、闻、尝和提取检测物等手段，进行逐个检验，由我的助手做笔录。检查男尸还比较顺利，但在检查女尸时却发生一件至今我也不明白的怪事。"

"搞什么弯弯绕绕，直接说不就得了。"吴平声音颤抖地说。

"你别打岔嘛！"袁一锋说，"当法医用左手同时按女尸微凸的小肚子时，那女尸突然坐立起来……"

"哇！"这时突然有人发出一声惊叫！

袁一锋问："是谁在叫？"

吴平的双手紧紧把罗兵抱住，声不成音地说："是，是我。"

韩小路对吴平说："老同学，我劝你还是趁早转行为好。警察，特别是刑警这一行不适合你。其实，这个问题并不奇怪，古今中外的侦探书里都有描述。那是尸体在还未完全僵硬的情况下，人去触动其神经系统时的异常反应。袁局你继续说。"

袁一锋说："法医检验完后得出初步判断。他说，两名死者大概同时死于当晚深夜九点至十一点。男者四十岁上下，身上有搏斗的痕迹，其阴茎皮面的薄膜状物体大概有女人分泌物成分；女者三十五岁左右，并有三至四个月的身孕，其阴道内大概有男人精液的成分。至于这对男女各自生殖器上的物体是否是两名死者相互的，有待化验检测以后才能准确定论。法医继续说，造成死者死亡的直接原因都是颈部被重力所卡造成窒息死亡。法医结论为，百分之九十是他杀。"

见袁一锋不说话了，罗兵问："完了？"

"完了。"袁一锋说。

韩小路问："你们为什么抓的何波？"

恍然大悟的袁一锋才说："你看，我真老了，说了前半部分却忘了后半部分。"他继续说："于是，我们立即启动了刑事侦查的程序。"他想了一下，"我们从开始侦查抓人到后来放人想必你们都看了案卷材料了，我看就不浪费时间了吧。小路，你说呢？"

韩小路说："看在你老劳苦功高的分上不说也行，我们问总可以吧？"

袁一锋说："当然可以，有问必答。"

韩小路说："我只问一个问题，即你们当时对老宅凶杀案的定性是什么？"

袁一锋嗝都没打一下就说："强奸杀人！"

第五十四章 凶案定性

追究老宅凶杀动机的案情研讨会还在陈英家的堂屋继续进行。袁一锋的回答，使在场的五个人，除了韩小路和袁一锋自己，其他三个人都目瞪口呆。

原来他们五个人虽然都奋战在同一条战线上，都在为尽快抓获何波，破获十年悬案而出谋划策，身体力行，废寝忘食劳苦自己。但他们对犯罪嫌疑人的作案动机却各持己见，且各存心中。各人有各人的假设，各人有各人的推断。这样一来，他们的智慧和精力自然凝聚不到一块，单兵游击，使秘密侦查陷入了误区。

这是刑侦人员在侦查刑事案件时不应该发生的重大失误。

现在该轮到纠正这个失误的时候了。

韩小路说："对老宅凶杀案的定性，负责任地说，在案子没有破，真凶没有归案以前，任何假设都不能说错。比如，袁局当初认定此案是强奸杀人，从而将何波拘留审查，必然有他一定的道理。虽然后来何波又因有作案动机而无确凿杀人证据而被释放也不能否认他当初的认定完全是错误的。正如当初放何波，现在又要抓何波一样，是一个道理。现在就请袁局把他当初的判断认定和操作的过程给我们讲讲，也许今天听来更加有用。"

袁一锋又是咳嗽两声，清清嗓子，开始讲述。

"当初认定凶手是强奸，其根据之一是经男女生殖器上取出的分泌物化验结果而定。"袁一锋说，"女死者阴道里的所谓男性精液与男死者的精液性状和成分均不相符。而男死者阴茎上的薄膜状分泌物又与女死者阴道里的分泌物少许相符。因男死者与女死者是夫妻关系且女死者还有三到四个月的身孕且男人也被杀，故排除男死者是凶手的可能性。因此，我们推断为：男死者与女死者同床共枕，发生性行为而未排精，或经突发情况来不及射精而仓促结束性行为去共同抵御突发事件。因此造成男死者身上多处受伤，最后被凶手用力掐死。男的死后，女的因惊吓恐惧，加之赤身裸体，而被凶手强奸。强奸得逞后，为灭口，凶手又将女的掐死。由于凶手在掐男女脖子时用力过猛，造成两死者嘴大张，舌长伸，双眼球突出翻白的惨状。”

吴平说：“这个男人没一点儿用！老婆还没保护好，自己反而先被别人杀死了。”

罗兵说：“听袁局继续讲。”

“根据之二是里间卧室床上的用品。”袁一锋又继续说，“其床单上的分泌物有一处与男女死者的性状相符。说明这对夫妻在里间卧室床上的确发生过性行为。以此证明夫妻关系尚好，排除了夫妻二人自相残杀的因素。而另一处的分泌物既不是男死者排出的，也不是女死者生殖器里面流出的。”

吴平喘着粗气不耐烦地说：“晕了晕了！那东西到底是谁的嘛？”

王林斥责吴平道：“你怎么老打岔，洗耳恭听行不？”

袁一锋继续说：“说明女死者被凶手强奸时不是在卧室的床上，而是在卧室的地上。所以，女死者的生殖器下面有一摊呈液状的分泌物。再从床上的乱劲来看，我们推断为：凶手进屋时，这对夫妻正在床上做爱。男的突然发现室内来人，便立即终止性行为而与来者打斗，直至被凶手掐死。女者因惊吓而下床先是想逃，但被凶手抓住。因女者赤身裸体，性感突出，凶手便将其撂倒在地将其强奸。女的在受暴过程中因反抗而被凶手使劲掐死。”

“没有啦？”吴平忍不住又问。

“你看，又来了！”王林说。

稍顿，袁一锋又说：“根据之三是女死者赤身只穿内裤，男死者穿上衣不穿内裤，符合夫妻做爱的一般规律；女死者死时，三角内裤脱至膝盖处，而又两腿张开，说明女死者在反抗。不让凶手将内裤脱下，也符合女性遭到强暴时自我保护的基本行为。”

“凶手作案后，”袁一锋继续说，“凶手故意将两具尸体拖至卧室门口，摆成小偷发现时的形状以此让人怀疑凶手是入室抢劫杀人，转移警方的侦查视线。但当时，我们没有上当。”

韩小路说：“你对凶手强奸杀人的推理，不说天衣无缝，也似乎颠不可破。那你咋认定凶手就是何波呢？”

王林说：“是呀，也许就是那个小偷袁三娃在演贼喊捉贼的戏呢！”

袁一锋说：“我们当时的确也这样认为。但经多方调查以后我们认定，小偷袁三娃如果是凶手，他完全可以逃之夭夭，何必冒强奸又杀人两条重罪的风险来自投罗网呢？再说，他一个高中肄业生，又十八九岁了，不可能无知到他强奸时留在女者体内的分泌物，警方会将他的精液一比对便知的道理。所以，我们断然排除了小偷袁三娃作案的嫌疑。”

罗兵说：“嗯，有道理！”

袁一锋说：“认定凶手是何波，根据也有三。”

“我们再洗耳恭听。”王林说。

“其一，何波是老宅户主，对案发现场环境熟悉。众所周知，他常年在外漂泊，很少回家，警方不会怀疑他突然回自己家作案。老宅常年无人居住，又无电无水无气，加上阴森恐怖巨魔吃人的传说，他作案后迅速逃走，无人可怀疑是他。”

“其二，也是重要的理由。”袁一锋说，“他十年前就死了老婆，十多年无性生活的煎熬，完全可以使他铤而走险。所以当他走进卧室，发现床上赤身女人而且正在做爱时，他体内的男性激素自然骤增到沸点，于是强暴发生了。他先在打斗中把男方掐死，而后又对女方实施强奸，然后杀人灭口，这很符合凶手杀人的动机和逻辑。”

“其三，经查询，何波有这方面的动机和行动。他曾经和他在外漂泊时认识的一个朋友，一起在西山桥头用假面具吓昏过一个过路的妇女并企图实施强奸但未遂。这也算他有前科。另在取证时，当时的镇长吴奇中、副镇长韩雨和镇办公室打字员李琼、西山村农民兰仝等，都证明案发前两天见过何波且和他打过招呼说过话。他们也认为凶手就是何波。”

“有重要的人证吗？最直接的人证。”韩小路问。

“唯一重要的人证是，小镇西街口春来小食店店主黄惠。黄说，当天傍晚被害者刘江和夏善兰从成都返回小镇后，在西街口她开的小食店吃面。在快吃完时，看见何波站在门口盯了刘、夏二人两眼。那眼光十分凶狠。为此，我们立即缉拿何波。终于于案发三日后在河南开封将其抓获归案。”

“何波供认了吗？”罗兵问。

“他承认那两天他回到了小镇，也在黄惠小食店前站了一下，也知道他家老宅里住着两个陌生人。但他否认自己强奸又杀人。”袁一锋说，“我们也没有因他否认强奸杀人而解除对他的嫌疑。但在提取何波精液送北京做DNA检测的结论回来后，案子来了个一百八十度的大转弯——何波不可能是强奸杀人的凶手。”

罗兵说：“我想问一下袁局，据我所知，我国在二十世纪八十年代还不具备人体的DNA检测手段，更没有将其用在刑侦上。你们是怎么做该项DNA检测的？”

袁一锋说：“不错。我们国家将人体DNA技术运用到刑侦上开始是在二十世纪九十年代初。如果不是何波拒不承认强奸杀人，我们也不会将何波和刘江及夏善兰三人的分泌物送北京然后托异国帮助做DNA检测。麻是麻烦一点儿，但避免了一场冤案。”

王林听完袁一锋整个案情的介绍后，说：“我一开始就怀疑袁局的分析判断，料定他会错。果不其然他真错了。”

吴平说：“哎王林，你是何波的儿子哦！按理你应该回避。你倒好，公然替老子说话来了。”

王林说：“我光明磊落，是就是，非就非。我是为正义负责，也是为案子负责。”

韩小路说：“正确。我支持。”

吴平大声说："天呀！你们俩还没结婚就一唱一和起来了。罗兵，你做得到吗？"

韩小路说："何波没强暴夏善兰，并不等于他当晚没回到老宅，没掐死死者。我们来听听王林是怎么分析此案的。"

王林也学着袁一锋咳嗽两声，清清嗓子，说："经我调查，何波案发前两天的确在小镇出现过，他也的确和韩雨、吴奇中、李琼和兰仝说过话打过招呼。案发当天傍晚，何波也的确在小镇西街口看刘、夏二人在黄惠的面店吃面。但这不能证明他就是老宅的杀人凶手。同时也不能排除他不是老宅的杀人凶手。"

王林继续说："假如何波和韩雨说话时，是责问吴奇中和韩雨说，我把老宅的门钥匙给你们镇一把，是让你们紧急时公用的，为何让一男一女两个外地人住进去？吴、韩二人也许解释说，人家是省上派来考察西山开发的，每天都要进山，如果住在镇上，自然很不方便。反正老宅无人住，借住几日有何不可？再说，人家是夫妻俩，给他俩方便，也在情理之中。"

"何波是这样问的吗？"吴平问。

"我是说假如。"王林继续说，"何波听后更加不满，心想，让别的男女在我的床上做那事，不沾上晦气也会留下霉气。老宅在当地人心里已经是不祥之地了，再这么一弄，不就更加不祥了吗？于是在三月二十日晚八点过，何波悄悄回到老宅，想用人们传说的恐怖手段让刘、夏夫妻离开老宅。"

"何波用的什么手段？"吴平问。

"他把演戏用的变脸道具戴上，从里间卧室的窗口翻进去。他翻上窗台后，没有跳进去，而是蹲在窗台上，借助朦胧的月色窥视床上的动静。"

"他看见了什么？"吴平又问。

"他隐约看见床上一对男女正在做那事，他不免心神荡漾。就在这时，那男人哇哇地叫起来。这一叫不打紧，却把何波惊吓得从窗台跌落下来并发出一声闷响。"

王林讲到这里，语速突然加快，"床上的男人一听声音，迅速翻身起床，欲想从正门逃走。何波追赶过去，不料绊了一跤。当他爬起来继续追到门口时，发现另一个男人站在他面前，这个男人才是床上女人的丈夫。他是和妻子做爱后去厕所出来，见蒙面人何波，便和他打斗起来。打斗中，男者呼喊捉贼，何波便卡住他的喉咙想阻止他呼喊。没想到他的手劲越来越大，最终将刘江掐死。床上的女人见丈夫被杀，愤怒地冲向何波。但何波身强力壮，又在杀气之中，那娇娇女人而且还是个孕妇哪是他的对手？最终她也成了何波的手下之鬼。何波连杀二人，自知罪恶深重，便伪装了死者现场，然后迅速逃离老宅。几个小时后，袁三娃进老宅行窃，发现了死者。"

王林深深吸了口气，说："我的推论是，开始何波并不想杀人，他的动机是用恐怖手段将外人吓走。但在打斗中出于尽快置对方于劣势的心理，加上男者的呼喊，便手劲失控将男者掐死，但他后来对女者的行为就构成了故意。"

吴平一笑说：“王林，你虽然在我的提示下，有大义灭亲的表现，敢于推断自己的亲生父亲是杀人凶手，如果我是你我做不到。但你的推论和判断太牵强了，连我这个内行的外行也听出有很多破绽。我问你，那个不是女人丈夫又和她做爱的那个人是谁？他为何有这么大的胆子敢在有丈夫在家的情况下和那女人乱搞？”

韩小路对吴平说：“提得很好！说明你对刑侦不是无知而只是胆小。”她又对一直只在小本子上乱写乱画又不搭话的罗兵说：“我很想听听这位中国现代亚森罗宾对此案的分析，听听他有什么高见。也许，不，是肯定。罗镇长的推断将会使老宅凶案的侦查柳暗花明又一村。”

第五十五章 重大发现

罗兵也照样学着袁一锋的样子，咳嗽两声，清清嗓子，还没说出来，就被一阵急促的敲门声打断了。大家立刻警觉起来。

罗兵、袁一锋、王林和吴平立即做好了应付突发情况的准备，并在韩小路的指引下，四人都去杂物间隐蔽起来。韩小路小声对他们说：“我是这房子的主人，一切由我对付，不到万不得已，你们不要声张也不要出来。”

“砰砰！”敲门声又起。

韩小路迅速将桌上的东西和她的牛皮挎包一起塞进那装刀的口袋里，并将口袋试放了几处都觉不妥。最后，她选择放在厨房的碗橱底下，然后才走去开门。

门开了，进来的是个穿着警服的警察。韩小路惊喜地大声喊道：“张局长，是你呀！就你一个人呀？”

杂物间的四个人，听小路这么一喊才松了一口大气。

A县公安局局长张德亨是罗兵秘密侦查小组在当地的唯一联系人。由于老宅凶案系省公安机关主管的大案，A县公安局只有局长张德亨才知道该案已重新启动侦查。又由于该案的特殊性，上级决定侦查必须秘密进行。所有侦查人员除韩小路由部直派，罗兵由省直派外，其余人员都必须经上级审查定夺，然后由张德亨局长单独指派。王林和吴平以及袁一锋就是由张德亨局长指派的。

张德亨进屋后，立即把门关好，对韩小路说："我在对面的公路上，看见这屋子亮着灯，就知道你们在这里。哎，他们人呢？"

韩小路对杂物房喊道："都出来吧，是张局长！"话声刚落，罗兵等四人便笑呵呵地站在张德亨的面前。

大家围桌坐好后，张德亨说："今天韩老太陈英的死，以及围绕她所发生的人和事你们都耳闻目睹了。"

他继续说："下午，我把陈英之死和你们目前面临的问题向上级公安部门领导汇报以后，领导分析认为，陈英一案绝非孤立，也绝不是一般的入室偷窃伤人，它很有可能是老宅凶杀案的延续。弄不好，凶手就是一个人或一伙人。所以上级指示，两案并着一案进行侦查，任务还是由你们来完成。领导还要求你们，必须弄清两案凶手的作案动机，只有把凶手的作案动机明确了才不至于走弯路。我认为上级的判断是正确的，不知你们的看法如何？"

罗兵说："上级的判断非常正确。在韩小路的建议和主持下，我们正在追究老宅悬案凶手的作案动机，以此纠正我们过去在这个问题上的失误。"

张德亨说："呵！走在前面了嘛，很好。追究得怎么样？"

罗兵说："他们都说完了，就等我说了。可我还没说，你就敲门了。"

张德亨说："你说吧，我也听听。"

罗兵说："该说的他们都替我说了，还是请韩小路说吧，她是刑侦的高手。追究凶手作案动机就是她提出的。"

张德亨说："小路的思维的确过人，这一点儿在昨天夜里我就看出来了。说吧，小路。"

韩小路说："重新追究确定老宅悬案凶手的作案动机，不是我首先想到的，是我奶奶陈英用生命的付出启示我的，也是我们这个秘密侦查小组用时间和实践总结出来的。实际上，明确作案动机问题应该出在刑侦人员的身上。因为，如果一个侦查员侦查一个案子，特别是他杀案，不明确凶手的作案动机，要么使侦查浪费时间和人力财力走弯路，要么盲目抓人，造成更大的失误。"

"说得好！"张德亨说。

"根据刚才袁局和王林对老宅凶案对作案人动机的描述，证明我们过去就走入了对作案嫌疑人作案动机不明或判断错误的误区。因而造成十年前抓何波又放何波，最终使凶案成悬案。十年后的今天，我们又蹈常习故，又把作案嫌疑人集中在何波一人或多人身上，又使侦查徘徊在误区，得不到突破。"

吴平又不耐烦了，说："我说老同学，你干脆一点儿好不好？张局可没那么多时间听你动来机去的讲刑侦课。"

张德亨说："不急，听她讲。"

韩小路一笑，说："我虚心接受吴平的意见，不说了，带你们看一个地方。"

韩小路将大家带到奶奶的杂物房，打开灯，指着房角一个一尺见方的小坑说：

“凶手的作案动机就在这里。”

吴平走过去低头、弯腰、蹲下，看了个仔仔细细，然后站起来说：“里面什么也没有呀！？”

韩小路又说：“跟我来，让你们再看一样东西。”

她把大家带到厨房，从碗橱里拿出那个口袋，从里取出她的牛皮挎包，用身上的钥匙打开包上的锁，从包里掏出一个小包，然后小心翼翼地将小包打开。一条黄灿灿的东西出现在大家的眼前。

吴平说：“你这东西，那晚警察把包给我保管时，我就感觉到了。要不，我不会把包交给张局，又在你的授意下交给王林。知道吗？就这包邢队找我要了两次，我都以女人用的东西你也看为由拒绝了。当时，我感觉那东西圆圆的，长长的，硬硬的。”

韩小路对吴平说：“原先我认为你胆小，以此看来你不是胆小是机智。如果你不机智，而把这包交给他们，我韩小路可能就真被他们当成入室偷窃杀人嫌疑人抓了。”

她接着又说：“这黄金，说黄金太刺耳，还是学吴平叫黄鱼吧。这条黄鱼是奶奶陈英十天前送给我将来结婚时的礼物。给我的那天，我亲眼看见这东西是奶奶从这杂物房取出来的。我看这条黄鱼的编号是02–1，我想一定还有02–2、02–3、02–4以至更多。甚至我还想，02是总编号，也许就是人们常说的一桶，既然有02桶，至少还有01桶或03桶、04桶。刚才，我趁王林在外面打电话通知罗镇长时，我闪身进入杂物房，才发现了这个天大的秘密。这小小的地窖就是奶奶存放黄鱼的地方。黄鱼被人拿走了，地窖还在。于是，我终于明白，奶奶为什么总不愿意离开这里。也终于明白奶奶为什么被杀！”

吴平恍然大悟说：“原来是黄鱼惹的祸呀？”

韩小路说：“对！但犯罪嫌疑人当初的目的不是想杀人，而主要是抢劫或夺回他要的黄鱼。但在作案时受到外力的影响才恶从胆生，动手杀了人。”

张德亨说：“黄鱼问题是个重大发现，是我或者说我们过去没有掌握的。很有可能这就是两起凶案犯罪嫌疑人的重要作案动机。抓住这个动机，就抓住了侦查的纲。”

袁一锋说：“根据韩小路的分析，如果老宅凶案和杀害韩老太一案是同一个人的话，那么这个人很有可能还是何波。因为何波当年诈死后，一直藏匿在西山，其目的有可能就是想得到这批黄金啊黄鱼，然后再逃跑。”

罗兵说：“据我的侦查不只是何波，可能还有其他人。”他望着韩小路欲言又止。

韩小路说：“还有我父亲韩雨！其实我早就怀疑他了。”

吴平惊讶地说：“哇！又一个大义灭亲的勇士诞生了。”

王林对吴平说：“我们能大义灭亲，你敢吗？”

吴平“哼”了一声对王林说：“你别门缝里看人，这点是非都不懂的话，三年警校我白上了！人民警察也不人民了！”

张德亨高兴地说：“好！既然你们都很明事理，为顾全大局不惜牺牲自己。那我告诉你们，根据你们的秘密侦查报告，上级公安部门的分析，目前，我说的是目前，老宅凶杀案的犯罪嫌疑人不仅是何波一人还有韩雨。至于这两人中，谁是或都是真正的凶手，要靠你们侦查到确凿的证据后才能确定。所以上级指示你们，下一步的侦查任务还是以开发西山小组的名义，更多更大胆地接触嫌疑人，收集嫌疑人的犯罪证据。”

罗兵说：“请转告上级，我们小组一定完成任务！”

张德亨说：“啊对了，我这次来还有件事告诉你们，就是一个小时前，吴奇中书记打电话通知我，今晚十点钟以前赶到他家，说有要事研究。我现在不得不去。我估计，韩老太陈英的死，以及你们的表现被韩雨发现了什么，他有点坐不住了，所以搬出他的老领导给我施加压力，让韩老太之死息事宁人。我已经请示上级同意，将计就计。老太一案就按他们所说，按一般的小偷入室行窃失手伤人处理。只要受害人家属不追究，县公安局就暂不查。这样，就给你们腾出了大量的时间和空间进行并案侦查。”

“另外，”张德亨又说，“我建议你们这几天不要急于有什么动作，先稳几天，待韩老太的后事处理完后，再择机按你们的计划进行。”说完，张德亨便起身告辞。

出门时，他又回头对大家说：“千万要记住，保密是一个合格刑侦人员的基本素质，也是一个人民公安的天职！你们当中有的人虽然现在还不是公安警察，但不等于说将来不是。”

第五十六章 大事化小

那天晚上，张德亨离开罗兵他们后，就开着警车直接去了吴奇中家。敲开门，是梁世容站在他面前疑惑地望着他。他笑着说：“你是吴书记的夫人吧？我是县公安局的张德亨。”

梁世容说："脏得很？你咋取这么一个名字多难听啊！"顿时又恍然大悟地说："哦！是公安局的张局长。对不起，我刚才失礼了。"

张德亨笑着说："没关系嫂子，其实同事们都常叫我脏得很。谁叫我的名字与这三个字同音呢！吴书记在吗？"

"不在。他说去开什么会去了，刚走不久。"

梁世容正说时，张德亨的手机响了。他打开手机，就听吴奇中在电话中催问道："怎么搞的，怎么还没到呀？"

张德亨说："哦到了，在你家门口正和嫂子说话呢！好，我马上过来。"

说完，张德亨辞了梁世容，下了楼，开着车，不到五分钟就到了镇政府办公楼。

张德亨走进小镇党委会议室，见吴奇中、韩雨、李琼，还有邢队以及两个他不认识的人坐在会议桌周围议论着什么，见他来到，议论戛然而止。

张德亨坐下后，吴奇中说："人到齐了就开会吧！"

接着他就说："今晚深夜把大家请来开个小会，没什么大事急事，就是对韩雨韩书记的老母亲陈英被入室偷窃者误刺受伤，最后又因老人家年岁太高，身体虚弱，经受不起打击而在医院离开人世的事商量一下怎么结论。嗯——"他停顿一下，用低沉的声调说："首先我对老太的死，深表沉痛，也向韩书记韩镇长表示深切的慰问！在此，我代表小镇党委和政府，也代表小镇百姓，向陈女士表示沉痛的哀悼。望老人家一路走好！"说着他就虔诚地把头低了下去。

在场的人也随即起立依照效仿。

默哀完后，吴奇中继续说："这事儿出在小镇，虽然现在我不是小镇领导了，但我是县委副书记，而且又是县政法委书记。社会治安归我管，责无旁贷啊！你们想想，小镇自从一九八六年发生老宅杀人案后，由于我们加强了治安工作，又一切以安定团结为重，连续十年小镇没发生过一次刑事案。这是一种多么耀目的荣誉啊！可是今天——"

张德亨有些坐不住了，他猜想，接下来吴书记会对公安局所管的社会治安问题，进行猛烈的抨击，以展示他新官上任三把火的果敢和魄力。但他猜错了。

吴奇中稍顿后继续说："俗话说，家丑不可外扬，可我们有些领导，生怕家丑向外扬不了，便借韩老太受伤这么一点儿小事，大惊小怪，小题大做。特别是你——"

他转过头去对着张德亨，声色俱厉地说："竟动用警力去医院扰民，甚至还动手打人，搞得鸡飞狗跳，乌烟瘴气，弄得差点儿不可收拾。更不可思议的是，韩雨韩书记要去病房看他的母亲，理所当然嘛！竟被一个当过小偷的警察挡住。真是笑话了，邢队，那个自称叫曾见的小偷成了警察是怎么回事呀？"

邢队支吾道："这，要问张局。"

张德亨说："曾见是去年底从省城某派出所调来我局分配到刑警队的。我看过他的档案，他警校毕业，在学校表现不错，还因一次在出差途中见义勇为，抓获一个持刀行凶的歹徒而受到过嘉奖。”

李琼问：“他不是叫袁三娃吗，怎么叫曾见呢？”

“据他的档案显示，”张德亨说，“他父亲姓袁，母亲姓曾。由于他排行第三，人们就叫他袁三娃。其实他的真名叫曾见，跟妈姓。档案还显示，他读高中时，由于父亲车祸去世，家庭经济困难，上了两年高中便辍学了。他想找工作做，可工作没找着便当了小偷。据说，我们小镇西山老宅凶案，就是他准备入室行窃时发现后及时报的案。当时小镇政府办和镇派出所还联合出具了书面表扬信表扬了曾见。我想，吴书记和韩书记应该记得。”

“有这回事吗？”吴奇中问韩雨。

“吭吭！不记得了。”韩雨咳嗽两声说。

“哦，好像有这回事。那时我是小镇派出所所长。韩镇长忘了吗？你和吴书记还亲自找他谈过话表扬了他报案及时呢！”邢队说。

“说起来，二位书记还做了一件好事。就因你们的表扬使他改邪归正，不仅不当小偷了，还边打工边自学，在他二十二岁那年考上了警校。”张德亨说。

吴奇中听到这里心中迷惑，也深感不悦。他在揣测，这老张干吗把老宅凶案扯出来？还阴阳怪气地说了一通，看似在赞誉他，实际在洗刷他。他到底要干啥？听前任政法委书记讲，这个人城府很深，又是省公安厅点名调来的公安局局长。不可小觑啊！

最后，他得出结论：“这个人不简单，绝不是第二个韩雨！如果不利用这次机会狠狠杀他一下威风，今后将如何管得了他？弄不好还会到太岁头上动土，专捅我吴奇中痛处，不仅给我难堪，还干扰我施展自己的本事。就像这次，我最不愿听的老宅凶案，他却哪壶不开提哪壶！”

吴奇中试探着说：“不管怎么说，小偷不能当警察，必须把他弄走！否则，让人民群众知道了他的底细，公安机关不就成了人渣收容所，威信何在？”

张德亨笑了笑说：“没想到在你书记的博大心怀里竟然容纳不下一个小小的警察。如果书记真的怕他的话，我把他调到西山老宅去，反正罗镇长那里需要人。”

韩雨立刻反对：“不不！他不能去那里！”

张德亨又一笑，说：“怎么韩书记也怕他？那这样，我把他退回省公安厅，就说A县公安局容不了他。因为管政法的吴书记怕他，小镇书记兼镇长的韩雨也怕他。二位书记，这样总可以了吧？”

本来，吴奇中是想给张德亨一个下马威的，目的是彻底镇住他，制伏他。用杀鸡给猴看的用人策略，让他及其他下级也像韩雨一样乖乖地听他的话，一切听他的指挥，让他的工作得心应手，让自己分管的工作和单位风调雨顺，红红火火。可没想到，自己反而被张德亨镇住了。

这是他在小镇工作几十年来第一次遇见下级对他如此不恭不敬。真是强中还有强中手，高人另有高人收。吴奇中服了，软了，在心里也真的怕了。他不怕别的，最怕张德亨说西山老宅凶案，说他怕曾见！因为老宅凶案未破，他总认为是一种耻辱！而曾见又恰恰是老宅凶案的报案人。

“算了。”吴奇中对张德亨说，“人是你在管你在用，你觉得他行就行嘛！老在这个问题上扯也没啥意思。大家还是说说吧，韩老太的后事怎么办？这么热的天，总不能老躺在医院的太平间吧？”

李琼说：“按当地的旧风俗，像韩老太这么有声誉的高龄老人去世后，应该给她设灵堂供亲朋好友祭奠。另外还要做三天道场，请些唱戏的热闹热闹。如果不土葬的话，就火化，然后再风风光光地下葬。但考虑到韩老太是不幸去世，韩雨又是小镇党政一把手，要是按旧风俗做，会在群众中造成不好的影响。所以，韩书记决定，老太的遗体明天就火化，三天后下葬。”

吴奇中高兴地说：“好！韩雨书记以党和人民的利益为重，移风易俗，高风亮节，不愧是我们党培养起来的优秀领导干部！”

李琼又说：“吴书记，有个问题韩书记没说，但我觉得应该请示一下您。”

“你说。”

“就是老太虽然是在医院去世的，但众所周知，她是三更半夜在家里被人杀的。案子没破，凶手没抓，如果对这个问题没个说法，恐怕——”

吴奇中说：“李琼同志这个问题提得很好。公安部门是应该给韩老太家属一个说法。比如说，韩老太究竟是凶手故意杀伤的，还是小偷行窃误刺受伤的。邢队，你在调查，案发现场你也去看了，嫌疑人你也讯问了。法医也尸检了。你不说其他的，就说结论吧！”

邢队就坐在张德亨旁边。他看了眼张德亨，又和他耳语了几句。

邢队说：“这事本该由张局汇报的。既然吴书记要我说，我就说吧！据我们调查，韩老太陈英之死系小偷入室行窃，老太在与小偷打斗中被小偷误伤，急送医院抢救后因身体虚弱，年岁过高，重要器官衰竭而死。”

张德亨一听，在心里说：“好家伙，身体虚弱，年岁过高，重要器官衰竭而死。这个结论下得何等之高啊！可以说是经过周密思考，几经推敲修改而成的。用铁板钉钉，天衣无缝来比喻也不为过。他看了一眼低头沉默不语的韩雨不禁为他悲哀，也对他愤恨！”

“张局长，你觉得邢队的结论如何呀？还有没有补充或更好的说法？”吴奇中问。

“没有了。”张德亨说。

吴奇中又问韩雨道：“韩书记，你对邢队这个结论和公安局局长张德亨的表态有什么意见？”

韩雨小声说：“一切听书记的，我服从就是了。”

吴奇中顿感兴奋，他为自己上任县委副书兼政法委书记以来处理的第一件刑事案件竟如此迅速顺利，毫无半点牵绊，连他自己也颇觉好笑。

最后，吴奇中作了总结性讲话。他讲了三点：一是通过处理老太之死这件事，大家要吸取经验教训，一切以安定团结为重。二是加强社会治安综合治理，不能让坏人有缝可钻，尽最大努力避免和减少刑事案的发生。三是以人为本，全心全意为老百姓办实事办好事。为此他说：“待老太骨灰下葬那天，我和张德亨局长一定到场向老太敬献鲜花，以表示对逝者的哀悼！”

于是有了后来吴奇中和张德亨也参加了陈英葬礼这一幕。

第五十七章 案情有变

信香的病还是时好时坏，常常是一半清醒一半糊涂，当着女儿韩小路时她是清醒的，可当着别人尤其是韩雨一个人时她就非常糊涂，甚至胡乱说话，十分疯癫。所以，弄得韩雨也十分迷离。

由于昨天晚上下了一场大雨，今天早上起来，空气显得特别清新。再看天气，似乎晴天占了上风，不冷不热，正是出门游玩的好天气，这在炎热的夏天，这样的天气是很难得的。

于是在早餐的时候，韩小路说：“妈、爸，今天是星期天，天气又这么好，我们一家三口好多年没有一起出去耍了，前几天，又因奶奶的事，弄得我们都很悲痛郁闷。今天我们就一起出去耍嘛，顺便散散心，要得不？”

韩雨说：“咋个耍？小镇巴掌那么大的一个地方，公园转不到半小时就完了，咋个耍？”

韩小路说：“我们先逛公园，然后到河边看涨水。我想，昨天晚上下了一晚上的大雨，河里一定涨水了。转了公园，看了涨水，如果你们不觉得累，我们就顺便沿去西山的路，看看新修的柏油路，新架的高压线，新埋的输气和通水管道，再到老宅看看，再转几家正在修建的农家乐。饿了我们就在老宅吃饭，我们那个女厨师刘姐，不仅人漂亮，饭菜也做得十分好吃。再说，爸现在是小镇的党政一把手，也该去西山老宅看看了，变化不小啊！”

韩雨想了一下，又盯了眼信香，说："你说那么多，你问你妈她听清楚没有？"

韩小路问："妈，刚才你女儿我说的话你听清楚了吗？"

信香边往嘴里送食边含糊地说："听清楚了。"

韩小路对韩雨说："她说听清楚了。"

韩雨又说："你问她听清你说的啥子？"

"妈，你听清楚女儿我刚才说的什么吗？"韩小路问。

信香说："我女儿叫韩小路，韩小路是我女儿。"

韩雨难得一笑，说："好，今天就听丫头的，要去。"

吃完早饭，韩小路把碗筷洗了，桌子抹了，地扫了，然后到父母房间把被子叠好，把床单理整齐，这才走到自己的房间收拾自己的床铺。

完后，她又到卫生间方便了一下，再对着镜子梳头。突然，镜子里出现母亲信香的脸。她站在女儿的背后，用手帮着理女儿的头发，抚摸着女儿的肩头，轻轻地扯抻女儿身上皱了的连衣裙。韩小路见了，忽然鼻子一酸，一股热泪涌出眼眶。她倏地转过身去，喊了一声"妈"后紧紧地把信香抱住。

大约半分钟后，母女俩才抹泪分开。信香对女儿说："梳好了吗？梳好了就走吧！"

韩小路故意问："妈，去哪儿哦？"

信香说："你不是说去公园河边玩吗？"

韩小路扑哧一笑，说："妈你没糊涂嘛！"

出了小区的门往左拐，韩雨一家三口其乐融融地走在大街上。那亲热劲儿，让街上的人都感到十分羡慕。

韩小路从中学开始，就是小镇小有名气的美人。她那乌黑的头发，红润的脸庞，大而明亮的双眸，丰满挺拔的胸脯和那苗条的身材如今出落得更加成熟和美丽。因此，她陪着父母走在街上，就更加突出地吸引着人们的眼球。尤其是那些青春迸发的小伙子，想入非非的中年男人，以及自己不美又忌妒别人美的女人们，总以各种表情和心态的回头率来唏嘘韩小路的美。

一位半老徐娘从他们跟前走过，一眼就认出信香来，便掉头高兴地说："哎哟！这不是香娃儿吗？好久没见了，还好吧？"

信香对此人似乎半生不熟，想了很久也叫不出她的名儿来。韩小路更没见过。不管怎么说，人家在路上碰见并热情向你打招呼，就是认不出的人也该回应一下。这点道理，信香还是懂的。于是她轻声说："不算好。"她又指指自己的头。

对方不解。

韩小路解释说："阿姨，我妈说，她的头摔了一下，不好用，所以不算好。你还好吧阿姨？"

那徐娘说："哎哟，你看这姑娘嘴多甜，笑起来更好看。今天陪爸妈出来走走？"

韩小路说："就是。趁天气凉快，陪他俩出来转转。"

徐娘笑着说："要得要得！姑娘不知道，我姓杨，小学的时候呀和你妈一个班，一直到小学毕业后才分开的。哎呀，香娃儿哎，你这女儿才好呢！又漂亮又乖巧，还和你手挽手地出来玩儿。比起我那亲生的女儿，还不如你捡的亲呢！"

韩小路一听，大吃一惊，问："杨阿姨，你刚才说什么来着？谁是捡的呀？"

韩雨立即说："你杨阿姨是说呀，她捡的那个女儿没有你对父母好。她在夸赞你呢！"

韩小路又是一惊，问："杨阿姨，你女儿是捡的？"

杨阿姨看了眼韩雨，说："是呀是呀！就是捡的。她呀，跟你差不多大，但没你漂亮。啥子都好，就是不爱陪我出来耍。从深圳打工回来后，宁愿待在家里睡大觉，也不愿陪妈出来走走。你要叫她陪妈逛逛街什么的，她就两个字，懒得！哪像你这闺女！哎，还是亲生的好噢！姑娘，有男朋友了吗？"

韩小路一笑说："杨阿姨，今天我要陪爸妈耍，过两天我们抽时间再聊好吗？"

"要得，要得！哎，姑娘，阿姨住北街那棵大核桃树下，有空来耍哈？"

"好，阿姨慢走。"韩小路说。

雨后的小镇公园，像少女刚洗完澡一般，干净得一尘不染，美丽得清纯可爱。韩雨走在绿树假山小桥池边，看着水面上飞翔的小鸟和水里欢快游动的鱼儿，仿佛与少女们同伴同乐，顿感心旷神怡。沉在他心底的所有郁闷一刹那被这美景驱赶得烟消云散。他站在小桥上，仰望天空，看着蓝天下飘动的白云，不禁出自内心地感叹："啊！雨过天晴，好爽呀！"

韩小路走上桥去，对他说："爸，你别高兴过早。夏日的天气，说变就变。看，天上的云虽然白但很厚。弄不好，白云变黑云，黑云变暴风，暴风吹骤雨，雷电交加啊！走，趁天气没变以前，我们一家人多转几个地方吧！"

这时，韩雨的手机突然响了。他打开手机"喂"了一声，又"嗯"了两下，最后说个"好"就把电话挂了。

韩雨对信香和韩小路说："吴书记通知我马上去县里开会，你们继续玩吧。"说完就匆匆走了。走几步又回头对韩小路说："把你妈照顾好，早点儿回去。"

韩雨走后，信香说："你爸又在扯谎。一定是那个狐狸精李琼在找他。要不信，你去春风宾馆看，他们在那里有套房。"

韩小路说："妈，爸现在是小镇党政一把手了，你别整天神头神脑，疯疯癫癫地胡乱说，别人听见多不好。"

信香生气地说："他们说我疯，我不计较，因为我是装疯，装给他们看的。你怎么也这样认为？告诉你，妈一点儿也没疯，妈清醒得很！"

其实，韩小路从她失踪回来见母亲第一眼起就知道她在装疯，不说全装也有一半装。经过一段时间的观察和体验，更证明了她的判断。今天，她又一次刺激她，就是让她说真话。

假山的水池里，五彩缤纷的金鱼在水草和假山的洞穴里成双成对地进进出出好不自由自在，恩恩爱爱。

长有绿色荷叶的池塘里，一对美丽的鸳鸯在戏游。韩小路触景生情，说："妈，我想结婚。"

信香一惊，问："你有男朋友了？"

韩小路点点头。

信香紧张起来，问："是谁？不会真是那个何支吧？"因为何支的事，上次她差点儿气死，所以记忆犹新。

韩小路试探着说："要真是他呢？"

信香说："不行，坚决不行！"

韩小路强打笑脸说："妈，哄你的，不是何支是王林。"

"就是那天在医院替你背包包的那个小伙子？"

"对，就是他。"

"你爸知道吗？"

"知道。哎妈，你们为啥那么反对我和何支耍朋友呢？难道仅仅是他爷他爹吗？"

"当然不全是。"信香说。

"难道是因为我爸和他妈？"

信香惊诧地问："你都知道了？也不是。"

韩小路说："喔，我知道了，是爸偷了他家的黄金！"

信香又是一惊，问："谁给你说的？"

韩小路进一步试探说："还用谁说吗？十年前，老宅凶杀案的凶手就是我爸。"

信香生气地问："你凭什么说你爸是杀人凶手？"

韩小路说："凭黄金呀！"

她以激昂而神秘的口气说："十年前的一天晚上，我爸趁借宿在老宅的一对外地夫妻熟睡之机，翻窗进屋，偷窃了何支他爷爷何钦藏在卧室地窖里的一桶黄金。可没想到，正当他抱着黄金欲离开卧室时，却砰的一声绊了一跤惊醒了床上的男女。男的一边喊有贼，一边起床与爸搏斗。那男的是个文人，身材又瘦弱，根本不是爸的对手。就在爸卡住他脖子想制止他呼喊时，因爸用力过度，那男的两眼一鼓一翻，舌头一伸，两脚一蹬没气了。爸眼看自己杀死了一人，便一不做二不休，将床上惊慌不已的女人也以同样的手段掐死，然后伪造强奸现场后抱着一桶黄金逃离了老宅。妈，我说的没错吧？"

信香听了"哈哈"大笑，说："丫头哎，你好像是在讲侦探故事呢！推理想象活灵活现。要是别人还真有可能信可你妈不信。要说你爸搞那个女人甚至强奸那个女人，那到很有可能，但要说他抢劫杀人，那是绝对不可能的！绝对不可能！再说，那借宿的夫妇是你爸的大学同学，那老宅的钥匙是你爸给他俩的。就是一个智商很低的人也不可能愚蠢到作茧自缚的地步，何况他当时是副镇长。"

韩小路又进一步问："那他手里的一条编号为02的金条是怎么来的？"

香信说："不是02是01；不是一条，是一桶。"

韩小路问："你看清楚是01吗，一桶是多少？"

信香说："01没错。一桶是多少我也不清楚。但我清楚，这黄金是老宅凶杀案以前，我们搬家的时候，那死老婆子就是你奶奶陈英给他的。所以我肯定，你爸绝不是去抢劫那黄金又杀人的凶手。"

"那这桶黄金还在吗？"韩小路问。

沉默很久以后，信香才说："在不在，还有多少我都不清楚。但我想，他一定拿了一些送给李琼。否则那狐狸精不会死心踏地缠着他。哎丫头，我给你说的这些你可千万不要去问你爸，也不要对任何人讲；否则，你妈就没命了。"

韩小路说："知道了妈，女儿不傻。"

信香的述说使表面平静的韩小路心里巨浪翻滚，差点惊叫起来："完了，一切都完了！过去所有因怀疑父亲杀人而对他的侦查、推理和判断连同上级的意向都被母亲信香突如其来又无可置疑的述说统统给否定了。"

韩雨不是老宅杀人案的凶手，那又是谁呢？难道真的就是何波，或另有其人？联想到奶奶临终前对她说，杀她的人自己说他就是何波，但奶奶又不信。奶奶说何波不会杀她，而且她也把他要的东西给了他。那东西显然就是黄金。

看来她必须想法见到何波得到求证。

第五十八章 舌战专横

经过努力，计划中的六家农家乐全部有主到位并立即动土施工。不仅如此，农家乐的名称也都由业主报上来了。在罗兵主持的指挥部办公会议上，吴平宣读了各个农家乐的名称，她说："它们是：裘中表的'烧鸡公'，兰大嫂的'野来香'，李大娃的'大哥大'，江山木罗的'软得多'，风妹子的'凤求凰'和杨三的'难得来'。"

当吴平念完这些难得听说的名字时，大家不约而同地笑个不停。袁一锋边笑边说："'烧鸡公'，'软得多'，'难得来'，要得要得！"

今天，罗兵和吴平陪小镇党委书记兼镇长韩雨一起视察西山农家乐施工现场。吴平手里拿着笔记本，随时准备记录。虽然烈日当头，热浪翻滚，韩雨一行还是伞也不打，顶着烈日，先综观全貌，后一个工地一个工地地走走看看，问问说说，视察得非常仔细认真。

他们来到裘中表的施工现场，裘中表扔下手中的活，汗流浃背地来到韩雨跟前非常谦恭地说："感谢政府关怀，请政府光临指教。"

韩雨听了有点别扭又有点好笑，问："你姓什么？"

"裘。"裘中表说。

韩雨大声问："你说啥子？"

他还是笑着说："裘。"

这时，兰大嫂走过来，竹筒倒豆子似的对韩雨说："他姓裘，叫裘中标，不对，叫裘中表，我们叫他裘大哥。韩书记韩镇长，你别看他是劳改放出来的，人可好了。本来，这块地是他中的标，我想要一个角角，他就给了我一大块，还说是共同致富！"

经兰大嫂这么一说，韩雨终于明白他为什么总是说感谢政府之类的话了。

韩雨问罗兵："这是怎么一回事，劳改释放犯也来了？"

罗兵在韩雨耳边小声说："他叫裘中表，是蹲过大牢。但现在表现好了。"

韩雨听后，脸上一阵不光生。

实际上，裘中表是个憨厚老实明事理之人。他当年进监狱是因为听信馋言，帮朋友打架，防卫过度，将人打成重伤，判了两年有期徒刑。在狱中，他因表现好又减刑半年提前释放。裘中表不是当地人，他来西山投标建农家乐，是带着他家乡政府的介绍信来的，一切手续齐全合理合法。

那天，兰大嫂借副镇长李琼脱口之言找裘中表扯皮，目的是要他中标的一个地角开个小小农家乐。农民自寻致富路，说起来这也是好事。作为副镇长的罗兵应当成全。所以，在罗兵的调解下，裘中表同意将河滩地的三分之一还多的一大块使用权转让给了兰大嫂。兰大嫂为此感激不尽。

裘中表见韩雨有些不悦，又再次低头对他说："感谢政府关怀，感谢政府宽大！"

韩雨还是不吱一声。兰大嫂看不下去了，对裘中表说："你给他啰唆啥？他是官，我们是民，说不到一块！走，干活去！"她拽着他就悻悻离去。

韩雨和罗兵又来到一个工地。这家农家乐的施工程序和别的不一样，人家是先把里面的房子建好再做门面、招牌，可这家却反其道而行之。他是先修门面、招牌而且修得富丽堂皇，尤其那块镶在红宝石中的名为"软得多"的招牌，让人不看不议都不行。

韩雨指着那"软得多"三个字问："这个招牌是啥意思？"

罗兵说："啥意思我也不清楚。招牌嘛，只不过是一个代号而已，像人的名字，取啥都行。”

韩雨说：“那不一样！这家业主是谁，不会又是劳改释放犯吧？”

罗兵说：“他也不是本地人，名字叫江山木罗。”

韩雨一惊：“什么，江山没了？”

罗兵说：“不是江山没了，是江山木罗，藏语。”

韩雨边摇头边说：“听不懂。”

罗兵把韩雨带到凤妹子的“凤求凰”农家乐。这是六家农家乐中修建速度最快的，不仅房子和门面都已竣工，而且道路已铺上了瓷砖，道路两旁还栽上了各种常青树。进门一座漂亮的假山，山上细水长流，池里鱼游浅水。尤其门面上方的“凤求凰”三个字，金光闪闪，璀璨夺目。

韩雨问：“这家的业主是个文化人吧？看这架势，可能还是个国文丰厚，品位很高，资历不浅的老者。”

罗兵说：“你说错了。她才二十来岁，初中还没毕业就进了劳教所，今年初才放出来的。她爸给了她五万元开这家农家乐。”

“犯的什么罪？”韩雨问。

罗兵将手捂住半边嘴，悄声对韩雨说：“卖淫。”

视察完毕后大家回到老宅。韩雨就叫罗兵通知大家开会，还打电话给李琼，叫她也立即赶到老宅参加重要会议。

在等人的空当，韩雨到厨房看刘姐做饭。

早上，刘姐听说韩书记要来西山视察而且还要在老宅吃饭，便马不停蹄地到镇上买了不少好菜，又马不停蹄地回来做饭。

不到半个小时，李琼赶到了，于是会议开始。

罗兵主持会议，他说：“今天，我陪韩书记韩镇长看了一下西山旅游开发的前期工程——农家乐的建设情况。现在请韩书记讲话。”

韩雨喝了口茶，润了润嗓子，说：“从总体上说，西山旅游开发的前期工程，农家乐的建设，速度是惊人的。两个月不到，六家农家乐就有两家竣工。但从农家乐的宣传到内部设施、门面设计和人员构成来看，都存在很多问题。”

“第一个问题是声势太大。不就是搞几家供人们休闲玩耍的地方和场所吗？没有必要和西山主体开发连在一起宣传嘛！”

“第二个问题是招牌不文明。我们是社会主义国家，社会主义国家的农家乐，要体现社会主义的文化实质。中央要求我们物质文明和精神文明两手抓，我们就不能只抓农家乐的建设速度而忽略精神文明的重要体现。什么‘烧鸡公’‘野来香’，什么‘大哥大’‘软得多’。你们别笑，这是个十分严肃的问题！这些个招牌和旧上海十里洋场红灯区的招牌有什么两样？就拿‘软得多’来说吧，人家会说，你软得多，难道我硬的就少吗？看，你们又笑！”

韩雨继续说：“第三个问题也是最严重的问题，业主太复杂。听罗镇长介绍，六个农家乐业主，有三个坐过牢，其中一个还卖过淫，另外三个也不是很清白，都有这样那样的问题。试问，这样的人能办好社会主义的农家乐？纯粹是扯淡！”

他又喝了口茶，非常严肃而认真地说：“因此，根据以上情况，我决定：暂停西山开发农家乐的建设，对所有招牌和人员进行清理，凡是有问题的，不管人和物一律取缔和驱逐。我的讲话完了！”

在场八个人，只有李琼和兰仝两个人鼓掌且掌声也不咋响，像是拍衣服上的灰尘。会场大约沉默了分把钟，罗兵才说：“李镇长讲两句？”

李琼说：“好，罗镇长叫我讲两句，我就讲两句，就两句。第一，我赞成韩书记的讲话。第二，我还是赞成韩书记的讲话。”

罗兵尽力压住胸中的怒火，仍微笑着说：“看来韩书记的讲话非常重要，它将对西山旅游开发和农家乐的建设起着生死存亡的作用。既然如此，我们应该对韩书记的讲话，本着知无不言、言者无罪的精神展开充分的讨论。谁先说？”

兰仝首先发言，他说：“我来抛砖引玉。韩书记的讲话高屋建瓴，言之有理，非常重要。西山开发和农家乐的建设的确如书记所说，问题不小，是应该清理整顿。”

韩小路说：“我不赞成韩书记的讲话。他的讲话让我感到吃惊，感觉离谱，感叹悲哀！”

“先说吃惊，”她说，“我是他的女儿，虽然到镇上(实习)上班不到半年，但我从来没有在任何场合下，听他气宇轩昂地讲过这些话。从公讲，即使面对一些人造谣惑众，反对开发西山，也包括吴奇中书记遭车祸的草率收场，老宅凶案的凶手至今逍遥法外；从私讲，哪怕他的女儿失踪受辱，妻子惊吓疯癫，母亲不明被杀，我也从没见过他这么激动这么专横武断过！我原以为他仅仅是胆小，毫无城府，现在看来，我错了。所以我吃惊。”

“再说离谱。按理，作为小镇的第一把手，对他所管辖的西山开发，只要大方向对，对下级的工作就应该以支持鼓励为主。但今天，他比县委书记还县委书记，甚至比省委书记还居高临下。从他的讲话中，听不到一句有利于西山开发和农家乐建设的善言良策，而是置己于千里之外，对小小的农家乐的建设成绩是轻描淡写，但对问题是鸡蛋里挑骨头，具体又具体，尽提些荒诞不经的批评和指责。这些不说，而且还不经集体讨论，竟武断地做出暂停西山开发农家乐和清理驱逐农家乐合法经营者的决定。这与他一个基层领导干部的身份多么离谱，多么遥远！”

“还有悲哀。”韩小路继续说，“综上所述，我作为小镇人，西山开发小组的一员，尤其作为他的女儿，我感到：悲哀，太悲哀！”韩小路话音刚落，罗兵、吴平、王林、袁一锋，甚至李琼也鼓起响亮的掌声。

韩雨几次欲打断女儿的发言未果，脸色就随着韩小路的发言由白变红，又由红变惨白，又由惨白变紫青。最后，在大家支持韩小路的热烈掌声中由紫青变铁青，愤然离席，拂袖而走。

第五十九章 设计诱局

女儿敢在正规的会议上，批驳书记镇长一肩挑的父亲，在小镇甚至A县都是亘古未有。所以，镇上的人们听了都感到新奇和惊讶，一时间成了小镇人街头巷尾、茶余饭后、散步聊天的热点。

今天，县委书记知道这个消息后，立即找韩雨谈话。一方面为韩雨有这样一个敢说敢做的女儿感到高兴，另一方面从侧面严肃地批评他对西山开发和农家乐建设的错误评价，最后希望他别太在意，更不要为难女儿，多想想女儿说的也许是对的。

吃了批评的韩雨本想在县委书记面前大倒苦水，发发怨气，但因顾忌太多，又只好把苦水和怨气憋在心里。

从县委书记办公室出来，怨气未消的韩雨又走进县委副书记吴奇中的办公室。正在接电话的吴奇中用手势比画他出去等。他不但不出去，反而一屁股坐在沙发上，用一种异样的目光看着他“嗯、呀、喂、好”地把电话打完。

吴奇中打完电话，“砰”的一声把话筒一放，用生气的口气对韩雨说：“你当这是小镇呀？这是县城，是县委！县委书记的电话你也能听？”

韩雨吃了书记的批评，本想到这里来找点安慰，不料被吴奇中如此漠视，心里的火一股劲往上蹿。何况他西山之行的一举一动全是按吴奇中的授意所为。因此，他火上加火，第一次也是他人生第一次顶撞吴奇中。他丧着脸说：“有什么不得了的？你还不是县委书记呢，只是个副书记！”

吴奇中见势头不对，赔着笑脸说：“呵，吃枪子儿啦？这么大的气！”

韩雨大声说：“吃枪子儿的应该是你！”

吴奇中说：“你看，还真生气了。走，消消气去。”说着，他就拿起电话筒打电话：“办公室吗？我是吴奇中呀！我要到乡镇去一下。不，不要车。我坐公交车去。哎呀，把车给其他领导用吧！就这样，有事打我手机。”

放下电话，吴奇中说：“走，我带你去个地方。”

出了县委办公楼，吴奇中带韩雨打了个出租车，来到一个新修的漂亮小区。

这小区着实让韩雨眼前一亮！不说别的，就看它像法国巴黎凯旋门式的大门，像莫斯科克里姆林宫似的房顶，像北京天安门前金水桥的中庭广场，就足以想象它的奢侈和豪华。

进了小区大门，韩雨跟着吴奇中像转迷宫一样来到一幢小楼，然后通过一个入户花园来到小楼门前。吴奇中掏出钥匙打开了小楼的门。进了小楼，韩雨跟着吴奇中又像转迷宫一样转了几圈才来到客厅坐下。

这是一幢花园式的小别墅，上下两层，加起来共十间，五室三厅一书房再加两卫一厨。不仅装修豪华，连所有家具电器，包括厨房卫生间的设施设置都由全国一流，甚至世界一流的产品构成。

在客厅沙发上坐下后，吴奇中用日本产的饮水机给韩雨冲了杯大红袍，然后坐下问韩雨："这房子怎么样？"

韩雨说："高级，太高级！我生平第一次见这么高档漂亮的房子。是你分的？"

吴奇中一笑说："说你不识时务你不服，都房改好几年了，还分，分什么？我买的！"

韩雨一惊，问："你买的，多少钱呀？"

吴奇中用右手食指和拇指比了个八。

韩雨问："八千？"

见吴奇中摇头，他又说："八万？"

吴奇中还是摇头。

他疑惑地说："难道是二十八万？"

吴奇中说："八十万！"

韩雨腾地站起来，大声说："天哪，八十万！？我十辈子的工资不吃不喝也不够。你怎么有那么多钱啊？"

吴奇中说："你给我的呀！"

韩雨惊讶地说："我？我什么时候给过你这么多钱？"

吴奇中说："你忘了？五年前。那时候，你是副镇长，我是镇长。后来，镇党委书记升了，调省里了。临走时，老书记就向县委推荐我书记镇长一肩挑。是你老婆拿着两条黄金深夜到我家。她说是你叫她来找我的，叫我一定帮这个忙让你当上镇长。当时，我还真不敢要。我怕呀！老宅杀人案不是还没破吗？我怕这黄金与老宅案有关啊！可是你老婆说，这黄金是你父亲韩光留给你母亲，你母亲作为遗产留给你的，叫我一百个放心。于是……算了，以后的事情你也清楚，不说了。说说你自己吧！"

此时的韩雨被吴奇中句句像晴天霹雳一样的语言震得晕头转向，眼前金光闪烁，金星萦绕，整个身子一软，便瘫坐在沙发上。惨白的脸上汗珠密布，呼吸急促，心里难受得想喊喊不出来，想哭也哭不出来。

吴奇中拍拍韩雨的肩头，笑着说："你别怕！只要我吴奇中不说，天王老子也不知道你用黄金贿赂领导当上的镇长。"稍顿，他又说："我担心的倒是你那黄金的来历呀！前天我去省里开政法委书记会，隐隐约约听说交由部管的老宅凶杀案好像又启动侦查了，原因是何波没有死，而且就藏匿在西山。我怕这信息是真的，所以才打电话给你，叫你以视察农家乐建设的名义去西山老宅探听一下情况，有没有异常的人和事发生或存在，要有就必须坚决地制止甚至除掉！"

他把除掉二字说得很重。

吴奇中继续说："你想呀，西山一开发，农家乐一营业，何波还有地方可藏吗？再说，他要知道老宅案子又启动侦查了，他会老老实实被抓吗？他一定要狗急跳墙，编造很多，如他家的黄金被盗呀等理由为自己的杀人罪开脱。就像十年前他被抓又被放那样，逃之夭夭。最后吃亏倒霉的还是你我。因为当初你我都写过何波是凶手的材料。如果他再狠一点儿，向公安机关交代，说是你韩镇长纵容支持他藏匿在西山，甚至把自己的女儿也送去供他享受，到那时候，一切都晚了！即使我这个县委副书记兼政法委书记想救你也救不了你。我是在为你着想呀老弟！没想到你在西山却翻了船，而且翻在自己女儿韩小路那里。"

韩雨彻底被吴奇中击垮了，垮得一塌糊涂，垮得体无完肤，垮得彻头彻尾，垮得血肉模糊。吴奇中的每一句话，每一个字都像钉子一样钉进他的肉里心里骨头里，从头到脚钉得密密麻麻，结结实实，就是想拔也拔不出来。

现在，韩雨像漂浮在大海里的精疲力竭的水手，回头没有岸不回头更没有岸。他多么迫切地希望，在他的眼前出现一只船，一根杆，哪怕只是一根稻草，他也要紧紧把它抓住。

眼前，吴奇中就是一根稻草！

韩雨扑通一声跪在吴奇中面前，哭丧着脸说："请老领导救我，救我啊！"

吴奇中将他扶起，关切地说："不要这样嘛！事情还没到无可挽回的地步，一切的一切都还有变化的可能，而且还有可能向更好的方向发展。"

韩雨说："那我的一切就全靠老领导了。"

坐好后，吴奇中说："我知道，省里让我这个快花甲之人当县委副书记，完全是看在我为党为国忠心耿耿几十年的分上，安慰安慰我，目的是让我把级别升上去再退休。前天我在省里开会，省委常委组织部郝部长，就是我们的老领导我的前任郝赤，专程到我住的宾馆来看我。在摆谈中他两次提到你。我也顺水推舟三次把你推荐给他。他虽然没吱声，但从他连连点头来看他是听进去了。"

真是沉舟侧畔千帆过，柳暗花明又一村。韩雨刚才几乎快要彻底崩溃的躯体和灵魂，就在吴奇中话落的一刹那又奇迹般地活跃起来。他再次遇见了救星，看到了希望！

一辆红色的出租车在穿过县城热闹区后停在晶熙宾馆的大门口。吴奇中和韩雨从车上下来，直奔大门而去。

进门时，门口两位笑靥如花、穿戴艳丽的小姐向他俩鞠躬问好。进了大门，二人快步如飞地进了芙蓉包间。包间里两位服务员正在摆放桌上的菜肴，见他们进来，其中一位便笑吟吟地说：“吴书记，菜上齐了，喝什么酒？”

吴奇中右手一挥，爽快地说：“来瓶茅台！”

韩雨说：“茅台是不是重了一点，就喝剑南春吧！”

吴奇中说：“茅台重，重得过咱哥俩的情吗？咱哥俩从七岁开始就在一起干革命，除去你两年工农兵大学，什么时候分开过？这情谊不说一瓶茅台，就是十瓶一百瓶茅台也抵不过。喝，咱哥俩今天就喝他个天翻地覆，一醉方休！”

随着服务员的开瓶斟酒，飘飘逸逸地进来两个穿着暴露、年轻水灵的小姐。

她俩一进来，就分别站在吴其中和韩雨之间，一人一个将轻盈的半边身子靠在两个男人的身上，一只手搭在两个男人的肩膀上。顿时，年轻女人身体里发出的沁人心脾的气味压倒了茅台的酒香。

韩雨有点晕乎了，吴奇中却非常清醒。吴奇中对两位小姐说：“你们走吧，咱哥俩不需要特殊服务。”

两小姐不但不走，反而把身体贴得更紧。

吴奇中一看大声吼道：“还不走？走呀！”

两小姐才把嘴一咧，摇摆着细腰丰臀，悠悠而去。

吴奇中站起来，走过去“砰”的一声把门关上又加了撇。

酒过三杯，菜也吃了不少。韩雨的酒量不在吴奇中之上，当第四杯酒下肚，他的舌头就开始绕不转了。但他还是又斟满一杯，对吴奇中说：“老，老领导呀！今天要不是你，你救我，我可是就，就完了。”

吴奇中说：“我不是神仙和皇帝，救不了你。救你还得靠你自己。”

韩雨问：“靠我自己，怎么靠？”

吴奇中问：“你是什么时候知道何波没死而且就藏在西山的？”

韩雨说：“大概五，五年前吧！”

“你们经常联系吗？”

“很，很，很少。”

“在小镇，谁还知道何波藏匿在西山？”

“除了李琼，没，没其他人。”

吴奇中猛地一拍桌子，站起来厉声地说：“韩雨，你糊涂呀！岂止是糊涂，简直就是自掘坟墓！何波是老宅案的杀人凶手你不是不知道，他畏罪诈死潜逃就更是罪上加罪！这样一个罪大恶极的人你不但不灭他，竟然把他藏起来保护达数年之久。你，你不仅害了你自己，也害了我，害了小镇的整个领导班子，你该当何罪哦？我要不是看在我俩兄弟的情分上，我即刻就通知公安局把你抓起来！”

韩雨听吴奇中这么一说，酒全醒了，他又“扑通”一声跪在吴奇中面前，大声求道：“书记救我，书记救我呀！”

吴奇中说："事到这个分儿上你叫我怎么救你？眼下，我不下命令抓你就是冒着我的身家性命在救你。"

韩雨抹着泪说："我知道，普天之下只有书记你对我这么好。你的大恩大德我韩雨就是今后上了断头台，也铭记在心。今生报不了，来生也要报！"

吴奇中扶起韩雨，又给他斟上酒，举起酒杯说："但愿你渡过这个难关，在不久的将来风风光光地坐上我这个位子，干杯！"

吴奇中将一杯酒一干二净，可韩雨哪有这份心情？他端着酒杯，手在不断地颤抖，酒漫了出来，又从他的手指缝里浸透下来，无声无息地滴落在餐桌上的一碗"霸王别姬"的菜肴里。

第六十章 套房惊魂

小镇的夜晚，景色格外美丽。天穹深处，星星闪烁。月亮的光辉静悄悄地洒在小镇的楼亭屋瓦、树木花草、山山水水上，焕发出镀银一般的神彩。整个小镇仿佛沉浸在甜蜜而幽静的梦乡里。

可是在春风宾馆的一间套房里，这种幽静却不复存在。韩雨和李琼赤身裸体地在席梦思床上使劲折腾着，虽然没发出一点儿声响，但此处无声胜有声。

偃旗息鼓后李琼望着汗淋淋的韩雨说："你到底咋啦？你还不老嘛，竟累成这样子！"

韩雨苦笑着说："大概，也许，太紧张了吧。再说……"

"也难怪，"李琼打断说，"总是这么偷偷摸摸，名不正言不顺地搞，能不紧张吗？"她用枕巾轻轻地擦去韩雨额头上的汗水后，将头贴在他的胸脯上，温柔地娇声娇气地说："快和你老婆离婚吧，趁我还年轻，你也还不算老，让咱俩快快乐乐，安安稳稳地过几天名副其实的夫妻生活吧！好吗？兴许，我还能给你生个大胖小子呢！"

韩雨说："我未尝不想？可是她疯疯癫癫的样子，世人都认为她得了精神病。我一个国家干部，还是小镇的党政一把手，现在能和她离婚吗？再说她也不会同意的。”

李琼从床头柜里拿出那个“迷你”牌化妆盒，对韩雨说：“她不是要这里面的龙纹玉镯吗？你就跟她说，只要她同意离婚，你就把这东西给她。这东西值好几十万呢！她不会不动心的。”

“这东西本来就是我们家的，说动不了她。就算她贪财同意离婚，丫头韩小路也会坚决反对的。协议离婚根本不可能！”韩雨说。

李琼把化妆盒顺手放在床头，说：“那就起诉。就说你们夫妻俩长期分床睡，好多好多年都没过夫妻生活了，夫妻感情已经彻底破裂。”

“更要不得。”韩雨说，“不说法院不能判我和有精神病的老婆离婚，就是判了也弄得满城风雨，骂声四起。人们不当面骂，也会指着你我的脊梁骨骂，‘就是这对不要脸的奸夫淫妇勾搭起来，把有精神病的老婆给离了。’到那时，别说你我的领导干部当不下去，就连做人也难哟！”

“那怎么办？我的肚子……”李琼话到嘴边又转了个向，把头抬起来可怜巴巴地望着韩雨说：“再说我们这样偷着搞，总有一天会被人发现的。还是想办法和她离吧！啊？”

韩雨轻声说：“还是等等吧。”稍顿，他又说：“其实我担心的是另一码子事。”

李琼问：“什么事哦？”

“最近何波找过你吗？”韩雨突然问。

李琼惊讶地坐起来，问：“你问他干啥？”

“你就说，他找过你没有？”

“自从上次他叫我把刘姐安排进老宅后，他就没找过我，我也没见过他。哎，他是不是听见什么风声离开西山跑啦？”

“要真离开了，跑了倒好，怕的是他没跑，还在小镇还藏在西山。”

接着，韩雨就把吴奇中在县里给他讲省里怀疑何波还活着，而且就藏在西山，并且还在猖狂活动的话说了一遍，说得李琼也惊慌失措，毛骨悚然。

稍微安神后，李琼责怪韩雨说：“我就知道，何波这条毒蛇只要存在一天，早晚他都要咬人的。我真后悔，当初咱俩哪里不能搞，非要去老宅？你还说老宅清静，没人会发现。结果怎么样？还不是让他给捉奸在床！弄得我俩这几年一直生活在恐惧里，抬不起头，直不起腰，时时提心吊胆。”

韩雨说：“他一直在外鬼混，老宅屋里的灰都厚了他也没回去打扫过。谁知道那天半夜他鬼使神差地出现了。”

李琼说：“真是一步错，步步皆错。这几年我俩一直在他的掌控之中，啥事弄得不听他的都不行。你要是不听，他就用举报相威胁。就说吴奇中的那次车祸吧，幕后导演全是他。”

韩雨一惊：“怎么，那车祸有诈？”

李琼说：“说起来也是因为你。何波说，只要吴奇中死了或伤了，上不了班了，你就自然会当上小镇第一把手。我想只要你能当上一把手，我李琼啥都愿干。因此，我就按他说的，找来了刘姐开桑塔纳车的老公江山，一顿酒足饭饱后就来这间套房里……”

“来这套房里干啥？”韩雨问。

“还用明说吗？完事后，我告诉他在什么时候，什么地方，什么位置。只能把人撞伤不能撞死。他搞了我，又免费吃住，自然满口答应。于是，就在当天晚上十二点左右，我和吴书记参加完街道办的活动后，并排经过黑灯瞎火的十字路口时，江山的桑塔纳车就呼的一声开了过来，不偏不倚地撞倒了吴书记。然后，我就给你打电话，你不接，我才打给你女儿。我没报警，就是想拖延点儿时间，再把伤者弄到医院。再说我也怕吴书记死去。”

“这时候，”李琼继续说，“一个人骑着自行车来了，和我一起将吴书记送到医院抢救。这个骑车人就是何波。临走时，他悄声对我说，交警问你是什么车撞的，你就说是吉普车。没想到后来这个谎言还是被你女儿韩小路发现揭穿了。要不是吴书记深明大义，这事可就闹大了。”

韩雨听到这里，一把将李琼从怀里推开并重重地扇了她两耳光。他厉声说道：“为了实现何波杀害吴书记的毒计，你竟然把自己的身体让司机搞。你，你成了什么人？你又把我放在哪里？”

李琼也火了，倏地跳下床来，也不顾自己一丝不挂，捂着发热疼痛、嘴角渗血的脸，哭丧着说：“你以为我愿意呀？还不是为了你！你好狠心啊你！呜……”

李琼说：“何波这条毒蛇是你我的灾星和钉子，这颗灾星不灭，钉子不除，你我不仅永无宁日，说不定我俩哪一天像你妈一样，死在他手里也有可能。”

李琼这一说，使韩雨想起吴奇中书记在上次讲话中两次提到的灭和除，“难道吴书记也是这个意思？”

李琼继续说：“你妈的事，显然是何波所为。当时我就给你说，想法把他干掉。当时你赞成，可后来也不知为什么，你又不干了。”

李琼哪里知道，韩雨对何波的态度是他母亲临终前告诉他何波是他同父异母的亲兄弟这个天大的秘密之后改变的。母亲说何波是他哥，要他不要伤害他，说他有太多的委屈。从此，韩雨又从亲情的角度再次从正义的战场上败下阵来，在幻想和侥幸之中徘徊。直到吴奇中传来老宅悬案公安部门可能启动侦查，何波有可能狗急跳墙的信息，他才如梦方醒，惊慌失措起来。

韩雨吃了几口点心，喝了两口饮料，说：“何波不是你我能对付的，我们怎能干得了他？除非他自己消失。”

“谁去干，怎么干，用不着你操心，只要你同意就行。”李琼说。

“你不会又去找那个司机吧？不管你找谁，不管你采取什么方法，只能叫他走，赶快走，离开小镇，离开西山。千万千万不要伤害他，更不能要他的命。他太可怜了。小琼，算我求你，好不好？”

李琼不明就里，责怪道："农夫和蛇的故事你忘得一干二净！难怪，这么多年你总是迁就于他，如今又叫我放他！真不明白，你究竟在想什么？"

韩雨闷了半天才说："我在想，老宅杀人案的凶手未必是他。"

李琼说："不是他难道是你？"

这时，门外传来急切的敲门声。

李琼立刻紧张起来，说："不好！我这里一般是不会有人来敲门的，除非是警察扫黄打非。"

韩雨也紧张起来，说："警察我倒不怕，我怕的是我老婆找上门来。她要是发现我和你在这房间里，这疯子不仅会闹，还会杀人！"

李琼说："你快去卫生间藏起来吧，不要出声。无论外面发生什么事你都不要出来，一切由我来对付。"

韩雨躲进卫生间，先是把门反锁起来，然后找地方藏匿。套房的卫生间虽然不小，但能藏在不被人发现的地方却很难，可以说压根儿就没有。

外面的敲门声还在继续，但声音却越来越小，像是有人故意所为。在深更半夜听到这种敲门声足以使人毛骨悚然。

李琼坚信是韩雨老婆信香找上门来要她老公了。于是她几下把茶几上的东西一股脑儿收进垃圾桶里，然后走进卧室，把身上的衣服全脱了，披上一件睡衣，打着哈欠走去开门。

她先问了声谁呀？然后把门打开，却没见敲门人。她走出门去看了一下走廊，也没发现有人。走廊里静得出奇，她赶快进屋把门关上。

刚一关上门，敲门声又咚咚地响起，并附有女人奇怪的喊声。她又轻轻地打开门探头一看，见一个人影一晃不见了。她又出门巡视，还是不见有人。她又带着狐疑回到房里，把门再次反锁走进卧室。

这时，她见一个青面獠牙的人坐在她的床头，手里正拿着韩雨送给她的"迷你"牌化妆盒翻来覆去地看。那人正要打开那化妆品盒时，被李琼"啊"的一声惊叫止住了。

李琼战战兢兢地小声问："你是人还是鬼，怎么进来的？"

那人把脸一甩，现出了本来面目。

李琼惊讶地喊道："何波！"

韩雨在卫生间听见李琼惊叫，本欲出来相应的。但又传来李琼叫何波的声音，他的心一震，又刹住了。

韩雨在想，到底出去还是不出去？如果出去，场面难堪不说，又被何波抓住新的把柄。弄不好还会发生一场恶斗，直至局面不可收拾。那样，问题就真的闹大了。此刻他心烦意乱，焦躁不安地在卫生间走来走去。最后他决定不出去，只把耳朵紧贴在门上，屏住呼吸，专心地听着从卧室传来的声音。

"谁叫你到这里来的？"李琼问。

“难道只允许韩雨来，就不能允许我何波来？”

“我不知道你在说什么，韩雨什么时候来了？”李琼说。

“装什么蒜？你刚才就和韩雨在这房间里。”何波说。

“你胡乱说，你没见我已经脱了衣服睡觉了吗？哪来什么韩雨！”

“你是脱衣服睡了，但不是你一个人睡，而是和韩雨。你们也不是睡，而是在搞。你闻，这床上母狗和公狗的骚味真让人恶心，但也让人乱心！”

卧室里，何波一把将李琼身上的睡衣扯掉，抱住她狂吻乱摸起来。然后将不断挣扎反抗的李琼摁倒在床上。

卧室里不断传来李琼压着嗓子的“唔呀哇呀”的叫声。这叫声使韩雨怒火中烧，像头笼中兽冲来碰去。他几次想开门冲出去，但又被自己的胆怯压住了。

十多分钟后，韩雨听卧室和客厅都没动静了，才忍不住打开卫生间的门冲向卧室。但为时已晚，何波已经逃走了。赤身裸体的李琼仰躺在床上，下身血迹斑斑，昏迷不醒。她的手里还紧紧地捏着那个“迷你”牌化妆盒。

韩雨将气息奄奄的李琼抱在怀里，小声地呼唤着：“李琼，你醒醒！醒醒啊！一切都是我的错，都是我害了你呀！”痛心的泪水从他的眼眶里溢了出来。

李琼慢慢睁开双眼，看着韩雨轻声问：“韩雨，你还爱我吗？”

韩雨说：“爱！爱！”

李琼又问：“你离不了婚也爱我？”

韩雨说：“爱！永远永远爱！”

李琼笑了，将手里的“迷你”牌化妆盒递给韩雨，有气无力地说：“这东西我不给你保存了，拿回去给你老婆吧！好好待她！”说完又昏了过去。

第六十一章 欲盖弥彰

今天下午，小镇召开党委扩大会，点名要韩小路列席。

在老宅去小镇的路上，罗兵和韩小路骑着电动车边走边说。

韩小路问：“罗镇长，你们开党委扩大会，咋会叫我参加呢？”

罗兵说："不是参加，是列席。"

"不会对我那天反对韩书记的讲话而发动大家批判我吧？"

罗兵反问："你怕了？"

"在溶洞里当着凶恶的对手我都不怕，还怕自己人？"

罗兵说："这就对了。"

韩小路说："其实那天我并非完全反对我父亲韩雨的讲话也并非故意和他作对。"

罗兵说："我知道，你是在寻找直接的证据来证明你母亲信香所说，韩雨不是老宅凶案的嫌疑人。"

韩小路说："正确。作为一个女儿，当然巴不得自己的父亲清清白白，更希望他正如母亲所说与老宅凶案无任何干系。但你说，我母亲的话不可不信也不能全信。你坚持认为，所有掌控的如：他第一次在老宅被何波踢伤而跟医生说自己骑自行车摔伤；两次在河边丛林与何波密会；奶奶被杀后他反应迟钝以及奶奶遗体火化仓促等事实证明，他仍摆脱不了十年前在老宅单独或合谋杀人的嫌疑。"

罗兵说："因此，你就借在视察农家乐讲话之机来窥察他视察和讲话的动机。"

韩小路说："如果韩雨与老宅案无关，他作为小镇的一把手，对西山开发和农家乐的建设一定是肯定成绩为主而不会专挑毛病，更不会未经集体讨论就做出停建、清理、整顿的决定。"

罗兵说："韩雨这么做，眼前的目的可能有两个。要么他发现了农家乐业主中有何波的人或何波就在其中，要么韩雨在向何波传递信息，老宅杀人案已重新启动侦查，西山开发小组的人就可能是秘密侦查员，暗示他赶快采取行动，比如暴力或逃走什么的。"

韩小路说："因此，当即我就想，如果我们的判断是正确的话，对手已经急不可待了。他们铤而走险地从海底浮出水面并亲自出面来探视虚实。这绝不是一般的举动。它说明，如果我们不尽快完成河波给我的第三个条件，与何波见面弄清奶奶的黄金被盗和奶奶被杀的真相，不仅我们的目的达不到而且还会被他们弄得非常被动。"

罗兵说："所以，你那天必须借韩雨的明目张胆来回避江山这个人和'软得多'这件事。假如那天你不这样做会发生什么事情？"

韩小路说："开发指挥部会迫于书记镇长的压力，停建和清理整顿。从而达到他们取消江山的'软得多'等农家乐招牌，停止西山开发小组在老宅的一切工作。这正是何波等人所一直企图而没法实现的目的。"

罗兵说："结果在你一箭双雕的反驳声中使韩雨翻了船落了水。你果真厉害！看来中国A县的亚森罗宾应该是韩小路而不是我。"

韩小路说："别侮辱我哈！亚森罗宾是通过偷东西查案，而我不是。"

小镇党委扩大会在镇府大会议室举行。罗兵和韩小路刚走进会议室，韩雨就宣布会议开始。

韩雨带着十分沉重的心情说：“今天的会议原定是由副镇长李琼主持的，但在昨晚，她因突发急病住院来不了了。今天早晨她打电话给我说，请我代她主持这个会议并向大家表示歉意和遗憾。”

韩雨讲话的表情和声调让罗兵和韩小路大吃一惊。两人几乎同时想到，李琼是老宅凶案涉案的关键人之一，如果她出现什么不测，将会使整个侦查陷入又一个泥潭。从韩雨讲话的表情和语调判断：如果李琼发病是真，此时的她，要么生病真的住院，要么已经死去！”

为了及时弄清事情的真相，韩小路决定立即去医院。但当她离开座位走到门口时，却被韩雨叫住了。

韩雨既用领导的身份又以父亲的尊严对韩小路说：“会议刚开始你就要走，有没有一点组织观念？”

韩小路调皮地举起右手食指说：“上个一号总可以吧？再说，你们召开党委扩大会，作为你女儿的我主动回避一下也是应该的呀！你说呢，父亲大人，韩书记？”

韩小路这么一说，使与会者们开心地大笑。韩小路乘机溜之大吉。

听着女儿远去的脚步声，韩雨无奈地叹息道：“都是她妈护的。算了，开会吧！”

韩雨面对五十多个与会干部，心情还是十分沉重地说：“前几天，我专程到西山和罗镇长一起，对西山主体开发的准备工作和山下农家乐的建设进行了察看，发现了一些问题。比如，农家乐建设的声势太大问题，招牌太黄问题和业主成分太复杂等问题。在总结讲话时，我把这些问题提出来，目的是希望他们进行整改，以便使农家乐的建设沿着正确的轨道健康发展。”

他喝了口水，继续说：“没想到我的讲话立即遭到我女儿、西山开发小组成员韩小路的反驳。一时间成了小镇头条新闻。他们说韩镇长养了个敢说敢干的女儿，敢在会上反驳当书记、镇长的父亲，虽然于情不合，但于理相符。为此，县委书记批评了我，老书记吴奇中也狠狠地训了我一通。”

他又喝了口水，润润嗓子，继续说：“讲实话，韩小路当着众人的面反驳我的讲话，我确实接受不了，一连三天我都不与她说话，甚至想不认她这个不恭不敬的女儿。直到今天我才惊醒，韩小路是对的。是啊，都九十年代了，解放思想，改革开放也快二十年了，而我的思想、我的目光还停留在过去的时代，动不动就用帽子压人，这与一个新时期基层组织的书记、镇长的身份，正如韩小路所说的，太离谱了！”

韩雨咳嗽两声，再喝了口水，继续说：“知错改错是我们党的一贯作风。因此，我们今天特邀韩小路列席这个会议，一来我向韩小路和西山开发小组的全体成员表示道歉，接受他们的批评，改正自己的错误。没想到她却走了，那就请罗兵镇长转达吧！二来借此机会希望小镇的全体干部尤其是我们党委成员和各级党组织，要坚定地支持西山开发小组和指挥部的工作，要人给人，要物给物，争取早日把西山这个小镇及至A县重量级的旅游胜地建设成功！”

接着，他微笑着仿佛真发自内心似的肯定了西山开发小组和指挥部的工作。赞扬罗兵领导有方，实施得力。又表扬开发小组齐心协力，团结奋斗，在短短的几个月内不仅输通了电、路、气、水，而且维修了老宅，使这座常年无人居住，阴森有余，恐怖十足，濒于坍塌的古宅焕发了青春！而且在西山脚下，利用荒地、河滩招标引资修建了六家农家乐。其功不可没！

终于，全场响起了异常热烈的掌声。

韩雨今天的表现在罗兵的意料之中。在罗兵的心里，韩雨是在改变斗争策略，其目的是多元形的。一是委曲求全，不使自己的女儿韩小路与他长期对立并走得太远；二是以此来继续掩饰某人某事；三是重树他书记、镇长和父亲的形象，以便完成他不为人知的大业。罗兵分析，从他与韩雨共事一年的了解，韩雨不可能有如此的从善如流，后面一定有高人指点。那么，这高人是谁呢？

再说韩小路离开会议室后直接去了小镇医院。李琼在小镇是众所周知的。韩小路问了门诊又问了住院部，得到的结果都是李镇长没来看过病。她又问了几家小诊所，回答也是如此。在一些医生的提示下，她立即赶车来到县医院。

在县医院急诊门诊室，她问一个正从抢救室出来的矮个男医生，道：“请问昨晚有没有一个叫李琼的病人来看过病？”

矮个医生见一个十分漂亮、丰满、白净又高过他头的美女突然出现在他的面前，神魂顷刻错乱。

韩小路再次大声问道：“请问医生，昨晚有没有一个叫李琼的病人来看过病？”

矮个医生这才回过神来问：“你说什么？”

这时候，一个女医生走过来问韩小路道：“是不是女的呀？”

韩小路说：“就是。”

女医生说：“死了。”

韩小路一惊，问：“死了？怎么死的？”

女医生怪怪地说：“送来的时候就死了。怎么死的你去问她自己吧！”

韩小路着急地再问：“那她人呢，在哪里？”

女医生上下全身打量了一下韩小路，带着十分讽刺的口气说：“你光顾着打扮，却忘记读书了是吧？人死了就不叫人，叫尸体、遗体或遗骸。”

韩小路脸一红，说：“对不起！请问李琼的遗体在哪里？”

一个女护士在旁说：“遗体嘛只有放在太平间，难道放在饭厅呀！”

韩小路火速赶到太平间，值班的人却无论如何不让她看。无奈之下，她第一次亮出公安机关颁发给她的侦查员证件，她才得以进入太平间。

当值班员从遗体冰柜里推出那具女尸时，韩小路惊诧了。她问值班员道：“这是昨晚死的李琼吗？”

值班员说：“是呀！这牌子上写得清请楚楚，你看，李群，女，五十九岁。”

韩小路哭笑不得，转身便走。

韩小路又返回医院住院部，问遍了内科、外科、妇科等所有科室的病房，均未发现有李琼这么一个住院病人。至此，韩小路才认为，父亲说李琼突发重病住医院是在撒谎。

“那么，他为什么要撒谎呢？”韩小路在心里问。

正当她十分纳闷时，她的手机响了。

第六十二章 案中案

韩小路匆匆忙忙地从县城搭公交车赶回小镇，又从小镇骑电动车往西山老宅赶。

此时正中午，烈日当头。韩小路经过几个小时的奔波，连口水都没喝。她肚空如洗，饥饿难忍，加上头上烈日暴晒，身上又来了那个，汗流浃背的她几次差点儿从电动车上晕倒。当她从电动车上下来后，晕晕乎乎地进了老宅大门。

是刘姐赶忙将她扶进寝室，平躺在床上，用毛巾擦去她额头上的汗水，然后又去厨房冲来了一碗白糖开水让她喝下。

韩小路在喝水的时候，刘姐就坐在床沿上为她打扇。一股异常的芳香从刘姐身上挥发出来，随着扇子扇出的风扑进了韩小路的鼻孔里。

韩小路说：“刘姐，你身上好香哦！”

刘姐说：“法国香水，到时我让我老公给你弄一瓶。我老公在给一个中外合资的企业老板开车，那老板是法国人。”

在刘姐的关心下，韩小路顿感舒服多了，脸上流露出对刘姐感激的笑容。接着，刘姐又给她端来一碗饭和两盘菜，亲切地说：“一定饿坏了，快吃吧。”韩小路接过饭菜便狼吞虎咽地吃起来。

几口饭菜下肚，她就有了精神，便问：“罗镇长他们呢？”

“吃完午饭不久，来了两个老板，说是外商，想看看西山开发和农家乐。说看好了就准备投资，他们就都陪他俩出去看了。哦对了，罗镇长说你回来就给他打个电话。”

“好，我吃完饭就打。”韩小路说。

还没等打电话，罗兵他们就“嘻嘻哈哈”地说笑着回来了。

韩小路见来的人中有个穿着十分洋气，皮肤黝黑，头发梳得油光水滑的中年男人。旁边还有一个西装革履，面貌堂堂，提着小小保险箱的青年男子。看上去，这两个人的确像外商。但韩小路一眼就认出那中年男子是张德亨。至于那年轻人她倒从未见过。

韩小路终于明白，罗兵在电话中告诉她必须立即从县城赶回老宅的原因。张德亨局长如此这般地到来一定有非常重要的事情相告。

大家围桌坐下后，刘姐分别给各位沏了杯茶送到面前，自己也顺便坐在桌角的凳子上，弄得大家都非常尴尬，不开腔不好，开腔也不知该咋说。

还是韩小路聪明，她大眼珠一转，说：“罗镇长，你不是打电话叫我回来，说要传达小镇党委扩大会精神吗？快说呗！”

罗兵开头一愣，随即便说：“是呀！我想让大家喝两口水再说。”

张德亨用不伦不类的广东话说：“罗进将，朗们要开会，我们明天见谈吧？”说着就要起身走。

罗兵把他拽住，说：“你不是要在西山投资吗？顺便也听听我们韩书记在今天上午的会上对西山开发美景的描述吧！保你听了信心十足，你那保险箱里的美元不拿出来也不行。”

张德亨一笑说：“戏吗？那我就洗耳恭听啦！”

罗兵不是演员，可此刻他比演员演的还真实。他像煞有介事地拿出笔记本，翻到中间一页，开始传达韩书记的讲话。也许韩雨压根儿想不到，罗兵会假他而言，完全可以上旅游报的头版头条。他把西山开发描述得太美太美了！尤其是他添油加醋，随心杜撰的招商引资开发西山的内容，让张德亨这个假外商也故意激动得拍巴掌。

“太好太好啦！西山这项目我选定啦！”张德亨说。

刘姐实在听不下去了，便站起来笑着说：“罗镇长，厨房里没菜了，油也完了，我还是去做我的事吧！要得不？”

“你不想再听听韩书记怎么说？”罗兵问。

韩小路说：“让她去吧，反正讨论与她关系不大。”

罗兵想了想，说：“那你去吧！早去早回哦！”

刘姐出门不久，罗兵一个眼色，王林便悄悄跟了出去。

刘姐走后，罗兵立即问韩小路：“见到李琼了吗？”

韩小路说：“没有。”接着，她就把找李琼的经过说了一遍。

吴平说："你一个年轻女娃子敢单独进太平间看死人？不简单！要是我吓都吓死了。"

韩小路说："干了这一行，就得什么都不怕。要怕，什么都干不了！"

罗兵说："这就怪了，看韩雨的表情和语调不像是在说谎。再说，他也没有必要说谎呀！袁局，你是老手，你怎么看这个问题？"

袁一锋说："欲盖弥彰！"

"什么意思？"罗兵问。

"李琼没死，也没生病住院，她一定去了某个地方，在做某一件事。"袁一锋说。

罗兵说："只要她没死就好办。但必须尽快查清楚李琼去了哪里，在做什么？小路，这件事就交给你和王林，你不是还在找何波丢弃的那个女孩吗？就带着一起查吧！"

韩小路说："好。不过有些时候我一个人还要方便些。"

罗兵说："你看着办吧！好了，现在请张局给我们传达上级的重要指示。"

张德亨思忖一下，指着站在自己身边的小伙子说："我先给大家介绍一下，这位叫曾见，十年前老宅凶案就是他发现报的警。"

吴平惊讶地问曾见："你就是那个小偷袁三娃？"

张德亨说："他现在不是小偷，是警察，而且是武警的狙击手。为了保护你们秘密侦查的安全，我请示上级同意，派他随你们完成秘密侦查任务，直到把真正的犯罪嫌疑人抓获。形式上他不会经常给你们在一起，但当你们遇到危险尤其是生命危险时，他一定会出现在你们的面前。"

罗兵等人和曾见亲切握手。握手毕，曾见将小小保险箱交给张德亨后，像风一样走出老宅。

吴平说："哎，你别走啊！"

张德亨说："他是出去警戒。"

张德亨非常严肃地说："自韩老太陈英案发生后，我把你们，特别是韩小路分析作案人动机为窃取黄金杀人和在韩老太家发现藏匿黄金的地窖，以及韩老太送给一条编号为02的黄金给其孙女韩小路作为结婚礼物等情况，向省部领导作了汇报。省部领导非常重视。部领导立即责成有关部门彻查国民党撤逃前南京金库黄金的领取情况。经查，韩雨之父韩光，曾在南京持蒋介石指令，以发放遣散和大陆隐藏人员经费为名，在南京金库提取了两桶黄金，每桶为十二条，编号分别为01——01至12和02——01至12。韩光领取黄金以后，由于国民党政局混乱，国民党政府撤逃台湾，以及韩光失踪等原因，这事就被国民党政府遗忘或放弃追查了。这次，如果不彻查老宅凶案，韩光窃取黄金逃匿之事，恐怕永远石沉大海。因此，部领导决定：你们在侦查老宅凶案时一并将追查这批黄金案放在一起，并希望尽快破获此案。"

稍顿，张德亨又说：“省部领导还特别表扬了韩小路特别侦查员，一再叮嘱我要保护好韩小路及全体秘密侦查员的安全。所以我才决定将曾见派来保护你们的安全。他是个神枪手，百步穿杨，百发百中！”

张德亨讲完后，将小小保险箱打开，拿出一份当年南京金库黄金样品的传真递给韩小路。韩小路一看传真，正符合她牛皮包里的黄金实品。她非常沉重地说：“没想到老宅凶案，还有案中案！”

此时的韩小路陷入了从未有过的难过和苦恼。在这之前，她虽然对父亲韩雨有千般的怀疑，万般的怨恨，也只不过是怀疑他与何波有染，怨恨他执迷不悟，继续与犯罪嫌疑人何波沆瀣一气、同流合污。他的罪再大也大不过亲手杀人。

但现在不同了。据母亲所言，所谓的01桶和02桶黄金就在父亲和奶奶手里。现在奶奶死了，奶奶藏在地窖里的02桶黄金也没了。难道父亲真是十年前为了索回爷爷韩光带回的两桶黄金而杀害了借住在何波家的一对夫妇？又为了夺取藏在奶奶家的02桶黄金亲手杀害他亲生母亲陈英的凶手？看来真如罗兵所说，母亲信香的话不可不信又不可全信。老宅凶案，父亲韩雨难辞其咎啊！

见韩小路陷入沉思状，张德亨说：“案情变得更加复杂，更加迷惘又更加严峻了，说明以前的推断不一定准确。你们要冷静下来认真分析。好了，我还有个案子要去处理，我该走了。”

临走时，张德亨将小小保险箱交给韩小路，说：“这是部里专门配给你装资料的，请你好好利用它。”

罗兵在送张德亨上车时，张德亨又悄声对罗兵说：“你是老宅案秘密侦查小组组长，记住，不管发生什么事情，你们也包括我，都要绝对相信韩小路。这是部领导的指示。”罗兵严肃地点了点头。

张德亨又说：“今后有什么情况需要告诉我，我若不在，就跟曾见说。”

罗兵又认真地点了点头。

罗兵回到老宅，见大家都沉默不语，而且气氛紧张如临大敌。罗兵笑着说：“干吗这么紧张严肃呀？不就是加了一分担子吗？我们几个人共同挑还怕挑不起呀？”

袁一锋说：“不是怕挑不起，而是不好挑。”

罗兵问：“为什么？”

大家都把目光射向韩小路。

再说王林走出老宅的门，便到一偏僻处拿出他事先准备好的背篼。背篼里装着杂草和枯树枝以及一顶草帽。他一背上它还真像个十足的卖草药的农民。

他骑着韩小路的电动车尾随刘姐来到了镇上。在西街口的一棵大树下，他把车锁好，背上夹背，戴上草帽，目光一刻也不离刘姐的一举一动。

逢场天的小镇，街上人头攒动，人们挨肩擦背。刘姐将电动车放在西街口的一个车棚里，交了停车费，打了一次手机，便提着菜篮子向自由市场走去。就在自由市场卖鸡的地方，一个中年妇女打着遮阳伞出现在刘姐的面前。刘姐前后左右探视后便从包里摸出一样什么东西迅速地交给那个妇女，然后一个装作买鸡，另一个装着作鸡，不到一分钟两人便分头而行。

此刻王林判断，刘姐的戏已经结束，下一出戏该那个中年妇女上演了。

果然，那中年妇女走到一棵黄桷树下，见四周无人，便将刘姐交给她的东西放进一个树洞里。半个小时后，又是一个花枝招展的中年妇女东张西望地来到黄桷树下，伸手将树洞里的东西取走。

王林疑惑，“这女人是谁？取走的是什么东西？”正思忖时，那女人像飞似的几步钻进熙熙攘攘的赶场人群中消失了。

线索消失，王林立即打电话给罗兵。

第六十三章 争取刘姐

在老宅，罗兵接到王林电话后，立即对刘姐住的柴房进行了仔细的查看。结果，除了一些女人的用品以外并未发现与刘姐身份不符的东西。柴房的上下左右也未发现异常和疑点。

韩小路说：“这个女人不简单，可以想见，她的老公更不简单。”这时，外面传来电瓶车的声音，罗兵等人迅速离开柴房。

刘姐满身大汗地从电动车上下来，再看看四周并无有人窥视她。她才大大地松了口气，取电动车上买的东西。

当刘姐提着一桶油和一包蔬菜进屋后，便被罗兵和韩小路叫到办公室。

罗兵笑着问刘姐道：“刘姐，你觉得我们对你咋样？”

一开始，刘姐非常紧张，脸色都变青了。后见罗兵微笑和蔼的样子，才平下心来答道：“很好呀！”

罗兵还是微笑着问说：“那你做了什么对不起我们的事没有？”

刘姐诧异地想了一下说：“没有啊！”

“你去镇上买菜的时候，在自由市场卖鸡的地方，把一样什么东西交给了一个女人？”罗兵问。

刘姐忽然惊讶地张大了嘴，思忖一下，说：“哦，是李镇长托我老公给她带的香水，在我这里放了很久了，今天才顺便给她带去。”

“就是你用的那瓶香水吗？”韩小路问。

“就是。我在给她以前，试喷了一下，真是好香水。听我老公说是法国货呢！”

“是法国香水，可是这瓶香水还在你柴房里。”说着，韩小路去刘姐居住的柴房将那瓶香水取来放到刘姐面前，问：“这怎么解释？”

刘姐一声不吭地低下头去。

罗兵非常严肃地说：“刘姐，我现在还称你刘姐，说明我们还在尊敬你，相信你。你的情况和你老公的情况我们了如指掌。”

刘姐实在老实，抬起头来莫名地说：“罗镇长，我没有情况，真的没有。”

罗兵说：“你根本不是农村人。你——”

刘姐说：“罗镇长，我真是农村人。彻彻底底的农村人！”

“你过去是，可后来你成了城里酒吧的——”

“罗镇长你别说了，你要问啥子就问吧，我老实说就是了。”刘姐急忙打断说。

罗兵说：“好吧，你先说，你是怎么到这里来的？”

“我本来在自贡开酒吧，上个月初我老公忽然叫我把酒吧关了，到小镇找李琼副镇长，说有个好工作要我做。我来了以后，李镇长就叫我到这里来当炊事员做饭。”

“李镇长除了叫你来当炊事员外，还叫你做什么？”罗兵问。

刘姐迟疑了。她不知道该怎么说才既不得罪李琼，也让罗兵满意。如果把李琼交给她的任务全说了，要让李琼知道可不得了。如果不说，罗兵这边又该如何过关？她想了一下，还是先决定不说。

罗兵把脸一板，说：“不说是吧？不说就——”

“要说！”刘姐马上低着头说：“一开始，她叫我在买菜做饭的同时，观察老宅白天晚上有没有异常情况。”

“异常情况指啥子？”韩小路问。

刘姐说：“就是看有没有警察进出老宅。还叫我观察你们除了做开发的工作外还做了些什么其他事这些。”

罗兵问：“那你发现异常了吗？”

“没有，一直没有。”

韩小路又问：“你经常在深更半夜通电话是怎么回事？”

“有时是李镇长打来问情况的，有时是我老公打来的，有时又是我打给他们的。”

罗兵说：“既然如此，你若发现有异常，用电话向李镇长说就是了嘛，为啥还亲手交给她东西？”

刘姐说："是前天，李镇长给我一样东西，我也不知道是啥子，她叫我把那东西放在我的衣包里，不要取出来，要在今天下午去小镇交给她，于是我就按她在电话里告诉的地方，在自由市场卖鸡的那儿，把东西给了她。罗镇长，小路，请你们相信我，我说的没一句假话。"

罗兵说："我们相信你。你再想想。还有啥要说的？"

刘姐说："没有了。"

这时，王林回来了。一看见王林，刘姐马上又说："哦，还有一件事，就是李镇长要我趁你们不在的时候，用木棒敲打老宅的地面和墙壁，看有没有异常的空响声。"

罗兵问："如果有怎么办？"

"打电话告诉她在哪一间房，哪一个部位就是了。"

罗兵问："你敲出来了吗？"

刘姐望了眼王林，低下头去小声说："没有，一直没有。"

韩小路问："接你东西的人真是李琼李镇长吗？"

刘姐不语了，稍顿才说："我到镇上后，接到一个电话，她说她是李琼，叫我去自由市场卖鸡的地方把东西给一个中年妇女。至于她是不是女人我也不知道。不过，我好像看见那人有喉结。真的小路，我没骗你！"

韩小路说："这么说你根本没见到李镇长？"

刘姐点点说："没有见着她本人。罗镇长，小路，你们要不高兴，今后李镇长要我做啥子，我不做就是了 。"

刘姐的事情来得如此突然，罗兵和韩小路都没想到，其中竟然涉及李琼更没想到。

罗兵分析，从刘姐讲的情况看，她并未发现西山开发小组是何波悬案的侦查组。她也没向对方传递这方面的信息。那么，今天下午刘姐交给那所谓女人的东西是什么呢？是什么东西不能用电话传递而非要亲手递交呢？联系到今天上午的党委扩大会——罗兵恍然大悟："窃听器？对了，一定是窃听器！"罗兵松了口气，在心里说："幸好小路聪明，让我们多了个心眼。"

罗兵说："刘姐，你知道今天我们为什么问你这么多吗？"

"不知道。"刘姐说。

"就你这个岗位，有几十个人来竞争，你总知道吧？"

"听李镇长说过。好多人都想来。"

"李镇长把你介绍来了，其他想来又没来的人会怎么对你？"

刘姐思忖一下，说："一定打小报告说我的坏话。让你们把我辞了，他们好来。"

罗兵说："对了。要不然我们怎么知道你送东西给李镇长哩？"

刘姐说："罗镇长，我真没做啥子对不起你们的事。真的！李镇长也没叫我做对不起你们的坏事，真的是这样。你们千万不要辞退我呀！”

这样看来，对手到目前为止，仍在想方设法弄清西山开发小组和指挥部的真实动向，尤其想知道住在老宅的人是不是公安局的人。当然，还有一个问题有点疑惑，李琼为什么要想知道老宅的地板或墙的空响声？想到刚才张局传达的上级指示，他恍然大悟，果真是案中有案。

如果是这样，刘姐好比是掩蛇的草，我们绝不能打草惊蛇，相反；我们要利用刘姐这丛草把蛇引出来，看看这蛇是菜花蛇还是王头毒蛇。

主意已定，罗兵和韩小路嘀咕几句后对刘姐说：“刘姐，这样吧，看在你来这里后，表现还不错的分上，今天的事情就算了。不过你要答应我三个条件，否则我要留你，那几十个与你竞争的人可不想我们留你哦！”

刘姐非常激动地恳求说：“你说，罗镇长，只要让我留下继续给你们买菜做饭，啥子条件我都答应。”

罗兵说：“你听好。第一，今天的事包括我们问你的和你说的所有内容要绝对保密，不准对任何人透露半个字。第二，你和过去一样，李镇长或其他什么人要你做什么，你不要拒绝，但做与不做、怎么做由我们为你把关，具体帮你的人就是韩小路。当然也可以找我。第三，凡是我们安排或叫你做的事情你要尽心尽力做好，而且还要注意安全和保密。怎么样这三条？”

刘姐高兴地说：“要得要得！不说三条，三十条都要得！我保证做到。”

刘姐走后，罗兵对韩小路说：“看来袁局的分析没错，李琼没病也没住院，还在替何波和韩雨做事，只不过从明处退到暗处而已。”

“我不太同意你的分析，”韩小路说，“我认为李琼遇到很大的冲击，这种冲击让她幡然悔悟，不想再继续错下去。但迫于某种压力，或有某些难言之隐，她只好抱病隐退，或闭门思过，或另行选择其他。今天的行动根本不是李琼的安排，而是另有其人假借李琼之名获取情报。”

罗兵不解，问：“你的意思是说——”

“堡垒最容易从内部攻破，很多军事家这么说过。”

“找到李琼，把她争取过来？”

韩小路说：“算你聪明！不过，眼前我们最要紧的还是把何波丢弃的女儿找回来，这样我们才有机会与何波接触，求证奶奶家黄金丢失和奶奶被杀的真相。我估计，李琼一时半会儿不会回小镇，晚两天找她也不迟。”

第六十四章
惊见玉镯

小镇最华丽最高档的一家歌舞厅算南街十字口的红珊瑚歌舞厅，开业半个月来几乎场场爆满。

今天是周末。晚饭后，韩小路提议去红珊瑚歌舞厅跳舞，得到了大家的响应。吴平说：“跳舞是年轻人的事，袁老头儿，你就别去了。”

袁一锋说：“只要你吴美女留下来陪我，我就不去。”

吴平的小拳头一边在袁一锋的背上擂，一边说：“老马还想吃嫩草，做你的美梦吧！”

罗兵说：“都走了也不是个办法，是得有人值班接个电话什么的。”

刘姐说：“你们都去吧，电话我来守。”

袁一锋立即说：“这老宅晚上一个人挺吓人的，还是我和刘姐留下来吧，有个伴也好。”其实袁一锋是多了个心眼，并非有其他企图。

可吴平一听，立即咧嘴“嘻嘻”直笑。

“你笑啥？”袁一锋问。

“我笑你嫩草吃不到，又想吃天鹅肉！”吴平这一说，把刘姐的脸也说红了。

罗兵、韩小路、王林和吴平各自骑着电动车来到小镇。到了舞厅门口，由谁来买票犯了难。你想呀，一张票十元，四个人就要四十元，几乎去了一个人的四分之一工资。好像谁也不愿当这个好人。

还是韩小路心眼多，她说：“我们四个人比一比怎么样？”

吴平问：“比什么，比屁股大还是比腰杆细呀？”

韩小路一笑说：“比官大。谁的官大，谁买票。”

王林立即咐和说：“要得。”

吴平推着罗兵的后背说：“快去买呀！你不是小镇长吗？”

“小镇长？”罗兵忽然回过神来说：“一个县下面的一个镇的副镇长只算副科级，按镇、县、市、省、部这么往上排，请问：镇的副镇长官大还是部的级别——

官大？”

吴平说：“当然是部的级别大了。俗话说官大一级压死人，韩小路你官大四级呢，买票买票！”

韩小路原本是想将一将罗兵的，顺便考考他大不大方？没想到被吴平这小人精给反将一军。既然如此，她也就豁出去了，指着歌舞厅的收票口说：“那就请各位进呀？”

吴平说：“你不买票怎么进呀？”

韩小路说：“你不是说我官大四级吗？这么大的官来到一个镇的歌舞厅还要买票呀？”说着，她亮出早已到手的四张红通通的门票递给收票员。

这四张红珊瑚歌舞厅的门票是怎么来的呢？是韩小路买的吗？不是。

自从那天韩雨在县城吴奇中那里，知道信香用家里的黄金去贿赂吴奇中，让自己当上镇长以后，他心里就憋着一股气，决心回来要好好收拾一下这个成事不足败事有余的老婆。

那一桶十二条黄金是母亲陈英在他和信香结婚时给他的。当时，母亲当着他和信香的面要求他不能随便动用这些黄金。

母亲陈英说，这桶黄金不仅价值连城，还是镇宅驱邪兴家之宝。家里存有黄金，韩家就会福星高照，子孙兴旺，万代芳辉！

她还要求儿媳妇信香给她最少生五个孙子，甚至把孙子的名字，韩什么什么的都起好了。陈英还说，要动这桶黄金，除非以后送给她的孙子或孙女。她还把送的数目都规定好了，孙子每人两条，孙女每人一条，余下的就留下给儿子养老。不懂事的信香一听公婆竟不提她儿媳妇信香的名，一气之下，竟当着陈英的面，顺手抓了两条黄金揣进自己的裤袋里，不声不响地就走了。

从此，信香就被公婆陈英看不起，说她是贪财败家的料。后来信香一直不孕不育，断了韩家的香火，陈英对她就更加瞧不起。瞧不起她不说，还经常在背后骂她是不下蛋的鸡！

这么多年来，信香从不提那两条黄金的事，韩雨也没问。韩雨以为，她把那黄金早给娘家了。没想到，在自己仕途升迁的关键时刻，她却背着他把那黄金拿去给了吴奇中。难怪那时候吴奇中踏遍了县政府的门，说破了自己的嘴，还敢于向县长摊牌，生拉活扯地硬是让自己当上了小镇镇长。原来是黄金在起作用。

当天，他憋着一肚子的气回到家里，本想大发作的。但见信香那花白的头发和一张憔悴不堪又傻呆呆的脸，他又把大火压了下去。再说他也怀疑吴奇中说的话，世界上哪有那么傻的女人，为了丈夫能当上区区一个小镇长，竟动用了那价值不菲的镇宅之宝？！

为了求证真假，第二天晚饭后，他从侧面对信香说：“吴奇中当县委副书记后不仅官升了，财也发了。他在县城花了八十万元买了一套漂亮的高档别墅，装修得像皇宫一样，所有的家具电器全是进口的一流货。唉，老婆，你把妈给的那两条黄金也拿出来，一起去换成人民币，我们也去县城买一套别墅，比吴奇中还要高档的，让他也看看，我堂堂的韩雨也不是穷光蛋！要得不？”

信香一听，先是傻傻地望着韩雨笑，后来见他虎起一张脸盯着自己，她才说：“你把那装有龙纹玉镯的‘迷你’牌化妆盒拿回来给我，我就把黄金给你。”

信香这一说，韩雨还真有点信了。据李琼说，那只明代的龙纹玉镯也值好几十万呢！作为贪财的女人，当然不会两手空空地过日子，何况她还有精神病！要是那化妆盒在他手里，他立马就会拿给她，看她拿不拿得出黄金。可是他拿得出来吗？那东西还在李琼那里。

韩雨不死心，再一次试探，说：“吴书记说，他那别墅是用一条黄金的钱买的。老婆，你那两条黄金可买两栋像他那样大的别墅。拿出来吧，我们去买一栋比他高档十倍的别墅，让他也眼馋一下。有了高档别墅，我俩也搬进去好好享受一下。老了我们也可以在别墅里颐养天年。”

信香闷了很久才说：“那东西，没了。”

韩雨笑道：“开什么玩笑？那是两条黄金，不是两条毛巾，说没就没了！”他丧起脸问：“真没了？”

信香小声说：“不骗你，真没了。”

韩雨说：“我不信。你老实说，那黄金是被盗了还是送给你娘家了，嗯？说呀！”见信香低头不语，他又大声说：“你不说是不是？不说我就马上报警！”说着他就掏出手机要打110。

终于，信香经不住恐吓，就一五一十地全说了。

果真，信香说的和吴奇中说的一模一样。韩雨的火一下子就蹿上来了，大声训斥道：“你这个头发长、见识短的女人哟，好蠢呀！你以为你那么做是为我好吗？那是在害我！现在吴奇中说，当初我用黄金去贿赂他才当上的镇长。这事要让纪委知道了，不得了哩！现在是赔了夫人又折兵，有苦说不出呀！你！你！”他举起手正要打老婆时，他的手机响了。

电话是李琼打来的，要他立即去春风宾馆。

临走时，他把一个信封交给信香，冷冷地说：“这里面有几张周末红珊瑚歌舞厅的门票，你给丫头吧！”说完他就气呼呼地走了。第二天，韩小路回去取东西，信香就把这门票给了她。

这家歌舞厅有十个包间两个大舞池，装饰得富丽堂皇别具特色，在小镇位居第一。

罗兵一行系工薪族且两男两女，进包间显然不适。于是他们决定去鲜海棠大舞池。

老远，就听见大舞池传来《九月九》的歌声瞬间又变成邓丽君的《何日君再来》。歌声像磁铁般地吸引着四位年轻人，他们箭步如飞地走进鲜海棠。

朦胧的霓虹灯下，舞池四周坐无虚席。幸好，又一曲邓丽君的《小城故事》的旋律响起，舞伴们纷纷离席步入舞池，他们才有了位置坐下来。

随着优美动听的歌曲，舞池里一对对舞迷们有的舞步优美，有的舞姿翩翩，有的摩肩接踵，有的香裸情怀。这一曲刚毕，苏芮的《牵手》就来了。

王林牵着韩小路的手，吴平挽着罗兵的胳膊随着苏芮深情的歌声和五颜六色的光束走下舞池舞动起来。

这时有个穿带式超短裙，面容姣好，身材曼妙的年轻女子既不唱歌，又不跳舞，就在舞池里转悠。见韩小路注意她时，她便立即离开。

“因为爱着你的爱，因为梦着你的梦……”

歌声中，韩小路深情地凝视着王林那双浓眉大眼，轻声地说：“支，我好想你。”

王林说：“小路，我也想你。”

韩小路小声问：“什么时候我才能大声地喊你的真名，而且让我们尽情地幸福、快乐？”

王林说：“会有那一天，我会安心地牵着你的手，不再去想该不该回头。”

韩小路将湿润的双眼贴在王林坚实的胸脯上，然后又轻轻抬起头，仰望着他的脸，声音颤抖地说：“吻吻我。”说完，她便闭上双眼。

不想，此时歌声和乐声戛然而止，灯光亮了。

这时，那个穿带式超短裙的美女，从韩小路面前步履轻盈地甩手走过。韩小路突然发现，美女的右手腕上套着一款蓝花白纹的玉镯。韩小路一惊，即撇下王林，跟随那美女来到洗手间门口。

美女站住，猛地回头，盯着韩小路问：“你跟着我干什么？”

韩小路笑笑说：“对不起呀大姐，我也上洗手间。”

美女生硬地说：“谁是你大姐？好像你很小似的。”

韩小路笑着说：“哦，小妹妹，小美女，对不起！”

在洗手间，佯装解完小便的韩小路对正在解完手对着镜子洗手的美女，笑着说：“你手上的镯子好漂亮哦！能让我看看吗？”

美女晃了一下手上的玉镯，冷冷地说：“石头做的，有什么好看？”说着，便把戴玉镯的手伸到韩小路的眼前。就在这一刹那，一股无比惊讶伴随着无比惊喜写上韩小路的眉头。

她看清楚了，美女戴的正是一只龙纹玉镯。无论大小、花色都和溶洞里何波提供的弃婴物证相符。“难道她就是何波要找的女儿？”

在韩小路再三要求下，那美女终于答应并找了个清静的地方坐下来好好地谈了谈。

经过交谈韩小路知道，那美女叫张静秋，今年二十二岁，家住小镇外北街，目前在深圳打工，前几天才回来看望生病的母亲。

张静秋还说，她手上的这只龙纹玉镯是在她十八岁生日那天父亲给她戴上的。

父亲在给她戴玉镯时含着泪对她说，这玉镯他保管了十八年，现在她成人了，该物归原主了。当时她不明白父亲话里的意思，直到二十岁那年父亲得尿毒症要换肾，她要求验血，可血型却不匹配。她十分怀疑自己的身世。但是她不敢问。直到父亲临终前，她才从父亲断断续续、含混不清的说话中知道自己不是他们的亲生女儿。为了不伤母亲的养育之恩，她一直把这个她已知的秘密深藏在心里。

听完张静秋的故事后韩小路问："这么说二十二年前的一个秋风之夜，你和这只龙纹玉镯一起被你的亲生父母遗弃在小镇街头，被你的养父下夜班时发现抱回家的？"

"父亲好像是这么说的。"张静秋说。

韩小路对张静秋的表述深信不疑，同时对溶洞里的何波托她找女儿的事也深信不疑。弄不好，张静秋就是何波丢弃的亲生女儿。因为有龙纹玉镯为证。

临走时，韩小路突然想起了什么，拽住张静秋的手问："你说你家住在这小镇北街？"

"就是。外北街的一棵大核桃树下。"

"你妈姓杨？"

张静秋睁大眼睛惊讶地问："是呀！你认识她？"

韩小路勉强一笑，说："好像见过一面。这样吧小妹妹，反正我们都住在一个镇里，抽时间我们好好摆摆。""要得。"张静秋说。

"到时我找你好吗？"韩小路问。

张静秋说："好，要得。但我还不知道你叫啥名字哩！"

"我叫韩小路。这样吧，我们都把手机号记上，有事打手机好了。"

韩小路回到舞池时却不见了王林。

第六十五章
情殇

吴平和罗兵在灯光暗淡的座位上激情相拥。舞池里的流光溢彩他们熟视无睹，唱歌和跳舞此时对他俩来说简直是多此一举。韩小路没有惊动他们，心里在衷心祝福，这对有情人早日走上婚姻的殿堂。

她原本打算趁跳舞的机会，合情合理地与心上人亲热一下，可在关键时刻她看到了她做梦都想找的人。她毅然离开自己深爱的人的那一瞬间她不知道他有多么失落，多么难过；她更不知道，刚才他看见罗兵与吴平深情相拥时，他的心像针刺一样疼痛。

走出舞厅大门，一股热浪袭来，不觉全身感到十分燥热。

她突然发现，在昏暗的灯光下，王林就坐在舞厅门口的榕树下，动也不动就那么傻傻地呆坐着。他的目光总是专注地扫视着从他面前经过的一个个女人。

她深情地凝视着在昏黄的灯光下他那张昏黄的脸。

是啊！自韩小路和何支相恋以来，他给了她太多的关爱。北大图书馆的陪读，让她增添了不少知识；未名湖畔对知识的探讨，让她懂得不少人生的哲理；长城的烽火台上，他指点祖国的山山水水，让她明白祖国的伟大和秀丽。可是，她给了他什么呢？

她曾经多次想过也试过，把她唯一神圣的爱奉献给他，让她心中唯一的爱人尽情享受她给他纯洁无瑕的爱，也让她千古纯真的奉献让他更加信服：他是她唯一的爱人！

是啊！“结婚”这两个字，虽然是无数恋人梦想的归宿，但结婚后才能做的事却被很多恋人提前做了。他们，尤其是开放年代的年轻人并不把此事当成不妥反而视为情到深处，顺理成章，无可挑剔和指责。

可是何支他不随大溜，硬要坚持人生最伟大的理念，相恋的男女不到结婚进洞房那神圣的时刻，绝不做那男女之间最神圣的事情。

韩小路知道，不就是他父亲临死时给他的那个未打开的粉红色的木盒吗？讨厌的木盒啊！为什么非要在进洞房时才能打开呢？那就赶快结婚吧！

于是，一次在未名湖畔的凉亭上，她主动提出结婚的事，得到何支的赞成。经商定，趁何支去美国商谈合作项目的机会，韩小路也随去美国，待业务办完后，他俩就在韩小路崇拜的著名心理学家奥尔波特的故乡实现他们甜蜜的愿望。

可就在这时，学校保卫部部长打电话叫她立即去他办公室。她去后，学校保卫部长把她介绍给两个穿警服的首长后就出门去了。

两个小时后，她从保卫部出来，立即给何支打电话说，她不能随他去美国了，学校安排她去四川实习，今天就动身。

就这样，她就按那两个警察首长的安排来到了小镇。

半年多以来，她一边秘密执行任务，一边与各种关系和人物周旋，对恋人何支的思念就是想也没有精力、时间和机会！后来，终于有幸在一起了，何支又以王林的身份出现，再加上家庭的反对，她想和他做点什么私事也不是那么可能和容易。

好不容易红珊瑚舞厅开业，又好不容易天降舞厅门票。本想乘机好好和他亲热亲热，却又突然发现龙纹玉镯！

当王林又一次从一个酷似韩小路的女人脸上收回失望的目光时，他感到有人用手搭在他的肩上，他猛地回头，惊喜地叫道："小路！"

韩小路眼睛里的泪水，被他这一叫，终于"哗"地流了出来。她抹去泪水，深情地凝视着他的脸，温柔地轻声问："你怎么不去跳舞？"

"你走了，我和谁跳啊？"王林说。

"舞厅里那么多女人，那么多美女，随便邀一个，她们的舞姿也比我好。"

"除了你韩小路，我何支心中没有别的女人！"王林抚摸着她的泪脸轻声说。

韩小路一头扑进他的怀里，两手紧紧地把他抱住。此刻，她脸部痉挛，全身颤抖。

于是，他们揣着无比激动的心，走进一个无人行走、被黑暗笼罩着的巷子。韩小路不走了，俩人便拥抱在一起狂吻起来。

忽然，韩小路猛地将王林推开。

她转过身去，把头顶在墙上，双手使劲拍打着墙壁，然后对他说："你走吧，我不配！"说完，她"哇"的一声哭着跑走了。

这天晚上，韩小路和吴平都没随罗兵、王林回老宅，各自回到自己的家里。再说，明天是星期天，韩小路想乘机去看看张静秋，当然她有她的目的。

韩小路带着满脸泪痕回到家里。见母亲信香一个人躺在客厅的沙发一角看电视。

墙上的"三五"牌挂钟指着十二点整。

韩小路问："妈，都十二点了，怎么还不睡呀！爸呢？"

信香说："他好久十二点以前回来过？唉，你今天怎么想起回来？"忽然她发现女儿脸上的泪痕再加上女儿不高兴的样子，她惊讶地问："你怎么啦？"

韩小路坐在沙发上不吱声。信香将手搭在女儿肩上，疼爱地说："妈问你哩！谁欺负你了？嗯！哎呀，你说呀！你不说，妈快急死了！"

终于忍不住，韩小路扑进信香怀里哭了起来。

女儿的哭声像别人用刀戳信香身上的肉，心痛不已。她轻轻地拍着女儿的背，像小时候哄她入睡那样，含着泪说："丫头啊！妈的宝贝妈的心，你哭你叫妈心疼！啊别哭。有啥委屈跟妈说，妈给你做主。妈什么都没有了，只有我女儿你一个，妈不能失去你，为你，妈什么都舍得。说吧，宝贝。"

韩小路从母亲怀里抬起头来，擦干眼泪，笑着说："妈，女儿没事，你的宝贝女儿没事。"

信香问："没事那你为啥哭？"

韩小路说："女儿想到，女儿没有陪在母亲的身边，让母亲您每天晚上这么孤苦伶仃地一个人躺在沙发一角看电视，一直看到深夜，没人和你说话，没人陪你入睡，女儿，女儿就哭了。"

信香不以为然地说："女儿想得到，妈很欣慰，很感谢！但妈不在乎，妈习惯了，再说几十年妈也麻木了，什么都麻木了！唯一没麻木的是我知道我还有一个好女儿韩小路！”

韩小路问：“妈，你是什么时候和爸分床睡的？”

“早了，大概是你八岁的时候吧！”

韩小路说：“不是吧，我记得我上大学以前你和爸还是在一张床上睡嘛！”

“傻孩子，亏你还是个大学生，同床异梦都不懂？”

韩小路说：“妈，不说了，今晚呀，你的宝贝女儿就陪你睡。”

正说时，韩雨开门进来了，满身的酒气。信香一见，拽着女儿进了她的卧室。

早晨，韩小路很早就起床了，她先收拾好客厅，扫了地，然后进卫生间梳洗。在洗脸梳头的时候，她把目光一直盯在镜子里她的脸上。人家说，一般情况下，儿子的脸像妈，女儿的脸像爹。你不说，这韩小路的脸越看越像韩雨。想到自从上次和父亲顶嘴以后，她就很少和父亲说话了。想到那老宅的案中案，不知怎的，心中升起一股对父亲韩雨莫名的痛。

“爸爸啊，你究竟是个什么样的人？！”

梳洗完毕，她便到厨房弄早餐。按照家里多年的习惯，夏天的早晨多半是一人一碗稀饭，一个鸡蛋，一个馒头或一块蛋糕，一盘泡菜或豆腐乳。今天，韩小路没煮鸡蛋，因为家里没有；也没摆蛋糕，还是家里没有。只煮了一锅绿豆稀饭，在小区门口买了几个小馒头，拈了一盘泡菜切成颗粒，又夹了两块红豆腐。七点整她就将这些东西准时摆上餐桌，然后才去叫父母起来吃饭。

在餐桌上，韩小路对只低头吃饭不说话的韩雨说：“爸，你好好想想，你这几年是怎么对待妈的？不说别的，每天晚上，你总让妈一个人蜷缩在客厅沙发一角心神不定地看电视，一看就是几个小时，没人陪她说话，没人过问她的疾苦。而你呢，总是以开会、接待客人为借口，每天都要到深夜才回家，回家还和妈分床睡，你说，你尽到了一个丈夫的责任了吗？”

韩雨喝了口稀饭，说：“丫头，父母的有些事情你不懂。”

“我懂！不就是妈老了，变丑了，没有吸引力了，不能满足你的需要了吗？但你别忘了，妈年轻时也很漂亮，也很丰润，要不你也不会和她结婚。她为你操劳一生，为你生下我这个韩家唯一的继承者。俗话说一日夫妻百日恩，你们都三十多年的夫妻了，算一算有多少恩？”

信香对韩雨说：“你莫道我不晓得，李琼和你早就搅在一起了！过去，我是怕孩子接受不了才为你包着掩着，现在孩子大了，懂事理了，你当着丫头的面表个态吧！”

“表什么态？”韩雨问。

“你要李琼，还是要我要孩子要这个家？要李琼，我俩现在就离婚！”

韩雨把筷子往桌上一拍，大声说：“离就离，谁怕谁？”

信香一听，突然又疯癫起来，也把手中的筷子往桌上一拍，拖着哭声又边跳边唱起来：“北风那个吹，雪花那个飘，呜呜——”

韩雨扔下饭碗想走，被韩小路拽住。

韩小路一语双关地说：“爸，我现在还叫你一声爸。你醒醒吧，不要再糊涂了！你做那些事，离一个丈夫，一个父亲，一个书记镇长，甚至做一个合理合法的公民的资格都快没有了。你再不回头，恐怕到时候谁也救不了你！”

信香不哭不唱了，她冲韩雨大声说：“离婚，坚决离婚！不过在离婚时我要把你韩雨的一切丑事公之于众，让大家看清，韩雨这个党委书记、镇长，原来是个抛妻弃子，腐化堕落，流氓成性的伪君子！”

韩雨随手提起一张凳子使劲往地上一砸，大声骂道：“妈那个 ×，你再叫，再叫老子弄死你！”

“伪君子！伪君子！叫了咋的？你弄呀，弄死我呀？”信香不示弱。

“妈那个 ×，我看你真疯了！”

信香怒笑着说：“我是疯了，从二十年前我就开始疯了，后来你和李琼搞在一起我又疯了，到几个月前你把我女儿弄丢了我更疯了。不过，那都是假疯，是一个妻子为保护她的伪君子丈夫假疯。为维护这个家庭我假疯了二十多年！现在，我没有必要假疯了，我要真疯！”说着，她便歇斯底里地边骂边砸东西，见啥砸啥。

顿时，“嘁里哐啷”的撞击声，“叮叮当当”的金属及瓷器的碎裂声响彻整个屋子。

当信香举起一把榔头正要去砸电视机时，韩雨扑通一声跪在信香面前，几乎是带着万般忧伤和无奈的口气说：“老婆，我求求你，看在我书记镇长的分上别闹了别砸了好不好？我和李琼已经断了呀！”

正在这时，韩小路的手机响了。她去卧室，打开手机说：“喂！我是韩小路。你是哪位？噢，张静秋！什么事你说。好，那我们就十点钟在桥头茶园见。”

第六十六章 将计就计

在没去见张静秋之前，韩小路给罗兵打了个电话，说有急事叫他马上到镇上来。 不一会儿，罗兵就骑着电动车赶到了南街十字路口红珊瑚歌舞厅门前的榕

树下。

韩小路此刻正坐在昨晚上王林坐的地方看一本杂志，旁边放着那小小保险箱，见罗兵来了便站起来迎接。

罗兵停好车子来到韩小路面前，问：“什么事这么急？”

韩小路就把昨晚在舞厅发现张静秋手上的玉镯一事对罗兵做了汇报。

韩小路说：“我已经跟张静秋约好，上午十点在柏条河桥头茶园见。我在想，此事王林还不知道，他要是知道他还有个被父亲遗弃的姐姐或妹妹，现在又找到了，会出现什么状况？再说，这事儿来得这么容易又突然，这其中有没有什么蹊跷？所以请你来商量该怎么跟张静秋谈？”

罗兵说：“何支过去跟你说过他有个丢失的姐姐或妹妹了吗？”

韩小路说：“从来没听他说过。他说他是父亲的独生子倒说过几次。不过二十二年前，也就是你我他出生时的那动乱年代，不记得也情有可原。”

罗兵说：“要不，叫王林来问问？”

“不行。事情没弄清楚，不能告诉他，毕竟是血缘之连嘛！”

罗兵看了一下表，说：“马上就到十点了。”

韩小路说：“走，我们一起去。”

于是，韩小路抱着小小保险箱坐上罗兵的电动车扬尘而去。可快到桥头时，韩小路又要罗兵调头把车先开到古玩商店。

刚涨过水的柏条河水看上去肮脏而混浊，水面上渣枝混杂，恰似一条条麻子蛇蜿蜒在水面上，让人看了十分恐怖。

桥头茶园坐落在东桥西头的偏北方向约百米处，名为“春锦茶园”，实为露天茶馆和休闲场所。这里绿树成荫，花草成行，又靠河边，凉风绕绕，倒是诱人休闲玩耍之处。

张静秋一袭白衣短裙，两条洁白细嫩而修长的腿在河堤的树荫下走来走去。她不时地看她手腕上的表和玉镯，又不时地抬头东顾西盼，心情十分焦急。忽然，她眉开眼笑地看着向她急步而来的韩小路高兴得有些异常。

韩小路握着张静秋的手，说：“对不起，晚了十五分钟。”随即她把罗兵介绍给她。张静秋悄悄对她说：“你怎么把镇长也叫来了？”韩小路说：“碰巧。”

刚坐下，茶老板就吆喝着一手提壶，一手拿杯，非常娴熟地在茶桌上摆好三碗茶杯。接着，他背对茶桌，举起茶壶，用那大约有一米长的壶嘴从他背部绕过去，十分准确地将那开水渗进离壶嘴有十多厘米的三个茶杯里。不多不少，不洒不滴，其手艺可叹天下一绝。

罗兵掏出一张二十元面额的钱给茶老板，高兴地说：另外五元就算给你的表演费！茶老板连声道谢，高兴地收钱而去。

这个地方比其他地方人少，因为，这里离公共厕所只有十多米远，谁也不愿意一边喝茶，一边去闻那从厕所随风飘来的异味。但因特别，韩小路选了这张茶桌。

一开始，三人边喝茶边摆些筛编打网的话，谁也不提正事。

十分钟后，大概张静秋憋不住了才说："昨天晚上，小路姐和我谈后，我今天早晨又仔细问了一下母亲。母亲怎么也不承认有这回事。后来在我再三表示绝不离开她以后，她才说，我的确是二十二年前一个夏天的晚上在小镇通往西山的路边由我父亲捡回家的。父亲把我抱回家后，打开包裙才发现一块红布里包着一只龙纹玉镯。当时，父母一致认为，这玉镯是我亲生父母留给我的血缘信物，而且推测，这玉镯可能是一对，龙纹玉镯相对应的应该还有一只凤或孔雀之类的玉镯。所以，父亲一直精心保存着，期望有一天持凤镯的人找上门来，好让龙凤结合，万物吉祥！"说着，她把龙纹玉镯取下来递给韩小路看。

罗兵问："你这种情况在小镇还有谁能证明，包括这玉镯的来历？"

张静秋思忖良久才说："我不知道，但据母亲说，当时只有三个人在场，就是我和我的养父母。"

罗兵又问："你养父母现在哪里？"

张静秋答："父亲死了，母亲还在，现住在小镇。"

韩小路仔细看了龙纹玉镯后把它递给罗兵，罗兵掂了掂重量，又仔细看了一眼，还给张静秋。

这时，远处传来鼓掌声，随声看去，茶老板的绝技参茶表演比刚才更加精彩，获得众茶客鼓掌喝彩那是自然。

张静秋并没在意那茶老板的绝技表演引起的强烈反响，而是在猜测韩小路的真实意图。她问："小路姐，是不是我的亲生父母找我来了？"

罗兵问："如果你亲生父母找你，你见不见？"

张静秋毫不犹豫地说："不见！我恨死他们了！要我见他，除非太阳从西边出来！"韩小路说："如果你这样想，当初你父母将你遗弃，也许是迫于某种压力或原因将你遗弃在路上，期望好心人捡你回去抚养成人。从这个角度想，你的亲生父母这样做心还是好的，要不，他们不会把这么价值连城的龙纹玉镯放在你身上一起遗弃。"

张静秋有些惊奇，假笑着问："开什么玩笑．这手镯很贵重吗？价值连城吗？"

罗兵说："难道你知道这龙纹玉镯是假的？"

张静秋一时语塞，稍后才说："不知道。谁说是假的？"

韩小路狡黠地一笑，说："张静秋小姐，你的故事好动人啊！你的玉镯好漂亮啊！"她突然把脸沉下来，严正地说："可是，都是假的！"

张静秋一惊，说："你凭什么说我这玉镯是假的？你把证据拿出来，拿不出来我就说你们诬陷！"

韩小路说："你不会忘记吧，昨晚我俩分别时，说的是我约你，可你今天很早却主动打电话约我。我们约定十点钟准时在这里见面，可你九点半就到了。见面后，我把罗镇长介绍给你，你的反应很不自然，并悄悄责怪我为啥把他叫了来。我们坐下后，并没有问你玉镯的事，可你急着说龙纹玉镯的来历。你借你母亲的话纠正了昨晚我说的季节、时间、地点而且补充了玉镯的包装和延伸的另一只玉镯的假设。”

韩小路喝了口茶，继续说：“张静秋小姐，你也一定不会忘记，昨天晚上你讲完你和玉镯的来历后，我假设了一段你没说过的台词问你，是这样吗？你说父亲好像是这么说的。可是，你后来已经忘记了这段台词，所以今天你说的时间和地点与我假设的时间和地点大相径庭，这是你的疏忽。”

“再说昨天晚上，”韩小路继续说，“你走进舞厅，并没有和人跳舞，而是在舞池中转悠，东张西望，然后慢慢地靠近我有意地将手腕上的龙纹玉镯在我视线下晃动。见我注意后，你立即离开。当一曲舞毕，我坐下后，你又忽然从我的面前故意晃动着你手上的玉镯走过，于是我旋即跟上你。”

罗兵说：“刚才，当远处茶老板表演参茶绝技被众人喝彩鼓掌时，你充耳不闻，因为你在想怎么对付我们。你试探我们是否真有人或你的亲生父母来找你。得到我们的反问，如果有，你见不见时，你连一秒钟的思考都没有就说不见，坚决不见！你不觉得这太不符合情理了吗？”

韩小路说：“我们说，也许正因为你父母出于对你的爱，希望有好心人把你捡回家抚养成人，所以才把十分贵重，价值连城的龙纹玉镯和你一起遗弃时，你对前者十分冷漠，而对后者兴趣盎然。”

罗兵说：“你皮笑肉不笑地晃晃手腕上的玉镯说，开什么玩笑，这手镯很贵重吗？价值连城吗？两个问句，自己把自己给否认了，自己把自己给暴露了！”

韩小路说：“这说明你知道，你手腕上的龙纹玉镯是假的。它不是真玉而是用塑料玻璃做的仿玉，上面的龙纹也是新刻上去的，你仔细看看，上面的刀痕新鲜而无一点沉垢。”

罗兵说：“不错，若论价值，十元人民币可买两只。”

“哈哈哈！”张静秋放声大笑起来，异常的笑声把远处的男女茶客都惊动了，纷纷把脸转过来，投来莫名其妙的目光。

张静秋突然小声问：“你们是公安警察还是冒牌的私人侦探？我看过法国作家勒白朗的小说《亚森罗宾集》，也看过英国作家柯南道尔的《福尔摩斯探案》，你们的推理不亚于亚森罗宾，但离福尔摩斯相去甚远。好，你说我的故事是假的，人是假的，龙纹玉镯也是假的，那请你们也拿出一个假的龙纹玉镯给我看看。否则我会说，你们才是假的，罗兵这个镇长是假的，甚至连小路姐是韩镇长的亲生女儿也是假的！”

张静秋的问话让罗兵和韩小路都大吃一惊，没想到眼前这个看上去面容姣好、秀气文弱的女子，竟有如此的反侦查本领。韩小路想，要么她真有真才实学，要么她为了完成这个任务，特意看了这两本书或有人专门教授于她。

为了彻底征服眼前这个十分有用又略显幼稚的张静秋，韩小路说：“张静秋小姐，你看的书真多啊，但你看过中国古代的《三侠五义》吗，看过二十世纪四十年代的侦探小说《不死鸟》吗？

张静秋说："看过呀！"

韩小路问："那我问你，《三侠五义》的主人公是谁？"

张静秋嗝都不打一下说："狄仁杰呗！"

韩小路又问："《不死鸟》的主要看点是什么？"

张静秋想了一下说："那只鸟总也捉不到，打不死。"

罗兵说："全错！《三侠五义》的主人公是包龙图即包拯。"

张静秋问："包拯是谁？"

罗兵说："包龙图、包拯和众所周知的包公是一个人。包公是宋朝人，而狄仁杰是唐朝人。"

张静秋红着脸"喃喃"地说："噢，记错了。"

罗兵说："《不死鸟》你错得更离谱！这本书的看点主要是不可思议的杀人故事一个接一个的真实，一个一个的引人入胜。"

韩小路接着说："可你张静秋不真实。"她从她的小小保险箱里取出一只和张静秋手腕上一模一样的镯子放在张静秋面前，说："我们知道你会来这一招，所以我们以迟到十五分钟的时间去古玩店花五元人民币买了这只塑料玻璃玉镯，再花五元钱请老板用刀在镯上刻了一条纹龙。如何，张静秋小姐？"

张静秋还想说什么，韩小路突然站起来，非常严肃地说："张静秋，你别再编了，再编下去连你自己也说服不了自己。说吧，是谁叫你这么做的？"

张静秋十分警惕地问："你们到底是什么人？"

韩小路说："我们俩，正如你刚才所说，目前的身份是假的，但也不全是，只是半真半假而已。你是小镇人，你知道西山的传说吗？"

张静秋说："知道，说山顶上那三块巨石是魔石，是灾难之源，是吃人的魔；又说那三块巨石是镇镇之宝，是小镇的安稳之神，总之说得十分恐怖又神乎其神。"

韩小路又问："你又知道十年前发生在西山老宅的杀人凶案吗？"

张静秋说："那时候，我一直在奶奶的老家生活和上学，不太清楚，但后来我回小镇后听说那凶手被抓了，后来又听说被放了，再后来又听说死了。"

罗兵问："现在又听说什么了吗？"

"前几天我又听说，那凶手没死，而且就藏在西山，等着杀人呢！"

韩小路问："你听谁这么说？"

"都这么说。还说上面已经派公安来侦查了，叫大家少去西山，更不要去老宅，以免受牵连。"

韩小路见时机成熟，周围又无别的人，和罗兵耳语一下，便第二次掏出公安机关颁发给她的秘密侦查员证，说："你看看这个，就应该相信我们是什么人。"

张静秋一看，惊吓得倏地站起来，颤抖着声音说："小路姐，罗镇长，骗你们不是我的本意，是别人叫我这么做的呀！”

韩小路说：“我知道不是你的本意，但你能告诉我，是谁叫你这么干的吗？”

张静秋犹豫了。

罗兵说：“暂时不说也行，我们尊重你的选择。但既然你已经知道了我们的身份，你就应该和我们配合，支持协助我们侦破老宅杀人案，还法律一个公正，求社会一个平安。如果你是一个正直、善良、疾恶如仇的公民的话，我想你应该如此。”

张静秋十分高兴地说：“我答应！说心里话，我从小就想当警察，尤其想当破案抓坏人的警察。”

韩小路说：“当破案抓坏人的警察不好玩呢，要冒很大的风险，包括身体和生命，尤其是女人。像你这么年轻漂亮的女人，风险更大！”

“我不怕！”张静秋说，“回去我就跟深圳老板打电话，告诉他我辞职不干了，我说我的母亲老了，又有病，需要我在家照顾。”

罗兵说：“那就这么说定了，明天你就到老宅上班。不过你要记住，不要向任何人，包括你的母亲，更包括叫你用假玉骗我们的人泄露我们的真实身份。至于今天的事……”

张静秋接口说：“我对他说，我编的故事和这龙纹玉镯，韩小路全信了，韩小路还说，叫我去西山农家乐打工，过两天带我去认亲生父母。”说完，她得意地笑了。

张静秋走后，韩小路看着她的背影说：“很漂亮！”

罗兵说：“比我想象的还好。”

罗兵和韩小路分析，张静秋其实是个非常纯洁诚实的姑娘，她这次被人利用可能是被迫。她这么轻易承认被人利用和不想讲出利用她人的名字，说明她是一个正直又心地善良的女人。她一直在外地打工，家中除了一个母亲并无他人，所以她对小镇的许多情况并不了解。

罗兵问：“那么，是谁在利用，为什么利用她呢？”

韩小路说：“这个已经不重要了，重要的是我们找到了接触何波的所谓人证物证。”

第六十七章 步步为营

韩小路突然发现，罗兵头上有条小青虫正在往他的头发丝里钻，她大声说："别动！"她揍过去，将柔软的胸部贴在罗兵的肩上低头细找。好一阵她那纤细的手指才将那条小青虫从罗兵的头发丝里拈了出来。

她把小青虫放在茶桌上，两人头挨头地看那小青虫扭动着软软的身子，昂着红红的头，东张西望地爬动，觉得十分好玩儿，两人便脸对脸地笑起来。

"好亲热呀！"一个声音把罗兵和韩小路惊得抬起头来。他俩见吴平突然到来顿感尴尬，一时也不知说什么好。

吴平怒笑着对罗兵说："笑呀，怎么不笑了？情投意合了是不是？难怪，打电话不接，原来在这里谈情说爱！"

罗兵拿出手机一看，说："没电了。"

吴平说："和有电的人在一起，当然对我就没电了。"

韩小路说："吴平，你别误会，罗镇长是我叫他来的，我们是谈工作，分析案子，根本不是你想象的那样。"

吴平拖着怪声说："是吗？这么说是我太多心了。我要是把多心改为放心多好啊！那样，你们笑着笑着就可以拥抱在一起，嘴对着嘴亲个够。然后等日头落山后，再找个能躺的僻静之地，反正天热，干脆就把衣服裤子全脱了，赤身裸体毫无绊扯地热过够，那多带劲呀！"

罗兵实在听不下去了，大声说："吴平，亏你还是个警察，说出的话太不可理喻了！"

吴平也大声说："警察怎么啦？警察就不是人？警察就可以眼见自己心爱的男人与别的女人约会调情，连醋也不让人家吃？天下哪有这样的逻辑？"说着，吴平哭了起来，旋即捂着嘴跑走了。

韩小路对傻站着的罗兵说："还站着干啥？快追呀！"罗兵回过神来立即向吴平跑去。

韩小路看着他的背影脸上掠过一丝苦笑。

三天后，邢队走进吴奇中办公室，对正在批阅文件的吴奇中说："吴书记，人来了，在外面等着哩！"

吴奇中放下手中的笔，抬头对邢队说："坐吧。"

邢队说："要不你和他先谈？"

吴奇中思忖一下，说："也行。你叫他进来吧！"

邢队出去不久，一个中年男子走进吴奇中办公室，脸色紧张声音很低沉地问："书记找我？"

吴奇中站起来，边给他沏茶边微笑着说："坐吧，先喝口茶。"

吴奇中的亲和顿时像一股暖流抚慰了他快要紧张得迸裂的心。但因为他做了对不起吴奇中的事，他还是有所戒备地歪坐在沙发上，静候书记的发落。

吴奇中回到他的座位上，问："你就是开那桑塔纳轿车撞我的人？"

中年男子倏地站起来，然后又"扑通"一声跪下，说："对不起，吴书记！还望书记继续大人大量，放小民一把，小民将一辈子感恩不尽！"

吴奇中把他扶起来坐在沙发上，笑着说："我何尝没放你？我要不放你，你还能在这里自由自在吗？"

"我知道，吴书记是爱民如子的好父母官，小民在此为你的宽宏大量表示哀心的感谢！"他向吴奇中深深地鞠躬。

吴奇中笑道："不是哀心，是衷心。你贵姓？"

"免贵姓江，单名江山。复名江山木罗。吴书记，其实那次车祸是……"

吴奇中打断说："唉！过去的事就让他过去吧。人要向前看不能老想过去的事。老想过去的事就忘了想现在的事。听说单位知道你的事情后，把你开除了？"

江山说："都是我的过错造成的，不怪谁。"

吴奇中说："好！是个敢担当的男人，现在找到工作了吗？"

"没有。前几天，邢队叫我帮他做了一点事。"他说。

"我听邢队给我说了，你做得很好嘛！"吴奇中说。

"谢书记夸奖。做得很不够！"

吴奇中又问："还想开车吗？"

"想，做梦都想。"他说。

吴奇中说："那我就跟邢队说，你去他那里开车吧！不过不是正式工。"

江山又"扑通"一声跪在吴奇中面前，低头连声说谢谢。

吴奇中又将他扶起，严肃地说："今后再不许这样了。党的干部嘛！为人民做好事是天职。人民有难，为其解难责无旁贷，用不着感谢。你要感谢，就把你的车开好，领导叫你干啥你就干啥，像雷锋那样全心全意地为人民服务！"

江山说："谢书记教诲，小民铭记在心。"

吴奇中说："你走吧，叫邢队进来。"

吴奇中哪里知道，这江山正是何波当年在外流荡时在剧团里结识的狐朋狗友。那年在西山柏条河桥头发生的强奸未遂案，就是他和何波在晚上用吓人的脸谱将那妇女吓昏后所为。幸好他俩以为那女人已经被吓死才仓皇逃走以至强奸未遂。

何波因老宅凶杀案被抓后，江山便回了他老家自贡学会了开汽车，并和一个人称刘姐的酒吧女谈了恋爱结了婚。

今年初，西山重新启动开发，直接威胁到何波的安危。何波便要韩雨从中作梗阻止。但在吴奇中的坚持下，韩雨累累阻止受挫。因此，何波对吴奇中极端不满，再加上十年前吴奇中和韩雨以及时任小镇派出所所长的邢队等人的指控下，他被因杀人嫌疑刑拘一事也一直怀恨在心。于是，他想采取借刀杀人的计策妄图灭了吴奇中，让韩雨既当书记又当镇长。这样他就可以长期利用韩雨这把保护伞，继续深藏西山，伺机达到他不可告人的目的。

那么找谁来完成他的毒计呢？他想到了李琼和在自贡开车的老朋友江山……谁知，李琼在实施他的毒计时，用美色软化了江山的狠心。这个好色的江山在春风宾馆的套房里搞了李琼两个小时后，乖乖地听了李琼的话，只把吴奇中撞成轻伤，而没把吴奇中撞死。

邢队进来便问：“怎么样，他答应了吗？”

吴奇中说：“他岂有不答应之理？他还感激不尽呢！听他说你已经在叫他做事了是吧？”

邢队说：“是的。那天我给你听的那窃听器录音，就是他以李琼的名义从他老婆刘姐那里弄来的。这小子聪明，男扮女装，把他老婆也给骗了。”

吴奇中叹口气说：“要不是何波还活着，要不是他藏匿在我管辖的地盘西山，要不是十年前老宅发案时你是小镇派出所所长我是镇长，我才不接这狗咬耗子的差事呢！你想呀，省里把启动抓捕何波的任务交给我，如果我不把他抓获，破了老宅杀人悬案，你我的面子往哪里搁？小镇的人们怎么看你我？即使抛开面子不说，党和人民给你我的职责也不允许呀！”

“书记说得有理。”邢队说。

稍顿，吴奇中又说：“从那窃听器的声音和内容看，罗兵和韩小路等人那天开会是在认真传达韩雨的讲话。他们也一直在从事西山的开发和农家乐的建设，也好像不是部里派来的什么秘密侦查员？更不像与何波这个杀人犯有任何干系。那辆轿车里的人也的确是来谈投资的生意人，而且还可能是外商。听那半生不熟的广州话，起码也是广东沿海的商人，你说是吧？”

邢队说：“就是。”

“就是个屁！”吴奇中突然把脸一沉，音重而压抑地说：“据我的内线报告，那个自称是韩雨女儿的韩小路就是何波的亲生女儿！那个王林也是何波的亲生儿子！他们两兄妹联手乔装打扮，改名换姓打入西山开发办，假冒是部里派来侦查老宅悬案的秘密侦查员，实际在暗中做营救何波逃出西山的秘密活动。当然，这信息还得经过你的调查才能确认。”

“怎么会是这样？那韩小路怎么不是韩雨的女儿？”邢队问。

“你还记得吗？五个月前，韩雨的老婆信香因其女儿韩小路的失踪而疯了。后来韩小路又莫名其妙地从西山回来了，而信香却不认这个女儿。她坚信她的女儿韩小路已经死了的事情吗？”

“记得。”邢队说：“那事闹得满城风雨，人人皆知。噢，你是说韩小路被何波在西山调了包？”

“不排除这种可能。”吴奇中说。

“怎么后来韩雨两口子又认了呢？”邢队问。

吴奇中说：“问题就在这里。何波和韩雨从小就在一起玩耍，好得像亲兄弟。韩雨的父亲韩光又和何波的父亲何钦是挚友。韩雨的母亲陈英又和何钦有说不清道不明的关系。虽然后来因韩光自杀在何钦家从此两家大人表面上水火不容，但何波和韩雨仍关系密切。从何波在外流浪期间，他把老宅的钥匙交给韩雨这一点，足以证明他们之间的关系非同寻常，或许还有某种不可告人的目的。联想到老宅凶案发生时老宅的钥匙正是韩雨给的那对夫妇，这就更值得怀疑了。”

邢队略一思忖，说：“当时查案时，我怎么就没想到这些呢？”

“当时没想到正常，我也没想到。因为他当时是副镇长，那对夫妇又是他的大学同学，他又是我从小培养起来的知根知底的革命干部，他怎么会去做杀人的事呢？但何波就不一样了。”

邢队似乎听出了吴奇中说话的弦外之音，他说：“难道老宅凶案不止是何波一人所为，很有可能是两人或多人联手。而韩雨……”

吴奇中突然打断邢队的话说：“唉，韩老太陈英的死你查得怎么样？”

“按你的意思沉底了。”邢队说。

吴奇中道：“我那时说韩老太一案作为一般小偷入室偷窃误伤处理，是怕打草惊蛇。现在你可以按我前面说的思路进行侦查了。侦破杀害韩老太案，一定要查清犯罪嫌疑人的作案动机。你还记得不？曾见在十年前的那天晚上，他说他为什么进的老宅吗？”

“他说他听我们在河边喝茶时说，老宅屋里藏有黄金。”邢队说。

“这就对了！这黄金很有可能早被陈英偷来藏在她的老房子里。”吴奇中说。

“难怪陈英至死也不愿搬出那老房子。啊！想起来了，我们在查看韩老太屋时，发现杂屋房的墙角有一个小小的坑，我们当时却把它给忽略了。现在看来，那坑很有可能是藏黄金的地方。原来犯罪嫌疑人当晚偷了坑里的黄金又杀人而逃！”

“只要抓住杀害韩老太的凶手，何波被抓获的时间就指日可待了。你……明白吗？”

邢队一笑，说：“明白。”

吴奇中说：“还有，张德亨局长因在韩老太被害一案中违纪违法被县纪委决定停职检查，我已经向县委县政府和县人大提议你为县公安局副局长兼刑警队队长。好好干吧，命令很快就下来。”

“谢老领导关心。”邢队又一笑说。

吴奇中问：“你还有什么要说的？”

邢队说：“我有个想法，请书记定夺。”

“什么想法说吧。”

“前天，我听张局说你不喜欢曾见，想把他弄走。我想西山农家乐即将全面开始营业，每天去耍的人很多，何不乘此机会在西山设个治安监督点派曾见常驻西山。这样，一方面可以维护西山旅游治安，另一方面还可监视罗兵，特别是韩小路、王林等人的活动，收集他们与何波联手的证据。你看如何？”

吴奇中问：“曾见这人可靠吗？他可是十年前老宅凶案的见证人啊！还是个小偷！”

邢队说：“你我也是他的指路人。要不是你我当年对他当小偷的事进行严厉教育，并写证明他在老宅凶案上报案有功，他不会进大学，也不会成为现在的人民警察，更不会成为出色的狙击手。”

吴奇中惊讶地问：“他是狙击手？”

“枪打得很准，一百米的距离，一秒钟内五发子弹连发全中，而且指哪打哪。这人今后一定用得着。”

吴奇中说：“就按你的意见办吧！但你要记住，侦查一定要秘密进行，除了你我，不得向任何人透露半个字。要是因走漏风声让何波等人逃走，我拿你试问！另外，没有我的命令，不得随意抓人及开枪。记住了吗？”

“记住了。”邢队说。

邢队刚要走出办公室，又似乎想起什么，回来小声问吴奇中道：“你的内线是不是你女儿吴平？”

吴奇中一笑说：“她呀，黄毛丫头一个，整天只晓得谈情说爱，还吃韩小路的醋！”

邢队的目光紧盯在他的脸上，又小声问：“不是她又是谁？”

吴奇中说：“现在你没有知道的必要。去做你的事吧！”

邢队在吴奇中怪异的目光中走出办公室。

第六十八章
谁是内奸

重阳节快到了，西山的六家农家乐纷纷在电视上，在A县至成都绵阳的各个要道路口及A县县城和小镇街头打出广告，说在重阳节正式开业，并发出邀请，在重阳节那天凡是到西山农家乐消费的一律五折收费。

一时间，广告的内容几乎家喻户晓，成了人们街头巷尾，茶余饭后，散步聊天的主打内容。尤其电视广告上那流光溢彩的外部环境，富丽堂皇的内部装饰，色香味诱人的农家菜以及年轻貌美的女服务员，在A县前所未有。让人觉得不想去看一下、消费一下、吃一盘、玩一场都不行！

安全起见，罗兵决定对六家农家乐的所有设施进行一次安全卫生检查。尽管他们都取得了镇和县上的安全卫生许可证，但对西山开发的主管部门来说，经常查，适时查责无旁贷。当然暗中侦查与命案有关的重要线索仍然是他们的重中之重。

八点整，罗兵安排王林坐办公室值班，其余所有人包括刘姐都参加安全卫生检查并进行了分工。袁局和吴平重点在安全，韩小路和刘姐侧重于卫生。

罗兵说："刘姐，你是内行，对农家乐的卫生特别是厨房食品卫生你要把细一点。"

刘姐说："请罗镇长放心，我一定尽力。"

检查从离老宅最近的"软得多"农家乐开始。这家农家乐左靠老宅，右连"凤求凰"，后靠西山。这个地方正是几个月前韩小路跟踪的那个草帽人消失的地方。"软得多"农家乐在六家中无论从规模、设施和内部装修都位居之首。

罗兵一行人老远就见"软得多"三个字在光芒万丈的朝阳照映下鲜艳夺目，十分耀眼。在农家乐的门口，一副对联分呈两边，上联是"老来老往硬的少，下联是少吃少喝'软得多'"；横批是"老少皆宜"。

有很多游人在招牌下兴趣盎然地评头论足。

罗兵等人穿过高挂彩条飘带的红砖小路，信步走向"软得多"的彩门。这时，已安排在"凤求凰"工作的张静秋急匆匆地走来对罗兵悄声说："那边有个警察要找你们的负责人。”

罗兵他们举目一看是曾见。

罗兵对袁一锋和刘姐他们说：“干脆你们合在一起检查得了，我和小路去应付一下警察，一会儿就来。”

袁一锋说：“那不是曾见吗？我们一起去听听，他要说些什么。”

曾见今天可谓全副武装，警服警徽一色新，腰间还佩着牛皮枪盒，盒里自然是能扣得嘣嘣响的真家伙。他这威风，自然使坏人见了胆战，好人见了安全感陡然上升。他这身装束，让刘姐也不识此人曾经见过。

罗兵他们来到曾见跟前。曾见看见周围有不少游人，便严肃地问：“你们谁是负责人？”

罗兵说：“我是。”

曾见对他大声说：“县公安局为了保障农家乐开业庆典及今后游客的人身及财产安全，决定在西山设一治安监管点，由我在这里负责执勤。你们发现有什么治安的严重问题，可直接找我或打110报警。”

他说着就在记事本上写下他的手机号，“咔嚓”一声撕下一页来递给罗兵说：“这是我的手机号，请仔细记好。”然后他就冷眉冷眼地离开，到别的地方巡视去了。

袁一锋看着他有点不可一世的背影意味深长地说：“十年前的他可不是这副样子，真是十年河东十年河西呀！”

罗兵他们刚走到“软得多”门口，被热情洋溢的美女服务员笑脸相迎。在凉风习习的凉亭上，吴平问一个美女服务员道：“你老板叫什么名字？”

美女服务员说：“叫江山。”

“啊？”刘姐突然一声惊叫：“他怎么会在这儿？”

韩小路迅速将刘姐叫到一旁，问：“你认识江山？”

刘姐说：“我老公叫江山木罗，人们都叫他江山。他不是在开车吗？怎么开起农家乐来了？我也没听他说过呀！这死鬼在搞什么名堂？”

韩小路说：“你怀疑你老公？”

刘姐神色不安地点点头。

凉亭上，吴平对美女服务员说：“把你老板叫来。”

一会儿，一个衣冠楚楚的年轻男子来到凉亭，笑容可掬地问罗兵说：“有啥事，请领导吩咐。”

吴平问：“你是老板？”

年轻人说：“就是。”

吴平翻着手里的资料，问：“叫什么名字呀？”

“江山，是长江的江，江山的山。”

吴平说：“废话！谁不晓得长江是江，江山是山。”袁一锋抿嘴嬉笑。吴平瞪了他一眼又对年轻人说：“你挺年轻嘛！”

“将就。”说着将一支香烟递给罗兵，罗兵摆手，又递给袁一锋，袁一锋接过香烟把它卡在耳朵上。

在凉亭外暗中观察的刘姐，看后回来悄声对韩小路说：“他不是我老公。我老公比他年纪要大得多。”韩小路一听似乎有些失望。

吴平穿着警服，由于职业的习惯，与人说话总带有某种与职业相关的挑剔口气。她问江山：“就这招牌，好像不太文明吧，怎么取名叫‘软得多’呢？不怕别人引起联想吗？”

“开农家乐，不是在城里开饭馆，又似在城里开饭馆。不同的是农家乐这个饭馆，一是招牌一定要有特点，让人看了特吸引人，特记得往，特有把子扯。二是饭菜名称要有名堂，让人见了特喜欢看，特想吃，特爱吃，特……”“特特特，我看你特啰唆！”吴平打断说，“言简意赅一点好不好？”“好好！譬如，‘软得多’农家乐的饭菜美其名曰，软食多硬食少，非常适合中老年和儿童食用。三是设施要别具一格，你们看，我们这里的娱乐设施，包括板凳桌椅、棋牌书画都以软为核心，是不是特……”吴平又打断说：“别特了，还是实地检查吧！”

韩小路的目光一直在江山的身上扫。刚才，当年轻的老板说他就叫江山时，她特意趁他递烟时仔细观察了他的右手腕的螺丝拐，那里并没有一块伤疤。她再仔细观察站在面前的这个人，无论年龄、相貌和特征都和洞里的那个男子判若两人。

韩小路想，如果农家乐的这个江山不是洞里的那个人，那么洞里的那人就不是江山而是何波。如果这个江山不是何波提供的与她的联络人的话，那么“软得多”的联络信号就纯粹是巧合。“天下难道真有如此巧合的巧合？如果真是巧合，我们设定的侦查方案那就是四个字：前功尽弃！不！”韩小路判断：“这一定是对手投放的烟幕弹，‘软得多’农家乐肯定是何波或其同伙的联络站。从刘姐刚才对江山的辨认，可以肯定，江山一定另有其人。”

袁一锋转了一圈回来后，对江山说：“哎江老板，你这农家乐倒是十分漂亮，安全设施也到位，安全责任也落实到人，安全措施也扎实，嗯，不错！”

接着，韩小路、吴平和刘姐去厨房检查食品卫生。当检查完厨房，要查看储藏室时，江山走过来笑着说：“储藏室就不用看了吧？里面连个伸脚的地方也没有。”

刘姐说：“要看。食品卫不卫生，储藏很关键。”

江山很不情愿地打开了储藏室的门。

在凉亭，吴平向罗兵作汇报。她说：“我们看了厨房、橱柜、储藏室，以及食品、油盐酱醋米面等，经检查，所存食品原料及各种调料均为新购，全部在保质期内且包装储存合格。”

刘姐说：“唯一不足之处是，储藏室因紧靠山体，所以干燥不足，潮湿有余，建议修整。”

在韩小路看来，所有的汇报，就刘姐的这句话分量够重，收获最大。韩小路向罗兵使了个眼色，罗兵即对江山说：“安全卫生检查就到这里，希望你符合的保持发扬，不足的加以改正，确保开业万无一失！”

“凤求凰”农家乐的服务人员全是十八九岁的年轻姑娘，一个比一个美丽水灵，听说大部分来自市里的旅游职业学校。

罗兵他们一到，这些美女们便像模特走台似的在他们面前晃来晃去，搞得袁一锋目不转睛。吴平两次用手在他眼前晃动，他也无动于衷。

张静秋一来，凤妹就对她说你年龄比她们大，你就当大堂经理吧。可刚一上班，她就接到小镇镇府办的电话，叫她明天去春风宾馆上班，被她谢绝了。

罗兵带领的检查组在内外看了一圈，基本没发现任何安全卫生问题。年轻漂亮的凤妹长得活泼可爱，洁净的苹果脸上总带着喜庆的微笑。她们的歌舞厅可容纳上百人跳集体舞，不跳舞时可作开会或用餐可谓多功能。因此，从特点上讲非常适合青年男女来此休闲娱乐。

六家农家乐，他们用了半天时间就检查完了。综合评定下来，最好的算“凤求凰”，较差的数李大娃的“大哥大”。主要问题是消防灭火设施太少，偌大一个农家乐总共只有两只灭火器和一个消防栓。在食品和人员卫生方面也存在一定问题，譬如：厨房食堂服务人员，八个人中有两人未经体检就准备上岗。娱乐和茶水服务员男多女少且年龄偏大身体欠佳。尤其李大娃本人，身为老板，本应在安全卫生方面率先垂范，但他香烟不离口，烟头到处丢，蓬头垢面衣不整，说话不时流口水。因此，检查组决定，“大哥大”农家乐必须在三天之内就上述问题进行整改并经再次检查合格后才允许开业。

到了中午十二点，裘中表和兰大嫂争着留检查组人员吃饭。

罗兵说：“吃饭可以，反正刘姐也没在家做饭，但我们不能白吃，得按人头给钱消费。”

裘中表说：“哪能收你们的钱噢，粗茶淡饭，碰到就吃，农民就是这规矩。”

兰大嫂说：“就是。你们几个为我们农家乐的建设辛苦了几个月，就当我们感谢你们，请你们赏脸吃顿便饭而已。”

这里还没说定，其他几个农家乐的老板服务员就端来几碗满满香喷喷的盒饭，一人一盒硬塞在检查组人员的手上。

凤妹说：“我代表农家乐向检查组说句话，这盒饭，你们吃也得吃，不吃也得吃。拜拜！”说完，他们就都走了。

裘中表见了无奈地摇头。

兰大嫂端来一盆紫菜鸡蛋汤说：“喝我们的汤总可以吧？”逗得韩小路和吴平两个女娃子“咯咯”地笑。

回到老宅，王林贴在罗兵耳朵上悄声说：“我发现了一个秘密。”什么秘密还没说，罗兵就对大家说：“哦，镇上叫我和韩小路马上去有点事，你们也辛苦了，好好睡个午觉吧。”说完，他就和韩小路骑着电动车走了。

吴平又吃醋了，烂着脸，跺着脚责怪王林道：“你告诉他屁个电话呀，害得你我都赔了夫人又折兵，等着吧，好戏有你看的。”王林听了，真是有苦说不出。

自从那晚王林和韩小路本该发生又没发生的事情以后，他明显地感觉到她对他疏远了。见面不说话，说话不看人，仿佛他俩就是一对陌生人。而且他发现她对罗兵更加亲近了，说话接触的频率呈直线上升趋势。

他已清楚地预感到，他和韩小路的恋情出现了很大的危机，甚至已经无声地宣告结束了。但他还是一如既往地对韩小路好。他猜测，小路一定有什么难言之隐，要不然，她那晚推开他后，不会哭，也不会说我不配之类的话。“难道她与罗兵……”经吴平一点拨，他开始对罗兵怀疑起来。就说刚才吧，他压根儿没给罗兵说什么镇上打电话要他和韩小路一起去镇上的事，而罗兵却借此生枝与韩小路结伴而去。

吴平气急，拽着王林的胳膊说：“走，我俩也要去。难道只允许州官放火，不允许百姓点灯？”袁一锋笑着说：“你走了，那我给谁要呢？”吴平又是给他一绣拳，说：“给刘姐要呗。老色鬼！”

第六十九章 误会丛生

罗兵和韩小路直接去了韩老太的家。一进屋，罗兵就拿出曾见给他的手机号纸条，翻来覆去地看，除了手机号啥也没有。

韩小路立即打开小小保险箱。罗兵晃眼一看，那保险箱里好像啥都有，最打眼的是那把黑亮亮的微型手枪。罗兵看得目不转睛时，韩小路说：“别盯了，我这把肯定比你的好！”

“当然嘛，你是啥人呀？公安部的特派侦查员！这家伙是最高首长给你的，档次低得了吗？”罗兵说。

韩小路从箱子里取出一个装有液体的小瓶子。她将盖子拧开，又用恰似棉球棒的东西伸进去蘸了一棒液体将它涂在纸条上，不到一秒钟，纸条上就出现一串字：“张停职，内有奸？路有险，行动慎。”

看了字条，两人都非常惊讶！分析这串字的意思是说：张德亨局长已经被停职检查，我们内部可能有对手的人，韩小路处境不利危险丛生，要我们行动必须谨慎不要轻举妄动。

两人沉默了几十秒钟后，便对这四句话的核心内容进行一句一句的解读。一致认为，张局的停职原因可能有两个：一个是他在A县与秘密侦查小组的关系被暴露了；另一个就是他因部下在韩老太一案中涉嫌非法拘禁和打人。这两个原因如果是后者问题不大，无碍大局，如果是前者，问题就十分严重，它会在没有拿到杀人凶手的确凿证据前，使秘密侦查陷入两难处境。四句话中“内有奸”是关键，如果这条信息准确，他们所做的一切就都被握在对手的掌控之中，后果显而易见。内奸不除，后患无穷！

那么这内奸是谁呢？

罗兵说：“就我们几人的来历，按说都是正道的。你韩小路是部指派，省局也知道确切无疑。我自己更不用说，货真价实的省派侦查小组组长。袁一锋也不太可能。他是省公安厅指定的人选，虽然已退休但身体还可以。加上他熟悉案情，侦破此案让他参与似乎毫无非议。要说吴平……也不可能。我看过她的档案，在公安学校表现优秀，政治和专业知识评价很高，在派出所工作也很出色。唯一的不足就是嘴巴碎点，有时爱乱说。”

“难道内奸是王林？”罗兵用手指点着自己头上的太阳穴，继续说：“嗯！让我想想。这小子虽然是张局指派，但人太不合适了。最大的不合适就是他是杀人嫌疑人何波的亲生儿子。不管他立场有多坚定，在关键时刻，顾及亲情对于他来说是至关重要也是理所当然的。再看他来后的表现，除了对你忠心耿耿外，并无好的突出表现。要说谁把我们内部消息传递给对手，除了他并无二人。对，王林就是内奸！”

“你放屁！”早就急得憋不住的韩小路突然站起来，手往桌子上猛地一拍，大声说：“你有什么证据说他是内奸？就凭他是何波的儿子吗？那我还是韩雨的女儿呢！你不也怀疑韩雨是嫌疑人吗？按照你的逻辑，我也是内奸？”

“你不一样。”罗兵说。

“你才不一样！王林是张局指派的人，张局对他都十分信任，你有什么资格怀疑他？”

“张局给我明确说过，不管发生什么事情，对你都要绝对相信，可没包括王林。”

“我认为王林在我们这几个人中表现很好，比我还好。他很敬业，做事最多，是非观念最强。就凭他敢于大义灭亲和对刘姐行为的侦查细致准确，他肯定不是内奸！”

“你这么维护他，我理解。因为他是你的恋人，你爱他，他也爱你。但这是对敌斗争，是侦破杀人案，来不得半点儿感情用事。韩小路啊，千万不要被感情冲昏了头脑！”

韩小路一听，急火上升，顺手就给罗兵一耳光，并骂道："你真浑蛋！"旋即她的泪水潸然而下。

"感情"这两个字对她来说是多么敏感而伤心的字眼啊！此刻，它像一把锋利的钢刀戳在她的心口上，顿时鲜血如注，疼痛不已。

谁能知道，因为感情，她曾多次投向王林的怀抱，真心表白将自己纯洁的身体奉献给他，让他享受一下爱情的幸福和甜蜜，可他为了那粉红色的木盒，却坚守信念，始终坐怀不乱！

那天晚上在红珊瑚歌舞厅门口的榕树下，她看到王林那么专注地巡找她的身影，孤苦伶仃地承受因特殊工作带来的相思之苦，她的心都碎了。她再次动了恻隐之心，向他提出男女之事，他也欣然答应了。

以后几天，她对自己的行为追悔莫及、责备连连、内疚不断。而他仍以大局为重，对她无半点怨言，仍像往常一样关心她，爱护她。可她又因感到无地自容而故意不理他甚至疏远他。这么好的一个男人，罗兵竟然说他是内奸。自己为他申辩几句，就说自己在感情用事。

"罗兵呀，简直是岂有此理！"

韩小路忽然感到头晕目眩，脸色苍白，眼前金星飞溅，满脸是汗，身子一软便昏倒在地。罗兵赶紧将她抱起来平放在自己的怀里，用自己的手巾为她擦去脸上的汗水，深情地看着她的脸，并急切地呼唤着她的名字。

不一会儿韩小路的脸色就慢慢地红润起来，呼吸也渐渐平稳，嘴角浮起微笑。

浓浓的雾气中，韩小路和何支手牵着手，四处张望着走进一片夜间发光的森林。出现在他俩眼前的是一触碰就变小的含羞草，旋转飞行的蝙蝠，有数层楼高的红杉树，空中游动的泛着荧光的树叶及水晶。

"呜——昂！"忽然，一声惨烈的嘶叫，一条巨蟒从地上腾空而起，顿将何支蜷入空中。那巨蟒缠着何支在空中翻了几个滚，又将他从空中抛下。何支便重重地坠落到地上。

"何支——"她呼喊着他的名字向他奔去……

韩小路醒了，嘴里还在"喃喃"自语。发现自己躺在罗兵的怀抱里，她惊讶地问："我怎么啦？"

罗兵轻声地说："你昏倒了。现在好些了吗？要还不行，就去医院吧？"

韩小路说："没事了。"

说着，她就从罗兵的怀抱里挣扎着要下来。可就在这个时候，门被"哐"的一声踹开了。吴平和王林冲进来怒目圆睁地看着他俩。

第二天早晨。刘姐和往常一样，很早就起床拴上围腰，先打扫卫生，完后就做早餐。她行动迅速，干净利落，不一会儿就把老宅的院子和屋前屋后打扫得干干净净。就在她收拾罗兵他们的办公桌时，发现在罗兵的桌子上用墨水瓶压着一张纸条。

刘姐拿起字条一看，上面写着：“张停职，内有奸？路有险，行动慎。”

刘姐文化低，恍惚一看，以为是废纸，便随手将它扔进垃圾桶里。一转身她又觉得不妥，便将那字条捡起来放回原处。这时她才看清字条上有些字她认识。比如“内有奸，路有险，”还有那个问号。她略一思忖，便将字条放进她拴的围腰口袋里。

罗兵他们起床后，刘姐见所有的人都在办公室里走来走去，谁也没问那字条的事。

刘姐估计，这“字条”可能是外面进来的人放的。于是在吃早饭的时候，她就当着大家的面把发现字条的事说了一遍。她这一说，引起大家的惊异，特别是吴平和王林，他俩纷纷争着要看那字条。袁一锋虽然没那么急迫，但也表现出惊讶。

罗兵说：“刘姐，啥子字条哟？拿出来给大家看看吧！”

刘姐把手在围腰上一擦，拿出那张“字条”放在桌子上。吴平手快，一把抓过去看起来，看着看着她惊讶地说：“不好！”

王林赶紧凑过去一看，脸色刷地变了。

袁一锋见他俩的表情，也紧张地说：“啥子条子嘛，有那么恐怖吗？”

吴平说：“岂止恐怖，完全是恐吓！”

袁一锋拿过“字条”看了个仔细，然后满不在乎地说：“这类东西见得太多了。”

罗兵向韩小路对视一下，也拿过纸条和韩小路一起看。韩小路的食指往“内有奸”三个字后面的问号一指。罗兵恍然大悟。

第七十章 解密

昨天下午在韩老太家，吴平和王林见韩小路在罗兵怀里挣扎，被吴平视为抓了个正着。她当即抓住罗兵又打又哭、又骂又闹，无论韩小路怎么申辩她都不信。更是苦于罗兵，因“字条”的问题不能相告，一时间又找不着适当的理由，一腔受屈的苦水只能往肚里咽。无论吴平对他施以什么“酷刑”，他都不说一个字，不开一句腔。

罗兵这么忍让，更让吴平觉得他和韩小路像煞有介事，于是更加肆无忌惮。她顺手欲抓桌上的保险箱打罗兵时，被韩小路飞起一脚将她踢倒。吴平见韩小路帮忙，也使出她在公安学校学到的打斗本领，便和韩小路打斗起来。

一时间，韩老太的堂屋变成了两个女人厮杀的战场。嘶喊声和物体的碰撞声连在一起响彻整个屋子。无论王林和罗兵怎么阻止也终归无效。

没法，王林只好将韩小路抱住，又被韩小路误认为在帮吴平的忙。罗兵将吴平拽住，又被吴平误认为罗兵是抓住自己让韩小路来打。两个男人这么越劝，两个女人打得越凶。

无奈之下，罗兵掏出自己的手枪往桌子上“啪”地一放，大声说：“谁有本事，就拿这个抓何波去！打，打，你们只晓得搞窝里斗！你们知不知道，你们这么做结果是什么吗？”

还别说，罗兵这一招还真把这两个像小公鸡似的女人镇住了。她俩虽停止了打斗，但吴平的气还鼓得满满的，嫉妒万分的目光还死死盯着韩小路那张比自己漂亮很多的脸。她的胸脯仍在剧烈地起伏。

吴平转过头问罗兵：“罗兵你说。你到底喜欢韩小路还是喜欢我？”

罗兵面对这两难的问，一时无法选择。从内心讲，自打第一眼见到韩小路那一刻起，他就对她心动不已，一股一见钟情的暖流不时在他心里躁动着。后来知道她有何支以后，他便将对她的爱深藏在心底。他也知道吴平是真心地爱他，他也没有那个狠心去拒绝一个真爱自己的女人。

罗兵深深地叹了口气，说：“要说喜欢，我两个都喜欢！”没想这真话便脱口而出。

吴平一听，更加怒火攻心，她挥起一巴掌“啪”的一声打在罗兵脸上，回过头来对六神无主的王林说：“你也是个孬种，眼看自己爱的女人被别的男人抢走，你连屁也不敢放一个！”

王林看了几眼韩小路，韩小路却不看他一眼。这时，他才回答吴平说：“爱不能强迫，也不能勉强。我尊重小路的选择！”

吴平对罗兵说：“那好，我俩从此一刀两断！”说完，便挽住王林的胳膊悻悻离去。

韩小路看着他俩挽着胳膊离去的背影，泪水忍不住流了出来。

吴平和王林走后，韩小路责怪罗兵道：“你怎么说两个都喜欢呢？你知道吗？女人最恨的就是她爱的男人感情不专一！”

罗兵说：“还是言归正传吧！想一想如何解决这内奸的问题。”

韩小路说：“我有一个办法。”

眼下这个办法就是韩小路想出来的。大家正在议论猜测这“字条”的来历时，座机响了。刘姐拿起话筒，只“喂”了一声便喊道：“小路，你的电话。”

韩小路拿过话筒对着说："喂，谁找我？哦，是妈呀！啥事你说。哎呀我忘了。那就在外面吃吧，我来订。什么？自己弄呀？好，好！哎，那就多弄点菜，我们几个都回来吃。好，要得。我叫刘姐来帮你。就这么定了。"

放下电话，韩小路对刘姐说："今天是我爸的生日，我们几个都去我家吃午饭。刘姐，你会弄吃的，去帮帮我妈要得不？"

刘姐笑着说："要得要得，我这就去。"

刘姐出门时，韩小路又掏出一百块钱给刘姐说："你帮我在爱达乐订一个好的生日蛋糕，写上'祝爸生日快乐'，我回去的时候去取。"

刘姐说声"好"就走了。

刘姐走后，大家的话就放开说了。吴平说："我看这字条是有人在搞恶作剧！什么张停职内有奸，什么路有险行动慎，我们这里压根儿就没有这几个人。不是恶作剧是什么？"

王林说："我认为，这字条绝对是真的，不是恶作剧。"

吴平问："何以见得？"

王林说："这字条上的四句话，不是人的名字，而是给我们传递的信息。你看呀！'张停职'，张是谁？是张德亨局长。它告诉我们张局被停职了。为什么停职？这内部可能有内奸。因为不能肯定，所以在'内有奸'后面用了问号。但是，'路有险'是肯定的。路，就是指韩小路。下面'行动慎'就不难理解了，就是说由于前面三个问题，要我们的侦查行动要十分谨慎。"

吴平说："嗯，这么说有一定道理。那是谁给我们传递的这个信息呢？"

袁一锋说："曾见呗！"

吴平一惊："曾见！你怎么知道？"

袁一锋说："我干了一辈子公安，这点雕虫小计瞒得了我吗？你问罗镇长，我说得对不对？"。

吴平看也不看罗兵一眼，大声说："把曾见叫来，让他给我们说个清楚！"

"不用叫，我自己来了。"这时，一个声音传来。

大家抬头一看，果然是曾见走进屋来。吴平生气地一连串责问道："袁三娃，噢，曾见，你写的什么狗屁条子，简直是睁起眼睛说瞎话！张起臭嘴打胡乱说！我们这里有什么内奸吗？你这不是在编造谎言，挑拨离间，故意制造混乱，在内部搞人人自危，草木皆兵，以此扰乱我们对敌斗争的视线吗？你的居心何在呀？"

曾见还是昨天那副装扮，那么威武，那么冷漠，脸上无半点笑容。他认真地说："那字条的确是我写的，也是我在给罗镇长手机号时一起给的。"

吴平说："当时我们都在场，看见你只给了罗镇长一个手机号，没见你给另外的纸条呀！这字条你是怎么给的？"

袁一锋"哼哼"一笑。

吴平冲他吼道："你笑个头呀？没毛的头！"

袁一锋摸摸自己的秃顶，说："你把字条翻过来看不就知道了吗！"吴平拿过纸条翻过来一看，果然是曾见的手机号，吴平才尴尬一笑。

曾见说："那字条是我写的，但内容是别人告诉我的。为了你们的安全，我才把这个信息传递给你们，让你们行动时提高警惕。"

王林问："这么说，字里的内容确切无疑？"

"除了内有奸我拿不准，因此打了一个问号，其他应该说是真的。比如，张局在韩老太一案中因部下违反纪律，非法拘禁韩小路和在医院打王林，被县纪委建议停职检查，这是真的。张局在停职前，让我和你们联系时告之于你们，要你们暂时不要与他联系，有事找我。至于路有险，那是千真万确。因为吴书记指示，韩老太被杀一案重新启动侦查，首选的嫌疑对象还是韩小路。邢队将我放在这西山，我估计，表面上是巡视西山农家乐的治安，实际是让我监督你们的行动，特别是韩小路和王林。"曾见说。

罗兵说："这么说来，韩小路同志昨天在韩老太家的推断是正确的。她坚信在目前，我们内部没有内奸。但我不信，所以搞了今早这个游戏。好在曾见来得及时，才解开这个谜团。现在一切都清楚了，下一步该怎么办，大家说说吧。"

"必须尽快使我和王林与何波见面，求证我奶奶家黄金是否他拿，奶奶是否他杀？这两个问题是两案的结。不打开这个结，案子很难突破。"韩小路说。

"我不同意！"吴平说，"至少我不同意现在这么做。因为太危险。你想呀，何波的存在已经不是什么秘密，对手早已知道，比如韩雨。何波自然也有所防备。如果你俩贸然前去见他，必定凶多吉少。"

曾见说："这位师妹说的有道理 。"

"谁是你师妹呀？我又没当过小偷！"吴平说。

曾见说："你在公安校的老师你总记得吧？"

吴平惊喜地问："你和我是同学？"

曾见说："不是同学是校友。"

吴平还想问什么，罗兵说："言归正传吧。袁局该你把关了。你说该怎么办好？"

袁一锋摸了一阵自己光秃的头，干脆地说："就按小路说的办。"

再说韩雨两口子。上次，因信香要离婚，韩雨同意而大闹一场，经韩小路晓之以理调解和好后，信香变了，变得不疯了。不但不疯，反而对韩雨百般温柔起来。

每天一起床，她先给韩雨沏好一杯茶，然后就做早点，再然后就给他打好洗脸水，甚至把牙膏也给挤好，才轻轻地走进他卧室，温柔地喊道："老韩，起床吧，吃饭了。"

老婆的突变，韩雨一开始找不出任何原因。过去听人常说，精神病这东西比癌症还难治，拖的时间也就是病程比任何病都长 ，自然折磨家人的时间也长，即使去医院治疗也断不了根。

可是信香怪了，既没吃精神病的药，也没去精神病医院治疗，莫名其妙的病就好了。后来韩雨才发现，信香的变化是那天吵架时他宣布和李琼断绝关系，将那“迷你”牌化妆盒交还给她以后才开始的。

现在韩雨终于明白，老婆得的不是疯病而是心病，甚至是财病！

信香变了，难道韩雨就没变吗？应该说也变了！

谁都知道，信香也明白，男人一摊上婚外情这等事，要变比上天还难！可老公韩雨这次就突然变了，变得上下班循规蹈矩，晚上不加班不开会也不陪客人喝酒吃饭了。那常来常往的记者也几乎把他给忘了。更让信香犯疑的是，那个常替他给老婆打电话请假不回家吃饭的女副镇长好长时间也不来电话了。后来，信香才知道，老公韩雨的变不是真变而是假变，无奈的变。因为他的小情人，那个妖娆的狐狸精李琼走了，失踪了。

今天中午，韩雨下班回家，刚一进门，一股青椒炒回锅肉的香味扑鼻而来。

回锅肉是四川人的专利，也是覆盖整个川南的名菜。它以色香味集于一体，口感突出，不肥不腻，回味无穷为重要特征而闻名中国。尤其在川南，但凡家人请客，朋友聚会，餐桌上十有八九离不开回锅肉。

炒回锅肉信香自然是好手。要是过去，韩雨三天吃不上老婆炒的回锅肉，那绝对是口馋得流口水。只是近十来年，有李琼这个比回锅肉更香更好吃的美女肉，韩雨才渐渐失去吃回锅肉的兴趣。信香也无好的心情为他做回锅肉。因此，这道名菜在家里就与韩雨久违了。今天，韩雨忽然闻到这股沁人心脾的喷香，仿佛他和老婆又回到从前。

在刘姐的帮厨下，十几个菜做好并都摆上了桌。信香拿出一瓶珍藏数年的“剑南春”酒递给韩雨示意他把它打开。云里雾里的韩雨说：“今天是什么日子哦？弄了这么多好菜，还要喝这么好的酒？”信香以难得的温柔口气说：“等你女儿回来你就知道了。”

说曹操曹操就到。韩小路带着罗兵袁一锋若干人，提着大包小包的生日礼物进了家门。韩小路将一个喷有“祝爸五十大寿生日快乐！”的大蛋糕双手奉献给韩雨，并孝敬道：“祝爸生日快乐，寿比南山！”

这时，韩雨才恍然大悟！他笑着对韩小路和大家说：“谢谢女儿，谢谢大家光临！”

一阵相互祝愿，相互奉承，一通“嘻嘻哈哈”的笑声后，大家便上了酒桌。

第七十一章
金蝉脱壳

今天是民间传统的重阳节。还记得有个伟人写的词牌为“采桑子”的重阳一词吗？“人生易老天难老，岁岁重阳。今又重阳，战地黄花分外香。一年一度秋风劲，不似春光。胜似春光，寥廓江天万里霜。”

今天又是西山农家乐全面开始营业的喜庆日子。农家乐的业主们凌晨两三点就起床开始忙活了，一直忙到早晨八九点才感到一切就绪，就等客人们前来光顾了。

现在，假如你站在西山顶的巨石上往山下看，那飘浮在空中五彩缤纷的大气球和流光溢彩的各种飘带和标语，真让人有一种龙腾虎跃、热火朝天的欢庆之感！如果你在山下任何一处往农家乐一望，你会感到千年沉睡而寂寞、万年恐怖而阴森的西山，今天终于醒了，沸腾了，兴旺了！

一个个农家乐仿佛是一个个待嫁的少女披上了美妙的嫁衣，正站在迎亲的窗口，揣着激动无比的心，期待迎亲队伍的快快到来。又仿佛是青春洋溢、活泼健壮的小伙子正率领吹吹打打的迎亲队伍，拥着他美丽的新娘，踩着红红的地毯，沐浴着五颜六色的花星雨，喜气洋洋又庄严肃穆地走上婚姻的殿堂。

罗兵他们按商量的部署，很早就起了床吃了早饭，按分工各自就位行动了。

县公安局为了保证农家乐开业的安全，除了驻点的曾见，又从小镇派出所抽调了两名警察来西山维护治安。

在巡视中，曾见一脸冷漠正气森严。他的右手总离不开腰间那个枪盒，随时准备一旦发现险情便可随机应变。这是一名狙击手长期养成的职业习惯。

时正九点，由于事前宣传到位，按各业主的预测，客人们将陆续到来。所以，每个农家乐都派出了十分年轻貌美的女服务员组成迎宾队。她们穿着传统伴时尚、通俗伴性感的农家艳服并立两旁，一个个水灵灵笑盈盈，喜不自禁美不胜收。

为了隆重庆祝小镇第一批农家乐的开业，西山开发指挥部应六家业主的要求，在“凤求凰”门前简单地布置了一个剪彩台，特请小镇书记兼镇长的韩雨十点准时前来剪彩。

可是，现在已经九点过半了，不仅韩雨没到，连来农家乐玩耍的客人也一个未来。这可急坏了各位业主。他们在各自的农家乐门口像热锅上的蚂蚁，焦急地用手敲打着脑门，来回走个不停。

业主们急，心情可以理解。你看呀！别的不说，就费那么大的劲，花那么多的钱，准备的丰盛午餐，到时没人来吃，那个浪费就可想而知了。不说业主们急，坐在空空如也的剪彩台上等待韩雨来剪彩的罗兵和袁一锋也急。

其实，业主们是在干着急。此刻，在通往西山的各条路上，尤其在小镇通往西山的柏油路上、汽车、电动车、摩托车、自行车和密密麻麻的步行者，正组成浩浩荡荡的队伍向西山挺进。

在这浩荡的队伍中，有两位穿着一样，头上扎着长长的马尾辫，皮肤黝黑，细眉细眼，恰似双胞胎的农家姑娘相互挽着手，提着包，不快不慢，神态自若地走着。这两位姑娘就是站在罗兵面前，他也认不出是韩小路和张静秋。

同时，在韩小路和张静秋的前面，走着一对男女。这两人的穿着和韩小路她俩截然相反，时尚得让人惊叹！说他俩是西方来客没人不信。

女的头发梳着明星结，鼻梁上架着一副暗红色的太阳镜，上身穿着粉红色的吊带衫，下巴下半裸着雪白而丰润胸脯，两个乳峰硕大而坚挺。肉色的打底裤将她修长的下身勾勒得以假乱真，让人晃眼一看好像真的没穿裤子，给人一种超乎寻常的性感。

男的穿戴虽然没女的暴露，也不显过分奢华，但也不失有钱摆谱的架势。他头戴一顶西式遮阳帽，身上一色灰西装。凭他俩亲密无间的样子，让人感觉，这对年轻男女，要么是一对初涉爱河的情侣，要么是刚结婚的小夫妻。当然也不排除是你情我愿的野组合。

其实，他俩也是老宅杀人悬案的侦查员，男的叫王林，女的叫吴平。此时他俩虽然手挽着手地走着，但目光却斜视着与他俩并排走着的两个和尚。

这两个和尚，一老一少，没穿袈裟，只着普通的浅蓝色旧僧衣。除了老者手持一禅杖外，少者手里只拎着一个布包。吴平小声说，看样子像是庙里的和尚乘农家乐开业之机出来化缘的。可王林不这样认为。

一个小时前，韩小路他们四人在韩老太家化好妆走上公路的时候，就发现了这两个行迹可疑的和尚并对他俩引起注意。王林决定，他和吴平假装情侣走在韩小路和张静秋的前面，一方面监视和尚，另一方面掩护后面的韩小路和张静秋。

韩小路和张静秋今天肩负着重任，无论如何不能有半点闪失，否则乘农家乐开业之机，她俩上山进洞见何波的计划就会全盘落空。

谁知，和尚走到西山桥头就不走了。两个和尚在西山桥头打开布包，拿出一块写有“募化乞食，广结善缘”的旧布标铺在地上，又拿出一些测字算命的东西摆在布上面，然后两腿一盘，双手合一，两眼一闭，便轻声地各自念念有词。

路过的人们，尤其一些年纪偏大，看上去身体欠佳的老人妇女便蹲下来求签测字。

王林和吴平走到和尚跟前故意不走了。他俩排成一排站在和尚的面前，以看新奇借此挡住和尚的视线。同时，王林仔细观察那老和尚，发现他并不老，也不像当年在老庙给他粉红色木盒的人。于是他有些放心地暗示后面的韩小路赶快从他后面走过。

王林对吴平一字一句地说："韩小路，我俩来抽一签吧！看看我俩的命合不合？"

吴平挽着他的手嗲声地说："好啊！王林，要是我俩的命不合，我们就拜拜！"

说着，吴平就提起裙摆蹲下去准备抽签。

韩小路和张静秋乘机匆匆走过。

过了桥，在熙熙攘攘的人流经过老宅的大门时，韩小路四人以最快的速度闪进老宅。不一会儿，四人又以同样的装束涌入人流。不过此时四人的面貌稍有改变，手里携带的东西也有所增加。"两姐妹"其中一个手里还拎着一个小小保险箱。但在半道，那"两姐妹"以迅雷不及掩耳的时速闪身进了茂密的丛林。

韩雨是在九点五十分坐镇上的小车到的农家乐。此时，农家乐的剪彩台前已人头攒动，热闹非凡。两位身着大红旗袍的美女牵着一条八丈长的红绸，庄严肃穆地站在主席台前等候剪彩。

主席台上就座的有(从左至右)：兰仝、韩雨、罗兵和凤妹。他们分别代表小镇党委和政府、西山开发办、西山村委会和六家农家乐业主。

九点五十五分，主持人袁一锋看了看手上的表，庄严地宣布："现在，开业剪彩进入倒计时，五,四,三,二,一开始！"

此时十点整。韩雨的剪刀向红绸正中一剪，顿时鞭炮齐鸣，锣鼓喧天。天空的一个彩球在空中炸开，五颜六色的礼花从天而降，飘飘洒洒，五彩纷呈。人们欢呼雀跃，载歌载舞，尽情欢庆这喜庆的日子！

为了张静秋的安全，在老宅换装时她的角色由王林顶替，王林的角色又由刘姐顶替。这样刘姐穿上王林的服装和吴平扮着一对恰似结婚的男女，手挽着手十分亲密地走进"软得多"农家乐的大门。

一位美女服务员热情地迎上来笑着说："'软得多'欢迎光临，热情为贵客服务！请问有几位？"

刘姐装着男人的声音说："我们来订婚宴，想见见你们老板。"

美女服务员问："有多少人，订多少桌？"

刘姐说："见了你们老板再说吧！"

美女服务员稍一思忖，说："那就请跟我来。"

美女服务员带领她俩经过服务台时，见两个和尚站在柜台前向坐台服务员化缘。戴墨镜的吴平一看，正是桥头那两个和尚。她旋即把墨镜往下一拉，跟在刘姐后面往里间走去。

到了门上写着“经理办公室”五个字的门口时，美女服务员说了声“请稍等”便走了进去。一会儿她出来说：“经理问，你们叫什么名字，是哪个单位的？”

吴平说：“我叫韩小路，他叫王林。我们都在西山开发办工作。今天想乘农家乐开业之机，图个吉利，前来订几桌酒席。”

美女服务员又进去一会儿出来说：“请进！”

当二人走进办公室时，见一中年男子坐在办公桌前打电话。刘姐一看，这家伙正是自己的老公江山。她虽然感到吃惊，但还是压住惊讶，把遮阳帽檐往下一拽，转过身去看墙上的一幅荷花蝴蝶图。

江山打完电话，一边低着头用笔在台历上写着什么，一边问：“谁是韩小路？”

吴平说：“我就是。”

江山又问：“谁叫你来的？”

吴平把嘴凑向江山的耳朵，小声说：“何波。”

江山并不惊讶，问：“你要什么？”

吴平停顿一下说：“我要硬的。”

江山说：“硬的没有，只有软的。”

对上暗语，吴平故作惊喜地说：“你就是江山，太好了，终于见到你了！”并和他热情握手。

江山看了眼吴平狡黠地一笑，说：“你俩跟我来！”

吴平和刘姐跟着江山，东顾西盼地来到他俩曾经来过的储藏室门口。江山掏出钥匙打开储藏室的门，将她俩带进去说：“你俩在此稍等十分钟，何波就来。”说完他就走了。

没想到，江山走后不到五分钟，两个和尚突然冲进来，用手枪对着她俩，厉声说：“不许动，我们是警察！”

其中一位拿出证件对吴平说：“韩小路，你与王林涉嫌私通杀人逃匿嫌疑犯何波，并涉嫌入室抢劫韩老太家妄图杀人灭口等罪被刑事拘留审查！”

说完，另一个和尚刑警立即从布包里拿出两副晶亮的手铐将她二人铐上。

原来，这两个和尚是县刑侦队的警察，奉命抓捕韩小路和王林。他俩从内线获悉，今天韩、王二人有可能趁农家乐开业人多繁杂之际，进山与杀人嫌疑犯何波联系，并协同何波逃出西山。于是装扮成和尚从小镇开始对韩小路、王林的穿戴和举动进行一路监视。在西山桥头确认韩、王二人后，跟踪到此将其抓获。

遗憾的是，他俩中了韩小路和王林的金蝉脱壳之计，抓错了人。

第七十二章
爱的迷惑

韩小路与王林以姐妹打扮上山采药为名，沿着山涧往上攀登。扮着姐姐的王林的背篼里装着小小保险箱，他一路牵着韩小路的手，走得十分艰难。要是他觉得韩小路累了，他就把背篼放下，硬要背着她往上爬，努力做到一个男人在女人困难面前关怀备至。

他这种过于理智，近乎迂腐的表现，不仅是他文化道德的涵养，也是来自他何家百年不变的祖训。那非要在进洞房时才能打开的粉红色木盒，严重地束缚了他思想的开放，封闭了他对女人的奢望。

那粉红色的木盒里到底藏着什么，他做梦都想知道，但他不敢知道。他怕过早知道那木盒里的秘密，他所拥有的一切或将要得到的东西，就因过早知道那秘密而鸡飞蛋打，荡然无存！

从这个角度想，他压根儿不愿拥有这只木盒。

他曾想，将木盒原封不动还给他的父亲何波，这样他就解脱了木盒的束缚，任他展开思维的翅膀，自由自在地在时空飞翔。但他苦于见不着其人，不能实现自己的愿想。

好在老宅换装时，韩小路出于对民女张静秋的安全让他代替了张静秋，给了他这个机会。要是不出意外，今天下午他就会见到他早已模糊不清，甚至压根儿不认识的父亲何波。

那粉红色的木盒和张静秋给的红布包着的龙纹玉镯也一起放在韩小路的小小保险箱里。他已下定决心，要当着韩小路的面，将木盒原封不动奉还给何波，并正告他，自己没有这样一个毫无人性且置法律于不顾而图财害命的父亲。

从此，他就可以和自己相爱的人一起想做啥就做啥，没有一切牵绊和约束。

今天早上，王林和韩小路她们在韩老太家化装时，他就有一种不祥之感。这种感觉不仅来自曾见给的那张字条写的“路有险”，也来自此次西山之行的险恶。

他们早有料定，由于他和韩小路与何波的秘密接触，很有可能引起当地警方或对手的密切注意，甚至正在设局抓捕加害于他俩。

这种感觉不是空穴来风，而是实实在在。

所以，他们自从来西山的路上，看到那两个和尚开始，他们就断定危险就在眼前！尽管他们用飞快的速度进老宅换了装也换了人，但最终也免不了危险的结局。因为他们不会因抓错了人而偃旗息鼓，反而会更加变本加厉，置他俩于死地！

好不容易，山下的农家乐的鞭炮声，锣鼓声和人们的欢呼跳跃声将他俩掩护到山顶。

此时，两人早已累得筋疲力尽，便双双一头平躺在草地上，仰望着天空那刺眼的太阳和在太阳下面飘浮不定的云彩，心地忽然异常开朗。两人竟不计前嫌，脸对脸，目光对目光地聊了起来。

王林看着韩小路起伏不停的高高的胸脯和绯红的脸庞，轻声地说："小路，请你原谅，那天在你奶奶家因误会引起我对你的不恭。"

韩小路凝视着王林那双深情的眼睛，柔声地说："王林啊何支，我现在可以喊你一声何支了。我也请你原谅，那晚在小巷，我对你的不尊！"

"那天晚上你做得对！"王林说："要不然，我的冲动不仅弄脏了你美丽的身体，还将玷污你纯洁无瑕的心灵。"

韩小路侧过身去，还原到平躺的姿势，望着天空，声音有些变调地自言自语："你不说我也知道，你把我几次要和你做那事看成是淫。"

王林急忙解释，说："不是不是！都是因为那祖传的木盒！"

他把她扳过身来，见她早已泪流满面，像一只被暴风雨打折翅膀的小鸟，既可爱又可怜。

王林说："因为这事，我的确一直迷惑，搞不清是谁的错。"

"当然是我的错。因为，因为我已经不是一个很干净的女人。我不配你那骄傲的精灵堕落到我那看起来光鲜明亮实际肮脏龌龊的池潭。"韩小路说。

王林一听，惊讶地把她推出怀里，倏然坐起来大声问："这到底是怎么一回事？"

韩小路擦干泪水，声音冷漠又平淡，像在叙述一段很寻常的往事。

"那是几个月前的一天深夜，一个男人用恐怖面具把我吓昏，然后将我抱在沙发上，双腿压住我的双腿，用他那强劲有力的手摸遍了我的全身。好在此时，一个人突然闯入，与那人搏斗救了我，幸未造成恶果。

"后来，又是这个男人，用同样的方法，趁我昏迷不醒之时，将我的衣服剥光，绑在一张肮脏的床上。当时，我全身无力，睁不开眼动弹不得，但我隐约觉得，这个男人比用上次更加猥亵的手段，在我身上乱抓乱啃无处不及。当我醒来时，感到精神恍惚，全身酸软，下面隐隐作痛！"

"别说了！"王林早已按捺不住，气得脸色大变，但他仍然不信，问："当时你是不是在做梦？"

韩小路说:“似梦非梦，但千真万确!”

王林猛地抓住韩小路的衣领，厉声问:“这个男人是谁?嗯，他到底是谁?你说呀!他是不是罗兵?”

忍了很久，韩小路才说:“他，就是你父亲何波!”

如晴天霹雳，王林震惊不已。眼看他瞠目结舌，像傻了一样呆站着一动不动。忽然，他双手抱头，仰望苍穹，怒不可遏，高声嘶叫一声:“天呀!”便晕倒在地，不省人事。

满脸泪水的韩小路轻轻地挨着他躺下，将头紧靠在他的肩膀上，左手枕着他的头，右手就轻轻地在他的脸上和胸脯上亲切地抚摸。她流着泪，在他耳边“喃喃”细语:“何支，我心中最最爱的人!请原谅我告诉你这些。我不是有意要伤害你，更不是我不爱你，我只是为那晚我忽然拒绝的行为做个合理的解释，让你知道我是一个什么样的女人。我是一个不值得你爱，不值得你为我付出纯真的女人。就是这样一个女人，你要继续爱我，就要接纳我的过错。否则，我俩就只有好说好散，各自好自为之。”

她继续说:“何支，你知道吗?我如实告诉你这些，还有一个原因，就是我们这次进洞去见你父亲，不是走亲访友，而是身入虎穴，凶多吉少。我怕我人不在了，你还不知道那晚我为什么拒绝你。亲爱的支，我俩曾经约定过，终生相爱，永不分离!但是，往往事与愿违!如果我真的不在了，你一定要原谅我的过错，原谅我对你的不忠，原谅我的不辞而别!”

韩小路再也说不下去了，便将泪脸紧贴在王林的胸脯上放声大哭起来。

大概是韩小路的不幸遭遇和对爱的忠心表白感动了苍天，太阳钻进一片厚厚的云层里，天空顿时暗淡下来。

第七十三章 一声枪响

山下忽然升起一颗绿色的信号弹，韩小路一看时间正好中午十二点。她立即将王林叫醒向丛林深处的洞口走去。

在山顶的溶洞口不远处，罗兵已经等在那里。见韩小路和王林走来，他立即走向前去，说：“情况发生了很大的变化，邢队手下已误将吴平和刘姐抓获并已带走，估计很快就会露出真相。刘姐问题不大，因为她不知道我们的侦查员身份，但吴平就不好说了。如果邢队以老上级的身份压吴平说真话，吴平有可能承受不了压力而全盘说了出来。那样，我们的身份就全被暴露了。”

“再说，”罗兵继续说，“邢队没有抓到你俩，必定要到开发办要人，如果你俩都不在，他们就更有理由确认你俩和何波私通而执意抓捕你们。为了应对这突然的变故，我上山前与曾见接了头，要他立即回县局，亲自找到张德亨局长，把这里的情况向他说明并火速向上级汇报。曾见要在天黑前将上级的指示带回来。现在，我们研究一下，今天这盘棋下一步该怎么走？”

王林问罗兵：“你的意见呢？”

罗兵说：“今天放弃进洞找何波，全体成员立即回老宅指挥部上班，即使邢队来老宅找人，我们都在，他就没有抓人的借口。”

王林看了眼韩小路，说：“看来只好如此。”

“我不赞成！”韩小路说：“我认为，我和王林今天必须进洞见何波，求证他抢劫我奶奶家黄金和杀害奶奶的事实。另外我有一种预感，何波目前处境非常危险，他一旦贸然出山，或到‘软得多’农家乐找人接头的话……”

“他十有八九被邢队抓获！”王林说。

“如果仅仅是抓获还好，”韩小路说，“怕的是一枪击毙！”

罗兵说：“要是何波被打死，老宅杀人悬案就只有永远悬下去，那我们的工作不是就前功尽弃了吗？”

“所以，”韩小路说，“我们今天必须进洞见到何波，取得他的第一手口供。那怕今后何波或我出了什么事，口供在案，悬案也不愁破不了。”

一阵商议后，一致认定韩小路的意见有一定道理。于是决定仍由韩小路和王林装作姐妹俩打头进洞，罗兵跟后保护。罗兵还一再强调，进洞见到何波后要速战速决，必须在天黑之前收队返回老宅。

在伸手不见五指、深不可测、高低不平、弯弯拐拐的溶洞里，韩小路打着手电，王林提着小小保险箱，小心谨慎地向前走着。罗兵离他俩三十来米的距离紧跟着。

溶洞里阴森恐怖，冷风嗖嗖，不时传来既空旷又贴耳的闷响声和阴河的水流声以及动物的怪叫声。这些声音夹杂在一起，再加上脚下不断出现和感觉到的虫、蜥、蛇、鼠的奔跑和爬行，足以使他们骨颤肉惊！

王林牵着韩小路爬上一个个乱石坡，又跳下几米高的土石坎，走了一段坎坷不平的小径，再经过一条只能容一人侧身而过的夹缝，眼前突然出现一个宽阔的洞坝。韩小路用手电一扫，才发现这是她上次来时见过的堆满死人尸骨的地方。

这时韩小路才说：“我们刚才路没走对，刚才走的不是我上次走过的路，可方向是对的。此地离何波住的地方不远了。”

王林一看这满地的尸骨，惊讶地小声说：“看来当年张献忠在西山杀了上千蜀人的传说并非杜撰而确有其事。”

韩小路说：“只有铁证才能认定罪恶的事实！”

像上次一样，洞坝右边的那堆尸骨在电筒光的照射下慢慢地“活动”起来，着实非常吓人。也几乎在同时，尸骨堆里突然冒出一个青面獠牙的骷髅向他俩走来。王林吓得毛骨悚然周身发怵。

早已身经数战的韩小路对这早有心理和思想准备，她悄声对王林说：“老套了，都是人装的，不要怕！这人很可能就是何波。”她从王林手里拿过小小保险说：“你就站在这里，让我上去对付他。不到万不得已，你不要上来。”

那骷髅见来的人是个女人，便凶狠地向她扑来。韩小路用小小保险箱一挡又用力一扫，几个来回便将那骷髅打翻在地，现出了人的原形。当然，韩小路也因闻到一股异味，神志出现恍惚。但她仍强打精神应对这个凶恶的敌人。

这人正是何波。他从地上翻身跃起在她的面前，说：“你终于又来了。”

她用手电筒照他的脸和手。手腕上那块刀疤证明他就是上次在洞中对她百般凌辱并提出三个条件放她走的男人。但为了确切，她还是问：“你是谁？”

何波说：“你怎么这么健忘？才几个月连我也不认得了！”

“你真是何波吗？”韩小路问。

“我是不是何波不要紧，要紧的是你为什么骗我？”他恶狠狠地问。

“我没骗你呀！一、我没报警。二、我没说你藏在这里。就这两条，让你在西山平平安安地活到现在。三、我在努力找你的女儿。”

“哼！找着了吗？”何波怪笑着问。

“没找着，我来找你干啥？”她说。

“你为啥不按我说的方法去做，用暗号接头来找我？”他问。

“江山已向警方举报了你，‘软得多’，已被警方二十四小时监控，你叫我怎么给他联系？今天，要不是趁农家乐开业，人多警方注意不过来，我连上山进洞也不可能。”

何波咬牙切齿地骂道：“江山，你个吃里扒外的狗日的！”稍顿他又厉声说：“你还是在骗我！上次你说你不是韩雨的女儿，但你是！不仅是，还是他亲生的！”

韩小路说：“是又怎样？他根本不知道我来这里。”

何波忽然凶相毕露，大声说：“你来得好，我要他罪孽用罪孽还！当年他强奸我老婆，让我没脸见人，心里一直阴影难散。现在，我要让他尝尝他的亲生女儿被人强奸的滋味！”说着便向韩小路扑去。

韩小路用力推开他，严肃的目光里含着冷剑，她说：“上次你趁我昏迷凌辱了我，难道今天还要当着你女儿的面强暴我吗？”

何波紧紧抓住她的衣领，说：“上次我顾着欣赏你身体的美，加上你好心表白归劝我，我不忍心真干你，这次……”他突然手一松，惊讶地问：“你说什么，你把我的女儿带来了？”

何波顿时激动起来，四下寻视，但一片漆黑啥也看不见。他冲韩小路问：“在哪里？我女儿在哪里？”

韩小路说：“就在我身后。”

何波再看，说：“你身后没有人呀！”

韩小路回头一看，再用手电筒一扫，果真无人。除了那一堆堆尸骨，没有王林的影子。

“你还在骗我！”何波愤怒了，又抓住韩小路的肩膀恶狠狠地说：“老子这次不信了，再也不信了！”说着他伸出强劲的手，将韩小路一拳打翻在地。

韩小路乘机两脚用力一蹬，将他蹬出两米多远。她正要翻身站起，又被何波像猛兽一样嘶叫着扑上来，将她死死压在身下。

韩小路毕竟是个女人，虽然有点武功，但远敌不过身强力壮且正欲火焚烧的何波。她拼命挣扎抵抗似乎也无济于事。她的一只手想摸到被何波打掉的保险箱，用它来还击，但怎么摸也摸不着。

不知过了多久，韩小路倏地用膝盖向他那硬家伙用力一顶，再使劲一蹬，随即又听见“嘭”的一声枪响！何波“哇”的一声惨叫，倒在地上不动了。

原来，王林发现何波后，并没有按韩小路的吩咐站着不动，而是倒回去通知罗兵。待他俩赶来时，见何波正压着挣扎的韩小路准备干那事。

罗兵本想向何波开枪，又怕伤着韩小路。想冲上去阻止，又怕何波冲动之下杀了韩小路。两难之下，他急中生智，朝天开了一枪。正好，这一枪和韩小路那有力的一脚巧合凑到一起。

韩小路穿好衣服，找到小小保险箱，便和罗兵、王林一起将昏迷的何波扶起来，由王林背着，韩小路领头往何波住的地下室走去。可就在要穿过那个只能容纳一人通过的洞口时，突然从洞口又冒出一个蒙面人来，要抢夺王林背上的何波。罗兵眼快，即和蒙面人打斗起来，并叫韩小路他们快走！

由于溶洞怪石嶙峋，又四通八达，罗兵和那人在里面像走迷宫似的，相见便打，不见又找。就这样一会儿打，一会儿找，打打找找，连他们自己也不知道自己现在打到了何处。

这时，韩小路他们已经把昏迷中的何波弄回了他的住处。韩小路通过那洞角壁上还在忽悠燃着的烛光，又想起几个月前她在这里遭受的恐吓和凌辱，不禁怒从心起，狠狠地给了何波一耳光。没想，这一打竟把何波给打醒了。

何波挣扎着站起来，坐在韩小路曾经被绑的床沿上，喊着要喝水。韩小路迅速打开保险箱，取出一瓶矿泉水，拧开盖子递给他。何波接过矿泉水，仰着头，“咕咚咕咚”一饮而尽。

再说，罗兵与那蒙面人追打了一阵，忽然人踪迹灭，无动静了。他想，这人要么藏了起来，要么已经跑了。这溶洞他压根儿不熟，即使那人没有逃走，想找到他或抓住他几乎不太可能。再者，他们今天的主要任务也不允许他在此多留。于是他决定返回原处寻找韩小路他们。

但是，他凭一只手电筒，在这乱石丛生，怪象多多，四通八达的溶洞里，他已经找不到回去的路了。他只好瞎猫碰耗子乱闯乱走。

忽然，远处传来隐隐约约的说话声，他便沿着这声音的方向走去。

第七十四章
虎穴求证

韩小路见何波已完全清醒，便指着女人打扮的王林对他说："你说我骗你，现在你睁大眼睛看看，站在你面前的这个女子是谁？"

在昏暗的灯光下，何波睁大双眼，从上到下将王林看了个仔仔细细，然后摇着头说："不认识。"

韩小路说："你当然不认识。但你总记得二十二年前的一个初夏之夜，你把刚出生的一个婴儿狠心地遗弃在西山至小镇的路旁边吧？"

"当然记得。那天晚上，我刚把那孩子放在路边的一块大石头下，回来不到半小时，天就突然变了，变得狂风大作，大雨倾盆，电闪雷鸣！"何波说。

"你也不会忘记，几个月前你放我出洞时提出的三个条件，其中一条就是托我寻找你的女儿吧？"韩小路又问。

"记得，记得。"何波小声说，"二十多年了，我扔我女儿的那一幕一直在我的眼前出现。我不知道她的死活。就是活着，我也不知她在哪里？我想我的女儿，所以就拜托你帮我找。"

韩小路说："那我告诉你，我把你女儿找着了，她就站在你的面前！"

何波站起来，惊讶地指着王林问韩小路："你说她是我女儿？"

韩小路说："没错。她就是你的女儿，不过她现在不姓何而姓张！"

何波又重新打量了王林一下，从头上到脚下都看了个仔细。突然他笑道："开什么玩笑，我哪有这么高大的女儿？是我的儿子还差不多！"

韩小路说："他就是你的……女儿。"

何波问王林道："她说的是真的吗？"

王林故作胆怯地点点头。

何波说："你说你是我女儿，可证据呢？嗯，证据在哪里？"他回过头来挥着右手冲韩小路大声说："我给你说的证据呢？没有证据凭什么说她是我女儿？"

何波这一挥手，让韩小路再次看清了他右手螺丝拐上的伤疤，再次确认他是何波无疑。于是她对王林说："他要你的证据，你说给不给他看？"

王林装作女人腔说："他要看就给他看呗！"

韩小路侧过身来，打开小小保险箱，将一个红布包取出来递给王林。同时，趁王林挡着何波视线的一瞬间，她将一样东西迅速取出来放进自己的衣袋里。

何波一见那红布包，脸上顿时露出一丝欣喜的笑容。他一边目不转睛地看着王林，一边用手慢慢地一层一层地打开红布包。最终亮出一只晶亮的玉镯。

何波惊喜万分，急忙拿过玉镯在烛光下仔细看起来。

没想，何波的心陡然像落到冰块上冷了起来，惊喜的笑容在脸上稍纵即逝。他又拿起那块红布翻来覆去地看，心终于彻底冰凉了，好脸倏地变成凶相。他凶狠地高声冲韩小路吼道："韩小路，你仍然在骗我！骗我！"

韩小路说："你凭什么说我骗你？你托我找的人来了，你要的证据也给你看了，怎么还说我骗你？"

何波愤怒地吼道："可证据是假的，人也是假的，统统都是假的，假的！"吼完他就暴跳起来，顺手抓着一样东西就往王林身上砸去。王林身子一让没打着。

韩小路早知会有这样的结果，所以她没让张静秋来。她担心何波情绪失控而伤了无辜的张静秋。果然，她担心的事真的发生了。

待何波情绪稍一稳定，韩小路忽显心平气和地问："何波，你凭什么说这龙纹玉镯是假的，包玉镯的红布是假的？这证据明明是捡婴者从孩子身上搜到的，又怎么会是假的呢？"

何波拿起玉镯说："我给我女儿的是祖传的明代真资格的和田玉龙纹玉镯。那玉镯质地细腻，色如凝脂，龙也刻得活灵活现，像在向天空跃起，向宇宙腾飞！哪像这东西，假得让瞎子也能摸得出来！"

"还有这块红布，"何波把红布拿起来指着边沿说，"我那红布是在应急之下，将原来的一块纯棉旧红布撕成两块，用其中的一块包龙纹玉镯。哪像这块，不但没有我撕的痕迹，而且还是一块半棉半涤的新红布。"

见韩小路一时不语，何波忽然从床头抽出两把手枪，一手一把直对着韩小路和王林，凶神恶煞地问："你们究竟是什么人？为啥要骗我追踪我？"

此刻，韩小路才感到疏忽，后悔没在他昏迷时把他铐起来。

聪明的王林看到韩小路递过来的一个眼神，忽然"哎呀"一声惊叫。当何波侧脸看王林一眼再回过头来时，他的脑门正对在韩小路手里的枪口上。

“不准动，把枪放下！”韩小路威严地说。

何波且能服软，他仍把两只枪口对准韩小路和王林说：“我的枪也不是吃素的。快说，你们到底是什么人？”

韩小路右手举枪，左手第三次掏出公安机关颁发的侦查员身份证，往何波眼前一亮，厉声说：“你要是拒捕，我立即毙了你！快把枪放下！”

何波举枪的手明显在颤抖，他咬牙切齿地说：“你果真是公安。我后悔当初几次没杀你，现在杀你也不迟！”说着，他就开始慢慢扣动扳机。

王林眼睁睁看着何波的食指扣动着扳机，心里急得冒火，埋怨罗兵还不出现。可韩小路却异常冷静，她对何波说：“我也后悔，刚才你昏迷时没把你铐起来，还给你水喝。现在大不了咱们同归于尽。可我死了是为民除害死得其所。而你是畏罪诈死潜逃，最后又持枪拒捕，负隅顽抗而死，是死有余辜！在人民的眼里，我除暴安良是英雄，而你杀人潜逃拒捕而死，连狗屎都不如！不仅如此，你的儿子和女儿还要背着你的骂名，承受永无宁日的耻辱和痛苦！你好好想想吧！是死还是要活。想好了要死的话，咱俩就同时开枪看谁先死！”

何波明显有些心动但枪口仍和韩小路对峙着。只是扣动扳机的手指明显有些放松。他问：“你们究竟要我做什么？”

韩小路严正地说：“放下武器，投案自首，如实交代自己的犯罪行为，求得法律的宽大处理！”

何波说：“我压根儿就没有罪，要我自首什么，又交代什么？”

何波这一说，让韩小路感到迷惑。她心里在想，你何波说你没有罪？没有罪，那老宅的两个人是谁杀的？我奶奶陈英又是谁杀的？没有罪你何波为何要诈死潜逃，近七八年深藏溶洞不敢见人？甚至连想念自己的亲生女儿也不敢自己去找而要别人代劳？最权威的是，你何波如果没有罪，十年悬案的启动公安机关为何仍把你何波列为第一个要抓的人？这种毫无根基的狡辩谁能相信？

韩小路想到这里，忽然想起一句俗语，叫作不见棺材不掉泪！何波之所以如此，是我们没把他的罪行揭穿，没有击中他的要害，这也是一般犯罪嫌疑人的心理表现。那么，就让我来揭穿你的罪恶吧！

韩小路一字一句地说：“何波，十年前的一天，你知道你家老宅里借住着一对成都来西山考察的夫妇，你却怀疑他俩是冲你父亲私藏在家里的黄金而来。于是那天夜里，你悄悄潜回老宅，用你在剧团学会的脸谱艺术用假血人头将他俩吓昏，然后又将他俩掐死而后潜逃。”

何波听后漠然一笑。

“不日，”韩小路继续说，“经举报你在河南开封被公安机关抓获。但当时因侦查检测手段不全，加上对你作案动机的误断，让你逃脱了法律的制裁。但你心中有鬼，害怕早晚被抓，于是你在古庙诈死潜逃到西山，凭着韩雨当镇长这把保护伞，在西山藏匿了整整八年。”

何波听后又是一声冷笑。

“西山的开发让你感到危机四伏，你又通过当年帮你诈死的和尚，以算命测字为名，在小镇造谣言惑众，借西山巨石，编造所谓天降魔石，制造恐怖氛围，从而蛊惑群众，反对和阻碍西山开发，达到你继续藏匿西山之目的。”

听了韩小路对自己作案的分析，何波并不感到紧张。他说：“就算你说的有一定道理，或者说那两人就是我杀，那你的证据呢？再说，一个杀人犯哪有这么蠢，诈死潜逃不逃得远远的，还逃回案发之地西山，等死呀？”

韩小路说：“这就是你的狡猾之处。你不会忘记吧？你用血淋淋的假人头曾经也吓昏过我。那个假人头上你的指纹仍清晰可见。至于你诈死潜逃为何不走远，这你心里最清楚。一是因为你抱着侥幸心理，认为公安不会发现你诈死。二是你一直还想找到你父亲藏在你家老宅的黄金。所以，不管谁，只要进你家老宅，你就用同样的方法把他吓死或吓走。”

“为了找到黄金，”韩小路继续说，“你在西山开发办人员住进老宅后，你又利用韩雨和李琼的关系，将刘姐安插在老宅，为你传递信息和寻找黄金的藏匿处。”

何波没意识到韩小路的话多半是推测和假定，满以为警方已经掌握他不少证据，于是老实说出真情。

“我是用假人头把那两人吓昏，但我对天发誓，我没有掐死他俩。”何波说。

“谁又能证明你说的话是真？”韩小路问。

何波迟疑很久后才说：“没，没有。”

韩小路说：“十年前，你怀疑那借宿在你家的那对成都夫妇要偷你家的黄金而杀了他俩。十年后，你又怀疑韩雨母亲陈英老太取走了你家的黄金。从而在一天夜里，你蒙面进入陈英家，把她绑起来用匕首逼她交出黄金。可就在这时被人发现，打斗了几个来回，你的匕首被打掉了，于是你便仓皇逃走。但你仍不死心，最终还是在一天深夜又潜入陈英家，劫走了她藏在杂物房地窖里的黄金。不仅如此，你还将她杀害。”

何波一惊，问：“什么，韩老太死啦？”

韩小路厉声说：“你好残忍呀！为了那不义之财，你连一个风烛残年的老人也不放过！”说着，她的眼睛也湿润了。

“你这是在诬陷，根本没有的事！”何波说：“陈英是我的长辈，我喊她韩婶。我从小就常看她从我家出入，和我父亲很要好。我是怀疑她把我父亲藏的黄金给拿走了，也找过她，要她还我该得的那一部分。可她一直否认，因此自始至终她也没把黄金给我。我也没见过她家那黄金是啥样，更没有逼她杀她！我也从来没用过什么匕首。”

韩小路大声说：“何波，你死到临头了，还不招认，快说实话吧！假话骗得了一时，骗不了永久！”

何波说：“你要不信，我可以再次对天发誓，我不是杀人犯！”

“不许动，我是警察！”这时，罗兵突然举枪冲进来厉声喊道。

这一惊一喊，何波倏地腾空而起，眨眼间不见了人影。

韩小路发现是罗兵时，气得跺脚。她冲他生气地说：“眼看何波就要就范了，却被你这么一搅又搅跑了。你说，你们男人能干什么好事？真是成事不足，败事有余！”

王林解释说：“这也不全怪罗镇长，他一定误认为我们是何波一伙的人。所以……”

罗兵说：“不要多说，时间来不及了，撤！”

第七十五章 拖延时间

两个和尚刑警也不仔细查问便匆匆忙忙地把吴平和刘姐押上一辆车门上印有“公安”字样的面包车，由江山开车向小镇驶去。

在小镇派出所会议室等待的邢队得到和尚刑警抓获韩小路和王林的电话后，立即向吴奇中书记汇报，请示该咋办。还没等吴奇中回话，押吴平和刘姐的车就到了。

和尚刑警将吴平和刘姐押到邢队面前，邢队一看大吃一惊，问：“你们抓的是谁？”

和尚刑警说：“韩小路和王林呀！”

邢队一手将刘姐头上的帽子一揭，说：“你看清楚，她是谁？”

一和尚刑警一惊，说：“哎，是个女的呀？”

站在旁边的江山一看，说：“哎呀！她是我的老婆得嘛！咋搞起的哟？”

邢队又指着吴平问和尚刑警：“她又是谁？”

俩和尚刑警惊讶地呼道：“吴平，怎么是你呀？”

一和尚刑警说：“怎么搞的？我们从小镇直到西山桥头，都看准了这两人就是韩小路和王林的嘛，穿着打扮也一模一样，咋现在就突然变了呢？”

另一和尚刑警也说：“真是奇了怪了，像变魔术一样眨眼就变了个人！”

邢队急忙对和尚刑警说：“还不赶快向二位赔礼道歉，把手铐解了。”

俩和尚刑警对吴平和刘姐一边说对不起，一边就为二人解铐。刘姐的手铐倒很顺利地打开取下了，可吴平就不干了。吴平是啥人呀？县委副书记兼政法委书记吴奇中的女儿，大千金呢！

她把戴手铐的手一推一甩，黑着脸说："邢所长，哦现在该喊邢队长，这手铐可不是想戴就戴，想解就解的哟！再说，法规里也没这么写呀！你说是吧？"

别看吴平说话做事总给人一种不太成熟，不太老练的感觉。可一到关键时刻，她可是一个足智多谋的机灵人。上次在韩老太出事的那天晚上，就是她用智慧保护了韩小路那装有重要秘密的手提包。今天上午，当他们在桥头发现和尚的可疑，匆匆闪进老宅后，提出改换角色，让刘姐充当王林，她来充当韩小路的人也是她出的主意。但也别高兴过早，下面的问题能不能过关，还得靠她自己。

吴平自打从警校毕业被分配到小镇派出所后，就因她天生任性，说话直来直去，再加上是小镇吴奇中书记的掌上明珠，时任小镇派出所所长的邢队就经常戏称她为小公主。

邢队说："我的小公主唉！还是快解铐吧，别拖延时间了。"说着，他就拿过和尚刑警手中的钥匙要亲自给吴平开锁解铐。

吴平还是不干，她说："要我同意解铐，除非你能回答我的问题，否则休想！"

邢队无奈，只好说："你提吧！"

吴平问："你为啥要抓我和刘姐？"

"刚才我手下不是说了嘛，看错人了。"

"那把我俩看成什么人了？"

"刚才我手下不是说，他俩把你俩看成韩小路和王林了。"

"你们为什么要抓韩小路和王林？"

邢队顿了一下，说："我们也是奉命行事。原因吗……据调查，韩小路有可能是入室抢击杀害韩老太陈英的犯罪嫌疑人。王林有可能是何波的儿子何支，而两人又在相爱。所以两人有可能和何波合谋起来，乘西山农家乐开业之机，进山协助藏匿在山里的何波逃离西山。"

吴平一笑，说："原来全都是有可能呀？那好，就按你说，就当我是韩小路，刘姐是王林，我俩有可能要协助何波逃走。那么直接上山就是了，干吗还要去'软得多'农家乐？这不是自投罗网吗？"

江山接口说："因为我那农家乐背连西山，储藏室就有进山的暗……"

"按什么按？有你说话的吗？"邢队立即打断江山的话，说："让公主把话说完嘛！"他看了一下手表，对吴平说："公主唉，还有什么问题快提吧！不要再拖延时间了。"

"就是要拖延时间！"吴平在心里说。

吴平一刻也没忘记，韩小路走时对她说的话："如果你被邢队的人误抓，或被询问，你一定要想方设法拖延时间。时间拖得越长，我们就有足够的时间和何波接触，求证更多事实。”

见吴平一时无语，邢队有些不高兴了，说：“没有了是吧？没有了就把手伸出来解铐，现在时过中午，我可没闲工夫和你紧耗。再说肚子里也开始闹革命了！”

吴平慢条斯理地说：“我还有一个问题要提。”

邢队道：“快说。”

吴平说：“这个不是问题是条件。”

邢队问：“什么条件？”

吴平还是慢慢地说：“把罗兵罗镇长叫来，你要当着他的面说清你为什么抓我？否则我今后在他的面前难以工作和做人。因为他是我的直接领导。”

这下把邢队彻底激怒了，他用手往办公桌上一拍，训斥道：“吴平，你也太过分了，敬酒不吃吃罚酒！好歹我曾经也是你的领导，一点面子也不给。那好，我今天就给你耗上了。我现在不给你解铐了，你想解也不行！我要让你老爷子来看看，他下令抓的人究竟是个什么样的人！”

邢队这么一说，着实吓了吴平一跳。吴平想，老爸是县委副书记兼政法委书记，他下令抓韩小路和王林，应该是顺理成章的事。即使抓错了赔个礼道个歉也就算了，用不着这么一根筋到底，一难再难。倒是自己，如果老爸知道，我为掩护韩小路和王林与何波接触而乔装打扮欺骗警察，怕怎么也过不了老头子那一关。嗯，看来还得见机行事，见好就收。

吴平说：“那好吧，看在老所长的分上，我答应解铐。”

“哼哼！”邢队冷笑道：“晚了！我这手铐正如你说，哪有那么容易想戴就戴想解就解的。要想解铐，你也必须回答我三个问题。否则，我就只好把你交给你老爸吴书记，由他来处理。”

吴平顿了一下说：“好吧！你问，我答就是了。”

邢队一个眼色，那和尚刑警就拿出一个笔记本开始做笔录。

吴平在心里说：“呵呵，还真把本姑娘当犯罪嫌疑人审讯了。问吧，本姑娘绝不会对你说半句实话！”

邢队问：“你和刘姐为什么要乔装成王林和韩小路？”

吴平说：“好玩儿呗！是吧刘姐？”

“就是就是。”刘姐说。

“有人说韩小路不是韩雨的亲生女儿，其实是别的女人冒充的韩小路。真正的韩小路可能已经死了。真的吗？”邢队问。

吴平说：“是你的女儿冒充的韩小路吗？怎么没看出来呢！刘姐，你看出来了吗？”

“没有没有。”刘姐说。

“王林是韩小路的恋人，又是何波的亲生儿子，他俩进‘软得多’农家乐用暗号与江山联络，妄图进山协助藏在西山的杀人嫌疑犯何波逃走，是事实吧？”邢队问。

吴平说：“你刚才就何波来何波去的，我还没问你，何波不是早死了吗？我从警校毕业分配到派出所后，还是你告诉我的。怎么，健忘了？”

邢队说：“何波没死，就藏匿在西山。”

吴平故作大惊，说：“天呀！这么大的事情我是个警察也一点儿不知道。刘姐，你是江山的老婆，江山又是‘软得多’的老板，你听江山说过吗？”

“没有没有。”刘姐说。

邢队发怒了，又是一拍桌子，大声对吴平说：“少给我东扯葫芦西扯瓢！今天你必须老老实实说，你们西山开发办里的人到底是些什么人？整天究竟在干些什么？”

吴平说：“我们都是中国人呀！整天都在为西山的开发疲于奔命。刘姐你说是吧？”

“就是就是。我们那里一个外国人也没有。”刘姐说。

吴平的回答看上去让邢队气得七窍生烟，但也毫无办法，就在会议室里不断地徘徊，不停地挠脑勺。

吴平晃了眼时间，已经到下午两点多了，她已经整整拖了邢队三个多小时，估计韩小路他们已经完成任务回到了老宅。于是开始耍横并使出绝招。

她对邢队说：“哎老领导！你们到底要铐我审我多久呀？我可是看好时间的哟！连续四个小时你们不让我坐，不让我喝水，不让我吃饭，连尿胀了也不让我去厕所。你可别忘了哟，上次你私设公堂，违规审问韩小路让张局替你背了黑锅，停了职检了查。这次可没那么容易喽！我吴平不像韩小路，也不像张局，什么事都可包容都可忍。我可是个眼睛里掺不得一粒沙子的人。你记好了，今天你对我的非法行为，我不仅要向县纪委举报，我还要告你，让你吃不了兜着走！”

见邢队并非吓倒而冷笑，她便装晕，脑袋一偏，身体一晃，“扑通”一声倒在地上。

这下可吓坏了邢队，他急忙将手铐从吴平手上解下来。正准备抬她去医院时，吴奇中和韩雨、罗兵、韩小路以及王林他们都来了。

吴奇中见女儿躺在地上昏迷不醒，心里自然愤恨，他冲邢队大发雷霆道：“简直是目无王法，乱抓乱审，是谁给你这么大权力？嗯！”

邢队向吴奇中低头哈腰地认错赔不是。

吴平侧躺在地上，突然动了一下。

韩小路急忙和刘姐一起将吴平扶起来，给她捶背抹胸给水喝。好一阵，吴平才慢慢睁开了眼睛。

吴奇中见女儿醒来，长长地松了口气。

这时，韩小路把双手伸到邢队面前，说：“你不是说吴书记要你抓我和王林吗？抓吧，我和王林都在。”

邢队望了眼吴奇中不说话。

吴奇中说："谁说我要抓你们？莫须有的事嘛！小路是韩书记韩镇长的女儿，人家在实习期间毫无报酬地为我们工作，感谢还来不及呢！抓她？无稽之谈嘛！你说是吧老韩？"

韩雨啥也没说，只用冷漠的目光盯了眼邢队，拽着女儿的手并把王林也叫上一起走了。

原来，曾见和罗兵接头后，火速赶到县里，向刚复职的张德亨说了西山发生的事情。张局迅速通过内部专线向省部领导汇报了这突发事件。

十分钟后，省领导指示说，省和部的领导和有关部门，均无指示和部署A县公安局插手何波一案，也没有抓捕韩小路和王林的任何指示。要张局迅速告之罗兵，千万不要乱了阵局。一方面要继续做好秘密侦查，另一方面要静观事态发展，足智多谋地处理所有问题。至于A县公安局乱抓人的问题，由省和A县有关领导沟通处理。

一个小时后，吴奇中接到省里电话，责成他处理乱抓人事件。于是，吴奇中便打电话给韩雨和刚从西山回到老宅的罗兵，一同到小镇派出所处理此事。吴奇中为什么要把韩雨和罗兵叫上，自然有他的道理。

在吴奇中看来，而今眼目下，稳定局势是头等大事。稳住韩雨，也就稳定了小镇。稳住了罗兵也就稳定了西山。稳住了小镇和西山，也就稳定了A县，稳定了他的位子。

一个看起来对各方都十分棘手的问题就这么堂而皇之地解决了。但就这么真的解决了吗？吴奇中心里有数，韩雨、罗兵和韩小路心里更有数。

第七十六章 设计台词

韩小路和王林一声不响地跟着韩雨回到家里，见信香躺在沙发的角落上流泪。韩小路惊讶地上前问道："妈，你怎么哭了？"

信香抹把泪，哭丧着指着韩雨说："你问他吧！"

韩小路回过头来问韩雨："爸，妈到底怎么了？"韩雨看都不看她一眼，对王林说："你跟我来，有话跟你说。"

韩雨把王林带到他卧室，叫王林坐在凳子上，他坐在床沿上，目不转睛地看着王林，又不说话。王林被韩雨看得不好意思，脸也有些燥热起来，他说："韩伯伯，有啥话你就说吧！你这样看着我不说话，我真……真有点受不了。"

"好！那伯伯问你，但你必须给伯伯说实话，不许骗伯伯。"

王林心悸了。他早就预料到会有这一天，他要和未来的老丈人演一出对手戏，因而也早就设计了许多台词。但那些台词在今天不知能否管用，能否既不会暴露身份又能让韩雨满意还不会产生任何怀疑。现在，他心里还真的没有底。

王林强打镇静，笑着说："韩伯伯多虑了，您是长辈又是我的上级，抛开工作关系不说，晚辈也不应该在长辈面前说谎。你说是吧韩伯伯？"

韩雨笑着说："是倒是。那韩伯伯问你，你究竟是谁的儿子？"

啊！这一问，像一声霹雳，顿时将王林震得晕头转向，一时找不到北。在他设计的台词里，这一句台词应该在戏的尾声才出现，最早也是在戏的中间才有而不是开头。但戏已经拉开序幕，不管是尾声还是开头，总得演下去，而且还不允许有过多的停顿和一丝一毫的闪失。

他突然灵机一动，脱口而出，说："当然是我父亲的儿子喽！"

韩雨皮笑肉不笑，说："那还用说？我是问你父亲姓什么，叫什么名字？"

王林说："我姓王，父亲应该也姓王吧？"

"怎么是应该呢？"韩雨问。

"韩伯伯，实话给您说吧！我父母在我很小很小的时候就，就死了。我是在我姨妈家长大的。"

韩雨脸上露出笑容，说："这么说你不是何波的儿子？"

王林故作惊讶地问："何波！谁是何波啊？哦，就是那老宅的户主？"

"正是。"韩雨说。

"他不是已经死了吗？"王林问。

韩雨顿了一下，说："没死，又活过来了。"

王林欣喜，现在的对话正向设计的台词靠近，下面的对话应该是对答如流，不成问题了。

"那他在哪里呢？"王林问。

韩雨说："他就藏匿在西山。"

"他为啥要藏在西山呢？他有什么问题吗？"王林问。

"看在你老实本分，又是省上派来的专家，我实话给你说吧！老宅，就是你们现在办公的那房子里，十年前发生了一起凶杀案。"

"嗬！"王林故意大吃一惊，问："凶杀案！杀的是谁呀？"

韩雨不慌不忙地继续说："在一天夜里，我借居在那房子里的两个大学同学被人掐死了。他俩是夫妇，刚结婚不久，老婆肚子里还有个不到四个月的孩子，两尸三命啊，真惨！”

王林问：“凶手是谁？抓住了吗？”

韩雨说：“当时警方怀疑是老宅户主何波所为，于是将他抓获。几个月后，又说证据不足，便将他放了。不久，又听说何波死在一座古庙里。所以，在人们的心里，何波已经死了。那老宅杀人案也就因此而不明不白地悬了下来。现在又听说何波没死，他几年前在老庙是畏罪诈死潜逃，而且就潜藏在西山。”

此刻，王林发现，韩雨说话时眼睛一直盯在自己的脸上，仿佛在随时准备发现自己脸上的任何特殊的表情。

王林当然不会上当。他脸上平静如水，问韩雨道：“韩伯伯，何波没死而且就藏匿在西山，你是怎么知道的呢？哦我晓得了，你是小镇的党政一把手，西山又是你管的地盘，公安局不会不告诉你的。”

韩雨称心一笑，说：“你不仅老实本分，还很聪明！”

王林“嘿嘿”一笑说：“韩伯伯过奖了！”

韩雨突然严肃起来，几乎是在黑着脸说：“可是你今天却做了一件非常愚蠢的事！”韩雨说完这一句并未接着往下说，而是十分气愤地站起来在心神不安地在房间里走来走去。

这一突变，王林没想到，设计的台词又相去甚远，他只有随机应变了。

“韩伯伯，我做了什么蠢事呀？”他问。

韩雨说：“今天西山农家乐开业，你作为省里派来的西山开发的顾问，不和大家一起庆祝，却把韩小路那丫头带到山上去游山玩水，使公安局的人以为你是何波的儿子，妄图进山协助何波趁人多逃走。于是便动用警力来抓你和韩小路。没想到他们抓错了人，让你俩逃过一劫。哎！我说你和小路谈恋爱也不该选这个时候到那个地方去呀！你说这事做得蠢不蠢？”

这时，王林一颗悬着的心才落了下来。他估计，到目前为止，韩雨还没发现他们几个是老宅悬案的秘密侦查员。既然到了这个份儿上，何不乘机顺水推舟，抛开设计的台词，把守转为攻！

王林说：“嗯，这事的确考虑不周。但我们根本没想到这事会和何波联系起来。韩伯伯，何波真是老宅悬案的杀人凶手吗？”

“应该说是吧！要不然，公安局会派人抓他？”

“既然知道何波就藏在西山，那动用武警带上警犬上山去搜呗！巴掌大个山，还愁搜不出来？”

“你说得轻巧，当根灯草。抓人容易放人难哦！”

王林说：“我不懂。”

“你想呀，要是何波真是老宅案的杀人凶手，当年警方会放他？放了他，他又为啥不逃得远远的，竟然待在案发地等你去抓，瓜娃子还差不多！福尔摩斯侦探案里也恐怕找不到这样愚蠢的杀人凶手！”韩雨说。

“那你认为，何波不是老宅案的杀人凶手喽！”

韩雨摇摇头，说：“不是我认为，而是他不像。哎，说这些干什么哦？再说，这事也不是你我操心的事，还是说点正事吧。”

韩雨想了一下，笑着问：“王林呀！你和小路丫头相处得怎么样？我和他妈呀，就这么一个独生宝贝，真想让她有一个好的幸福的归属。上次吴奇中书记为你俩牵线，我就举双手赞成！”

听到这里，王林觉得设计的台词又回来了。

果然，韩雨问：“你们可以谈结婚的事了吧？如果行呢，我想你就和她把结婚证先领了。然后你就送她回学校去，让她一心一意地把书念完，拿到毕业文凭后再回来摆酒请客。宴请的一切费用我来出，摆它个几十桌，好好风光一下。她现在千万不要在西山待了。今天的事呀，把我和她妈都吓坏了。你刚才进屋也看见了，她妈还在哭呢！”

王林故意沮丧地说：“韩伯，我和小路的事恐怕不成。”

韩雨一惊，问：“为啥不成？”

“小路说，她有一个男朋友，都要准备结婚了，后来因男朋友要出国她又要实习，这事儿就往后推了。小路说他俩很相爱，她一直在等他。韩伯，你想我能当第三者夺人之爱吗？”

韩雨脸上的笑容倏地消失。他又黑着脸问：“她说她那个男朋友叫什么名字？”

王林挠着后脑勺，想了一阵才说：“好像叫什么——支的。对了，叫何支！是她的大学同学，高她一届。”

韩雨的心霎时“咯噔”一下，顿觉喘不过气来，脸色陡然变得惨白。

啊！这块一直隐藏在他心上的疮疤，今天终于被揭开了，顿时脓血渗出，绞痛不已。他身子一软坐了下去，两手抱脸把低着的头撑在桌子上。

好一会儿，韩雨才抬头问王林道：“你知道那何支是什么人吗？他就是何波的儿子，就是今天那队要抓的人！”

王林故作惊讶地说：“哇！难怪他们要抓我和韩小路，原来他们是把我当成何波的儿子何支了。”

韩雨说：“正是。因此，要何支做我的女婿，我坚决不同意！一千个一万个不同意！”

“就因为他是杀人嫌疑犯何波的儿子吗？”王林问。

韩雨说：“就算是吧！”

“可何波究竟是不是杀人凶手，不是还没有定论不是？就连你刚才也说不像嘛！也许是被冤枉的呢？再说，现在什么年代了，还搞株连不成？”王林说。

见韩雨用异样的目光看他，王林“嘿嘿”一笑，说：“我的意思是说，即使何波真的有问题或就是杀人犯，他是他，儿子是儿子，两者也不能相提并论。韩小路和他儿子相恋结婚，合理合法有什么不对？你为什么要反对呢？”

“因为，因为——”韩雨想说什么，话到嘴边又变了样。他说：“反正不行！你一定要帮我劝劝她，无论如何都要断了那份念想！赶快回学校去，这小镇不是她待的地方！”

“要是她既不断那份念想，也不回学校去呢？”王林问。

韩雨正要说什么，韩小路突然出现在房间门口，脸色很难看地对韩雨说：“你不要东管西管了，还是管管你自己吧！”

韩雨支吾地说：“我，我有什么好管的？”

韩小路对王林说：“刚才罗兵来电话要我俩赶快回去开会。你先走，我和爸说几句话就来。噢对了，还说要你去把吴平也叫上。哎算了，你快走吧！吴平等会儿我去叫她就是了。”

王林走后，韩小路问韩雨：“爸，你和妈才好几天，怎么又闹起离婚来了？妈身体不好又有病，你一个大男人家让她一点儿不行吗？”

韩雨说：“丫头，我和你妈的事你还是不管的好。我们两个的问题，不是一天两天了。俗话说，冰冻三尺非一日之寒！你懂不懂？好不了啦！”

韩小路说：“听妈说，你经常半夜三更给一个女人打电话，语气很暧昧。我问你，那个女人是不是李琼？”

韩雨不吱声。

“你上次说她突然病了，住医院了。可小镇和县里的所有医院并没有李琼这个病人。你到底把她藏到哪里去了？”韩小路严肃地问。

韩雨倏地站起来大声说：“你这是什么话？你认为你爸我在包二奶养情人？你这话要是传出去怎么得了？！”

“那你说，李琼到底去了哪里？我怎么不知道。”韩小路紧追不舍。

韩雨说：“她是县里任命的副镇长，她向县里请假休息一个月，还要向你报告吗？岂有此理！”

“一个月，这么说她要回来了？”

韩雨说：“她也许快回来了，也许不回来了。也许还不当这个副镇长去下海了。这你管得着吗？再说，脑袋长在她身上，脚生在她腿上，她什么时候回来，我咋知道？”

韩雨这种遮遮盖盖，东拉西扯，自相矛盾，漏洞百出的回答使韩小路十分生疑。联想到母亲刚才在客厅对她的述说，她感到此事非同小可。她忽然推翻了她自己曾经对李琼自醒自悟、幡然悔过的假设，重新对李琼的失踪作了新的推论。

“老韩咱俩结婚吧！我真受不了这不明不白，偷偷摸摸的日子。”李琼说。

“我没离婚怎么跟你结婚呢？”韩雨说。

“那你就和你老婆快离！”李琼说。

“她有重病在身，我一个书记兼镇长怎么好提出？再说，提出来也离不掉，一是她不会同意，二是法院也因为她得的是精神病而不会判。”韩雨说。

“那怎么办？我的肚子可在一天天地变大啊！总不能让我生一个野种吧？”李琼问。

“干脆这样，把你肚子里的小孩做掉吧！”韩雨说。

“不行！都快三个月了。再说在小镇做也不妥呀！那样会弄得满城风雨的。”

“于是，”韩小路说，“你们俩就商量出了一个欲盖弥彰的主意，让李琼请假回她老家处理肚子里的孩子。现在李琼身体恢复了，要亭亭玉立地回来了。所以，你迫不及待地又要与妈离婚了。你敢说，我说的不对？”

韩小路的一番假设，韩雨感到惊讶和好笑。惊讶她怎么对自己和李琼的感情纠葛知道得如此一清二楚；好笑她连自己都不知道的事情被她描绘得活灵活现。韩雨瞪着一双迷惑不解的眼睛问韩小路：“你到底是什么人，竟然如此跟踪我？你这样对待你的父亲，你还是不是我的女儿？”

韩小路一笑说：“你说呢？”

“我看你不是我的女儿，而是我的掘墓人！”说完，他就气冲冲地走了。

韩小路听着父亲远去的脚步声和猛地开门又猛力关门的碰撞声，心里一阵难受。她站在父亲的单人床前，望着床上那单人被子和单人枕头，不禁一阵心酸，眼睛渐渐湿润起来。

第七十七章 安岛之谜

“哈哈——”一阵悠长爽朗的女人欢笑声，把流光溢彩的农家乐震荡得摇来摇去！这声音从农家乐的上空向幽静的西山飘去，一直在夕阳西下的天边，伴着红红的晚霞在西山上空回荡。

在裘中表的“烧鸡公”农家乐的一间小饭厅里，罗兵等人边吃饭边聊天。当吴平和刘姐在描述和尚刑警抓她俩和押她俩到小镇派出所和邢队智斗的经历时，俩人笑得前仰后合，声音清脆洪亮得真有点淋漓尽致。

笑完后，吴平说：“我长这么大，还没有像今天这么高兴过。想起今天的事情实在是太刺激，太过瘾，太神奇了！你让我不笑也不行。”说完她又要想笑，被罗兵猛地一拍桌子制止了。

罗兵说："你还笑得出来？今天要不是侥幸，你的娄子可捅大了！"

吴平生气了，她也猛地一拍桌子，还以颜色，说："你发什么臭脾气？今天本姑娘为你们要好玩好，我和刘姐出生入死，受尽委屈和折磨，你不但不同情，好生关怀一下，还拍桌子训人！你，你算什么男人？你的心被狗吃了！"说着，委屈的泪水就潸然而下。

说男人是泥，女人是水一点儿不假。吴平这么坚强，连续四个多小时，戴着手铐，面对邢队的厉声训斥她连眼眶都不湿一下，却在罗兵一拍一训下哭了。为什么？因为罗兵是她心里最爱的人。

吴平一哭，王林的心痛了。他走上去，轻轻拍着她的肩膀，深情地说："吴平，别难过。你今天的表现可谓大无畏，特勇敢，特坚强，完全就是秋瑾的再现，甚至比秋瑾还秋瑾！我王林向你表示衷心的感谢！你是我心中永垂不朽的女英雄！"

他这一说把大家也说笑了。吴平也破涕为笑，说："我又没死，啥子永垂不朽吗？不过我还是高兴，因为还是有男人理解我，关心我。"说着便将头亲切地贴在王林的胸脯上，望着罗兵故意做出十分满足和幸福的模样。

罗兵和韩小路看了均很不自在，都把目光往别处扫。

这时，曾见进来说："刘姐，你老公叫你过去帮忙。他说他那里吃饭的客人很多，叫你快去照应一下。"

刘姐一丧脸说："我不去！这死鬼开农家乐，又帮警察开车，也不告诉我一声。我凭啥要去帮他？"

韩小路说："就凭你是他的老婆！去吧，刘姐。一日夫妻百日恩嘛！也许今天的事和他没关系，他也是受人之托！"

刘姐说："啥子没关系？关系得很！我和吴平就是他报的警。我怀疑，他才是帮何波逃走的人，可能露馅了，就找个垫背的，把脏水泼在小路和王林身上。"

韩小路说："要是真如你说，你更应该去帮他，劝他不要执迷不悟，和何波划清界限，并希望他规劝何波投案自首。"

刘姐站起来说："我听小路的，去就是了。"

刘姐刚走，张德亨穿着便服走了进来。曾见立即出去把门关上，在离门不远的地方走来走去。

张德亨坐下便说："下午的事，想必曾见已经给你们说了。也幸好上级处理得及时，否则会闹出大乱子。现在你们简要地说一下，最近尤其是今天你们侦查到的情况。不用过多分析和描述，言简意赅，把问题先摆出来。吴奇中书记通知我晚上还有个会，估计和今天的事情有关，我得很快赶回去。所以我必须知道一些情况。谁先说？"

王林说："我先说。今天下午，韩雨找我谈了话。除了个人问题外，他主动向我说了老宅凶案的事。说话中我发现，他在何波是老宅杀人凶手问题上和他过去写的证词截然相反。”

张德亨一惊，问：“嗬！是怎么相反的？”

王林说：“在他十年前向警方写的材料中，一口认定凶手就是何波。可今天，他竟然说不像。还说，哪有自己杀了人还不逃得远远的，反而藏在案发地等到被抓的凶手？瓜娃子差不多！他还说这样的凶手在福尔摩斯侦探案里恐怕也难找到。联想到今天在洞里——小路，你说吧！”

韩小路说：“首先感谢吴平和刘姐为我们在洞里与何波的接触争取了足够的时间。从与何波的求证来看，何波矢口否认他杀害我奶奶陈英，也否认他入奶奶家抢劫。但他承认曾经找过也威胁过奶奶交出他要的东西。在十年前老宅凶案上，他承认在案发当晚，他回过家，并企图用恐怖面具将两人吓走但否认他将两人掐死。当我问他谁能证明你没杀人时，他顿了好一阵才说没有。”

张德亨问：“所有问词都有录音吗？”

韩小路说：“有。要听吗？”

张德亨说：“不用！还有谁说？”

吴平说：“我在与邢队关于何波藏匿西山一事的问答时，江山多嘴说漏了一句话。”

张德亨问：“什么话？”

“当我说到，就按你们所说，我就是韩小路，刘姐就是王林。我们要帮助山里的何波逃走，直接上山好了，干吗还去‘软得多’农家乐时，江山突然说，因为他的农家乐的储藏室有通山的暗——他说到这里虽然被邢队打断了，但我猜测，他想说的可能是暗道。”

韩小路接着说：“如此看来他的确是何波的联络人。不过此人很有可能背离了何波，另投所好。”

罗兵说：“今天在洞中抢夺何波未遂，与我打斗的蒙面人，我总觉得有些蹊跷。这人似乎对我们的行踪非常了解，对溶洞也很熟悉。说现就现，说没就没。这和何波最后腾空而起突然消失有异曲同工之处。这人到底是谁呢？”

袁一锋说：“今天中午，一颗绿色的信号弹在西山上空出现，这让人匪夷所思。大白天谁能用信号弹联系呢？还有，我从农家乐吃完饭回老宅的时候，看见张静秋慌慌张张地提着裤子从卫生间出来。看见我，她又慌慌张张地进去了。”

讲到这里吴平“咯咯”地笑。

到此，在座的五个人都发了言，把今天所发现的疑点都说了出来。张德亨正要问还有什么时，吴平说：“我还有一件事，就是邢队在问我时，说韩雨的亲生女儿可能死了，现在这个韩小路是别的女人冒充的。”

她这话一出，在场的所有人，除了韩小路，都笑了起来。

张德亨问：“还有啥没有？”

韩小路最后说：“据我爸韩雨说，李琼请了一个月的病假，可能要回来了。”

张德亨说："还有没有？"

没人吭声。

张德亨说："好！时间有限，我还要赶回去开会，我就不说了。我走后，你们可以就这些问题做出你们自己对老宅凶杀案、黄金流失案和陈英被杀案（简称三案）的分析和判断，并做出下一步侦查的计划和走向。"

张德亨继续说："多种迹象表明，三案凶手已经渐渐浮出水面，破获三案为时不远了。按照一般的规律犯罪嫌疑人为了保护自己，可能要做最后的挣扎，也有可能像疯狗一样乱碰乱咬！你们一定要提高警惕，擦亮眼睛，辨明真伪，排除一切干扰，坚持正确的侦查走向，拿到犯罪嫌疑人的确凿证据。同时要防止不必要的牺牲，力争做到案破人在。最好做到不用一刀一枪，没有一切损失，就把犯罪嫌疑人抓获归案。辛苦各位了！"说完他就匆匆走了。

罗兵照例将张局送上车，又和张局小声说了几句，便转身回到了饭桌。罗兵脸上没有一点笑容，冷若冰霜。看得出来，他的压力非常之大。说实话，他作为秘密侦查小组组长，对三案的真凶至今还没有一个准确的目标，更谈不上拿到什么确凿的证据。然而张局却说，凶手已经浮出水面，三案的破获为时不远。

在刚才送张局上车时，他问张局凶手究竟是谁，但张局没说。张局还是重复上次上车时说的那句话："不管发生什么事，都要绝对相信韩小路！"这句泾渭分明又意味深长的话，到底在揭示什么真伪呢？他一直在想。

罗兵见大家纷纷放下碗筷，正准备收拾时，他说："不能放碗筷，即使吃饱了也要把碗端着，我们这顿饭还得继续吃，边吃边说。"

吴平说："气氛都被你破坏了，还说什么？你看你那张脸比张飞的脸还黑！"

罗兵抹了一下自己的脸，强打笑脸说："大家对张局方才那句三案凶手渐渐浮出水面的话有什么看法？"

大家沉默了大约两分钟，吴平说："我怎么没看见呢？要是凶手浮出水面，不掀起一丈高的巨浪才怪呢！"

罗兵责怪吴平道："你成熟一点儿好不好？说话总这么直来直去。"

吴平说："我都二十三岁了，你要好成熟哦？人家有些女的，十八岁有男人，二十岁当妈，二十三岁就成少妇了。"

袁一锋笑着说："那我今后不喊你吴小姐，改口喊你吴少妇得了。"

吴平说："你这死老头，叫你谈案子没精神，一说起女人，你就眉飞色舞起来，你真色到头了！"

袁一锋傻笑着摸了一下自己的秃顶。大家一见又开怀大笑。

别说，紧张的气氛被吴平这么一调竟然活跃起来，连罗兵的脸上也被袁一锋摸头的动作搞笑了。

罗兵说："袁局，你是老公安了，你先带个头，说说张局判断的意思。"

袁一锋说："还是让年轻人先说吧！免得我这老观念束缚了他们的思想。"

“我也觉得张局的判断似乎为时过早，吴平说的不无道理。”王林说。

吴平有点得意地问罗兵：“怎么样？还说我不成熟吗？”

韩小路说：“我认为张局的说法不十分准确。”吴平刚要乐。韩小路又说：“但他的判断是正确的。”

吴平不安逸了，说：“韩小路，你出尔反尔，一会儿不准确，一会儿又判断正确啥意思呀？”

“张局说三案凶手渐渐浮出水面是打了折扣的，要我说，三案凶手已经浮出水面。”韩小路说。

在座的人除了袁一锋都瞪着惊讶的大眼睛。

罗兵问：“何以见得？”

“你们谁看过《印地安岛之谜》这本小说？”韩小路问。

王林说：“我看过。”

罗兵也说：“看过。这是一本由英国作家克莉斯蒂于一九三九年创作的推理小说，民间俗称《十个小印第安人》。”

韩小路问：“袁局你呢，看过吗？”

袁一锋笑着摸摸自己的秃顶，说：“惭愧，没看过。”

吴平说：“不可能哦！在我的想象里，凡是警察特别是搞刑侦的警察都应该看过这本小说。比如我，不仅看过，我还有这本书。”

韩小路说：“嗬！看来老同学对这本书的内容是了如指掌喽？那你能不能给袁局讲讲这本书写的是怎样一个故事呢？”

吴平说：“讲书，小菜一碟。”她把碗筷放下，“咳咳”两声便煞有其事地讲道：“一天早晨——哎，我只讲大概哈！一天早晨，小说的主人公布伦特小姐喝下一杯饮料后，忽然觉得脖子上像被蜂子蜇了一下，便坐在沙发上像根木头，脸色发紫，眼睛大睁，眼球突出，那景象使所有人都感到毛骨悚然——怎么啦？布伦特死了！”

袁一锋问：“怎么死的？”

吴平道：“笨老头儿，动动脑子好不好？她是被人注射了一针毒药而死的！”

韩小路说：“是的。就在那天早餐时，小说的另一主人公沃格瑞夫利用给布伦特小姐倒咖啡的机会，将一剂水合氯醛放入她的杯中。当布伦特饮后神志不清时，凶手乘机将一剂强氰化物注进她的身体而致其身亡。”

袁一锋问：“没有了？还有，接着沃格瑞夫决定自己假装被人枪杀毙命呢？”

韩小路说：“那与本案无关。哎，袁局，你在考我们呢？”

吴平骂道：“死老头，诡计多端，可恶可恨！”

袁一锋笑着说：“打是亲，骂是爱！被吴少妇骂，心里痒痒的！”

吴平顺手抓起桌上一双筷子轻轻地打在袁一锋的秃顶上，说：“看你还痒不痒！”

大家正笑着，曾见突然进来大声说：“不好！邢队的车来了。小路，王林你俩跟我来！”

第七十八章 耸人阵仗

天已经黑了，天上只有几颗稀疏的星星在闪烁，半大不大的月亮钻进厚厚的云层里老半天不出来。大地一片黑，西山一片黑，只有山下的几家农家乐还灯火辉煌，仍沉浸在白天庆典的氛围中。只是没有了白天的喧嚣，呈现出一幅安静和祥和的景象。

可惜这安静与祥和在毫无预料中突然被邢队警车的惊叫声打破了！

正在各个农家乐的棋牌室和卡拉 OK 厅娱乐，在餐桌上喝酒吃饭的人们，被警笛声吓得魂飞胆战，惶恐不安。少许胆大的男女，若无其事或惊讶好奇地从屋子里跑出来想看个究竟。多数胆小的只有一声不吭地坐在原地像被钉子钉住一样一动不动，静等着事态的发展。

幸好，警车停在老宅门口就悄无声息了。在各位业主老板的力劝下不少顾客又重回原处，该修“长城”的继续修，该卡拉 OK 的继续 OK，还没喝安逸酒吃安逸饭的继续喝接着吃。只有少数胆小的男女，尤其是老年人便向老板结了账付了钱，生怕发生不测，悄悄地毫无惊动地离开了。他们有的开车，有的骑车，有的走路，十分谨慎。

谁知道这些客人，第一天就遭到这么惊吓，下一次他们还能不能再来西山眷顾？从这一点说，邢队，你干了一件缺德事！

你可知道，西山农家乐的业主们，从投标、中标、租地、投资、建设到验收合格等，到开业容易吗？你可知道他们花了多少钱做了多少付出吗？好不容易迎来了第一批客人，却被你邢队这么一搅，给搅黄了！你的心过意得去吗？

可邢队也颇感无奈，他是在执行公务啊！

“烧鸡公”老板裘中表在送走罗兵他们走后，回来一看，客人们都走了。原订的几个卡拉 OK 包间也全退了。他在心里抱怨说：“政府啊，你要抓嫖抓赌，你就悄悄地抓吧！干吗把那警车的警笛声开得那么大那么吓人呢？”

在老宅，还没等罗兵他们坐定，邢队就带着两名刑警冲了进来：“都不许动，警察执行公务！”

这阵仗的确吓人。

在老宅看屋没经过这场面的张静秋被吓得全身颤抖，把刚才吴平递给她手里的一盒饭菜掉在地上撒了一地。见她这样子，袁一锋才明白，下午他回来时，她为啥慌慌张张地提着裤子从卫生间出来又进去的原因。

除了张静秋，其他几人且是你邢队能吓到的？面对黑洞洞的枪口，罗兵他们该做啥的做啥，根本不把他当回事。

罗兵脱去外套，拿杯子冲了杯茶，坐在办公椅上吹着杯子里漂浮的茶叶。

袁一锋用手挠了两下自己的秃顶，然后从上衣口袋里抽出一支雪茄叼在嘴上，又从裤袋里摸出打火机“啪啪”两声打燃火机将雪茄点着，猛吸一口，从鼻孔里喷出浓浓的烟雾，然后就泰然自若地“吧嗒吧嗒”起来。

坐在袁一锋身边的吴平吸了袁一锋喷出的浓烟，一边咳嗽一边用手扑打着烟雾，一边说：“色老头子，你的啥子烟哦，这么呛人，想迷倒本姑娘图谋不轨是不是？”

袁一锋说：“只要吴少妇愿意，本老头求之不得。”

吴平给他一绣拳大声说：“癞蛤蟆想吃天鹅肉，做梦吧你！”

邢队在屋子里走了几圈回来问：“还有两人呢？”没人回应。

邢队大声说：“怎么不回答？”

袁一锋说：“猪有名，狗有姓，何况我们是人呢！”

邢队说：“袁局呢，你退休了就好好地在家待着吧！跑到这里来凑什么热闹哦？”

袁一锋笑着说：“没事干总得找点儿事干吧！你不也是吗？”

邢队拿他无奈，转脸问罗兵：“罗镇长，韩小路和王林呢？”

罗兵不吱声，用目光瞟了眼还举着枪的刑警。邢队对俩刑警大声说：“不晓得手软呀？放下！”

刑警放下枪后，邢队说：“这下可以说了吧？”

罗兵问：“说什么？”

“韩小路和王林在哪里？”邢队问。

“上午不是被你们抓去了吗？”罗兵说。

“上午抓错了，你又不是不知道。后来你和他俩都去了派出所，看在吴、韩二位书记的面子上当场才没抓他俩！”

罗兵说：“那这怪谁呢？送上门来你不但不抓，反而把他俩放了。现在人不见了，我没找你要人就不错了，你还来找我要人？”

其中一个刑警说罗兵：“你个火箭干部，没说你包庇窝藏犯罪嫌疑人就算宽容你了，你还嘴硬？”

长时间和邢队交锋过的吴平，走到邢队面前阴阳怪气地说：“老所长噢邢队长，今天下午三点过，我好像记得我爸，不！县委副书记兼县政法委书记吴奇中同志，当着那么多人的面也当着你说过，韩小路不图报酬地为西山开发工作，感谢还来不及呢！抓她不是无稽之谈吗？这话还没过夜，邢队长就忘啦？”

邢队说：“那是吴书记为了安定当时的局面，使出的权宜之计。再说，新的情况又出现了，吴书记又不得不下令立即刑拘韩小路和王林。”他边说边掏出两张刑事拘留证放在罗兵坐的桌子上。

吴平说：“嗬！这么快又发现新情况！我倒要问问老领导，你说的新情况是什么呢？”

邢队用不屑的口气问：“你想听吗？”

吴平怪声说：“哎哟！都到抓人的时候了，还有什么秘密可言吗？”

原来，在今晚吴奇中召开的有公安局局长张德亨，刑警队长邢队，小镇党政一把手韩雨，以及新任命的小镇副镇长兰仝等参加的紧急沟通会上，吴奇中首先对今天邢队误抓人乱抓人造成不安定一事作了自我批评，并希望大家忘记这件事，顾全大局维护小镇和A县安定团结的大好局面。

这时，兰仝突然发言说：“吴书记，有件事不解决可能难以安定。”

吴奇中问：“什么事？”

兰仝说：“现在镇上有不少群众议论，说十年前老宅杀人案的凶手何波没死，被有权有势的人保护起来了；还说韩老太家藏有不少来自何波家的黄金，何波为了夺回其黄金才入室抢劫杀害韩老太的；更严重的是，说现在的韩小路不是韩镇长的女儿，是何波当年丢失的女儿通过整容伪装的。韩镇长真正的女儿韩小路已经在几个月前她忽然失踪时已被何波或何波的女儿给杀害了，还说这事韩镇长夫人最清楚。从此，假韩小路就以韩镇长女儿韩小路的身份，伙同化名为王林的何波之子何支，打入西山开发办秘密地与何波接触，并编出很多荒诞不经的故事来蒙骗大家。连罗兵和袁一锋也被骗得团团转。”

张德亨立即否定，说：“不可能！据小镇派出所讲，韩小路是北大高才生，回乡实习有学校的真实证件；王林是省旅游局特派来的技术顾问，也有真实介绍信为证。”

兰仝说：“群众也没否认第一个韩小路是真的，肯定的是第二个即现在这个韩小路是假的。弄不好真的韩小路就是她所杀，被取而代之。”

吴奇中问邢队：“你在侦查韩老太陈英案，你认为韩小路是真的还是假的？”

“韩小路肯定是真的，”邢队说，“至于她是不是老韩——”

“老韩，现在当着这些人，特别是公安局局长的面，你必须如实说。现在这个韩小路是不是你的亲生女儿？你要不如实说，麻烦可就大了。”吴奇中打断说。

吴奇中这一问一说，让韩雨犯难了，陷入了进退维谷的境地。说是亲生的吧，这明明就在说谎。

自把丫头捡回来那天起，吴奇中两口子就一直在为她保密。韩小路不是自己亲生的，吴奇中了如指掌。说不是亲生的吧，弄不好他和老婆信香一生倾注的心血，顷刻间就会化为乌有。鸡飞蛋打一场空，老死床头女无踪。

一想到那悲惨的场景竟使他不寒而栗。想来想去，他决定孤注一掷，就认了这个亲生女儿。韩雨鼓足勇气说："她是我——"可他刚一开头，又欲言而止，把要说的话给收回去了。

韩雨两口子也是，早对失踪回来后的韩小路就心存疑虑。

首先是老婆信香，疯疯癫癫就不认这个韩小路是她的女儿，逢人便说她的韩小路已经死了。然后是他自己，总觉得失踪回来的韩小路和以前的韩小路判若两人。过去的韩小路只要一回来，对父母那亲热劲没法描述。不说别的，就常嗲声嗲气地爸爸来妈妈去就喊得让人心醉。可失踪回来后的韩小路就再也没有这么嗲了。

不仅如此，还处处对父亲韩雨抱有戒心。曾多次对父亲目无尊长，不听父亲归劝回学校完成学业，甚至跟踪他的行动，揭露他的隐私。

不可思议的是，她与杀人嫌疑犯何波有不清不楚的接触，反而怪父亲执迷不悟，充当何波的保护伞。

更可恼的是，今天下午在他的房间里，竟毫无亲情地将李琼和他的关系揭露得彻头彻尾，让他最终觉得她不是自己的女儿，倒是自己的掘墓人！

此刻又听兰仝这么一说，更加重了他的疑心。

如果真如兰仝所说，现在的韩小路不就真成了自己的掘墓人吗！

想到这些，韩雨认为，与其让她将自己送上不归路，还不如将错就错，趁早弃了她。如果她真是自己所养的韩小路，也让她得到一定的教训，更让她明白与人斗，尤其与父斗的严重后果。

"老韩，韩镇长，韩书记，你说话呀！"

吴奇中见他低头沉思不语，便催促道："你总是在十分重大的是非面前犹豫不决，前怕狼后怕虎，不敢面对现实，不敢实事求是，可不是一个领导干部的风格和气度啊！"

韩雨猛地抬起头，囫囵地说："韩小路的确不是我的亲生女儿！"

"什么！韩小路不是韩雨的亲生女儿？"吴平听了邢队的讲述后大吃一惊说："不可能！你用不着仔细看，韩小路长得与韩雨一模一样。简直像一个模子倒出来似的，怎么会不是他的亲生女儿？"

邢队说："我当初也这么认为，可是韩雨都承认了，吴书记也肯定了，现在这个韩小路是个冒牌货，她是何波的亲生女儿；王林也是冒牌货，他是何波的亲生儿子。这俩兄妹都是何波亲生的！"

袁一锋说："唉你别说，王林和韩小路还长得真像一对亲兄妹。"

吴平又吃一惊："啊！他俩是亲兄妹？他俩是恋人都要结婚了呀。哇，要是他俩……天呀！这怎么得了哟！”她急得双脚直跳。

邢队说：“现在你们相信了吧？还不快说，他俩在哪儿？吴书记等着要人呢！”

罗兵说：“他俩的脚又没长在我的腿上。再说了，他俩下午被韩书记叫走后，压根儿就没回来过。”

吴平说：“是呀是呀，就是没回来过。”

邢队略一思忖，对俩刑警说：“撤！”

邢队走后，罗兵出门去转了一圈，回来对袁一锋和吴平说：“我们继续研究案情吧！”

吴平说：“研究个屁呀！等你研究完，何波都被韩小路弄跑了。哼！不是我吹，自打韩小路失踪回来后，我就怀疑她是假的。可你们不信，尤其是你罗兵，几句中国小镇亚森罗宾的奉承话就被冲昏了头脑，处处相信她，把她奉若神明。结果怎么样？我真后悔为她戴了半天多的手铐！”

罗兵说：“真正昏了头的是你！我给你说过多次，你不相信她，应该相信公安部！”

吴平生气了，说：“你到现在还在为她说话？我真怀疑你爱上了她！”

罗兵也赌气地说：“爱上她又怎样？”

吴平急得跺脚，烂着脸说：“袁局你听，他真的爱上她了！”

袁一锋说：“吴少妇不急，罗镇长是逗你玩儿的。”

吴平用手揪着袁一锋的耳朵说：“你再这么少妇、少妇地喊我，我把你的耳朵扭下来喂狗！”

袁一锋说：“是你自己说的嘛！怎么怪我？”

第七十九章
百发百中

曾见将韩小路和王林带到“软得多”农家乐和刘姐嘀咕几句。刘姐便将她二人领到储藏室，刘姐迅速搬开箱呀包的，用钥匙打开一个壁柜，出现一个黑咕隆咚的洞。刘姐用很快的动作将她二人推进洞里，然后又锁上壁柜，物归原处。

溶洞里，韩小路提着小小保险箱，小心翼翼地跟在打着手电筒照路的王林后面。

这段地下通道，要不是刘姐，韩小路还不知这农家乐的储藏室后面有这么一个通溶洞的暗道。这时她才想起，几个月前那个草帽人就在这里消失的奥秘。这个奥秘的解开，使她对十年前老宅凶案的发生和她在老宅坐守侦查时所遭遇的奇事怪事有了进一步确切的了解。于是她断定这地下通道不仅通向山顶，而且通向老宅。

王林手电筒里的电池，由于上午用了不少，手电筒的光越来越弱，越来越黄，给人一种随时都有熄灭的可能。

韩小路说："把手电筒关了吧，留点儿电急时好用。"没有了手电筒光，洞里就一片漆黑。他俩就互相搀扶着，跌跌撞撞地向洞的深处走去。

在王林的生活中，除了上午上山时背了韩小路一段路程外，还没有像此时这么近距离，两人手挽着手，身子摩擦着身子走过。虽然伸手不见五指，但两人都似乎看到对方羞涩绯红的脸和因激动而剧烈起伏的胸脯。要不是他俩重任在身，他俩完全可以借这黑暗和寂静之机，不顾一切来弥补他俩过去爱到深处的错失。

不管如何，两情相悦岂在对错双方！？

也不知走了多少路程，也不知到了什么地方，突然传来男人和女人隐隐约约的对骂声。

男的问："你为什么几次来杀我？你把脸上的布撕下来让我看看，你究竟是何方神圣？"

女的说："我不杀你，我心不平，气不顺！这么多年，你把我和他害得好惨！简直到了生不如死的地步。"

男的问："你我人都不认识，我害你什么哪？"

女的说："我和他真心相爱，好不容易肚子里有了他的孩子，看到了他离婚和我结婚的希望。可你，竟然强暴我！"话毕，又传来"哐啷哐啷"的打斗声。

韩小路说："听那女的说话声，好像是李琼，对，就是她！"

王林说："我们赶过去看看吧？"

"别急，再听听那男的说什么，再判断男的是谁！"韩小路说。

打斗了一阵，声音又停止了。

男的说："原来你是李琼？好一个美女镇长！"

何波说："那天晚上，我是跟踪韩雨到了你宾馆的套房。当时我就藏在房间的橱柜里。目睹你和韩雨在床上乱搞的情景。于是我就装神弄鬼，先大声敲门，后又小声敲门，目的是想把韩雨吓走我来上。"

"韩雨果然上当。"何波继续说，"但他没走，被你把他藏进了卫生间。这就给我提供了搞你的机会。"

何波说到这里，顿了一下又说："现在即使你把我杀了，不但挽回不了你肚子里的孩子，而且你还会因杀人而被抓。结果，副镇长当不成不说，就是不被枪毙也将饱受牢狱之苦。”

李琼说：“你现在威胁不了我！为了杀你我已经做了充分的思想准备。我递交了辞职书！现在我一个人无牵无挂，为了报仇雪恨，我豁出去了！何波你去死吧！哇——”随着李琼一声嘶叫，洞那边又厮杀起来。

韩小路说：“果真是何波。走，快过去制止！”

何波和李琼打了一阵，忽听“啊”的一声惨叫，啥声息也没了。

韩小路和王林凭着微弱的手电筒光，跑过去一看，原来这里正是何波居住的地下室。那熟悉的墙角还在摇曳着悠悠的烛光。再一细看，李琼躺在地上一动不动，蒙面的黑袜已经破裂，露出一张惨白的脸。她的手里还握着一把锋利的尖刀。

原来那天晚上，韩雨正要打120要救护车时被醒来的李琼制止了。她对韩雨说，“不能打120，此事一旦传出去，你和我就全毁了！”当时，李琼的下身还在不断淌血，脸色也变得惨白。

韩雨一边咒骂何波禽兽不如，一边问李琼咋办？

李琼心知肚明，下身流血是肚里不到三个月的孩子被何波搞掉了！流血是自然的。但她没把此事告诉韩雨，只是说：“你快回去吧！我自己的事我自己晓得处理。”

韩雨还不走，她便将那“迷你”牌化妆盒塞在他手里，硬把他推出门去。

韩雨走后，她简单收拾一下便立即去了一个小诊所进行了清宫。第二天早晨，她给韩雨打电话说，她因病住院了。

又过一天，她又给韩雨说，她已向县委组织部提交了辞职书，回老家养病去了，还叮嘱韩雨要保重自己，好好待自己的老婆，从心里彻底把她忘掉。

从此她杳无音信。

韩小路用手背往李琼嘴上一放，说：“还有气，赶快救人！”说着，韩小路打开小小保险箱，取出一个小瓶子，扭开瓶盖，倒出两颗白色药片塞进李琼嘴里，又取出矿泉水倒进她嘴里。然后两人一起将李琼抬起来平放在韩小路曾经被绑过的床铺上。

两人做完这一切，直起腰抬起头来时，发现两个黑洞洞的枪口正对着他俩的脑门。何波凶神恶煞地说：“现在该我对你俩说，不许动，再动我就崩了你！”

这始料不及的险情使两手空空的韩小路和王林均感到措手不及。两人只好视意假装束手就擒，借以拖延时间，寻找反击的机会。

韩小路说：“何波，你别乱来呀！你好好看看，你枪口指着的是谁？”

何波说：“还是谁？是一而再，再而三想抓我杀我的仇人！”

韩小路说：“你错了！我们不仅不是你的仇人，这位小伙子还是你的儿子！”

何波一惊，枪口明显晃了一下。

何波说：“你这个诡计多端的女人，又在耍花招骗我！”

王林憋了很久，终于喊道：“爸，我真的是你儿子何支呀！”

他本不想认这个禽兽不如、作恶多端的何波为父亲的。但此刻，为了破获老宅悬案，不辜负公安领导和组织对自己的信任，他不得不这么叫。这也许是他有生以来第一次喊何波为爸。

何波一听，手里的两支枪口同时在晃动。

但刚一瞬间，他便“哈哈”大笑起来，说：“你俩又在骗我！你以为我还会信吗？既然你们认为我杀了人，那我就再杀两个！”说着，他又把两支枪口旋即对准韩小路和王林的额头，两只手指在慢慢扣动着扳机。

忽然“叭叭”两声枪响！

当韩小路和王林甩甩头，回过神来时，眼前没有了何波。只见地上摆着两支手枪和两摊血迹。

二人正迷惑时，曾见举着冒烟的手枪跑过来问：“你俩没事吧？”

韩小路说：“没事。曾见，你真是神枪手啊！”

曾见说：“快走吧！这里很危险。”

他们三人正要走时，前面洞穴里传来何波的嘶喊声：“你们走不了了！这洞里埋有上百斤炸药，只要你们向前跨动三步，我就启动爆炸装置，大不了咱们同归于尽！但我何波一命换三命，阎王也会夸奖我！”

只听声音不见人，这对狙击手曾见来说并不为难。要毙他，只要向声音传出的方向射击，他便一枪毙命。问题是，如果何波说的是真，这样的后果不堪设想。

曾见悄悄问韩小路：“现在怎么办？”

第八十章 攻心为上

曾见的问，让韩小路哑然。

韩小路是个年轻涉世未深的大学生，对刑侦学虽然学过也是一知半解，更没有经历过刑侦上的惊涛骇浪。

当初公安部有关部门派她执行此项任务，一方面是从她的特殊身份出发，让她协助罗兵破案；另一方面也是看出她是一个刑侦上的好苗子，让她在实践中去摸爬滚打一番。如果不错，待她大学毕业后就留在北京，吸收进公安部。

没曾想，她却在实践中，以惊人的事迹赢得了大家的赞许和信任，无形中充当了挑大梁的角色。

但目前出现的这险境，还真让她难以回答曾见的提问。

此刻，她几乎用全部的记忆来迅速搜索她学过的刑侦知识和看过的有关侦探方面的书。如福尔摩斯侦探集，英国阿瑟·柯南道尔的《博斯科姆比溪谷秘案》以及日本的推理小说《奇怪的被告》《死人的来信》《和善的诈骗犯》等。

这些小说的经典情节像电影的蒙太奇似的从她脑海里掠过。她还回忆，她到过的所有名胜古迹，看到过的记忆深刻的诗词古画。

忽然，韩小路想起，她曾经在成都参观武侯祠时见过的一副对联，什么“论攻心则反侧自消，自古知兵非好战；不审势即宽严皆误……”

她立刻灵机一动，“对，就这么办！”于是，她小声对曾见和王林说：“用攻心，说服他！”

她大胆地叫曾见把枪收了，对声音传来的方向说：“何波，你好好听着。我们是警察，但我们不是来杀你。要杀你，不说今天我身边的神枪手只打你拿枪的手，没打你的头，就凭我几次和你接触你也活不到今天。”

何波稍顿也说：“我也不是存心要杀你，要杀你，你一个小女子即使是公安也活不到现在。此刻我之所以这么做，完全是被你们逼的！”

“我们不是逼你，是救你！”韩小路说：“我们知道你也许有很多委屈，甚至可能是被诬陷。但是这委屈和诬陷只有你自己才能说清楚。我们没毙你也没抓你，就是想给你一次机会，让你自己救自己。你说你没罪，这也不符合事实。就上次我不是给你说了吗？别的不说，就凭你对我的强行奸污就可以让你坐上——”

“我发誓，”何波接口说，“我没有侵犯你，不信你去检查，你仍然是一个完好的女人身。我也不能袭取如此善良而美丽的女人。再说，看到你那模样，我就想起我不该丢弃的女儿。”

王林听到这里，心里又是惊又是喜。惊的是父亲果然有个女儿，喜的是他最终没对小路下毒手，证明他的良心并未完全泯灭。

韩小路说：“你不仅有女儿，你还有个非常优秀的儿子！他大学毕业，参加了工作，还有了自己的恋人，他现在就站在你的面前。你睁大眼睛仔细看看吧！”

“上次你把他男扮女装冒充我的女儿，这次你又让他冒充我的儿子，我不会相信的！”何波说。

“可他真是你的儿子，你没发现他和你长得很像吗？”韩小路说。

“你以为我不知道？”何波说，“这个小伙子不叫何支叫王林。现在看来他也是公安。说心里话，我倒很想见见我的儿子何支。我要对他说，是爸对不起他，让他一出生就失去母亲。爸我又不像爸，丢弃了儿子又不要他，让他跟着别人长大。我从没尽到过父亲的责任，也没给他留下任何财产。想到这些，儿子呀，女儿呀！爸心如刀绞，血流不止呀！爸拼命活下来，就是想找回你爷爷留下的重要财产，我要把它亲手交给你和你的亲妹妹，以补偿爸对你兄妹无比的亏欠！”

王林听到这里感动了。他面向声音传来的方向大声说：“爸，我真是你儿子何支呀！不信你看！”

他从小小保险箱里取出那个粉红色的木盒，双手捧着它举过头，说：“这是你在老庙要死的那天晚上，姨妈带我来看你的时候，你托老和尚转交给我的祖传遗物并再三嘱咐，不到我结婚进洞房那一刻不能打开。这么多年，我一直严格遵守你的嘱咐，就是当着我要结婚的女朋友也没打开过。今天，为了验证我是不是你的儿子，我就当着你的面把它打开，让你看个明白，相信我是你的儿子吧！”

这时，因昏迷躺在床上的李琼，头动了动，慢慢睁开了双眼。她恍惚地看了一下眼前的三个人，最后把目光落在王林举着的木盒上。

王林将木盒放在地上，正要打开，被何波一声不能打开制止了。

何波说：“开不得呀儿子，不遵祖训，提前打开木盒，要大祸临头，惨遭血光之灾呀！想当年，你祖父提前打开木盒，害得家破人亡；你爷爷提前打开木盒，他的大儿子我的哥哥摔死在西山巨石下，尸骨被狼啃，最后自己也因作恶多端，罪大恶极被政府枪决。再说你爸我，也不遵祖训，胆大妄为，提前打开木盒，结果，老婆早死，女儿被遗弃，自己也漂泊流浪，最后还背个杀人凶手的罪名，有家不能归，有子不能认。本想装死换来超生，变成另一个人活在世上，上天也不答应，最终还是被公安发现跟踪至此。儿子呀，难道我何家的命就这么悲惨吗？难道真如传说，何家之所以惨败落魄，完全是你高祖何厝当年不仁不义，狼子野心，霸占奢侈老宅造成的恶果吗？”

韩小路说：“你说的这些事，纯属是巧合。应该说与提前打开那粉红色木盒毫无干系。你们何家之所以三代不但不兴不振还一落千丈，完全是你们三代的良心丧失，人品不端，长期从恶所造成。只是应了那句善有善报，恶有恶报的俗话罢了！”

“爸，小路说得对。你赶快弃恶从善吧！亡羊补牢还来得及。你有冤屈可以向政府倾诉，政府会理解和宽容你的。”王林说。

“来不及了儿子，不说我是老宅的杀人凶手，就凭我畏罪装死潜逃，私藏枪支弹药，埋藏爆炸品，制造恐怖事端，危及社会老百姓的生命财产安全，就足以被判杀头，判杀十次八次人们也不觉可惜。现在我想好了，与其在刑场上我一个人死，不如在这洞里同大家一起死！”说着，何波又开始激动起来。

韩小路说：“你千万不可冲动。冲动是魔鬼，害人害己害家庭害子女！你只要你放下手中的爆炸装置，好好地与我们合作，撤除你埋藏的所有爆炸品，向政府投案自首，政府一定会宽大处理你的。出来吧何波！机会就在你的眼前。机不可失，时不再来啊！”说着，韩小路他们三人就慢慢地向前移动。

韩小路推测，何波的话未必真实。上百斤炸药是什么概念？他何波既然说自己没有杀人，又何必冒这么大的风险来自己毁自己。再者，自己既然决心顽抗而死，为何又委托她找自己遗弃的女儿？

但她又推测，何波也许真的是自暴自弃了。既然你说我杀了人，那我就真的杀人给你看。反正都是死，不如拖几个人一起死。所以他真的在西山埋藏了不少炸药，其目的是借以壮自己的胆，从而保护自己，如果受到威胁，在万不得已的时候来个惊天动地，那自己粉身碎骨也心安理得。

现在也许就真的到了万不得已的时候。于是韩小路采取声东击西的办法，一边继续大声规劝，一边悄悄接近何波，来个迅雷不及掩耳之势夺下何波手中的爆炸装置，顺势将何波抓获。

“站住！你们再往前走一步，我就摁了！”何波大声吼着。随着这吼声，何波便从洞穴里走了出来。

“啊！”韩小路三人一看都惊讶了。

何波凶神恶煞，眼睛里冒着血光，全身都挂满了爆炸品。被曾见击中的双手还在滴着鲜红的血。血手紧紧抓住爆炸装置，手指紧贴在按键上。

韩小路三人立即停止前进，三双眼睛紧紧盯在何波的手指上。

此刻，整个溶洞的空气凝固了，一切响动戛然而止，只听见爆炸装置因仪表指针的走动而发出的“嘀嗒嘀嗒”声。

第八十一章
信香死亡

再说邢队带领两名刑警立即赶往韩雨家。敲开门，见信香衣衫不整，头发蓬乱，眼角还挂着泪水。昏黄的灯光下，她那脸像一张揉皱的草纸，显得灰黄而苍老。

邢队是认识信香的，但没想到几年不见，她变得如此之快，晃眼一看，仿佛是韩雨的母亲而不是他的老婆。

信香对邢队也并非不认识，只是几年不见，这小子变得抖起来了。想当年他在小镇当派出所所长时，还常来韩雨家喝酒，一个劲儿地夸赞信香炒的花生米和回锅肉堪称世界第一。

见着小姑娘韩小路，他也说她长得跟韩镇长一模一样，像是一个模子倒出来似的。还经常嫂子长嫂子短的喊得嘴甜。可今天这阵仗却大相径庭，先是大声敲门，后是进门不喊人，然后又虎起一张脸东盯西看。当他看到餐桌上那未动的一桌饭菜时，他才问信香这一桌饭菜怎么没人吃？

下午，韩雨气冲冲地走后，信香来到韩雨房间，见女儿韩小路趴在韩雨的单人床上抽泣，心里也十分难受。

想起女儿为她和韩雨的婚姻不至破裂，的确也操了不少心。想方设法，苦口婆心，规劝过几次，最终还是落得如此下场。她把韩小路从床上扶起来，见她满脸是泪，心里又一酸，便抱着女儿也大哭起来。

哭了一阵子，韩小路抽出纸巾将母亲的泪擦去，也把挂在自己脸上的泪擦干，两人便坐在床沿上说起话来。

韩小路问："妈，给女儿说句实话，你还爱他吗？"

信香反问："谁？"

韩小路一笑，说："当然是爸喽，难道还有别人？"

信香顿了一下，像是鼓足勇气似的说："说句心里话，我从来就没爱过韩雨。当年我真正喜欢的人是你吴叔吴奇中。"

韩小路一听，吃惊不小，问："妈，咋这样说？这究竟是怎么一回事喔？"

事到如此，有些话信香也不得不说了。于是她便把她从小到大，怎么喜欢吴奇中，又为啥和韩雨结婚的事一五一十地说了一遍。

她还破天荒地告诉女儿一件事。

信香说："我十七岁那年，下乡插队到农村，由于体弱经常生病。那是一天下大雨的晚上，我患重感冒发烧，烧到四十度。我一个人躺在农村一茅草房里的床上昏迷不醒。不知是心灵感应还是咋的，当时已经结婚，在小镇卫生所当赤脚医生的吴奇中，背着药箱，冒着瓢泼大雨，赶了将近二十里地来到茅屋，给我打针吃药救了我的命。那天晚上，我硬是没让他走。"

韩小路问："那天晚上，你没让他走？"

信香羞涩地点点头，说："就那一次，使我感到从未有过的幸福和快乐。和韩雨结婚后，我才感到和自己不爱的人生活在一起是多么的痛苦和难受。但我还是认了。女人嘛！嫁鸡随鸡，嫁狗随狗。不久我的心也渐渐随他了。但他不随我！常在外面拈花惹草，最后竟然和何波的老婆鬼混在一起。"

韩小路说："那就离婚呗！"

信香又顿了一下，说："当时我是提出过离婚，但他死活不离，跪在我面前诅咒发誓和那女人断，我的心就软了。再说，出这事也不能全怪他。"

韩小路问："不怪他怪谁？"

信香说："也怪我。"

韩小路又一惊，眼睛瞪得硕大。

“你想呀，男人娶老婆图个啥？”信香说，“不就是给他生儿育女传宗接代吗？可我都快三十岁了，一直没有身孕。跑遍了所有医院，中西药加偏方吃了几大筐，肚子还是鼓不起来。”

韩小路说：“难怪我小你快三十岁，原来你三十多岁才生的我。”

信香苦笑道：“我心想呀，有了你这么一个女儿后，他就会收心了，再也不会出去找女人了。谁知不久，又一个他心仪的女人李琼出现了！”

韩小路忽然说：“妈，你勇敢一点，和爸离婚吧！没有爱情的婚姻是不幸福的，也是极其痛苦的。与其在痛苦中饱受折磨，不如狠下决心，摆脱痛苦，获取新生！”

见信香陷入沉默，她又说：“妈，实话给你说，像她这么年轻漂亮又能干的女人，就是十个正经男人见了，九个也要动心的。何况是有前科的韩雨！再说，你知道李琼这段时间去了哪里吗？”

信香迷惑地摇着头。

“她是去打——”韩小路话到嘴边又改口说，“妈，和爸离吧！离了，女儿我在你身边陪你一辈子！”

信香欣慰地一笑，问：“你真能陪妈一辈子？”

韩小路干脆地说：“能，一定能！”

“永远也不离开？”

“永远，永远！”韩小路庄严地说。

信香提着一颗悬吊吊的心问：“要是你不是我的亲生女儿你也能？”

韩小路爽口说：“不是我也要陪你，养你一辈子！哪怕到你老了走不动了，甚至瘫痪在床上，我也绝不会离开你！我要让你下半生过得幸幸福福，无牵无挂！”

信香一听，大大松了口气，说：“你等等，妈给你一样东西。”

说着她就走向自己的房间，打开柜子，从里面取出一个小铁箱，打开那箱，两根黄灿灿的金条出现在眼前。她凝视着金条，耳畔交替响起以下人的说话声。

韩雨：“老婆子，你把那两条黄金也拿出来，我们也去县城买一套比吴奇中那样的别墅更大更好的房子，让他也看看，我韩雨也不是穷光蛋！”

吴奇中：“韩雨要问起，你就说这东西你丢了。他再问，你就说几年前为了你能当上镇长，这东西送给吴奇中了。你这样说，他一百个相信。”

信香：“可我没送给你黄金呀！再说这是行贿受贿行为，你干吗要抓屎糊脸呢？”

吴奇中：“香妹子，看在你我早年相好的分上，帮帮我吧！否则要是今后组织查我买别墅的经济来源，我可有口说不清哦！”

信香：“难道你买房子的钱是你贪污的公款？”

吴奇中：“也不是。只是说不清楚而已。帮帮我，妹子。啊！”

信香：“好吧，不过就这一次，下不为例！”

信香又从柜子中拿出那个“迷你”牌化妆盒，揭开盖子，取出一个红布包，将它打开。一只晶莹剔透的龙纹玉镯出现在眼前。她凝视着玉镯，耳边又响起韩雨和自己的对话声。

韩雨：“你想要的东西就给你吧！据说，这是明代真资格的和田玉镯，质地细腻，色如凝脂，要值几十万呢！有了它，就是丫头今后不管你，这一辈子你的生活也有保障了。”

“你说这话是什么意思？”信香问。

“咱们离婚吧！与其你心里总装着吴奇中，我心里也总有李琼，不如都来个痛快，各得其所。”

“这玉镯是小路亲生父母留给她的随身物品，应该给她，我不能要。要离婚可以，你必须把你妈藏的那桶黄金分一半给我。”

“哪有啊？黄金不是都给我们了吗？你也拿了两条嘛！”

“你骗我？她还藏得有。上次你妈叫你去看她藏的黄金，就在她的杂物房里，我看见了。那黄金她一定给你了。”

“你跟踪我？还偷听我和妈的说话？你，你也太过分了！”

“这也出于无奈。谁让她不把我当儿媳妇看，还骂我是不下蛋的鸡！”

“就算你说的是真，那东西也不在了。”

“谁信？”

“妈被杀就足以证明。也不知是哪个心狠手辣的坏蛋，偷了妈的黄金又对妈下了杀手。可恶可恨！说也奇怪了，小偷怎么知道妈那破房子里藏有黄金呢？难道是你——”

“放屁！少来讹诈老娘。我信香再没良心，也不会做那恶毒事！”

信香把两条黄金和龙纹玉镯放在一起，仍用那块红布包好，放进“迷你”牌化妆盒里。当她手捧那化妆盒出来时，见韩小路在客厅接电话。

韩小路接完电话，对信香说：“妈，罗镇长叫我马上回西山开会。待开完会，女儿就马上回来陪你。”说完，她就匆匆走了。

信香对着韩小路的背影，大声说：“丫头，回来吃晚饭！”

韩小路走后，信香又返回卧室，拿出纸和笔写下一段文字，将写好的文字看了一遍后也放进化妆盒里。然后将化妆盒放在韩小路睡的枕头下，再去厨房弄晚饭。

信香含着泪，用了两个多小时，终于弄了很多韩雨和女儿都爱吃的饭菜。她把饭菜摆上桌后，就蜷伏在客厅沙发一角看电视。由于心乱如麻，电视看不下去了，她就关了电视，躺在沙发上，一边想问题，一边静等着韩雨和女儿回家吃饭。

她已经听进了女儿的劝告，决定和韩雨离婚。其实她心里清楚得很，她和韩雨的婚姻早就死了。过去她要离，韩雨又不离。李琼出现后，韩雨要离，她又不离了。她明知韩雨和李琼早就勾搭上了，只是顾及官位和脸面，韩雨才没逼她离婚。但韩雨就是长期不和她同床共枕，也不和她做夫妻之事。

韩小路失踪后，她又借此装疯。目的也是想保留她和韩雨已死的婚姻。

今天她听了韩小路一席话，终于使她明白，要死的婚姻再怎么搔首弄姿或装疯卖傻也活不了。与其活不了，不如让它尽快死，彻底死。宁为玉碎，不与瓦全！

反过来她又想，她和韩雨的阴差阳错所造成的如此结果，也有她的很大原因。最大的原因是她没给他生下一儿半女，让他这个名门之后绝了种。

离婚对韩雨来说绝对是件好事。韩雨现在还不算太老，李琼也年轻漂亮。他俩要是结了婚，完全来得及生儿育女。

想到这里，她决定在吃晚饭时，当着女儿的面把这事给了了。来个夫妻一场，好说好散。她的后半生反正有女儿韩小路陪同，也孤独不到哪里去。

可是，左等右等，从晚上七点等到八点，从天麻麻黑等到完全黑，足足等了三个多小时，韩雨和女儿也没回来。自然，桌上的饭菜也丝毫未动。

邢队来之前，她仍一个人蜷缩在沙发上。想着自己要结束的婚姻和那桌自己含泪弄出来的一桌饭菜无人问津，一阵心酸又使她悄悄地伤心落泪。

突然听见惊人的敲门声。她先是惊喜后就惊吓。打开门见是三个武装警察，她更吓得不知所措。又见武装警察一声不吭地在家里横冲直撞，她更吓得魂飞魄散！她傻愣愣地站在那里，看着除邢队之外的那两名警察凶神恶煞地冲来冲去，全身都在瑟瑟发抖。

因此，当邢队问她桌上的一桌饭菜无人吃是怎么一回事时，她也无从回答。

邢队三人把家里旮旯角落都搜了个遍，没搜出一个人来。邢队才问："嫂子，你女儿韩小路呢？"

信香瞪着邢队不说话。

"问你哩，你女儿韩小路在哪里？"另一名警察大声问。

"我女儿韩小路，她怎么啦？"信香颤抖着声音反问。

另一名警察说："你的女儿韩小路上次失踪后就死了！现在的韩小路是何波的女儿冒充的。那个叫王林的人，其实是何波的儿子何支。他俩是亲亲的两兄妹！他兄妹俩联手来协助杀人犯何波逃走！"

信香一听，"啊"的一声，眼珠子不转了。

这时，夜空忽然一道闪电！紧接着就是一串闷雷滚动和炸雷劈响！随之又狂风大作，把客厅未关的窗户吹打得"噼噼啪啪"响。

那从窗口闪进来的雷电光映在信香惨白的脸上，忽青忽蓝，忽明忽暗。

信香突然大声吼道："不！不是！不是呀！"

又一名警察说："不是，怎么不是？在县里，韩书记韩镇长都在吴奇中书记面前承认了，你还装什么蒜？快说，他俩现在在哪里？"

邢队说："嫂子，实话给你说吧！其实你也清楚，现在这个韩小路不是你的亲生女儿。"

信香盯着邢队问："你们这是要抓她吗？"

邢队说："是的。据政法委书记吴奇中说，她俩兄妹涉嫌帮助他们的父亲何波即老宅凶案的嫌疑人潜逃，因此我们奉命请他俩回局协助调查！"

信香又问："是吴奇中同意抓的？"

另一名警察说："废话！他是政法委书记，他不同意，我们敢抓？快说吧，你女儿在哪里？"

信香忽然"哈哈"大笑起来，并大笑着向窗口走去。她走到窗前，笑声戛然而止。她转身向三名警察笑了笑，又转过身去，面向窗外，凝望着乱云飞渡、闪电雷鸣的夜空。

那夜空中划出的一道道闪电将信香的脸闪照得像僵尸的脸一般恐怖吓人。忽然她随着一声炸雷，猛地爬上窗台向窗外纵身一跳。

始料未及的邢队三人紧急冲上去想抓住她，但为时已晚。

这时，从西山方向又传来一声巨大的爆炸声！

第八十二章 何去何从

原来，在吴奇中主持的沟通会上，韩雨公开承认韩小路不是自己的亲生女儿，使吴奇中确认了兰仝说的群众议论为真。他顿时感到案情非常严重而紧急，于是当机立断，宣布成立西山重案指挥组。吴奇中当然为组长，张德亨为副组长，并签发了对韩小路和王林的刑事拘留证，命令邢队立即执行。

韩雨大吃一惊，呆坐在那里一动不动。

为了给韩雨一个台阶下，在邢队出发时，吴奇中对邢队说："你去请韩小路和王林到这里来参加沟通会，就说我吴奇中要为今天的事再次向她赔礼道歉。"

邢队走后，他又宣布，为重视此案，指挥组的人包括在座的韩雨和兰仝，都不能离开会议室，坐镇指挥。他说他要亲自询问韩小路，并说服她投案自首。他说："只要韩小路和王林投案了，何波就会很快抓获。只要抓到何波，西山老宅杀人案以及韩老太家被盗，她被刺杀的事情就会真相大白。"

他怀着沉重的心情继续说："十年前的西山老宅杀人案，压得我和韩镇长还有邢队一直喘不过气来。由于案子没破，没法向小镇人民交代呀！你们知道，这十年，我和老韩背着怎样的屈辱和误解吗？除了小镇几年评不上先进，对我本人和老韩说什么的都有呀！一言难尽哟！所以，我吴奇中在其位就要谋其政尽其职。我要亲手抓住何波这个杀人凶手，让事实来还我和老韩一个公道，还小镇一个安宁！”

吴奇中的这番话，让在场的三个人各有各的看法和理解。

兰仝认为，吴书记的话说到了他的心里。因为他也是老宅凶案不破而被众人指责的受害人之一。他当时是西山村的副主任，分管社会治安综合治理，老宅出了命案，他责无旁贷。所以当年袁一锋在调查取证时他也跟着吴奇中和韩雨将矛头直指何波。就在听说何波被抓的那天下午，他还在村委会门前的坝子里放了几分钟的鞭炮。谁知高兴了三个月，何波又被放了。这次听吴奇中一说，他立刻响应道：“吴书记说的对，我们要亲手抓住何波将功补过！”

吴奇中说：“补什么过？我们没有过只有冤！”

“苦肉计，典型的苦肉计！”这是韩雨的理解。

要是过去吴奇中这么说，他一百个拥护甚至会把拥护的话说得比兰仝还好听肉麻。因为从小他就视吴奇中为伟人，常在心里将他与伟人相提并论。可是吴奇中过去从来没这么认真说过。现在他当然不这么认为了。

他现在认为自从吴奇中当了县委副书记就变了，变得几乎和过去判若两人。过去的谦虚变成了现在的狂妄自大。处理母亲被杀之死就很主观很武断。过去的清廉自律变成了现在的贪图享受。比如那高档别墅，他过去一定不会买。过去说话处世处处小心谨慎，现在变得目空一切胆大妄为，甚至滥用职权，抓捕韩小路和王林这样违法违纪的事他过去想都不敢想。今天，他又和兰仝一起编造一段王林和韩小路是何波亲生儿女为借口，妄图引蛇出洞，抓获何波或另有其图。

韩雨在心里说：“我从那次在你高档别墅里对我说的那些不切实际又坑蒙拐骗，大失身份的话语，就已经基本把你看穿了。你吴奇中已经由一个伟人脱变成一个小人，一个为了贪图享受、升官发财而丧心病狂的人。甚至不是人是鬼！收受我老婆的黄金，反而说我黄金来路不正。王林和韩小路明明不是何波的儿女，他硬逼着我说是。明明是去抓捕韩小路却说是去请。何波显然不是老宅杀人案的凶手，他现在却要抓他，非要置他于死地。现在他又以苦肉计来求得我们对他胡作非为的支持，达到他不可告人的目的。你说，他不是鬼又是什么？”

“急功近利，以攻为守。”这是张德亨的看法。

其实，吴奇中这一招，张德亨早已料到。所以，他在来参会之前，专门去了一趟西山，听了韩小路等人的发言，并通过内部专线向上级做了汇报。上级给他的回答是：“静观事态发展，一切以破案为基准。”

开始，他对上级的指示感到迷惑，担心韩小路和王林受挫出事。后来听了吴奇中一番自我表态，才知他是想在老宅悬案上来个石破天惊，以示他超人的智慧和非常的领导能力。要真是如此，上级的指示不无道理。

可是，这真是吴奇中明知老宅一案不属已管，却硬要己为的根本所在吗？为了执行上级指示，张德亨只好稳。

见韩雨和张德亨都不说话，吴奇中问：“你们二位怎么不说话？有什么想法就说出来嘛！破案的关键时刻，大家可要心往一处想，劲往一处使呀！尤其是你张德亨，不要以为我夺了你的权，就耿耿于怀。这也是你自己造成的。明知何波还活着且就藏匿在西山，你不闻不问也不去抓，更不向我汇报。你说你一个公安局局长尽职了吗？”

张德亨说：“说何波还活着且就藏在西山，我是今天才听你说的。再说，老宅一案早已属省和部管，此案的管辖权不在A县，A县公安局无权插手，连侦查，上级都没有授权，何况抓人？这你不是不知道。”

吴奇中脸一垮，说：“你认为我是在多管闲事？我不知道什么管辖，我只知道门前的垃圾自己清，门前的雪自己扫。再说，眼见杀人凶手就在你眼皮子底下，因不属你管就不抓而让他逃掉，继续去杀人？这恐怕不是一个执法人员的素质吧！”

“问题是，何波是不是老宅杀人案的真正凶手？”张德亨问。

“张局说得对。我看何波不像是杀人凶手。要是的话，当年公安局不会放他。”韩雨说。

“不是他是谁？难道是你韩雨，是我吴奇中，还是你张德亨？唉老韩，过去指认何波是凶手，你可是第一人哦！现在怎么变了呢？”吴奇中说。

“过去是过去，现在是现在。过去你是小镇镇长，镇党委书记。现在你是A县县委副书记兼政法委书记。过去你爱民如子，一点也不让别人侵犯人民的权利，现在你大权在握，想抓谁就抓，不是都变了吗？老祖宗说过，一切事物包括人，不变是相对的，变是绝对的。”

可以说，韩雨是有生以来第一次对吴奇中说话这么不客气。

“抓人事小，该抓的早晚得抓，问题是盲目地抓人，会带来很多负面影响，甚至出现意想不到的悲剧。”张德亨又说。

“悲剧？什么悲剧？难道……”吴奇中正说时，他的电话响了。

那电话是一部特配给公安指挥人员使用的特种手机，体积大声音也大。当吴奇中对着电话只喊了声“喂！”对方便大声说开了。

电话里急促的声音：“吴书记不……不好了！”

吴奇中问：“谁不好了？你冷静一点，不要急，一句一句地说。”

电话里说：“韩小路没抓着，她妈跳楼了！”

吴奇中一惊，问：“你说什么？”

电话里说：“她妈跳楼了！”

这声音被韩雨听见了，他腾地站了起来。

吴奇中又说:“邢队，你说话文明点，也清楚点，别他妈他妈的骂。到底是谁跳楼了?”

电话里大声说:“信香，韩小路的妈，韩雨的老婆跳楼了!”

吴奇中一惊，声音低沉而颤抖地问:“人没事吧?”

“死了!”电话里说。

几乎在同时，天空一声霹雳!韩雨瘫坐在位置上。吴奇中的手机从他手上滑落到地上。

那手机还亮着灯，继续传出呼唤声:“吴书记，吴书记!您，您还在听吗?”

再说，与此同时，在西山溶洞里，李琼挣扎着下床来，拾起何波受伤掉在地上的一只手枪，站在韩小路后面，瞪着血红的眼睛，用枪指着她的头，说:“韩小路，你想帮何波逃走，没那么容易!”

曾见倏地转身将枪口对准李琼。

韩小路既没转身，也没看她，只用目光表示并严肃地说:“李副镇长，你不要乱来，把枪放下。在这里，你使用枪不仅属非法，而且还干扰和阻碍警察执行公务，也是一种犯罪行为。”

李琼讽笑道:“你是什么警察?不过是个未毕业的大学生而已。你来小镇是实习，执行什么公务?蒙得了别人蒙不了我。”

韩小路第四次拿出公安机关颁发给她的秘密侦查员身份证，反手从肩上递给李琼。李琼看了惊讶不已，赶紧把枪扔在地上。

韩小路继续向何波喊话:“何波你仔细听着，我不仅是公安部的特派侦查员，也是你儿子何支的恋人。我们都快结婚了。我们还想让你投案自首，洗清自己的杀人嫌疑后，参加我们的婚礼呢!”

何波说:“谁听你胡说八道!你以为我信吗?你这么说，无非还是想把我诱出来一枪崩了我!”

韩小路说:“我早说了，要抓你杀你等不到今天，在老宅你用假面具恐吓我时，你就早完蛋了。首长派我来时，一再叮嘱我不要伤害你，要保护好你，要劝你自首归案，说清自己的问题，求得宽大处理。到那时，你仍然是人民的一员，和正常人一样正常生活，正常挣钱，正常和家人在一起，甚至还会为社会做很多有益的事。那样，你照样能得到人民的尊重。”

何波说:“我不信!”

韩小路说:“你不信?那我就请一个人给你现身说法吧!”她对曾见说，“你把你的经历如实告诉他。”

曾见清清嗓子大声说:“何叔，我还喊你声何叔，是对你的期待。期待你如韩小路侦查员所说，你能幡然醒悟，投案自首。还记得我吗?我是当年的惯偷袁三娃呀!就是当年常在河边听你吹牛的那个叫花子。我就是听你在吹牛中无意说到你家有好多好多的黄金，才在一天深夜翻窗进你家的。结果，黄金没偷着，还差点儿成了杀人嫌疑犯。好在我报案及时，政府宽大了我并教育我改过自新，重新做人，我才有了今天。”

“从那以后，”韩小路说，“他不仅改邪归正，还自学成才，考上了公安学校，毕业后成了一名光荣的人民警察，而且还是一名百步穿杨、弹无虚发的狙击手。为社会为人民立过功，受过奖。他的事例充分证明，政府欢迎改过自新的人！”

何波听了没有反应。

韩小路继续说：“从你的情况来看，你并不是无可救药。现在有两条路供你选择，一条路是放下手里的武器与我们配合，清除你埋藏的所有爆炸品，接受政府的审查。这是一条生路，一条光明之路。另一条路就是你继续背弃正义，顽抗到底，启动你手里的爆炸装置，和你的儿子以及你未来的儿媳我韩小路一起死。何去何从你选择吧，而且必须立即做出选择！”

“轰隆！”韩小路话音刚落，巨大的爆炸声便响了起来。

第八十三章 虎穴降凶

风雨雷电交加。医院的救护车，公安部门的警车和消防车冒着风雨雷电，呼啸着向西山驶来。

在警察和消防官兵的手电筒的照射下，西山峰顶一片狼藉。树木、花草，被炸得支离破碎，石头遍地都是，地上坑坑洼洼。雨水从四面八方流向炸开的大坑里，渐渐形成水凼。

医生护士、警察和消防人员冒着风雨寻找着伤员。他们找呀喊呀，可一点反应也没有，一个伤员也没找着。他们经过仔细寻找和检查，认为没有再待的必要，于是拍完照片，做完现场记录后便都撤走了。

其实，这个爆炸点在山顶一侧无人处，离韩小路他们那里还比较远。

在洞里，当韩小路他们感觉到这里并没发生爆炸时，何波已来到韩小路面前，伸出还在浸血的双手，说：“我投案自首。”

王林旋即从小小保险箱里取出手铐“咔嚓”一声将何波双手铐上。

韩小路问何波："刚才那声巨响是怎么回事？"

何波说："我在决定自首关闭爆炸装置时，由于激动，不小心手指碰到了三号按键。"

韩小路紧张地问："三号炸点在什么地方？"

何波说："在山顶。"

韩小路一惊，问："在巨石下面吗？"

何波说："巨石下面是一号。三号炸点在溶洞的进口处，就是那次我看见你解手的地方。"

巨石保住了，韩小路松了一大口气。她又问："我们站的地方有炸点吗？"

何波说："有，就在你们的脚下。"见大家神情忽然紧张起来，他又说："放心吧！它不会爆炸了。所有的炸点都不会爆炸了。"

根据何波的交代，由曾见操作，王林和李琼协助，对埋在西山溶洞里和三座巨石下的炸点全部安全进行了撤除。

在排除巨石下的炸点时，曾见说："单这个炸点如果爆炸，可以毁掉半个西山，尤其这三块传说中神奇怪异的所谓摩天魔石也将不复存在。"

暴雨早已停了。

此刻，天色已经破晓，虽然还没有一个地方泛出朝霞的红晕，但是东方已经出现鱼肚白。深灰色的天空中有几处闪耀着星星，凉爽的风像微波一样飘过来，听得见风和树叶的低语声。

没死伤一个人，爆炸物被全部排除，还劝何波投了案自了首，韩小路有一种莫大的成就感。

站在山顶看着灰白色的天空渐渐亮起来，韩小路想着这不平凡的惊险无比的一夜，心情豁然开朗。一直紧绷严肃的脸终于松弛下来，还露出了略为满意的微笑。而这满意的微笑，自然包括何波及时醒悟的结果。

因此，她对身边的王林轻声说："何支哦，在何波走之前，你再喊他一声爸吧！他毕竟生了你。"

王林没立即喊爸，他从小小保险箱里，拿出那粉红色的木盒对何波说："爸，这木盒，孩儿就还给你吧。虽然我不知道里面到底装的什么但我知道它是祖传的遗物。它对你来说，这遗物是何家代代相传的神奇宝物，但对我来说，却是一种生活的负担，一种精神的枷锁，一种说不清道不明的苦痛。再说，几百年来，它给何家又带来了什么呢？你仔细想想，除了一代接一代的灾祸不断还有什么呢？难道，你还想让你的儿女继续承受这些灾祸不成？"

见何波低着头，既不接盒也不说话，曾见一把夺过木盒，说："既然是这样，不如砸了它！旧的不去，新的就不会来。"说着，他捡起一块石头挥手欲砸，但被何波一声"不能砸"制止了。

李琼看了心里也急，气愤地说："何波，你龟儿子都到这个分上了，你就当着你儿子和未来儿媳妇的面打开这个粉色木盒吧！让大家也看看，你传给他们的这东西到底是祸还是福？”

何波思忖一下，走近王林，悄声问：“儿子，你给爸说实话，你的对象究竟是谁？”

王林说：“就是苦口婆心劝你投案自首的韩小路呀！她就站在你的面前。我们本来决定在上个月她的生日，也是我的生日那天结婚的，就因为你，我们推迟了。”

何波一惊，问：“她和你同一天生？”

王林说：“纯属巧合，但她小我一岁。”

何波释然了，说：“既然如此，那你就打开它吧。再说，爸这次进去，出不出得来，还见不见得到你们还很难说。就趁大家都在这里，让盒子里的东西做个见证吧！”

王林拿出木盒钥匙正要开盒时，罗兵和袁一锋风风火火地赶来了。王林没开木盒，又将它放进小小保险箱里。

罗兵气喘吁吁地紧紧握住韩小路的手，说：“小路，你辛苦了，也委屈你了！”

韩小路一听，泪水“哗”地流了出来。

谁能想象，韩小路此刻的心情是多么的无助。在这之前的几个小时，她仿佛过了几个月几十年甚至一个世纪。

那一声爆炸，如果就发生在她的脚下，她这一生也就这么结束了。自己没了不打紧，还赔上了曾见、王林和李琼的生命。要是何波顽固不化，不听劝解，一意孤行，摁响了整个爆炸装置，不仅他们五人的生命无存，还将毁掉半个西山和溶洞及那三座神奇的摩天巨石。要那样，西山经典的看点都不复存在了，还谈什么旅游开发？

一想到这些，她就感到无比的后怕。现在见到罗兵自然就对他产生莫名的怨。她在心里呼喊：“罗兵呀！你这个中国的亚森罗兵，当时在哪里？”

平时看上去无比坚强任性的韩小路，此刻像个受了惊吓又委屈万分的小女孩，眼泪汪汪地望着罗兵。她多么想一头扑进他的怀里痛痛快快的大哭一场哦！可是她忍了。

这时，罗兵才感到，韩小路的手在他的手里不仅在颤抖还像冰块那么凉。他知道，这一夜，韩小路承受了多么巨大的压力。是呀！虽然她肩负着神圣的使命，但她毕竟是一个涉事不多，年轻又有些幼稚的女孩子哦！想到这里，他一阵心酸，眼睛也湿润起来。

韩小路的手从罗兵手里抽出来，擦干泪水，问：“接人的车来了吗？”

罗兵说：“接到你的电话后，我先打张局的电话不通，才用密码接通了省厅的电话。厅领导立即指派专车来接，并叮嘱说，一定要注意保密和保护好何波，将他安全送达成都。这里离成都不到一百公里，警车估计两个来小时就到了。我们先去老宅等候吧！”

这时，天已经大亮，清晰地可见山下农家乐的院子和通往小镇的公路上有不少人在走动。韩小路盯了眼何波戴手铐的手，问罗兵道："这样下山，是否目标太大？"

何波接着说："走溶洞吧！溶洞有通往我家老宅的暗道。"

罗兵犹疑地望着韩小路。

"相信他吧！"韩小路说。

罗兵说："好吧，走溶洞。王林你在这里看好撤出来的炸药包，等候专业人员立即来处理。其他的人随我进洞下山。袁局和曾见护送何波走前，我和小路和李副镇长跟后。小心谨慎，注意安全！"

袁一锋走到何波跟前，悄声问："还认识我吗？"何波看了他一眼，轻轻地点了点头。

在何波的带路下，他们从刚被炸开的洞口走进去，可没走几步，突然从洞穴里跳出两个蒙面人来堵住他们的去路。于是曾见和袁一锋一手牵着何波一手和两蒙面人打斗。

走在后面的罗兵和韩小路听见打斗声立即前去增援。没打几个来回，两蒙面人便束手就擒。

韩小路一把将两蒙面人脸上的布扯下来，用手电一照，竟是两个一老一少的和尚。

大家正感迷惑时，何波突然大喊一声"师傅！"便跪倒在老者面前。

经询问和何波证实，这两人正是当年在老庙帮助何波诈死潜逃的那和尚。老者是师傅，少者是他的徒弟，也是何波的师弟。两人于两年前离开老庙出来寻找何波的下落。找了一年多，终于找到他就藏在西山溶洞里。

老者说："我曾经劝过他，要么去投案自首要么离开西山逃得远远的重新做人。可他不听。他说他父亲藏了不少黄金在他家老宅或溶洞里，得不到这批黄金，他绝不会离开西山。"

韩小路问："你俩这次来西山又是为何？"

少者说："师兄走时，向师傅借了一大笔钱，许诺到时连本带利一起还。我们想，如果师兄找到那批黄金，也该兑现承诺，还我师傅的钱。他也知道，师傅那钱是他走遍大半个中国化缘乞讨得来的。如今师傅年事已高，应该有笔钱养老。所以，我和师傅就找来了。没想到……"

"他借了你多少钱？"韩小路问老者。

"整整十万元人民币。"老者说。

在场的人无不大吃一惊。韩小路问何波："这么多钱你都拿来干啥了？"

何波说："全拿去用高价购买枪支和炸药以及制造脸谱面具等用了。"

这时，王林协助排爆专业人员处理完炸药后跟进洞里走了上来。手电筒的光一照，一眼就认出，老者正是当年在老庙给他木盒的和尚。

王林说："这几个月，你一直在小镇装神弄鬼，散布西山老宅恐怖迷信言论，蛊惑人心，妄图阻挠开发西山。我找了你好久，你倒自己送上门来了。”

经王林这么一说，韩小路和李琼包括罗兵也想起在小镇街上见过这和尚。

罗兵当即对俩和尚说：“我们是警察，你涉及何波一案，请跟我们回警局，协助调查。”

罗兵一行押着何波和俩和尚，打着手电筒在四通八达又坎坷不平的溶洞里走了一个多小时，终于来到一个放有不少箱子的地下室。

这些箱子都没上锁，随手可开。李琼好奇，顺手打开一个箱子用手电筒一射，她“啊”的一声惊叫，便倒在地上不省人事。

第八十四章 丧心病狂

大家正感迷惑时，何波说：“不要紧的，她一会儿就好。”果然，当袁一锋将李琼从地上抱起来时，她睁开了眼睛。她的第一句话就是：“那个箱子里有个死人的头，血淋淋的死人头！”

曾见旋即把那箱子打开一看，果真是个头发蓬乱，脸上血肉模糊，眼睛大睁，嘴大张，舌头长伸的人头。曾见一把将那人头从箱子里抓出来，在空中绕了一圈，往地上一扔，发出一声空响。

曾见正要打开第二个箱子时，韩小路说：“别开了，那些箱子里全都是与这人头大同小异的假面具。”

何波说：“就是，没别的。购置这些东西也是用的师傅的钱。”

老和尚双手一合，道：“阿弥陀佛！善有善报，恶有恶报。贫僧叫你善你不善，想助善却助恶。今天你我都落得如此下场，天意也！”

到此为止，韩小路已基本掌握了十年前何波在老宅的全部作案过程，而且断定，老宅悬案的杀人凶手不是何波而另有其人。

韩小路指着一个大箱子对何波说：“如果我没看错的话，搬开那个大箱子，就可进老宅的主卧室。”

何波赞同地点点头。

曾见正要去搬开那箱子时，李琼忽然喊道："不，不要呀！"

当大家闻声回过头去看时，李琼已不在袁一锋怀里，她羞涩地指着处在尴尬境地的袁一锋说："他……他用老鼠吓我！"

按照韩小路说的操作，他们顺利地从卧室床头的一个洞口爬出，来到里间卧室。

韩小路从窗口望出去，发现一辆警车停在门口左侧的路边。她以为是省厅的车子到了，但一看那车牌号不是。紧接着传来警车的嘶叫声，清楚地看见不远的公路上有两辆一大一小闪着警灯的警车向老宅疾驰而来。韩小路猛地回过身来，锐利的目光盯着罗兵问："罗副镇长，这是怎么回事？"

罗兵的手机响了。他打开手机，传来吴平急促的声音："喂，罗兵吗？不好了，邢队带人把老宅包围了。看，路上又来了一辆大警车，估计是特警。"

罗兵问："你在哪里？"

"我按你的吩咐，在桥头路口等成都的车，见邢队的车来后，我怕暴露就隐蔽起来了。"

罗兵说："聪明，你做得很好！"

"现在怎么办？老宅周围全是荷枪实弹的武警，我也回不了老宅。我好像看见我老爸的车也来了。"

罗兵说："你沿公路悄悄往小镇方向走，见省厅的车来后，将车拦下，暂时停下并通知我。如果车上有领导，你就把这里的情况向他做个汇报。"

吴平答："是！"

关掉电话，韩小路对罗兵说："对不起，误会你了。"

罗兵说："该说对不起的是我。我是秘密侦查小组组长，没有把工作做好，让你们承受如此大的风险。真正胜任此职的是韩小路你。等任务完成后，我主动辞职，强烈要求上级任命韩小路为组长。"

韩小路给他一绣拳，笑着说："忽悠谁呀，任务都完成了，谁还去当你这个破组长？"她瞧了眼外面走动的警察问罗兵："组长头，现在我们该怎么办？"

罗兵挠着后脑勺说："大家说说看，怎么办？"

王林说："不如向他们公开我们的真实身份，告诉他们何波就在我们手里。"

罗兵说："不行。现在你说你是公安部部长，他们也不会相信。他们现在认准了一个死理，说韩小路和王林都是何波的儿女，你俩是来帮助何波逃走的。他们死活要抓你俩，就是这个理。"

韩小路说："亚森罗宾说得对。如果按王林说的做，何波一现身很有可能就会被特警当场击毙。"

何波一听，吓得缩成一团，全身发抖。

"我建议，"韩小路继续说，"眼下我们不能硬碰硬，要想法拖住他们。办法是我们不能暴露目标，但把窗户推开一扇，给他们一个似是而非的感觉。为了何波和两位师傅的安全，由曾见和王林将他们带到地下室休息，待这上面的事情完全平稳后，再让他们上来，那时，估计省厅的车也该到了。”

罗兵问袁一锋：“袁局，你是老手了，你说这样行吗？”

袁一锋说：“邢队失去理智，吴奇中书记也失去理智。人一失去理智什么事都干得出来。我赞成小路的意见，一拖二稳三等待。”

韩小路的意见果然生效。老宅外的指挥车上，邢队问吴奇中说：“何波和韩小路他们真还在老宅吗？我们这样等下去，怕会夜长梦多啊！”

吴奇中问一直不说话的韩雨：“老韩，你说呢？”

韩雨仍不吱声。

邢队说：“要不，打电话问问你女儿吴平？”

吴奇中说：“她连电话都不接我的，问她？”忽然，他看见老宅的一间卧室的窗户开了一扇，便对邢队说：“他们还在里面，还想试图逃走！你下去喊话，限他们三分钟出来投降，否则强攻！”

邢队下车时，吴奇中又黑着脸说：“何波一现，立即击毙！”

韩雨一听，大声说：“不，不能打死他！”

吴奇中瞟了他一眼，说：“我还以为你哑了呢！”然后厉声地对邢队说：“执行命令！”

邢队拿着电喇叭对着老宅喊话了：“何波，你听好，我们知道你在里面。你从窗户往外看，山上山下到处都是警察，他们的枪口都对着你们呢！你们已被彻底包围了，无论如何也跑不了，还是赶快举手出来投降吧！”

罗兵的手机又响了，是吴平打来的。罗兵问：“省厅的车来了吗？”

吴平说：“还没有。罗兵，我给你说，西山周围所有的路口包括山顶的巨石上都有持枪警察，你们要特别小心，千万不要随便出头露面。我估计，我爸和邢队是疯了，要不，他们不会这么丧心病狂！”

吴奇中的确疯了，不仅疯，还狂了。疯狂得不可抑制，不可思议。当他得知信香跳楼致死后，一刹那他的脑子一片空白。随即，这空白又被信香幼年、少年、青年和壮年时期的形象装满。年轻时，她那洁白的肌肤，红润的脸颊，圆黑的大眼睛，鹅蛋形的五官端正匀称的轮廓，美得让人瞠目的模样，像电影似的来回冲击着他的脑海。

更甚的是，当他的脑海里出现在那个暴风雨的夜晚，他挎着药箱，冒着风雨，跑进农舍，给躺在床上昏迷不醒的信香摸脉、听心律、打针服药以及后来他和她尽兴云雨交欢的情景时，他把信香的死全归在何波身上。他认为没有何波的存在，就没有现在的抓捕，也就不会有信香的死。

他的推理是，要不是韩小路要帮何波逃走，邢队不会去信香家抓韩小路，信香也不会因此跳楼自杀。他忽然大喊大叫起来：“何波，你个杀人犯，你等着，老子抓不住你也要毙了你！”随即，他立即命令增加警力，并调动特警配合，包围老宅和西山，抓捕何波及韩小路和王林。而且下令，何波一现当场击毙！

电话部署完毕，他才对张德亨和韩雨说："信香不能白死，我们一定要抓住何波替她报仇！"说完他才发现张德亨不见了。这时，韩雨也像疯了似的冲上来，抓住吴奇中便打，边打边说："你个浑蛋，你还我老婆！"吴奇中更不示弱，挥拳还击，说："你个孬种，我还你老婆！"

两人一打起来，兰仝怎么劝也不行，而且夹在中间，光挨砣子。结果，两人打累了，坐在地上喘气不已时，兰仝已被打得鼻青脸肿。见兰仝那张被打得人不像人，鬼不像鬼的脸时，两人竟然仰天放声狂笑起来。

邢队又喊话了："何波你们听着，我们的等待是有限的。从现在起，给你们三分钟时间考虑，到了三分钟还不举手出来，我们就开枪了！"

站在墙边的罗兵侧脸往窗外一看，几乎所有警察的枪口都对着这里。

王林说："让我出去吧。就是他们认出我不是何波，我也可以向他们做解释。"韩小路说："不行！你还看不出来？他们不是要抓何波，而是要杀何波。可以断定，何波只要一现身，他即刻就会被击毙。再说这里间卧室的门已锁着还贴了派出所的封条，怎么出？"

"从窗口出！"李琼从床头的洞口里钻出来，手里拿着一副头盔一样的面具说："我出去，我是女的，又是副镇长，谅他们不会把我怎么样！"

韩小路说："还是不行！你是副镇长，我们不能让你去冒险。"窗外又传来邢队的喊话声："何波，时间不等人了，还有一分钟你要再不出来，我们就要开始火力强攻了，你们会死得很惨！现在我喊倒计时了。"

见窗口仍无反应，邢队并未喊倒计时。在吴奇中一再催促下，邢队才喊道："我现在开始倒数十个数，十、九、八、七、六、五……"

"与其让你冒险，不如我去，反正他们也在抓我。"韩小路说着，就往窗户上爬，却被李琼用劲把她掀开，自己把面具往头上一罩，迅速爬上窗口，大声说："别开枪，我是李……"话音没落，一阵枪声，一梭子弹射来，李琼不见了。窗户上出现好几个弹孔。

这时，罗兵的手机响了。几乎在同时，指挥车上吴奇中的手机也响了。

第八十五章 惊闻噩耗

韩小路打开自家的门，一种不祥的感觉袭上心头。家里空无一人不说，一切显得乱七八糟，好像遭到偷窃或抢劫似的。家具横七竖八，所有内室的门都开着，连窗户卫生间，甚至连衣柜的门也未幸免。

唯一不乱的是餐桌上的一桌丰盛的饭菜，仿佛是刚做好才摆上桌似的。她用手摸那饭菜，感觉不到热气而且透凉。再看那菜，全部是父亲韩雨和自己喜欢吃的菜肴。这证明，这桌饭菜是母亲信香亲手所做无疑。

这么好的一桌饭菜咋又没人来吃呢？正感疑惑时，她耳边忽然响起她昨天下午离家时，母亲对她说的一句话：“丫头，回来吃晚饭。”结果，母亲把晚饭弄好，自己却没回来，连父亲韩雨也没回来。

“难道是母亲生气了？”她想，“要是这样，母亲的气可就大了，大得在家翻箱倒柜！”

“不对呀！”她又想，“要是如此，母亲最多是把饭菜收了，或者打电话给父亲骂一通，但自己还是要吃饭。自己辛辛苦苦弄出来的饭菜不吃，怎么也说不过去。更不至于把自己的家弄得这么乱！”她想了很多，唯一的解释是老两口又吵架了，吵着吵着又打了起来。

这时，气头上的父亲又提出离婚。也许母亲在下午自己的开导之下就同意了。于是两人就立刻去民政部门办了离婚手续，然后就分道扬镳了。

“还是不对呀！”韩小路又想，“离婚手续不可能晚上去办，就是父亲利用职权走后门办了，两人也不可能都不回家。况且，父母亲常用的东西，包括衣服鞋袜一样不少。”

韩小路越想越觉得蹊跷，总感到这里面有什么问题。于是她想给母亲打手机，但母亲又从不用手机。她又给父亲打，但听到的回答是关机。

事情又回到韩小路回家之前。

当她看见李琼在枪声中倒下时，她不顾一切地冲出窗外，扑向倒在地上的李琼，大声喊道："李副镇长！"喊了很多声，李琼才睁开眼睛问韩小路说："我没死吧？"

韩小路含着泪说："你没死，还活着！"

李琼腾地站起来，挥着明显有两个弹痕的面具向站在不远处，对惊呆了的邢队怒吼道："打呀！你怎么不打了？你不打，老娘我来打！"说着她就冲上去，用假面具使劲儿往邢队脸上和身上雨点儿般的打。

顿时，邢队脸上的血就流出来了。邢队捂住流血的伤口，求饶道："别打了，我的姑奶奶，枪不是我开的。但我认错了还不行吗？再说，我的手下也不知道是你呀！"

十年前，李琼刚来小镇时，时任派出所所长的邢队见她长得十分漂亮，就被迷住了。于是经常无话找话，无事找事和她套近乎。好几次差点儿得手，又被岔开，最终还是被韩雨得到了。心知肚明的李琼，这一次要不是何波的假面具，她的头就被他打开花了。想到这些，她更加怒气冲天，于是干脆扔掉面具对他拳打脚踢起来。在韩小路的竭力劝解下她才停了手。

这时，吴奇中和韩雨来了。

吴奇中拱手向李琼和韩小路赔礼道歉，说："对不起，误会，天大的误会！我和韩书记向二位，特别是向韩小路特别侦查员赔礼道歉！"

两辆警车直接开到他们的面前停下了。从警车上下来四个警察，其中两个大家认识，是张德亨和吴平。很显然，那不认识的两位，就是省公安厅的人。

吴奇中点头哈腰又十分愧疚地对那省厅的人说："是我心急邀功，才不经调查匆忙而慌神地干了这件蠢事。好在我接到厅长的电话后，立即刹了车，撤了警，才没有酿成大错。"

省厅的人只盯了他一眼，没搭理他。

李琼说："你们都开枪了，差点儿把我打死，还说没有大错？"

吴奇中把她拽到一边小声说："谁叫你掺和进去的？再说你不是没被打着吗？"

张德亨问韩小路："人呢？"

韩小路的目光往那边一扫，见罗兵、袁一锋和王林押着何波从老宅的东头走来，同时走来的还有那两个和尚。

刘姐和很多农家乐的业主兴高采烈，笑逐颜开地站在老远交头接耳，指指点点。

张德亨问没戴手铐的两人是谁？罗兵就把和尚的来历简要地说了一下。张德亨就将他俩和何波一起交给了省厅的刑警。

何波上警车时回过头来盯了一眼吴奇中和韩雨，又望着韩小路好像有什么话要说，但被省厅的警察催促上了车。

看着省厅的警车远去后，张德亨才一一握住韩小路和罗兵他们的手说："小路，你辛苦了！你为A县人民做了一件伟大的事！谢谢你，谢谢你们！"

所有的人都没笑，吴奇中却笑了。他笑着称赞韩小路说："小路啊！你不简单哦，了不起呀！悬了十年的老宅杀人案被你破了，诈死潜逃的凶手何波也被你抓到了。小镇人民感谢你，A县人民也感谢你！你吴叔我和你爸更感谢你！因为你抓到了凶手何波，破了老宅悬案，等于搬掉了压在小镇人民头上的大石头，扫除了西山开发的障碍，也驱散了罩在我和你爸心上十年的阴霾。现在好了，一切都雨过天晴了。小镇人民轻松了，我和你爸也开心了。西山开发终于可以毫无顾忌地大踏步前进了！"

他说得聚精会神，身上手机来电振动也没感觉到。

邢队在一边接完电话，走过来对吴奇中说："吴书记，县委办叫你马上回去开会。"

吴奇中乘机和邢队离开了西山。

罗兵和张德亨叽咕几句后过来脸色凝重地对韩小路说："小路，张局说我们太辛苦了，放我们三天假休息。三天后在老宅开总结会，还说到时省部都要来人参加。小路，你太累了。看你脸色也不太好，回家去休息吧，有事我呼你。"

韩小路思忖一下同意了。但她没注意到，临走时张德亨对她说的一句话。

张德亨拍着她的肩膀，心情沉重地说："小路，无论遇到什么事都要挺住啊！"

现在她想起来了，当时在西山，除了吴奇中，没一人对她出现笑脸。包括自己的父亲也沉默不语，甚至不看自己一眼。

"难道是家里出了事？要真是如此，那又是啥子事呢？"想来想去还是只有父亲回来又提出离婚，母亲仍不同意并打了起来。打完以后母亲一气之下回娘家去了这一解释。

想到这里，她释怀了。她相信母亲气消以后就会回来的。

消除了心中的疑惑，她便走进自己的卧室，随身往床上一躺，长长地叹了一口气。她忽然感到枕头下有什么东西顶着。她翻身起来正要看时，客厅的座机响了。于是她又赶紧去客厅接电话。

韩小路拿起话筒，刚说了声喂，对方的一个女人便"噼里啪啦"地嚷开了，她说："啥意思嘛，打了几次电话也不接，你们的停尸费到底交不交哦？"

韩小路脸一丧，大声说："你是谁？说话好臭，没漱口呀？"说完，她"叭"的一声把电话挂了。

可刚一转身，电话又突然响起，而且大有不接电话就不停声的决心。无奈，韩小路又将话筒放到耳边。这一次，对方是个男的，说话非常客气，在证实了这就是韩雨家时，便将真实情况向她说了。对方话没说完，韩小路就惊呆了，好一阵回不过神来。突然，她把话筒一扔，疯了似的夺门而跑。

在去医院的路上，由于韩小路满脑海满眼睛闪现的都是母亲信香的笑脸和身影，导致她几次和汽车差一点儿相撞。汽车为避她而发出的十分刺耳的刹车声和司机伸出头来对她难听的责骂声，她一概没听见，只顾拼命地跑。

医院太平间的门被一个驼背老人打开了。信香安祥地躺在透明的水晶棺里。

惊呼着“妈！”的韩小路，冲进太平间，一头趴在水晶棺上号啕大哭。边哭边用手捶打着那坚硬而冰冷的水晶棺。

驼背老人在旁边看了，干涸的老眼也渐渐充满了泪水。

知道内幕的人比如张德亨、邢队、韩雨，都认为吴奇中这次无论如何都逃不脱党纪国法的制裁。不说其他，就信香被逼跳楼而死，越权借抓捕何波为名，私自调动特警包围西山老宅并开枪差点儿误伤李琼这三条，就足够他吃不了兜着走。

可是，世界上的事就是这么阴差阳错，弄巧成拙，不可思议，甚至因祸得福。在A县召开的有前任小镇党委书记、现任省委组织部长参加的县委常委会上，本来是研究决定给吴奇中严厉处分的，可凭吴奇中出奇的三寸不烂之舌，不但没有受到任何处分，反而成了破获老宅悬案的有功者。

谁都看见了，吴奇中书记为破老宅十年悬案，不仅费尽苦心，未雨绸缪，而且在关键时刻，亲自挂帅，临场坐镇指挥，硬是活生生地把杀人凶手何波从山洞里给抓了出来。这是多么显赫的功劳啊！怎么还有错呢?

所以吴奇中说：“要说错，是上面的错，是张德亨、韩小路、罗兵的错，错在你们瞒着我这个政法委书记，在小镇搞秘密侦查。”

不知道内幕的人比如老百姓，他们往往是只看表面，注重结果。抓到凶手，还老百姓一个安宁，还西山一个幽静，这就是一个公安领导的职责。政法委书记尽职尽责体现了他忠于职守为民除害的决心。

更让老百姓敬重的是，凶手何波在西山埋下了可削去半个西山的炸药，吴书记竟然临危不惧，以身作则，亲自带领警察去西山抓凶手，这是多么高风亮节的行为！这样的官员在哪里去找?

因此，从抓到何波那一天，江山在“软得多”农家乐门前第一个点燃鞭炮开始，一连几天，西山和小镇都沉浸在欢庆之中。自然，为吴奇中歌功颂德的标语贴满了小镇乃至A县的大街小巷；赞许吴奇中书记的言谈也充实在人们的街头巷尾，茶余饭后。

结果，吴奇中不但没有受到任何处分，反而官升一级，成了A县县委书记。

第八十六章 不速刺客

华灯初放的时候，吴奇中谢绝了几个饭局，十分疲惫地走进自家别墅的门。

这栋别墅，高档华丽，什么都不缺，就缺人气。老婆孩子死活不搬来，就他吴奇中一人独享奢华。一开始，他还觉得自由自在，但随着时光的流逝，他感到出奇的孤独。

梁世容和吴平不愿搬来的主要原因不是嫌房子不好，而是嫌房子不干净！

母女俩认为，你吴奇中一个月就那么几百元的死工资，一没经商二无继承，你凭什么有几十万元去购置这高档别墅？无论他怎么解释，母女俩就是不信。梁世容说，这小镇的房子虽然小而简陋但干净，住着放心。你那县城的别墅虽然高级但来路不正，我住着揪心！

直到信香死后，吴奇中才把信香当年为老公韩雨当上镇长，非要送他两条黄金做酬谢不可的事告诉了老婆梁世容。吴奇中这一说，老婆不信也不行，因为当事人已不在人世，死无对证啊！

知道了事情的真相，老婆该心安理得地搬过来了吧？但没料到，反而引起她更大的反感。她指着老公的鼻子一阵臭骂：“吴奇中你个老不要脸的！都几十年了，你和她还藕断丝连，现在竟发展到她出钱买房子供你们俩取乐的地步。难怪，她要和韩雨离婚，原来你们早就设计好了，她离了婚就和你结婚。我问你，她和你在那房子里搞了多少次，你说呀！”

吴奇中本想反击，但出于自己的身份他忍了。谁知，他越忍老婆越骂得凶，言语也越发尖酸刻薄难听至极。

吴奇中气得脸色发白，拳头捏得“咕咕”响，但他还是在忍。梁世容继续骂，而且边骂边扔东西。

她又骂道：“你看你那个球样，那天在火葬场与那骚婆娘的臭尸告别时，你竟然不知羞耻，当着那么多人的面竟趴在她的棺材上流泪，好痴情啊！”她拿起桌上的一个茶杯，猛地往地上一砸，吼道：“你怎么不学祝英台，去碰死！”

实在难以再忍的吴奇中终于像火山一样爆发了，他挥起紧握的拳头向老婆的头打去，但那拳头在落下去的时候，却变成了两个耳光。然后，他转身愤然离去。从那以后，他就一个人住在那别墅里，再没回过小镇的家。

经过一系列公事、家事、私事、心事的折腾，吴奇中感到心力十分憔悴。他走进别墅，无心再做什么，径直来到卧室，脸脚也不洗便和衣躺在床上睡了。可是他怎么也睡不着。

十五的月光，寂静无声地透过卧室的落地窗帘，朦朦胧胧地洒在卧室的各个角落，也洒在吴奇中心神不定的脸上。

寂静中忽然传来轻轻的开门声和“窸窸窣窣”的脚步声。吴奇中的神经倏地紧张起来。

是谁这么大胆，敢于夜闯县委书记的别墅，且自己开门进屋？在他的记忆里，这别墅的门钥匙除了他自己非他人拥有。即使上次在宾馆包间勾引韩雨的那两个美少女，借口好随时上门服务，想要他的门钥匙，他也没给。

亲身经历过无数次艰险的吴奇中此刻显得异常冷静。因为凭他从小就要枪弄刀的本事，对付个把小偷不在话下。于是他伸手想打开床头柜上的灯，但灯不亮，说明电的总闸已被拉掉。他即刻意识到，来人并不简单，不能与小偷同语。

他立即从枕头下抽出一支手枪，并将子弹推上膛，然后假装熟睡，其实在睁着眼睛窥视动静。

朦胧中，他看见一个人举着明晃晃的匕首，轻脚轻手地走进他的卧室。这个人穿着雨衣，个子不太高，身材也不太胖，整个头脸被一只女人的纱袜罩住，看不清嘴脸也分不清男女。他举着刀慢慢地向自己走来。

这人果真不是小偷，而是刺客！

吴奇中在心里问：“此人是谁，为什么要杀我？”

他首先想到韩雨。在他看来，自从他告诉他收了他老婆信香的黄金后，他对自己就另眼相看了。

他一定更加怀疑自己和他老婆的关系非同寻常，所以记恨在心。后来，自己又以韩小路的来历做文章，逼迫他承认韩小路不是他的亲生而是凶手何波的女儿。还几次命令邢队抓捕韩小路，这又加上一恨。最恨的是，自己派邢队去他家抓人时，告诉他老婆信香说，她的女儿韩小路已经死了，使信香感到绝望而跳楼自杀身亡。这种夺妻害子之仇引起的反响可想而知！

“不可能！”吴奇中又立马给予否定。

对韩雨的了解比对自己的了解还深的吴奇中认为：“为名誉和地位可以俯首甘为孺子牛的韩雨，绝对不可能对自己恨下杀手！因为我是他的恩人和加官晋级的靠山！他还时刻指望着坐上我这把龙椅哩！”

“难道是曾见？”吴奇中想，“这小子很有可能！”

不知咋的，自从知道曾见成了警察时，他就非常怕他，尤其怕他在十年前就怕的他那双眼睛。他曾多次没事找事要将他弄走，却被张德亨和邢队以人才难得为由留了下来。也难怪，上百号民警的 A 县公安局却找不出比曾见更好的狙击手。

“也不对呀！”他又予以否定。他想：“曾见是百步穿杨，弹无虚发的神枪手，要杀自己简直是小菜一碟。任何场合都可以使自己一枪毙命，哪用得着半夜三更，这么拿着匕首偷偷摸摸？再说，十年前那件事，他未必就看清了自己！”

至于其他的人，他怎么想也想不出和谁有多大的过节和要杀他的理由。

罗兵没有。如果不是自己，他不可能在小镇连升三级。袁一锋也没有，他和自己同样笼罩着老宅悬案的阴影，同病相怜。那个王林更不可能，自己和他一无冤二无仇，就是下令抓过他，也是属于事出有因。况且，自己还是他恋爱的介绍人。

最终，他敲定是韩小路。

这个女人不简单哟！虽然年轻，但很有思想见解且聪明过人。对她回小镇的真正目的和真实身份，自己就非常怀疑。自己也曾做过多种猜测，但最终也没猜到她是公安部为破获老宅悬案而特派的秘密侦查员。这说明她城府很深，而且智谋多端！

要说得罪，自己对韩小路得罪最深。韩老太之死，自己首先怀疑她并强令邢队非法对她进行审讯；何波藏匿西山，自己又认定她是帮何波逃走的何波的亲生女儿，并两次下令抓捕她。这样的得罪，要说事出有因的话，那她母亲信香的死完全是自己的所逼造成。就凭这一点，完全构成她杀自己的主要理由。

但他还是不信。作为公安部信任的侦查员，她绝不是以报私仇为己任的区区小人。即使何波归案，但老宅悬案并没有宣布破获。她的侦查重任也还将继续。因此他断定，韩小路绝不会以暗杀罪结束自己肩负的历史使命和远大的前程。

这个不是，那个也不是。那么，眼前举着刀向自己走来的人究竟是谁呢？

这时，刺客已经来到他的床前。稍一观察，他迅速举起雪亮的匕首向床上的吴奇中刺去。但刺客的手被早有防备的吴奇中的一只手擒住了。几乎在同时，吴奇中的另一只手“哗”的一声撕开了刺客头上的纱袜。

吴奇中一看吓呆了！

出现在他面前的人竟然是信香。此刻的信香乱发飘飘，脸色铁青，怒目圆睁，大大张开的嘴里和两只耳朵里还在往外滴淌着鲜红的血！

“你——你不是死了吗？”吴奇中颤抖着声音问。

“我是死了，可你还——活着！”信香咬牙切齿地说，嘴里的血水喷了他一脸。

“你怎么又活了？”他抹着脸上的血水问。

“因为我和我女儿都是被你逼死的，所以阴魂不散！”她说。

“你来究竟想干什么？”他问。

她张开一双血淋淋的手，向吴奇中的头慢慢靠近，边靠近边用变调的声音说：“冤鬼冤魂来向负心的人讨回血债！为我女儿韩小路报仇！也为我自己的死向你索命！”

她说时，脸上的血肉就开始一块一块地往下掉，直至变成一个光架骷髅。

可这骷髅还活着，嘴还在一张一合地发出幽灵般的嘶叫。随着嘶叫，吴奇中的手枪对着她扣动了扳机，可连扣数次，枪始终不响。

吴奇中的行为，激起了骷髅的愤怒，它一把夺过他手中的枪，对着吴奇中的头部“啪啪”连开数枪。

随着“啊”的一声惨叫，吴奇中从梦中惊醒，满头大汗，惊恐失色。

第八十七章 身世揭晓

在老宅，老宅悬案秘密侦查小组的全体成员正在听张德亨的讲话。他现在不仅是A县公安局局长，而且是A县县委副书记兼政法委书记，正式接替吴奇中的工作。

张德亨说：“上面传来消息，已正式宣布逮捕何波，但嫌疑的罪名不是老宅凶案的杀人凶手，而是私藏枪支和爆炸品，故意制造爆炸以及绑架、强奸等多项犯罪嫌疑。这说明，十年前发生在老宅的杀人案和国库黄金流失案以及韩老太被刺案还未破获，凶手还在逍遥法外。所以省部原决定召开的总结表彰会暂时取消，待案子全部结案后再隆重举行。”

王林说：“这么说来，我们干了那么久，一切都白费了？”

吴平说：“就是嘛！何波怎么就不是杀人凶手呢？不是他又是谁呢？”

袁一锋说：“何波不是杀人凶手，小路早就分析到了，这说明小路知道真凶是谁！”

吴平急了，说：“韩小路，你就直说吧！绕什么圈子卖什么关子？你说出来，我们把他抓了，不就万事大吉了吗？那时，我们就该做自己的事了。”

袁一锋一听，故意盯着吴平嬉笑。

吴平问：“死老头，你笑什么？”

袁一锋说：“笑某些人憋不住等不及了！哎，吴大嫂该不是你肚子里有了吧？”

吴平的脸刷的红了，她的绣拳雨点般地落在袁一锋光秃秃的头上边打边说：

“死老头，你头上生疮，脚底流脓——坏到底了，你的肚子里才有了呢！”

袁一锋躲开她的拳头，还是嬉笑着说：“是吗，那你说是男孩还是女孩？”

吴平羞愧得语无伦次地说：“有，有你的头啊！”

袁一锋嬉笑着惊呼道：“冤枉呀！”

张德亨继续说：“虽然老宅杀人真凶还没抓住，但你们已经把暗藏的凶手从水底捞到水面，现在又把他推到风口浪尖上，你们的成绩不小啊！要按文学家的描述，破获全案，已经看到了胜利的曙光。凶手被擒的时间指日可待了！”

吴平感到迷惘，说：“我怎么没感觉到呢？”

袁一锋说：“那是因为你的心思放在另一码子上去了。”

“少贫嘴！”吴平瞟了眼袁一锋一眼。

张德亨继续说：“韩小路同志提供的证据资料已经被密封送有关部门化验检测去了，估计时间也就那么二十来天。你们不要松懈，要在这有限的时间里，继续收集证据，特别是凶手杀人和黄金流失的证据。然后你们把所有口供和证据合并起来进行综合分析，形成一条不可断缺的证据链。记住，我们一定要吸取十年前抓捕何波的教训，没有确凿的证据不能随便下结论，更不能随便抓人。”

稍顿，张德亨又说：“根据目前的情况，你们的人事也有所变动。鉴于罗兵是小镇副镇长，目前他的主要精力要放在西山主体开发上。因此经省部领导研究决定，韩小路为老宅悬案侦查小组副组长。另外，王林他们单位要派他去美国签订一项重要合作项目的合同，所以他也要离开侦查小组去美国。现在看来，侦查小组真正集中精力办案的就只有韩小路、袁局和吴平三个人了。人少任务重啊！”

吴平问：“我们办公还在老宅吗？”

张德亨说：“这个就由小路决定吧！就在这老宅，或在小镇派出所或回县公安局都行。”

韩小路立即说：“外甥打灯笼，一切照旧（舅）！”

会开完后，张德亨把韩小路喊到屋外小声说：“何波在看守所吼着要见你，问他见你干什么，他开始不说，后来他才说，要你继续为他寻找他的女儿。”

韩小路认真地小声说：“不用找了，我就是他的女儿。”

张德亨一听大吃一惊，感到问题来得如此突然又有些蹊跷，便要她把情况仔细讲一讲。

处理母亲信香丧事的那几天，韩小路一直没回家居住，要么就住在老宅，要么就回奶奶陈英家看案件材料或写她的毕业论文。

她怕看到母亲用过的所有东西，伤心得不能自禁。再者，在她的心里，母亲是这个家的天也是地，现在母亲死了，就等于天也塌了地也陷了，自然家也就没了。

她也不愿看到父亲韩雨。她把母亲的死全归在韩雨的不轨上。没有他婚姻的出轨行为，没有他一而再再而三地要和母亲离婚，母亲不会绝望，也不会死！

有天晚上，她正在奶奶家看案卷资料，突然接到李琼的电话，说韩雨病了，而且病得不轻，躺在床上话也不能说了，要她赶快回去！对父亲怨恨再深的她，听到这个意外的消息，她也不想其他了，立即将手中的资料“稀里哗啦”地放进小小保险箱里提着它就往家里跑。

回到家里，她看见韩雨躺在他和母亲曾经同睡的双人床上，眼睛紧闭，呼吸却看不出什么异常。

李琼坐在床沿上见韩小路来了，站起来笑着说：“你终于回来了！你不知道，这几多天，你爸没见着你，他有多自责多悲伤，整天除了工作，茶不思饭不想，像是掉了魂儿一样！”

韩小路不看她一眼，一声不响地收拾父亲的衣物。

李琼感到迷惑，问：“你要做什么？”

韩小路说：“他都要死了，不送医院难道让他死在家里呀？”

李琼听了“扑哧”一笑。

韩小路一见，气不打一处来，大声吼道：“你笑！你这个不要脸的第三者害得我家破人亡，你还笑？”

李琼一听，脸刷地变了，冲到她面前大声问：“你凭什么骂我？”

韩小路说：“就凭这个！”说着，她顺手就给李琼两耳光。

李琼也不示弱，挥手还击。于是两个女人便激烈地扭打起来！

女人打架是从来不讲究的。哪样方便顺手，就哪样打。于是扯头发，撕衣服，打头抓脸，扭胳膊，踢下身，“咿里哇啦”地乱打乱叫成了她俩的主打内容。

李琼哪是韩小路的对手，不一会儿她就被韩小路打得不成人样。鼻青脸肿，头发散乱得像鬼，嘴角鲜血流淌，胸前的衣服全被撕破，身上抓痕累累，血迹斑斑。

韩小路停手不打了，可李琼还要冲上去再打。

“不要打了！”床上的韩雨忽然一声大吼。

韩雨翻身坐起来，指着她俩说：“你们去照镜子看看，像什么样子！有什么话好好说不行吗，非要拳打脚踢不可？你也是。”他对李琼说：“三十多岁的人和二十来岁的人计较，成啥体统！”

李琼捂着淌血的嘴，十分委屈地对韩雨说：“你女儿莫名其妙地把我打成这样，你不说她还说我？你还有没有一点良心？”转过脸，她又对韩小路说，“你知不知道，就你老汉儿这段时间，要不是我护着，他早出事早死了，你还打我！”

韩小路轻蔑地一笑。

李琼说：“你不信嘛，你问他。”

韩雨说：“李琼说的是真的。”

韩小路又是一笑，说：“你出事，出什么事？你要死，怕是高兴得死吧？”她又对李琼说：“你如愿以偿了！现在你和他不再偷鸡摸狗了，你也可以光明正大地做他的老婆了！”说完她提起小小保险箱就走。

刚走两步，被韩雨一声“站住”叫住了。

韩雨对她说："丫头哎，爸煞费苦心地把你叫回来，就是想看你一眼，和你说说话。可你来了，随便打人不说，你连喊我一声，看我一眼都没有就要走。你，你还是我的女儿吗？"

说着，他的声音开始哽咽起来，"我知道，你妈的死，你一直在怨恨我。但我也是无奈呀丫头！你以为你妈死了，我的心不痛吗？痛呀孩子！几十年的夫妻啊！没有感情，也有共同生活、共同抚养你成长的亲情呀！你知道吗？当我知道她的死讯那一刻，我连杀人的心都有！当我回去看到那桌她为我和你做的那桌一筷未动的可口饭菜，我的心痛得犹如刀绞。那全是我和你喜欢吃的菜呀孩子！我当时——呜！"他终于忍不住放声大哭起来。

李琼也被说得眼睛湿润了，她说："当时要不是我眼快手快抓住他，你爸就从你妈跳楼的那个窗口跳下去了！"说完，她的泪水也"哗"地流了出来。

韩小路冰冷的心被他俩的述说温热起来，眼里也对他俩发出些许怜悯的目光。但一看到眼前的这张双人床，她的心又倏地冷了。

"我去我房间！"她扔下一句话走出了韩雨的卧室。

走进自己的卧室，韩小路发现床上还是上次她匆忙走时的情景，被子、床单和枕头也毫无动过的迹象。连枕头上她上次躺过的那个小窝也还存在。此刻，她感到十分疲惫，真想躺下去就不再起来。

她把门一关，把小小保险箱往床上一扔便和衣一头重重地躺了下去。这一躺不打紧，枕头下那个"迷你"牌化妆盒被枕头的跳动弹了出来。她惊讶了，坐起来拿起它仔细看。再一掂量，感觉挺有分量。

于是，一种职业的警觉，使她把门内锁上，立即打开了那化妆盒。

她首先发现一张纸条，上面写道："丫头，这黄金是妈送给你和王林将来结婚的礼物；这半截红布包着的龙纹玉镯是证明你身世的依据。这两样东西，现在对我来说毫无用处，对你来说却非同小可，你要好好保管它！还有你爸和那个吴奇中，他们今后无论对你说什么，你都不要相信！你只相信一条，狗嘴里吐不出象牙！妈听你的，走了，回你外婆家去住了，告诉你爸，不要来找我！妈即笔。"

黄金她没急着看。她怀着十分恐怖的心理，在耳边充斥何波对她女儿物证特征的描述声中，颤抖着双手将红布包解开。

霎时，天空一声霹雳！那块看似晶莹剔透却很陈旧而古老的龙纹玉镯便出现在她的眼前。此刻，她一切都明白了。她把所有东西全放进小小保险箱里，提起它夺门而跑。

农历初几的夜晚，街上如果没有路灯，一个人不说疯跑，就是走也得小心谨慎。但韩小路顾不到这些。此刻在她的眼前，亮与黑都是后者。她不仅跑得飞快，而且哭得稀里哗啦！泪水模糊了她的双眼，跌倒了她爬起来再跑。终于，她伤痕累累地跑回陈英家打开保险箱，拿出王林的那个粉红色的木盒和"迷你"牌化妆盒抱在一起，扑在沙发上整整哭了一夜！

韩小路对张德亨说："我母亲死前将物证龙纹玉镯和半条红布放在一个'迷你'牌化妆盒里，藏在我卧室的枕头下，还留下她亲笔写的一张纸条。母亲的目的就是告诉我，我不是她的亲生女儿。而何波对我提供的寻找他女儿的物证正是半条红布包着的龙纹玉镯。这一切说明我就是何波当年丢弃的女儿。"

张德亨说："难怪吴奇中一口咬定你是何波的女儿，不是他空穴来风，而是明知细理。这事儿韩雨和王林知道吗？"

韩小路说："韩雨我不清楚，王林肯定不知道！"

张德亨说："怎么办？昨天王林还对我说，他走前要和你把婚结了。他还要我做你俩的证婚人呢！要不我去跟他说？"

韩小路说："不行！他爱我太深太深。现在对他说，我怕他突然知道承受不了打击而出事。"稍一思忖，她说，"这事儿由我来处理吧！请张局放心，我会处理好的。这事也不用急着告诉何波，他要再问，就给他说我还在找。"

张德亨想了一下，说："行，就这么办！"

刘姐为大家准备了一顿丰盛的午餐，碗筷都摆好了。张德亨却突然接到县委办公室一个电话，说县委吴奇中书记召集紧急会议，要他立即赶回去参加。于是他不得不匆匆告辞。

饭桌上，大家的心情喜忧参半。喜的是大家在一起为一个共同目标奋斗了几个月，虽然凶案未破，但劝何波自首，排除了西山的炸弹，收集了三案的不少证据，为破获全案打下了坚实的基础，也可赞为正如张局所说成绩斐然。现在韩小路又升为侦查小组副组长，侦查组长美女加智慧必定如虎添翼啊！

忧的是王林要走了。短短几个月，王林在大家的心里烙下了很深的印象。这位女人眼中的白马王子，抛开他大义灭亲不说，他为人心胸坦荡，为事公正严明，为爱执着忠心又善解人意。这么好的一个人突然要走了，你说大家能高兴得起来吗？

特别是吴平，当她听说王林要走时，她的心"咯噔"一下像坠入了万丈深渊。就在那一瞬间，王林刚来报到时遭到她故意无理冷遇和刁难，直到后来她为了报复韩小路和罗兵的暧昧，假借与王林相爱以及农家乐开业那天他俩假扮恋人的所有情景，像电影的快镜头在她的脑海里反复恍惚。

此刻，吴平的眼睛里明显饱含着泪水，不敢看王林一眼。她低着头一声不响地只顾往他碗里夹菜。她自己清楚，现在她要是抬头看他一眼，泪水就会止不住潸然而下。她终于不得不承认，她的爱已经从罗兵那里转到了王林身上，但碍于他和韩小路的关系，她只得把对他的爱深深地埋在心里。

吴平的这些举动被韩小路一一看进眼里。她的心里很痛很痛！但从另一个角度想，她又感到异常的欣慰。

第八十八章
今非昔比

时节虽进初秋，人们仍在酷暑中煎熬。晚上七点，白天帮助罗兵忙了一天的韩小路和吴平满身是汗地回到老宅，又满头大汗地吃晚饭。刘姐看这两个妹子热得难受的样儿，便悄悄地去厨房给她俩烧了一大锅热水。

韩小路和吴平吃完饭后天完全黑了。刘姐走来对她俩说："刘姐给你俩烧了锅热水，冲冲澡吧！洗完澡身上会凉快些舒服点儿。"

吴平大吸一口气，瞪着大眼珠子说："你让我们在这里洗澡？开什么玩笑！"

刘姐故作生气地说："为你们好，还不知好歹。你们到底洗不洗？"

吴平说："天这么热，当然想洗啦！可没澡堂咋个洗？难道就在这露天坝里洗呀？！"

刘姐说："对了，就在露天坝里洗。边洗边享受自然风吹拂着热水淋过的肌肤，那种感觉可神了。不信，你们试试！"

韩小路说："行，就按刘姐说的办。"

吴平说："不行不行！"她悄声对韩小路说，"袁一锋他们几个男人，巴不得乘机看呢！"

韩小路说："别把他们想得那么坏嘛！"

吴平说："你不晓得呀？十个男人九个坏，还有一个不自在！"

韩小路纠正说："是九个怪，不是九个坏。"

刘姐说："有刘姐给你们站岗，你俩就放心大胆地洗，看哪个敢怪？"

于是，在老宅后院靠墙的角落里，韩小路先脱去外衣外裤，后脱下内衣，不到一分钟，韩小路一丝不挂的曼妙身躯便朦朦胧胧地呈现在月色下。

吴平一开始不敢脱，见韩小路脱得那爽快，那么自如，她也大胆地照样子画葫芦，战战栗栗地把自己也脱个精光。

"嘻嘻，哈哈！"一把把热水浇身，一丝丝凉风吹来，两位维拉斯式的年轻美女禁不住发出悦耳的笑声！

洗了一阵，吴平突然把目光盯在韩小路身上傻了。待韩小路发觉她才惊讶地说："小路，你简直就是天下第一美人！你看你这身材，不脱不知道，一脱惊得不得了！白净细腻的肌肤，苗条匀称的身腰，再看你如花似玉的脸庞，天下所有女人身上的美都被你占了。"

韩小路说："你在说你自己吧？我发现你才是天下第一美女呢！你看，这高挑的个头，修长的四肢，优美的身体曲线，真让人越看越想看。我要是模特教练，一定要把你打造成世界第一名模！"

两个年轻女人就这么你夸我，我赞你，相互戏弄着，"嘻嘻哈哈"地洗完了澡。

回到寝室，韩小路和吴平仍沉浸在露天沐浴的氛围中。

吴平说："没想到露天洗澡那么安逸，以后呀，我们天天洗！"

韩小路问："你不怕男人看呀？"

"看就看呗！要是他看呀，我还求之不得哩！"吴平说。

"羞不羞哦？"

"有啥羞的？丑媳妇早晚都要见老公——"

"又来了，是公婆不是老公。好了，不说了，睡觉吧。"韩小路说。

吴平在上床时，叹了口气，说："哎，要是今晚有个男人陪我睡就十全十美了。"

韩小路说："做梦吧，你。"

稍顿，韩小路问："哎吴平，你刚才说的那个他是谁呀，是罗兵吧？"

吴平叹口气说："今非昔比，时过境迁了！"

"咋讲？"韩小路不解。

"我说你是故意呢，还是真不理解？罗兵不属于我！"吴平说。

韩小路一笑，故意说："难道是袁一锋？我看你俩平时爱说笑，倒挺投缘的。"

吴平说："谁说是他？你把我看成是嫁不出去的老女人呀！"

韩小路进一步试探说："这个不是，那个也不是，该不是王林吧？"

吴平不吭声了，可心在"突突"地跳。

韩小路再进一步试探说："你可不要当第三者呀！王林已经向我提出结婚了。他说他要在走之前把我和他的喜事办了，还请张局为我俩证婚呢！"

"不行！"吴平突然从床上坐起来一本正经地说，"你俩不能结婚！"

"为什么？"韩小路问。

吴平忽感失言，便吞吞吐吐地说："因为，因为罗兵喜欢你，真的！"

韩小路干脆一语中的，说："那你喜欢王林也是真的喽？"

吴平又是低头不语，但这次心里是乐滋滋的。

事到这个份上，韩小路没有理由再隐瞒了。于是她把她发现自己和王林是兄妹关系的事从头到尾地告诉了吴平。

不感到惊讶的吴平说："其实，邢队在抓你和王林时，他就告诉我们了。我们都不相信，尤其是罗兵。今天听你这一说，我才感到天下竟有这样的奇遇！你们俩真是兄妹吗？"

韩小路说："是的。我俩都是何波的儿女。但究竟是他大还是我大还不清楚。因此，我想和王林一起去成都看守所见一下何波，一是求证真假，二是问一些有关案子的事。你愿意陪我们去吗？你要是真喜欢王林，这可是绝好的机会呀！"

吴平已经睡着并响起了均匀的鼾声，可韩小路怎么也睡不着。

自从韩小路入住这间屋子后就没睡过安稳的觉，要不她怎么知道刘姐深更半夜还在给别人通电话？不过，那个睡不着是因为这间屋子是她曾经在这里发现蒙面的鬼怪物出现和消失的屋子。

那天晚上那恐怖可怕要命的情景不时在她的脑海里像洪水似的翻腾。当初，罗兵在分配住宿时，她之所以不说，是为了安定大家的情绪，尤其是吴平。

今天晚上她睡不着，是她不得不失去她相恋两年多的亲密恋人。她也不知道，一旦王林知道这个残酷的现实将会发生什么样的事情？熟知奥尔波特心理学理论的韩小路，尽管做了很多准备，她心里还是没有底。

与此同时，睡在隔壁的罗兵和王林，也有一人睡不着，那就是罗兵。

晚饭后，在西山上累了一天的罗兵给刘姐说想洗个澡，可刘姐说不行，要洗得让她俩洗完以后。因为桶被她俩占了。罗兵问，她俩是谁呀？刘姐将嘴贴在罗兵耳朵上悄声嘀咕了两句。罗兵一惊，大声说，她们怎么能在露天洗澡？刘姐即用手将他的嘴捂住。

没法，罗兵只得用盆子装了一盆水端着往黑暗里走。可刚一动脚，又被刘姐挡住说："我的镇长唉！那边可是两个赤条条的女人呢！你不怕被当流氓打呀？"

罗兵嘴一咧，只好将水端到寝室里去洗。

可没想到，他刚一进屋，就听见韩小路和吴平的欢笑声。接着就听见她俩相互对女人身体的赞美声。原来，她们洗澡的地方就在他寝室的拐弯处，她俩的一声一响，他都听得清清楚楚。

在第二天早晨的饭桌上，除了王林乐呵呵地对他和韩小路的婚事眉飞色舞，滔滔不绝外，所有的人包括袁一锋在内都沉着一张脸，一言不发。

王林发现了便问："你们咋了，我和小路结婚你们不高兴呀？一个个愁眉苦脸，像送丧似的！吴平，连你也不祝贺我？"

吴平尴尬一笑，语无伦次地说："哦，支持支持！"

饭后，韩小路将王林叫到寝室，说："结婚这么大的事，你怎么这么随便仓促地宣布呢？"

王林笑着说："没有随便也没有仓促呀！是水到渠成，瓜熟蒂落嘛！你不是早就盼望这一天吗？"

他走过去紧挨着她。

她把他轻轻推开，说："我们不是说好了吗，等案子破了以后。"

"我这不是要走吗？"他玩笑地说，"我这一走，说不定就回不来了！"

韩小路急忙说："说啥呢？我们对天发过誓，要永远在一起，不离不弃！"

王林感动得紧紧将韩小路抱在怀里，亲她的额头，吻她的嘴。当他的手伸向她的胸部时，她猛地把他推开，厉声说：“不许胡来！”

王林一惊，问：“你怎么啦？我们都要结婚了呀！再说，你原来不是也——”

韩小路严肃地说：“原来是原来，现在是现在。结婚这么大的事，总该告诉你的父亲吧？这样吧王林，我和你一起去一趟成都看守所，顺便把你那个什么木盒也带上，告诉你父亲我们要结婚了，看他有什么话要说。”见王林有些不愿意，又补充一句：“他毕竟是你的亲生父亲哦！”

王林思忖片刻后，说：“好吧！不过要快，张局又打电话催了。”

韩小路说：“明天吧，明天就去！”

第八十九章
案情回顾

因西山开发主体施工已经动土，罗兵吃完早饭就走了。刘姐因老公江山不在家，她要去“软得多”农家乐打点，走时告诉大家，中午饭就在“软得多”吃，她就不过来做饭了。现在老宅就剩下以韩小路领头的侦查组三人和王林共四人。

韩小路站在门外打电话，吴平走来问：“哎组长，今天咋安排呀？大家都等着呢！”

韩小路放下电话就和她一起回到屋里。韩小路对大家说：“明天我和吴平、王林要去成都见何波，今天我们要做一件事，就是询问当事人，查看作案现场。”

吴平一惊，说：“作案现场不就在这老宅吗？我们几乎天天在这里吃喝拉撒，这里有几间屋子几根柱头，几把椅子背都背得出来，还用得着查看，询问当事人？哎韩小路，你在唱哪一出，凶手都没抓住，谈何当事人？”

韩小路说：“你甭管那么多，做好你的笔录就是了。”

吴平还想说什么，袁一锋说：“军人以服从命令为天职，警察也是军人！”吴平瞟他一眼，杵他说：“军你个头呀，秃顶！”

袁一锋又笑着用手摸摸自己的头。

正说时，曾见来了。他还是那么严肃，一身正气，右手始终不离挎在他腰间的手枪。吴平还没回过神来，曾见就主动坐下对韩小路和袁一锋说：“我想，你们也应该找我了。”

吴平惊疑地说：“我说袁三娃，噢曾见，原来杀人真凶是你呀？还真没看出来，你还真行啊！当时你不过二十来当岁吧？竟然贼喊捉贼，自己杀了人又去派出所报案。两条命，不，加肚子里一条共三条命啊，你也下得了手？”

曾见脸不改色心不乱跳，啥也不说，瞪着一双冷漠的眼睛望着吴平。

袁一锋说：“吴大嫂，你的任务好像是只做好笔录吧？”

曾见也说：“是的。老师讲课的时候说过，书记员一般是不直接向当事人提问的。”吴平先瞟袁一锋一眼，又瞟曾见一眼，嘴一咧，低头看着面前的笔录本，不吱声了。

韩小路笑着对曾见说：“今天请你来，别无他意，就是想请你把当时在这里你发现受害人尸体的前后情况再给我们说一遍。我说再，是因为你曾经在报案时，已经向公安机关说过了。”

曾见说：“好。凡是我知道的，该说的我不会保留。”

韩小路说：“在说之前，我想问你，你是怎么知道老宅里藏有黄金的？”

曾见回想一下，说：“那是一天的下午——”

天上阳光明媚，河里清水荡漾。西山桥头公园人来人往。河边茶座一桌连一桌，全坐满了男男女女，老老少少的茶客。

曾见穿着不干不净、不新不旧的衣服贼眉贼眼地在茶座间，在人群中走来走去。他的目光不停地落在人们挎在肩上，放在桌凳上的各式各样的包上。忽然，那边传来一阵拍手欢呼声。曾见一看，那是茶老板正在向一桌茶客表演参茶绝技。旁边也围了不少观看的人。

曾见好奇，也走过去观看。他发现，在一张茶桌上坐着四男一女，有一个穿着警服。虽然茶老板的表演已经结束，围观的人也相继散去，但这五人还在兴头上，夸赞不绝。

曾见最怕穿警服的人，于是掉头就走。没想到他们的对话又将他吸引住。于是他就坐在离他们不远，能听见他们说什么的一个石阶上。让人看去，他面对河水，似乎在聚精会神地看河面上一群群野鸭的嬉戏，但他的听觉一直停留在他关注的茶座上。

“我说老韩，你怎么让那对成都夫妇贸然住进老宅呢？你不知道那房子里藏有黄金的传说吗？”那个穿警服的人问。

“瞎扯！何波要是把黄金藏在家里，他还放心把钥匙交给我？再说，那俩夫妇都是我大学的同班同学，他俩提出来借住两天，我能不答应？人家可是省里派来的专家哦！”那个叫老韩的男子说。

“情有可原。”又一男子说，“不过，我好像觉得那女的对我们韩镇长有点儿意思啊！那天在饭桌上我就看出来了。你们两人一直秋波不断呀！”

“兰仝，别瞎说，有人要吃醋了！”那穿警服的男子扫了眼旁边的女人说。

那女人说话了，她说：“看我干吗？关我屁事呀！不过，我敢说，他和一个女人，就是和十个百个女人也只不过传传秋波而已，再给他个胆子他也不敢来真格的！”

“就是。我们李琼啥人呀？不仅是招待所所长，还是个美人坯子，天下最美最美的大美人儿！谁敢在美人面前放肆！”那个叫兰仝的人说。

“哎老邢，你刚才说，老宅里藏有黄金，是真的吗？”那个始终没说话，年纪稍大的男人大声问。

“我也是听说。听说那黄金就藏在老宅里间卧室的地板下。不过谁也没进去过，也不知是真是假。”穿警服的叫老邢的人说。

曾见倏地站起来，想立即离开。就在他经过他们的茶座时，目光正好和那年纪稍大的男人的目光相碰。那男人赶紧低下头去。

说完，韩小路问曾见道：“这么说，你当时并不知道那五个人是谁？”

曾见说：“是的。弄清楚他们是韩雨、吴奇中、邢队、兰仝和李琼五人，是我报案后的几天之内。而且知道，当时吴奇中是小镇书记兼镇长，韩雨是副镇长，邢队是派出所所长，兰仝是西山村副主任，李琼是招待所副所长。”

袁一锋说：“当时我们调查讯问你时，为啥不讲这一段情节？”

曾见说：“你也没问呀！后来，你们把何波抓了，邢队也告诉我老宅凶案破了，杀人凶手就是何波，我就更没必要说这事了。”

“他们五人当时认识你吗？或者五人当中有认识你的人吗？”韩小路问。

“不知道。你想啊，当时我一小偷，哪能敢和当官的、当警察的打私交，问还不敢问呢！不过，那邢队我好像看到过。”曾见说。

韩小路问：“你决定进这老宅偷黄金，是在他们交谈说老宅有黄金后的第二天是吧？”

曾见说：“不，就在当天晚上。我也不是偷，是找。”

韩小路又问：“你和你的同伙一起来，同伙在外放哨是吧？”

曾见说：“不，就我一人。”

韩小路再问：“你确定你开门进屋的时候，外面没有人看见吗？”

曾见说：“我是翻客厅的窗进来的。那天晚上天很黑，我没发现有人。至于有没有人看见我，我不知道。”

韩小路对袁一锋和吴平说：“我问完了，你俩有什么问的就问吧！”

袁一锋说：“曾见，我只问你一句。你过去所写和向我们所交代的案发时的口供，对不起，我说的是当时，现在还有改动吗？”

曾见说：“没有。不过，我要纠正一下，不是案发时而是我发现死者现场时。”

袁一锋脸一红，点头称是。

吴平问：“袁三娃，噢曾见，我问两个问题。第一，你确定你第一次知道这老宅有黄金是听了河边喝茶的那五个人的交谈吗？”

曾见说："不是。我曾经听何波喝醉酒时说过，但我以为他吹死牛不相信。听河边喝茶的人说，不过是印证而已。所以我当天晚上就悄悄地去老宅找。"

吴平又问第二个问题："河边喝茶摆条的那五个人中，你凭什么说有我爸吴奇中？他们并没有喊他的名和姓呀！"不知为什么，曾见一时没答上来，吴平就说，问完了。

韩小路对曾见说："感谢你对我们工作的支持，真麻烦你了。"

曾见说："说感谢就见外了。我们虽然职责不同，但都是同行。"

"不过还想再麻烦一下，"韩小路说，"今天晚上，我想请你把当晚你发现死者前后的情景模拟再现一遍，不知可否？"

"可以。不过要有一男一女装扮死者配合才好。"曾见说。

"你看袁局和吴平如何？袁局扮死者丈夫，吴平扮死者妻子。"韩小路说。

吴平当即"哇哇"地叫嚷起来："什么？要我和色老头扮夫妻，不干不干，坚决不干！"

曾见一笑，难得的一笑，他说："吴平可以。但袁局太老了，不相配，还是王林来吧，他合适。"

吴平说："这还差不多。"

韩小路说："我们拿一个下午来准备，晚上八点钟准时模拟。袁局负责监控，我来给他俩化装。记住，模拟时，一定要逼真，千万不能笑，要把当时发生和发现的所有细节都真实地表现出来。"

晚上七点半，韩小路正向刚回来的罗兵讲什么时，小镇派出所所长领着韩雨和李琼来到老宅。

所长问韩小路道："可以开始了吗？"

韩小路说："可以了。"于是，所长将里间卧室门的封条一撕，门被"咯吱"一声推开了。一阵阴风夹着难闻的气味扑面而来，让人觉得恶心又恐怖。

韩雨和李琼一看，感到十分疑惑。

"他们侦查案件叫我们来干什么？"韩雨问所长。

韩小路说："不干什么。请你们来，就是演一出戏！"

"戏，什么戏哦？要我们来做什么？"李琼问。

韩小路说："你们啥也不做，只顾看就是了。"说着，她把在场的人全部领到她的寝室。把他们安顿坐好后，她"咔嚓"一声把电灯关了，面对桌上的监控屏喊道："开始！"

监控屏幕慢慢亮了。霎时，又一片漆黑，瞬间又朦胧起来。

西山像一道黑色的底幕，隐约中可见树在动，山在摇。天空不见一颗星星，只见乌黑的乱云飞渡。远处传来猫狗和其他动物的一会儿欢快戏闹，一会儿悲切长鸣，一会儿寂静无声，一会儿又声嘶惨叫！

朦胧的夜色中，一个男子东张西望的来到老宅里间卧室窗前，犹豫一下用手轻轻推窗户，窗户竟然开了。

监控室里，坐在韩小路两旁看监控的韩雨和李琼特别紧张，尤其李琼紧张得全身颤抖，脸色在监控屏微弱的光线下，也能明显地看出起着巨大的变化——一会儿红，一会儿白，一会儿青，一会儿黑。

监控屏上又出现那个男子，他从墙根站起来犹豫了一下，向夜幕里走去。

韩雨和李琼站起来要走，被韩小路喊住了。她意味深长地说："好戏才刚开头，精彩还在后面呢！"

所长也说："韩书记哎，既来之就安之吧，看完再走。"

大约过了半个钟头，监控屏幕上那男子又出现了。他又来到刚才那窗前，先听了一阵，里面毫无动静。他便趴在窗口拿出电筒往床上照，除了见床上乱七八糟的床单被褥外不见一个人影。他感到奇怪不明就里。为了安全，他放弃了从这里入室的打算。

他来到客厅的窗前，却发现窗户大开着。于是他推测，屋子里的男女已经趁他离开的半个多小时翻窗走了。于是，他大胆地翻进客厅，将手电掩在衣摆下面打开，小心翼翼地往里间走。

突然惨景出现了！在里间卧室门口，在他的电筒光下，头挨头地仰躺着赤身裸体的一男一女。随着电筒光的移动，发现一男一女仰躺在地，其状十分恐怖，吓得男子悚然惊叫，接着全身汗毛竖立，瑟瑟发抖。稍许，他大胆地用手背往俩人嘴前一放，确定已经死亡，他才"啊"地大抽一口气跑离现场，从客厅翻窗跳出，消失在茫茫夜色中。

灯亮了。韩小路走出来对还躺在地上一动不动的王林和吴平说："已经结束了，起来吧！"

第九十章
推理假说

现场模拟结束后，案情分析会在老宅连夜进行。参加分析会的除了侦查小组的全体成员外，还特邀韩雨和李琼参加。

主持分析会的韩小路说："重启侦查老宅凶案现在不是什么秘密，我们侦查小组对此案进行侦查也不再秘密进行。任何人如果知道一点线索，哪怕就那么一点点，都可以向我们提供。这是法律赋予公民应有的义务和权利。韩镇长和李副镇长既是领导又是公民，还是老宅案子的知情人。所以，我们今晚特邀他俩参加我们的案情分析会。"

稍顿她又说："既然是分析会，也仅仅是分析而已，如果有些话过了头，或者冒犯了什么人，大家一定要冷静，千万不要过于冲动。要知道，我们的目的都是一样的，就是破获全案，抓住真凶，还法律一个公正，还百姓一个平安！这也是大家始终期待的。"

韩小路继续说："刚才大家在监控屏幕上看到的那不是戏，是老宅发案现场的真实模拟。那在宅外徘徊窥视的男子就是当时的所谓小偷袁三娃，现在的警察曾见。那俩死者是借住在老宅的刘江和夏善兰夫妇。我们感谢曾见和王林以及吴平三位同志，装扮并再现了当时的情景。

现在我们紧紧围绕这个情景，展开讨论和分析，各抒己见。各位，包括二位镇长，都可以站在侦查员的角度，展开丰富的想象和思维，挑一挑这模拟的一些缺陷，推测和假设凶手的作案时间，手段甚至凶手是何人？"

稍顿，她又说："为使大家讨论分析有根有据，我请袁局再把模拟录像放一遍。"

于是大家在客厅的电视机上又看了一遍模拟录像。看完录像，韩小路说："现在开始吧，谁先说？"

没有很多停留，"我先说！"李琼说，"我认为模拟有编导之嫌，脱离实际，故意制造看点和恐怖情节，这不利于案子的侦破。"

李琼首当其冲，自告奋勇，这是韩小路没有料到的。自从李琼走进老宅开始，韩小路就注意到，她一直心神不定，坐立不安。看模拟时她越看越紧张直至脸色大变全身发抖。

韩小路推测，模拟里面的人和事可能与她有关或这里面的人就有她，否则她不会像惊弓之鸟。她以为李琼在分析模拟时要么缄口不语，要么离开主题乱说一通，以干扰侦查视线，摆脱对自己的嫌疑。可没想到，这位美女镇长还真有真才实学，一语道破了模拟的瑕疵。

"你能否举例说明。"韩小路说。

"那床上的男女是不是在真正做爱，姑且不论，就算是，在做爱时也不可能说进来了，又出去了这些粗俗不堪的话语，因为借住者不是没有文化知识的人，而是大学毕业的专家。这是其一。其二，那一男一女死者，如果他俩就是床上的做爱者，还是被害者的话，两个都赤身有可能，因为做爱时可能一丝不挂。但两个都死于没有太大外伤而眼球突出，嘴大张，舌长伸，四肢扭曲，这就有点儿牵强。一般情况下，凶手用自己一人的手同时掐死两个人，其中还有个能疯狂做爱的男人，应该说绝对不可能。除非——”

“除非什么？”韩小路立即问。

“除非凶手用的是毒剂！”李琼说。

韩小路一惊，若有所悟地说：“请你继续说。”

“没有了。”李琼说。

李副镇长说的有一定道理，王林说：“我和吴平在床上做，爱的时候——”

吴平立即反驳：“哎王林，谁和你真做，爱了？”

王林说：“哦，模拟做，爱的时候，说那些进来了又出去了的话时就感到很别扭。但曾见说他的确听见那女的这么说过。另外，我认为，凶手作案确切的现场不一定在里间卧室的门外。我认为模拟录像上死者的现场有人为摆设的可能。”

“你是说，凶手在里间或别的地方把人杀了，再将被害者摆放在里间卧室的门口？”韩小路问。

“是的。”王林说。

“不对呀！”袁一锋说，“如果那床上的两人就是死者，据曾见说，他离开老宅到河边上走了走，又回想起何波有次喝醉酒后给他说老宅里的确有黄金，于是他不死心又返回来，才从客厅外翻窗进屋发现了死者。他说而且肯定他离开的这段时间不会超过半个小时。在半个小时内凶手连杀两人再移尸到卧室门口摆放好，并伪装成奸杀，几乎不太可能。除非——”袁一锋没再往下说。

“你也除非，除非什么呀，色老头？”吴平问。

“除非凶手一直藏在老宅里间卧室的什么地方，比如地下室、墙角、床下或衣柜里。”韩小路说。

“对！”袁一锋说，“只有如此，时间才能衔接得上。”

“那这人是谁呢？难道是何波？”韩小路说，“如果里间卧室有通山洞的地下室，那这人十有八九是何波，因为只有他才有这个条件在很短的时间里来到老宅里间作案。”

“我也这样认为。”吴平说。

“这么说来杀人凶手还是何波。”韩小路说。

“正是。”袁一锋说。

“不，不是他！”一直没发言的韩雨突然冒出一句。接着他又说：“何波不可能杀人，那床下面藏着的人也不是何波。”

“哎，要是床上那两人没死就好喽！”吴平说，“可惜他俩都死了。”

“不，床上的那两人没死，而且就在我们中间！”韩小路突然大声说。

一石激起千层浪！韩小路话音刚落，现场所有人的表情顿时各不一样：吴平惊讶得张嘴瞪眼；王林陷入迷茫，望着韩小路那张沉着稳健的脸一声不吭；袁一锋若无其事，嘴角还挂着微笑；罗兵好像胸有成竹，不惊不诧。

只有李琼表现非常异常，吓得魂不守舍，一头扑进韩雨怀里呜咽起来，韩雨带着无比失落的心情轻轻地拍打着她的肩背以示安慰。

这时，韩小路毅然宣布："今晚的讨论分析会结束，谢谢大家，谢谢二位镇长！"

韩雨和李琼走后，侦查小组的人继续开会。

韩小路说："请大家谈谈今天，特别是今天晚上我们侦查的收获，也各抒己见，大胆推测和假设，这样会大大加快我们破案的速度。"

王林说："我从韩雨看录像时惊慌失色，分析案情时他一言不发，当小路刚提到凶手是何波时，他迫不及待给予否认这些细节，我认为韩雨可能知道谁是凶手。要么何波，要么不是何波，要么就是他自己。否则他不会那么肯定的不问自答。联想到他当初肯定凶手是何波，现在又说何波不是凶手，这当中一定有什么不为人知的秘密。"

"还有李琼的哭，我认为这里面一定有什么特别的隐情。"吴平接着说。

袁一锋说："李琼为什么哭？这和她的学历和身份不符啊，太失常了！"

韩小路说："那是因为床上那对做爱的男女，女的可能就是她！"韩小路这句话，更把大家惊得目瞪口呆。

韩小路说："这就是我让李琼来看这模拟录像的目的。李琼这女人非同小可，聪明得很！她明明在床上说了那进来了，又出去了这句极为粗俗，但极易挑起男人欲望的语言，却堂而皇之地反驳有文化的人不可能说那句话。没想到，她这一反驳，却让我想起，写此地无银三百两的王二。"

王林问："如果床上的女人是李琼，那男的是谁？"

韩小路说："作为一个侦查员到这个时候不应该犯这么低级的错误。也不应该明知故问。"

王林的脸刷地红了。

吴平真的陷入云里雾里了，她说："我晕了，真的晕了！韩小路，你完全可以去写侦探小说。明明一句话就可以说清的事情，却非要去设些悬念，搞些弯弯拐拐，甚至故意东拉西扯，指鹿为马，让读者感到看吧嫌啰唆，不看吧又不死心。因此，只得硬起头皮看下去，总想弄个水落石出！"

韩小路说："你比喻得非常恰当。侦破一个案子，尤其是一个十分复杂的杀人凶案，就是在写一部长篇推理小说，来不得半点马虎和急躁。比如，这里间卧室，我早就发现有两个男人和一个女人，或两个女人和一个男人在那床上发生过性行为，证据就是床单上的精斑和毛巾上的精斑颜色不一样。但要确定两者是否真不一样，不能光凭目测，得用科学仪器去检测。在检测鉴定未出来时，不能作结论。所以，我明知李琼是其两个女人之一，也只能推测不能定论。"

王林问："如果床上的女人是李琼，是否证明曾见所看到的女死者就不是床上做……做爱的女人？"

韩小路说："也不一定。这里有个时间差的问题。如果曾见中途离开老宅真只有半个来小时的话，这里会出现两种情况。”

“哪两种情况？”吴平问。

“第一种，被害者早已经昏厥或死亡。这时李琼和一个男人因某种不能公开的行为来到老宅卧室。进行了一系列行为后正要走时，小偷曾见在窗口出现了。于是他俩立即上床演了那出男女之戏，目的是将小偷吓走。待他俩确定小偷走后，于是立即逃之夭夭。”

王林问：“如果真像小路分析，李琼两人进老宅和出老宅一定看见了被害者本人或他两人的尸体。”

韩小路说：“也不一定。如果是前者，李琼二人两次都是从里间窗口进出的话，她二人未必知道被害者已死。如果是后者，她二人是从客厅窗口进出的话，她就一定看到了死者。”

“如果是后者会出现什么情况呢？”吴平问。

“但如果是后者，李琼二人不是凶手的话，作为一个女人，不太可能在如此情况下还走进里间卧室演出床上性戏。因为死者状况十分恐怖，太吓人了，根据奥尔波特社会心理学实践理论，李琼没有那个心理素质。综上分析，结论只能一个，即李琼二人是从里间卧室窗口进入卧室，目的没达到，做完性事后，为了安全，又从正门出走，没想到她二人出门时发现了死者。”

吴平说：“嗯，有道理。”

“这里也有两个可能，”韩小路接着说，“一是李琼二人在惊慌中立刻从客厅窗户出走。二是此时某人发现了李琼二人或李琼二人发现了某人，于是经过一番讨价还价或密谋后再一起从窗口逃走。只有这样，才能解释曾见第二次回老宅，见客厅窗户大开，从而使他顺利翻窗进屋发现死者的情理。”

韩小路的分析，得到大家的频频点头赞同。

“请小路再说说第二种情况吧！”罗兵说。

“第二种情况可能是这样，”韩小路说，“李琼二人翻窗进里间卧室时，凶手已经把被害者杀了，尸体正被凶手摆放在里间卧室的门口。正当凶手做完这一切，返进里间卧室准备从窗口出逃时，看见李琼二人翻窗进来了，于是凶手只得钻到床下藏起来。”

“凶手在床下看见了什么吗？”吴平又问。

韩小路说：“李琼二人在里间卧室翻箱倒柜啥也没找着，也没发现有地下室，于是累得躺在床上休息。夜深人静，一男一女躺在床上，自然免不了亲热。这时，李琼忽然听窗口有声响，并在朦胧的夜色里，见窗口有人的头影伸进。聪明睿智的李琼忽然想起民间一对夫妻，晚上在床上云雨时，无意间说了那句进来了又出去了的话，从而吓走了小偷欲从墙洞进屋偷窃的传说。于是她灵机一动，就地取材，上演了一出进来了，又出去了的性戏。果然还真灵了验。”吴平惊讶地说：“哇！李副镇长真行。临危不惧，处变不惊！要是我，早吓得——”

“屁滚尿流了。”袁一锋取笑吴平说。“你才尿流了呢，色老头！”吴平瞟了眼袁一锋说。

韩小路继续说：“一开始李琼二人没真干，到确定小偷离开后，便真的大干了起来，搞得李琼兴奋得哇哇直叫。这时，藏在床下的某人按捺不住，便从床下钻出来想从窗口跳出。没想到凶手刚一起腿被李琼二人抓住了。双方用手电筒一照，才发现都是熟人。于是三人沆瀣一气，将老宅凶案编辑了一出惊世骇闻的假戏！袁局，你是老侦探了，你说我推测的如何？”

“精彩，实在是精彩！”袁一锋说：“如果十年前A县公安局有你韩小路，这凶案怎能悬到现在？早破了！不过……可惜呀！”

吴平问：“哎！色老头，你阴阳怪气的，可惜啥呀？”

袁一锋说：“可惜小路分析的场景，没人能作证！”

“这就是我明天要去成都看守所提审何波的目的，”韩小路说。

第九十一章 惊弓之鸟

在吴奇中的别墅里，吴奇中和邢队、江山以及四个男人正在麻将室里杀得昏天黑地。除了吴奇中，其他三个男人嘴上都叼着火星一闪一闪的香烟。三杆香烟冒出的烟雾把整个房间灌得乌烟瘴气。

烟味，加上桌子上大红钞票的油墨味，再加上四个男人身上发出的汗臭味，熏得几乎让人喘不过气来。

吴奇中摸了一把牌站起来烂着脸说：“我说哥们儿，少抽一点好不好？呛死人了！”边说边用手扑打眼前的烟雾，可怎么打也打不开，反而越打越多。那呛人的烟子仍然肆无忌惮地往他鼻孔里钻，弄得他咳嗽连天。

这时，听见急促的敲门声。

四人立即警觉起来，几乎异口同声地说：“都下半夜了，谁来敲门哦？”边说边把桌上的大把钞票往自己的裤袋里揣。

由于上次那个梦把吴奇中吓得不轻，所以吴奇中经常在晚上找他们来家打麻将，借此壮胆又消磨寂寞难熬之夜。好长时间都平平安安，毫无声息地过去了。今天晚上怎么啦？三更夜半的竟然有人来敲门！

“老邢，你们公安局是不是又在打黄扫非了？”吴奇中问。

“没有啊！要是打也不会打到你县委书记家里来的。”邢队说。

“不一定！”吴奇中说，“张德亨那小子当政法委书记以后，更不把我吴奇中放在眼里了。我估计他早就想找我的碴儿，好把我弄下台，他来坐这把交椅。就说上次抓何波那件事吧！要不是我据理力争，加上老书记省委常委组织部长亲自参加会议坐镇给我撑腰，我可能就没有今天喽！”

“大难不死必有后福。你不是就当了县委书记了吗？”兰仝说，“你看上次车祸，你躲过了，由小镇书记升为县委副书记。这次西山一事，你又躲过了。又从副书记升为书记。你真是皇帝命啊！我要是你，就不怕什么难。有什么难统统地来吧！一次难升一级，一直升到省里，甚至中央。自摸，清一色！”

“咚咚！咚咚咚！”敲门声越加紧急，由轻轻的两声变为重重的三声。声声让人惊魂不定。尤其是吴奇中，心里就像挑着十五个水桶，七上八下拿不定主意。

这门是开，还是不开哦？

“哎，别打了。商量一下吧！这门到底是去开还是不开？”吴奇中问。

“我说不开！”江山说，“三更半夜的，谁知道敲门的人是好人还是坏人！不开！”

“我说开！”兰仝说，“管他是好人坏人，门一开就见分晓。好人罢了，要是坏人，我们四个男人，邢队还是个警察，怕他个球呀？！”

“不行！”邢队说，“这种事我见得多了，开门反而麻烦多。敲门者一般有两种情况。一种是好人，另一种可能是坏人或小偷什么的。要是好人敲门，紧敲不开，说明屋里的确无人或不愿意接待，他就自知之明，很快就走了。如果是——”

“可是他紧敲不走呀！不但不走，还敲得更起劲！”吴奇中抢过话头说。

“我看还是报警吧！把这麻烦交给警察。”兰仝说，“管球他是好人坏人，由警察去处理。”

“我们这里就有警察，而且还是警察的头。还报什么警哦？”江山说。

“唉不敲了，真不敲了！”走到门口窥听动静的兰仝小声说，并对邢队竖起大拇指，夸他英明，

大家终于松了一口气。

江山问：“还打不打？”

“打个头呀！兴趣都没了还打？不打了，摆摆龙门阵吧！”吴奇中说。

邢队说：“不行！我都输了千多块了，总得让我捞一捞吧？”

“随便。反正我没赢也没输。”兰仝说。

江山说：“我也输了。不过不多，才两千多块。”

兰仝一惊，说：“哇！真是开农家乐的大老板呢！太有钱了。输两千多块还算

不多，啧啧！”

“输给老书记，心里也高兴。你说是吧邢队？”江山说。

“是倒是。但也不能输得太多呀！两千多块啥概念？三个月的工资没啦！”邢队说。

吴奇中说：“我看你们说来说去还是一句话，没过到瘾。想继续打。打就打吧！反正明天是星期天，打个通宵白天就睡觉。走，摸牌去！”

于是，大家又乐呵呵地向麻将室走去。没想到刚一坐下，“咚咚”敲门声又传来而且更加急迫。

邢队火了，倏地站起来，从身上掏出一把手枪，说：“他欺人太甚。老虎不发威，以为是病猫！”说着，他就举着枪冲到门背后，侧着身子，用另一只手把门猛地拉开。

李琼怒气冲冲地站在门口。

四个男人全惊呆了。

坐在沙发上，李琼怒气未消地对吴奇中说：“敲死门不开，打你的手机又是关机，原来你在逍遥自在呀！可你知道吗？大火从下巴下燃起来了，马上就要烧到眉毛了！”

吴奇中端来一杯水，柔声地说：“到底什么事哦？看把你急得！来先喝口水，慢慢说。”

李琼瞟了眼邢队，又看了看江山和兰仝。三人似乎心有灵犀，互相看了一眼，便以各种借口开门走了。

屋子里只剩下吴奇中和李琼。

两人坐在沙发上，吴奇中说：“他们都走了，有什么事你就说吧！”

李琼喝了口水，把杯子放下，一双泪水盈盈的眼睛紧盯着吴奇中。忽然，她一头扑进吴奇中的怀里大哭起来。

实际上，要说李琼和吴奇中的关系远比韩雨早，做那种男盗女娼的事也在韩雨之前。要不然，她不会因丈夫殉职公婆无人照顾为由，那么轻易地从一个穷乡僻壤的山村调来小镇，而且很快当上了招待所所长直至副镇长。

既然李琼很早就和吴奇中有染，怎么又和韩雨勾搭上了呢？这里有两个原因。一是因为吴奇中的老婆梁世容实在厉害无比。她曾凶神恶煞地找到李琼威胁说：“你要再和吴奇中勾搭，小镇街头很快就会出现一男一女两具尸首。不信，你走着瞧！”

还有一个原因，就是吴奇中那东西当时实在不行，每次在一起搞都满足不了李琼那旺盛的需求。哪怕吴奇中用尽了吃奶的劲，最终还是无果而终不欢而散。要不然，哪怕是死，李琼也要跟吴奇中一起死。

但尽管俩人从肉体上分开了，但感情还是连在一起的。就说上次吧！何波要她找人开车撞死吴奇中，她硬是让自己的身体给江山搞了一个下午，从而换得吴奇中的一条生命。要不然吴奇中早就成了地狱之鬼，哪来当县委书记一说！

吴奇中轻轻地把她的身子从他怀里扳出来，小声说："现在这屋里就只有你我，你有啥事就快说吧！说完快走！"

李琼抬头用深情的目光凝视着他，柔声地说："没事就不能找你呀？想你还不行吗？你和我的事，你就真的不再想再继续啦？"

"哎呀！我的姑奶奶，现在是什么时候哦？邢队他们也许还没走远，要是这帮赌鬼杀回来咋办？跳到黄河也洗不清啊！"吴奇中说。

别说，邢队还真的杀回来了。此刻他正在门外把耳朵贴在门上听里面的说话。

"我不管！"李琼说，"副镇长向县委书记汇报工作，反映急事，理所当然，谁也不敢说三道四！"说着她又扑进他的怀里。

天呀！人世间竟有如此猖狂不已，毫无廉耻的女人？为了达到自己的某种目的，竟然不择一切！

再怎么着，吴奇中也是男人。虽然年高气紧肾虚。也经受不住李琼这么年轻漂亮女人的如此挑逗。他那本来像死鸟一样的东西，随着她的挑逗竟然慢慢地开始复活了。但这种复活转眼之间又死了。

看着垂头丧气的吴奇中，李琼说："这不怪我，是你自己不行！"

也许旧情复活，也许自知惭愧，也许又出自某种怜悯或自责，吴奇中突然变得温柔体贴起来。他把身子软得像一团棉花似的李琼拥在怀里……

一切都过去后，两人坐在沙发上，吴奇中说："我知道你无事不登三宝殿。这么多年，你没有主动找过我。说吧！到底出了什么事？"

第九十二章
女人计谋

在吴奇中书记的催促下，李琼忽然拉下脸来，借两人不寻常的关系，玩笑似的单刀直入，说："你不愧是书记，老奸巨猾，阴谋善断！我问你，十年前借住在西山老宅那对成都夫妇是不是你杀死的？"

门外，邢队把耳朵贴得更紧了。

吴奇中一惊，说："你疯了！怎么突然提起这个事情？"

李琼说："我没疯，我只是想弄个明白。要不然，我们都被警察抓了，还不清楚为什么被抓。"

"我们，你是指你和韩雨？"吴奇中问。

"当然也包括你。"李琼说。

吴奇中喝了口水，笑了笑，说："你看我像杀人的人吗？那次的事，你，我，还有他，当时就说清楚了嘛！都是巧合，倒霉的巧合！正如你和他一样，我发现他俩的时候他俩早已经死了。"

门外，邢队的脸色大变，随后又狡黠地一笑！

"你敢对天发誓吗？"李琼又问。

"对天发誓？"吴奇中说，"怎么不敢？人不是我杀，发啥子誓都可以。但这不是一个党的领导干部，一个县委书记可以做的事。你也是党的领导干部，党的纪律你不是不知道！"

李琼说："少给我冠冕堂皇！你干的违纪的事还少吗？就说刚才吧，你还疯狂地抱着我又是摸又是啃的，而且还——"

"还有什么事要说的吗？没有了就给我走！快走！"吴奇中发火了。

"想撵我，没那么容易！本姑奶奶既然敢夜闯虎穴，就不怕老虎吃人！当初，那两个人你说是何波杀的，我和韩雨也就信了，还跟着你的说法写了人证材料。后来经公安机关调查又否认了。这次何波自首，被捕罪名也不是杀人凶手。看来杀害那两口子的人不是何波。现在你老实说，杀人凶手到底是谁？"李琼不但不走，还穷追不舍。

"我咋知道？哎李琼，我说你今晚到底咋啦？尽说些颠三倒四、莫名其妙的话，太不可思议了！"吴奇中更加生气地把水杯往茶几上重重一搁，茶杯发出"当"的一声亮响，茶水也溅了出来。他气愤地站起来在客厅里来回急走。

李琼见吴奇中真的发怒了，而且怒得十分可怕，眼射凶光，右手的拳头仿佛捏得咯咯响。于是便换了个口气说："你也别生气，我来问你，是为你好，当然也是为我们大家好。你知道吗？特别侦查小组的人好像已经发现了我们的秘密。"

吴奇中一惊，打了一个寒战差点儿绊倒。随后他问："你是说韩小路？"

"还有你的女儿吴平。"李琼说。

"有袁一锋吗？"吴奇中又问。

"有。还有王林和罗兵。"李琼说。

"哎呀！你就说是侦查小组吧，还说什么什么的人。从头说，你是怎么知道的？"吴奇中终于坐下来听李琼细说。

当李琼把今天晚上(应该说是昨天晚上，因为此时已到凌晨两点)，韩小路在老宅让他和韩雨看模拟录像和讨论分析案情的事向吴奇中说了以后，吴奇中顿时惊得两眼发直，脑袋"嗡嗡"乱响，眼前一片模糊，心里哽得喘不过气来。好在他心理素质坚强，这一慌乱转眼间就蓦然消失，连李琼也没注意到。

吴奇中若无其事地说：“不就是找你们去看看模拟录像，讨论讨论吗，有什么大惊小怪的？发动群众检举揭发，这是公安侦查人员走群众路线破案的例行公事。说不定明后天他们也会找我去看去问呢！”

“可是，可是韩雨，韩雨他忍不住了！”李琼焦急地说。

“咋忍不住啦？”吴奇中问。

李琼说：“当韩小路分析到说杀人凶手可能还是何波时，韩雨忍不住说人不是何波杀的，还说床下面藏着的人也不是何波。”

“这不是不打自招吗？”吴奇中生气地说，“这韩雨当官当糊涂了，越来越糊涂了，糊涂到关键时刻抓屎糊脸！人既不是我杀，也不是他杀你杀，那必定是何波杀。他怎么说不是何波杀呢？”

“所以，让韩小路推断出，当晚那床上的两人没死，而且就在我们之中。吴书记，你说这不是明摆着指的就是我和韩雨吗？”李琼几乎是带着哭腔说，“我们真是有理不能说，有理也说不清哦！”

是呀！李琼现在真的感到不能说也说不清了。由于自己的性乱和虚荣心，当年她和韩雨将常年无人居住又充满恐怖传说的老宅作为他俩私通的秘密据点。以为这样既安全又稳妥。哪知有一次竟被突然回家的何波发现，捉奸在床抓了把柄。从那时开始，她和韩雨才知道何波没死，而且就藏在西山。一阵讨价还价后，三人达成共识，以互保秘密，互不揭发了结了此事。从此，她和韩雨也就成了何波藏匿西山的保护伞。

老宅案发的头一天，听说那对借住老宅的成都夫妇第二天要回成都，于是她就和韩雨在第二天晚上又来到老宅，没想到又被藏在床下的吴奇中看见了。

“韩雨呢，他现在在哪里？”吴奇中问。

李琼说：“从老宅出来后，他惊慌失措得比我还凶，像喝醉了酒似的连走路也不稳当，方向也搞不清楚。我说我们去找吴书记吧！”

“他怎么说？”吴奇中问。

“他说找你有什么用？那成都夫妇一定是你杀的！我一听觉得这事非同小可！你是我啥人呀？心中的偶像身上的肉呢！岂能受如此栽赃？所以我就悄悄地给你打手机，但打了几次也是关机。于是我就打个出租车找你来了。没想到怎么敲门你也不开。我想你可能开会没回来，我又下楼去看，你家里有间屋子的灯又亮着。你猜我当时怎么想？”李琼问。

吴奇中冷笑。

“你别笑。”李琼继续说，“现在当官的男人，尤其像你这样有权有势的县委书记，况且还一个人独居，不说一个女人，就是七个八个女人用不着你开口也会主动向你献身的。想到这里呀，我的醋劲一下子就上来了。于是我又返回来猛烈打门！”

她忽然嗔声嗔气地说：“你呀！当了县委书记真的把我给忘了，连打麻将也不叫我！”

“哈哈哈！”吴奇中忽然大笑起来。

笑完，他声色俱厉地对李琼说：“好一个美女镇长美女蛇！你真行呀，竟然替韩小路编一个故事来套我。而且在套我之前又用重温旧情来麻醉我，妄想让我乖乖地进入你的圈套，承认或默认那两人是我杀的。你好歹毒哟！我后悔当初把你调来小镇！”

李琼欲辩解，又被吴奇中制止，说：“你以为我不知，你称病是假，打胎是真；你要辞职是假，替韩小路去西山侦查何波是真。你在西山溶洞里，要不是韩小路救了你，何波早要了你的小命！所以，现在韩小路叫你干啥你就干啥，成了她的御用工具。”

李琼欲开口解释，又被吴奇中制止，说：“你不要辩解，你以为我信吗？你太小看我了。我是什么人，不说你，连我自己也说不清楚。但我清楚我做了什么！不说那人不是我杀，就真是我杀的，我也有办法把杀人的罪名扣在韩雨和你头上。不信你走着瞧！”

门外，邢队闪身离去。

吴奇中愤怒地把李琼从沙发上拖起来厉声说：“你走吧，我这里不再欢迎你！”说着便将李琼推出门去，然后把门一关。

李琼用力把门挡住，小声地对吴奇中说：“我怀疑邢队才是真正的杀人凶手。”说完，她拂袖而去。

吴奇中站在卧室的窗口，掀开窗帘，借小区的路灯，目睹李琼走出别墅小区的大门。这时，他才打开手机，拨通了邢队的电话。

不一会儿，邢队和江山还有兰仝三人就来了。三人显得既疲惫又紧张。

邢队打哈欠说：“今天咋了，天都要亮了，又把我们叫回来，还要打呀，书记的麻将瘾也太大了吧！”

吴奇中说：“谁说还要打麻将？叫你们来是有要事急事相告。”

“什么事快说吧！我真的困得眼睛都睁不开了。”邢队说。

“就是西山老宅杀人案的凶手不是何波。”吴奇中说。

兰仝问：“不是何波是谁？”

吴奇中说：“刚才李琼来找我就是说这事。她说韩小路和王林已经根据何波在看守所写的口供材料，把你们三人，尤其是邢队作为重要杀人嫌疑开始侦查了。听说明天，应该是今天，韩小路和王林就要去成都看守所提审何波。要是何波一口咬定是你们三个人或其中一人干的，我这个县委书记再有天大的本事也救不了你们。”

江山说：“这真是天大的冤枉啊！我和何波是生死之交，他怎么会这样对我？”

“我也冤枉呀！再怎么说，老宅是我西山村的地盘，我怎么会在我管的地盘上杀人呢？这不是没事找事，自掘坟墓吗？”兰仝说。

“报复，韩小路是典型的报复！”邢队气得拳头捏得咕咕响，他对吴奇中说，

“我早就看出韩小路可能是上面派来的侦查员，惹不得。可你硬说她和王林是何波的儿女，是来协助何波逃走的，还派我带警察去抓他们，弄得她母亲跳楼自杀！这么大的仇，她不报复才怪呢！”

吴奇中说：“按理，这事我不该告诉你们。但想到你们是我啥人呀？兄弟！所以找你们来商量一下，这事该咋办？我总不能眼睁睁地看着你们受冤枉而见死不救吧！”

稍顿，吴奇中又皱起眉头说：“这事也蹊跷，何波怎么就说老宅的杀人凶手是你们三人或三人中的一个呢？啊，我想起来了，可能有两个原因。”

“哪两个原因？”邢队问。

吴奇中说：“一个原因是，当年老宅杀人案发生时，你邢队是小镇派出所所长，兰仝呢，又是西山村副主任。一个管治安，一个管人管地盘。当老宅杀人案发生后，你们自然心急火燎，巴不得尽快抓住凶手，绳之以法。因此，你们就一致指认凶手是老宅户主何波，因此他很快被抓捕，背上一个杀人凶手的罪名而十年不见天日。这个仇他肯定记在心里。再一个原因就是老宅有黄金。这是民间传说的不争事实，邢队也曾多次说过，但这黄金至今下落不明。邢队是管治安的，何波在外漂泊期间你曾多次在老宅出入，何波回来找不到黄金，他怀疑的首选对象自然就是你邢队。”

“你是什么意思哦？”邢队问。

“你趁那天借住在老宅的成都夫妇回成都之机，于当天晚上伙同兰仝和江山，三人一起去老宅想找那黄金，没想被忽然返回的成都夫妇发现，于是你们就杀人灭口！”吴奇中说。

邢队冷笑道：“这是你书记的推理吗？”

吴奇中说：“不是我，而是韩小路根据何波的胡说八道做出的推理结论！”

“老子不信，没杀人她韩小路会估计到说我们杀了人？”邢队吼道。

吴奇中说：“老邢啊！你太天真了。真正到了那个时候，你就是有千张嘴也说不清道不明哦！你要不信，当年何波就是例子！还有许许多多的冤案也是例子。”

“我不是杀人凶手！我们都不是！”邢队大声吼道。

兰仝说：“我相信邢队不是杀人凶手，我们都不是！但要逃过这一劫，总得想个办法吧？唉，吴书记不是和前小镇书记，现省委组织部部长挺要好吗？就请吴书记给他打个电话，由他出面去给省公安厅领导说说，就说老宅杀人案与邢队无关，与我们三人无关，叫韩小路罗兵他们别信何波的胡说八道就是了。”

吴奇中说：“你当是请客吃饭呀？这是侦查杀人案！公安厅领导正愁没人出来提供老宅杀人凶手的线索而烦恼呢！你倒好，叫我给他们打电话，自报家门。这馊主意你也想得出来！再说，天就要亮了，韩小路一旦去成都看守所提审了何波，一切都晚了！”

第九十三章 惊险一场

从小镇去成都要经过A县县城，韩小路决定顺便去县公安局向张德亨汇报一下工作。虽然这个案子仍由省部直接管，但张局仍是此案的直接联络人。何况他还是A县政法委书记兼公安局局长。因此，老宅悬案特别侦查小组凡遇大事仍要向他汇报。

在A县公安局的大厅里，王林和吴平坐在一张沙发椅上一边聊天一边等韩小路。一开始他俩聊的是案子，声音很小。这时，有个人的背影不时在大厅门外晃动，不进也不走。他俩并未注意到。

王林说："要按小路的分析，如果那晚和李琼在床上做爱的人是韩雨的话，那藏在床下的人就一定是何波。"

吴平说："还是你和我有共同语言。"

"要真是如此的话，那杀人凶手还是何波。"王林说。

"对头！只有何波才有那个条件在半个小时内把睡在床上的夫妇弄死。待他把死者拖到门外摆好，再回到卧室清理现场时，又发现韩雨和李琼从窗口跳入，于是他急忙藏到床下。后来就发生了韩小路分析的情景。"吴平说。

王林好像恍然大悟，说："你是说曾见看见的那床上的两人不是韩雨和李琼，还是两死者？"

吴平说："是的。如果小路推理正确，韩雨和李琼是在毫无知觉中为了偷情而误闯是非之地。"说着她的目光开始在王林脸上柔和起来，头便不由自主地靠在他肩上，深情地说："王林，你真好！能这么坐下来和我聊天，要是罗兵他才没这个耐心呢！"

"不对呀！"王林说，"我私下问过小路，凶手到底是不是何波，她很果断地说不是！她说凶手多半就在那天曾见看见在河边喝茶的五个人中。"

吴平有些不悦，因为那五人中有她爸吴奇中。但她还是柔声地说："王林，我们不谈案子好吗？"

这时，王林才发现吴平几乎把上半身都靠在他身上了。他想移开却被她紧紧搂住。不料，韩小路从楼梯上急匆匆地走下来看到了这一幕。

王林倏地站起来，欲向韩小路解释，韩小路却急促地说："出事了，我们快走！"

上了张德亨的车，韩小路才说："我刚把工作汇报完，张局就接到内线电话，说何波在看守所越狱逃跑被哨兵枪击了，好在没死，现正在医院抢救。还说枪伤很重，何波已昏迷不醒，医院已下了病危通知。"

张德亨是临时决定开车送韩小路他们的。再说，他也想去医院看看何波，究竟是怎么回事。

张德亨驾驶着警车风驰电掣般地在公路上疾驰。张德亨问："这事怎么出得这么及时又碰巧？你们今天的行动还有谁知道？"

韩小路说："除了我们三个还有罗兵和袁一锋，应该说没有问题呀！"

吴平想了想，说："要说有问题可能就在罗兵身上。你想呀，韩小路当了副组长，变相夺了他组长的权，他会舒舒服服地让韩小路把案子破了吗？不会的！这人我了解，自尊心和权欲心几乎对等，要不然他咋会连升三级？所以，他很可能会给韩小路侦查设置种种障碍。"

"哎吴平，你怎么这样说罗兵呢？他可是你的恋人呀！"张德亨打断她的话说。

吴平说："我们从来就没有恋爱过。哼，他不爱我，我更不爱他！我这人架子没有有脾气，就是人傲我也傲，何必去讨好？留得三分傲气在，孤芳自赏！再说，我和他都各有所爱，用不着谁去讨好谁！"

张德亨一笑，说："嗬，都转向了！那你转到谁啦，不会是袁局吧？听说你俩很谈得来，他也蛮喜欢你。我看可以，反正他现在也没老婆。"

从驾驶室头上的镜子里，坐在后排的吴平看见张德亨说这话时，目光向坐在副驾位上的韩小路扫了两眼，韩小路啥反应她没看见。

"谁看上他！"吴平说，"整天尽说些色头色脑的话，烦死了！"

张德亨从头上那镜子里清楚地看见，坐在后排的吴平说话时，她的手不由自主地去拉王林的手，但被王林挡开了。

同时，他也从车门上的后镜里看到一辆没有牌照的丰田车总在离他车不到三十米的距离紧跟着。他快，那车也快，他慢，那车也慢。

"不是袁局，那又是谁呢？"张德亨的目光与韩小路的目光相碰，韩小路会意地点点头。

"远在天边，近在眼前！"吴平说完紧紧地握住王林的手，并把头轻轻地靠在他肩上，显出非常幸福的感觉。王林不再拒绝，但神色紧张。

张德亨从镜子里看到这一幕，他的目光又与韩小路相碰，韩小路欣慰地笑了。

由于电话说何波住在成都市郊一所部队医院里，张德亨的车子在一个收费站前拐弯离开大件路驶向老路。后面紧跟的丰田车也拐弯跟了上来。

这段老路路面很窄，且坎坷不平，弯道多，两旁高树林立枝繁叶茂，这使驾驶员对前后车辆的观察受到了很大的视线影响。张德亨想乘机摆脱丰田，便在车多的情况下突然从一个岔道插入，然后拐弯倒行。

吴平发现即问：“哎张局，你怎么又倒回去了？”

韩小路坐在副驾位，对这一切看得一清二楚，对张局的用意也不说自明。她对吴平玩笑似的说：“你俩就挽着胳膊坐稳坐好就是了，其他的事少管。”

王林误会了，赶紧把吴平的手扳开，身体往边上移。吴平很不高兴地嘬着嘴。

张德亨的车转了一个圈，又驶上了去医院的老路。那辆丰田车终于不见了。

张德亨松了一口气，趁此刻路上的车少便加速行驶。谁知，没行多远，那辆丰田车又在后镜里出现了，而且疯狂地向张德亨的车冲来！张德亨想刹车已来不及也不敢刹，便打方向盘避让，可张左他右，张右他左，后来竟张左他左，张右他右。就这样两辆车闪电似的在车流中左右晃动着行驶，十分危险！不管谁只要稍疏忽，两车便会相撞，而且谁也不敢贸然停车和超车。

两车不断发出“咕咕”的尖叫声。

张德亨看准一个机会，正准备加速前进而摆脱这险境时，没想到前面一辆大卡车突然加速向他冲来，他急忙把方向盘往右打。

就在这一刹那，“轰”一声响，大卡车还是撞上了张德亨车的保险杠左角。张德亨的车子“嘎”的来了个三百六十度的大转弯停在路边的悬崖上。让人一看，差一厘米，张德亨他们就会连人带车掉下崖去，车毁人亡。

张德亨下车一看，丰田车和大卡车都不见了。

幸好，车内的人没有大碍，只王林受了点轻伤。吴平惊吓得倒在王林怀里不停地发抖。韩小路轻轻地拍着她的肩尽心地安慰。

经张德亨下车检查后，车子也没大碍，于是他上车又启动马达，向部队医院驰去。

到了部队医院，张德亨感到十分迷惑，走了几个科室，也没发现一个警察，毫无有人在监狱被枪击在此抢救的迹象。联想到刚才的车祸，张德亨突然发觉自己上当了。他啥也不问，就开车载人离开了部队医院来到成都关押何波的看守所。

“怎么可能呢，老同学？我们这里可从来没发生过你说的这种事情哦！起码在我当看守所所长以来没有过。”在成都某看守所所长办公室，所长对张德亨等人说。

“这么说，何波还在你们这里？”张德亨问。

“怎么不在呢？在！哦对了，”所长说，“二十分钟前，你们A县公安局有两个叫韩小路和王林的人，持你们公安局的介绍信来说要提审何波，被我们拒绝了。怎么啦老同学？你们刚刚走了两个，现在又来四个！”

张德亨说：“刚才那两个是冒充的。”

所长一惊：“冒充？”

韩小路对所长说：“我就是韩小路，这位就是王林。你仔细看看，刚才那两个人是不是我和他？”说完，她把公安部特发的证件递到所长面前。

所长仔细看了证件和证件上的照片，连声说：“真的，这绝对是真的！幸好，我刚才没上那两人的当。把他们哄走了 。说吧，你们要做什么？”

韩小路说：“我要提审何波。但据你刚才说的情况，今天在这里似乎不太可能！”

所长问张德亨：“老同学，你说呢？”

张德亨思忖一下后，说：“还是请示上级一下吧，顺便把今天的怪事也向上级汇报汇报！”

所长说：“英雄所见略同！走，我们去内线室。”

从内线室出来，在走道上，张德亨接到吴奇中的电话。讲完话，盖上手机后，张德亨对所长说：“就这样，一切按省部领导的指示办，韩小路他们三人我就交给你了。”

所长笑着说：“请老同学放心。明天你来接他们，保证毫发无损，完璧归张！”

临走时，张德亨把王林叫到身边，小声说：“办完这件事，你就立即出发。记住，对谁也不能说，要说还是那句话，就说去美国替公司签合同了。”王林轻轻点了点头。

张德亨又问：“你和小路结婚的事……”

没等他说完，王林说：“还是等把案子破了再说吧！”

张德亨高兴地说：“这就对喽！到时候我来给你证婚就是。”

王林说：“谢谢张局，哦张书记！”

第九十四章
投石问路

话说今天凌晨，李琼被吴奇中识破其心计逐出家门后，就头也不回地走出别墅小区的大门。早已等候在门外的韩雨立即迎上去问：“情况怎么样，他承认了吗？”

李琼丧着脸说：“老东西不吃这一套，偷鸡不成反蚀一把米，走，回去再说。”

他俩打的回到小镇，没回自己的家，却去了韩雨母亲陈英家。两人进屋后，韩雨就急着要李琼讲吴奇中态度到底如何。

李琼本想不说的，在韩雨的一再追问下，只好除了两人的性事外一切都照实说了。韩雨听后，气得七窍生烟，大骂吴奇中心狠手辣不是人！

李琼说："你只敢在背后骂，有本事和他对着干！现在他和你我在老宅凶案问题上不是他死就是你我亡！不如我们恶人先告状，就给你女儿说，成都那两口子就是他吴奇中杀的！反正他也怀疑我是韩小路的人。"

韩雨想了一下说："对，就这么办！要是像你说的，让他抢在前头说那人是你我杀的，那就是有千张嘴也说不清楚。"

李琼说："打蛇要打七寸。我们就说我俩亲眼看见他把那两口子杀死的！对，就这样说，我立即给韩小路打电话。"说着，李琼就掏出手机拨号，但被韩雨用手压住了。

韩雨说："不妥！我俩并没有亲眼看见他杀人，也没有第三者看见。要是叫我们拿出证据怎么办？我们拿不出证据，他会反咬一口说我们栽赃诬陷。他又是县委书记，大权在握，想怎么整我们就怎么整我们。而我俩由于有难言之隐，有苦也不好说。还是再想想吧，看有没有别的办法。"

稍顿，他又说："我想呀，他说的也许是气话或威胁一下。他那个人我了解，就爱说些话来吓唬人，目的就是要你乖乖听他的话。说不定他很快又啥事儿都没了。"

正说时，韩雨的手机响了，他一看是吴奇中的号码，便小声对李琼说："怎么样，他的电话来了。"

韩雨走出门去，接完电话进来说："看来还真在我的意料之中，他压根儿没提老宅杀人的事，一句也没提。"

"他说啥？"

"他说，今天不是星期天吗，他请你和我去他家里打麻将玩，中午他请客！"

"你去吗？"

"去呀，我俩都去！"

李琼想起昨晚她和吴奇中的那些丑事，说："你去吧，我才不去呢！"

再说张德亨，他火速赶到县委，值班的秘书说："吴书记已经发火了，你快去吧，在他办公室。"于是他三步并作两步走进书记办公室，见吴奇中正在向邢队大发雷霆。旁边坐着低头不语的韩雨。

吴奇中指着邢队说："一个小小的小镇，一个小小的入室盗窃伤人案，你们至今未破。你说我怎么向韩镇长交代，怎么向小镇人民交代？"

见张德亨走来，便又对他厉声斥责道："还有你，整天不务正业东奔西跑，人影都见不着一个，找你两个小时才到。我问你，今天你去哪儿了？"

张德亨见这架势，心里便知，一定是出于什么大事不顺，才使他如此动怒。他想，何不顺水推舟，来个歪打正着或投石问路！于是他说："书记哎，你可不知，一个小时前要不是我的命大，你可就只能到殡仪馆才能找到我张德亨喽！”

吴奇中一惊，问：“怎么回事，快说！”

张德亨瞥了眼邢队说：“今天早晨刚一上班，特别侦查小组的韩小路和王林就来找我说县公安局有人冒充他俩去成都某看守所要求提审何波。这可是大事呀！你说我这政法委书记，又是公安局局长能不管吗？于是我就学当初书记您亲自去西山抓何波的先进事迹，立即带上他们驱车去看守所问个究竟。没想到车在中途，一辆丰田车和大卡车突然冲过来，霎时轰的一声巨响……”

“怎么样，爆炸啦？”吴奇中急忙问。

“比爆炸轻一点，把我的车撞了个三百六十度的大转弯，就差那么一厘米就掉下悬崖了！”张德亨掐着小手指尖说。

韩雨急忙问：“车上的人怎么样？我丫头小路受伤了吗？伤重不重？”

“车上除了小路和王林还有谁？”吴奇中也问。

“还有你女儿吴平！”张德亨说。

吴奇中惊吓不已，转脸问邢队道：“怎么还有她？”

这一细节被张德亨看在眼里。一切已经明了，无须再加多说，说多了反而误事。

于是张德亨说：“幸好，车上除了王林受点小伤外，所有的人都无大碍。吴书记，你可得感谢王林呀！要不是他把吴平紧紧抱住，你女儿可就甩出车外没命了！”

“撞你的车找着了吗？”吴奇中又问。

这又是一个自我暴露！张德亨在心里说：“他怎么知道撞我的车逃走了呢？一般情况下，一般的人是不会这么问的，除非他完全知道这撞车事件的内情。”

为了不打草惊蛇，张德亨说：“交警回话了，说撞我的两辆车，一辆是已报废的无牌照丰田车，车主说这辆车一年前就被盗走了，查起来相当难。另一辆也是报废的老牌卡车，说那车早就销毁了，要查更难。我说算了，反正没伤人，我的车还能开，就算我倒一次霉吧，不查了！”

这时，张德亨看到吴奇中和邢队的脸色从十分紧张的状态下变了过来，出现很不自然的笑容。

“也是，息事宁人，免得自找麻烦，就像我上次被车撞一样，该放手时且放手。”吴奇中说。

这句有失身份的自我表白，使张德亨断定，这起车祸的策划人可能就是吴奇中或邢队。

联想到那个说何波被枪击的假电话和那两个伪装韩小路和王林的人，张德亨在心里做出这样的推测：吴奇中或邢队知道韩小路和王林要到看守所提审何波，他们立即策划了两个方案。

第一个方案是，一方面制造何波被枪击受伤住院的假电话，以此引开他二人去看守所提审何波；另一方面伪装成韩小路和王林去看守所借提审何波为名，将何波杀死从而加害在韩小路身上，这样既灭了何波又毁了韩小路，一举两得。

如果第一个方案失败，那么第二个方案就来弥补。也就是制造车祸将韩小路和王林二人撞死或撞伤。他们的目的就是阻止韩小路和王林提审何波或不止这一个目的。但是他们没有想到，开车送韩小路和王林的人是驾车技术高超的张德亨。

如果这个推测成立，吴奇中或邢队还是沿袭了西山的老路，杀死何波！

“那么，韩小路和王林要去看守所提审何波的信息是谁提供给他们的呢？”张德亨忽然心里一惊，“难道真的是他？”

想到罗兵，张德亨对他的确有些怀疑。他下派到小镇和担任老宅凶案的侦查小组组长是省部领导的安排，应该无可置疑。但他连升三级从秘书升为副镇长，又任西山开发小组组长却全是吴奇中的主意。

据说吴奇中还明确批示县委组织部，韩雨下来后，小镇党政一把手的人选就是罗兵。这是工作关系，无可厚非，何况罗兵的确是个人才。

问题是私人关系。听说吴奇中正准备回小镇与老婆和好同居，县城的高档别墅就给罗兵和他女儿吴平结婚用。这么巨大的权位和利益的诱使，他真的怀疑罗兵招架不住而倾向救吴。想到侦查小组几次行动都泄密，此刻，他还是在吴平的提醒下真的怀疑起罗兵来。

为了掩人耳目，张德亨叹了口气说：“唉，这事儿就让它过去吧！吴书记，找我有什么指示呀？”

吴奇中笑着说：“看你，车祸把你吓得都成外人了。你还是县委副书记兼政法委书记兼公安局局长，头衔比我多，还那么客气？什么指示啊！找你来就是过问一下，陈英就是韩镇长母亲韩老太被盗被刺那案子破得怎么样了？昨天，有好几个干部向我反映，县委统战部也说，陈英可是韩光的夫人呢，韩光什么人呀，辛亥革命的功臣！他夫人的案子不破，影响不小哦！久等你不来，这不，我正在批评邢队呢！”

张德亨也笑着说：“书记，这事儿你批评邢队就不对了。当时这案子作为一般入室盗窃伤人案定论并且暂缓侦查是你的意思嘛，怎么能怪邢队呢？”

吴奇中有些不悦，说：“当时是当时，现在是现在。当时，老宅凶案未破，凶手何波没抓，大案当头，总有个轻重缓急吧！再说，当时在医院闹得是非不清，真相不明，为了安定团结只好那么办。现在不同了，老宅杀人案凶手何波已抓，大案已结，再加群众反映强烈，你们完全可以全力侦破此案了。”

张德亨说：“可是现在情况又变了。何波坚决否认自己杀人，警方也拿不出他杀人的确凿证据。”

吴奇中说：“不是何波强奸杀人吗？那女人的私处有精液可以证明嘛！这证据就在何波的案卷里。”

“是呀，那精液我也看到过。”

张德亨说："精液？你们怎么知道那是精液？而且就一定是何波的呢？凶手实在是太老练也太狡猾了！他钻了我国当时还没有采用人的DNA技术侦查杀人案的条件，竟用一种不明液体当精液，注入被害者阴道。好在何波始终否认，警方也慎之又慎，才将女死者私处内取出的分泌物送北京再转道异国通过DNA检测才避免了一场冤案的发生。"

停好久，吴奇中才问："这么说，何波又要放出来了？"

"何波现在被捕的主要犯罪嫌疑是私藏枪支弹药，掩埋多处危险爆炸品，破坏公共安全等。这些罪不排除，他不可能放出来。哎，书记，我记得你曾经问我何波已抓，特别侦查小组为啥还不撤，韩小路为啥还不走时，我告诉过你呀！"张德亨说。

"哦，我想起来了，你是说过，何波虽已正式逮捕，但罪名不是强奸杀人。所以特别侦查小组的任务还将继续进行。"吴奇中说，"那现在侦查得如何，凶手有线索了吗？"

"韩小路和罗兵他们侦查得如何，我和你一样，一无所知。因为这个案子一直是省部在管，你问我不如问吴平和罗兵。他们两个一个是你女儿，另一个是你未来的女婿。"张德亨说。

"哎，别提了，一提就是气！"吴奇中说。

"咋的，吵架了？"张德亨问。

"比吵架严重十倍，和我断交了，跟她妈学的！"

"为什么？"张德亨问。

"为什么，还不是因为我那套房子。"吴奇中说，"她娘俩总认为我那买房子的钱来路不正，是我贪污或受贿得来的。她俩还掰着指头给我算了一笔账，说我当公务员，每年的工薪最多也多不过两万元，就是二十年不吃不喝也才四五十万元，可那套房子本价带装修和家具家电加起来起码要上百万元。她们问，这另外的四五十万元是从哪里来的？"

"这不很简单吗，照实说嘛！"张德亨继续使套。

"说得清吗？也不能说哦！"吴奇中说，"但我以党员的人头保证，我吴奇中一生清廉，没贪污国家一分一厘，也没伸手向别人要过一分一厘！韩雨同志，你是小镇书记兼镇长，也与我共事二十多年，你说我说得对不对？"

韩雨思忖良久，才说："对，书记就是这么个人。"

好狡猾的狐狸呀！张德亨在心里说："难怪韩小路很早就怀疑抢劫韩老太家黄金并杀伤韩老太的凶手不是邢队就是吴奇中，但就是因未抓住黄金的直接证据，因而让这条线一放再放，不去触及它。今天，自己眼看想从他购买别墅的钱入手，却被他一颗党员的人头做保证给堵死了！幸好，他没把老宅黄金的事做套说出来。要那样，可真就打草惊蛇了。"

于是张德亨说："其实政府官员买别墅也不止书记您一人，钱也不一定非得拿自己的工薪来计算。比如，亲戚朋友的资助，还有银行贷款什么的。所以你老婆和女儿那担心实在是大可不必。”

吴奇中忽然欣喜起来，拍着张德亨的肩膀说：“知我者张局，噢张书记也！你说到我的实处了。我买别墅的钱正是向亲戚朋友借的。不说别个，就说韩镇长的夫人信香吧，她生前就借给我二三十万元，是吧韩镇长？但我不敢说呀！因为我老婆梁世容一直怀疑我和信香有什么不正当的——关系，所以……你们说这事能如实给我老婆和女儿说吗，嗯？不能啊！”

他看了一下表，说：“喏，都十二点过了，不扯这些陈芝麻烂谷子了。走，咱们吃饭去，我请客！今天不是星期天吗？吃完饭到我家搓两圈儿去！”

第九十五章
提审何波

傍晚时分，成都某看守所。韩小路和王林、吴平三人被所长领进招待所的一个房间。所长说：“由于床位紧张，你们三位就挤挤吧！”稍顿又说：“为了你们的安全，你们千万不要离开房间。吃的和用的自然有人给你们送来，待我安排妥了就带你们去见何波。”说完，所长转身就走了。

这是看守所专门为探见家属和外查人员设的小型招待所。与其说是招待所，不如说是个小旅馆。所不同的是在持枪哨兵的视线之内。

房间里有两个铺位，两张长桌和两条长凳，还有一台二十一英寸的长虹彩电。洗手间带厕所可以让住宿者三急不出门而一觉睡到大天亮。

吴平在房间里扫了一眼说：“哎小路，这房间两张床，我们三个人有个是男的，怎么睡呀？”

韩小路把小小保险箱往床上一扔，问吴平道：“你说呢？你说怎么睡就怎么睡。”

“不管怎么睡都不行！”吴平说，“三个人两张床，总有一张床要睡两个人。你不可能叫王林和你睡一张床吧？当然，让他和我睡一张床，我也不干！”

韩小路抿嘴一笑，说：“你真是贵人多忘事啊！那天晚上我们在老宅洗完露天澡，上床睡觉时你怎么说的？你说，唉，要是有个男人陪我睡就好了，现在有个男人了，你又……”

“你真坏，当着男的说这些！”没等韩小路说完，吴平就羞得满脸绯红，她边说就举起小拳头去追打韩小路。

“不要闹了！”王林站起来说，“这两张床你们两个睡吧，我出去走走。”

吴平说：“不行！你没听所长说吗？叫我们千万不要离开房间！”

王林说：“那这样，我住卫生间。”

吴平说：“也不行！我们要上厕所怎么办？”

王林四下看着，忽然说：“对了，这不是有两条长凳吗？我就睡长凳！哎呀，没关系，我小时候在露天乘凉的时候就常睡长凳子。你们看着我干啥，我说没关系嘛！”

吴平一笑，说：“我们谁也没说有关系呀！”

这时，有人敲门。

韩小路打开门一看，是看守所所长。

所长没进门，和韩小路嘀咕几句就走了。韩小路回过身来对他们说：“立即准备，提审何波！”

漆黑的夜，借着朦胧的灯光，经过几个弯弯拐拐，所长把韩小路三人带到一间他们不知东南西北的房间门口。两个持枪狱警立即立正向所长敬礼。礼毕，其中一位掏出钥匙把铁门打开，四人便走了进去。

韩小路一看，这是一个四面封闭，阴森恐怖的房间，面积不到二十平方米，三分之二处用墙隔成了一大一小两间。墙的正中是一个约一米高两米长的钢条窗口。

大间里墙角有一个上了锁的铁柜，窗口前有一排座椅。座椅前是一张里外延伸的台面，显然是供双方写字和放笔录本用的。然而小间则显空荡，只有一张供一人坐的铁椅子。那铁椅子看上去非常扎实而沉重，而且还牢牢地固定在地板上。

所长说：“这是一间比较现代化的提审室，是专门提审重刑嫌疑犯用的。隔壁是监控室，有监控屏幕可直观提审全过程。还可让证人或亲属在监控室识别提审间出现的当事人，比如让证人识别当事人的相貌和特征等。你们几位谁来提审？”

吴平说：“当然是我们三位啦，要不让我们来做啥，还差一点儿要了命！”

“啊对了，忘了告诉你们，何波提出过两次，说只见韩小路一人。”所长说。

“那就这样吧，”韩小路说，“何波由我来提审，你们二位就在监控室做笔录和观看现场！记住，我没有叫你们，你们不要进提审室，免得节外生枝，误了大事。”

“那就这样定了，你们各就各位吧，何波一会儿就被带到。其他两位就请到监控室吧！”所长说。

所长走后不久，一位持枪狱警就把一个戴着脚链和手铐，满头乱发，脸色苍白的犯罪嫌疑人押进提审室。隔壁监控室的吴平一看，发出“啊”的一声惊叫。

韩小路一看，这哪是何波哟！这是一个看上去不过只有三十来岁的矮个男人，与何波相比，无论年龄相貌都差得很远。

“他是谁，是何波吗？”韩小路严厉地问狱警道。

狱警一笑说：“啊，对不起，走错门了！”说着，他就把那人押走了。

这时，所长进来说：“韩警官对不起，这是我特意安排的，也是为了谨慎和安全。你可知，据我们的人说，今天下午直到傍晚，有两个真的警察又来想提审何波，也自称自己是韩小路，还到招待所问，有没有一个叫王林的男人住在这里，统统被我们的人给轰走了！虽然走了，但也不知是真走还是假走。”

到此，韩小路才恍然大悟，所长对他们一系列安排真的用心良苦。于是在心里向所长表示深深的敬意。

何波戴着手铐被狱警押进来的时候，韩小路又吃了一惊。开始，她还以为是韩雨呢！他和韩雨长得太像了，简直就像一个模子刻出来似的，尤其是那张脸。

坐好后，韩小路问：“你是谁，说你的名字。”

“何波，人可何，波浪的波。”何波说。

“你认识我吗？”韩小路问。

“认识，你是韩小路韩警官。”

“你好像长胖了？”

“看守所伙食好。”

“听说你想见我，是吗？”

“是的。我给张德亨局长说过，也给看守所所长提过两次。”

“有什么话想对我说吗？”

“有！”何波说，“首先我要感谢您！是您把我从地狱似的生活和罪恶中拯救出来，让我重见天日，虽然我在押待审，但我心地坦然，不再担心，不再东躲西藏，不再整天想着整人害人！”

“你知道你有罪吗？”韩小路问。

“知道。”何波说。

“什么罪？”

“私藏枪支弹药，埋藏烈性爆炸品危害公共人身财产安全，和……”他低着头，小声地，“强……奸，侮辱妇女罪。”

他突然面向韩小路双膝一跪，连声说：“对不起，韩警官，我不是人！我要向你说的第二句话，就是向你赔罪！”

“起来。你向法律赔罪吧！只有向法律低头认罪赔罪，才是你唯一的出路，也是所有违法犯罪者的唯一出路！”韩小路说。

“通过学习，我懂了。”何波站起来又坐下，小声说。

“你好像还有个罪没说，就是十年前在西山老宅，即发生在你家里的那宗杀人案！”韩小路忽然严肃地说。

何波说：“那两个人的确不是我杀死的呀，韩警官！那天晚上，我是用带血的假人头把那两人吓昏倒地，但我在暗处看见他俩根本没死，过了一会他俩又醒过来了呀！”

“这么说，那晚你用带血的假人头将那两人吓昏倒地后，你并没有离开老宅？”韩小路问。

“就是。我把假人头捡回来后，我就藏在里间的衣柜里。”

“为什么不走？”

“主要想知道那两人吓没吓死。如果没吓死，看他俩醒来后走不走。如果走了，我就达到目的了。”

“什么目的？”

“就是不想让外人住在我的房子里。韩警官，我上次对你住进老宅也是用的这种方法。我的目的不是杀人，就是想把住在我家的人吓走！”

“你吓走他们了吗？”

“没有。可那两人还没回过神来就……”何波话到嘴边又收回去了。

“就怎么样？”韩小路追问。

何波低头不语。

“不说是吧？你不说，你就会再增加一个罪，即包庇罪，而且还是一个包庇杀人犯的重罪！”韩小路严厉地说。

何波抬起头来，四下打看了一下，但又低下头去。

韩小路说：“不好说是吧？那就写！把你那天晚上你所做的和你所看到的都如实写下来。不能有一句假话。”说着，韩小路就把一支笔和几张纸递到何波面前，又说：“这是减轻你罪行的唯一机会，机不可失，时不再来啊！你要再错过的话，可就没有第二次了。”

何波接过笔和纸，略一思忖便写了起来。

此刻正午夜一点。外面，天黑得伸手不见五指，万物俱寂，只听见远处的狗叫声和少许汽车的跑动声。提审室和隔壁监控室也一点响动也没有。仔细听，可听见何波笔下很细微的“沙沙”声。

半个多小时后，何波将写好的材料交给韩小路。说：“我要说的，全在上面了，一点虚假也没有，请韩警官相信。”

韩小路用最快的速度看完材料后，先是惊诧，然后问：“当初你为什么不说？”

何波说：“这……”

韩小路眼看目的已经达到，就不在此问题上问下去了。她把材料放进小小保险箱里，然后用轻松的语言对何波说：“你还有什么话想告诉我吗？有，就说吧。”

何波用一种亲情的目光看着韩小路。那目光看得韩小路的眼睛顿时湿润起来，她多么想喊一声“爸”哟，但她的嘴唇只是蠕动却不能出声。

这种压抑使她高高的胸脯不断剧烈地起伏，喉咙哽咽得像有块石头堵着，冰凉又生硬。她支撑着再轻声问：“还有吗，嗯？”

“没……没有了。”何波低下头说。

韩小路说：“你没有了，我可有话要告诉你。”说着，她对隔壁做了一个手势。

第九十六章 谜底揭穿

何波不知道韩小路要告诉他什么，以为她发现他写的交代里有什么问题，或者发现有假，于是再次申明说：“韩警官，我这次写的交代绝对是真的呀，我听到的看到的都如实交代了，绝不是我编的。要是有半点虚假，我何波宁愿天打五雷劈，不得好死！”

韩小路说：“我不是说这个，我是说你儿子何支看你来了。难道你不想见你的儿子吗？”

何波激动而疑惑地说：“儿子，我儿子何支来了，何支来看我来了，是真的吗？”

韩小路说：“当然是真的。你看，他来了。”

说着，王林和吴平先后走进提审室，王林走到何波面前，漠然地望着他。

何波颤抖着声音喊道：“儿子呀！”便抱着王林哭了起来。

此刻，王林心潮起伏，热血奔腾。二十二年了，作为父亲的何波从来没有这么亲手抱过自己，也没有这么发自内心地喊过自己。今天看到父亲这么拥抱自己，听到父亲发自内心地喊自己，心里压抑十多年的各种滋味化作一眶泪水无声地从他眼眶里涌了出来。他终于忍不住，颤抖着声音喊了声“爸！”反过来紧紧地将何波抱住。那场景让人看了，谁都会感到心酸不已。

韩小路对王林说：“你不是有话要给你爸说吗，快说吧！”

王林松开何波，抹了把流出来的泪水，说：“爸，我要和小路结婚了！”

吴平一听，急了，想阻止，但被韩小路一个眼色制止了。吴平弄不明白了，韩小路明明知道自己和王林是亲兄妹，亲兄妹是不能结婚的，现在却要让王林告诉他父亲他俩要结婚了。她想阻止，韩小路还不让。

“韩小路这是在演哪一出哦！”吴平在心里说。

何波说：“孩子啊，韩警官可是个大人物呀，她爷爷是辛亥革命的先驱，父亲又是堂堂的书记兼镇长，名门家族呢！你配娶她吗？”

王林说：“爸，小路不是那种趋炎附势的小人。你看她对你那么宽容和饶恕，可见她品格之高尚！再说我们是真心相爱，真正的爱情会把双方的名利地位、家庭背景和一切旧的习惯势力抛诸脑后的。”

韩小路为了控制住情感的冲动，便悄悄地转过身去。她在心里说，这个傻瓜，对我痴情到忘乎所以的地步。比梁山伯还痴，我传给他的几条信息他一概不知。

何波又问王林：“那东西你带来了吗？就是我给你的那粉红色的木盒，带来了就给我吧！”

王林说：“带来了。”说着他就从包里取出那木盒连同钥匙交给何波，“给你吧，全都给你，我早就不想要了！”

何波接过木盒，掂了掂分量，说：“这木盒，在老宅几百年，是何氏祖先几代传下来的宝贝呢！本应在你进洞房时由你自己打开的，但现在很特别，就由爸替你打开吧！”

韩小路抹去泪水回过身来，目睹何波将木盒打开，小心翼翼地取出一个红布包。

韩小路一看，吃惊不小！

何波将红布包打开，拿起一只玉镯。

几乎在同时，王林和韩小路都差一点儿叫出声来。

何波没发觉他们的反常，拿起玉镯对王林说：“儿子，你要结婚了，爸两手空空，家徒四壁，没有别的财产留给你，除了那套老宅，只有这明代真资格的和田玉镯留给你。这玉镯本来是龙凤一对，你看，这只上面雕着一只栩栩如生的凤，那另一只就雕的是一条活灵活现的龙。”

“这是怎么一回事哦，你能告诉我吗？”王林问。

“是呀，你就当着你儿子的面把事情的来龙去脉说说吧！免得他处在云里雾里。”韩小路也说。

“事情到了这个地步，爸也只好把真相告诉你了。”何波说，“二十三年前你母亲胡芳怀的是双胞胎。那天在洞里，也就是你们在西山看见的那个溶洞，你和你妹妹相隔几分钟出世。你母亲生下你和你妹妹后便大出血死了。由于各种原因，我不得不将你妹妹遗弃。但是儿子，爸不是真心地遗弃她呀！”

“人都被你扔了，现在还说你不是真心的遗弃。你凭啥说你不是真心的遗弃？”王林问。

何波说：“当时，我把一块红布一分为二撕成两块，一块包龙玉，放在了你妹妹的布裙里；一块包凤玉，就是这只我留了下来，准备等你长大成婚时再送给你。爸这样做的目的，就是想在某一天凭这红布和龙纹玉镯找回你妹，又凭这红布和凤纹玉镯确认你俩是亲生的兄妹。为这事，我还委托过韩警官帮我找，可时至今日，你妹妹也没找着……算了，这事就不提了。也不怪韩警官，她也尽力帮我找了。”

何波把凤镯递给王林，又说："拿着吧，儿子。爸老了，看来也出不去了，弄不好就死在监狱里了。这是我罪有应得，怪不得谁，要怪就怪我自己。不懂法也不学法，贪财又贪色，害人又害己。如果老天有眼让你找到你妹妹……"

"不用找了，我就是你的女儿，何支的亲妹妹韩小路！"没等何波说完，韩小路说出了惊人一语。在场的人除了吴平，何波和王林都惊得目瞪口呆！

王林说："小路，你疯了，怎么能这么说？"

"我没疯，我说的是实话，你要不信，就拿去看吧！"韩小路打开小小保险箱，将母亲信香留给她的红布包递给王林。

王林打开布包一看，疑惑地递给何波。

何波将两块红布一合，不大不小，条纹和缺口也对得整整齐齐。再看玉镯，那可是一点瑕疵也找不出来的真资格的龙纹玉镯。两只玉镯一比对，其大小，厚薄以及质地和色彩都一模一样。

何波小声对王林说："儿子呀，是真的耶，的的确确是真的！看来你和韩警官真是亲亲的兄妹哩！"

"我和小路是亲兄妹，如此说来，你也是我和小路的亲生父亲喽？"王林问。

"不！"何波斩钉截铁地说，"如此说来，韩雨才是你们俩的亲生父亲！"

一声霹雳将王林和韩小路都震晕了。

怀疑自己不是韩雨的亲生女儿，韩小路早有察觉。但怀疑自己是何波的亲生女儿韩小路可从来没有想过。现在，一切证明自己是何波的亲生骨肉后，却在一瞬间又翻了个个儿，使问题又回到原来的状态——韩小路是韩雨的亲生女儿，而且不光是韩小路，还把王林也拉了进来。这一系列又是闪电般的变化，可能韩雨也没想到吧？当然，最没想到的是王林。

因此，王林一听更加迷惘了，说："爸，这究竟是怎么一回事啊？可不要吓我！"

无奈之下，何波就把韩雨当年趁他在外流浪之机，和他的老婆胡芳私通怀孕的丑事讲了一遍，然后说："就为这事，我和韩雨亲如兄弟的感情变成了恨之入骨的仇人。孩子呀，按说家丑不可外扬，我本不说的，但眼看我可能不死也要把牢底坐穿，更不能弥补所谓父亲的职责，这隐瞒了二十多年的秘密不能不说了。再说，孩子，这亲兄妹是不能结婚的呀！"

王林听完，几乎傻了，硬是直挺挺地站在那里愣了好一阵，随后啥话也没说，突然转身冲出门去，连门口守护的狱警也没挡住，像疯了一样往外跑。

紧接着听见"砰砰"两声枪响！

韩小路和吴平急忙冲出门去，见整个监区灯火通明，亮如白昼。看守所所长在门口和哨兵交谈着什么。

"刚才那个人，你们开枪打他了？"韩小路问那哨兵。

那哨兵说："我看见他往外跑，喊他站住，他也不听，我才不得不鸣枪示警。

可是……”

“可是咋啦？”吴平着急得差点儿哭了出来。

“可是，他还是跑了。”哨兵说。

“究竟是怎么回事哦？”看守所所长问韩小路。

“这事说来话长，待会儿慢慢给你说。他只要没事就好，让他去吧！”韩小路对所长说。

回到招待所，吴平还在提心吊胆，她问韩小路道：“王林不会被那个哨兵当成越狱犯打死了吧？看他支支吾吾的样子，我十分怀疑。”

韩小路说：“不会的。王林又不是关在这里的犯人。哨兵不是说了吗，只是鸣枪示警。”

“嘟嘟！”这会儿，吴平的手机响了。她一接，正是王林打来的。

“喂，王林吗，你真是王林吗？真是呀！你咋那么傻？在看守所，深更半夜的你怎么跑呢？那枪没打着你吧？没打着就好！”说着，晶莹的泪水就涌了出来。她抹着泪继续说：“没事就好。嗯，好，好，要得要得！你要小心，一定要注意安全，早点儿回来哈！好，拜拜！”

关掉手机，吴平高兴地对韩小路说：“王林说，他在正去机场的路上。他要我告诉你，他去美国办完事后就回来……回来和我结婚！”

吴平说完偷偷在甜蜜地笑。

第九十七章 用心良苦

韩小路提着她的小小保险来敲吴平家的门。吴平的母亲梁世容打开门一看是韩小路，于是像见了救星似的说：“哎呀小路，你来得正好，快帮我劝劝我那小祖宗吧，快把我都急死了！我走也不敢走，就生怕她想不开出事。”

“阿姨，别急，我就是专门来看望老同学吴平的。你有什么事忙去吧，这里有我。”韩小路说。

吴平从成都看守所回来后，张局专门找她谈了一次话，从此她就一直闷闷不乐。梁世容不知究竟，整天问也问不出一个名堂。最近一连两天竟不去老宅上班，关起门来在书房里待着，哪里也不去，叫门也不开。无奈，她只好给百忙中的吴奇中打电话，叫他回来一趟。吴奇中却说没空。她又跟罗兵打电话，却被吴平制止。幸好，韩小路来了，梁世容才松了一口气，提着菜篮子买菜去了。

此刻，吴平正在书房写着什么，听见韩小路在门外呼她，便放下笔去打开门。一见面她就抱着韩小路哭了起来。她边哭边说："小路，我真的不是有意泄露机密的呀！我心想他虽然是我的父亲，但更重要的是他是县委书记，所以，他问到我们的一些事我也就毫无警惕地顺便说了。谁知……"话没说完，她更加伤心地哭起来。

韩小路用手巾替她擦去泪水，把她扶到凳子上坐好，问："检查写得怎么样？"吴平说："我都写了三遍了，我自己都通不过，所以在写第四遍。"说着，她就把那三篇检查从抽屉里拿出来给韩小路说："你看吧。"

韩小路说："是张局叫你写的检查，我哪有资格看哟！我来是看望一下你。老同学了，大概有一两年没有说过知心话了吧？"

吴平说："嗯，一年零三个月，不包括这一起工作的半年。"

"实际上，你犯错我也有责任。"韩小路说，"我和罗兵都认为，你经过正规的警校学习，什么法规政纪都比我懂，用不着像敲木鱼似的敲打你，所以我俩在一起交谈时很少甚至没有提及这方面的问题。结果，你还是过不了亲情这一关。教训呀，我的老同学！"

吴平说："我现在才真佩服你和王林，高度警惕，一身正气，在法律面前人人平等，六亲不认，哪怕自己的老子犯了法，照样依法办事，没有一点儿思想和行为上的犹豫和拖泥带水。"

"这是一个执法者所必需的，要不，国家的法律怎么能公正严明地实施？这也是领导为什么起用我们办案的根本所在。"

韩小路说："要按过去的常规，这么特殊的案子，而且还是杀人凶案，不可能让我们来侦查，甚至连问也不能问。但现在不同了，法律强调的是依法办案，文明执法，不是认人办案，暴力执法。从心理学的角度讲，在当今社会，这两句话尤为重要。有些复杂特殊的案子，让可靠的亲人参与办案，往往会收到意想不到的效果，避免很多麻烦和不幸的后果。比如在何波的问题上，我们如果不打这张亲情牌，其后果可想而知。这就是我学习并运用奥尔波特社会心理学这本书的基本体会。啊，说到书，我又想起来了，你不是说你家有本日本的推理小说《印弟安岛之谜》吗？能不能借我看看？"

"当然可以！"吴平说，"我知道，你又想起那第十个印第安小人了，你想在书里找到破案的灵感，敢说不是？"韩小路笑了笑说："不是灵感，是启发。"

可是，吴平翻遍了整个书柜，就是找不着。她边找边说："我记得就在这个位置嘛，怎么就找不着呢？唉，我到爸卧室去看看，是不是他拿去看了，他也爱看这本书。"

待吴平去她爸妈卧室找书的时候，韩小路发现在一排理论书中夹着一本用旧报纸包着封面的书。她感到奇怪，迅速取下来一看，正是那本《印弟安岛之谜》，于是便迅速装进她的小小保险箱里。

吴平垂头丧气地回来说："没找着。"

"算了！"韩小路说，"我也是顺便想起问问，不是非想看它不可。唉，你爸和你妈现在和好了吗？"

吴平说："老爸从县城别墅回来后，好是好了许多，但两人还是说不到一块儿，常为一些鸡毛蒜皮的事吵得不可开交。听说上前天晚上又因屁大点儿事差点儿打起来。这不，他又三天借口工作忙没回来了。哎，我真弄不懂，都几十年的夫妻了，有啥不能包容的？"

韩小路说："我看这是老夫妻的通病。我妈在世时也一样，你看不惯我，我看不惯你，饭吃不到一起，话说不到一块。但也有一点好，无论怎么吵怎么骂，到头来还得在一起。"

吴平说："就是。他离开我们去县城别墅住，走时信誓旦旦地说永远也不回来，可这才两个来月，不也就回来了！"

"听说你爸回来，主要是想把那别墅腾出来给你和罗兵结婚用是吧？"韩小路问。

吴平说："这你也信？听说有人在说他与老婆孩子长期分居，一定是居心不良，另有新欢。他怕再一个人住下去影响不好。我跟罗兵的关系，实际也没有关系，但也已经明确断了，我也给爸说了，哪有与罗兵结婚一说？他那么做，只是一种下台阶的借口。再说，我才不稀罕那来路不明的房子呢！哎小路，你和罗兵进展怎么样，亲热了吗？"

"哪有这么快哟，手还没摸一下呢！哪像你，和王林……"

"别提了！"吴平说："他从美国回来后像变了个人似的！听说我出事了，只来看过我一次，还不冷不热，一句安慰的话也没有。我主动去抱他，想吻他，他却把我推开了。我真怀疑那天晚上在看守所，哨兵的那两枪不是朝天打的。"

"说啥呢，他不是心烦吗？你想呀，一瞬间，他的未婚妻变成了他的亲妹子；一个父亲变成两个父亲。两个父亲吧，养父在监狱待审，亲父又背着杀人的嫌疑，你想他烦不烦？换位思考一下，如果是你，你该怎么办？"韩小路问。

"我，"吴平想了一下说，"要是我的父亲吴奇中是杀人犯……"

"谁是杀人犯啊？"吴奇中打断吴平的话，走进书房来问。见韩小路也在，便嬉笑着说："嗬，中国的福尔摩斯也来了，真是大驾光临呀！平儿，还不快沏茶！"

吴平悄悄地把放在桌面上写的检查放回抽屉里，回过身来冷着脸对吴奇中说："你不是说没空吗，怎么又回来了？"

"是忙嘛！"吴奇中说，"你想呀，一个县的一把手，说不忙谁信？除非这个官是个不负责任的甩手官！你说是吧，韩大侦探？"

韩小路一笑，说："吴书记真会开玩笑。我是什么大侦探哦，一个乳臭未干的打工者。书记说的倒也是，在A县，谁不知道，吴书记是什么事都管，什么事都干，样样都很上心，事必躬亲的父母官！"

吴奇中说："唉，也不全是这样，有些事我还是放手让下面的人去做的，比如……"

"比如，假冒韩小路和王林去看守所提审何波，制造车祸撞人等。"吴平忽然说。

吴奇中一惊，严厉地问吴平道："你说什么？假冒，撞人，谁假冒，谁撞人？"

吴平说："那天晚上你打电话问我明天干啥？我说我要和小路王林去成都看守所提审何波，你叫我别去，说有要事和我谈。我没听你的就去了，结果就出了车祸。要不是王林抱住我，我就甩出车死了。我们去成都提审何波，只有我告诉过你，不是你泄露给别人干的又是谁？"

"胡扯！无稽之谈！"吴奇中声色俱厉地说，"我吴奇中是那样的人吗？我堂堂的县委书记能干知法犯法的事？说出去也没人信！小路，你信吗？"

韩小路又是一笑说："吴叔，噢吴书记，你别生气。吴平也是因职业的习惯推测而已。你可别记在心上啊！"

吴奇中指着吴平说："你看看，人家韩小路说话多稳重，做事多缜密，哪像你整天胡乱说！我看你根本不适合干侦查这一行，明天我给你们张局说，还是回你派出所管内勤去吧！"

"我不！"吴平说，"要回去，我也得等把老宅凶案破了才走。我要亲眼看看，这个凶手到底有多凶，竟然让这个案子拖了十年没破！没破不说，还一而再，再而三的死人！"

"啊，说到老宅凶案，韩组长，案子查得怎样了？凶手有线索了吗？全县人民，特别是小镇人民对你们可是寄予厚望呀！"吴奇中说。

"凶手太狡猾了，一会儿沉在水底不露声色，一会儿又浮出水面兴风作浪；有时觉得凶手就在眼前伸手便擒，有时又觉得凶手飘浮天涯难以找寻。扑朔迷离，影影绰绰，要抓到他真是太难了，用一句俗话说难于上青天！"韩小路说。

"我真不明白，上面为啥要把这烂山芋让你这个黄毛丫头来挖！你可知，十年前袁一锋为破此案，把老婆也搭上了的事吗？"吴奇中问。

"嗬，有这事？"韩小路惊讶了。

吴奇中说："袁一锋的老婆就是因为袁一锋为了破获老宅凶案，一个公安副局长竟亲自上阵侦查，连续几天几夜不回家，最后又因破不了案又抓错了人，受到了撤销副局长职务的处分，一气之下上吊死了！小路啊，袁一锋啥人呀？A县出名的神探！当年在公安战线那是赫赫有名，红得发紫呢！结果怎么样？不也败在老宅凶案上，从此抬不起头来，直到静悄悄地退休吗？说起来他还是我的书法老师呢！"

“吴书记对我说这些，意思是让我退出侦查组，不干了是吧？”韩小路问。

吴奇中弦外有音地继续说：“你吴叔我也是为你好呀！我是看着你长大的，你父母把你养大，还上了名牌大学，不容易啊！你可千万不要一条路走到黑，栽在老宅案子上，像袁一锋那样身败名裂哦！要是不小心再弄出一两条人命出来，那可就更惨了！”

“书记，噢吴叔的话，晚辈还是有些不明白。”韩小路说。

吴奇中走到书柜前，又回过头来说：“你又可知，这案子为啥交给省部去管吗？就是因为连袁一锋这样的办案专家也破不了。说句你不爱听的话，你算老几？”

韩小路一听，心里的一股恶气直往上蹿，但她还是压抑着不让它蹿出来。她咬咬牙，坚决地说：“感谢书记的良苦用心！不过请书记放心，侦查老宅凶案，既然上级把这重担交给了我，我不会退却的，不破此案，绝不罢休！”

这时，韩小路的手机响了。她走出书房，打开手机，小声说：“喂，我是韩小路。我知道你是王林。别妹呀妹的，有什么事直说。什么，东西找到了？太好了！好，我马上就过来！”

第九十八章 人头在此

韩小路提着小小保险箱离开吴平家后，便急匆匆欲回家准备骑电动车去西山老宅。但刚出小区大门便被兰仝给喊住了。兰仝是奉吴奇中的指示，和邢队一起来找韩小路试探侦查情况的。

“韩警官，我们有件关于老宅凶杀案的事想向你汇报。”兰仝说。

“是吗？好呀，说吧！”韩小路笑着说。

“在这里说不方便吧？”兰仝说。

“那就去西山老宅吧，或去派出所也行。要不去镇派出所吧，离这里很近。”韩小路说。

“去春风宾馆吧，邢队在那儿等着呢！”兰仝说。

韩小路一听还有邢队在里面一起找她，顿感其中有诈，便说：“我看还是改天吧，明天行吗？明天我和罗兵一起来听你们讲述。今天袁局他们还在老宅等我有事呢！”

兰仝说：“怎么，堂堂的特别侦查员还怕我们两个无名鼠辈？你不是说走群众路线破案吗？现在群众找上门来了，你又推三拉四的，你不想破案呀？再说，我们邢队说了，他只相信韩小路，什么罗兵他不认识。走吧，韩警官，我们说完后，你就走，不会误你事的。”

看来这是一个不可拒绝的特请，尽管韩小路已预料到有些风险，但在此刻也不得不冒着风险上。

韩小路知道，春风宾馆是吴奇中、韩雨和李琼的老巢，对于韩小路他们来说可以说是针插不上，水泼不进。幸好，有个张静秋在那里当大堂经理，帮助过她的韩小路要真有个什么不测的话，她不会见事不管的。再说，作为特别侦查小组的负责人来说，对公民主动反映重大案情，是不应该拒绝的。

于是韩小路说：“行，我打个电话给袁局，就说我有点事晚点回去就是了。”

兰仝领着韩小路向春风宾馆走去。几分钟后，两人便走进春风宾馆的大门。

你别说，春风宾馆还真不如李琼管理的时候那么火红了。自从李琼请假离开韩雨调张静秋来负责后，生意就冷淡了。宾馆内冷冷清清，住宿来往的人寥寥无几。

韩小路和兰仝一起走到上二楼的楼梯口时，见张静秋一只手理着蓬乱的头发从楼上走下来。

“张静秋！”韩小路喊道。

张静秋一看是韩小路，便惊喜地叫道：“啊，是小路姐！你怎么来了，有事吗？”

“有点事。啊静秋，厕所在哪儿呀？”韩小路问。

“房间里有卫生间，上楼去吧！”兰仝说。

韩小路扭动着身子，装着憋不住的样子，对张静秋说：“有点儿着急，快带我去洗手间吧！”

张静秋似乎心领神会，说：“我的尿也胀了，不远，我带你去就是了。”说着她就拽着韩小路往走道那头急走。

“唉！”兰仝急忙跟了上去。

在张静秋和韩小路要进女厕所时，张静秋突然转过身来对跟上来的兰仝说：“怎么，想当强奸犯呀？”

兰仝自讨没趣，红着脸退了回来，站在走道上等。

厕所内张静秋问韩小路：“你跟他来这里做啥子？”

韩小路说：“是邢队叫他带我来的。他说邢队在这里等我。”

张静秋说：“兰仝可不是个正经人，你可不要相信，刚才他还对我……你个大美人，他可能早就垂涎三尺了！哇，他们两个大男人，你……”她欲说又止。

“你放心，不过你提醒得好。我给你说哈！”说着她便在张静秋的耳朵上小声地说着什么。张静秋认真地点着头。

从厕所出来，韩小路便跟着兰仝往三楼走。

走进316房间，韩小路看见邢队正在整理紊乱的床单和被子。她仔细往床单上看，见中间还有一处巴掌大的纵折。她似乎明白刚才张静秋为什么闪烁其词的样子。

“啊韩大侦探来了，失迎失迎呀！坐坐！”邢队立马热情招呼韩小路，又是指坐又是沏茶，十分殷勤。

穿着合体的韩小路轻盈地坐在沙发上，两腿并拢，笑着对他们说：“找我到这儿来，有什么事就说吧！”

邢队走到门口，关上门，然后回过身来很不自然地盯扫着韩小路白净的脸和丰满的胸脯，笑着说：“人家都说韩大侦探是个漂亮无比的大美女，过去我还不觉得，今日仔细一看，还真艳不虚传，美丽俊俏，独一无二，独一无二啊！”说着又问兰仝道：“你说是不是呀兰主任？”

“就是就是，美丽极了！美得让我看了也……”兰仝盯着韩小路说。

韩小路十分厌恶他们这种猥亵的语言和眼神，脸上的笑容立刻消失。她打开小小保险箱，先取出笔记本和笔，然后又拿出一个微型录音机放在茶几上，严肃地说：“你们不是说要谈老宅凶杀案吗，开始吧，谁先说？”

邢队一看韩小路那架势，顿感有些惊悚。但他毕竟是经历老到的警察，笑着指着茶几上的录音机说：“这，没有必要吧？没有它，我们说话还随便点。”

韩小路说：“想不到邢队还怕录音，那我不录音吧，收起来就是了。”韩小路边说就把那录音机收进小小保险箱里。

邢队突然问：“韩大侦探，听说老宅悬案的杀人凶手不是何波而另有其人，是真的吗？”

韩小路一惊，说：“邢队消息蛮灵通嘛！是谁给你说的？”

“我也是听说，不，是我推测的。哎，也许是职业习惯吧！不知韩大侦探认为真凶是谁呀？”邢队问。

“你说呢？”韩小路说，“在老宅杀人案问题上，你可比我更有发言权哦！你不仅是当时小镇的派出所所长，还是凶杀案的当事人！”

邢队说：“韩警官是口误吧，我邢队因职责所在，袁三娃报案后，我是去凶案现场看过，并画了警戒线，派部下看守着，等县公安局刑警大队派侦查员和法医来。我怎么是凶杀案当事人呢？”

韩小路正要回答，却被兰仝咄咄逼人地问：“听说韩警官说，那杀人凶手是邢队、江山和我。你凭什么说杀害住老宅那对成都夫妇的凶手是我们三人？”

“我说了吗？”韩小路反诘道，“再说在杀人真凶没抓住以前，任何与凶案有关的人都在怀疑范围。你这么问，是不是有点不打自招呀？”

邢队说：“笑话！你看我们三人像杀人凶手吗？尤其我和兰仝，啊兰副镇长！

我当时是个忠诚于职守的派出所所长，老兰当时是老实巴交的西山村副主任，江山虽然和我不太熟，但案发时他又不在小镇。何况一个人要杀人总有他杀人的动机吧？那成都夫妇与我们几个一无仇，二无冤，平白无故，我们为啥要杀他？”

“问得好！”韩小路说，“杀人的确要有杀人的动机。你虽然和那住老宅的成都夫妇没有任何冤仇和矛盾，但你知道老宅内藏有黄金！”

“黄金！”邢队的脸倏地变了，很不自然地说，“我怎么知道老宅有黄金？我不知道啊！”

韩小路说：“邢队怎么啦？刚才还趾高气扬，什么职责呀，忠诚呀，动机呀！怎么一提到黄金就变脸了？难道那杀人凶手真是你？”

邢队顿时感到心乱如麻，找不到适当的词语反驳。

韩小路继续说：“你要是没得健忘症或有意不承认的话，你一定记得，十年前老宅凶杀案案发当天，你们几人在柏条河边喝茶，见你曾经抓过的小偷袁三娃从你们旁边走过，你便大声说老宅内藏有黄金。你的目的是诱使袁三娃前去盗窃，以便嫁祸于人，说凶手是袁三娃，动机是盗窃杀人。你们没想到，袁三娃发现死者后便主动报了案。你看嫁祸不成，于是你们订立攻守同盟，一致指认杀人凶手是老宅户主何波。邢队，你当时可是小镇派出所的所长哦！一切都是在你的运筹之中不假吧？”

邢队似乎狗急跳墙了，突然掏出手枪，将子弹上了膛，但枪口对着天花板，说：“韩小路，你再胡说八道，当心马上有人要你的命！”

正在这时，“当当”传来急促的敲门声。

邢队急忙收起手枪，示意不要开门。可敲门声一直持续。无奈，邢队才示意兰全把门打开。

张静秋站在门口，说：“韩警官，罗镇长在下面叫你快下去。”

韩小路乘机提起小小保险箱，瞟了邢队一眼，走出门去。

其实楼下根本没有罗兵，这是韩小路事先安排的脱身之计。

时到黄昏。韩小路邀约张静秋在西街那对成都夫妇曾经吃小食的店里吃小食。她边吃边向老板娘黄惠核实当年那对成都夫妇在这里吃小食时的情况。

由于案发后袁一锋问过黄惠几次，还写过证词，所以黄惠一直记忆犹新。

黄惠明确告诉韩小路说，当天晚上那对成都夫妇吃了小食离开的时间正是这个时候。

由于天已经黑了，韩小路又要急于赶回老宅，为了安全，韩小路便要求张静秋陪她步行回老宅。于是她俩踏着朦胧的夜色边走边摆条，不久便到了老宅门口。韩小路看了眼手表上的时间，没有出声。

韩小路感到疑惑，老宅内没有灯光，也没一点儿动静。她估计王林他们是去农家乐吃饭或唱歌去了。于是她拿出门钥匙打开了老宅的门。

可就在她和张静秋进门那一刹那，一颗血淋淋的人头砸在张静秋的头上。张静秋“哇”的一声惊叫，顿时，昏倒在地不省人事。

“哈哈！”随着一阵笑声，客厅(即办公室)的灯亮了。王林从地上扶起昏厥的张静秋，袁一锋从地上拾起那颗带血的人头递给韩小路。

韩小路接过那人头仔细一看，正是曾经吓昏过她的那颗假人头。

韩小路说：“我和张静秋刚才从小镇西街吃完小食后步行往这里走，我看了时间，正好与死者当年回来的时间相符。再加上这颗把我和张静秋都吓昏的假人头，死者被杀的经过完全与我们的推断相符。哎，除了这假人头，还能找到些什么？”

袁一锋说：“按照何波的交代，我们找到了死者的衣服，还有……”

“张静秋醒了。”王林打断了袁一锋的话。

第九十九章
惊现女尸

张静秋经这一惊吓，醒来后执意要走。韩小路怎么留也留不住，只得叫王林用电瓶车送她回小镇春风宾馆。临走时，韩小路给她耳语，她频频点头。

王林送张静秋还没到西街口，张静秋就要下车，并对王林说：“王林哥，你回去吧，我自己回去就是了。”

“那怎么行，我还是送你到宾馆吧！”王林说。

张静秋说：“没啥，王林哥，这小镇我熟悉得很，不会有事的，你回去吧！”

王林执拗不过她，也只好让她下了电动车。

王林转身骑着电动车没走多远，感觉不对，又倒回来，悄悄地在张静秋后面跟着。他要不折不扣地按照韩小路的吩咐，看着她走进春风宾馆的大门。

在这之前，谁也没想到，自韩小路傍晚出了春风宾馆套房的大门，便被兰仝跟上了。兰仝发觉张静秋在说谎，根本没有什么罗兵在门口等韩小路。这才怀疑张静秋是韩小路的人。

果然，韩小路约张静秋在西街口小食店吃饭，并亲自伴随韩小路回老宅，不久又派王林送她回小镇，这全过程都被兰仝跟踪看在眼里。因此，张静秋刚一走进宾馆大门，就被兰仝叫到一旁询问。

“张静秋，你知道我们邢队是啥人吗？”兰全问。

张静秋说：“知道呀，大名鼎鼎的公安局刑警队队长嘛！”

“可你竟敢偷听他和侦查小组组长韩小路讨论案情，并撒谎说罗镇长在下面找她。你知道你这是什么行为吗？是严重干扰警察执法的行为。你说，你给韩小路都说了些什么？”

“没说什么呀？”

“那她为啥约你吃饭？吃了饭你还送她回老宅？”

“哦，这事嗖！这都是罗镇长安排的。他原本在宾馆门口等小路姐的，可我把小路姐从你们那里叫下去后，他又走了。后来，我又接到罗镇长电话，说天黑了，他又在镇上开会，怕小路姐一个人走夜路回老宅不安全，叫我陪小路姐回老宅。我啥也没给小路姐说，小路姐也啥也没给我说。”

“当真？”兰全问。

张静秋眼里闪着秋波说：“我都被你那个过了，还会骗你吗？再说，谁敢骗堂堂的兰副镇长呀，除非不想活了！”

王林站在暗处，目睹他俩说话，但听不清说些什么，但看分别时那亲密劲，不会有什么危险，于是便骑上电动车打道回府了。

这天晚上，果然没事。张静秋回宾馆后就给韩小路一个电话，说她已安全回到宾馆。

可是，第二天晚上就出事了。

韩雨和李琼走进春风宾馆的大门，抬头一看，台前一个十分漂亮的女孩正低着头写着台账。韩雨笑着走过去，大声说：“服务员同志，登个记吧！”

那女孩抬起头来一看，惊喜地喊道：“韩书记，你怎么来了？快坐吧。”

韩雨问：“张静秋同志，工作不错吧？”

张静秋说：“很好很好。”

韩雨问：“你知道这工作是谁给你找的吗？”

张静秋说：“知道，是韩书记您把我从西山农家乐调过来的。”说着，张静秋走出台来，分别给韩雨、李琼沏了杯茶递到手上，又含羞地走进台去，做她的台账。

李琼走到台前问张静秋道：“下午给你说的，留个单人包间，待会有首长来住，留了吗？”

张静秋说：“留了，三楼十二号包房。”

李琼说：“把钥匙给我吧，我去看看。人家是大干部，稍有闪失可吃罪不起。你看连韩书记也关心来了。”

张静秋将钥匙和一块出入牌递给李琼，看着她离去，心里浮起一片疑云。

李琼走后，韩雨走向前去小声问张静秋：“那玉镯没被韩小路看出来要走吧？”

张静秋一咧嘴说：“她才不要呢，连看也不看玉镯一眼！韩书记，我不明白了，这龙纹玉镯，你想给你女儿直接给她就是了嘛，为啥要编一个故事让我拐弯抹角地给她呢？结果人家又不理不睬，弄得我十分尴尬。幸好，我脑筋转得快，加上嘴甜，才把小路姐给忽悠过去了。”

“看来她还不知道这玉镯与她有关。”韩雨自言自语地说。

“你说什么？”张静秋问。

“哦，我是说，你怎么到西山农家乐去干了，那里可不是干净的地方哦！”

张静秋说：“是小路姐担心我去深圳后奶奶无人照顾，就介绍我去农家乐当服务员。这不，刚干两天，还是书记您关心重用我，才把我调来这宾馆当大堂经理。韩书记，你的大恩大德我该怎么报答你才好呀？”

“哎，讲什么报答喔！”韩雨说，“只要你记在心上，心里有我就行了。”说着，他就去摸她的手。

张静秋神经质地将手缩回去。

韩雨惊讶地问：“哎，静秋啊，你怎么没戴玉镯呢？你不是说她没有要吗？”

张静秋这才知道，韩雨是来打探她与韩小路接触的情况，顺便看看那玉镯还在不在她手上。于是她顺手从柜台的抽屉里取出那龙纹王镯递给韩雨，说：“韩书记，这东西还是物归原主吧，留在我这里也不好！”

在韩雨看来，韩小路对龙纹玉镯不理不看，证明她根本不知晓自己的真实身世。从这种意义上说，张静秋的任务完成得很好。因此，他说：“这龙纹玉镯虽然价格不菲，你韩叔还是把它送给你。来，让韩叔给你戴上。”说着，他就牵起她的右手腕，正要往上戴时，李琼赫然出现在柜台前。

张静秋一惊，手猛地一抽，那龙纹玉镯“叮当”一声掉在地上摔碎了。

“好呀，那玉镯本来在我那里保管得好好的，你却编着法子要了回去。原来你并没把它给你老婆，却给了这个臭女人！”

单人包间里，李琼怒火焚烧，胸膛气得鼓鼓的。无论韩雨巧舌如簧，编了很多理由来解释，但李琼还是不信，不依，不饶。她坚决要求韩雨立即辞退张静秋这个狐狸精，臭女人。

门外，张静秋贴墙窃听。

李琼说：“张静秋虽然年轻漂亮，但她是一个被男人搞烂了的女人，说穿了，就是个破鞋骚货！她有什么资格当这个宾馆的大堂经理？还有，亏你还是个书记镇长，竟然在光天化日之下与她摸摸搞搞，成何体统！”

“还是留下她吧，她还是个孩子。”韩雨说。

“不行！”李琼说，“要再让她在这里，这里非成为妓院不可！叫她走！必须立即走！”

张静秋一听，捂着嘴跑走了。

不一会儿，门外传来敲门声，李琼开门一看，是一楼的女服务员，她说：“张静秋经理辞职走了，现在前台无人坐台，怎么办？”

李琼说：“你去！”

女服务员有些迟疑。

李琼大声说："叫你去，你就去，在这里，还是我说了算！"

女服务员走后。李琼把门一关，一切归于无声无息。

深夜十一点过，李琼和韩雨先后走出三楼十二号包房。在出大门时，李琼对新坐台的女服务员说："首长打电话说不来了，我和韩书记也不等了。抽时间你叫人进去把床铺理一下。"

女服务员说："是！二位镇长慢走。"女服务员看着韩雨和李琼离去的背影，脸上掠过一丝邪笑。

在路上，韩雨对李琼说："李琼呀，老宅悬案的凶手不是何波，这对我俩的处境极为不利啊，弄不好吴书记把杀人的帽子真扣在你我头上也说不一定哦！"

"你说这话啥意思呀？"李琼迷惑地问。

韩雨说："我是说，我们俩还是少来往好，特别是像今天晚上这种事，今后我们就别干了，免得人家攻其一点，不及其余，扯到缨缨，拔出萝卜。"

李琼立即愤然道："韩雨，你别东扯葫芦西扯瓢，找借口抛弃我去找张静秋！我明白告诉你，十几年的青春我全部给了你，而且因为你怀孕还差点儿丢了小命，现在说不要就不要了，没那么容易！"说完，她悻悻地疾步离去。

韩雨无奈地望着她离去的朦胧的背影，深深地叹了口气。

第二天，小镇的街头巷尾，菜摊茶座上，柏条河里发现一具女尸的消息不胫而走。有的悄悄交头接耳，有的公然大呼小叫。

消息怎传到韩雨耳里，他赶忙拨通了李琼的手机。

俗话说，为人不做亏心事，半夜敲门心不惊。可李琼做了亏心事，她不该在春风宾馆骂张静秋，导致涉世未深的她惊吓过度，毅然辞职。她更不该在春风宾馆包间里，逼韩雨辞去张静秋并用尽所有肮脏语言捏造事实诬陷张静秋这个本质清洁的单纯女孩。所以李琼还没等鬼来敲门心便惊了。

李琼接到韩雨电话说柏条河发现一具女尸后，她心一惊，肉一跳，当即判断那女尸可能是张静秋。于是，她按韩雨吩咐，立即四处了解详情。

她先到派出所，问那女尸是否叫张静秋时，被告之，从她身上的身份证判断，可能错不了。李琼又问那女尸现在何处？被反问，人都死了，你说该在何处？李琼生气了，说，你不该这样回答我的问话。又被反诘说，你不该问那么多你不该问的话。

李琼气得七窍生烟，大声说："我是副镇长，为什么不该问？何况是韩书记韩镇长叫我来问的！"

派出所所长耐着性子说："韩书记韩镇长要问，他问罗兵副镇长不就知道了，还这么麻烦李镇长亲自跑？"

李琼对所长说："你太目中无人了！"说完便悻悻而去。

派出所所长看着李琼离去的背影，愤然道："我的眼里你就不是人！"

在韩雨办公室，李琼像一条受惊的虎，暴跳如雷，先骂张静秋以死来陷害她，后骂派出所所长目无领导，狂妄自大，再骂罗兵野心勃勃独断专横，还骂自己后台不硬受人欺侮。

韩雨笑着说："骂完了吧？也好，心里有气骂出来会好受些。"

李琼噘着嘴，嗔气地说："我都吓死了你还笑。"

韩雨说："罗兵来电话了，死者确实是张静秋，经医生初步断定系溺水死亡，可能是自杀。但为慎重起见，张静秋遗体即送省里做法定尸检以最终确定是自杀或他杀。"

李琼哼了一声，说："检就检，反正我没推她下水。"

韩雨说："这就对了嘛！你看你刚才那样子，好像人是你杀似的，吓得魂儿都快掉了，给人一种此地无银三百两的感觉。不好呀，都当了几年的副镇长了，还那么胸无城府。"

张静秋的死在小镇喧嚣几天就销声匿迹了。原因可能有以下几个：一个是她年轻又外出打工几年，人们对她不熟更谈不上印象。一般情况下，不熟印象又不深的人走了，最多议论一两天便不再谈起。二是人们对外出打工的漂亮女人总有一种无端的猜忌，如果这女人衣锦还乡的话那这猜忌便变成现实，让人不屑一顾，甚至唾沫相对。三是此人无辉煌背景，一般平头百姓。大概也许张静秋就属于这样的人。

这样的人死了，有谁去为她惋惜，为她悲哀，为她久念不舍呢？问题是旁人可以，但张静秋的奶奶不该哦！孙女儿都死了几天了，老太婆并无特别的悲伤和过分的情绪。要是换成别人，有关部门门前早已喧嚣尘上不得安宁了。

这天，李琼问韩雨道："张静秋死了十几天了，怎么不见她的家人来闹呢？"

韩雨说："张静秋家里只有一个老奶奶，没有别的亲人，谁来闹呵？她奶奶找过罗兵和韩小路，被他们劝回了。原因可能是尸检下来了，结论是自溺身亡。"

李琼说："这老太婆也是啊，高风亮节。"

韩雨说："再说，张静秋又不是她的亲孙女，感情隔一层嘛！"

李琼惊讶地"哦"了一声。

第一〇〇章 顽固不化

这段时间，侦查小组的人忙得不可开交，尤其是韩小路，忙得连家也没回。今天，她和侦查组的人从省公安厅开会回来决定回家一趟。

一进家门，见韩雨在卧室翻箱倒柜，头上急得满头大汗，便问：“爸爸，你在干啥呀？看你急得，满脸都是汗！”

她从身上掏出小手绢，忙着在他额上轻轻擦拭。这一举动让韩雨感动不已，便抬起头来呆呆地望着韩小路，望着望着，眼眶里就湿润起来。

是呀，这一声“爸”，自从老伴信香死后，他就再也没听见过了。他天天在盼，夜夜在想，今天终于听见了。不仅听见女儿喊爸，女儿还亲自用她的手绢为自己擦汗。这延续了二十二年的亲情，在断裂了几个月之后又意想不到地回来了，你说他怎么不感动？

“孩子啊，爸想你呀！爸有很多很多的话要给你讲，可你就是不回来！”他把她拥在怀里，颤抖的手抚摸着女儿的头，含着泪说。

“就是工作太忙！你看，我这稍一松懈，不就回来看你来了吗？爸，有什么话你就给女儿讲吧！女儿洗耳恭听就是了。”

韩小路想，韩雨可能觉悟了，要向她讲出他的所有问题，或者揭发他们所干的龌龊交易。要不，就向她说出她的身世，以求女儿对她隐瞒她身世的谅解。可她想错了。坐在客厅的沙发上，韩雨低着头啥也不说。

韩小路说：“爸，你不是说有很多话要给我讲吗，怎么不讲啦？”

韩雨抬起头来，望着韩小路，欲言又止。

“你要不说，我可要说了。”韩小路说。

韩雨心里一惊，说：“你要说啥就说吧，爸听着就是了。”

“其实女儿也有很多话要问你，不知你愿不愿意讲？”

韩雨又是一惊，说：“你问吧！”

“首先我问你，刚才你在找什么？”

韩雨低着头，还是不语。

韩小路从小小保险箱里，取出那个“迷你”牌化妆盒，问：“是在找它吗？”

韩雨倏地抬起头来，一把从韩小路手里夺过化妆盒，但打开一看，啥也没有。“丫头，你……”他想问又不敢问。

他怕呀，他怕这一问，就会彻底失去他亲爱的女儿；他也怕，怕这一问，问出惊天秘密，从此爹与女儿阴阳相隔，即使不死也永无相见之机！但为了有个答案，他还是掩饰着内心的恐慌，尽量压抑着冲动的声音，说：“一个空盒，找它干啥哟！”

韩小路又从小小保险箱里拿出那红布包，说：“它不是空盒，里面装的是一块红布一只镯，龙纹玉镯！爸，你就别瞒我了，妈生前把什么都告诉我了。我不是你们的亲生女儿，是你在路边上捡的！”

不知又为何，韩雨此刻的心情反而平静了许多。略一思忖，他便把她的来历和盘托了出来。

韩小路也没一点吃惊，她说：“这龙纹玉镯既然是我亲生父母给我的，你为何要瞒着我呢？而且还费那么多心思，还叫张静秋用一个假的龙纹玉镯来考验我！”

“我这不是怕失去你吗？你不知道，你妈信香没有生育能力，要是失去你，我韩家就断后了。”韩雨说着，眼睛就湿润了。最后他说：“丫头，现在你也知道了，你不是我和信香生的，我自然也不是你的亲爸。你要不认我这个爸了，你现在就走吧，带着这龙纹玉镯找你的亲爸亲妈去！”

韩小路笑了，说：“爸，我为什么要走呢？你和妈养了我二十多年，你们就是我的亲爹亲妈！现在妈没了，你孤苦伶仃，我更不可能离开你了，我要一辈子跟着你，给你幸福，为你养老送终。我还要为你生个小外孙，逗你取乐！”说着，她就把头轻轻地贴在韩雨的肩上。

韩雨用手轻抚着她的头，泪水潸然而下。他抹了把泪问：“哦，对了，你和王林的婚事何时办呀？怎么这许久不见他的人呢！”

韩小路说：“他去美国了，是他们公司派他去的，刚回来几天，因为忙，抽不出时间来看你。关于婚事，我们决定过几天就办。”

“前几天我听你梁阿姨说，罗兵和吴平也要结婚了。还说吴书记决定把县城的别墅作为礼物送给他们。我该送你俩什么呢？”韩雨问。

“人家是县委书记，有钱，送个别墅算啥？我听吴平说，就是再送个宝马也不在话下。”她故意说。

“吹吧！你知道吗？他买那别墅的钱，一半还是你妈拿的呢！”他说。

“哇！一半好几十万元呢，妈怎么会有那么多钱？”她故作惊讶地问。

事到如今我也只好给你说了。于是韩雨便把信香先前与吴奇中的关系和信香为让自己当上镇长而送给吴奇中两条黄金的事如实告诉了韩小路。

“黄金！”韩小路故意惊讶地直起身来问，“我们家怎么会有黄金？”

韩雨说："不是我们家，是你奶奶家。我也不知具体详情。那是很久很久以前，我和你妈结婚的时候，你奶奶拿出两条黄灿灿的东西，说是送给我们的结婚礼物。我刚看了一眼，你妈就大呼一声啊黄金，抓去放进她衣袋里就不拿出来了。我想，反正我和她已成夫妻了，她保管和我保管有什么两样，我也就不计较了。谁知你奶奶就不这么看了，非要和她较劲，从此，俩婆媳就水火不容，弄得我们搬新房，你奶奶也死活不搬来和我们住在一起。"

"那你怎么知道妈把那黄金送给吴奇中了呢？"韩小路问。

"那是后来我看吴书记买了那么高档的房子，我也心动了，就找你妈说把那两条黄金拿出来，去银行兑成钱，我们也去买栋别墅。开始你妈不干，问了很久，她才说那东西为我当上镇长作为酬谢送给吴奇中了。"

"你记得那黄金上面有字吗？"韩小路问。

"不记得了，只看了一眼，你妈就拿走了。"韩雨说。

"你再想想，比如01，02这些。"韩小路提示说。

想了很久，韩雨才说："啊，好像是0……01，对就是01！ 01后面……对，后面一条是3，一条是5。不错，一三五。唉丫头，你问这么仔细干啥？"

韩小路终于确定母亲信香留给她的两条黄金的确是本案中的标的，但信香并没有给吴奇中。但张局说的吴奇中说在信香那里借了二三十万元买房子又正和韩雨说的两条黄金的价格基本吻合。"他们为什么要这么说呢？"

她严肃地说："爸，你是我爸，更重要的你是小镇的党政一把手，你的一言一行都会对小镇产生重大影响，也会对女儿产生重大影响。"

她站起来，徘徊了几步又继续说："你知道吗？那黄金是你父亲韩光当年出逃时在南京国库提取的公款，据说不是一条两条，而是一桶两桶。现在我们国家正在调查这批黄金的下落，你要是拥有或知道什么，你就给有关部门讲吧！你如果放不下架子，磨不开面子，你就给女儿我讲。女儿不会害你，只能为你好。"

韩雨一听着实吓了一跳，但也早有所料。

说父亲韩光当年逃难带回来一批黄金，他是很久很久以后才听母亲陈英讲的。陈英说，何波父亲何钦借父亲韩光在他家避难，强占了那批黄金。后来又因韩光莫名死在何家，陈英便吼着要找何家拼命！何家为了息事宁人才将那批黄金还给了陈英。

这黄金，陈英拿回来以后，对任何人也没讲。在韩雨结婚之时，也的确给了韩雨一些，但不是两条，而是一桶，编号也的确是01，但不是两条而是十二条。

这说明，两桶二十四条黄金，抛开陈英留下的02号一桶十二条和信香拿走的01号两条，韩雨手中起码还有十条01号黄金。如果陈英的02号十二条黄金在给了韩小路一条后，那么陈英被劫走的02号黄金就是十一条。如果这十一条黄金没被别人劫走而在韩雨手里的话，那么韩雨手中就有二十一条黄金。如果奶奶陈英家的那02号黄金韩雨没拿，那他手里至少也还有十条黄金。铁的事实无可争辩！

“你叫我讲什么嘛！我知道的就这些，其他就……没有了。”韩雨道。

“真的没有啦？比如黄金，你手里现在有没有？”韩小路严肃地问。

“没有！”韩雨说，“就两条也被你妈送给你吴叔叔了。”

如果说，他前一个没有还有些迟疑和勉强的话，那这后一个没有就答得十分干脆和坚决。

此刻，韩小路彻底绝望了！她深知，眼前这个不是父亲的父亲，想用亲情来打动他迷途知返、改歪归正，或者投案自首，那完全是一种不切实际的幻想。她替他悲哀，为他惋惜。他在名利光环的笼罩下，连何波也不如。何波在劝导和启发下还能似梦方觉，投案自首，而他却执迷不悟，顽固到底。看来他是不见棺材不掉泪了！

“那我再问你，老宅案的杀人凶手究竟是谁？”韩小路道。

“这个问题你问了数十遍了，我哪里知道哦？唉，你不是在侦查吗，你还不知道呀？”韩雨说。

“从我们侦查的情况看，就是何波！”韩小路盯着他的表情说。

“何波？”他一惊说，“怎么会是他？”稍顿，他又说：“不可能。他不可能杀人！”

韩小路说：“可原案材料反映，你和吴奇中，还有李琼等都一致指认何波是杀人凶手，现在何波抓到了，你反而又说不是他。联想到你庇护何波在西山藏匿八年，我不得不怀疑你与他有某种不可告人的秘密和关系！”

“没有啊，他姓何，我姓韩，他是他，我是我，有什么秘密和关系？”韩雨说话的表情显然在遮遮掩掩，躲躲闪闪。

“你不告诉我是吧？你不告诉我，我可要告诉你，你和何波是同父异母的亲兄弟！”韩雨大吃一惊问：“你怎么知道的？”

“是你母亲陈英临终前单独告诉你的。你不会知道，当时我那装有录音机的皮包就一直挂在病室的墙上。”

“是又怎样？”韩雨问。

“还不怎样？那我再告诉你，王林是何波的儿子何支。”

“什么？王林是何支，真是何波的儿子？”韩雨惊讶地问道。

“千真万确！”韩小路说，“我和他准备结婚了，所以前几天我们去看守所见何波，就是告诉他这件事，却被你设置的一场车祸差点儿要了你女儿的命！”

“不！那车祸不是我搞的！”韩雨说。

“那江山为什么说是你指使他干的呢？”韩小路继续出套。

“他诽谤！”韩雨怒了，骂道，“××的，明明是吴奇中叫他们干的，却赖在我身上！告诉你，他们不仅设车祸害你，还假冒你和王林去看守所提何波，目的就是想杀死何波！”

“嗬，真有其事？你怎么知道的？”韩小路故作惊讶地问。

“兰仝告诉我的，他也参加了，还有那个邢队！”韩雨说。

“我和他们一无冤二无仇，他们为啥要害我？”韩小路问。

“谁让你去侦查老宅凶案？”韩雨说，“我早就给你说，你不要管老宅的事，离开小镇，回你的学校去。可你就是不听！还弄出个什么特别侦查员，现在竟然还当了副组长！”

“我是为了除暴安良，奉命行事，侦查老宅凶案，有什么错？”韩小路说。

“老宅案是你能侦破的吗？想当年，袁一锋比你还雄心勃勃，抓了何波，又以杀人定何波的罪，结果如何？还不是竹篮打水一场空！”韩雨说道。

“那是你们故意设的局，妄图嫁祸于人，陷害何波！”韩小路眼看时机成熟，便单刀直入。

“我们？”韩雨的脸刷的白了，瞬即惊慌不已，额上汗珠也冒了出来，眼睛根本不敢看韩小路一眼。但为了安定自己的情绪和转移这个敏感的话题，他说：“哎，不谈这个，你去见何波，告诉他你和他的儿子何支要结婚了吗？”

韩小路说：“告诉了。”

“他怎么说？”韩雨问。

韩小路从小小保险箱里取出那粉红色的木盒，接着打开木盒拿出那红布包，又打开红布包亮出那凤纹玉镯，说：“他就送这个凤纹玉镯给我俩作为结婚礼物，还望我们凭这凤纹玉镯找到他遗弃在西山小路上，携带龙纹玉镯的双胞胎女儿。”

稍顿，她又说：“爸，你猜他还说了什么？他说，其实何支和他遗弃的双胞胎女儿，并不是他的亲生骨肉。何支和他双胞胎妹妹的亲生父亲就是你——韩雨！”

韩雨一听，顿时昏了过去。

第一〇一章 案情通报

一九九六年九月二十八日，隔老宅命案十年零六个月零八天，离国庆节还有两天。

老宅的客厅布置成了小型的会议室，两张办公桌当主持台，桌下摆着几只箱子，台下安着高低不一，形状不等，质地不同的桌凳。客厅的正前方放有一台二十一英寸的长虹彩电。上面挂着一幅《老宅案情通报会》的会标。

早晨刚一上班，吴奇中就接到罗兵的电话。

罗兵说："吴书记，侦查小组今天上午九点在西山老宅召开案情通报会，由于政法委书记张德亨在省里开会，故请吴书记光临指导。"

他是县委书记，当然有权拒绝。于是他说："哎呀，小罗呀，我还有个会要开呢！干脆这样，通报完了，咱们另找个时间交换一下，好吗？"

可是半个小时后，吴奇中接到省政法委书记的电话。

从政法委书记的话中，吴奇中知道今天老宅这个案情通报会非常重要。"你是重大案件发生之地的县委书记，邀请你参加案情通报会，你不参加不好吧？"省政法委书记用委婉的口气说。

放下电话，他又立即给韩雨、邢队以及李琼等人打电话，问他们接到参加案情通报会的电话没有？他们都回答说接到了。吴奇中便用严肃的口气对他们说："这是一个非常重要的案情通报会，任何人也不能缺席，谁缺席第二天就不要上班了！"

县委书记这一说，本来韩雨和李琼要借口有急事缺席会议的也只好放弃了。

在老宅，刘姐正往桌子上摆茶杯，见罗兵他们从里间出来，便问："罗镇长，今天有啥大人物要来呀，搞得这么隆重？"

罗兵逗笑说："不能说，说出来吓死你！"

"啊！"刘姐惊得大张着嘴。

罗兵笑着说："逗你的。来的人官都不大，最大的也不过是县委书记。"

刘姐说："县委书记还小呀？嗯，我得再把杯子擦擦。"

说着，吴奇中走前，紧跟着的是韩雨、李琼、兰仝以及邢队。罗兵和韩小路以及袁一锋和王林都站在门口带着笑脸热情相迎。

尽管如此，吴奇中等人还是紧绷着一张冰冷的脸！因为，从他们在进屋前的短暂交流中，心里各自明白，今天这个会非同寻常，有些人来了，有的人可就回不去了。

今天，韩小路打扮得格外端庄秀丽，脸上虽没有涂脂抹粉，但由于她皮肤白皙，柳眉大眼，小嘴高鼻，尖尖的下巴和两排洁白的细牙，仍突出她瓜子脸的无比美丽。只是黝黑的头发由平时的披发梳卷成一个结，像蝴蝶似的紧贴在后脑勺上，陡然脱去了往日些许的飘逸和稚气。

更特别的是，她破天荒地穿上了一套崭新的深蓝色警服。据说这套崭新的警服是部里特派专人送到 A 县公安局由张德亨转交的。那合身的警服把她高挑苗条的身材勾勒得曲线更加突出，更加优美动人，同时也更加庄严肃穆。

韩小路提着小小保险箱，轻盈又稳重地走上小小主持台。她动作麻利地将保险箱打开，但里面的东西没拿出来。她有椅子不坐却站着就开始说话。在场所有的人都以为她要周吴郑王的讲一大摊子客套话，然后才转上正题讲案子。谁知她一开口就叫大家先看一个有关凶案的录像片。

录像片无声又无色，内容尽是些房屋、道路和街景。要不是韩小路的一句旁白，人们压根儿不知道这就是案发所在地小镇。

接下来的内容就不难理解，那就是烟雾缭绕的西山，威武雄壮的山顶巨石，河水淙淙的柏条河，以及河旁一望无际的田野和田野上农夫与牛的耕作画面。

下面的出现，顿时让大家紧张起来，那就是老宅。

播完老宅的外观，韩小路解释说："传说中张献忠剿四川时，由于被当地一个叫奢求的人出卖，使逃难躲避在西山的一千多蜀人被张献忠的部队剿杀。"边说边拿出一些照片说："你们看，这就是西山溶洞，怪石嶙峋四通八达的溶洞。喏，这就是洞里的一堆蜀人的尸骨。张献忠为了奖赏奢求，就在这西山脚建了一栋别墅送给奢求。你们看，这房子的柱子上刻着两个什么字，仔细看！对，'奢宅'二字。"

随着镜头打开老宅的门，就是客厅。韩小路说："对，这就是我们现在坐的地方。你们看，客厅的左正中有两扇窗户，打开窗户可看见西山二分之一的全貌。"

随着镜头回过来再往里走，韩小路说："这里有四个房间，一字形排列，第一间是书房，其他三间是卧室，就是靠这里间，也就是第三间卧室的门口，一九八六年三月二十日晚十一点左右，所谓小偷袁三娃就在这里发现一男一女死者。看，这就是死者的照片。"

屏幕上出现两具死尸，男的皮肤黝黑，头发蓬乱，脸色铁青，眼球突出，嘴巴大张，舌头长伸，四肢弯曲。女的肌肤惨白，头发散乱，脸部肌肉扭曲，眼球突出，嘴大张，舌长伸，胸部挺拔，小腹微突，下身私处有少许液体流出。不容多说，大家一看就知，这里就是本凶案的案发现场。

"好了，"韩小路说，"接下来再请大家看一个案发现场的模拟录像片。这录像片韩、李二位镇长已经看过两遍，今天不妨再看一遍，兴许还有很多启发，你说是吧李琼李副镇长？"

前面的画面已经使李琼吓得心惊肉跳了，现又让韩小路当着众人既含沙射影又指名道姓，更吓得她全身发软，但她还是无奈地强装镇静点点头。

这时候，吴平领着一个人走进来，悄悄地坐在大家的身后。这人一看便知他是县医院的那个老医生——韩雨母亲陈英的主治医师！

放录像片的时候，韩小路一言不发，只站在一旁细心地观察在场人的所有反应和面部表情。

韩小路看到，当画面出现里间卧室窗户口出现小偷袁三娃的头时，在场的人应该说都应该感到惊讶或好奇而目不转睛地看吧？

可是，韩雨和李琼却低着头，不看画面一眼。这好解释，因为他俩看过两遍。可邢队和吴奇中就反常了，他俩坐在一起，不但没看，二人还窃窃私语，毫无兴趣。更加反常的是兰仝，他不但不看，还玩起手机来。要不是袁一锋一声响亮的咳嗽，这几人恐怕一直就这么无所谓下去。

谁料，他们几人无所畏的表现，却让韩小路心里确定：杀人真凶就在他们几人之中不假。

当录像片播到里间卧室床上两人在被窝下做爱而发出那“进来了，又出去了”的龌龊声音时，所有人都在笑，唯独韩雨和李琼不笑。不但不笑，脸上还出现无比羞涩的表情，尤其是李琼。这让韩小路更加确定，床上做爱的人就是韩雨和李琼。

当画面出现，袁三娃从客厅外翻窗进屋，打着手电走到里间卧室门口，突然发现死者时，吴奇中借要撒尿，邢队借接电话，俩人先后离开会场。袁一锋见他们二人中途退出，脸上出现十分惊讶的表情。

当邢队和吴奇中回到座位时，录像片正好播放结束。他们三人在关键时刻的异常表现，让韩小路基本断定凶手就是邢队或吴奇中。

现在该由韩小路说话了。在场的所有人聚精会神地看着电视机前站着的这位年轻貌美的编外侦查员，怎样来解开这个杀人之谜，怎么样破获这起悬了十年的命案！

无可置疑，有的人信心十足，有的人疑虑重重，有的人担心害怕，有的人孤注一掷……

出人意料的是，韩小路并未过多讲话，而是单刀直入，开门见山。她说：“吴书记、韩镇长、李副镇长、邢队，还有这位当地最小的‘父母官’兰仝，你们五人今天就别演戏了，党的政策，国家的法律你们都懂，还是如实讲出实情吧！凶手就在你们之中！”

韩小路话音刚落，会场镇静了大约两秒钟，瞬间转入轰动。尤其是被点的五个人，几乎坐立不安，暴跳如雷！

兰仝站起来，指着韩小路说：“韩小路，你疯了，竟然说我们五人是杀人凶手！甚至连县委吴书记和你的父亲韩书记韩镇长也怀疑？你真是疯了！”

邢队大声说：“韩小路，你明明是在报复，在恶意中伤！我虽然奉命抓过你，也审过你，还因此使你母亲跳楼自杀身亡。我对你是有错，但也不至于你把杀人这么大的罪名扣在我的头上呀！”

李琼也大声说：“韩小路，你真是个没良心的人！打狗还看主人呢！你怀疑我不打紧，因为我和你父亲……但你说你父亲是凶手就太荒唐了。你睁大眼睛看看，连一点小风小浪都吓得屁滚尿流的人会杀人？”

这时，大家才注意到，韩雨坐在那里脸无血色，全身颤抖，几乎到了骨软筋酥的地步。

韩雨抬起头来，对李琼说：“我们还是说了吧？晚说不如早说。你就是不说他们也知道。”

李琼把胸脯一挺：“说就说！那天晚上在那床上做……做那个的两个人就是我和韩雨！但我俩可对天发誓，拿人头担保，我俩没有杀人！”

“哈哈……哈哈！”发出一连串笑声的人是吴奇中。他站起来，没有半点惊慌，县委书记的风范一点不减。

他指着坐在他周围的邢队等人，含沙射影地说："看你们几个吓成这样！俗话说，没做亏心事，不怕鬼敲门！鬼还没有敲门，只在门外嚷嚷，你们就吓得如此熊样！亏你们还是多年的国家干部！尤其是你邢队，枉自吃了一二十年的警察饭！"

"倒是韩、李二位镇长，使我意想不到啊！"吴奇中继续说，"你俩竟然是杀人凶手！李琼你别嚷，你不会忘记京剧沙家浜里有这样一句台词吧？察言观色！你也不会忘记有这样一个故事吧？王二偷了隔壁人家的三百两银子，为了让人家不怀疑是他偷的，就在埋银子的地方写了这么一句话，此地无银三百两，不是隔壁王二偷！"

他突然大声严厉地对李琼说："你说你俩没有杀人，其实在十年前你俩在老宅不仅偷情偷金，还杀害了那对发现你俩偷情偷金的成都夫妇！"

"不，不是！"李琼惊叫道。

韩小路说："吴书记，你说韩雨和李琼当年在老宅不仅偷情还偷金。金是什么金啊！黄金吗？"

吴奇中说："正是。"

"你怎么知道老宅有黄金？"韩小路问。

"传说，凡是小镇人都知道。"吴奇中说。

"你又怎么知道韩雨和李琼偷了老宅的黄金呢？"

"这……我买别墅差钱，韩雨老婆信香就主动借给我两条黄金，价值三十多万元。我还给张德亨局长说过，邢队和韩雨都知道。那黄金不是偷的又是怎么来的？"

"嗬，两条黄金三十多万元，卖给谁呀？银行还是拍卖行或是黄金首饰店？"韩小路问。

"这……"吴奇中语塞了。他压根儿没想到小小的韩小路会在这个问题上刨根问底，穷追不舍。

怎么说呢？这么大批量的黄金除了去银行兑换，卖给谁也是非法的，这政策恐怕小学生也知道。说是给商品房商家吧，似乎不现实，而且一查便知，他吴奇中根本没那回事。

此刻，他真的作难了。也许是他做人以来最作难的一次。他曾经说，韩雨在抓屎糊脸，而且想在今天把这屎实实在在地糊在韩雨身上，没想到他在搬石头砸自己的脚，屎反而把自己给糊住了。

"嗯，怎么，答不出来了？"韩小路问话的声音不大，可分量却大如泰山，压得吴奇中汗流满脸。好在韩小路换了个话题，替他解围。

韩小路问："你还记得信香给你的那两条黄金上面的编号吗？对不起吴书记，这关系到韩雨和李琼盗窃黄金，而因此杀人的证据问题，不问清楚，怎么认定韩雨和李琼杀人呢？"

"当然记得，"吴奇中说，"那两条黄金上有编号，编号好像是……对，是01，

8 和 9 两条。”说完，吴奇中抹了把额上的汗。

“你确定？”韩小路问。

“确定。信香告诉我，说那黄金是韩雨为了要和她离婚才给她的。”吴奇中说。

这时，韩小路想起母亲信香在留给她的纸条上说的一句话，这话变成了声音在她耳边回响：“你爸和那个吴奇中，他们今后无论对你说什么，你都不要相信，你只相信一条，狗嘴里吐不出象牙！”

韩小路转过头问韩雨：“吴书记说的是真的吗？你手里真的有编号为 01，01 至 012 的黄金吗？”她突然提高嗓门，严厉地说：“你必须老实说！那编号为 08 和 09 的两条黄金是不是信香从你手上拿走的？”

这下该轮到韩雨流汗了，他不仅流汗，还流尿了！此刻他全身发抖。吴奇中铁一般的证言，他无论怎么说也挽回不了败局。他只能狼狈地低下头去。

忽然他抬起头来，冲吴奇中骂道：“吴奇中，你这个老狐狸！我跟了你几十年，像奴才一样听你的话，一切都按你说的去做，你升了官，发了财，到头来你倒打一耙，竟然说我偷黄金杀人，你好歹毒呀你！老子今天和你拼了！”说着便向吴奇中冲去。

“把韩雨和李琼铐起来！”韩小路一声令下，罗兵和袁一锋立即将韩雨和李琼戴上了铮亮的手铐！

韩雨挣扎着，对韩小路大声说：“丫头，我没杀人呀！真的没杀人呀！我手里是有那黄金不假，可不是我去老宅偷的，是我母亲陈英给我的呀！丫头，相信我，救救我！救救我呀！”

韩小路威严地说：“我不是不救你，这你清楚！我三番五次劝你悬崖勒马，不要执迷不悟，可你就是不听，硬要一条路走到黑。你有今天的结局，完全是你咎由自取。带下去！”

韩雨和李琼被两名警察带走后，韩小路对大家说：“韩雨和李琼被拘，其犯罪嫌疑是包庇罪和侵吞国家黄金罪，并非老宅凶案的杀人罪。”

“那么，真正的杀人凶手是谁呢？”她威严地指着吴奇中说，“就是你！就是你这个戴着国家干部的皇冠，披着为人民鞠躬尽瘁、廉洁奉公的外衣，却干着恶意杀人的勾当。你不仅在老宅杀了那一对成都夫妇，你还杀了韩雨的母亲陈英！”

“哈哈！”吴奇中大笑说，“韩小路，你真会编啊！你说我杀人，那么我问你，我是谁？我杀人的动机是什么？又是怎么杀的？证据在哪里？有谁又能证明？你说呀！”

韩小路说：“你不愧是国家干部，也不愧当了几天政法委书记，你对凶案的定性要件了如指掌。好，我们一一回答你的提问。”她喝了口水，说：“先回答你是谁？王林你说吧！”

王林从包里拿出几页调查材料对吴奇中说：“经调查，你本不姓吴，而姓奢，是这老宅的原主人奢求的曾孙。你的爷爷奢侈当年因与何波的奶奶通奸怀了孕，被何波的爷爷何厝以老宅为代价放了奢侈一条生路。奢侈虽已离开老宅，但一直怀恨在心，流浪到河南开封定居生子。在你父亲十二岁那年，奢侈将何家讹诈奢家老宅的事告诉了你父亲，并嘱咐他报仇雪恨，从何家手中夺回老宅所有权。于是在你三岁那年，你父亲和你便改名换姓流浪到小镇定居，伺机行动。没想到也是在你十二岁那年，你父亲暴病身亡。临终前，他把一把手柄上刻有‘奢’字的匕首交给你，要你完成奢家大任。”

“于是，”韩小路接着说，“你用吴奇中的名字，假装积极，并以儿童团团长的身份借监视何钦为名接触何家，并常从何家出入。因而打听到了韩雨父亲韩光带了两桶黄金来到何家避难，也目睹当年何钦毒死韩光，从里间卧室窃取黄金被韩光妻子陈英发现之情景。”

吴奇中说：“即使你们编的这天方夜谭是真的，这与杀人有什么联系？”

“当然有。”韩小路说，“你知道何家藏有黄金，可不知藏在什么地方。你也知道陈英发现了那黄金，但不知陈英拿到那黄金没有。于是你在一九八六年三月二十日上午，你和邢队、韩雨等五人在河边喝茶，见小偷袁三娃走来走去，便心生一计，故意大声向邢队求证老宅藏有黄金之事，目的是想嫁祸于袁三娃。当天晚上，你趁借宿老宅的夫妇二人回成都之际，你携带这把刻有‘奢’字的匕首和其他作案工具，潜入老宅寻找黄金，但被俩借宿的成都夫妇突然返回后发现，又因双方认识，你便杀人灭口。这就是你作案杀人的动机。再回答你第三个问题。”

袁一锋说：“韩雨曾经在证词中写道：‘当天，刘江给我打电话说，他两口子要回成都两三天，我和吴书记都知道，谁知他没走。要真走了，他俩也不会死了。’韩雨的证词真是不打自招。他和李琼就是乘此机会去老宅苟合的。这就出现那张床上有两种精斑混合物的物证。现以验明，毛巾上的精斑是死者刘江的，是他在和死者夏善兰做爱后的体外排精，而且不是当天的。而床单和被子上的精斑和女人阴道的混合物却是韩雨和李琼的。这个重要细节在我当初侦查时被彻底忽略了。这次要不是韩小路细心的侦查，恐怕仍发现不了。”

“更不容易发现的是，”罗兵说，“据原案件材料显示，刘江和夏善兰当天是去成都了，但又在当天傍晚返回了小镇。大约在晚上八点钟，刘、夏二人在小镇西街口他俩常去的一家名为春来小食店进餐。小食店老板黄惠证实，刘、夏二人进餐时，何波在门口站了一下。这就成了当年认定何波是杀害刘、夏二人的唯一证据。但八点以后刘、夏二人回老宅后先遇到什么，后又遇到什么，却无人说得清楚。”

“现在就由我来说吧。”韩小路说，“刘、夏二人从小食店进餐出来后，八点二十分左右离开小镇，两人还在街头买了一瓶矿泉水步行回到老宅。小镇到老宅约三公里距离，步行约半小时就可到达。也就是在晚上九点左右，刘、夏二人回到老宅。他俩万万没想到噩运就在他俩打开大门那一刹那降临了。”

王林说：“两个血淋淋的人头，带着一股刺鼻的腥味从门枋上坠落，正好砸在刘、夏二人的头上，二人顿时被吓昏倒地。这两个血淋淋的人头就是何波为了吓走借住在他家的刘、夏二人专门设置的假人头。”

袁一锋说：“要是刘、夏二人就此死亡，何波当然就是凶手。问题是大约半个小时后，刘、夏二人又先后醒来了。刘江先醒，便把还在半昏迷中的夏善兰抱到沙发上休息。然后刘江又返回原地寻找那两个血人头，可是再怎么找也没找着。这时刘江似乎觉得是一种因疲劳引起的幻觉？因为他俩这几天上西山考察因无路可走，只得跋山涉水，实在累得够呛。一切都感到平安无事后，刘江便抱着夏善兰到里间卧室。可刚一进门就发现有个人打着手电在翻箱倒柜。刘江便惊喊‘啊小偷？！’刘江的惊喊将此人喊得猛然抬头。刘江一看惊讶地喊道：‘吴书记，怎么是你？’”

韩小路走到吴奇中面前，说：“你眼看自己被人认出，便先和刘江打斗起来。刘江体弱不是你的对手，几下便被你打昏在地。接着你便从身上掏出早有准备的毒剂注入刘、夏二人的身体。然后，将二人的衣服全部脱掉，拖至门外摆成被强奸杀人的姿态。”

这时，吴奇中的精神几乎全部崩溃了，只有一只手还在动。韩小路继续说：“刘、夏二人因毒素的原因，五官已逐渐变形，变得眼球突出，嘴大张，舌长伸，手脚弯曲，着实无比吓人。当你也吓得直起身来想走时，有个人在你身后突然说，‘吴书记，你也杀人呀？’你转身一看，见是何波！下面就是你与何波的对话。”

吴奇中：“是你杀了人，还冤枉我！”

何波：“我亲眼看见你将毒剂注入他俩的身体。”

“我亲眼看见你用双手把他俩掐死。”

“你说你没杀人，那你来老宅干啥？这可是我的房子啊！”

“你的房子？你看见门口那柱子上刻的什么字吗？奢宅！这是奢家的房子，今晚来，就是找你要回属于我的房子。”

“你姓吴，与姓奢有什么关系？”

“你看看这把刀上刻的什么？‘奢’！我是奢求的曾孙，我本奢奇中，为了报你们何家霸占财产之仇，我奢家准备了三代。今天终于……”

何波说："我信，那你说怎么办？"

吴奇中晃着手中的匕首道："要么你还我房子，要么你我都不说今天晚上的事，反正人不是我杀，也不是你杀！"

"可人死在我家啊！要不，我们把他们扔到山里去。"何波说。

吴奇中："不妥！反正我已做好了是奸杀的假象。你别怕，你就是被抓了，也会很快放回来的，因为警方查不出你强奸的证据。再说，小镇人谁不知道你常年在外漂泊，谁也不会怀疑是你杀了人。只要你和我这么合作，我彻底放弃要回这老宅的打算。"

何波思忖很久，才说："好吧，就这么办！"

韩小路解释说："上面这段对话，是我们提审何波时由他亲笔所写。他还写道，他当时为了尽快离开这是非之地，说完他就要走。此时，你要他把两死者的衣物带出去销毁。他没有按你说的办，而留了一手，将衣物藏在地下室后，连夜逃离了西山。第二天他去了河南。"

"而你还不死心，"罗兵说，"何波走后你又返回里间卧室，寻找你要的东西，却发现里间卧室窗口突然翻进来一男一女，于是你立即钻到床下藏起来。谁知那男女在床上疯狂的做爱动作，让你在床下无可忍耐，便想趁机翻窗跳走。却不料，你前脚刚跨上窗台，后脚却被床上下来的男人拽住了。当你用手电筒一照，才发现是韩雨和李琼。"

袁一锋说："这尴尬的相会，这龌龊的场景，还有你们共同的做贼心虚的心理，竟使李琼惊羞得往客厅跑。没料李琼被躺在门口的两死者尸体绊倒，发出惊人的叫声。韩雨和你跑出去用手电筒一照，李琼正从两死者身上翻身起来！请听，下面就是你们三人的对话。"

"这是怎么一回事呀？"韩雨问吴奇中。

"不知道！我也和你一样刚发现。"

"你怎么会出现在这里？是你把他俩杀了？他俩可是我的老同学啊！"韩雨说。

"我还问你呢，你和李琼怎么会来这里，你们俩为啥把他俩杀了？他俩可是我请来考察西山开发的客人哟！"吴奇中说。

"我没杀，我和李琼都没杀！"韩雨说。

"我更没杀！我要真杀了人，还不跑呀？"吴奇中说。

"那怎么办？你没杀，我和李琼也没杀，那是谁杀的？"韩雨问。

"一定是何波干的。对，一定是他！"吴奇中说。

"可，可谁都知道，何波常年在外流荡，根本就没住在老宅。"韩雨说。

"谁说的？今天下午我还在小镇街头看见他，就是他叫我晚上来这里，说他有样东西要给我……啊，我明白了，这小子存心设套害我和你！"吴奇中说。

"他害你，倒有可能，因为你当儿童团长的时候监视和批斗过他父亲。可我是他的从小伙伴呀！"韩雨说。

“可你干过他老婆，这谁都知道！我估计，他把他家钥匙给你，就是有目的地要嫁祸于你！”吴奇中说。

“吴书记说的有道理呢！”李琼说。

“如果我们都被抓起来，我倒没啥，谁也不会怀疑我一个堂堂的小镇一把手会杀人，也没有任何证据能证明。到是你们俩可跳到黄河也洗不清哦！不说别的，就李琼刚才从两死者身上起来，恐怕就留下了不少指纹之类的东西吧？”吴奇中说。

“哎呀，你别说了，就说现在我们怎么办吧！”李琼催促道。

“看在韩雨是我培养起来，而且前程似锦，李琼又是我亲自把她从山旮旮调来小镇而且年轻有为的分上，不如这样……”吴奇中悄声细语。

韩小路解释说：“这是李琼亲笔写的交代和证词。于是一场何波强奸杀人的闹剧在你吴奇中的主编和导演下出炉了，从而导致何波因强奸杀人嫌疑被抓，而后又因查无实据被放，再后又因诈死畏罪潜逃重新启动侦查。”

“相隔了十年呀！”袁一锋说，“在这十年里，你吴奇中并未悬崖勒马，痛改前非，而是更加阴险毒辣，杀人计划一个接一个。首先，你借西山开发把韩雨和李琼推到前沿，目的就是让何波憎恨于韩雨，在暗中把韩雨杀死。其次，你伪装成何波多次蒙面潜入韩老太陈英家里，用你那把刻有‘奢’字的匕首逼迫韩老太说出黄金所藏之地。其中有一次被韩小路突然进屋发现，打斗了一场。打斗中你手中的匕首被韩小路踢飞，你才仓皇逃走。从此，你对韩小路恨之入骨。韩老太本是你杀，你却借韩小路报案，推定她贼喊捉贼，指使邢队加罪于韩小路，并对她非法审讯，使她遭到精神和肉体上的摧残。”

“一计不成，你又生一计，”罗兵说，“你反诬韩小路和王林私通何波，又派邢队抓捕韩小路，从而导致信香跳楼自杀身亡。最后，你的最终目的还是要杀死目睹你杀死那对夫妇的证人何波。你明知韩小路他们已将投案自首的何波抓获，于是你狗急跳墙，假装不懂案件管辖权，打着为民除害的幌子，亲自带队去西山抓何波，并命令邢队，发现何波立即击毙。这就导致当时差点儿把李琼打死的结果。抓获何波本是韩小路他们的功劳，你却贪天之功占为已有，由此赢得民心，当上了县委书记。”

“权大了，杀人的狠心也更大了。于是你的第四个杀人计划又出炉了。”袁一锋说，“当你从你女儿吴平口中知道韩小路和王林要去看守所提审何波后，你自感末日快到了。于是你孤注一掷，妄想最后一搏，既杀了何波又嫁祸于人。于是你就指使兰仝和江山演出了一场伪装韩小路和王林去看守所提审何波以及莫名的车祸。”

这时，吴奇中才发现他的宝贝女儿不在现场。于是他把头低了下去。忽然，他又把头抬起来，歇斯底里地叫道：“栽赃，诬陷！十足的栽赃诬陷！证据呢？嗯，证人呢？”

第一〇三章 罪恶子弹

韩小路一笑，对吴奇中说：“你要证据是吧？好，我给你看！”说着，她就从她小小保险箱里将证据取出，并取出一件介绍一件。她说：“这种药是你毒杀刘江和夏善兰及陈英时用过的氰化物。你当过赤脚医生，你当然知道它的毒性有多强。至于用法，你是仿照你看过的这本日本推理小说《印弟安岛之谜》。你看吧，你在小说描写的‘当布伦特小姐喝下一杯饮料后，忽然觉得脖子上像被蜂子蜇了一下，便在沙发上像根木头，脸色发紫，眼睛大睁，眼球突出，那景象使所有人都感到毛骨悚然’……这段描写下面留下了你亲手用钢笔打下的记号。

“这是你注射毒剂时用过的特制微型针和针筒。你也太粗心了，你在脱死者刘江和夏善兰的衣服时竟然把针筒掉在了衣服里面。这衣服你叫何波销毁，他却没有，他把它和这几样东西一起放在溶洞地下室的箱子里。她把那血淋淋的假人头从桌子下的箱子里提起来，顿时吓得大家一阵惊恐。

“这张化验单是你在劫杀陈英时，陈英的手抓破了你手臂上的皮。我从陈英的指甲缝里发现的。你绝对不会忘记，事发第二天，你去医院看陈英时，那么酷热的天你还穿着长袖衬衫吧？也就在那天，本被医生确认已脱离生命危险的陈英却在你亲临床前和她握手问候之时将毒剂注入陈英的手，致使陈英猝死。你用的方法仍然是这氰化物。你却暗箱操作，将陈英之死定论为小偷入室偷窃误伤，加老病复发，重要器官衰竭而死。但你万万没想到，你作案后扔在垃圾桶里的小小针筒被陈英的主治医生找到了。”

“我为什么要杀韩老太，难道我疯了？”吴奇中说。

“你是疯了！”韩小路说，“自从你知道何家藏有黄金后，你时刻都想得到它。几十年来，你伪装积极，官运亨通，职务一升再升，但都填不满你逐渐膨胀的私欲。当你潜入老宅寻找黄金无果而杀人后，你停止了十年。但就在几个月前，你见县城新修的别墅光亮诱人，你想买又苦于无钱，于是你跟踪韩雨在河边与何波接头时，听到了他们关于黄金的谈话，便怀疑黄金在陈英手里，于是你疯狂的私欲又变成疯狂的行动，两次伪装何波，蒙面入室用这把刻有‘奢’字的匕首逼迫陈英交出黄金。最后一次你疯狂到了毫无人性的地步，黄金得手后你却向陈英下了杀手。”

袁一锋说：“你以为杀了陈英，你劫取黄金的事就会无人知晓。后来你从吴平口中得知要追查黄金时，你便以买房借钱为名说信香借给你值三十多万元的两条黄金，其目的就是想嫁祸于韩雨。”

韩小路从小小保险箱里取出那两条黄金说：“信香根本没送给你什么编号为01—08、09号的黄金，这两条黄金她至死也没给任何人！没想到，你滴水不漏地编造，自以为在信香跳楼自杀后就万事大吉了，可最终还是在这两条黄金上露了马脚。”

韩小路深深地吸了口气，然后威严地大声宣布：“现在终于查明，十年前在老宅杀害刘江和夏善兰以及十年后杀害陈英的犯罪嫌疑人就是吴奇中！”

吴奇中咬牙切齿又歇斯底里地吼道：“谁能做证？嗯，谁能指证老子吴奇中是杀人凶手？给老子站出来！”

“我！”一个声音从后面传来，吴奇中回头一看，是自己的女儿吴平。

“爸还记得吗？”吴平说，“当年你在看日本推理小说《印弟安岛之谜》时，用钢笔往那段描述的下面画杠时我还问过你，‘为什么对这段可怕的描写感兴趣呢？’你当时没回答，但今天你回答了。”

“我！”兰仝说，“吴奇中，我兰仝官迷心窍，一个副镇长便使我成了你的应声虫和帮凶。”

“还有我！”江山说，“你的虚情假意，竟让我乖乖地听你的指使，制造车祸，妄图撞死韩小路和王林，那场车祸要不是张德亨局长车技一流，三条人命就没了。”

“当然还有我！”邢队说，“十年前我就怀疑凶手是你，但你的伪装和你的职务却让我相信了你。这次，要不是韩小路特别侦查员睿智多谋，你的伪装我们仍然识不破。”

吴奇中大吃一惊，“老邢，你是……”

这时，张德亨突然走进来对吴奇中说：“他也是老宅悬案的秘密侦查员，专门接近你，明里替你做事，暗里侦查你的犯罪行为。没想到吧，吴书记？”

又一声：“我！”

吴奇中一看是抢救韩老太陈英的县医院主治老医生。就是他从垃圾桶里拾回了被吴奇中杀害陈英后扔掉的毒液注射针和针筒。于是，他恶从心头起立即冲上去，一只手扼住老医生的脖子，一只手用手枪顶在老医生的太阳穴上，凶狠地对大家说：“你们都不准动，要动，我立即毙了他！”

吴奇中这一突然的举动让张德亨和侦查员们始料未及，他们压根儿不知道他有枪。于是韩小路和罗兵虽然也掏出手枪，但也不好贸然行动，更不能乱开枪。侦查员清楚，此时此刻只要枪声一响，死的人不是一个而是一片。

吴奇中挟持着老医生步步倒退，一直退到门外，边退边说：“不错，我是奢家的后代。我是杀了人，成都的那两口子和陈英都是我杀的！也不错，我是伪装成何波逼陈英交出了十一条黄金并杀人灭口！指使邢队杀何波和制造车祸害韩小路的也是我！可是，那又怎么样？”

韩小路严词警告说：“吴奇中，你不要乱来！你只有放开人质，放下武器，举起双手，接受公安部门的审查才是你唯一的出路！否则，你只有死路一条！”

吴奇中说：“韩小路，算你凶，连刑侦专家袁一锋十年都没侦破的凶案，竟被你这个乳臭未消的黄毛丫头破了，让我这个久经沙场的老家伙彻底败在了你的手下。可是，你要我投降，没门！要我放下武器也万万不能！”

罗兵和邢队也举着枪步步紧逼，两方相距就那么十来米，剑拔弩张，谁也不能有丝毫的轻心和大意。

眼看吴奇中挟持着老医生退到山崖边上，如果摔下山崖，吴奇中和老医生必死无疑。为了挽救二人的生命，韩小路对吴奇中大声喊道：“吴奇中，不能再退了，后面是十丈深的悬崖，危险！”

吴奇中不理，仍用手枪架着老医生往悬崖边退。可就在二人只差一步便掉下悬崖之际，“嘭！嘭！”两声枪响，吴奇中握枪的手和胸部同时中弹应声倒地。

老医生得救了，仓皇地向韩小路跑来。

曾见举着手枪从那边走过来，吹了口冒烟的枪口，有些得意地对韩小路说：“怎么样，还准吧？”

“你把他打死了？”韩小路不满地说。

“他这种人该死！”曾见说。

谁知，吴奇中没死，他慢慢地抬起头来，用受伤的手举起手枪对准老医生的头扣动了扳机。

韩小路看见了，一个箭步冲上去推开了老医生。

“砰”的一声枪响。老医生没事，韩小路却倒在了血泊中。

罗兵见韩小路被吴奇中枪杀倒地，气愤地举起手枪对准吴奇中的头部就是两枪。瞬即，吴奇中的脑袋开花，脑浆与血飞溅一地。

王林把胸部直冒鲜血的韩小路从地上抱起来，对着她惨白的一张脸，悲痛万分又声嘶力竭地哭喊：“小路，我的妹妹！”

尾声

一个月后，韩雨在看守所写了一份《忏悔书》，他写道：“老宅杀人案之所以悬了十年未破，追究起来都是我和李琼造成的。我和李琼都身为党和国家的干部，口头天天喊为党和人民尽忠职守，行为却背道而驰。我和李琼明知杀人凶手是吴奇中，却长于私心，乱于私情，贪于私利，图于私誉，竟和凶手吴奇中媾和整整十年。不仅如此，我们还为摆脱干系而捏造证词，陷害何波，差点儿造成一宗冤死案。更为不能容忍的是女儿韩小路出于公心，多次劝我觉醒，顾全大局，举报凶手，将功赎罪，然我却累累执迷不悟，顽固不化，最终造成自已家破人亡，母亲没了，老婆没了，女儿没了，自己也……”

《忏悔书》最后写道：“劝世人莫学我，劝官员莫像我。牢记：一身正，心里安，一身轻，步伐盈！”

《忏悔书》写好后的第三天，看守所传出消息，韩雨在深更半夜碰壁身亡！

一年后的清明节这天，春风扑面，空气异常清新。小镇至西山的公路上人流如潮。 万年的西山，经过一年的洗礼，如今变得郁郁葱葱，朝气蓬勃，意气风发。

此刻，南面吹来的风和天上洒下的阳光使西山演奏出一曲曲高亢的旋律。这旋律在人们耳际鸣响，在宇宙空间回荡。

山顶的三块被传说为魔石的巨石，如今褪去了魔气，焕发了魅力，更加鲜艳夺目，更是顶天立地！

在旧貌换新颜的老宅旁，耸立着一座古香古色的新建筑。建筑的正上方“西山古溶洞”五个酱色大字刚劲有力，格外醒目。身穿奇装异服，携带各种旅游包的中外游客，排着长长的队伍，带着新奇又神秘的面孔有序地向古溶洞参观入口处走去。

游客们大概没注意到，离古溶洞参观入口处不到五十米处有两棵枝叶茂盛的青松。青松之间静静地躺着一座新坟。坟前立有一块藏青色的大理石墓碑，碑的右上方刻着一张女警察美丽的彩照，碑的正中央刻着七个红色大字：“韩小路烈士之墓。”

此刻，张德亨、罗兵、袁一锋、何支和吴平五人，穿着庄严的警服，戴着闪耀着共和国国徽光芒的警帽，手捧鲜花，从老宅大门出来，心情沉重，步履如铅地来到韩小路的墓前。他们凝视着照片上韩小路年轻俊美的笑容，一个个潸然泪下。

（完）

2017 年 2 月 7 日修改于德阳